Lesen macht glücklich

Christine Erkens
Isabelle und Madeleine
Das Haus mit dem Maronenbaum

Christine Erkens

Isabelle und Madeleine

Das Haus mit dem Maronenbaum

Prinzengarten Verlag

Bibliographische Information der Deutschen Bibliothek
Die Deutsche Bibliothek verzeichnet diese Publikation in der Deutschen
Nationalbibliographie; detaillierte Daten sind im Internet über http://
dnb.ddb.de abrufbar.
Copyright 2021 by Prinzengarten Verlag
Dr. Hans Jacobs, Am Prinzengarten 1, 32756 Detmold
Bild Umschlag: Sabine Erkens

ISBN 978-3-89918-506-5

Kapitel 1

Ich spaziere durch mein provenzalisches Traumhaus, öffne die Schlagläden und schaue auf die üppig grünen Weinfelder und lila blühenden Lavendelreihen. Ich fühle die kühlen Fliesen im Flur unter meinen nackten Füßen und die Hitze des Mittags, als ich vor das Haus trete und in die Sonne blinzele. Wo sind meine Sonnenbrille und meine Flip-Flops? Ein Platanenblatt segelt vor meiner Nase auf den hellen Kies im Hof. Eine Eidechse huscht in ihre Mauernische, als mein Schatten auf sie fällt. »Träumst du? Bist du noch bei uns oder schon im Süden?« Mühsam löse ich meinen Blick von der Seite mit dem Bilderbuchdorf im Süden Frankreichs und schlage das Buch zu. Der Tee in meinem Becher ist jetzt nur noch lauwarm. Fröstelnd ziehe ich die Ärmel meiner Wolljacke bis auf den Handrücken und verbanne die Gedanken an das graue und feuchte Wetter. Die Heizung bemüht sich, meinem Wunsch nach einem warmen Büro nachzukommen und blubbert emsig. Eine Kollegin klappert mit den Türen und dem Geschirr und geht mit der Kaffeekanne durch den Flur. Ich trenne mich ungern von den eben eingetroffenen Bildbänden, die auf meinem Schreibtisch liegen, von den Fotos der herrlichen Häuser und Gärten mit Beeten prall gefüllt mit Lavendel und Rosmarin, der Töpfe mit Lorbeerbäumen, der Haine mit Olivenbäumen und romantischen Gartenpavillons und erst recht nicht von den Kochbüchern mit Gemüseplatten, gegrilltem Fisch oder zauberhaften Desserts. Ich rieche den Süden. Ich rieche die Kräuter, die Pinien, das Meer, das Essen, das frische Brot und höre Zikaden und Schwalben. Sie rufen mich und ich sitze hier in der Bücherei und schaue mir das an, von dem ich träume und das in meiner Vorstellung zum Leben erwacht.

Kapitel 2

Die Nachmittagssonne vergoldet das zartgrüne Laub der Platanen im Innenhof der Bücherei und ich bleibe am offenen Fenster stehen, um die Maifarben zu genießen. Im Büro riecht es herrlich nach Kaffee und ich höre das Radio in der kleinen

Küche und die Stimmen der Kollegen. Der Duft von frischem Hefezopf zieht zielstrebig aus der benachbarten Backstube in Richtung Kaffeemaschine und leistet dem Kaffeegeruch seine appetitanregende Gesellschaft. Ich seufze erleichtert auf, als mir bewusst wird, dass in wenigen Stunden mein neues Leben beginnt.

Das Licht und die Wärme im Süden Frankreichs sind ähnlich, aber hier fehlt mir das Konzert der Zikaden, das unverwechselbare Kennzeichen des Südens, denke ich mit einem letzten, sehnsüchtigen Blick nach draußen und wende mich in Richtung Flur. Ich krempel unterwegs die Ärmel meiner Bluse hoch, wasche mir in dem kleinen Waschbecken die Hände und fasse die Haare in einem lockeren Pferdeschwanz zusammen. Ein Abgleich mit dem angestaubten Spiegel der Damentoilette zeigt mir mein Ich, Isabelle, meine leichten Sommersprossen, die braungrauen Augen, die unbändigen Locken jetzt halbwegs gezähmt. Ein wenig müde sehe ich aus, aber gut gelaunt und aufmunternd lächele ich meinem Spiegelbild zu und streiche eine widerspenstige Haarsträhne fest. Manchmal wäre ich gerne etwas größer und ich stelle mich auf die Zehenspitzen, um mich besser im Spiegel zu sehen. Aber es ist, wie es ist, und es gibt neben den Zehenspitzen Hocker, um die fehlende Größe wettzumachen, zum Beispiel an den Buchregalen. Bücher lese ich für mein Leben gerne, schon immer und fast alles, was mir in die Finger kommt. Hier in der Bonner Stadtbücherei sortiere und katalogisiere ich neue Bücher und bin das Mädchen für alles.

Zurück im Büro zieht mich der Karton auf dem Schreibtisch mit seinem vielversprechenden Inhalt und den beiden Büchern, die in ihm schlummern, magisch an. Die Bücher sind in festes Papier eingehüllt und mit einer Schnur gesichert, zum Schutz beim Transport und vor meiner Neugier. Ich streiche nachdenklich über das Paket und spüre, das sind mehr als Bücher und freue mich auf das Auspacken. Sie erscheinen mir zu wertvoll, als dass ich sie im Auto liegen lassen möchte, und daher begleiten sie mich in die Bücherei und warten geduldig auf den Feierabend.

Meine Arbeitskollegin unterbricht die gedankenverlorene Betrachtung der Kiste und stellt einen Becher mit dampfendem Kaffee in das Durcheinander auf den Schreibtisch, dem Schauplatz meiner Tätigkeit.

»Na, wie weit bist du mit der Aufräumaktion? Dein Tisch sieht noch durcheinander und du müde aus. Da kann nur eine Tasse Kaffee Abhilfe schaffen, oder?«

Ich lache. Das ist typisch Kollegen, die Sorgen um liegenbleibende Arbeit.

»Ça va, es sieht zwar chaotisch aus«, versichere ich, »aber ich bin guter Dinge und werde dir den Schreibtisch aufgeräumt übergeben. Merci für den Kaffee.«

Tartine unter dem Tisch schläft trotz der Unruhe und des verführerischen Duftes aus der Bäckerei. Er ist ein junger Hund, dreifarbig wie eine Glückskatze, aber etwas größer, und mein Fund auf einer Autobahnraststätte im letzten Jahr. Ein vierbeiniger Freund und angenehmer Begleiter, denn nach anfänglicher Skepsis über das Leben mit einem Hund ist eine harmonische Beziehung entstanden.

Der Name Tartine, zu Deutsch Butterbrot, ist ihm wegen seiner ersten Mahlzeit aus dem Proviantkorb zuteilgeworden: Käsebrote, die für die Fahrt nach Trier zu meinen Eltern gedacht waren. Ich hatte es an diesem Nachmittag zu Beginn der Semesterferien nicht über das Herz gebracht, das Häufchen Hundeelend zurückzulassen oder es im Tierheim abzugeben. Es war purer Zufall, dass ich den Hund hinter einem überquellenden, stinkenden Mülleimer gefunden habe. Wer weiß, wie lange er dort gesessen hat. Jetzt ist er in einem weitaus besseren Zustand, mit glänzendem Fell und immer fröhlich und ausgelassen. Und erstaunlicherweise brav und unauffällig im Alltagsleben. Er hört auf fast jedes Wort und passt sich meinem Rhythmus an, vermutlich ist er froh, es so fantastisch angetroffen zu haben und als umsorgter Mitläufer und Mitesser ein Teil meines Lebens zu sein.

Ich schaffe die versprochene Ordnung auf dem Schreibtisch, packe die letzten persönlichen Dinge in meine Kiste zu dem Bücherpaket und werde mich gleich von den Arbeitskollegen in meiner Bücherei verabschieden. Hier war ich gerne, umgeben von den vielen Büchern und nie in Sorge, dass mir der Vorrat an Lesefutter auf dem Nachttisch ausgeht.

Jetzt steht mir ein aufregender Lebensabschnitt bevor, denn ich ziehe in den Süden, in meine Seelen-Heimat. Bonn und Trier, Rhein und Mosel, alles gut und schön, aber zuhause bin ich nicht nur im Elternhaus oder meiner Wohnung, sondern gleichzeitig in Südfrankreich. Ein schwer zu beschreibendes Gefühl, diese Mischung aus Heimweh und Fernweh, aus Sehnsucht nach einem mir unbekannten Zuhause in der Provence und Furcht vor der Veränderung.

Der Grund für diese Vorfreude und meine »Auswanderung« liegt auf dem Schreibtisch: Das Paket meines Lieblingsonkels Eduard, das Unterlagen und die alten Bücher enthält. Die Krönung ist der auf den Büchern thronende Schlüsselbund mit einem rasselnden Gemenge alter und neuer Schlüssel für ein Bauernhaus, das ich nur von Fotos und Erzählungen kenne. Das Paket ist wie eine Wundertüte und ich freue mich wie ein Schneekönig auf das Auspacken.

Ich hole etwas aus: Mein Onkel, ein gefragter und bekannter Wissenschaftler auf dem Gebiet der Archäologie, wurde dieses Frühjahr für längere Zeit ins Ausland berufen. Dem Ruf folgte er gerne, denn der Tod seiner Frau – meine Tante Josephine war im Winter an ihrer Krebserkrankung gestorben – hatte ihm die Freude und die gemeinsamen Pläne mit dem neu erworbenen Haus zunichtegemacht. In Übersee erhofft er sich Ablenkung von der Trauer durch seine Arbeit und Forschung. Josephines Herzenswunsch in ihrem Leben und vor allem in den letzten Jahren war, trotz oder sogar als Einsatz im Kampf gegen ihre Erkrankung, ein Haus mit Garten unter der südlichen Sonne zu haben. Urlaube und Forschungsreisen führten Onkel und Tante oft nach Südfrankreich und dort fanden sie ein Haus, das ihren Vorstellungen entsprach, und kauften es. Sie verbrachten viele Wochen vor Ort, begannen mit den ersten Arbeiten beziehungsweise beauftragten Handwerker mit der Instandsetzung und Renovierung und erweckten es aus dem Dornröschenschlaf.

Heute steht das »Gemäuer«, wie mein Onkel das Haus ironischerweise nennt, leer und verlassen am Rand eines Dorfes in der Einsamkeit der Hügel. Er bringt es aus sentimentalen Gründen nicht über das Herz, es zu verkaufen, was ich verstehen kann. Das Haus ist ein unschätzbares Andenken an seine Frau und die gemeinsame Zeit. Die Handwerkerarbeiten ruhen und der Dschungel der südfranzösischen Botanik überwuchert ohne Erbarmen bereits mühsam freigelegtes Gelände, von der noch nicht angerührten Wildnis auf dem Grundstück ganz zu schweigen. Nachbarn schauen nach dem Nötigsten und schicken dem Onkel ab und zu Fotos.

Das Haus heißt Mas Châtaigner. Mas ist der Begriff für ein Bauernhaus in Frankreich und Châtaigner steht für die Esskastanie, die Marone.

Und ich, Isabelle, bin auserkoren, nein, die einzige Möglichkeit des Onkels, das Haus zu erhalten. Kein anderer in unserer Familie ist so frei, ungebunden – und verrückt – und kann kurzentschlossen und kurzfristig seine Zelte abbrechen und auswandern. Kein anderer lebt wie ich in den Tag hinein, hat kaum Verpflichtungen und Bindungen in einem Beruf oder einer Partnerschaft.

Durch mein Studium, die Études Franco-Allemandes, die deutsch-französische Studien, die ich erfolgreich beendet habe, wenigstens etwas, auf das ich stolz bin, ein Praktikum in Paris und meine mir selbst unerklärliche Liebe zu diesem Land fühle ich mich als halbe Französin und freue mich auf die neue Heimat. Der Job in der Bücherei, den ich heute beende, besserte meine Finanzlage auf und doch hatte ich viel Freizeit. Es geht mir rundum gut. Aber stimmt das?

Bisher hatte ich noch keine Idee, was ich mit meinem Studium anfange. Wie ein Blatt im Wind der Berufswahl flattere ich durch mein Leben. Ich lasse mich treiben, jobbe mal hier und da, und bin doch unzufrieden – mit mir und dem Dasein. Meine Eltern fragen mich schon nicht mehr, was ich plane oder wo ich jobbe. Mein Vorzeigebruder, zielstrebig und mit ausgezeichneten Noten, ist anders als ich. Ich liebe meine Familie, aber sie halten mir einen Spiegel vor, in den ich nicht schauen mag. Ich könnte weiter studieren und auf eine Lösung »von oben« warten, die an einem unbekannten Termin eintrudelt – oder auch nicht. Und zu meinem Glück erschien die Rettung in Form von Onkel Eduard und so fügt sich alles, wie es sich fügen soll, und jetzt bin ich überglücklich und voller Lebensfreude.

Der Onkel und ich setzen uns zusammen und ein Schriftstück auf, in dem wir alles Wichtige in Bezug auf das Mas Châtaigner festlegten. Dieses Papier besagt, dass ich kostenfrei im »Gemäuer« lebe, über das Guthaben auf dem vor Ort befindlichen Konto für Lebensunterhalt, Ausbau und Renovierung des Hauses verfüge und ebenso entscheiden kann, was gemacht werden soll. Gleichzeitig musste das unangenehme Thema beziehungsweise die Regelung unserer Abmachung für den Fall des Todes von Onkel Eduard und ein Testament mit Berücksichtigung meiner Person erarbeitet werden. Jetzt bin ich nicht nur versorgt, sondern habe eine solide Absicherung und einen vertrauenswürdigen Notar und Finanzexperten im Rücken.

Meine Gegenleistung besteht neben dem Hausprojekt in der Übersetzung einiger Schriftstücke vom Französischen ins Deutsche sowie dem Lüften des Geheimnisses der »alten Bücher«, die mir der Onkel gut verpackt im vielversprechenden Paket übergeben hat. Wie er an die Bücher gelangt ist und was es mit ihnen auf sich hat, ist mir schleierhaft, aber des Rätsels Lösung wird sich ergeben.

Es kommt mir so vor, als hätte der Onkel sich Hausaufgaben überlegt, damit ich mir nicht überreich beschenkt und ausgehalten vorkomme, sondern gefordert und beschäftigt. Damit hat er sicher Recht, aber eine unangenehme Ausgabe hat er mir damit nicht aufgebürdet.

Ich kann mein Glück nicht fassen. Wenn ich morgens beim Aufwachen in meine alten, trüben Gedanken verfallen möchte, erfüllt mich die Vorfreude auf das vor mir liegende Abenteuer und ich bekomme gute Laune. Die Wartezeit auf die Lösung meiner Lebensfrage hat ein Ende und sie hat sich gelohnt. Es ist wie ein Sechser im Lotto oder ein erfüllter Wunsch durch eine Fee. Ich werde entlohnt für Tätigkeiten, die ich liebe, das bedeutet Lesen und Übersetzen und natürlich Leben. Leben wie Gott in Frankreich, was will ich mehr?

Mit dem Job in der Bücherei, dem Zusammenräumen, Packen und Auflösen meines alten Zimmers habe ich viel zu tun.

Ich plane den Aufenthalt in Frankreich akribisch, denn ich werde aufgrund der weiten Strecke nicht nach Hause fahren, um Vergessenes oder im Nachhinein Wichtiges und vermeintlich Unentbehrliches zu holen. Mein Kopf steckt voller Pläne und ich schreibe Listen, die nach Themen wie Haushalt, Kleidung, Hund und Auto geordnet sind, um den Überblick zu behalten. Der Papierkram ist mein steter Begleiter, denn oft fällt mir unvermittelt eine Kleinigkeit ein, die ich fast vergessen hätte und vergessen würde, da bin ich mir sicher, wenn ich sie nicht im gleichen Atemzug aufschreibe.

Ich schaue auf meine gefüllte Kiste und lege das Paket des Onkels obenauf. Der Schlüsselbund klimpert leise, als ich alles auf einen Stuhl stelle. Mein Schreibtisch überzeugt mit ungewohnter Ordnung der wenigen Dinge, die zu ihm und auf ihn gehören, und fühlt sich nicht mehr wie mein Tisch an.

»Fertig! Ich bin fertig!«, sage ich erleichtert, doch ich stehe allein am Schreibtisch. Die anderen höre ich im Nebenraum lärmen, Stühle und Tische schieben und meinen Ausstand vorbereiten. Im Kreis der Kollegen gibt es Kaffee und Kuchen und ein Glas Sekt und mir werden nach einer Dankes- und Abschiedsrede Ratschläge aller Art erteilt. Im Raum breitet sich Aufbruch- und Ferienstimmung aus, denn ich stecke alle mit meiner Vorfreude an.

Ich rufe ein lautes »Á bientôt, au revoir und auf Wiedersehen!« in die schwatzende Runde, die die Feierstunde auch ohne mich weiter in vollen Zügen, mit vollem Mund und Gelächter genießt, und breche auf. Die Kiste wird im Wagen verstaut und ein letztes Mal mustere ich den vertrauten Anblick der Bücherei, des Platzes mit den Bäumen, die Passanten, die geschäftig durch die Innenstadt strömen. Ich bin gerne hier und ich schnuppere noch einmal Bonner Großstadtluft – vermischt mit dem Geruch der Platanenblätter und dem Bäckereiduft.

Auf der Fahrt zur Wohnung in der Altstadt, die ich mit meiner Freundin Susa bewohne, gehe ich im Geist meine Listen durch und Kopfschmerzen vom Überlegen und Nachdenken bohren hinter meiner Stirn. Zuhause trinke ich einen weiteren Kaffee, schalte das Radio ein und konzentriere mich auf das Wesentliche, das heißt das Packen der letzten Dinge und Staubsaugen. Mein Zimmer ist gut wie leer und fühlt sich, wie mein Schreibtisch in der Bücherei, fremd an.

»Ach Isa, das ist so schade, dass du auszieht und mich einsam und auf der Suche nach einer neuen Mitbewohnerin zurücklässt! Es war eine schöne Zeit mit dir in unserem kleinen Reich unter dem Dach.« Susa schaut traurig in das leere Zimmer und nimmt mich zum wiederholten Mal in die Arme.

Zu fortgeschrittener Stunde ist alles, bis auf die Kiste vom Onkel und mein Waschzeug, im Auto verstaut und wir lassen uns zu einem erinnerungsträchtigen Abschiedstrunk nieder. Die Nacht wird unbequem, da ich in meinem alten Schlafsack auf einer ebenso alten Luftmatratze schlafe oder es zumindest versuche, schon halb auf Reisen, aufgeregt und ruhelos.

Kapitel 3

Nach einem kleinen Frühstück in der Morgensonne möchte ich aufbrechen. Susa lacht.

»Was bist du zappelig und unruhig! Das ist morgens selten bei dir«, sagt sie mit einem letzten Bissen Brot im Mund und lässt mir den Vortritt im Badezimmer.

»Ich weiß auch nicht. Einen so großen Schritt habe ich noch nie getan und bisher war es um einiges leichter mit dem Verreisen oder Umziehen in eine neue Wohnung. Diese Aktion flößt mir einen Hauch von Respekt ein.«

Über meine Antwort denke ich beim Zähneputzen nach. Es ist anders, aber es wird prima, sage ich mir, nicke meinem Spiegelbild zu und schaue, dass ich fertig werde.

Nach der herzlichen Verabschiedung packe ich den Hund auf den Rücksitz des vollgestopften Autos und die Kiste mit den Büchern in den Fußraum des nicht vorhandenen Beifahrers. Ich fahre die vertrauten Straßen, eine Abschiedsrunde mit Erinnerungen an schöne und unbeschwerte, aber ebenso angespannte und traurige Zeiten und fühle Wehmut und Melancholie.

»Was fällt uns Aufmunterndes zum Abschied ein, Tartine?«, frage ich den Hund, der jedoch keine Antwort kennt oder sie nicht preisgeben möchte und sich genüsslich auf dem Rücksitz zusammengerollt hat.

Nach einer eintönigen Fahrt zu meiner Familie nach Trier und einem raschen Mittagessen geben wir uns an das Aus- und Umladens der Siebensachen, die sich plötzlich als hunderte Sachen entpuppen. Ich würde gerne einen Mittagsschlaf halten, aber dazu fehlt die Zeit und ich drücke die Sehnsucht nach einem Nickerchen auf dem Sofa energisch beiseite. Die Dachbox wird montiert und mein Bruder Frederik erklärt mir zum x-ten Mal Einzelheiten über Reifenwechsel, Ölkontrolle oder andere Autofeinheiten. Auch meinen Eltern fallen Tipps und Anregungen ein, die sich auf alles vom Autofahren über die Haushaltsführung und Gartenarbeit bis zu Renovierungsmaßnahmen beziehen.

Bei Einbruch der Dunkelheit sind wir endlich fertig und ich bin hundemüde vom Schlafmangel der letzten Tage und dem üppigen Abend-Abschiedsessen. Mein Kinderzimmer wartet mit dem gemütlichen Bett und dem Zuhause-Geruch auf mich und ich schlüpfe dankbar unter die Decke. Ein leises Schnarchen am Fußende lässt keine Zweifel offen: Tartine schläft schon tief und fest.

»Noch eine letzte Nacht zu Hause und in Deutschland. Morgen sind wir in Frankreich und schlafen in Lyon bei Sylvie, meiner Freundin aus der Pariser Studienzeit,« flüstere ich erklärend in Richtung Schnarchen, schließe die Augen und schlafe sofort ein.

Im Morgengrauen wache ich durch einen Alptraum erschrocken auf. Ich erinnere mich an das Gefühl der Einsamkeit und Angst, es war dunkel und kalt in der Traumwelt, obwohl die Sonne schien. Ich war wie gelähmt und konnte nicht die Augen öffnen, wollte und musste es aber doch, um zu fliehen. Vor wem oder vor was? Spiegelt der Traum meine Befürchtung vor der »Auswanderung« wider? Ich bleibe nachdenklich liegen, schaue an die Decke, genieße das Gefühl »es war doch nur ein Traum« und lenke meine Gedanken in Richtung Süden und Sonne.

Nach dem Frühstück, einer heißen Dusche und letzten Durchsicht des Handgepäcks verstaue ich die Kühltasche vor dem Beifahrersitz, die Handtasche und den Proviantkorb neben mir und den Hund auf der Rückbank.

»Auf Wiedersehen Isabelle, pass gut auf und fahr vorsichtig. Wenn etwas passiert, ruf an, aber was soll sein ...«

Meine Mutter hält mich im Arm und würde mich am liebsten hierbehalten. Ich umarme meinen Vater und Bruder und zwinge mich loszufahren, ohne in Endlosschleife alles durchzugehen, was ich vergessen habe. Der Magen krampft sich um das Frühstück, die Hände sind feucht und ein Gefühl wie vor einer Prüfung macht sich breit. Meinen Eltern merke ich die zwiespältigen Gefühle zwischen der Sorge um mich und gleichzeitig einem Aufatmen nach dem Motto »nun ist das Kind versorgt, hat endlich eine Aufgabe und die Finanzen stimmen« an. Es wird nicht ausgesprochen, aber die Bemerkungen und Blicke, die zwischen ihnen wechseln, sind eindeutig.

Kapitel 4

In Luxemburg tanke ich vor der französischen Grenze, lasse Tartine auf einer Rasenfläche laufen und starte dann in Richtung Provence. Beim Fahren werde ich ruhiger und sehe mich am nächsten Tag in der neuen Heimat, beim Auspacken des Autos und Erkunden des Mas Châtaigner. Gleichzeitig bleibt das mulmige Gefühl, weil ich dort allein sein werde. Einerseits ist es das, was ich suche nach den Jahren des Stadtlebens und meiner Ziellosigkeit, vor allem in puncto Berufswahl und Zukunft, andererseits ist es eine riesige Herausforderung.

Es hat Zeiten gegeben, in denen wollte ich das Handtuch, also das heiß ersehnte Studium, hinschmeißen und fortlaufen. Es waren Zeiten der riesengroßen Trauer und des Schocks nach dem Tod meines Freundes Johannes. Er wurde während seines Solo-USA-Trips im vergangenen Jahr Opfer eines tödlichen Verkehrsunfalls. Wir hatten eine gemeinsame Zukunft geplant, wollten die Ausbildung und Studien zu Ende bringen, waren immer in Kontakt und verbrachten jede freie Minute zusammen. Das Loch war tief, in das ich fiel, und ich wundere mich, wie ich ohne meinen Freund auf dieser Welt geblieben bin und weitergemacht habe.

Der Tod von Johannes nahm meine Lebensplanung mit in die Urne, denke ich oft. Oder schiebe ich seinen Tod als die Ursache meiner Ziellosigkeit vor und als willkommenen Vorwand, um in Trauer und Depression zu versinken? Ich verliere mich für den Augenblick - trotz Sonnenschein - in diesen düsteren Gedanken und fühle mich wie die alte Isabelle: mutlos, kraftlos, traurig.

Das Frankreich-Projekt weckte wieder meine Lebensgeister. Mir ging es besser und meine Gedanken beschäftigten sich wie in früheren Zeiten mit Planen und Organisieren und ich hatte ein neues, aufregendes Ziel vor Augen. Der Schmerz über den Verlust ließ nach und die Erinnerung an Johannes bescherte mir nicht mehr so häufig feuchte Augen. Er ist immer bei mir und ich denke oft an ihn. Sein Foto steht auf meinem Nachttisch und sein Passfoto steckt im Portemonnaie. Ich habe ein Sweatshirt und T-Shirt von ihm, die ich an meinen traurigen Tagen trage. Einige seiner Bücher stehen neben meinen. Seine Tasse, ein Urlaubssouvenir aus Paris, steht neben meinen Bechern. Erinnerungen sind in mir verankert, die mir niemand nehmen kann, die ein Teil von mir sind. Die glücklichen Erinnerungen und gemeinsamen Erlebnisse bleiben und auf der anderen Seite die unschönen. Beide Seiten gehören zum Leben. Dieser Einbruch im Höhenflug des Lebens in Form des Unfalltodes hat mich reifen lassen. Nicht zu einem verschrumpelten Apfel, aber der Tod hat innerliche Runzeln und Falten hinterlassen. Ich bin ernsthafter und erwachsener geworden, aber mein Lebensziel und meine Lebensfreude waren verloren - bis Onkel Eduard mir neue Horizonte eröffnete.

»Ach, Johannes, warum bist du so früh gestorben?« Immer wieder stelle ich ihm diese Frage und bekomme doch keine Antwort.

Ich halte häufig Zwiesprache mit ihm und höre ihn auf seine besonnene Art antworten. Johannes ist mein Schutzengel. Nicht im kitschigen Sinn mit weißem Kleid und Kerzchen in der Hand, doch seine Energie und Kraft sind bei mir und stärken mich. Ich lächle und in Gedanken sehe ihn auf dem Beifahrersitz, wo aber kaum Platz für ihn wäre. Ich lächle bewusst weiter und ziehe die Mundwinkel hoch. Das bringt mich immer zum Gähnen, macht gute Laune und vertreibt die Trauer.

Glücklicherweise kenne ich die Strecke gut und brauche weder Straßenkarte noch Navigation. Ich konzentriere mich auf den Verkehr und hänge meinen wieder optimistischeren Gedanken nach.

Das Mas Châtaigner kenne ich nur von Fotos und den Beschreibungen des Onkels und ich bin gespannt auf die Realität. Die Ausstattung wird einfach und unvollständig sein und ich kann das Haus nach meinem Wunsch ausbauen und einrichten.

Das ist mein Kindheitstraum: ein Haus mit Garten und Tieren, ein selbstbestimmtes und freies Leben. Aus dem Fenster gucken und nach Wetterlage und Jahreszeit den Tag planen oder spontan etwas unternehmen. Kochen und backen. Kräuter kennenlernen und anbauen, schreiben, malen, Bleibendes und Schönes schaffen.

Meine Vorstellungskraft zur Gestaltung von Haus und Hof ist groß und dank des Budgets, das mir der Onkel überlassen hat, werde ich diese Ideen umsetzen können. Ich bin ein Glückskind und könnte jubilieren vor Freude über dieses Geschenk.

Die Autobahn geht bergab Richtung Lyon. Nach dem Durchfahren der Tunnel, was zu einer Reise nach Südfrankreich dazugehört, und einigen Minuten konzentrierten Kurvens durch die engen Seitenstraßen erreiche ich die Adresse der Freundin. Mein Sturmklingeln lockt Sylvie ans Fenster und an die Haustür.

»Bonjour und salut, bin ich froh, dass du endlich hier bist. Ich freue mich riesig auf den Abend. Wie lange haben wir uns nicht gesehen? Ewigkeiten! Komm, wir parken zuerst das Auto.«

Ich lache und drücke Sylvie, eine typische Französin, klein, dunkelhaarig, bunt gekleidet, temperamentvoll wie ein Espresso, gestikulierend und zur Begrüßung ausgiebig küssend. Mit meinem Handgepäck für die Nacht und dem Hund an der Leine steigen wir unzählige Stufen hoch zu Sylvies Wohnung, außer Atem vom gleichzeitigen Sprechen und Treppensteigen.

Der Abend verläuft wie erwartet: Essen und Trinken in unzähligen Gängen, dann schauen einige Freunde von Sylvie vorbei und bleiben bei uns an dem langen Tisch sitzen. Es wird Wein nachgeschenkt und alle reden und lachen durcheinander. Zum Abschluss genießen wir die Aussicht über das nächtliche Lyon und das glänzende Wasser der Rhône vom Balkon aus und trinken einen letzten Schluck Wein. Morgen Abend wird es still um mich sein. Ich lehne mich zurück und schaue in den Nachthimmel. Morgen habe ich keine nächtliche Glitzeraussichten, keinen Straßenverkehr bei Tag und Nacht, kein Hupen, keine Leute über uns in der Wohnung, die so laut fernsehen, dass man den Filmtitel erraten kann.

Kapitel 5

Der Morgen beginnt mit einem landestypischen Frühstück, also nicht viel, der Schwerpunkt liegt auf dem Kaffee. Die Stadt erwacht, die Ferne lockt und ich bin froh, als ich die Garageneinfahrt hochfahre und im Rückspiegel Sylvie zuwinke.

Tartine und ich genießen die Fahrt auf dem letzten Stück der bekannten Autobahn der Sonne oder Autoroute de soleil entlang der Rhône. Der eine schläft und die andere guckt. Die Landschaft wird südländisch, die Temperatur steigt und endlich endet die Autobahnfahrt an der Zahlstelle für die Maut. Es heißt Kleingeld suchen, bezahlen und die Schranke hebt sich und entlässt uns auf die Landstraße.

Jetzt wird es richtig schön! Oleanderbüsche und Tamarisken wachsen am Straßenrand und die wunderbarsten und für deutsche Gemüter fremdartig anmutenden und fantasievoll gestalteten Kreisverkehre laden zum Rundfahren ein. Platanenalleen, lichtdurchflutet und schnurgerade, rechts und links Weinfelder, Obstplantagen, in der Ferne liegen kleine Ortschaften auf den Hügeln. Ich bin überglücklich und singe lauthals die Lieder im Radio mit. Armer Hund! Doch Tartine schaut interessiert aus dem Fenster, als würde er mich nicht hören.

Ich unterbreche die Fahrt an einem Parkplatz abseits der Straße und packe mein zweites Frühstück aus: leicht eingedrückte Croissants, eine Frischhaltedose mit Obststückchen und eine Thermoskanne mit immer noch glühend heißem Tee. Für Tartine findet sich in dem Überraschungspaket von Sylvie sogar eine kleine Dose Hundefutter und ich staune, denn da hat die Freundin trotz der frühen Stunde beim Zusammenpacken an alles gedacht. Ich setze mich auf einen der Steintische mit dem Rücken in Richtung der wärmenden Maisonne und stelle die Füße auf die Bank davor. So früh im Jahr sind wenige Touristen unterwegs, dafür Lieferanten, Handwerker und Landwirte. Ich nehme mir Zeit, esse abwechselnd Croissant und Obst, schlürfe Tee und beobachte meinen Hund, der nach den rasch verschlungenen Futterhappen die Örtlichkeit untersucht. Nach einem letzten Schluck wische ich mir die Hände an der Jeans ab und gebe die Zieladresse in das Navi ein: Salazac und chemin de Vacaresse, 12. Darauf habe ich mich lange gefreut und ich warte ungeduldig, bis der gute Geist im Fahrzeuginneren sich orientiert und im Straßenatlas fertig geblättert hat, um den restlichen Streckenverlauf preiszugeben.

Ich habe Zeit, ich habe viel, ganz viel Zeit. Eigentlich ist es egal, wann ich ankomme. Keiner erwartet mich, keiner wird ungeduldig, also kann ich entspannen und genießen. Ich koste den Moment aus, bevor ich den Motor starte. Ungewohnt, aber angenehm, und diese Einstellung werde ich üben. Ich strahle in die Landschaft, kann es trotz Entspannung kaum erwarten anzukommen und mich weiter zu freuen.

Und dann endlich nähern wir uns dem Ziel. Der Weg schraubt sich in Kurven einen Hügel herauf und wir erreichen das Ortsschild von Salazac und ich halte an. »Willkommen in der neuen Heimat, Isabelle et Tartine. Bienvenue.« Ich bin gespannt, wie es an unserem Ziel aussieht, und mir wird sehr warm. Schweißperlen rollen in Richtung Hosenbund. Die Hände sind feucht und ich wische mir mit dem Handrücken über die Stirn. Auch Tartine hechelt vor sich hin. Nun noch das gesuchte Haus finden. Kommt der Schweiß von der Sonne oder ist es die Aufregung? Ich vermute eine Mischung von beidem, aber es ist nebensächlich, jetzt zählt etwas anderes.

Die alten Häuser im Ortskern gefallen mir besonders. Sie stehen eng beieinander, die Schlagläden sind meist geschlossen, was die Häuser verschlafen aussehen lässt. Die verwitterten Holztore mit einem grauen Briefkasten oder einem Parkverbotsschild verwehren meinen neugierigen Blick in den Hinterhof und verwinkelten Anbau. Ich fahre an einem antiken Waschhaus mit Brunnen vorbei, dann über einen Platz, an dem die Dorfkirche steht. Daneben sehe ich das Bürgermeisteramt, die Mairie, und einen kleinen Lebensmittelladen, eine Bäckerei und eine Kneipe. Riesengroße Platanen erheben wie Sonnenschirme mit dichtem Blätterdach und grauer, schuppiger Rinde schützend über dem Platz. Eine Seitenstraße und die Navigation führen das Auto durch ein Wohngebiet mit neuen Häusern und dann zwischen Steinmauern und Gebüsch vor ein Tor. Hier endet der asphaltierte Weg. Hier soll das Mas Châtaigner sein? Meine Zieladresse? Viel zu sehen gibt es nicht, das Tor ist halb zugewachsen, nein, ganz zugewachsen und die Hecken und Büsche an den Seiten sind hoch und undurchdringlich. Das Tor ist abgeschlossen, nicht mit einem Schloss und einer Kette, sondern mit Efeu und Gestrüpp. Brombeeren, wirkungsvolle botanische Sperren, kriechen mir entgegen und krallen sich schon bei ehrfurchtsvollem Abstand in meine Hosenbeine. Die werde ich noch besser kennenlernen und mir Arme und Beine zerkratzen, ob beim Zurückschneiden oder Brombeerfrüchte pflücken. Das Tor wird von einem Rundbogen eingefasst, der mich an eine Burg erinnert, aus Bruchsteinen gemauert und mit Dachziegeln als Abschluss. Tartine findet alles aufregend und vertreibt sich die Zeit meines Überlegens vor dem Hindernis mit Schnüffeln. Neben dem Tor befindet sich auf der rechten Seite ein Gebäudeteil mit einem Fenster hoch über meinem Kopf. Die verwitterten Schlagläden sind geschlossen, dahinter liegt wieder Gebüsch, Brombeergestrüpp, ein undurchdringlicher Dschungel. Ich bin ratlos und will doch so kurz vor dem Ziel nicht aufgeben. Das Haus muss hinter dem Hindernis liegen, ich schaue mir noch einmal die Fotos im Handy an und bin mir sicher. Ich suche auf der anderen Seite weiter, die lockerer bewachsen wirkt, und finde eine bodennahe Lücke im Buschwerk. Einmal bücken und auf allen vieren krabbele ich unter der Hecke durch, Tartine dicht hinter mir, und betrete zum ersten Mal den Innenhof meines Dornröschenschlosses, des Mas Châtaigner.

Das Haus thront auf einem Unterbau aus Mauerwerk und Felsen. Eine steinerne Treppe führt ein Stockwerk hoch zu einer Terrasse und zur Haustür. Die Schlagläden sind geschlossen, als würde das Mas, wie die Häuser im Dorf, im Mittagsschlaf ruhen und gelassen auf uns warten. Es duftet nach Pinien, nach Harz und Sommerwald. Die Zikaden schreien in dem Wäldchen hinter dem Haus, ich finde das Geräusch herrlich, das ist Südfrankreich pur. Ich drehe mich einmal um mich selbst, um die Gesamtheit des Eindrucks aufzunehmen und wedele mit meinem feuchten T-Shirt, um zu trocknen und abzukühlen. Eine kalte Dusche, ein frisches Top und kurze Hose wären jetzt eine Wohltat. Egal, das Haus ist ein Traumhaus, ich bin begeistert und staune schwitzend vor mich hin. Ich fühle mich trotz der Hitze wohl und die restliche Anspannung fällt ab. Ich bin angekommen. Nachdenklich mustere ich den Platz vor dem Haus, denn genau hier hätte ich gerne mein Auto. Der Boden ist eben und befahrbar, eine sonnenverbrannte Grasfläche mit kleinen blauen Blüten durchsetzt, bewohnt von Unmengen an Grashüpfern.

Doch wie komme ich auf den Hof? Das Tor fällt im Augenblick aus, doch ich könnte durch eine vergrößerte Lücke in der Hecke fahren und schreite daher suchend entlang der Büsche. Tatsächlich stoße ich einige Meter weiter auf einen Durchlass, der in der Vergangenheit die Lösung für das seltene Befahren des Grundstückes gewesen sein könnte. Jetzt muss es für mein Auto gehen. Einige Minuten später holpere ich mit dem Wagen in den Hof und hoffe, dass er mir die Lackkratzer durch das Buschwerk verzeihen wird.

Vor dem Winkelbau finden wir Schutz vor der Mittagssonne und mir fallen Steine vom Herzen, dass ich es bis hierhin geschafft habe. Nach einer kurzen Verschnaufpause öffne ich zum Lüften alle Autotüren, trinke einen Schluck mittlerweile warmes Wasser aus der Flasche und gebe Tartine den Rest in seine Wasserschüssel. »Auf geht es! Liebes Haus, wir kommen!«

Die Schlüssel liegen im Handschuhfach und sind warm wie der Rest des Autos. Der riesige Schlüsselbund erinnert mich an einen Fund vom Flohmarkt und umfasst antike und abenteuerlich aussehende Exemplare, kein Vergleich zu heutigen Schlüsselchen, die sich in der Minderheit im Bund finden. Manche sind leicht angerostet und manche eher ein Kunstwerk als ein Türöffner, dazu gibt es einen Anhänger in Form einer Zikade am alles zusammenhaltenden Ring. Bewaffnet mit dem klimpernden Symbol des Hauseigentümers steige ich die Treppe empor. Breite Steinplatten strahlen die Wärme des Tages aus und in den Fugen trotzt Thymian der Trockenheit und Hitze. Ein zerfallendes Holzgeländer bröselt unter meinem Griff, malerisch, aber nach Restaurierung rufend, und ich lasse die Hände besser bei mir als an ihm Halt zu suchen. Der passende Schlüssel zum Schloss der Haustür ist einer der alten und großen Exemplare, glücklicherweise nicht der allergrößte und nicht verrostet. Ich drehe und drehe und mit Gekrächze und Geraune öffnet sich die Tür in einen dämmrigen Flur. Lichtschalter sind an der Wand, doch ohne Strom, und es bleibt dunkel. Die Tür an der rechten Seite öffnet sich in eine Küche mit glattem Steinboden. Ein großer Raum mit Holzmöbeln und bunten Fliesen an der Wand erwartet mich. Weiße Tücher bedecken wie in einem Hollywood-Klassiker das Mobiliar und der Raum wirkt wie aus einer anderen Zeit. Das Fenster über der Anrichte und der großen Spüle in Richtung Hof kann ich ohne Widerstand öffnen und die Fensterläden bewegen sich zäh und krächzend wie die Haustür. Sonne flutet in den Raum, Staub tanzt im Licht. Eine Küche mit weißen Wänden, zum Teil freiliegendes Mauerwerk, dunkle Balken an der Decke, ein glänzender Holzboden im hinteren Bereich, wo sich viel Platz findet. Dort ist ebenfalls ein Fenster und als dieses geöffnet ist, schmelze ich dahin. Ich habe einen verwilderten Garten vor mir, allerlei Bäume und Sträucher, zu erahnende, überwucherte Beete umgeben von kleinen Mauern, alles terrassenartig sanft abfallend in den Hang mit lichtem Wald und Buschwerk. Im Hintergrund liegt das Bilderbuchdorf mit dem Kirchturm, einem Glockenturm, verschachtelten Dächern und rechts und links Landschaft.

Der Buchtitel »Die schönsten Dörfer der Provence« taucht vor meinem inneren Auge auf – alte Ausgabe, wird nicht mehr neu aufgelegt – hier habe ich das schönste Bild daraus. Das ist besser als die Bildbände in der Bücherei. Und noch besser als meine Tagträume, denn hier sehe, fühle, rieche und höre ich Südfrankreich, kann es anfassen und begreifen, einatmen, erleben. Ich lehne mich an den Fensterrahmen, ich liebe das alles und kann mein Glück und meine Freude kaum fassen. »Bin ich ein Glückskeks? Ich bin einer, definitiv. Ein riesengroßer Keks und mit Schokolade überzogen mit dazugehörendem Glückshund, nicht wahr Tartine?«

Doch der Hund hat wenig Interesse an der Aussicht und meiner Schwärmerei und schnuppert sich durch die Küche und den angrenzenden Raum, in dem ein Esstisch, eine Bank entlang der Wand und Stühle unter den Tüchern schlafen. An dem Durchgang steht ein großer Ofen, Kachelofen und Kochherd in einem Teil vereint, das habe ich noch nie gesehen. Ich gehe zurück in den Flur. Hier sind weiße Wände und antik aussehender Fliesenboden, sonst nichts. Gegenüber der Küchentür wartet eine weitere Tür. Dahinter liegt ein Zimmer, das nach dem Öffnen des Fensters offenbart, dass es ein Büro ist. Ein Schreibtisch steht vor dem Fenster, an den Wänden sind Bücherregale, es gibt leere und gefüllte Fächer, einen gemütlichen Sessel, einen Schrank und wieder alles unter Tüchern versteckt. Ich sehe in meiner Vorstellung den Onkel am Schreibtisch sitzen und schreiben, die Tante im Sessel und in einem Buch blättern. Ein gemütliches Zimmer, das zum Arbeiten und Lesen einlädt. Die Luft ist kühl und ein wenig muffig, doch das ändert sich, als die Fenster offenstehen und Sonne und Zikadenmusik ins Haus wehen. Ich ziehe die Schlagläden ein Stück zu und befestige sie in dieser Stellung mit den im Mauerwerk verankerten Haken. Nun kommt frische Luft in den Raum und es bleibt trotzdem schattig und kühl. Im Flur sehe ich am Ende eine rustikale Tür, die sich unter Murren und mit ein wenig mehr Nachdruck auf die hintere Terrasse öffnen lässt. Ein Traum von Terrasse und mein zukünftiger Lieblingsplatz. Mein Grinsen wird immer ausgeprägter und es ist gut, dass mich keiner sieht, ich mache sicher einen seltsam irren Eindruck. Wir steigen die Stufen in die erste Etage. Holz knarrt, Tartines Krallen kratzen über die Stufen, seit Ewigkeiten ist niemand hier gewesen und die Stiege wundert sich hörbar über das ungewohnte Gewicht. Oben finden wir im Halbdunkeln, mittlerweile habe ich die Handy-Taschenlampe eingeschaltet, ein funkelnagelneues und schlichtes Badezimmer. Von der Badewanne kann man sich bei geöffnetem Fenster in den Garten und das Land träumen, das wird mein zweiter Lieblingsplatz. Hinter den anderen drei Türen liegen leere Zimmer, alle wunderschön mit weißen Wänden und dem dunklen Holzboden, der helleren Decke mit Balken und Putz, den Sprossenfenstern, aber ohne Einrichtung, ohne Steckdosen, ohne Lampen, nur die Kabel winken mir aus der Wand zu. Hier suche ich mir ein Schlafzimmer aus und habe etliche Zimmer zur Verfügung für Gäste, ein Arbeitszimmer oder was man sonst brauchen kann. Von dem Raum zur Hofseite gelange ich durch eine Tür in das Obergeschoss des Anbaus. Hier wohnen ebenso Leere und Schlichtheit in zwei Räumen. Von den Fenstern sehe ich, soweit ihr Sauberkeitsgrad es zulässt, in alle Ecken um das Haus, in den Garten, rechts neben das Haus in die Wildnis und die dahinter liegenden Weinfelder, nach vorne in den Hof, auf das Auto, die Felder und den Wald.

Eine schmale Treppe führt auf den Speicher, der stockdunkel und drückend warm ist. Für hiesige Verhältnisse ist er ordentlich isoliert, aber in der Mittagszeit zu warm für einen längeren Aufenthalt und ich schaue mich nur kurz um. Hier lagern viele Möbel, die obligatorischen Tücher in diesem Haus liegen über allem, Kartons und Verpackungen stapeln sich rechts und links in den Gängen. In der Enge und Hitze ist das nicht mein dritter Lieblingsort und ich steige in die kühleren Stockwerke zurück.

Nach diesem ersten Überblick schaffe ich meine Sachen ins Haus und deponiere sie im hinteren Bereich der Küche. Das nimmt seine Zeit in Anspruch. Die Treppe hoch und die Treppe runter, möglichst das morsche Geländer nicht berühren und nicht stolpern. Die Tücher habe ich schwungvoll von den Möbeln im Küchenbereich gezogen und nun liegen die Gespensterhüllen im Flur. Es sieht großartig aus, selbst mit meinem Durcheinander. Alles ist aus Holz, schlicht und ländlich, zum Teil alte Möbelstücke wie der Tisch und der Eckschrank, zum Teil neue Möbel. Die Einbaugeräte sind modern und fügen sich harmonisch in die Küche ein. Da haben Tante und Onkel eine vorzügliche Auswahl getroffen.

Als das Auto endlich leer und die Dachbox abgeschraubt und im Flur untergebracht ist, schaue ich auf die Uhr. Es ist schon sieben Uhr und ich habe keinen Strom, fällt mir siedend heiß ein. Ich bin verschwitzt und müde, mich juckt es am ganzen Körper und nun noch dieser Schreck. »Ups, das ist jetzt nicht gut, doch wo finde ich den Sicherungskasten?« Ich beginne Selbstgespräche zu führen, aber das ist eine Frage an das Haus, das sicherlich genau weiß, wo ich den Kasten finde. Ich schaue den leicht offenstehenden Kühlschrank fragend an, der weder kalt ist noch eine Beleuchtung aufweisen kann. Noch scheint die Sonne, aber ohne Licht, warmes Wasser und heiße Herdplatte wird es eine ungemütliche Nacht. Ich setze mich zum Überlegen auf einen Küchenstuhl und merke, dass ich nicht mehr aufstehen möchte. Im Haus habe ich keinen Stromkasten gesehen, also muss ich raus und dort nachschauen. Ich wandere suchend um das Haus, soweit es möglich ist, verbrenne mir die Beine an Brennnesseln, zerkratze sie an Brombeerranken und Disteln. Am Anbau verschwindet ein dickes Kabel im Haus, das wird das Stromkabel sein und ich bin erleichtert. Der Sicherungskasten könnte im Keller installiert sein und ich bahne mir leise fluchend den Weg zurück und schaue hinter dem Essbereich nach. Dort gibt es einen Vorratsraum, eine kleine Tür und eine winzige Treppe führt in den Keller. Mit dem Handylicht steige ich langsam die schmalen Stufen herunter. Der Keller ist so dunkel wie eine Grotte, doch direkt neben der Treppe findet sich der ersehnte Sicherungskasten. Ich würde gerne in die schweißnassen Hände klatschen, denn in diesem Kasten, einem Meisterwerk der modernen Elektrik, komme ich dem unbedingt umzulegenden Schalter auf die Spur, mit dem ich den Strom ins Haus fließen lassen kann. Wo ich einmal hier bin, sehe ich daneben einen leuchtend roten Absperrhahn der Wasserleitung aus der Wand ragen. Da lege ich gleichfalls Hand an und den Hahn um, es ist das französische Modell, also nicht Drehen, nur Umlegen. Strom und Wasser fließen jetzt, hoffe ich inbrünstig. Ich klettere das Treppchen hoch in den warmen Nachmittag und im Flur leuchtet das Deckenlicht. Zwar hängt hier nur eine Baulampe, aber dafür empfängt mich strahlende Helligkeit. Der Kühlschrank lässt sich willig anschalten und beginnt zu brummen. Nun zum Wasser. Der Wasserhahn in dem Spülbecken vor dem Fenster zum Hof gurgelt erst besorgniserregend, was Tartine aus seiner Ruhe weckt, aber endlich kommt frisches Wasser. Im Badezimmer lasse ich alle Wasserhähne laufen, halte mir zur Erfrischung die Hände und Arme unter das erste Wasser und schalte zum Schluss den Heißwasserboiler ein, der sich in einem Wandschrank findet. Die Dusche am Abend ist gesichert. »Danke!« Ich bin zufrieden und stolz auf mich, dass ich auch diese Hürden genommen habe und die Haustechnik reibungslos funktioniert.

Der Magen grummelt laut und ich spüre den nagenden Hunger. Wie lange habe ich nichts mehr gegessen? Seit dem zweiten Frühstück auf dem Rastplatz hat es außer Wasser und einem Rest Tee nichts mehr gegeben. Ich gehe im Geist die in den Kühlschrank geräumten Lebensmittel und mitgebrachten Vorräte durch. Ein Ausflug ins Dorf und Essengehen sind zu anstrengend, das spare ich mir für morgen auf und geduscht bin ich auch noch nicht. In einer kleinen Kiste stelle ich ein Abendessen zusammen, schneide das mitgebrachte Baguette auf und suche Besteck und Teller aus der Küchenkiste. Eine Portion Hundefutter kommt in den Napf und der Hund ist versorgt. Mit einem Stuhl vom Esstisch setze ich mich auf die Terrasse, die Kiste kommt auf die Mauer und ich genieße meine erste Mahlzeit im neuen Zuhause. Schwalben ziehen hoch am Himmel und der Abendstern erscheint hinter dem Haus, wie ich bei der Suche nach einem zweiten Bier und dem Blick aus dem Küchenfenster sehe. Ich bin allein mit Tartine, rede mit dem Haus und dem Hund, der das schon kennt, mit dem Kühlschrank und dem Wasserhahn und fühle mich pudelwohl in dieser traumhaften Umgebung.

Gedankenverloren räume ich die Küche auf und schließe die Türen. Hat der Onkel nicht den Nachbarn Bescheid gegeben, dass ich anreise? Es wäre einfacher gewesen, wenn das Tor vor meiner Ankunft offen gewesen wäre und mir jemand geholfen hätte. Aber ich habe es geschafft, auch ohne Hilfe, und wer weiß, was es mit den Nachbarn auf sich hat.

Doch da war noch eine Kleinigkeit neben Strom und Wasser. Das Bett! Ich habe kein Bett. Schlimmer als Schneewittchen, denn die hatte wenigstens Zwergenbetten. Doch wenn es für die letzte Nacht in Bonn mit dem Schlafen auf dem Boden ging, dann geht das auch ein weiteres Mal. Ich suche den Schlafsack, Decken und Kissen aus dem Gepäck und nutze die weißen Tücher als Unterbau für ein Behelfsbett in der Küche.

Meine wenigen ausgepackten Utensilien wirken im spärlich eingerichteten Badezimmer verloren, es sieht aus wie auf einer Baustelle. Aber die Dusche funktioniert, das Wasser ist angenehm warm und der klebrige Schweiß des ganzen Tages löst sich in dem frischen Zitronenduft des Shampoos auf. Ich freue mich darauf in den Schlafsack vor dem Küchenschrank zu kriechen, flechte die nassen Haare in einen Zopf und schlüpfe in ein bequemes T-Shirt. Auf dem Handy finde ich Nachrichten von der Familie, von Susa und Sylvie, die mir gute Nacht wünschen. Tartine schläft in seinem Korb und auch ich schlafe ein, eingehüllt in die Vorsommernacht, in die Nachtgeräusche von Käuzchen, Füchsen, den Hunden im Dorf und Grillen der Nacht und in Vorfreude auf den Morgen.

Kapitel 6

Mein Tag beginnt früh, denn bequem ist dieses »Bett« nicht. Vom Boden aus sehe ich mir die Küche von unten an, sozusagen aus der Glückshund-Perspektive. Es ist dämmrig, die Fensterläden nach vorne sind geschlossen und nur das Fenster zum Garten lässt die Morgensonne hinein. Tartine blinzelt mir aus dem Korb zu, streckt und reckt sich. Ich versuche urlaubsmäßig entspannt liegen zu bleiben, doch die Neugier übertrumpft die erzwungene Ruhe und ich schäle mich aus dem Schlafsack. Die Nacht auf dem Boden war nicht gut für meinen Rücken, merke ich beim Aufstehen. Steif gehe ich zu den Fenstern, stoße die Schlagläden auf und genieße: die wunderschöne Aussicht vorne, die wunderbare Aussicht hinten, die kühle Luft, die durch das Haus zieht. Ich spaziere einmal durch das ganze Haus und fühle mich wie in meinem Traum.

»Kaffee und Frühstück, das wäre jetzt das Richtige und überhaupt, guten Morgen, liebes Mas.« Ich richte mir ein einfaches Frühstück und nehme meinen Kaffeebecher und eine Schüssel Müsli mit auf die Lieblingsterrasse. Tartine war in der Gartenwildnis unterwegs und kommt nass und mit Kletten und Grassamen im Fell zurück. Er frühstückt eilig den Rest aus der Hundefutterdose, um erneut im Garten zu verschwinden. Ich bin zwischen der Sorge, dass ihm etwas zustößt und dem Wunsch, ihm Freiheit zu lassen hin und her gerissen. Am besten sehe ich mir das Grundstück an, wie groß es ist, wie es eingezäunt ist, wo der Weg am Ende des Gartens unter einem Rest eines Rosenbogens ohne Rosen hinführt. Wie weit ist es fußläufig zum Dorf und wo wohnt der Nachbar, der das Haus hüten soll? Es gibt so viel zu entdecken. Geräuschvoll schlürfe ich den Kaffee aus und suche eine lange Hose, Wanderschuhe und Socken. Das Grün ist taufeucht, wie Perlen hängen die Tropfen in der Morgensonne an den Lavendelbüschen und in den Spinngeweben. Ich bleibe stehen und schaue mich um. Im Garten gibt es Inseln mit Blumen, die mir die Umrisse früherer Beete anzeigen. Die Vorstellung von einem prachtvollen provenzalischen Garten schwebt wie eine Traumwolke über mir. Grüne und bunte Ideen erfüllen diese Wolke, Bilder aus Gartenbüchern und Katalogen vermischen sich mit meinen Vorstellungen.

An der linken Hausseite erstreckt sich ein langer Schuppen mit schrägem Dach. An der Vorderseite ist er teilweise offen und vollgestellt mit Brennholz, Karren und alten Ackergeräten, Leitern, Dachziegeln und Baumaterialien. Ich komme von ihm aus wieder vor das Haus, wo das Auto im Schatten parkt. In der Mitte des Vorplatzes steht der für das Haus namensgebende Maronenbaum, ein Ess- oder Edelkastanienbaum, nicht sehr hoch, aber stämmig und rund gewachsen. Hier kann man eine Bank um den Stamm bauen, träume ich, in seinem Schatten im Sommer Kaffee trinken, im Herbst die Maronen aufsammeln und an frostigen Wintertagen im Ofen rösten. Ich schaue in das grüne, dichte Blätterdach und einmal um den Baum herum.

Rechts vom Haupthaus schließt sich der Anbau an und bildet einen Winkel mit dem Haus. Daneben steht ein Mauerstück mit dem besagten malerischen Tor, was momentan als solches nicht zu gebrauchen ist. Warum ist es zugewuchert und damit verschlossen? Wieder stellt sich die Frage nach den Nachbarn, die das Haus hüten sollen. Neben dem Anbau liegt Wildnis, alles ist voller Dornen und Ranken und dahinter sind große Weinfelder, die von Hecken umrahmt werden. Ich gehe zum Schuppen zurück und habe auf dieser Grundstücksseite leichteres Spiel bei meinem Rundgang. Hier ist eine Wiese mit Wildblumen und am Rand wachsen Olivenbäume, ältere, knorrige und schiefe, und einige jüngere und aufrechte Bäume. Eine Hecke dient als Begrenzung, die im hinteren Bereich dicht und ohne die Lücken wie vorne am Tor ist. Das Buschwerk ist undurchdringlich und wild gewachsen und sollte geschnitten werden. Dahinter wird ein Acker sein oder der Nachbar wohnen, aber durch die Hecke kann ich nichts erkennen. Der Hund raschelt im Gras, die Vögel singen, die Zikaden schlafen noch und warten auf die Sonnenwärme.

Bevor es auf dem Dachboden ungemütlich warm wird, beschließe ich, den Gartenrundgang zu beenden und eine zweite Exkursion auf den Speicher einzuschieben. Dort werde ich hoffentlich ein Bett und andere Möbelstücke finden. Hier oben ist es fast wie in einem Möbelgeschäft, nur ohne Durchsagen und Musik, und ich bin allein im Laden. In unzähligen Kisten stapeln sich Geschirr und Lampen und ich finde Kartons mit Fliesen und Kacheln, Körbe, Eimer, Töpfe von anno dazumal und verschlossene, geheimnisvolle Umzugskisten. Da werde ich Einiges für meinen Hausrat, die Ausstattung der Küche und der anderen Zimmer finden. Doch wo sind Betten? Ich räume lange umher und bahne mir neue Wege und Stichstraßen durch den Trödel und finde erleichtert die Einzelteile eines Bettes, schlicht und antik und hoffentlich vollständig. Es scheint breit zu sein, ausreichend mindestens für eine, wenn nicht für zwei Personen. Da das Bett in vier Einzelteile zerlegt wurde, schaffe ich es, diese zur Speichertür zu ziehen und mit einer großen Portion Geduld die Treppe herunterzutragen. Vor dem Aufbau des Bettes suche ich mir nach einem Rundgang durch alle Zimmer, Betrachten der jeweiligen Aussicht und Bedenken der Lage im Haus mein Schlafzimmer aus. Die Wahl fällt auf den Raum mit Aussicht in den Garten. Hier kann ich bei offenem Fenster vom Bett die Baumwipfel des Waldes und viel blauen Himmel sehen, was mir gefällt.

Das Verbinden der Einzelteile zu einem Bett gelingt dank der Erfahrungen im Zusammenbau von Möbeln einer bestimmten schwedischen Firma, die oftmals eine größere Herausforderung darstellten als dieses Exemplar. Es ist ein herrliches Bett, das ich mir genauso im Möbelgeschäft ausgewählt hätte. Vorsichtig ziehe ich es an Ort und Stelle und bewundere das Bett und mich selbst. Ein passender Lattenrost findet sich neben der Tür, stabil und in Folie gehüllt, doch die Matratze fehlt. Auf dem ganzen Speicher findet sich keine Matratze, stelle ich nach einer letzten Runde fest. Die Luft wird langsam, aber sicher warm und mir auch. Ende mit der Speichererforschung und hinab in die Küche.

Nun habe ich nur noch ein Matratzen-Problem, das es zu lösen gilt. Ein Ausflug ins Dorf und in den nächsten Ort steht unausweichlich an. Ich leide mit dem Auto, als es sich ein zweites Mal durch die Hecke quält und ich sehe in Gedanken meinen Bruder mit dem Kopf schütteln und missbilligend die Kratzer begutachten. Tartine schaut interessiert aus dem Autofenster, denn manchmal kommen wir an Hunden und Katzen vorbei, denen er freundlich auf seine Art mit einem leisen Wuff Hallo sagen kann. Wir queren im ersten Gang das Dorf und auch ich schaue neugierig nach beiden Seiten. An der Kreuzung zur Hauptstraße stehen unter ausladenden Platanen einige Stühle. An der Seite ist eine Bushaltestelle mit einem kleinen Haltestellenhaus. Ältere Dorfbewohner sitzen hier zusammen, beobachten jedes Auto, jeden Traktor, jedes Fahrrad und jeden vorbeikommenden Wanderer, lesen die Zeitung und schwatzen miteinander. Ein kleiner Treffpunkt im Dorf für die Senioren, luftig, gesellig und unterhaltsam und ich würde gerne einmal ihren Gesprächen lauschen. Sicher wissen sie viel von früher zu berichten, sie kennen das Dorf und seine Geschichten.

Jetzt geht es auf der Hauptstraße in sanften Kurven bergab. Wir rollen durch Weinfelder, Gebüsch und Wald, es folgen eingezäunte Wiesen mit Eichenbäumen, Lavendelfelder, Kirschbaumplantagen und zwei Dörfer in Richtung Bagnols. Dort hoffe ich alle großen Geschäfte, die Hypermarchés und Giant Casinos, einen Baumarkt, und besonders einen Bettenladen zu finden. Und richtig, am ersten Kreisverkehr des Ortes liegt in einem Gewerbegebiet eine Ansammlung von Geschäften, die mir den Luxus eines Matratzen- und Bettenladen bieten. Ich teste ein Dutzend Matratzen wie die Prinzessin auf der Erbse, finde meine Matratze und der Angestellte verspricht mir eine Lieferung der Ware am Spätnachmittag. Diesen Punkt kann ich abhaken auf meiner Liste und das Thema Bett ist erledigt. Ich gönne mir einen kurzen Besuch im Supermarkt, der direkt gegenüber liegt, kaufe Dosenfutter für Tartine und versuche mich beim Durchstreifen der langen Gänge zu erinnern, welche Grundnahrungsmittel in meiner Küche fehlen.

Den Nachmittag verbringe ich mit Aufräumen und Einräumen und Warten auf die Matratze. Ich genieße jeden Augenblick, schaue aus den Fenstern, beobachte die Schmetterlinge und Vögel im Garten, mache wiederholt Pausen mit einer Tasse Tee auf der Terrasse und komme aus dem Strahlen nicht mehr raus. Hoffentlich klappt das mit der Matratze, denke ich und in diesem Moment sehe ich einen weißen Lieferwagen die Straße hochfahren. Ich sprinte los, denn der Wagen passt bei aller Liebe nicht durch die Heckeneinfahrt. »Hallo und bonjour und Entschuldigung, ich bin erst einen Tag hier und leider, es tut mir wirklich leid, kann man nicht einfach so auf den Hof vor dem Haus fahren. Wir müssen die Matratze dort vorne durch die Hecke tragen ...«

Meine atemlose Begrüßung lässt den Fahrer schmunzeln. Er parkt den Wagen vor dem Tor, öffnet die hintere Tür, zieht mühelos, wie mir scheint, die große Matratze hervor, packt sie auf seine Schultern und stiefelt ohne Worte hinter mir her. Wir schaffen es mit vereinten Kräften durch die Hecke, dann über die Treppe und mit einigem Rangieren auch das Treppenhaus hoch bis zu meinem Bettgestell. »Voilà, das hätten wir geschafft«, ist endlich der erste Kommentar des Mannes. Bei einem Glas Wasser entsteht doch noch ein Dialog und ein erster und praktischer Kontakt. Der junge Mann hat, welch ein Zufall, einen gärtnernden Bruder, der mit seinen Arbeitskollegen meine Torsituation und den Heckenschnitt in Angriff nehmen wird. Der junge Mann heißt Jean. Einer von vielen Jeans, die ich kennenlernen werde, und er bekommt zur Unterscheidung von den anderen den internen Zusatz Matratzen-Jean und ein zweites kühles Wasser als Dankeschön.

Ich seufze zufrieden und lasse mich rücklings auf die Bettstelle fallen. Das ist ein Schritt nach vorne, kommt mir bei der Rückwärtsbewegung in den Sinn, und ich freue mich wie eine Prinzessin auf die Nacht im richtigen Bett. So vergeht der Nachmittag und die Sonne verabschiedet sich hinter dem Hügel. Das Radio in der Küche leistet Gesellschaft und informiert über die Ereignisse weltweit und vor allem national geprägt, was in Frankreich geschieht. Ich habe einiges aus den Kisten geräumt und mich eingerichtet. Es sieht gemütlich aus und auf der Anrichte liegt ein Erledigungszettel, den es in den nächsten Tagen abzuarbeiten gilt.

Am Abend bin ich früh in meinem neuen Schlafzimmer, es ist noch nicht ganz dunkel draußen. Eine Lampe steht auf dem Boden und verbreitet gemütliches Licht in dem sonst leeren Raum. Auf einer Weinkiste liegen das Handy und Bücher und neben mir steht der Hundekorb mit dem schlafenden Hund. Das Bett lockt mich mit der neuen und frisch bezogenen Matratze, meinem Kopfkissen, der Sommer-Bettdecke und der schönen, cremefarbenen Überdecke, die ich elegant zurückgeschlagen habe. Ich lese mit Mühen und Gähnen zwei Seiten in meiner Abendlektüre, kuschele mich in meine Decke, rieche den heimeligen Geruch, fühle den weichen Stoff, bin zuhause und schlafe.

KAPITEL 7

An den nächsten beiden Tagen schneiden und häckseln die drei Gärtner, was das Zeug hält. Am dritten Tag sieht das Grundstück verändert aus: Das Tor liegt frei und es kann geöffnet und geschlossen werden, wozu es geplant und gebaut wurde. Die Anlieferung einer weiteren Matratze wird ein Kinderspiel sein. Die Wildnis auf der rechten Seite ist komplett gerodet, der Boden umgepflügt und der Garten hinter dem Haus in groben Zügen aufgeräumt. Die Hecken sind zurückgeschnitten und das anfallende Häckselgut ist unter den Bäumen verteilt. Ich habe den tatkräftigen Männern, einem Jacques, einem André und einem Paul, geholfen, sie mit Getränken versorgt und zwischendurch im Haus gearbeitet. Die frühen Morgenstunden verbrachte ich auf dem Speicher, habe herumgeräumt und viele Einrichtungsgegenstände »ausgegraben«. Die Männer hatten schweres Gerät zum Bewerkstelligen der Arbeit dabei und es waren zwei unruhige und laute Tage mit Traktorbrummen, Motorsägen- und Freischneidergekreische. Zwischendurch war, wie auf einer Baustelle, ein kleiner Bagger zu sehen, der seinen gelb leuchtenden Arm aus dem Gestrüpp reckte. Tartine war zwischen der Begeisterung über den Besuch und Trubel und dem Lärm und Gestank der Motoren zerrissen und am Abend so erschöpft, dass er direkt nach der letzten Portion Futter einschlief.

Am Sonntag wache ich in einem neuen Haus mit neuem Garten auf und freue mich. Keine Handwerker und keine Arbeit, kein Krach und Heulen der Motoren, ich werde heute chillen und den Tag genießen. Ich bin erst eine Woche in Salazac, habe viel erledigt und Haus und Garten zum Leben erweckt. Die Zeit ist rasch verflogen, die Tage prall gefüllt mit ungewohnter Arbeit und neuen Bekanntschaften. Für ein bisher eher faules Stadtmädchen eine Leistung. Ich bereue nichts, weder den Umzug noch die Neuorientierung. Gut, die Familie und Freunde fehlen mir, ein wenig, ein wenig viel.

Ich räkele mich trotz Muskelkater im Bett, das ein antikes Nachtschränkchen zur Gesellschaft und Vervollständigung des Ensembles bekommen hat. Neben dem altmodischen Wecker, der unten im Büro stand, steht das Foto von Johannes, der mich morgens lächelnd begrüßt und abends liebevoll in den Schlaf begleitet. Ich betrachte ihn verträumt und ein wenig melancholisch, um ihm dann beim Aufstehen einen Kuss auf die Lippen unter dem Glas zu drücken. Die Kommode gegenüber, die auf dem Möbelspeicher war, und die vorerst meinen Kleiderschrank darstellt, ist ein wahres Prachtstück. Sie ist aus dunklem Holz und hat eine auffallende mittlere Schublade, die mit Schnitzereien verziert ist, während die Schubladen über und unter ihr ohne Zierrat sind.

Meine Gedanken schweifen in den Garten, besser in die Baustelle des Gartens. Was stelle ich mit dem Feld an? Nutzgarten und Bauerngarten mit Gemüse oder Olivenbäume und Obstbäume? Ein Gewächshaus und/oder einen Hühnerstall? Ein Zaun um den Garten wegen der Rehe und Wildschweine und einen Zaun um das Hühnergehege wegen des Fuchses? Zahm müssen die Hühner werden, damit ich sie auf den Arm nehmen kann. Isabelle mit Huhn im Arm und einem Korb voll Ich-weiß-was-nicht-alles-Gemüse. Es gibt Eier und eigene Suppenhühner. Jetzt geht mir die Hühnerschar durch und am frühen Morgen bin ich am Suppe kochen? Obwohl bei der Gemüseflut, die ich in meinen Träumen erwarte? Wer soll das essen? Entweder eine große Familie, hoppla, oder viele hungrige Freunde zu Besuch und meine Familie. Ende der Reise in die Zukunft und auf in die Realität eines sonnigen Sonntages, raus aus den Federn.

Ich drehe eine Runde im Traum-Badezimmer, das immer noch spartanisch ausgestattet ist, was seine Vorzüge hat, denke man nur ans Putzen und Aufräumen. Die Aussicht und die Morgenluft, die durch das offene Fenster strömt, machen mich munter und Kaffeekochen und Frühstück zubereiten in der schon besser eingerichteten Küche lassen mich singen und summen. Ich genieße die Morgensonne auf der Terrasse und Tartine kontrolliert den Garten. Die Vögel zwitschern und sonst herrscht Ruhe, absolute Ruhe. Keine Autos, keine Traktoren, keine Stimmen, nur Natur.

Nach dem Frühstück gehe ich durch den Garten zum Waldabhang, um den Weg zu erkunden. Dieser Bereich ist mit stabilem Knotendraht umzäunt, der auch im oberen Teil zu finden ist, wo es keine Hecke gibt. Dadurch habe ich mit Sicherheit keine Wildschweine, freilaufende Hunde oder ähnliche Störenfriede zu fürchten und mein Hund kann nicht entwischen. Mir tun die Männer leid, die den Zaun gesetzt haben in diesem unwegsamen, steinigen Gelände. Ob der Onkel oder der Vorbesitzer den Zaunbau veranlasst hatten? Wem gehörte das Mas vorher? Wer hat hier vor langen Jahren gelebt? Fragen über Fragen spazieren mit in den Wald.

Der Pfad schlängelt sich hinter dem antiken Rosenbogen zwischen den Steineichen, den Buchsbäumen und Gebüsch bergab. Zwischen malerischen, niedrigen Mauern und bemoosten Felsen wächst ein bizarr gewachsener Baum zwischen Farn und Moos, hübscher kann es ein Landschaftsarchitekt nicht gestalten. Immer wieder bleibe ich stehen, mache Fotos und entferne Zweige und dicke Zapfen von dem Weg, auf dem lange niemand spaziert ist. Es geht weiter bergab. Wasser rauscht und der Pfad endet mit einem Mini-Mini-Strand am Bach. Hier fließt er über dicke Steine und staut sich in einem Becken, bevor er zwischen dichtem Gebüsch verschwindet. Ein eigener, wenn auch kleiner Strand und Pool! Tartine ist begeistert und steht bis zum Bauch im kühlen Nass. Das will nicht viel heißen bei seiner Größe und er bleibt auch in Ufernähe. Ich streife die Turnschuhe und Socken ab und teste unser Naturbad. Das Wasser ist kalt, im Kontrast zu der warmen Luft sogar eisig. Hier kann ich mich an Sommernachmittagen abkühlen und der Hund kann nach Herzenslust planschen. Tartine springt auf dem Rückweg munter vor mir her, schaut rechts und links des Pfades nach allen für ihn interessanten Details. Ich schnaufe wie ein Mops und vermisse schmerzlich eine bessere Kondition, doch die werde ich mit der Zeit bekommen.

Nach Stunden mit Auf- und Einräumen und weiteren Speicherentdeckungen sitze ich zum Abschluss des Tages auf der Terrasse, genieße den Abend und eiskalte Zitronenlimonade und freue mich auf die nächste Woche. Die Arme und Beine werden sommerlich braun, ich kann jeden Tag in einer kurzen Hose und in einem T-Shirt laufen und suche mir nur abends und morgens einen Pullover zum Überziehen. Die meist nackten Füße bedürfen abends einer gründlichen Wäsche, aber ich liebe es barfuß zu laufen, die warmen Steine auf der Treppe, die kühlen Fliesen im Flur und morgens den Tau im Gras zu fühlen.

Montag, Zeit für ein Lauftraining zum Bach, das heißt bergab laufen und berghoch keuchen. Wieder am Haus wende ich mich dem nächsten Punkt der Tagesordnung zu. Bewaffnet mit Portemonnaie und Einkaufstasche, Sonnenbrille und Hundeleine wandern Tartine und ich in Richtung Dorf. Ich bin gespannt, wie meine Nachbarn und das Dorf von Nahem betrachtet sind.

Das Nachbarhaus ist ein kleiner Bauernhof, doch leider ist niemand zuhause. Hier müssen die Leute wohnen, die das Haus gehütet und Fotos geschickt haben. Der große Hund bellt im Zwinger und findet es ungerecht, dass der fremde Hund in seinem Hof rumlaufen und er nichts ausrichten kann. Hühner picken in einem weitläufigen Gehege. Ich sehe im Hintergrund Kaninchenställe, Gemüsebeete, Blumen, einen Schuppen und auf einer Wiese zwei Esel. Wir spazieren weiter und die Vorstellung beim Nachbarn wird zu einem späteren Zeitpunkt erfolgen. Vielleicht bekomme ich bei ihnen Eier und Gemüse, bis ich einen eigenen Garten habe, und die Beantwortung einiger Fragen, die mir auf der Zunge brennen. Vielleicht sind sie auch nicht nett und möchten keinen Kontakt haben, denn warum hat sich bis jetzt niemand blicken lassen. Es war dermaßen viel Lärm bei mir, dass man es unmöglich überhören konnte, dass in dem Mas Leben eingekehrt ist.

Das Sträßchen schlängelt sich durch ein Wohngebiet mit neuen Häusern, viele mit einem Pool, mit mehr oder weniger trockenen Rasenflächen und Spielgeräten für die Kinder. Alle sind mit der obligatorischen Mauer um das Grundstück versehen. Die vielen Mauern sind auffallend, entweder nur die rohen Steine oder glatt verputzt, manche ordentlich wie in Deutschland und wie mit dem Lineal gezogen, dann unordentliche Exemplare und viele mit Drahtzaun als krönendem Abschluss.

Auf dem Dorfplatz plätschert der Brunnen. Ich wasche mir die Hände im eiskalten Wasser, setze mich auf den Rand und schaue mich um. Es ist gemütlich hier, beschaulich und friedlich und weder ein Auto noch ein Dorfbewohner ist unterwegs. Die Kirche gegenüber hat ihre Tür einladend geöffnet und hier starte ich meinen Rundgang. Mich empfängt beim

Betreten dämmrige Stille, ein Hauch von Weihrauchduft und das warme Licht der Kerzen vor einer schlichten Marienstatue. Da ich mit einem Schild »Entrée interdite aux chiens« gebeten wurde, Tartine nicht den Segen der kühlen Kirche genießen zu lassen, halte ich mich nur kurz auf. Als Nächstes wenden wir uns dem kleinen Laden zu, dem Petit Magazin. Auch hier muss mein Hund draußen warten, doch durch die offene Tür nimmt er schwanzwedelnd am Geschehen teil. Die ältere Dame hinter der Ladentheke ist in ein Gespräch mit zwei Frauen vertieft, die drei schauen auf, grüßen mich und wenden sich wieder ihrer Besprechung zu. Ich verschaffe mir einen Überblick über das zur Verfügung stehende Angebot beim behutsamen Begehen der Gänge zwischen den gut gefüllten Regalen. »Au revoir«, rufe ich laut und deutlich beim Verlassen und winke in Richtung der Damenrunde. Jetzt fehlt noch der Besuch beim Bäcker eine Tür weiter.

»Bonjour, Monsieur, was für eine wunderbare Bäckerei!« Ich bleibe mit Tartine an der Tür stehen und schnuppere genüsslich den Duft. Die Auslagen sehen verführerisch aus, neben Croissants, süßem Gebäck und kleinen, bunten Kuchen gibt es eine reichliche Auswahl an rustikalen Broten und natürlich Baguettes.

»Bonjour, Madame, herzlich willkommen. Sie stehen vor einer der besten Bäckereien weit und breit. Treten Sie näher!«

Der Gruß und das Eigenlob des Bäckers sind gefüllt mit dem Brustton tiefster Überzeugung und werden mit einem Wedeln des karierten Küchentuches über seiner Auslage unterstützt. Ich muss lachen, doch die Backwaren sehen fantastisch aus und den Duft nach frischem Brot liebe ich über alles, ebenso wie die dazugehörigen Backwaren, versteht sich. Ich bitte Tartine, dem Namen nach sollte er sich hier mehr als zuhause fühlen, ein weiteres Mal um Geduld und brav legt sich der Hund an die Hauswand und widmet sich der Beobachtung des Inneren der Boulangerie.

Der freundliche Bäckermeister hinter der Theke ist kurz und stämmig, recht haarlos und erfüllt optisch alle Bäcker-Klischees. Wenn er jetzt so gut backen kann, wie er sich anpreist, ist es prima. In der Backstube hinter dem Verkaufsraum erspähe ich eine junge Frau, blond gelockt und bunt gekleidet. Seine Tochter, seine Frau, sein Lehrmädchen? Ich bin nicht neugierig, nein und trete näher und schaue mir die Auslagen an. Dabei stelle ich mich dem Bäcker vor, erkläre, wo ich wohne, dass ich Deutsche bin, auch wenn ich so schön französisch spreche und dass ich die Provence liebe und ab jetzt ebenso, wenn noch nicht mehr, seine Baguettes und die anderen Herrlichkeiten. Der Bäcker heißt Michel, er kommt hinter der Theke hervor und drückt mir feste die Hand. Er würde mich sicher gerne an seine mehlbestäubte Schürze über dem runden Bauch drücken, doch da ist zu viel Mehl, wie er mit einem raschen Blick feststellt und so drückt er mir als Willkommensgeschenk ein kurzes, dunkles und bizarr aussehendes Baguette in die Hand.

Auf meiner To-do-Liste steht als letzter Posten das Bistro. Das hat geschlossen, denn es ist zu früh, wie ich dem Aushang an der Tür entnehme. Das Bistro heißt Bouletin, ist ab 18 Uhr geöffnet, samstags und sonntags ab 11 Uhr und ich studiere die Kurzfassung der Speisekarte. Hier wird traditionell gekocht, nur ein Tagesmenü, dazu das Grundnahrungsmittel Pizza provenzalischer Art und eine Tagessuppe. Es sieht gemütlich aus wie der ganze Dorfkern und ist klein wie die Läden am Platz. Eine Treppe führt vor dem Haus auf eine Terrasse mit Tischen, hochgestellten Stühlen und bunten Sonnenschirmen, die auf ihre Öffnung warten. Ich mag das Bistro unbesehen und werde am Abend zurückkehren, um den Urlaubstag stilvoll ausklingen zu lassen.

Wir spazieren heim, bummeln durch die Gassen, begutachten die Gärten und schauen uns das liebevoll restaurierte Waschhaus an. Das große Wasserbecken lässt mich an ein Schwimmbecken unter Dach denken, aber Baden ist genauso wenig erlaubt wie der Hund in der Kirche oder im Geschäft. Ein kleiner Brunnen plätschert oberhalb der Anlage und durch eine Rinne gelangt frisches Wasser in das Riesenwaschbecken, das in einer Ecke überläuft und das Wasser in die Freiheit entlässt. Unter dem Waschhaus verschwindet der Wasch-Bach neben einem Feldweg im Gebüsch und wird in den Bach finden, der durch mein Grundstück fließt. Ich stelle mir die Frauen vor, die hier gewaschen haben, miteinander erzählt, gelacht und die nasse Wäsche dann mit nach Hause zum Aufhängen und Trocknen trugen. War das Abwasser früher seifig oder wurde so wenig Waschmittel eingesetzt, das man es im Bach nicht mehr sah? Vielleicht konnten die Kinder im Bach planschen und wurden in einem Arbeitsgang sauber?

Kapitel 8

Abends ziehe ich ein weiteres Mal los. Es ist halb sieben und die beste Abendessen-Zeit. Der Weg ist mir schon vertraut, doch Tartine schnuppert unverdrossen an allem, als wäre es das erste Mal, und trödelt, wie ein entspannter Hund trödelt. Nun stehen Autos vor den Häusern, Kinder kreischen und planschen in den Pools, Männer mähen Rasen und kümmern sich um das Grillfeuer für das Barbecue. Das Bouletin ist zum Leben erwacht. Bunte Lampions leuchten im noch hellen Abend, die farbenfrohen Schirme sind aufgespannt und verbreiten Sommer-Stimmung. Es riecht nach Grillrauch, nach Fritten, Zwiebeln und Knoblauch. Gläser klirren, Teller klappern und mir läuft in freudiger Erwartung das Wasser im Mund zusammen. Wir steigen die Treppe empor und stehen zwischen den Tischen mit bunten Decken und Stühlen mit ebenso fröhlich bunten Kissen. Im Garten hinter der Terrasse sehe ich Tische und Bänke wie in einem Biergarten. Ich warte geduldig, dass jemand erscheint und mich einweist, wie das in Frankreich üblich ist.

Ein junger Mann kommt aus dem Haus, wow – der sieht aber gut aus! Er ist groß, hat dunkle Locken und die Haare sehen ein bisschen wild und unordentlich aus. Seine braungebrannten Arme schauen unter dem hellen Hemd mit aufgekrempelten Ärmeln hervor, darunter trägt er eine verwaschene Jeans. Er kommt zielstrebig auf mich zu und erweckt den Eindruck, als wäre er hier zuständig.

Ein fragender Blick und ein höfliches Bonjour mit der Andeutung eines Dieners lassen mich schmunzeln. Er bewegt seinen rechten Arm elegant hinter seinen Rücken, die linke wandert mit einer Speisekarte in der Hand vor seine Brust.

»Bonjour et bonsoir, ich würde gerne zu Abend essen, ich bin allein, nein – mit Hund. Ist das ein Problem? Ich bin neu in Salazac und ich wohne hinten, am Dorfende, im Mas Châtaigner.«

Ich weise zu Erklärung mit meiner freien Hand in die von mir vermutete Richtung meines Zuhauses. Aber was stammele ich ohne Sinn und Verstand?

»Pas de problème, wo immer Sie wohnen. Suchen Sie sich einen Tisch und ich bringe Wasser für den Hund und einen Willkommens-Pastis für Madame«, antwortet der sympathische Mann lächelnd und schaut mir tief in die Augen.

Der tiefe Blick, nicht nötig, aber wunderschön. Seine Augen sind warm und freundlich, ich kann mich in ihnen verlieren. Ich könnte sie länger anschauen. Was ist das jetzt? Hexerei und Zauberwerk oder habe ich einen abendlichen Sonnenstich? Ich bin sonst nicht so. Eigentlich bin ich »normal« und selbst bei Johannes war ich nicht auf Anhieb bezirzt und stand neben mir. Wie bei Layken und Will. Ein Liebesroman für verregnete Tage, den ich gerne gelesen habe und der mir in den Sinn kommt. Starten wir hier die Live-Verfilmung? Aber ich bin hin und weg. Ich schaffe es mit viel Konzentration, mir unauffällig einen Ecktisch zu suchen und mich zu setzen. Hier habe ich den Dorfplatz optisch unter Kontrolle, sonst aber auch nichts.

Der mir überaus sympathische junge Mann bringt die Getränke und beugt sich wieder ein wenig vor. Soll ich ihn besser verstehen oder ist das eine Geste der Höflichkeit? Er legt die Speisekarte geschlossen vor mich hin, ganz nach dem Motto, die brauchen wir sowieso nicht. Und richtig: »Als Tagesempfehlung empfehle ich die sommerliche Suppe, das Geflügelfrikassee mit Beilagen und Obstsalat mit Vanilleeis. Dazu einen leichten Roséwein und wenn noch Platz bleibt, ein wenig Käse zum Abschluss.«

»Superb, dann nehme ich das. Danke«, antworte ich in einem mir unauffällig über die Lippen kommenden Einfachsatz und suche erneut seinen Blick, den ich auch bekomme. Den Blick in die Speisekarte kann ich mir definitiv sparen und sie scheint eher eine Attrappe als notwendiges Utensil zu sein.

Der Mann entschwindet in Richtung Küche und ich nehme einen Schluck eiskalten Pastis. Das ist eine Wohltat und beruhigt mich – hoffentlich. Ich lehne mich zurück, fühle an meinen Füßen Tartine liegen, und lasse meine Blicke schweifen. Im nächsten Moment bringt der junge Mann eine Flasche Wasser, einen Behälter mit zusätzlichen Eiswürfeln und das Brotkörbchen und stellt dem Hund zuvorkommend einen Wassernapf vor die Füße. Die Entspannung hat ein erneutes Ende und ich weiß nicht, wie ich mich verhalten soll.

»Das ist Wasser aus unserem eigenen Brunnen und das Brot kommt aus Michels Backstube gegenüber. Kennen Sie unseren Bäcker? Sehr gutes Brot, wie zu Großmutters Zeiten gebacken. Ich heiße Eric«, spricht er weiter ohne Punkt und Komma und nimmt ungefragt auf dem zweiten Stuhl Platz, als hätte er vor mit mir speisen.

»Hoch erfreut Ihre Bekanntschaft zu machen, Madame mit Hund aus dem Mas Châtaigner. Bei Gelegenheit erzählen Sie mir, wie Sie in unser Nest gefallen sind und wie es Ihnen gefällt.«

Dann erhebt er sich wieder, es lohnte sich kaum, sich zu setzen, denke ich, er lächelt unentwegt und blickt mich erneut intensiv an und zwinkert überaus charmant. Er lässt mir keine Zeit zum Antworten, schon ist er im Haus verschwunden. Also Eric heißt der Traum, der Name passt. Nicht Will. Und ich schaue ihm lange nach. Ich komme mir unbeholfen und kindisch vor, fühle mich unwohl und unsicher.

Das Essen kommt in Etappen zu mir und den Gästen. Es ist fabelhaft und in den Pausen und beim Tellerwechseln entwickelt sich ein lockerer Wortwechsel zwischen Eric und mir. Wir lachen, scherzen über alles und jedes, ich lobe das Essen und habe den Eindruck, extra große Portionen auf meinem Teller zu haben. Das ungute Gefühl weicht einem sehr angenehmen Gefühl, also doch Urlaub, und ich versuche, meinen holprigen Start zu vergessen. Es wird ein gelungener Abend mit einem 5 Sterne-Essen, einer sehr netten Bedienung, lauer Abendluft und einer unterhaltsamen Aussicht auf das Dorfleben.

Als ich zum Ende des Festessens einen Gang zur Toilette antrete und mir unauffällig die Beine vertrete, sehe ich eine junge, dunkelhaarige Frau in der Küche, die zwischen Herd und Anrichte hin und her eilt. Eine ältere Frau, die Großmutter vermute ich, sitzt an einem Tisch neben der Tür und schält Kartoffeln. Neben der Schale mit den geschälten Pommes de terre liegen ein Stapel gesammelter Midi libre und Fernsehzeitungen und einer mit Servietten. Es sind die Servietten aus Stoff, groß und mit provenzalischen Mustern, gebügelt, gefaltet und bunt. Der Schankraum ist behaglich eingerichtet, herrlich altmodisch und gemütlich.

Es ist spät, als ich mich dem Käse zum Abschluss gewidmet habe. Eric ist nach dem köstlichen Dessert verschwunden – ohne Verabschiedung. Schade, wirklich sehr schade, hatte ich doch den Eindruck, dass wir uns bestens verstanden haben und es für beide Seiten mehr als nur »nett« war. Ich bin verstimmt, ein wenig beleidigt und wundere mich über mich selbst.

Die junge Frau kommt in ihrer Kochschürze an den Tisch. Ich lächele sie an, sie kann ja nichts für meine schlechte Laune, bezahle und bedanke mich für das exzellente Essen. »Bon nuit et merci«, ist ihre knappe Antwort. Sie lächelt müde zurück und trocknet sich die Hände an ihrer Schürze, bevor sie sich die verschwitzten Locken zurückstreicht und das Geld entgegennimmt. Die Frau ähnelt Eric, ist kleiner und zierlicher und wird seine Schwester sein. Aber sie ist nicht so redselig und gut gelaunt, denn sie wird müde und froh über den Feierabend sein.

Kapitel 9

Man findet mich an den kommenden Tagen, wenn mich jemand suchen würde, hockend oder kniend im Garten, umgeben von den Pflanzen, die ich hegen und pflegen möchte, und den Pflanzen, die sich kraftstrotzend in den Beeten ausbreiten und einen wilden Eindruck machen. Ich suche im mittlerweile aufgeräumten Regal die Bücher zur Frage »Was blüht und wächst denn da?« und das sichtbar viel genutzte Exemplar von »Was blüht am Mittelmeer?« und lege sie zum Nachschlagen auf den Esstisch. Lavendel habe ich reichlich. Er bildet an einigen Beeten die Einfassung und ist mit Gras und anderem Kraut zugewuchert.

Ein Beet beheimatet Rosmarin-Arten, die mal größere, mal kleinere Blätter und rosa, weiße oder lila Blüten haben. Rosmarin gibt es außerhalb des Gartens »wild« als große Büsche, über die ich staune. Ich schneide Rosmarinzweige und hänge die Bündel an die Holzbalken in der Küche. Meine Hände riechen nach einer Mischung von Lavendel und Rosmarin, hinterlassen den Duft auf den Seiten der Kräuterbücher, in denen ich immer wieder blättere und lese.

Die Beschäftigung in der duftenden Pracht ist entspannend und ich sitze zwischen den Beeten auf einem umgedrehten Eimer, schaue, rieche und genieße den Garten. Schmetterlinge, Bienen und unzählige mir unbekannte Insekten flattern, fliegen und summen um mich und am Boden krabbeln seltsame Käfer. Das Leben im Garten bannt meine trüben Gedanken an früher, an Johannes, an die Sehnsucht nach der Familie und den alten Freunden.

Eric, der Mann aus dem Bouletin, geht mir nicht aus dem Kopf. Warum ist er plötzlich verschwunden? Warum denke ich ständig darüber nach? Was war an dem Abend zwischen uns? Das war doch etwas Besonderes. Oder war es normal und ein Spaß für ihn? Verhält er sich immer so bei neuen, zugegebenermaßen netten Frauen? Interpretiere ich zu viel in den Abend? Ich werde ihn nicht im Garten wiedertreffen und werde noch einmal in Bistro Essen gehen.

Am Spätnachmittag wird der schöne blaue Himmel grau und Regenwolken türmen sich über dem Dorf auf. In der Ferne grummelt bedrohlich Donner. Ich räume im Garten auf und schließe Fenster und Türen. Wind raschelt in den Beeten und auf dem Hof erheben sich Staubwolken. Der willkommene Regen wird die Regenfässer füllen und durstige Pflanzen gießen. Das Gewitter hängt jetzt direkt über dem Mas und macht mich nervös. Es blitzt, donnert und kracht, die Küchenlampe flackert erschrocken auf und es ist dunkel. Das Radio verstummt. Nun prasseln Regentropfen gegen die geschlossenen Läden des Küchenfensters und ich wage einen Blick aus der Haustür. Sturmböen peitschen den Maronenbaum vor dem Haus und pfeifen mit Blättern und Regen durch die Lavendelbeete. Bevor meine Socken nass werden, schließe ich die Tür und schiebe den altmodischen Riegel vor. Im Licht der Taschenlampe suche ich Kerzen und Teelichter, die ich auf dem Tisch und der Anrichte aufstelle. Eine kleine Öllampe leuchtet vom Eckschrank aus. Das Feuer im Ofen der Wohnküche ließ sich ohne viel Widerstand anzünden und brennt mit Knistern und Knacken wie an einem Winterabend in der Adventszeit. Ich singe leise Jingle Bells und ziehe mir einen Stuhl an den Küchentisch, auf den ich das Paket mit den Büchern gelegt habe.

»Zeit für die Bescherung, Tartine?« Doch meine Frage weckt den tief schlafenden Hund ebenso wenig wie das Gewitter.

Es ist der richtige Moment, das Paket mit den Büchern zu öffnen. Behutsam schneide ich die Packschnur auf. Braunes Papier umhüllt sie, verwehrt den Einblick und facht die Neugierde an. Was sind das für Bücher? Der Papierbogen wurde auffallend sorgsam um die Buchschätze gefaltet und erinnert mich an eine Geschenkverpackung, was zu der Atmosphäre passt.

Das Buch, das zuoberst liegt, kommt mir bekannt vor. Ich suche in meinen Erinnerungen nach dem Grund für diese Vertrautheit. Der Einband war hellbraun, was ich an den weniger benutzten Stellen sehe. Ich streiche über das dunkle, speckige Leder mit den Flecken und Kratzern. Es ist klein wie ein Taschenbuch, fühlt sich warm an und strahlt eine wohltuende Energie aus.

Darunter liegt ein großes Buch. Der Buchdeckel hat einen geflochtenen Lederriemen zum Verschließen, den ich vorsichtig öffne. Detaillierte Zeichnungen von Kräutern, Blättern und Blüten, Bäumen, Nüssen und Früchten, von Bauernhäusern und Landschaften bedecken die ersten Seiten. Den Abbildungen folgt ein Textteil, der in unterschiedlichen Tintenfarben geschrieben und mit Bordüren aus winzigen Blättern und Blüten geschmückt ist. Ich habe ein handgeschriebenes, kunstvolles Buch über Heilkräuter und einen medizinischen Ratgeber vor mir.

Im ersten Teil des Buches werden Heilpflanzen beschrieben und mit Zeichnungen illustriert. Es sind bekannte Kräuter wie Rosmarin, Thymian und Lavendel, aber ebenso mir unbekannte Pflanzen. Den Kräutern folgen Bäume wie Eiche, Olivenbaum oder Wacholder und eine Vielfalt exotisch anmutender Gewächse. Dem schließt sich ein Kapitel mit Rezepten für Kräutertees, Salben, Wundauflagen, Tinkturen und Gewürzmischungen an. Im letzten Teil finde ich die Behandlungsmöglichkeiten von Husten, Schnupfen, Heiserkeit, von Fieber, Hautausschlägen, Verbrennungen und Verletzungen, von Erkrankungen während der Schwangerschaft und Geburt, bei Säuglingen und Kindern.

Ich überfliege den Text und in meinem Kopf rattert es. Ich kenne nur Hustentee und Brustwickel, einige Küchenkräuter zum Würzen, dann Lavendelöl oder Teebaumöl. Das Buch ist eine wahre Schatzkiste und ich strahle es beim Durchblättern selig an.

Am hinteren Buchdeckel sind Dokumente neueren Datums eingelegt, einige Schwarzweiß-Fotografien und Zeitungsausschnitte. Jemand hat das Buch in der Hand gehalten und die Papiere, die vermutlich zum Thema gehören, hineingelegt, und einen Briefumschlag, auf dem in großen Buchstaben mein Name steht. Das ist unverkennbar die Handschrift meines Onkels. Er hat nicht erwähnt, dass eine Botschaft in dem Paket auf mich wartet und ich bin neugierig, was er schreibt. In dem Umschlag steckt ein handschriftlicher Brief, datiert Anfang des Jahres.

»Meine liebste Isabelle,
die Bücher haben Deine Tante und ich im letzten Urlaub in Uzès »gefunden«. Auf der Suche nach Möbeln und Deko, Du weißt, wie Josephine das liebt, fanden wir in einem Eckschrank (der jetzt in der Küche steht) eine Kiste mit Büchern. Und ich wäre nicht Archäologe und an der Vergangenheit interessiert, wenn ich und die Tante nicht in die Kiste geguckt hätten. Die beiden Bücher haben wir ungesehen mit dem Möbel gekauft, denn sie versteckten sich in einer Art doppelten Boden und wir fanden sie erst zuhause beim Säubern und Aufarbeiten des Schrankes. Die anderen Bücher in der Kiste konnten wir nicht erwerben, da der Antiquitätenhändler (Monsieur Philipp Lajour) darauf erpicht war, diese erst zu sichten und sie schnell

bei Seite schaffte. Falls Du nach der Lektüre der Bücher Feuer gefangen hast, wovon ich ausgehe, fahre nach Uzès, das allemal einen oder mehrere Besuche wert ist, sieh Dich in dem Laden um und forsche nach dem Verbleib und einem möglichen Kauf der anderen Bücher.
Liebe Grüße und einen dicken Kuss, auch von Josephine – aus dem Jenseits
Dein Dich liebender Onkel.«

Diese Zeilen berühren mich. Ich weiß nun, wie der Onkel an die Bücher gekommen ist und warum sie vor mir liegen. Ein Fragezeichen weniger. Ich hänge mit feuchten Augen und Nase putzend meinen Erinnerungen an Tante und Onkel nach, fühle die Verbundenheit und die Liebe zu ihnen und meiner Familie. Langsam drehe ich eine Runde durch den Raum, schaue ins Feuer, dann auf den besagten Schrank, streichele den Hund und zwinge mich, nicht weiter in dem großen Buch zu stöbern und klappe es zu. Ordentlich zugebunden wandert es ins Regal, aufgenommen in die bunte Gesellschaft der Koch- und Gartenbücher der Tante und Regionalliteratur meines Onkels.

Erneut setze ich mich an den Tisch. Mein Blick schweift versonnen von Kerzenlicht zu Kerzenlicht. Mir kommt der Raum gerade heute Abend vor wie aus dem Katalog eines Küchenherstellers der obersten Preiskategorie, aus einem Magazin wie Schöner Wohnen oder Living at home und Co. und ich kann mich nicht sattsehen.

Jetzt gehört ein Glas Rotwein dazu, erst recht bei diesem ungemütlichen Wetter, und ich wandere zu der dunklen Ecke des Vorratsraums, in dem ich einen umfangreichen Bestand an Weinflaschen vorgefunden habe. Mein Schatten krabbelt groß und verzerrt über die Wand und begleitet mich. Ohne lange zu suchen, nehme ich eine der angestaubten Flaschen in Brusthöhe aus dem Regal, hole einen Korkenzieher und ein Glas und setze mich mit allem an den Tisch.

Nun erneut zu dem kleinen Buch, dessen ersten Buchseiten ich mir genauer anschaue. Feine Rankenmuster und stilisierte Pflanzen, die den Zeichnungen in dem großen Buch gleichen, schmücken das erste Blatt, auf dem der Name Madeleine

Montabon steht. Auf den folgenden Seiten wechseln Handschrift und Farbe der Tinte mehrmals, als wäre der Text in zeitlichen Abschnitten verfasst. Das Ende des Buches ist mit anderen Schriftzügen geschrieben und schmucklos.

Es sind die Lebenserinnerungen einer Frau, die vor vielen Jahren lebte und Madeleine hieß. Ich blättere durch das Buch und lese hier und da einen Satz. Die Schrift ist leserlich, trotz des Alters des Buches, mal ein wenig blasser, mal ein Hauch verwischt. Sie ähnelt meiner eigenen Schreibweise. Das ist erstaunlich und ich stutze, denn ich fühle erneut das Vertraute, das ich nicht erklären kann. Ist das Einbildung oder Zufall oder lässt mich schon allein der Geruch des Weines phantasieren? Ich gieße Wein in das Glas, nehme einen Schluck, ziehe den Wein durch den Mund, denke »lecker« und sage »Danke, lieber Onkel, für den guten Tropfen« und schlucke genussvoll. Ich bin neugierig auf die ungelesenen Zeilen, die mich auf meiner Reise begleitet haben.

Kapitel 10

»Ich, Madeleine Montabon, sitze an meinem Arbeitstisch in dem Ort Garrigue in Südfrankreich. Der Winterwind weht um das Haus, ab und zu fliegen Schneeflocken am Fenster vorbei. Heute beginne ich dem Buch mit den leeren, weißen Seiten meine Lebensgeschichte zu erzählen. Ein Leben, das turbulent wie der Wind vor dem Fenster ist, das oft wie die Eiseskälte des Winters schmerzt, das mir Tränen wie der Herbstregen beschert. Ein Leben, das mich viel lehrt und mir Zeiten mit Wärme und Liebe wie ein Sommersonnentag schenkt.

Die erste Erinnerung meiner Kindheit ist der Geruch nach frischem Brot und würzigen Kräutern in der gemütlichen Küche. Das Gefühl von Heimat, von Zuhause sein, von Geborgenheit und Sicherheit auf dem Hof Mas Brun. Hier bin ich geboren, laut Eintrag in unserer Hausbibel, die ein Familienschatz ist, im Herbst des Jahres 1760.

Ich sehe in meiner Erinnerung das Haus, gebaut aus Stein und Holz, dunkel verwittert von Sommerhitze, Herbststurm und Winterregen, von der Abendsonne mit warmem Licht beschienen. Die Stallgebäude kauern dahinter, Schutz suchend, dann kommen die Schuppen, geduckt an die Stallmauer. Um den Hof erstrecken sich weite, sattgrüne Weideflächen für unsere Tiere, die Kühe, Schafe und Ziegen, und die Felder. Neben dem Haus, umgeben von einem dichten Flechtzaun und einer Mauer, liegt der Garten, in dem wir Gemüse anbauen. Kräuter und Blumen stehen in der Mitte, dazu eine Holzbank und eine kleine begrünte Laube. Der Hof liegt auf einer Anhöhe mit Aussicht in das Tal. Unten fließt die Ardèche, die Hänge bedecken unermesslich große Wälder und eingestreut darin liegen wie Inseln die Felder und Gärten, Höfe und Wiesen.

Die Mutter (Isabeau) sehe ich immerzu bei der Arbeit. Sie bewirtschaftet mit den Großeltern und uns fünf Montabon-Kindern den Hof. Der Vater (Jean-Marc) ist nicht oft zuhause und ich habe nicht viele Erinnerungen an ihn. Mutter ist warmherzig, liebevoll, aber überarbeitet und eingebunden in die nie endende Arbeit. Ein Brüderchen liegt in der Wiege in der Stube, meine anderen vier älteren Geschwister arbeiten auf dem Feld, und es herrscht immer Bewegung und Trubel. Der Vater bringt Strenge mit nach Hause, er ist hart und kalt, wie aus Eisen. Wir atmen erleichtert auf, wenn er wieder fort ist und wir »alleine« wirtschaften.

Man sagt, ich bin ein zierliches, hübsches Kind. Ich habe lange hellbraune und gelockte Haare, die sich meistens in einem oder zwei Zöpfen verbergen. Ich fühle mich stark und unbändig, verbunden mit den Tieren und Pflanzen, der Landschaft, den Wesen um mich herum. Mein Leben ist draußen im Garten und auf dem Feld, im Wald, am Bach. Wir sammeln im Sommer Beeren, im Herbst Pilze und Maronen, das ganze Jahr Kräuter entlang der Wiesenränder und Hecken. Ich sitze gerne in der Wiese, halte Zwiesprache mit den Gräsern und Blumen und den Engeln, die immer bei mir sind. Diese Engel sind wunderschön, zart und durchscheinend wie der Morgennebel. Sie begleiten mich nicht nur zum Kirchgang, sie sind tagtäglich bei mir auf der Wiese oder den Tieren. Ich spreche mit ihnen, leise, still in Gedanken und sie antworten mir.

Wenn wir Kinder mit der Arbeit fertig sind, spielen wir im Hof vor dem Haus oder bei Regen in der Scheune. Wir verstehen uns und halten zusammen, trösten einander bei Kummer und helfen uns bei den täglichen Aufgaben.

Wir haben ein abgeschiedenes Leben auf dem Hof und sehen kaum Leute, manchmal einen fahrenden Händler, ein Fuhrwerk auf der Durchreise, ein Kräuterweiblein aus dem Nachbarort, im Winter Holzarbeiter auf dem Weg in den Wald.

Meine Mutter scheut die Menschen und wir Kinder reimen uns den Grund dafür aus den bruchstückhaften Gesprächen zusammen, die wir belauschen. Unsere Mutter ist in dieser streng katholischen Region nicht gut angesehen, weil sie aus den Cevennen kommt. Die Cevennen sind der Inbegriff für Protestanten, Hugenotten und Calvinisten, für Rebellen, für Andersgläubige, Gottlose und Heiden. Wie fügt sich eine Frau aus dieser Gegend in die streng katholische Heimat durch Einheirat ein? Mein Vater wurde auf dem Hof geboren, seine Familie lebte seit Jahrhunderten hier. Es wird immer böse geredet, bei allem, was meine Mutter und wir tun. Mutter erzählt selten von ihrer Kindheit in den »Seidenbergen«, von dem Leben mit den Seidenraupen, den Maulbeerbäumen, den Maronenbäumen, die dem Frost entgangen sind, den »Lebensbäumen«. Maronen haben wir auch am Haus und ich liebe diese großen Bäume und ihre leckeren Früchte, die uns satt machen. Der Geruch von Maronen im Ofen, der von Rosmarin und Thymian, von Lavendelsäckchen in den Schränken, das ist Heimat und Zuhause.

Meine nächste Erinnerung ist nicht schön und schmerzt tief in der Seele. Sie führt mich vom Haus in die Kirche im Tal. Ich kenne sie von den sonntäglichen Besuchen mit der Familie. Ein wöchentliches Ritual ist der Kirchgang, ein Fest und fröhlicher Ausflug in das Dorf, zu den Liedern, den Gebeten, den anderen Menschen. Das Dorf am Ufer der Ardèche heißt Saint Martin de Belleville, wir sagen kurz »Martin«. Die Häuser kuscheln sich um den Dorfplatz und die Kirche. Bäcker, Metzger, ein Café und die Schneiderin sind am Platz, in dessen Mitte Tag und Nacht ein Brunnen plätschert. Platanen erheben ihr schützendes Blätterdach und spenden in den Sommermonaten Schatten.

Doch an diesem einen Tag wird alles anders und mein Magen zieht sich bei dem Eintauchen in die Erinnerung heute noch zusammen.

An einem warmen Maisonntag stehe ich in der Kirche. Vor einigen Tagen bin ich zwölf Jahre geworden, und plötzlich, es ist ein Alptraum, werde ich nach vorne geführt. Ich stehe allein vor dem Altar, vor dem schwarz gekleideten Pastor und es baut sich eine undurchdringliche Wand aus dunkelstem Nebel auf, die eisige Kälte und Bedrohung ausstrahlt! Keine Sonntagsmesse wie sonst! Kein Weihrauchgeruch, Kerzenschein, Orgelklang und keine Lieder! Hinter mir stehen die Leute aus dem Dorf, wie immer dunkel gekleidet, und starren erbarmungslos auf meinen Rücken und förmlich in mich hinein. Vor mir der Pastor und die Messdiener. An den genauen Ablauf erinnere ich mich nicht mehr und kann nicht sagen, was gesprochen wurde. Ich weiß nur: Ich bin hilflos, machtlos, allein und verloren. Mutter ist nicht da und das verstärkt meine Gefühle der Einsamkeit, Ohnmacht und Angst. Sogar meine Geschwister sehe ich nicht mehr, der Vater ist unterwegs, begleitet uns nicht zur Kirche und fehlt ebenso.

Was ist passiert? Da schwindet die Erinnerung, sie ist, bis auf die übermächtigen Gefühle, wie ausgeblendet. Man (wer auch immer) beschließt, mich an die Hand zu nehmen, fest und unbarmherzig und mich fortzubringen.

Wohin nur? Warum nur? Es wird über meinen Kopf hinweg entschieden, denn wer fragt ein Kind, ein unglückseliges Kind, das Schande und Schmach, Verderbnis, Böses über das Dorf und die Menschen bringt! Was habe ich getan? Wie kommen diese Worte in meinen Kopf, meine Gedanken und Gefühle? Ich weiß es nicht, aber sie sitzen fest in mir. Bis heute.«

Hier endet die Schrift in rabenschwarzer Tinte und eine Zeichnung bedeckt den Rest der Seite. Sie zeigt mir den Hof von Madeleine und eine weitere Abbildung den Garten. Zart und fein skizziert, wie von Meisterhand, und Haus und Hof werden in meiner Vorstellung lebendig. Ein Bildchen auf einem Extrapapier ist behutsam an dieser Seite befestigt, ein Mädchen, ebenso zart wie die Zeichnung, feenhaft, elfenhaft, lange Zöpfe und ein Kleid bis über die Knie. Nachdenkliche

Augen und ein Lächeln um die Lippen, in der Hand eine Blume. Unter dem Bild steht: Pour Madeleine – Printemps – Anniversaire 11 (Mai 1771).

So sah Madeleine als Kind aus, doch wer hat die Zeichnung gemacht? Ich lege das Bildchen auf Seite, es wird einen Rahmen bekommen und hinter Glas Schutz, bei mir in der Küche sein und mich bei der Lektüre begleiten. Ich fühle mich dem Kind verbunden. Es rührt mich an, ähnlich wie der Brief des Onkels eben. Was ein gefühlvoller Abend! Was bin ich rührselig und emotional aufgeladen. Ich schüttele den Kopf und lese weiter, der nächste Absatz mit einer leichten Veränderung in der Schrift und in tiefblauer Tinte.

»Ich werde von Männern, die ich vom Sehen her kenne, gepackt und hinten auf ein Fuhrwerk gesetzt, das vor der Kirche wartet. Ich wehre mich nicht, erstarre zu Eis und fühle mich wie ein Stück Vieh, das mit dem Wagen transportiert wird. Die Pferde ziehen an und ich werde auf der Ladefläche unsanft gerüttelt. Der Weg schlängelt sich durch das Tal. Mein Dorf mit der Kirche und die Leute entschwinden in der Ferne.

Das dumpfe Gefühl, dass diese Reise mich nicht nach Hause oder zu Verwandten, sondern ins Kloster der Trappistinnen bringt, bewahrheitet sich. An der nächsten Wegkreuzung steht ein Schild aus verwittertem Holz und weist den Weg zur Abbaye Notre Dame d'Aiguebelle.

In meinem Kopf drehen sich die Gedanken wie ein Wintersturm. Ich kenne das geheimnisvolle Kloster aus Erzählungen am Küchentisch, wo mit leiser Stimme davon gesprochen wird, von den Nonnen, dem Leben hinter den Mauern, das uns verborgen bleibt, und Geheimnisse birgt. Das Leben findet in einer anderen Welt statt, eine Welt voll Gebet und Stille, in schwarze Gewänder gehüllt, ohne Kontakt mit der Außenwelt, nur zu Gott.

Ich kenne die düsteren Bilder in der Kirche mit den Kerzen davor, die Unglücke, Unfälle, Todesfälle beschreiben, die unsere Gemeinde immer wieder heimsuchen und wo Gott und die Heiligen geholfen haben. Im Hintergrund der Gemälde lauern die Umrisse des Klosters, dunkel und düster. Eher als eine Warnung und Drohung, weniger als Trost und Zuwendung von des Himmels Mächten.

Aber warum und weswegen komme ich hier hin? Ich weiß nicht, was passiert ist und warum ich der Familie weggenommen werde. Was habe ich angestellt oder an was bin ich schuld, dass man mich straft? Die Fragen drehen sich im Kopf, rumoren im Bauch, machen mir Angst. Wo sind meine Engel? Selbst die Engel haben mich verstoßen und vergessen! Ich ziehe mich in mich zurück.

Es fühlt sich an wie eine Ewigkeit, wir rumpeln durch Feld und Wald, berghoch und bergab auf dem Karrenweg. Die Männer auf dem Kutschbock und hinten auf der Ladefläche sprechen murmelnd miteinander. Tiefe Stimmen, ab und zu wird eine Flasche mit Tresterbrand, dem Marc, herumgereicht, der die Männer an diesem kühl gewordenen Nachmittag im Mai aufwärmt. Die Wolken hängen tief und verheißen Regen, der Wind macht mir eine Gänsehaut. Passend zu meiner Angst.

Wir kommen zum Kloster. Es hat hohe Mauern und Türme wie eine Burg und an der Pforte endet die Reise. Große Hände heben mich wie eine Puppe vom Karren und stellen mich im Innenhof vor die Eingangstür. Eine Nonne, breit und schwarz und mit leiser Stimme nimmt mich an die eiskalte Hand, durchquert mit mir im Schlepptau den Hof und wir betreten das Hauptgebäude. In einem hohen und kalten, leuchtend weiß gestrichenen Raum thront die Oberin hinter ihrem Schreibtisch. Über ihr an der Wand ein Kruzifix mit dem leidenden Jesus, die Dornenkrone tief in die Stirn gedrückt. Ich weine mit ihm. Eine mächtige, finstere Gestalt mit klirrend eisiger Stimme aus der Fülle der dunklen Tücher schickt mich nach einer kurzen und unangenehmen Musterung mit einer Dienstmagd, die gegen sie eine Engelserscheinung ist, in die Wirtschaftsräume. Wir wandern durch lange Gänge und Korridore wie durch einen Irrgarten, bis in die riesige Küche des Klosters. Die Gerüche und Düfte leiten uns auf den letzten Metern und ich fasse Mut. Das erinnert mich an Zuhause, doch zugleich steigen mir Tränen in die Augen und die Nase läuft. Inmitten des Dunstes erkenne ich die Köchin, sie rührt in einem Kessel über dem Feuer. Sie wendet sich mir zu, den Holzlöffel in der Hand, mustert mich neugierig. Groß und rund, eine weiße Haube auf dem Kopf, eine Schürze um den dicken Bauch, rote Bäckchen und lustige braune Augen. Hier werde ich arbeiten, als Magd, Mädchen für alles, zum Putzen und Fegen, zum Küchendienst. Ich bin, bei aller Angst, herzlich erleichtert, nicht bei den Nonnen, sondern bei den menschlichen Menschen zu sein. Diese Nonnen erscheinen mir lebendig begraben, eingebunden in die furchtbar strengen und durch nichts zu erweichenden Regeln des Klosterlebens, das ich nun aus der Nähe erlebe.

Meine Tage verbringe ich auf den Knien und schrubbe den Boden, ich kehre und fege und arbeite in der Küche. Dort ist es am schönsten, es ist warm durch das nie ausgehende Feuer in der Kochstelle. Es riecht verlockend nach Essen, an der Decke hängen Schinken, in den Regalen reihen sich Behälter mit Gewürzen und wunderlichen, mir unbekannten Zutaten. Marie, die Köchin, führt die Regierung des Küchenreiches mit strenger, aber warmer Hand. Welch ein Glück, denn ich habe immer Hunger und kann gar nicht satt werden, was kein Wunder ist bei der Arbeit. Marie steckt mir Reste und Leckerbissen zu, wie liebe ich sie dafür und für ihre herzliche Zuneigung. Inmitten dieser klösterlichen Frauenwelt herrschen nicht Liebe und Güte, sondern Strenge und Härte. Alles ist genau festgelegt, Gottesdienste, Andachten, Arbeitszeiten, Essenszeiten, Schlafenszeiten, alles wird streng überwacht und bei Fehlern wird unerbittlich gestraft. Das höre ich oft, da man mich gar nicht wahrnimmt, eine unscheinbare kleine, graue, putzende, durch die Gänge huschende Maus, die Zeuge von bösen Stimmen, Weinen, Klagen und Seufzern wird.

Der Sommer vergeht und es wird kühler und dunkler. Die Sonne verschwindet jeden Nachmittag früher hinter den Hügeln, in denen sich das Laub herbstlich färbt. Morgens liegt Nebel über der Landschaft, der sich zögerlich auflöst und das Gras mit den Spinnennetzen des Altweibersommers unter meinen Füßen bleibt lange taunass.

Ich schließe Freundschaft mit Célestine, einer jungen Nonne, die in der Herde finster verhüllter Frauen durch ihre warme Ausstrahlung und eine Wolke von Fröhlichkeit und Lebendigkeit auffällt. Sie ist ein menschlicher Engel und ich vermisse die wirklichen Engel, die ich ab und zu frage, ob sie da sind. Bis jetzt bleibe ich ohne Antwort. Célestine arbeitet im Klostergarten und hat großes Wissen über die Heilkräuter. Ich gehe der Nonne im Herbst zur Hand, um den Garten winterfest zu machen. Célestine spricht mit mir, leise, damit es keiner hört. In der Stille des weitläufigen Geländes sind wir meist allein und ungestört, die Vögel zwitschern und die Grillen lassen in der Mittagswärme noch einmal ein Sommergefühl aufleben. Hier finde ich jemanden, der mir zuhört, der mich versteht und ähnlich wie ich fühlt. Auch Célestine kam gegen ihren Willen ins Kloster, aber sie hat sich in das neue Leben gefügt und kann hier ihre Liebe zu den Heilpflanzen ausleben. Draußen in der Welt ist dies nicht möglich, denn je nachdem welchen Mann und in welche Familie man heiratet, hat man nicht die Zeit für diese Beschäftigung. Obwohl Heilkräuter und die Heilkunde wichtig sind, oft lebenswichtig und überlebenswichtig und Heilkundige hochgeschätzt werden.

Von Célestine lerne ich viel über die Heilpflanzen, ihre lateinischen Namen, ihre Wirkung, ihre Verarbeitung zu Tee, Tinkturen, Salben und über das Wesen dieser wunderbaren Kräuter. Das ist ein großes Wissen, das ich in mir trage, was mir zum Teil bewusst war und von dem ich nicht weiß, wie es in meinen Kopf kommt. Meine Mutter kannte einiges über heilende Pflanzen und hat es damals an mich weitergegeben. Wir haben im Garten Kräuter angebaut und Tee für den Winter gesammelt. Das Vieh bekam im Krankheitsfall Kräuteraufgüsse und unsere alltäglichen Wehwehchen behandelte Mutter selbst. Zu dem Wissen meiner Mutter und dem, das in mir schlummerte, kommt in dieser Zeit mit Célestine noch mehr neues Wissen und ich sauge alles auf wie ein trockener Schwamm.

Eines Tages im November arbeite ich in der Küche und helfe der Köchin Marie, die an diesem Tag die Vorratsräume durchsieht und Ordnung schafft. Ich erinnere mich nicht genau, wie es geschieht, aber plötzlich kippt der Kupferkessel mit dem heißen Wasser neben mir um und die Hitze ergießt sich über meine Beine. Ich schreie und reiße mir den Rock vom Leib. Es tut schrecklich weh! Marie eilt herbei und schimpft fürchterlich über so viel Dummheit und Tollpatschigkeit. Nonnen kommen und blicken strafend auf mich herab – wie kann ich nur dermaßen dumm sein und mir so etwas zufügen? Die Verbrennungen schmerzen und die Beine glühen rot und blasig. Célestine erbarmt sich und ich komme in ein Krankenzimmer – welch ein Genuss! Ein Bett und Leinentücher über dem Strohsack, alles frisch und reinlich. Ein Paradies auf Erden trotz der Qualen auf der Haut. Ich werde fürsorglich gepflegt und versorgt, das erste Mal in meinem Leben erfahre ich so viel Pflege und Zuwendung in der Krankheit, aber richtig krank war ich früher nie und solche Schmerzen wie jetzt habe ich noch nicht gelitten. Ich fasse mich in Geduld und warte meine Genesung ab. Die Haut an den verletzten Beinen verschwindet meist unter den kühlenden Umschlägen, denen Célestine ihre heilkräftigen Tinkturen zusetzt, und sie heilt.

Nun überkommt mich plötzlich Unruhe und steigt aus dem Bauch in den Kopf und in meine Gedanken. Irgendetwas liegt in der Luft, was meine Pflegerin mir verschweigt, auch wenn ich sie eindringlich befrage. Doch nach einigen Tagen berichtet sie mir von ihrem Wissen. Die Nonnen reden seit meinem Unfall über mich und planen, mich an ein anderes Kloster weiterzureichen. Ich bin unerwünscht und ein unnützer Esser, der Zeit und Pflege kostet, der nur die Kräfte eines Kindes hat und dem Orden keinen Vorteil bringt, obwohl ich bald gesund sein werde, wie mir Célestine glaubhaft versichert. Alpträume vom Umherirren in den Feldern und Wäldern melden sich. Alpträume mit einem riesengroßen Gefühl der Verlassenheit, mit Angst vor allem, mit Rufen nach der Mutter.

Meine innere Stimme wispert mir Warnungen zu und ich wälze mich auf dem Bett hin und her, bis ich es wage aufzustehen. Jetzt ist kein Halten mehr, ich sehe auf meine fast geheilten Beine, deren Haut rosa schimmert im Gegensatz zu den gebräunten Armen, aber Célestines Pflege zeigt Erfolg. Bald sieht man kaum mehr etwas von dem Unglück und ich werde die Verbrennung und Verletzung nicht mehr spüren.

In Gesprächen mit meiner Freundin reift der Entschluss, mich davonzumachen. Es mag feige erscheinen und undankbar, aber ich habe ein ungutes Gefühl und die Vision von drohendem Unheil. Meine Unruhe wächst und ich spüre, dass sich etwas verändern muss. Célestine will mich nicht begleiten, sie bleibt hier und hat sich in ihr Schicksal gefügt oder ist ihre Angst vor dem Leben außerhalb des Klosters zu groß?«

Es folgt ein Absatz im Text und eine Zeichnung eines Kreuzganges und Kräutergartens mit einer Marienstatue. Pflanzenporträts füllen die restliche Seite, schlicht und zart gezeichnet.

Ich beschließe, für diesen Abend die Lektüre zu beenden und das Gelesene über Nacht zu verarbeiten. Ein letzter Schluck Rotwein und ich räume auf, lege noch einige Holzscheite in den Ofen und lösche die Kerzen. Draußen hat sich das Wetter beruhigt, es regnet sanft und der Wind rauscht in den Bäumen. Stockdunkle Nacht umgibt das Haus.

Kapitel 11

Der nächste Abend ermöglicht mir für meine Lesestunde den Genuss der Terrasse. Ich brauche weder Kerzen und noch Feuer und lege mir Decken und Kissen auf die Bank, die ich im Schuppen gefunden und hier hochgeschafft habe.

Ich schlage das Buch dort auf, wo ich Madeleine gestern verlassen habe, und bin gespannt, wie es weitergeht. Tagsüber habe ich über ihr Leben nachgedacht, über mein Leben und das Leben im Allgemeinen. Ein Luxus, einsam und ungestört zu sein, nicht im negativen Sinn einsam, da ist eins mit mir selbst der bessere Ausdruck.

Wieder fällt mir der Brief vom Onkel, der jetzt als Lesezeichen dient, in die Hände. Was war mit dem Eckschrank in der Küche? Ich stehe auf und sehe mir die Fundstelle der Bücher genauer an. Der Schrank hat Holzwurmlöcher und Einkerbungen, als wäre er in seinem Leben manches Mal unsanft behandelt worden. Im Inneren sind drei stabile Holzböden. Über dem untersten finde ich Vertiefungen in den Seitenwänden, die vermutlich die Position des »Geheimbodens« angeben. Ich rücke den Schrank ohne Probleme von der Wand, denn noch ist er leer. Auf der Rückseite ist eine eingeschnittene Schrift: 1718 entziffere ich als Erstes eine Jahreszahl, darunter stehen die Worte Montclus und Roux. Ich notiere mir die drei Zeilen auf einem Post-it und hefte ihn auf den Brief des Onkels. Mal sehen, was sich damit anfangen lässt.

Ich lese die schwarze Schrift, die kräftiger und deutlicher als auf den vorhergehenden Seiten ist. Madeleine hat einen Absatz oder eine Schreibpause eingelegt, dazu fängt eine neue Seite an.

»Es geht an die Vorbereitung der Flucht. Ich sammle einige Lebensmittel und warme Kleidung und wage eines Morgens den Weg ins Freie. Mittlerweile ist es Winter geworden, es ist trocken und klar, aber kalt. Ich fürchte mich vor meinem ungewissen Schicksal, egal ob im Kloster oder in »Freiheit«. Die Engel sind wieder bei mir, nicht so nahe wie früher, aber ich halte Zwiesprache mit ihnen und übe mich im Vertrauen und Beten, im Glauben an Gott und an die Menschen, stärke meine innere Kraft und mein Wissen. Das habe ich Célestine zu verdanken, die mir mit ihrem unerschütterlichen Glauben, selbst an den Orden, die Kirche und die Gemeinschaft der Nonnen, ein Vorbild ist. Ein Vorbild, über das ich – trotz meiner Jugend – manchmal den Kopf schüttele, weil ich diesen tiefen Glauben und die blinde Liebe nicht nachvollziehen kann.

Ist es klug, zu fliehen und die Sicherheit des Klosters zu verlassen? Trotz der Härte und Kälte der Nonnen und des Lebens in Arbeit und Gehorsam gab es die Versorgung mit dem Lebensnotwendigen. Aber es kam Ungewissheit über meinen Verbleib auf. Wird es im nächsten Kloster besser oder noch schlimmer? Gedanken über Gedanken.

Ich nutze die Morgenstunde der Andacht und verlasse das Kloster durch die Gartenpforte. Tränen laufen mir über das Gesicht, denn die Trennung von Célestine schmerzt unendlich. Sie ist mir eine Mutter, Freundin und Schwester, engste Vertraute und Lehrerin. Ich nehme den Weg ins nächste Tal, das Tal der Cèze. Das Kloster verschwindet hinter der Kurve und die Winterlandschaft breitet sich vor mir aus. Ich wage nicht, nach Hause zu gehen. Der Gedanke an eine Rückkehr ins Dorf und zur Familie macht mir mehr Angst als eine Wiederkehr ins Kloster. Meine riesengroße Furcht ist mir ein Rätsel. Doch eine Heimkehr ist unmöglich und nicht die richtige Entscheidung. Die richtige Entscheidung liegt woanders, in der Ferne und der Fremde.

Ich marschiere den ganzen Tag, schreite kräftig aus, schwinge meinen Wanderstock und verberge mich bei jedem Fuhrwerk, das den Weg passiert. Ich vermeide die Begegnung mit Leuten, die das Kloster und seine Bewohner kennen. Aber auf mich achtet niemand.

Gegen Abend erreiche ich eine mir unbekannte Stadt, Villeneuve wie ich später erfahre, und gelange ohne Zwischenfall durch das Tor der Stadtmauer. In den engen Gassen, die mir nach der weiten Landschaft beklemmend vorkommen, erhebt sich plötzlich Tumult und wo vorher Menschenleere und Ruhe herrschte, strömen mir Trauben von aufgeregten, lärmenden, wütenden Menschen entgegen. Ich drücke mich an die Hauswand und bin in höchster Aufregung. Was soll ich tun und wohin fliehen? Am liebsten in den Erdboden versinken, denke ich, und der Schweiß bricht mir trotz der Kälte aus allen Poren.

In diesem Augenblick öffnet sich hinter mir eine Tür und eine kräftige Männerhand zieht mich ins Innere des Hauses. Ich werde in einen schummrigen Flur bugsiert, dunkle Holztäfelung ist an den Wänden, rotbraune Fliesen unter meinen Winterstiefeln und es herrschen merklich wärmere Temperaturen, die mir guttun. Der Mann, zu dem die Hände gehören, ist in der Dämmerung nicht genau zu erkennen. Er führt mich an seiner festen, warmen Hand in das Zimmer am Ende des Flurs, in dem besseres Licht herrscht. Er ist groß, gut gekleidet und ich wundere mich darüber, dass ich keinerlei Angst empfinde. Was kann mir passieren? Ich habe keine Zeit weiter zu denken, denn der Mann lässt meine Hand frei und wendet sich in Richtung des Fensters und zu einem Kinderbettchen. Er beugt sich besorgt darüber, dreht sich um und fragt mich, ob ich ihm helfen kann. Sein neugeborenes Kind ist erkrankt, seine Frau ist nach der Geburt gestorben. Die Stimme bricht. Der Mann scheint aufgelöst, sonderbar berührt durch sein Kind und seine tote Frau. Die Sache erscheint mir unwirklich, wie im Traum. Draußen höre ich die tobende Menge, hier drinnen herrschen Ruhe und Sicherheit. Ich lege meine Jacke und Gepäck ab, stelle den Stock in die Ecke und wende mich dem Kind zu. Winzig klein liegt es da, kaum auf der Welt angekommen, die zarte Haut im Gesicht übersät mit Pusteln. Es ist fiebrig und heiß und atmet schwer. Ohne groß nachzudenken, nehme ich das Kind aus der Wiege und lege es auf das Bett, um es mir genau anzusehen. Ich packe es aus den Tüchern und stelle fest, dass es mit kleinen roten Flecken übersät ist. Aber nicht umsonst war ich in Célestines Schule, habe aufgepasst und gelernt. In meinem Inneren finden sich ohne Nachdenken und Anstrengen die Gedanken zu den hilfreichen Kräutern und zu den passenden Gebeten. Der Mann tritt hinter mich, er weint und erklärt mir erneut unter Schluchzen, dass seine Frau nach der Geburt gestorben ist, vor drei Tagen erst, er weiß nicht, was geschehen ist. Jetzt glaubt er, dass sein Kind ebenfalls in Gefahr ist und ich als Retterin vom Himmel gefallen bin. Ein weinender Mann, das gibt es doch nicht. Er nimmt mich wahr, sieht mich an und spricht mit mir wie mit seinesgleichen. Es erscheint ihm unerklärlich, dass er mich vor seinem Haus »gefunden« hatte, aber ihn hat eine innere Stimme zur Tür getrieben. Nicht wegen der lärmenden Menge, denn das Leben außerhalb der Mauern seines Hauses interessierte ihn nicht, es war etwas anderes. Es war mein und sein Glück und meine Rettung, wie auch die des Kindes.

Ich habe meine kleine Apotheke im Gepäck und danke Gott, den Engeln und Célestine von Herzen, denn ich habe das, was ich brauche, bei mir, die Heilmittel, mit denen ich dem Mädchen mit den Hautbläschen und dem Fieber helfen kann.

Die nächsten Tage verbringe ich mit dem Neugeborenen in diesem Zimmer. Meine kleine, neue Welt. Der Vater des Mädchens ist in den Abendstunden bei mir, erzählt von sich und seinem Leben und erfährt im Gegenzug alles von mir. Wie absonderlich mir dies erscheint! Es stellt sich eine Vertrautheit und Freude auf die gemeinsamen Stunden ein. Der Mann heißt Etienne Roux, ist wohlhabend, handelt mit Stoffen und Handwerkszeug und ist häufig unterwegs.«

Ich stocke im Lesefluss. Roux? Habe ich das nicht eben auf dem Eckschrank gelesen? Richtig, der Familienname Roux findet sich in Madeleines Text und auf dem Möbel! Ist das ein Zufall? Ein Zettel mit einem großen roten Fragezeichen und der

Frage: »Was ist die Geschichte des Eckschrankes mit den Büchern?« gesellt sich zu dem Brief des Onkels.

»Das Mädchen wird auf den Namen Marie-Christin getauft. Es wird von Tag zu Tag gesünder und kräftiger. Die Ernährung wird durch eine Amme, die am Ende der Straße wohnt und die mehrmals täglich zu uns kommt, und die Ziege sichergestellt, die im Hinterhof des großen und mich immer wieder beeindruckenden Hauses einen Stall hat und vom Stalljungen versorgt wird. Wir geben ihr den Namen Petit flocon, Flöckchen, denn das Wetter ist winterlich und es schneit und die Ziege hat kleine weiße Sprenkel im Fell wie die Flöckchen im Schneeschauer. Die Köchin ist nicht nur für die Küche, sondern zugleich für die Haushaltsführung zuständig und lässt es sich nicht nehmen, die Ziege höchstpersönlich zu melken und mir die abgekochte Milch für das Kind zu bringen. Ein liebevoller Haushalt im Gegensatz zum Kloster. Hier herrscht eine Stimmung von Frieden, Fröhlichkeit und Miteinander und ich fühle mich lebendig wie selten in meinem Leben.

Die Zeit verstreicht. Der Winter kommt und es folgt der lang ersehnte Frühling.

Marie-Christin gedeiht prächtig. Ich bekomme ein Zimmer neben dem des Kindes und neue Kleider. Ich fasse mein Glück nicht und denke abends an meine Familie und das Zuhause, an die graue Zeit im Kloster und meine liebste Célestine. Dann steigen Tränen der Traurigkeit auf und die Frage über ihr Wohlergehen. Célestine rührt mich mehr an als die Familie, die weit weg erscheint, in einer Nebelwolke, obwohl es doch meine Familie ist, Mutter, Geschwister, mein Zuhause. Irgendetwas stimmt nicht mit mir, ich fühle mich von ihnen abgeschnitten und getrennt, aber das kann nicht sein. Als wären Jahrhunderte vergangen, seitdem ich Eltern und Geschwister hatte, mehrere Leben und bergeweise andere, überlagernde Erinnerungen. Célestine begleitet mich wie ein Schutzengel. In Gedanken oder leisen Worten spreche ich mit ihr und frage sie um Rat, wenn ich über etwas nachdenke oder grübele. Sie ist allgegenwärtig bei mir und hält ihre schützende Hand über mich.

Etienne verbringt seine Abende mit uns beiden und wir sind uns nahe, wie ich es mir nicht hätte vorstellen können. Er ist groß und schlank, dabei aber kräftig und stark. Seine braunen, halblangen Haare sind meist unbändig und stürmisch, aber sein Wesen sanft und liebevoll uns gegenüber. Marie-Christin wächst heran und ich bin ihr wie eine Mutter und wir sind glücklich. Ich freue mich ihr eine Mutter zu sein, ein wenig auch Freundin, eine große Schwester und es soll ihr besser als mir gehen, weil ich meine Mutter verlor, als ich sie doch so nötig hatte und sie bis heute vermisse.

In Etiennes Familie wird die Kunst des Lesens, Schreibens und des Rechnens gepflegt und welch ein Glück, wir bekommen nach Marie-Christins sechstem Geburtstag einen Lehrer ins Haus. Ich darf lesen und schreiben lernen und setze mich im Unterricht dazu.

Die Zeit verstreicht und es wechseln die Jahreszeiten. Ich kann mit meiner Kenntnis des Schreibens und Rechnens – wie wunderbar im wahrsten Sinne des Wortes – nun zusätzlich die vorhandenen Bücher über Heilkunde, über Pflanzen und Tiere studieren. Ich bin glücklich und meine Heilkenntnisse sprechen sich im Ort herum. Erst kommen die Leute zögerlich und zweifelnd, aber nach einiger Zeit sind die Patienten geheilt und vertrauen mir. Diese Arbeit macht mir Freude und erfüllt mich mit Zufriedenheit, denn ich kann Gutes tun, etwas geben und freue mich an der Dankbarkeit, die mir die Leute entgegenbringen.«

Hier sind Zeichnungen eingefügt, die Etienne auf einer Bank vor dem Haus darstellen, ein Baby, das wird Marie-Christin sein, sitzt auf seinem Schoß. Eine Reihe von Bildchen der Ziege sind darunter, ihren Kopf mit dem Ziegenbart, fressend auf der Wiese, im Stall vor der Raufe mit Heu. Dann das Haus von der Gartenseite gesehen. Blüten und Schmetterlinge, Blätter, Schneckenhäuser zieren als Schmuckornamente die Ränder an den Seiten. Die Zeichnungen sind im Text verstreut, als wäre Madeleine über das Schreiben in ihre Bilderwelt abgetaucht, und hätte die Erinnerungen nicht nur in Worten, sondern gleichzeitig in ihren ausdrucksstarken Illustrationen ausgedrückt.

Es ist spät geworden und dunkel im Garten. Ich sitze in einer Lichtinsel in der unermesslich weiten Nacht. Die »Nachtzikaden« zirpen, sogar ein Käuzchen ruft. Das klingt nach Einsamkeit und ist unheimlich. Es raschelt im Gebüsch, kühler Wind fährt durch den Wald und ich bekomme trotz meiner Jacke eine Gänsehaut. Tartine flitzt an mir vorbei in die Küche, ich räume auf und lösche das Licht auf der Terrasse.

Das Buch und Madeleines Geschichte ruhen auf dem Küchentisch und werden morgen wieder meine Unterhaltung sein, ich freue mich schon. Es ist wie ein fesselnder Fortsetzungsfilm im Fernseher, man freut sich auf die nächste Folge und fiebert mit den Darstellern, wie es weiter geht.

Kapitel 12

Der Morgen ist neblig und kühl. Es ist Christi Himmelfahrt, verrät mir der Küchenkalender. Kein Wetter für dieses Unterfangen, armer Christus, denn Regenwolken liegen über dem Dorf und verheißen weder Sonne noch Wärme. Ich disponiere von Gartenarbeit zu Hausarbeit um und nehme mir die Küche vor, meinen Lieblingsraum. Was brauche ich noch, was ist in den Schränken, was finde ich in den zahlreichen Kisten auf dem Speicher? Ich räume alles aus, wasche alles aus, vertreibe Spinnen und Schmutz, räume wieder ein und um. Das Radio spielt, ich mache mir Kaffee für eine Pause, schreibe mir die fehlenden Dinge auf eine Liste und fühle mich wie die kleine Isabelle beim wiederholten Umgestalten ihres Puppenhauses. Das habe ich geliebt, konnte stundenlang damit verbringen, das Leben meiner Puppenfamilie zu spielen und mitzuerleben.

Die Tasse von Johannes steht neben meinen frisch gespülten und eingeräumten Bechern im Küchenschrank. Ich finde im Büro einen schlichten Holzrahmen für das Bildchen von Madeleine, das ich vorsichtig aus dem Buch nehme und in den Rahmen einlege. Über dem Eckschrank findet Madeleine eine schöne Stelle, das Möbelstück und sie sind wieder vereint und morgen stelle ich beiden einen hübschen Wildblumenstrauß aus dem Garten dazu auf.

»So, meine liebe Madeleine, hier bist du über deinem Eckschrank und in meinem Mas Châtaigner und ich lese gleich weiter in deinem Buch.«

Doch erst wird es Mittag und ich bekomme Hunger. Tartine kommt unter dem Esstisch hervor und schaut mich fragend an.

»Da bist du ja. Hast du meine Gedanken gelesen und auch Hunger bekommen? Zeit für eine Pause.« Der Hund wedelt zustimmend mit dem Schwanz, Futter im Napf ist immer gut. Ich setze mich mit einem Teller schnell zubereiteter Spaghetti mit Tomaten und Mozzarella an den Küchentisch und lege das Buch von Madeleine neben mich.

»Etienne weilt oft lange bei uns und muss dann für eine Zeit, die mir unendlich erscheint, verreisen, um seine Geschäfte zu tätigen. Was er genau macht, erklärt er mir nicht, das scheint er für unnötig zu halten, obwohl er sonst viel mit mir teilt. Ich bohre nicht mit Fragen nach. Es ist seine und allgemein Männersache, das mit den Geschäften, nichts für Frauen! Ich kann damit leben und mir geht es im Vergleich zu den Frauen in meiner Umgebung hervorragend. Zu gut, denke ich und habe bei all dem Glück gleichzeitig sorgenvolle und trübe Gedanken. Mit der Zeit entwickelt sich zwischen mir und Etienne mehr als Zuneigung. Wir kommen uns näher, berühren uns wie unabsichtlich und rücken des Abends auf der Bank am Ofen zusammen.

In dem Jahr, als Marie-Christin acht Jahre wird – sie hat eine fiebrige Erkältung überstanden und die Nächte der Sorge und der Pflege sind vorbei – sitzen Etienne und ich auf unserem Ofenplatz und genießen die Ruhe des Feierabends mit einem heißen Punsch. Wir erzählen eine Zeitlang und schweigen danach in vertrauter Zweisamkeit, bis Etienne mir seine Liebe gesteht. Er nimmt mich in seine Arme, drückt mich und ich spüre seinen Herzschlag. Mein Herz springt fast aus meiner Brust und ich wage es, ihn erst zart auf die raue Wange, dann auf den Mund zu küssen und die Küsse werden erwidert.

Wie bin ich froh! Mein Glück erscheint mir unermesslich, meine Liebe zu Etienne und dem Kind unendlich und gleichzeitig fürchte ich mich vor einem jähen Erwachen, einem Umschwung, einem Gewitter. Die Alpträume kommen und gehen, mal sind sie alle paar Nächte in meinem Schlaf, dann vergesse ich sie fast. Immer diese Sorgen, diese plötzlichen Ängste und Befürchtungen, wie aus heiterem Himmel stoßen sie in mein Herz, umklammern es mit eisiger Hand und ich weiß nicht, woher sie kommen und warum sie mich befallen. Aber nichts Schlimmes passiert.

In der Nacht nach dem Kuss liegen wir Seite an Seite in dem großen Bett in seinem Schlafzimmer, in dem er vor Jahren mit seiner Frau geschlafen hat. Der Geist der Ehefrau scheint mir zugetan und ich empfinde ein warmes und liebevolles Gefühl, das von ihr kommt, wie ich es sonst von den Engeln fühle. Einige Tage später steckt mir Etienne ohne Worte einen feinen Goldring an meinen Finger. Der Ring ist geschwungen, mit einem feinen Ornament verziert und passt wie angegossen. Er schaut lange in meine Augen, umarmt mich, küsst mich und flüstert in mein Ohr, dass er mit diesem Ring auf ewig mit mir verbunden ist. Ich lege den Ring seitdem nicht mehr ab und freue mich über seinen Anblick, seinen Glanz und die Wärme seiner Bedeutung.

Es wird Frühjahr und die Sonne kehrt mit ihrer Kraft zurück. Die Obstbäume im Garten blühen, die Blumen und Kräuter erheben sich aus der Erde und auch wir erwachen nach dem Winter. Etienne bereitet sich auf eine Reise vor, die übliche Regsamkeit im Haus lebt auf. Es wird gepackt und sortiert, die Tiere vorbereitet und die Unruhe wächst und durchdringt uns. Ich werde angesteckt von der Betriebsamkeit und kann nicht ruhig sitzen. Warum steigen erneut Sorgen wie Blasen, groß und dunkel, auf? Furchtsame Gedanken um Etienne, der bei mir ist, nachts neben mir liegt, mich in seine Arme nimmt und festhält. Wochen vorher habe ich mich nicht gesorgt, nicht gefürchtet, es gab keine trüben Gedankenwolken am Himmel und keine Alpträume.

Der Tag der Abreise rückt näher und die Sonne steigt ein letztes Mal über uns auf, als wir in der Hofeinfahrt stehen und uns verabschieden. Mir blutet das Herz und auch Marie-Christin kann sich kaum vom Vater trennen. Sie klammert sich in seinen Armen fest und küsste ihn wieder und wieder. Etienne versteht unseren Abschiedsschmerz nicht, er ist frohgemut und freut sich auf seine Reise, die Abenteuer und Geschäfte. Ich umarme ihn ein letztes Mal (wie Recht ich habe, das weiß ich erst jetzt, im Nachhinein), küsse ihn und flüstere ihm ins Ohr: »Ich liebe dich! Pass gut auf dich auf und komm bald wieder heim!«

Er steckt etwas in meine Schürzentasche, ich fühle einen kleinen, schweren Lederbeutel, und wendet sich in einem ab. Er reitet fort. Der Tross der Wagen und die Begleiter verschwinden in den Gassen. Lange hören wir die Hufschläge und das Gerumpel der Karren, dann kehrt Ruhe ein.

In den nächsten Tagen lassen meine Unruhe und Sorge nach. Ich kümmere mich um Marie-Christin und nehme die Studien auf, die ich vernachlässigt habe. Der Beutel aus dunklem, weichem Leder enthält Goldmünzen. Was sie genau wert sind? Ich weiß es nicht und verwahre den Beutel in meiner Rocktasche. Etienne hat sich sicher seinen Teil dabei gedacht, als er mir ihn ohne Federlesen zusteckte.

Ich versorge den Haushalt und meine Patienten, kümmere mich um Schnupfen und Halsschmerzen, die Verletzungen bei der Feld- und Gartenarbeit der Nachbarschaft. Nachts liege ich allein im Bett und vermisse Etienne und seine beruhigende, beschützende Nähe. Ich fühle mich nackt, wehrlos und verletzlich. Erst nach Stunden des Grübelns kann ich schlafen, unruhig und früh am Morgen erwachend.

Die Tage vergehen langsam und eines Abends, wir sitzen gemeinsam in der Küche bei der Brotzeit, klopft es laut an der Eingangstür. Der Knecht erhebt sich, schaut nach und ruft mich erschrocken zu sich. Entfernte Verwandtschaft von Etienne steht vor der Tür und ein Bote mit einer Nachricht. Die Familie? Ein Bote? Ich erschrecke zu Tode! Was ist passiert? Es muss etwas Schlimmes, unvorstellbar Schreckliches geschehen sein!

Im Eingangsbereich wartet der Bote in schlammbespritzter Reitkleidung und überreicht mir eine Schriftrolle, eingewickelt in Leder und versiegelt. Hinter ihm stehen mir unbekannte, finster blickende Männer. Das soll seine Familie sein? Alle sind in Reisekleidung, ebenso verschmutzt wie der Bote, sie scharren unruhig mit den Füßen und mustern mich und das Haus.

Mir kriecht es eiskalt den Rücken hoch, ich ahne Böses und möchte am liebsten die Flucht ergreifen. Aber es bleibt keine Zeit und Ruhe, mir die Botschaft anzusehen und einen klaren Gedanken zu fassen. Die Herren verschaffen sich grob Einlass, schieben mich zur Seite und entledigen sich ungefragt ihrer Mäntel, Handschuhe und Kopfbedeckungen. In der Stube wird uns mitgeteilt, dass mein Herr und Gebieter – was für ein Hohn – bei einem Überfall tragischerweise zu Tode gekommen sei. Der Leichnam werde überführt, aber das tue jetzt nichts zur Sache, denn es beträfe mich nicht im Geringsten! Mir wird schwarz vor Augen, das ist zu viel, und alles versinkt um mich herum. Dann erwache ich und liege in der Küche auf der Holzbank am Fenster. Es dämmert und im Herd knistert das Feuer. Neben mir auf dem Tisch liegen geschnürte Bündel, die ich mir schlaftrunken und benommen ansehe. Es sind meine Habseligkeiten und mein alter Wanderstock. Die Köchin kommt von der Vorratskammer schwer beladen herein. Sie erklärt mir unter Tränen, dass die eben angekommenen Herren die Herrschaft über den Haushalt ergriffen haben und mich vor die Tür setzen. Ich soll verschwinden. Sofort.

Ich habe keinerlei Rechte mehr, habe ich sie denn je besessen? Hatte ich mich in der Vergangenheit um meinen Status in der Familie und in diesem Haus gekümmert? Nein, dies begreife ich in diesem Augenblick. Wäre ich verheiratet, dann wäre meine Position eine andere und vermutlich bessere, aber das Thema wurde nie angesprochen. Warum wollte Etienne mich nicht ehelichen? Wollte er sich nicht binden, das Andenken an seine Frau nicht schmälern mit einer Nachfolgerin oder hat er es schlichtweg vergessen? Nun bin ich ungeschützt und ungesichert und habe – wieder einmal – nichts, aber auch Garnichts bis auf mein Bündel. Diese Gedanken rasen durch meinen Kopf, machen mir trotz Tränen und Schreck klar, dass es vorbei ist. Vollkommen außer mir nehme ich meine Sachen, suche mir Umhang und Wolltuch und stolpere aus der Tür in die finstere Nacht. Niemand hält mich zurück, niemand ist in der Küche und im Flur. Ich höre Lärmen und Schritte in den Stuben, aber die Bewohner des Hauses sind wie vom Erdboden verschluckt.

Es ist zeitiges Frühjahr und keineswegs mild, glücklicherweise aber trocken und klar, und ich suche mir den Weg zwischen den Häusern zur Stadtmauer und gelange in die offene Landschaft. In einer Feldscheune finde ich eine geschützte Ecke und kauere mich mit meinen Habseligkeiten auf den Boden. Ich versinke wie in einer Ohnmacht.

Am Morgen sitze ich im Dämmerlicht der Scheune und kann keinen klaren Gedanken fassen. Ich drehe müde an dem Ring von Etienne, der mir seine Liebe versichert, aber er ist tot und die Liebe ist mit ihm verschwunden. Doch dann raffe ich mich auf, packe meine Sachen und trete aus der Scheune in den trüben Tag und wende allem, was geschehen ist, den Rücken zu. Mit jedem Schritt entferne ich mich von Marie-Christin und meinem gefühlten Zuhause. Was geschieht mit dem Kind und wie geht es den anderen? Marie-Christin ist sicher ebenso im Weg wie ich, genauso schutzlos und wehrlos und ein Spielball für die Eindringlinge. Immer wieder breche ich in Tränen aus, sinke zusammen und gönne mir eine kurze Pause an einer geschützten Stelle am Waldrand oder hinter einer Feldmauer. Es wird Abend. Mittlerweile habe ich die Hügelkette mit dem Wald erreicht, die ich früher vom Haus aus in der Ferne sah. Hier erscheint es mir sicher. Ich höre die Vögel und zartes Blätterrauschen und suche einen Rastplatz mit Felsen im Rücken. Egal was mit mir passiert, sollen Räuber, wilde Tiere oder was immer über mich herfallen und töten, ich lehne mich an den Stein, ziehe mein Bündel an mich und den Umhang über mich und schließe die Augen.

Vor Sonnenaufgang bin ich unterwegs, gehe dem Morgenlicht entgegen und fasse wieder ein wenig Mut. Mein Weg führt entlang einer Hügelkette und zur Mittagszeit sehe ich ein kleines, altes Haus abseits des Pfades liegen. Es sieht ein wenig baufällig aus, krumm und schief, aber doch hübsch mit den kleinen Fenstern, den Blumentöpfen und lavendelfarbenen Schlagläden. Eine Rauchfahne steigt aus dem Kamin. Das Häuschen liegt in einem halb verwilderten Garten mit Olivenbäumen und ist von zerfallenden Steinmauern umgeben. Unterhalb des Gartens grenzt ein großer Felsen wie eine Klippe den Garten vom darunter liegenden Ort Beaumes ab. Eine Ortschaft mit stattlichen Häusern, einer Kirche in der Mitte, einigen Geschäften, Bauernhöfen und Winzern, wie mir später ein Blick von den Felsen in die Landschaft und auf den Ort verrät.

Ich nähere mich vorsichtig dem Haus und bin unschlüssig, ob ich anklopfen oder weiter wandern soll.«

Hier ist das Haus gezeichnet, Mauern mit einer Eidechse, eine Frau, die gebückt im Garten arbeitet. Die Zeichnungen bedecken wie ein Mosaik eine Seite, Olivenblätter schmücken den Rand, eine Rose blüht mir auf der Seitenmitte entgegen. Auf der nächsten Seite geht es in dunkelbrauner Tinte weiter.

»Eine Frau steht am Herd im Inneren des Häuschens und wendet mir den Rücken zu. Das Herz klopft mir bis zum Hals, doch ich wage es zu grüßen.

»Bonjour, Madame.« Die Frau dreht sich erstaunt um und kommt auf mich zu. Statt mit Entrüstung und Abneigung mustert sie mich zwar verwundert, aber keineswegs unfreundlich und heißt mich willkommen. Ich seufze erleichtert auf und erkläre ihr meine Lage. Aufmerksam hört sie mir zu und als habe sie nur auf mich gewartet, schließt sie mich wortlos in die Arme und hält mich fest. Es fühlt sich angenehm und liebevoll an.

Sie heißt Joséphine, nimmt mich auf, teilt das Essen mit mir und gibt mir eine Bettstelle in der Kammer. Joséphine ist die Güte in Person und voller Wärme für alle Geschöpfe, was ein Glück für mich. Zudem ist sie eine Heilerin und es gibt nichts, was sie nicht über Heilpflanzen, Kräuter zum Würzen, die Herstellung von Salben, Tinkturen oder Tees weiß und ähnelt darin meiner Freundin Célestine. Wir finden sofort zueinander, trotz des Altersunterschiedes, wir haben die gleichen Gedanken und Gefühle, ergänzen uns in unserem Wissen und Empfinden, im Alltag und in der Arbeit.«

Ach du je, die Frau heißt wie meine Tante. Doch damals war Joséphine ein geläufiger Name, in Frankreich und in Deutschland. Ich überlege einen Augenblick, doch wie geht es weiter mit Madeleine?

»Meine Jugend und Kraft kommen ihr als Ausgleich für die Gastfreundschaft und geteilte Weisheit zugute, denn die Bestellung des Gartens und des kleinen Feldes sind anstrengend. Gemeinsam bewerkstelligen wir allerhand in unseren Arbeitstagen von Sonnenaufgang bis Sonnenuntergang. Die Sonntage sind heilig. Wir spazieren nach Beaumes zum Kirchgang und besuchen danach Bekannte und Freunde von Joséphine. Am sonntäglichen Nachmittag ergänzen und sortieren wir die Kräuterbestände, die Aufzeichnungen und Rezeptsammlungen – eine herrliche Beschäftigung für jeden, der sich dafür begeistern lässt. Die Stunden fliegen wie die Schwalben am Sommerhimmel, gefüllt mit Arbeit im Haus und im Garten, Holz hacken, bei sonnigem Wetter Kräuter sammeln und verarbeiten. Ich fühle mich heimisch und in langen Gesprächen mit meiner neuen Freundin verblassen die schlimmen Erinnerungen aus der vergangenen Zeit und mir bleibt nur eine tiefe Sehnsucht nach Mann und Kind.

Was ist passiert und was macht Marie-Christin jetzt? Weiß sie von mir? Erinnert sie sich an die gemeinsame Zeit? An ihren Vater? Wo ist Etienne begraben und was genau passierte? Fühlt das Mädchen sich im Stich gelassen, sowie ich damals, als ich von der Familie getrennt wurde? Ist es im Stich gelassen oder geht es Marie-Christin gut?

In den Nächten gibt es Stunden, in denen ich weine. In der Dunkelheit erscheint mir mein Leben ohne Ziel, ohne Halt und ohne Schutz. Angst und Furcht ziehen durch den dunklen Raum, lassen mich nicht ruhen, keinen Frieden finden. Alpträume von Flucht und Verstecken, vom Umherirren und »Nicht wissen wohin« wecken mich in Schweiß gebadet und mit Tränen im Gesicht auf und ich schlafe nicht wieder ein. Doch ich muss leben und weitermachen. Ich will leben und es wird weiter gehen.

Die Sonne steigt jeden Morgen strahlend hinter den Bergen auf und der Sommer eilt mit großen Schritten ins Land. Die Tage sind heiß und wir machen in der Mittagszeit Pause, ziehen uns in den Schatten zurück, warten bis die Abendluft Abkühlung bringt und wir weiterarbeiten. Ich falle seltener in meine nächtlichen Täler gefüllt mit Melancholie und Trauer. Ob es an der Wärme liegt? An dem Licht und dem Duft der Kräuter, am Lavendel im Garten oder in den Bündeln zum Trocknen unter dem Dach? Oder an dem Gemüse und Obst, das es im Überfluss gibt, und in dem wir schwelgen, in Tomaten, Paprika, Auberginen, Salat und den Kräutern.

Die tägliche Arbeit beinhaltet ebenso die Betreuung der Patienten, die mit ihren Krankheiten, Verletzungen und alltäglichen Sorgen kommen. Die meisten Bewohner des Ortes haben uns ins Herz geschlossen und suchen unsere Hilfe und Ratschläge, aber – wie überall – gibt es auch hier neidische, streitsüchtige und böse Menschen.

Es kommt im Laufe des Sommers zu unschönen Begegnungen mit dem Großbauern außerhalb des Ortes, der uns unterstellt, in dem Haus ohne Berechtigung zu wohnen. Ich fürchte bald schon den Klang von Hufgetrappel auf dem Feldweg zu unserem Heim, denn dies bedeutet Streit und Drohungen des Mannes, dem wir, insbesondere Joséphine, nicht viel entgegensetzen können. Joséphine wohnt seit ihrer Jugend hier. Absprachen über Wohn- und Nutzungsrecht erfolgten mündlich, erzählt sie. Man hatte ihr gerne das Haus überlassen und im Gegenzug ihre Heilkunst für Mensch und Tier in Anspruch genommen. Alles lief harmonisch – bis jetzt. Das ertrage ich nicht. Ich muss in den Ort gehen und mich nach dem Besitzer des Landes erkundigen und die Sache klären. Am nächsten Morgen, ebenso strahlend und klar wie die vorherigen, fasse ich meinen Mut zusammen und mache mich auf den Weg. Die Häuser liegen an einen Bergrücken geschmiegt, vereinzelt wachsen Olivenbäume und Pinien und Steinmauern umgeben die Gärten und Felder. In Beaumes herrscht die rege Geschäftigkeit eines Vormittages. Die Bewohner versorgen ihre Hausgärten und das Vieh, von der Bäckerei duftet es nach Brot und die Läden haben ihre Auslagen vor den Fenstern. Die Leute sehen mich freundlich an und man grüßt sich. Am Dorfplatz in der Mitte des Ortes liegt neben der Kirche die Wirtschaft, wie überall Dreh- und Angelpunkt und Sammelpunkt für alle Neuigkeiten.

Ich trete in den schummerigen Schankraum und versuche als erstes mein Glück bei der Wirtin Madame Bonnet, die klein und massig hinter dem Tresen steht und Gläser spült. Auf meine Nachfrage, wie und wo ich den Besitzer unseres Hauses und des Gartens finden kann, bekomme ich eine prompte Antwort:

Sie weiß es nicht, aber der Herr Pastor ist in diesen Fragen die Anlaufstelle. Er hat die Dokumente über Eigentumsverhältnisse im Dorf und wird mir weiterhelfen. Gut, dann wandere ich zur Kirche und suche dort und im Haus des Pastors, das hinter dem Kirchgebäude liegt, nach einer Auskunft. Der Pastor ist nicht da und es verstreichen Tage, bis ich ein weiteres Mal ins Dorf gehe und mehr Erfolg habe.

Joséphine nimmt sich die Angelegenheit zu Herzen, ich mir auch, aber sie leidet stärker. Sie isst kaum etwas, ist unruhig, wortkarg und verschlossen. So kenne ich sie gar nicht. Mir geht es ebenfalls nicht gut, aber ich bin nun die Stärkere und nehme das Ruder in die Hand. Der Pastor ist kein angenehmer Zeitgenosse, von sich eingenommen und von oben herab und es ist eine Gnade des Herrn, dass er sich herablässt, nach den Akten und Schriftstücken zu suchen. Tage später ist er fündig geworden, lässt mich zu sich rufen und ich sitze ihm mit bangen Gefühlen gegenüber. Aus den Dokumenten geht eindeutig hervor, dass Joséphine keinerlei Ansprüche und Rechte an dem Haus und Land hat. Nichts wurde schriftlich niedergelegt, mündliche Absprachen sind Schall und Rauch und alles ist im Besitz des Bauern, mit dem sie vor langer Zeit ihre Abmachung getroffen hatte.

Ich bin sprachlos, sinke zusammen und breche in Tränen aus. Das kümmert den hohen Herrn wenig und mit harschen Worten schickt er mich nach Hause.

Doch wo ist das? Da, wo wir uns beide zuhause fühlten, haben wir keine Heimat mehr. Später stellt sich heraus, dass der Großbauer, der uns den Ärger macht, seine Tochter in die Familie unseres Nachbarn verheiraten wird und jeden Acker und jede Scheune in den Besitz der Familie bringt, damit die Tochter ein reichliches Auskommen haben wird. Seine Leidenschaft ist das Eigentum und Vermehren seines Besitzes. Er hält sich nicht an eine Absprache mit einem Kräuterweiblein, wie er Joséphine tituliert. Er verursacht Aufruhr und Unfrieden und erringt den Sieg, denn wir werden gezwungen uns nach einer neuen Bleibe umsehen.

Wieder einmal ist das geschriebene Wort mehr wert als das gesprochene. Vereinbarungen gelten nichts, wenn sie nicht beurkundet und besiegelt werden, das habe ich nun zweimal erfahren.

Wie benommen erlebe ich die Zeit. Nichts hat mehr Sinn, jegliche Freude und Fröhlichkeit ist wieder einmal verflogen. Joséphine ist ein Schatten ihrer selbst, und es kommt noch schlimmer. Als ich an einem Mittag aus dem Garten zurück ins Haus komme, finde ich sie auf dem Bett liegend. Zu still und ruhig zum Schlafen. Sie ist eingeschlafen, friedlich scheint mir, aber ich weine, bis ich keine Tränen mehr habe. Joséphine kann nicht in ihrem Bett liegen bleiben und daher wasche ich sie, kleide sie festlich an und gehe ins Dorf, um in der Kirche Bescheid zu sagen und die Beerdigung zu regeln.

Es ist furchtbar, doch ich weiß, dass es Joséphine gut geht, dort wo sie hingegangen ist, bei den Engeln, mit ihren und meinen Engeln. Im Himmel wacht sie über mich.

Nach der Beerdigung auf dem Friedhof außerhalb des Ortes, dort, wo die Weinfelder beginnen und Zypressen wie dunkle Wächter entlang der Friedhofsmauer wachsen, wandere ich ein letztes Mal zu unserem Haus und packe alles zusammen, was uns, was mir gehört und was ich tragen kann. Es ist nicht viel, mein Herz blutet und die Tränen fließen über mein Gesicht.

Wieder wandere ich durch das Land, es wird Spätsommer, die Luft ist warm, das Gras verblichen von der Sommerhitze, in den Weinfeldern hängen blaue Trauben. Die Zikaden lärmen, die Vögel zwitschern ungerührt und ich wandere der Sonne entgegen.

Dieses Mal bin ich nicht auf der Flucht, ich blicke mich nicht um und nicht zurück. Keiner wird mich verfolgen, keiner wird mich zurückholen wollen. Die Leute im Dorf werden mich vermissen, uns beide, unsere Heilkunst und Hilfe. Aber ich kann nicht mehr dortbleiben, mein Herz hängt nicht mehr an dem Dorf, am Haus oder Garten und an der Aussicht ins Land.

Hängt mein Herz noch an irgendeinem Ort oder soll ich mich unabhängig von einem Zuhause und einer Heimat mit Familie machen? Bin ich nicht zu oft enttäuscht worden in meinem Gefühl von Geborgenheit, Liebe und Gemeinschaft? Soll ich nur für mich, die Pflanzen und Tiere, die Natur und die

Menschen leben, die meiner Hilfe bedürfen und mir gut gesonnen sind?

Was kann ich, was weiß ich und möchte es noch besser können und mehr wissen und womit kann ich mein Auskommen haben? Fragen über Fragen wirbeln in meinem Kopf und ich nehme kaum den staubigen Feldweg und die Landschaft wahr.«

Das sind auch meine Gedanken, liebe Madeleine, ich fühle mit dir und ich verstehe dich, auch wenn meine Lage in der heutigen Zeit viel entspannter ist als deine. Ich bin nicht auf der Flucht, habe ein Zuhause und all das, was Madeleine suchte und sich ersehnte. Rasch räume ich meinen Teller in die Spüle, hole mir ein Glas Wasser und schaue nach Tartine, der unter dem Esstisch schläft, bevor ich weiterlese.

»Am Abend erreiche ich ein Dorf und kehre in der Wirtschaft ein. Eine Frau allein unterwegs ist wahrhaft eine Seltenheit und Überraschung für die Leute, aber sie sind freundlich und ich frage, ohne lange zu überlegen, nach einem Abendessen und einer Übernachtung. Keine Scheunen und Waldlager mehr, das ist vorbei. Der Wirt ist sprachlos, als er meine Geschichte hört und bietet mir eine Mahlzeit, ein Glas Rotwein und seine Kammer im Dachgeschoss an. Dieser Raum stand lange leer, ist spärlich möbliert, aber sauber. Ein Bett und ein Tisch, eine Kommode, Dachschrägen mit Regalen und Aussicht ins Land, das ist doch schön und der Kostenbeitrag ist niedrig, wenn ich am Morgen im Haushalt helfen und der Wirtin, die kränklich und blass erscheint, zur Hand gehe. Ich richte mich ein und beschließe hierzubleiben. Das Dorf heißt Garrigues und ist kleiner als Beaumes, die Häuschen stehen zusammengeschart um die Kirche und den Dorfplatz. Die Umgebung ist hügelig und abwechslungsreich mit Weinreben, Getreidefeldern, Olivenhainen und Wald.

Der Herbst kommt, es wird kühler und abends früher dunkel, es ist keine Zeit zum Weiterziehen. Ich verstehe mich mit den Wirtsleuten und der Dorfbevölkerung gut, bleibe jedoch die meiste Zeit für mich und knüpfe nur lockere Verbindungen. Dank meiner Heilkunde habe ich mein Auskommen, denn es spricht sich wie ein Lauffeuer herum, dass eine Frau im Wirtshaus wohnt, die bei Verletzungen, Fieber, Schmerzen helfen kann und zu den Tieren kommt, wenn es nötig ist. Ich sammele die letzten Kräuter für meinen Vorrat, der unweigerlich dahin schmilzt, setze Tinkturen an, rühre Salben, stelle Teemischungen zusammen und suche im Wald meine geliebten Maronen, die ich mir am Feuer röste.

Alle paar Wochen komme ich in den Nachbarort Castillon und zum Wochenmarkt. Das ist jedes Mal ein Fest und ein schönes Erlebnis. Der Markt findet auf einem luftigen Platz in der Mitte von Castillon statt. Ein stattlicher Springbrunnen plätschert unter den allgegenwärtigen Platanen. Jetzt im Frühherbst fallen die ersten Blätter wegen der sommerlichen Trockenheit. Die Häuser strahlen Reichtum und Großzügigkeit aus und haben Arkaden, unter denen die Stände bei ungemütlichem Wetter stehen, geschützt vor Regen und Wind. Kleine Wirtschaften laden zum Verweilen ein, man kann essen und trinken und dem Treiben auf dem Markt zuschauen. Es herrscht eine muntere Stimmung, lebhaftes Handeln und Hin- und Herbewegen des Obstes und Gemüses, der Küchenutensilien, der Kräuter und Gewürze, der Körbe und Haushaltswaren oder Kleidung.

In einer Buchhandlung finde ich Bücher über Pflanzen, Heilpflanzen und die Heilkunst. Da sie für mein Budget unerschwinglich sind, würde ich gerne den Besitzer des Buchladens um Erlaubnis fragen, die Bücher anzuschauen und ein wenig zu lesen. Jean Bouvier ist ein Bücherwurm und an einem nasskalten Herbstmorgen und mit einem dampfenden Glühwein vom Marktstand vis á vis erweiche ich mit meiner traurigen Erzählung sein Herz und darf in den Büchern lesen.

Zuhause in der Kammer überlege ich an den Abenden, was ich unternehme. Was ist meine Zukunft? Ich bin bis oben angefüllt mit Wissen und Erfahrungen, aber wohin damit, wenn ich nicht mehr da bin? Wie diese kostbaren Kenntnisse verbreiten und zu denen bringen, die es benötigen, die denken wie ich?«

Hier finde ich statt einer Zeichnung aus Madeleines Feder ein zartes, fast durchscheinendes Bild. Ich vermute, es ist Madeleine, gezeichnet von einem Jean, wie mir das Kürzel in einer Ecke des Bildchens verrät, das ich zum Entziffern dicht vor die

Augen und ins Licht halte. Sie sitzt auf einem Hocker, auf ihrem Schoß ein Buch aufgeschlagen. Der Rock reicht bis auf den Boden, die Haare in einem Zopf – umgeben von Bücherregalen und Kisten. Das Porträt strahlt Versunkenheit aus und eine Verbundenheit des Künstlers zu der Frau. Ich stelle mir die Szene vor, die Ruhe und den Geruch in einem Buchladen der damaligen Zeit, den Lärm des Marktes und des südfranzösischen Lebens vor der Tür des Geschäftes.

Ich mache Schluss für heute, mir brennen die Augen. Die Handschrift liest sich nicht so flüssig wie ein gedrucktes Buch und mir kommt die Idee, den Text in den PC abzutippen, um ihn leichter lesen zu können.

Kapitel 13

Die Sonne steht tief, es wird später Nachmittag und ich beeile mich fertig zu werden. Heute habe ich Fenster geputzt, nicht meine Lieblingsbeschäftigung, vor allem nicht, wenn sie so entsetzlich dreckig sind. Schnell gieße ich die freigelegten und umgepflanzten Pflanzen, damit sie die Hoffnung auf einen Neubeginn mit mir als Gärtnerin nicht aufgeben, und setze mich nach einer ausgiebigen Dusche frisch und erholt auf den Lieblingsplatz meiner Terrasse. Hier ist es angenehm kühl, im Gegensatz zu der Terrasse vor dem Haus mit Abendsonne. Ich trinke einen großen Schluck Wasser und schaue in den Garten. Madeleines Buch liegt aufgeschlagen auf meinem Schoß:

»Mir kommen die »leeren Bücher« in den Sinn, die Jean in einer Holzkiste im hinteren Teil des Ladens stehen hat. Sie sind unterschiedlich groß, in helles oder dunkles Leder eingebunden, manche verziert und geprägt, manche schlicht, dick oder dünn, groß oder klein. Ich seufze erleichtert auf, denn hier könnte ich mein Wissen aufschreiben, es zusammentragen und festhalten und beschließe bei meinem nächsten Besuch diese Bücher zu inspizieren.

Eine Woche später stehe ich vor der Holzkiste und betrachte jedes Buch, nehme es in die Hand und blättere die leeren Seiten durch. Ich suche mir ein kleineres und mit hellem Leder eingebundenes Buch und ein größeres aus, das dunkles Leder und einen Riemen zum Verschließen hat. An den Innenseiten der Buchdeckel finden sich Fächer zum Einschieben von Papieren und für beide Bücher gibt es eine stabile Schutzhülle. Der Kauf dieser Schätze mit dem dazugehörigen Schreibmaterial reißt ein Loch in meine Kasse, aber das ist es mir wert und ich kehre zufrieden und zugleich voller Tatendrang nach Garrigues zurück. Nun hat der Buchhändler Jean doch einen Gewinn in Geldstücken an mir gemacht und nicht nur »leer gelesene« Bücher oder eine Tüte Maronen als Bezahlung meiner Stunden bei ihm. Er mag mich, das merke ich bei jedem Besuch. Er schaut mich anders an als die andere Kundschaft, er sieht mir nach, er freut sich sichtbar, wenn ich den Laden betrete und bemüht sich um mich. Aber es ist kein Platz in meinem Herzen, kein Platz, wie ihn sich Jean wünschen wird.

Der Winter kommt und mit ihm der Nebel. Er zieht langsam und zäh durch die Gassen und zwischen die silbergrauen Platanen, die nicht mehr das helle Sommersonnenlicht filtern, sondern ihre nackten Arme in den kalten Winterhimmel recken. Auf den Straßen wird es still und trostlos ohne die sommerliche Betriebsamkeit und das Leben der Dorfbewohner im Freien. An den Abenden ist es im Schankraum gemütlich. Das Feuer prasselt im Ofen und die Gäste wärmen sich am duftenden Gewürzwein, an selbst destilliertem »Marc« und würzigen Eintöpfen. Die Erkältungswelle rollt an und ich habe Patienten mit schniefenden Nasen und bellendem Husten, fiebrig glänzenden Augen und mit Jammern und Klagen, die heilkräftige Tees und Tinkturen erhalten.

In den ruhigen Stunden sitze ich in der Dachkammer, die durch den Kamin, der durch den Raum führt, warm ist. Der kleine Tisch am Fenster ist einem größeren gewichen, der bedeckt ist mit den Büchern und Schreibutensilien, den Behältern mit meinen Heilkräutern und Papieren. Ich beginne zu zeichnen. Das ist eine herrliche Beschäftigung und wird zu einer wahren Leidenschaft. Pflanzen, ihre Blüten und Blätter, die Erinnerung an meine Heimaten und an die Häuser, in denen ich lebte, nehmen in Zeichnungen Gestalt an.

Das kleine Buch wird ein Buch meines Lebens und meiner Gedanken und ich bin schon weit gekommen mit der Erzählung. Bei der Niederschrift steigen Erinnerungen auf. Es ist wohltuend, alles aufzuschreiben. Es schmerzt bisweilen, Tränen fließen und dann heißt es auf das Papier aufzupassen, damit es keine Flecken bekommt.

Oft habe ich Alpträume und schrecke in der Nacht auf. Mal bin ich im Traum ein Kind, mal junge Erwachsene, mal in der Gegenwart und mal älter, aber immer sind es die Flucht und Angst, das Gefühl, keine Heimat und Familie zu haben, allein und verlassen zu sein.«

Eine Zeichnung mit dem Blick aus Madeleines Fenster zeigt verwinkelte Häuser und Dächer auf der gegenüberliegenden Straßenseite, angedeutete Schneeflöckchen, der Rauch aus den Kaminen und die nackten und bizarren Äste der Platanen, die wie ein Ikebana-Gesteck vor der Häuserfront schweben und sich in den Himmel recken.

»Das große Buch enthält die Sammlung meines Wissens über die Heilpflanzen und Heilkunde. Den Schatz, den ich seit meiner Kindheit tief in mir trage, in der ich die Pflanzen nicht beim Namen nannte, doch fühlte und wusste, warum sie bei uns im Garten, an der Stallmauer, auf der Wiese oder am Wassertrog wachsen und welche Wirkung sie haben. Das Wissen aus der Zeit im Kloster und im Klostergarten mit Celestine. Das Wissen aus der Zeit mit Etienne, aus den Stunden mit dem Lehrer, aus Gesprächen mit den weisen Frauen in der Nachbarschaft. Dann das Wissen aus der, wenn nur kurzen, aber eindrucksvollen Zeit mit Joséphine und, zum guten Schluss, das Wissen aus dem Studium der Bücher in dem Buchladen von Jean. Dazu kommen meine Erfahrungen, die Berichte der Patienten, ihre Ratschläge und Rezepte oder wie ihre Vorfahren bei diesem oder jenen dies oder das machten. Eine Fülle und ein Schatz, der mit jedem Wort auf die Seiten fließt.

Der Winter vergeht – wie jedes Jahr – und der Frühling zieht ein. Die Obstbäume blühen, zartes Grün sprießt allüberall, die Schwalben ziehen rufend ihre Kreise so hoch am Himmel, dass ich sie kaum erkenne. Es duftet nach Blüten, frisch umgebrochener Erde und Garten. Es wird warm und in mir reift der Entschluss aufzubrechen. In dem Zimmer wird es mir zu eng und die Menschen sind mir zu nah und bedrängend. Der

Winter war eine lange Zeit, die ich genutzt habe, meine Bücher sind weitergeschrieben, mein Geldbeutel ist gefüllt und die Vorräte an Kräutern sind dahin geschmolzen. Ich laufe einige Tage unschlüssig durch den Alltag, den Kopf nicht bei der Arbeit und es zieht mich ins Freie und am Abend auf die Hügel hinter dem Dorf.

Eines Tages bin ich unterwegs, bepackt mit meinem Bündel. Ich wende mich dem Nachbarort Castillon zu, wo Markt ist, und ich mich von Leuten verabschiede, die ich gerne habe, und natürlich von Jean, dem ich viel verdanke und der um meine Unruhe und Pläne weiß.

Dann liegt der Weg vor mir und ich beschließe, einfach zu wandern, der Nase nach und mich vom Wind führen zu lassen. Die Landschaft ist zauberhaft und ich sammele Kräuter, die ich zum Trocknen an mein Bündel hänge, schnuppere an den Blüten, knabbere die zarten Knospen und Blätter vom Spitzwegerich und freue mich über die Frühlingspracht. Die Sonne scheint und es sind kaum Menschen unterwegs. Auf den Feldern arbeiten Bauern, es sind Pferdegespanne und Eselskarren auf den Feldwegen zu sehen und ich höre das Blöken der Schafherde in den Hügeln und dazwischen ihre Glocken. Ein herrlicher Tag. Ich verdränge erfolgreich jeden Gedanken an das, was kommen wird, an meine Erwartungen, die unklaren Pläne, aber besonders an meine Sorgen.

Am Abend komme ich in einen Weiler mit Bauernhäusern, die sich um eine winzige Kapelle scharen. Die Bäuerin grüßt mich aus dem Stall heraus und bietet mir einen Becher frisch gemolkene Milch und ein Lager im Heu an. Der nächste Tag wird ebenso wohltuend und auch an diesem Abend finde ich ein gutes Nachtlager und eine Mahlzeit am Abendbrottisch der Familie.

Als das Wetter umschlägt und Regentage zu erwarten sind, erreiche ich einen größeren Ort, der Gaujac heißt, wie mir ein verwittertes Schild am Ortseingang verrät. Mein Weg führt mich zu einem herrschaftlichen Haus, das erhöht in einem Park liegt. Die Gartenanlage ist symmetrisch angelegt, kleine Hecken umgeben die Beete und eine Allee mit Platanen geleitet den Besucher zum Haus. Am Anfang dieses Weges kann ich einer Pause auf einem einladend großen und flachen Stein nicht widerstehen und setze mich. Um mich herum liegen Beete mit Kräutern, ordentlich in Reih und Glied, egal ob Lavendel, Thymian oder Rosmarin. Da ich keine Menschenseele weit und breit erblicke, wage ich mich einige Schritte in dieses Kräuterparadies. Mein Bündel liegt am Stein, das angebissene Brot darauf und der Garten zieht mich in seinen Bann. Hinter den Kräutern stehen Oleanderbüsche und dahinter wartet ein Springbrunnen. Zwischen Steinmauern liegt ein Olivenhain, im Hintergrund stehen Zypressen und dazwischen laden fein geharkte Wege zum Weiterspazieren ein.

Plötzlich höre ich Hundegebell hinter mir, dann eine kurze Stille und eine Männerstimme, die den Hund ruft. Ich laufe zurück und erreiche zeitgleich mit dem Mann den Stein. Das Brot ist leider verschwunden, der Hund schlingt gerade den letzten Happen herunter und schaut uns schuldbewusst an.

Was eine Begegnung, denke ich im Nachhinein, die mit Schrecken beginnt und mit einer glücklichen Fügung endet. Der Mann ist der Eigentümer von Haus und Park und nach der ersten Entrüstung interessiert an einer allein umherziehenden Frau. Nein, ich bin keine Zigeunerin, man hat mich nirgends vergessen abzuholen. Ich bin eine Heilkundige und kenne die Kräuter und bin aus Neugierde im fremden Kräuterbeet gelandet. Der Nachmittag verfliegt im Nu und wir wandern zwischen den Beeten und Bäumen und haben ein gemeinsames Thema: die Pflanzen.

Der Mann heißt Pascal de Balazuc, ist mittleren Alters, groß und kräftig. Ein wenig erinnert er mich an Etienne, nicht so sehr von seinem Äußeren, da ist er anders, aber mit seiner Ruhe und Souveränität, mit der Art, wie er sich verhält und mit mir spricht. Ihm gehört nicht nur das Anwesen, sondern viel Land in der Gegend und große Weinfelder. Hinter den Hügeln, die das Dorf nach Westen begrenzen, hat er ein einsam liegendes Häuschen in einem Weinfeld. Früher lebte dort der Jagdhüter, der ein Auge auf die Ländereien und den Wald hatte. Vor einem Jahr ist er bei einem Jagdunfall umgekommen und jetzt steht das Haus leer.

Das Haus stellt mir Pascal kostenlos zur Verfügung. Er ist großzügig und hilft den Leuten im Dorf und den Arbeitern und zögert keine Minute, mir dieses Angebot zu offerieren, als er meine Lage erfasst. Da er Termine hat, ruft er einen Knecht, der mich in den Abendstunden mit Lebensmitteln und Decken zu dem neuen Domizil kutschiert. Dort werde ich ohne Federlesen abgeladen und mir selbst überlassen, doch das ist mir recht. Am Himmel türmen sich Regenwolken auf und der Kutscher beeilt sich, nach Hause zu kommen. Die Fülle der heutigen Eindrücke ist groß und ich bin froh, in Ruhe das winzige Haus zu besichtigen. Damit bin ich schnell fertig, denn es besteht aus einem Raum mit Feuerstelle, einer Sitzbank und einem Tisch, einem großen und hohen Bett, einigen Regalen und Holzkisten und einem luftigen und leeren Speicherraum. Von dort hat man aus dem kleinen runden Fenster eine herrliche Aussicht.

Ich atme durch, packe meine Habseligkeiten ins Haus und genieße auf der Bank vor dem Häuschen eine erste Brotzeit aus dem mitgebrachten Korb. Als erste Tropfen fallen, gehe ich ins Haus, begutachte das Bett, das aber ordentlich zugedeckt war und – oh Wunder – frisch und sauber riecht und bereite mir mein Lager.

In den nächsten Tagen erkunde ich die neue Umgebung. Ein Streifen mit trockenem Gras umgibt das Haus, an dessen Mauer Rosmarin und Thymian blühen. Ein kaum erkennbarer Pfad führt vom Haus zu dem Zufahrtsweg, der außer Sichtweite liegt. Hinter den Weinfeldern liegen Hecken und Baumreihen, dahinter liegen Wiesen und Lavendelfelder und an den Hängen beginnt der Wald. Ich finde Maronenbäume und freue mich wie ein Kind, streiche über ihre raue Rinde und sehe in ihrem Blätterdach die Blüten, aus denen die stachligen Früchte werde, die mich im Herbst ernähren. Ich entdecke den Bach, der im Tal fließt und der immer Wasser zu führen scheint. An heißen Sommertagen wird es hier fabelhaft sein, da sich Bassins finden, in denen man Wäsche waschen und baden kann. Bei meinem Rückweg suche ich die ersten Tage lange nach dem Pfad zum Haus. Da die Reihen der Reben jedoch immer mit einer Rosenpflanze anfangen, merke ich mir die entsprechende Rose und ihre Blütenfarbe und finde so rascher den Beginn des Pfades.«

Ein kleines Haus, umrahmt von Weinreben, Trauben und Rosenblüten ziert diese Seite und ich wandere in meiner Vorstellung mit Madeleine durch das Haus und die Felder. Es ist wie um mein Haus, denke ich. Sie wäre mir eine Freundin gewesen, könnte ihre Geschichte erzählen und die Kräuter zeigen.

Kapitel 14

Ich finde erst einen Tag später Zeit für meine Lektüre. Die Elektriker waren da, die Steckdosen und Lichtschalter einbauten, Lampen befestigten und freundlicherweise – obwohl es nicht zu ihrem Aufgabenfeld zählt – Haken und eine Stange für Handtücher im Badezimmer, dazu eine Lampe auf dem Speicher und eine an der Terrasse anbrachten.

Der Sonntagmorgen bringt Regen und ungewohnter Kühle. Ich ziehe meine Jogginghose an, ein Sweatshirt und dicke Socken, und koche mir eine große Tasse Tee. Das ist ein Tag für das Buch und Pausen wie Hunde-Runde und ein klein wenig Hausarbeit.

»Ich treffe kaum Menschen, da keine Arbeit in den Weinfeldern ansteht. Ich richte mich ein und bin zufrieden mit dem, was ich habe: Ein Dach über dem Kopf, stabile Mauern, die Sommerhitze und Mistral abhalten, kleine Fenster mit Schlagläden, einen Ofen und die nötigsten Möbel. Platz für die Kräuter bietet der Speicher. Ein Brunnen hinter dem Haus liefert Wasser, ohne dass ich es weit tragen muss.

Ich beginne mit dem Kräutersammeln. Es wird Sommer, alles wächst und ich nehme einen geregelten Tagesablauf ein, der mir innere Ruhe verschafft. Pascal versorgt mich von Zeit zu Zeit mit Vorräten. Er hat ein Gespür dafür, wann ich Nachschub benötige. Wenn er viel Zeit hat, unterhalten wir uns über das Wetter, die Arbeit in der Landwirtschaft und die Kräuter. Wir sind Freunde und ich fühle mich in seiner Nähe wohl. Oft hat er keine Gelegenheit selbst zu kommen, und schickt den Kutscher oder Knecht hoch. Seine Familie, das Anwesen und der Betrieb fordern ihn und im Sommerhalbjahr bleibt ihm wenig Zeit. Die Kunde über meine Kenntnisse und Fähigkeiten zum Heilen verbreitet sich und manches Mal bringt der Kutscher Patienten mit, denen ich helfen kann.

Meist ist es still und einsam und ich habe Gelegenheit mich an die Bücher zu setzen, zu schreiben und zeichnen und in die Landschaft zu schauen und nichts zu denken, still zu sein. Die Engel sind bei mir, ich denke an meine Familie, an Etienne und »mein Kind«, an Joséphine, den Buchhändler Jean, die guten Menschen in meinem Leben, an die Lebenden und die Toten und bete für sie alle.

Einige Jahre verstreichen, die Jahreszeiten wechseln und und im Winter wird es um mein Haus noch stiller und einsamer. Dann ruht die Arbeit auf allen Feldern, im Wald wird zur Jagd gerufen, die Natur wird rau und grau.

In dieser Zeit wird es mir manchmal arg weh ums Herz und ich wandere ins Tal und ins Dorf, auch wenn der Weg weit ist, und genieße die Lebendigkeit des Ortes. Auf dem Weg komme ich am Anwesen von Pascal vorbei. Ich bewundere stets den Park, habe aber Scheu mich dem Haus zu nähern. Es wundert mich, dass ich nie eingeladen werde, ihn und seine Familie zu besuchen. Die Kinder und seine Frau werden in unseren Gesprächen kaum erwähnt und ich wage nicht, ihn darüber zu befragen. Warum frage ich nicht nach? Warum habe ich nicht mit Etienne, als noch Zeit war, über eine Heirat gesprochen und eine Absicherung? Warum scheute ich damals davor zurück und warum jetzt? Mir steigen Tränen in die Augen, die ich selten weine, meist wegwische und zu den ungefragten Fragen sperre.

Es wird Herbst, es regnet und stürmt und ich ziehe mich in mein Häuschen wie in ein Schneckenhaus zurück, heize ein, röste Maronen und trinke Tee. Eines Abends wird es plötzlich laut und ich höre Männerstimmen vor dem Haus. Ein Pferd wiehert, Hunde bellen. Ich erschrecke zu Tode und lasse meinen Becher fallen. Es klopft vehement an der Tür und mit dem nächsten Atemzug poltert eine Horde wilder Männer herein. Sie fluchen und brüllen herum wie vom Teufel besessen. Ich starre sie an, bin unfähig mich zu bewegen und verstehe kaum, was sie wollen, erahne aber, dass ich meine Sachen packen und verschwinden soll. Weinend und schluchzend nehme ich den Rucksack vom Wandhaken, meine Bücher, mein Schreibzeug, was ich zu greifen bekomme, dann noch den Umhang und raus geht es in die Dunkelheit. Die Horde verfrachtet mich auf einen Karren und poltert los, grölend und lachend. Ich bin losgelöst von mir selbst, gleichzeitig über mir und neben mir und alles ist in rabenschwarzen Nebel gepackt. Die Erinnerung an die Fahrt in meiner Kindheit steigt auf und die an die Vertreibung aus meiner neuen Familie. Alles wiederholt sich? Immer wieder? Warum?

Im Wald werde ich von der Karre gestoßen und lande auf dem Boden, mein Bündel fliegt hinter mir auf die Erde und die Horde entschwindet wie ein böser Spuk. Die Hunde bellen noch einmal, dann ist es still bis auf die Geräusche des Windes. Ich raffe mich auf, Angstschweiß läuft mir den Rücken herunter, die Hände sind kalt und steif und die Haare hängen wirr ins Gesicht. Ich packe unbeholfen mein Bündel und versuche in der rabenschwarzen und feuchten Dunkelheit des Herbstwaldes einen Weg zu finden. Aber da ist kein Weg, kein Pfad, kein Garnichts. Wo ist der Weg? Ich bin umgeben von Bäumen, Gebüsch und Dornenranken, Steinen, Geröll. Dann erhebt sich eine Felswand vor mir, an der entlang ich mich stolpernd und kriechend bewege. Nach unzähligen Metern komme ich an einen Vorsprung, hinter dem eine Höhle zu sein scheint. Ich sinke am Eingang auf den Boden, der trocken und sandig ist und lehne mich an den Felsen. Ich zittere wie Espenlaub, ich kann nicht mehr weiter und nicht denken, nur noch Weinen, Schaudern und Bibbern und mich elend, verlassen, verraten und einsam fühlen. Wie schon einige Male in meinem Leben, ein immer wiederkehrendes Erlebnis und Grauen. Wie mein Alptraum, der jetzt erneut Wirklichkeit annimmt.

Am nächsten Morgen sitze ich immer noch an der Stelle und bin eiskalt. Die Worte der Männer verfolgen mich und drehen sich unaufhörlich im Kopf. Langsam ergeben sie einen Sinn und ich glaube, verstanden zu haben, dass die Frau von Pascal hinter der Attacke steckt. Ich war ihr ein Dorn im Auge und Eifersucht trieb sie zu diesem Rachefeldzug. Grundlos, unverständlich, grausam und böse. Ich schreibe in mein Buch, schöpfe Kraft daraus, doch die wird nicht lange ausreichen. Meine Hände beginnen zu zittern.

Mein Kopf ist wie in Wolle gehüllt und schmerzt nicht einmal mehr. Ich suche mir mit letzter Anstrengung Zweige und Äste für ein Lager, was den gesamten Tag dauert. Die Sonne hat Erbarmen mit mir und wärmt mich, aber ich bin wie abgeschnitten von allem und mir selbst. Am Abend lege ich mich auf das Lager und hole die Bücher hervor. Ich schreibe erneut in Eile das Geschehene auf, meine Gedanken und Gefühle. Das Fieber macht meine Schrift krakelig und zittrig. Nun kann ich in Ruhe krank sein, schlafen oder sterben und mein Schicksal an die höheren Mächte abgeben, an Gott, an die Engel. Ich fühle mich mehr tot als lebendig. Die Kraft für den Weg zum Dorf fehlt und ich bin weder sicher die Richtung zu finden noch das unwegsame Gelände zu durchqueren, was mich umgibt.

Mir ist der Mut, auf die Menschen zuzugehen, sie um Hilfe zu fragen, abhandengekommen. Ich stehe vor dem Nichts, habe nichts, fühle mich wie ein Nichts und vollkommen leer. Was ist passiert? Was geschieht jetzt?«

Hier endet das Buch. Die Schrift ist schwer lesbar geworden und an einigen Stellen verwischt. Ich habe Mühe, alles zu entziffern und sinke zusammen, fühle mich wie Madeleine. Das hätte ich nicht gedacht, dass es traurig und dramatisch endet. Wie bei einem schlechten Film, kein Happyend, keine Lösung und kein »und wenn sie nicht gestorben sind, dann leben sie noch heute«. Warum kommt kein Retter in der Not? Kein Ritter auf einem weißen Ross? Nicht der Mann fürs Leben, der Madeleine endlich ein Zuhause gibt, eine Familie, Liebe und Sicherheit? Das Leben ist so grässlich grausam! Madeleine ist keine alte Frau, nicht hässlich und nicht dumm, da sollte doch ein anderes Leben möglich sein! Und wo bleibt die Hilfe ihres Unterstützers? Der muss doch Bescheid wissen, was in seinem Umfeld geschieht und Madeleine suchen und retten. Ich verstehe es nicht und das Ende des Berichtes stellt mich nicht zufrieden. Es lässt mich müde und deprimiert vor dem Buch sitzen.

Am Buchdeckel sehe ich eine Lasche, in dem eine Seite mit feinem und eng beschriebenem Papier steckt. Es ist eine andere Schrift, nicht die von Madeleine, mit dunkler Tinte und zarter Feder geschrieben. Ich lese und gebe die Hoffnung auf eine Wendung zum Guten nicht auf:

»Wir finden Madeleine auf ihrem Lager in der Grotte, krank und mit hohem Fieber. Ihre Kleidung ist zerrissen und verschmutzt, die Haare wirr und in Strähnen. Auf ihrer mit Erde verschmierten Stirn stehen Schweißperlen. Ihre wunden und schmutzigen Hände fahren unruhig über die Decke, da ist ihr Bündel unter dem Tuch, das sie umklammert.

Sie muss unsere Stimmen und das Gemurmel auf dem Hang gehört haben, denn sie versucht sich aufzurichten. Célestine trägt einen Korb, in dem Flaschen und Schalen klappern, den sie am Eingang der kleinen Höhle abstellt. Sie beugt sich besorgt über Madeleine, denn wir haben das Schlimmste befürchtet. Doch Madeleine lebt, wenn ihr Leben auch an einem seidenen Faden hängt. Ich kniee neben ihr und weiß nicht, was ich tun oder sagen soll.

Die Blicke von Madeleine, ich erinnere mich augenblicklich an meine Kindheit und ihre Fürsorge, huschen zwischen mir und Célestine hin und her. Sie suchen die Erinnerung und Erkenntnis, wer wir sind, und sie findet beides und entspannt sich. Ihre Augen schließen sich, der Atem wird ruhig und sie schiebt den zuvor fest umfassten Beutel zu uns. Darin befinden sich ihre Habseligkeiten und ihre Bücher, wie wir später entdecken. Sie spricht kein Wort, doch wir drei verstehen uns auch so.

Ich, Marie-Christin, habe diese Worte und Zeilen für Madeleine aufgeschrieben. Madeleine ist zu schwach, um selbst zu schreiben und das Buch zu vollenden. Wir haben sie mitgenommen in mein Heim vor den Toren von Nîmes, sie gepflegt und sie kommt allmählich zu Kräften.

Das Rätsel um den Grund, warum Madeleine damals von ihrer Familie getrennt und ins Kloster gegeben wurde, wurde gelöst: Sie hat als Kind mit den Engeln gesprochen, besaß erstaunliches Wissen um die Heilkraft der Pflanzen, lebte in und mit der Natur. Diese Gespräche wurden von missgünstigen und engstirnigen Leuten aus dem Dorf und den Nachbarhöfen belauscht, die sich ihren vermeintlichen Reim darauf machten und aufgrund der Herkunft ihrer Mutter aus den Cevennen ihr gottloses und verwerfliches Handeln vorwarfen. Unverständlich, vor allem für ein Kind, aber ebenso für die Familie und Mutter. Unverständlich, weil es nie ausgesprochen und erklärt wurde. Doch so war die Zeit und nahm das Schicksal seinen traurigen Lauf.

Die offenen Fragen beantworteten sich aufgrund meiner Nachforschungen in der Heimat von Madeleine. Ich fand ihre Familie und konnte klärende Gespräche führen. Auch Célestine führte Nachforschungen im Kloster und erfuhr weitere Einzelheiten.

Wir erklärten Madeleine, was wir in Erfahrung gebracht hatten und dies linderte ihre seelischen Verletzungen und brachte ihr ein wenig Frieden. «

Das ist verwunderlich. Ich schüttele den Kopf und starre vor mich hin. Dieser Teil der Geschichte ist wie aus der Gegenwart, wie das Leben eines übersensiblen Kindes, das in die falsche Schublade gesteckt wird, wenn man Menschen in Schubladen stecken kann. Das Kind Madeleine wurde wegen seines Andersseins verfolgt, geschmäht und bestraft. Es musste ein Leben führen, das es nicht so verdient hatte, ohne Familie und deren Liebe.

Das Ende des Tagebuches kommt mir seltsam vor und ich kann dem Ganzen in meiner Vorstellung nicht folgen. Wie finden die Frauen, die Ziehtochter Marie-Christin und ihre Freundin aus dem Kloster, Célestine, Madeleine? Das ist doch unwahrscheinlich. Eher hätte Pascal de Balazuc sie gefunden. Nein, ich bin nicht einverstanden mit dem, was ich da lese und lese es zur Sicherheit meines Verständnisses noch einmal. Aber es bleibt bei diesem Sachverhalt und ich bleibe niedergeschlagen und mit Fragen zurück.

Es folgt eine leere Seite und in der Schrift von Marie-Christin die Fortsetzung:

»Madeleine lebte einige Monate bei mir und meiner Familie. Sie erholte sich nicht mehr vollständig von allem, was sie erlebt und durchlitten hat. Sie war tief verletzt, nicht verbittert, aber ihre Seele blutete und heilte nicht mehr in dieser Welt. Wir führten lange Gespräche. Célestine besuchte sie alle zwei Wochen und die beiden verbrachten Stunden im Zwiegespräch und Gebet.

Wir drei sind uns sehr nahegekommen, haben die enge Verbindung und Seelenfreundschaft verstärkt, denn wir sind uns ähnlich, haben das Gefühl, uns schon immer zu kennen und sogar miteinander verwandt zu sein. Dann haben wir versprochen, unser Leben und gesammeltes Wissen schriftlich festzuhalten, wie es Madeleine in ihren Büchern getan hat.

Ich bin erst 12 Jahre alt und doch bin ich kein Kind mehr. Ich hatte ein unruhiges Leben, war oft traurig und verletzt, wie Madeleine. Auch ich war heimatlos, erlebte lange Jahre ohne Familie, ohne Liebe und Rückhalt, in Unkenntnis über die äußeren Umstände und meine Zukunft. Mein Vater, der die Liebe von Madeleine war, verschwand und wir mussten ohne ihn mit dem Leben und Schmerz um den Verlust fertig werden.

Trotzdem glaube ich an das Gute, an das Gute in den Menschen und besonders in der Natur. Dieser Glaube wird mein Leben bestimmen und mich leiten, wie es meine Ziehmutter Madeleine geführt hat bis zu ihrem Tod. Sie ist in der Stille der Nacht gestorben, friedlich, mit Zuversicht auf ein neues »Leben« auf der anderen Seite dieser Welt. Die Tage nach ihrem Tod waren schrecklich, denn mir wurde bewusst, wie tief verletzt sie war und dass ich ihr nicht die Heilung verschafft hatte, um sie zum Weiterleben zu ermuntern und an meiner Seite zu behalten. Célestine empfindet das Gleiche. Wir sind uns Stütze und Halt und planen unser Leben in der Zuversicht auf unsere Kraft und diesen Zusammenhalt.

Dieses Buch wird jetzt geschlossen, ebenso wie das Buch von Madeleine mit ihrem Erfahrungsschatz. Wir beginnen unsere eigenen Bücher. Wir sind auf immer verbunden untereinander und mit allem auf dieser Welt, zwischen Erde und Himmel.

Marie-Christin und Célestine, Nîmes, im Winter 1785.«

Ich seufze laut und noch einmal: Das ist ein trauriges und doppeltes Happyend. Meine Fragen wirbeln über dem Buch und durch die Küche:

Wie kommt das Mädchen Marie-Christin in die Nähe von Nîmes und wo lebte die Nonne Célestine? Wie haben beide von Madeleine und ihrer Notlage erfahren? Wie kann eine 12-Jährige derart lebenserfahren, weise, ihrem Alter voraus sein? Ist das Mädchen eine Ausnahme oder waren die Kinder früher so? Wie kommen die Bücher in den Eckschrank, der aus dem Elternhaus von Marie-Christin, geborene Roux, stammt? Wie ist der Schrank in seinem Möbelleben von Villeneuve über Nîmes nach Uzès gekommen?

Mir kommt inmitten der Fragezeichen die Erkenntnis, dass alles in der Nähe stattgefunden hat. Wenn ich jetzt Nîmes lese, weiß ich, wo die Stadt liegt, aber wo sind die anderen Orte, die Madeleine beschrieben hat?

Auf den Zettelchen, die ich in einem Briefumschlag aufbewahrt habe, finde ich Notizen mit Pflanzennamen, lateinisch, französisch, Skizzen von Blättern und Blüten, Listen mit Namen und Orten, fast wie Einkaufszettel oder die Post-its der modernen Zeit. Die packe ich bei Seite, denn die Lebensgeschichte von Madeleine, die Hintergründe und die aufgezählten Orte interessieren mich im Augenblick mehr. Und die Fortsetzungsromane von Marie-Christin und Célestine, aber wo finde ich diese?

Kapitel 15

Ich brauche Abstand vom Gelesenen und wende mich der Umwelt zu, das heißt, ich besuche zum Wochenstart die Nachbarn. In meinen Korb lege ich eine Flasche Wein, einen Strauß Rosmarin umwickelt mit einem hübschen Band und einen wild aussehenden Blumenstrauß aus dem Garten. So spaziere ich fröhlich durch das freigelegte Tor, wie malerisch es jetzt aussieht, das kurze Wegstück bis zum Nachbarhaus. Ich bin nervös, denn ich weiß nicht, womit ich zu rechnen habe und es könnte unangenehm werden, doch irgendwann muss ich diese Angelegenheit erledigen. Heute stehen zwei Autos in der Einfahrt. Der Hund bellt, die Hühner gackern und ein Hahn kräht. Ich muss nicht einmal klingeln, da öffnet sich die Tür und eine kleine, runde, braun gebrannte Frau strahlt mir entgegen.

»Bonjour«, ohne Atempause geht ihre Begrüßungsrede los. Madame weiß, wer ich bin. Sie hat alles mitbekommen, was sich bei mir abgespielt hat. Sie ist nicht immer zuhause, aber die Gerüchteküche scheint zu funktionieren. Jeder bekommt eine Kleinigkeit mit, schnappt eine Neuigkeit auf, die wird ausgeschmückt und mit dem Umfeld geteilt und so setzt sich ein Informationspuzzle zusammen und alle wissen über alles Bescheid. Also über mich, über Tartine, über das deutsche Auto, die Handwerker, meinen Besuch im Dorf und den Abend im Bouletin.

Und Madame kennt mein Haus, hat immer ein Auge darauf und stand mit Onkel und Tante in Kontakt und war in Notfällen vor Ort. Eine Art Hausmeisterin, Hüterin des Mas und Kontaktperson nach Deutschland. Dachte ich es mir. Aber sie hatte viel um die Ohren und wenig Zeit, um mich zu besuchen, und hat es aufgeschoben, sich bei mir vorzustellen.

Ich strahle sie an, verarbeite ihren Redefluss und lasse schnell meinen Gruß und eine Geste der Freude und Dankbarkeit einfließen. Ich lande in der Küche, alles ist ein wenig chaotisch, aber gemütlich und lebendig. Der Korb wird freudig entgegengenommen mit »Ohlala« und »das wäre doch nicht nötig«, aber ich sehe Madame die Freude an. Ein kleines Mädchen spielt am Boden mit bunten Klötzen, kleine Katzen krabbeln um sie herum. Ich kann mich nicht entscheiden, ob das Mädchen oder die Kätzchen niedlicher sind. Das Radio dudelt im Nebenraum, die Verandatür steht offen und ich erspähe das Landleben hinter dem Haus. Im nächsten Augenblick dampft vor mir der Becher mit Kaffee auf der mit Lavendel, Sonnenblumen und Zikaden bedruckten Wachstischdecke. Auf dem Tisch stapeln sich Zeitungen, dazwischen thront eine Schale mit Obst, garniert von Kochbüchern und einer angebrochenen Packung mit Plätzchen, die in meine Richtung geschoben wird. Der Vormittag vergeht wie im Flug.

Wir sind uns sympathisch und auf Anhieb dicke Freundinnen, haben ähnliche Interessen, denn wir kochen, backen und gärtnern gerne, und ich bin ja auf dem besten Weg zur Sterneköchin, Kräuterliebhaberin und Gartenfee, der grüne Daumen aus Deutschland in Person. Meine neue Freundin heißt

Chantal, die kleine Tochter heißt Lulu (geschrieben Loulou), der Mann heißt Baptiste und arbeitet bei der Gemeinde. Außerdem gibt es Tiere, die wir ein anderes Mal besuchen werden. Als ich meinen Aufbruch signalisiere, bekomme ich Eier, ein Suppenhuhn aus der Tiefkühltruhe (wie war das mit meiner Träumerei zum Thema Hühner, jetzt ereilt es mich) und einen Korb Zucchini auf den Tisch gestellt. Chantal ist froh, dass ich die freudig mitnehme – wie ich im Laufe der Zeit feststellen werde, freuen sich viele Gärtnern über Zucchini-liebenden Besuch. Es folgen dunkelrote Tomaten, eine Aubergine, Zwiebeln und ein kleiner Kopf Salat. Ich bin sprachlos. Mit einem so großen Berg an Gemüse habe ich nicht gerechnet und Chantal nimmt kein Geld dafür an.

»Aber Chantal, soviel Gemüse, die Eier und das Huhn ...«

»Nein Isabelle. Dein Onkel war immer großzügig. Er war froh, dass wir uns um das Haus gekümmert haben, aber wir konnten nicht viel machen, es war nicht der Rede wert, und trotzdem hat er uns reichlich entlohnt. Wir haben ein schlechtes Gewissen, aber dachten, dass wir irgendwann die Gelegenheit bekommen, es wieder gut zu machen. Und voilá, das ist die Gelegenheit: Sie heißt Isabelle und scheint eine gute Freundin und Nachbarin zu werden, nein, sie ist es schon.«

Ich denke an das zugewucherte und verschlossene Tor. Warum haben sie es zuwachsen lassen? Doch ich mag im Moment nicht kritisch nachfragen und schlucke die Frage herunter. Wir lachen beide und ich umarme Chantal feste und sie drückt mich feste zurück. Wir sind froh, uns gefunden zu haben, und das zur Krönung Haus an Haus. Es ist praktisch und beruhigend, wenn ich weiß, dass in der Nähe verlässliche Nachbarn und Freunde wohnen.

Schwer beladen kehre ich heim und Tartine schaut mich trotz seiner Freude über meine Wiederkehr vorwurfsvoll an, weil er allein war. Am Nachmittag fahre ich zum Einkaufen, um den Rest des Einkaufszettels abzuarbeiten. Ich entdecke am Ortsrand eine Gärtnerei und es gibt kein Halten mehr. Der Kofferraum füllt sich mit Blumen und Kräutern. Es leuchten Geranien für die Treppe und Terrasse aus der Transportkiste, kriechender Rosmarin, Basilikum mit kleinen Blättern,

Schopflavendel, Pfefferminzsorten, von denen ich gar nicht wusste, dass es sie gibt, und eine duftende Zitronenverbene. Ich werde den restlichen Nachmittag damit verbringen, alte Übertöpfe zu suchen und zu reinigen, um die Pflanzenschätze am Haus zu verteilen und mich an der Pracht sattzusehen.

Am Abend hole ich mir das Tagebuch von Madeleine, eine Straßenkarte und mein Laptop an den Küchentisch. Ich habe in der letzten Zeit nur meine Mails überflogen, unwichtige Nachrichten gelöscht, wichtige beantwortet und die Familie, Freunde und den Onkel auf dem Laufenden gehalten. Glücklicherweise hat das Dorf »schon« Internet, nicht das allerschnellste, aber ich habe Gruselgeschichten gehört und mir ausgemalt, wie ich mit dem Laptop im nächstgrößeren Ort im Hypermarché oder Bistro sitze und dort meine E-Mails checke.

Ich suche die Orte, die Madeleine in ihrem Buch erwähnt. Tatsächlich, die Geschichte hat Hand und Fuß. Nicht, dass ich gezweifelt habe, aber die Namen der Dörfer und Städtchen auf der Karte oder bei Google Maps zu finden, ist doch etwas anderes, als sie sich eingebunden in einem Tagebuch vorzustellen. Ich markiere mir jeden Namen von dem Heimatdorf St. Martin de Belleville über das Kloster Abbaye Notre Dame d'Aiguebelle, ihre zwischenzeitliche Heimat in Villeneuve, der Zwischenstopp in Beaumes, in Garrigue und am Ende in Gaujac. Das ist doch in meiner Nähe! Ich gucke zwei- und dreimal und kontrolliere, ob es nicht ein zweites Gaujac gibt. Nein, ausgeschlossen. Madeleine war in meiner Nähe. Ich suche den Ort. Es gibt dort ein großes Haus mit Park und damit steht der Tagesplan für den nächsten Tag fest.

Beim ersten Schluck Morgenkaffee und einem Blick auf den Kalender, es ist Dienstag, stelle ich fest, dass ich schon zwei Wochen hier bin. Es ist Ende Mai und Sommer im Süden. Ich werfe einen kurzen Blick auf die Straßenkarte, um mir den Weg nach Gaujac einzuprägen und mache mich auf den Weg. Ich fahre sehr langsam durch Salazac. Noch langsamer geht es über den Dorfplatz und am Bistro vorbei und ich halte betont unauffällig Ausschau nach Eric. Pech gehabt, es ist keiner zu sehen, weder ein junger Mann noch sonst wer ist unterwegs. Ich werde am Abend einen Bärenhunger und keine Lust zu Kochen haben und zufällig im Bouletin speisen, ganz ohne Hintergedanken. Und wenn kein Eric da ist, werde ich die junge Frau fragen, wo er ist, wer er ist und überhaupt. Die Geduld mit meinen eigenen Gedanken, die immer wieder zu diesem Eric zurückkommen, ist am Ende.

Ach Johannes, das Problem hätte ich nicht, wenn du bei mir wärst. Warum bist du weg? Damit Platz für Neues wird? Ich habe meinen Johannes-Trauer-Kloß im Hals und Tränen in den Augen.

Ich kurve den Berg hinunter, durch das nächste Dorf mitsamt den gewöhnungsbedürftigen Kreuzungen rechts vor links in den schmalsten Gassen. Ein Traum von Platanen-Allee folgt und es geht in den nächsten Ort, nach Gaujac. In der Ortsmitte parke ich das Auto im Schatten und putze mir geräuschvoll die Nase. Die Trauer weicht der Freude über das hübsche Dorf. An der Hauptstraße liegen einige Geschäfte, eine Bäckerei mit einem sich im Wind drehenden Ouvert-Schild, ein Metzgerladen, das obligatorische Bistro und im Hintergrund erhebt sich ein herrschaftliches Haus. Es liegt höher am Hang und dahinter erhebt sich ein Hügel, an dessen Rand ich Felsen und Turmreste erspähe.

Ich stehe vor dem Park des Herrenhauses, eine Pracht von Gartenanlage. Wie schilderte Madeleine diesen Teil in ihrem Tagebuch? Ich werde am Abend nachlesen, mit den aktuellen Bildern vor Augen wird das noch interessanter sein. Der Garten ist scheinbar öffentlich und ein Schild »Jardin ouvert« auf verwittertem Holz lädt mich ein näher zu kommen. Beim Spaziergang über die schmalen, gekiesten Wege bekomme ich in Hülle und Fülle Anregungen für meinen Garten. Der Hund bleibt brav an der Leine und muss sich mit mir die Anlage ansehen. Wir haben den Park für uns, denn Gaujac ist kein ausgesprochenes Touristenziel und Einheimische bummeln nicht wochentags durch den Park.

Am meisten begeistert mich ein Beet mit Thymiansorten, jede mit einem Pflanzschild und französischer und lateinischer Beschreibung. Es gibt englischen, italienischen, französischen Thymian, Zwerg-Thymian, Schweizer Thymian, Bergthymian, Orangen- und Zitronenthymian. Ich knie vor dem Beet, rieche an jeder Pflanze und bin begeistert. Einige Thymianpflanzen habe ich in meinem Garten gefunden und freigelegt, aber diese Vielfalt ist wunderschön.

Das Haus im Hintergrund wirkt verlassen und unbewohnt. Ich werde recherchieren, wer hier wohnt und wie alles bewirtschaftet wird. Ob es die Nachkommen der Familie sind, die Madeleine beschreibt?

Ich kehre um und schlendere durch die Gassen, bevor ich mein Auto suche. Auf dem Rückweg sehe ich Hinweisschilder auf ein »Oppidum«. Neugierig fahre ich den Schildern nach, um herauszufinden, was ein Oppidum ist, und gelange auf einem schmalen, aber geteerten Weg durch lichten Bergwald zu einem Parkplatz. Hier ist die Fahrt zu Ende und Informationstafeln klären mich über die Ruine einer Landstadt oder Siedlung auf. Die Sonne scheint, die Zikaden veranstalten ihre Sommermusik und vor mir liegt eine umfangreiche Ausgrabungsstelle. Ich klettere durch die Trümmer und studiere die Schautafeln, die belegen, dass an diesem Ort schon vor Christi Geburt Menschen ihre Tempel und Badehäuser bauten. Was für eine herrliche Lage und Aussicht ins Land! Die wechselvolle Geschichte des Oppidums bis in die heutige Zeit fasziniert mich. Tartine genießt die Freiheit und jagt zwischen den Mauern und Terrassen umher. Bei dem Rundgang finde ich die Felsen, die ich vom Ort gesehen habe, und klettere wagemutig hinauf. Das Panorama des Tals breitet sich vor mir aus. Gaujac liegt zu meinen Turnschuhfüßen, in der Ferne sehe ich die Rhône, die Straßen und winzigen Autos darauf wie in einer Modelleisenbahnlandschaft, die Felder, die Hügel und hinten eine Burgruine. Tartine jammert ungeduldig am Fuß des Felsens und ich klettere in Zeitlupe und höchst vorsichtig – wie gut, dass keiner zusieht – auf den Weg zurück.

Nach der Heimkehr, einer Dusche und in frischer Hose und Bluse gehe ich ins Dorf. Ich bekomme spürbar Hunger und freue mich auf ein gutes Abendessen. Auf der Terrasse des Bistros sitzt eine Runde mit Feriengästen, wie ich der Sprache und dem Outfit entnehme. Ich suche mir einen Tisch mit Aussicht in den Garten, der mir durch einen kurzen Augenkontakt mit der jungen Frau in der Gaststätte freigegeben wird. Ich schaue mich um und versuche anhand der Gerüche zu erraten, was es zu essen gibt. Die Frau tritt aus dem Innern in die Abendsonne. Unter ihrer langen, fast zum Boden reichenden Kochschürze trägt sie zum pinkfarbenen Minirock ein weißes Top. Sie sieht blendend aus und strahlt heute Freundlichkeit und sogar Liebenswürdigkeit aus. Da fühle ich mich gleich entspannt, trotz meines Auftrages der Eric-Ermittlung.

»Bonsoir, Madame, ich freue mich, Sie wieder zu sehen. Was darf es sein? Es gibt hausgemachte Nudeln und Gemüse aus dem Garten oder bunten Salat«, spricht sie mich an. Heute sind mehr Worte möglich und sie erscheint locker und offen. Ich korrigiere mein Urteil und mag sie. Ich stelle mich ihr vor, denke dabei an meine Vorstellung bei ihrem Bruder, und sie lächelt, als wüsste sie schon Bescheid, und setzt sich zu mir.

»Ich bin Jeanne, das ist mein Bistro, ich heiße dich willkommen und hoffe, dass es dir immer gut schmeckt und gut gefällt bei uns, hier im Bistro, aber auch im Dorf.«

Ich bestelle die Nudeln mit Gemüse und den obligatorischen Roséwein im Krug, einen Pichet. Jeanne hat alle Hände voll zu tun. Sie ist allein, hat aber vorgekocht und ihre Großmutter, die alte Dame, die ich gesehen habe, macht den Abwasch und Ordnung in der Küche, erklärt sie mir im Vorbeieilen.

Das Nudelrezept gibt es auf explizite Nachfrage und ich schreibe es flott auf dem Handy mit. Man bzw. frau könnte ein Kochbuch schreiben, typische und französische Alltagsrezepte, nach Jahreszeiten geordnet, Desserts, dazu Ideen für Aperitifs – was ein genialer Einfall und eine ausgezeichnete Geschenkidee für Freunde und Familie. Ich werde mit Jeanne und mit meiner Nachbarin Chantal darüber sprechen. Meine Ideen wachsen wie Kraut im Garten nach einem Gewitterregen. Ein Kräuterbuch, ein Kochbuch, eins über die Alleen und Kreisverkehre, ach ja und über die herrlichen Gärten.

Aber eigentlich beschäftigt Eric mich und mein Denken. Ich versuche, möglichst unauffällig mitzubekommen, ob er hier ist, im Haus oder in den Tiefen der Küche. Aber er ist nicht zu sehen, und ich nehme zum Ende der Mahlzeit meinen Mut zusammen und bitte Jeanne an meinen Tisch.

»Bei meinem letzten Besuch habe ich einen jungen Mann kennengelernt, Eric heißt er. Er hat ausgeholfen und bedient. Ist er zufällig da?«

Klingt doof und plump, aber was soll es? Jeanne lacht, setzt sich und tauscht einen verschwörerischen Blick mit mir. Na ja, die Verschwörung ist auf ihrer Seite, ich bin ahnungslos.

»Eric ist mein Bruder, aber nicht oft in Salazac, vor allem zurzeit nicht. Er hat Probleme mit einer Frau, aber da halte ich mich raus. Das kannst du ihn fragen, wenn er das nächste Mal hier ist, was eines Tages sicher der Fall sein wird.«

Das erscheint noch unangenehmer und peinlicher als dieses teenagerhafte dem Schwarm hinterher zu spionieren. Mir ist vor Verlegenheit warm wie in der Mittagssonne und ich würde die Frage gerne löschen wie auf dem PC. Was denkt Jeanne von mir? Dass ich jedem gutaussehenden Mann hinterherlaufe, sobald er einige Worte mit mir gewechselt hat?

Die angedeuteten Probleme aus Jeannes Antwort erklären sein Abtauchen und Verschwinden, aber weiter hilft es mir nicht. »Probleme mit einer Frau« – das klingt nicht gerade vertrauenserweckend und es wundert mich, dass Jeanne das unverblümt anspricht. Doch ich möchte nicht nachbohren und belasse es dabei. Warte ich ab, was sich ergibt mit dem rätselhaften Mann.

Die Gäste beenden den Abend mit einem letzten Wein und Digestif. Die Tische leeren sich. Ich bezahle und verabschiede mich herzlich von Jeanne mit einem Kuss rechts, links und wieder rechts.

Am letzten Maitag arbeite ich zu Hause. Es wird immer schöner und bekommt meine persönliche Note. Es blüht und grünt und ich habe trotz der Arbeit, dem Bücken, Wasser tragen, Steine aufsammeln und wegtragen, hacken und schneiden meine Freude. Ich werde richtig braun, habe Kratzer an den Armen und Beinen und schwielige, erdig braune Hände und gefühlt immer dreckige Fingernägel. Der Hund ist ebenso glücklich und genießt die Zeit im Freien.

Obwohl es mir schwerfällt oder unmöglich erscheint eine Reihenfolge des Gefallens aufzustellen, werden die Zistrosen meine Lieblinge unter den Pflanzen. Es sind unscheinbare, niedrige Gewächse, die manche verwilderte Fläche bedecken oder an den Wegrändern wachsen, und jetzt mit zauberhaften, weil überaus zarten, rosa Blüten übersät sind.

Am Nachmittag besuche ich kurzentschlossen Chantal, sitze in ihrer Küche, habe Lulu auf dem Schoß, und spreche die Rezept- und Kochbuchidee an. Chantal ist begeistert und wird ihre erprobten und für gut befundenen Familienrezepte raussuchen. Ich freue mich, dass das Projekt so gut anläuft und Ideen und Bilder zum Thema Kochen und Backen nehmen Form und Farbe an.

Kapitel 16

Am Donnerstagnachmittag lese ich in Madeleines Buch den Bericht über Gaujac, den Park und das Kennenlernen mit dem Besitzer Pascal de Balazuc – was ein schön klingender Name. Madeleine muss in der Nähe gewohnt haben, wenn sie zu Fuß dorthin gehen konnte. Ein kleines Haus in einem Weinfeld, nicht gerade eine Seltenheit, denn diese Häuschen, beliebte Postkartenmotive, sehe ich häufig. Manche sind halb zerfallen mit eingestürztem Dach, manche hübsch und fein wie Miniatur-Ferienhäuser.

Für den Samstag plane ich die Erkundung meiner Umgebung und suche eine Wanderkarte aus den Unterlagen, die ich mitnehmen kann. Bei Google Maps sehe ich mir aus der Vogelperspektive an, wie es um das Mas Châtaigner aussieht. Stunden kann ich rumstöbern und alles anschauen, bis mich Tartine erinnert, dass es noch etwas anderes gibt: Einen hungrigen Hund, Pflanzen, die nach Wasser rufen oder Wäsche, die auf der Leine flattert und knochentrocken ist.

In dieser Nacht wache ich wiederholt auf. Am Morgen erinnere ich mich verschwommen an einen Traum, in dem ich mich einen Abhang hochkämpfe, Gefühle von Angst und Verfolgung jagen mich zusammen mit einem unbekannten Wesen. Im Umsehen erkenne ich niemanden, höre aber Schritte und Schnaufen, kann die Augen nicht öffnen und nicht rufen, wie man das im Traum bisweilen hat. Mein Herz klopft wie verrückt und das T-Shirt ist feucht vom Schweiß, als ich aufwache. Ich bin heilfroh, dass es hell wird und der seltsame Urwaldvogel schnabuliert, den ich morgens im Wald höre, aber nie zu sehen bekomme.

Tartine und ich starten die Erkundung der Landschaft gegenüber dem Haus. Kilometerweit erstreckt sich Garrigue, die Gebüschlandschaft, dahinter kommt Wald und darin eingebettet liegen Weinfelder. Ab und zu lockern eine Wiese mit Kirschbäumen, ein mehr oder weniger gepflegtes Lavendelfeld, ein Acker mit sprießenden Sonnenblumen (das Klischee muss bedient werden), ein Streifen Wiese mit »Blumen für die Bienen« das Landschaftsbild auf.

Der morgendlichen Frische folgt die Wärme und wir erreichen eine ebenso frühsommerliche Betriebstemperatur. In den Gräsern glitzern die Tautropfen, Spinnweben durchziehen die Büsche, überall wachsen kleine Blumen am Wegesrand und wenn ich an den Steinmauern der Feldränder stehen bleibe, sehe ich mit viel Glück eine Eidechse huschen. Doch die Weinfelder locken und das Gefühl der Goldgräber und Schatzsucher treibt mich vorwärts. Ich liebe Entdeckungen dieser Art, ob es nun von Gärten und Parks ist, oder von Landschaft. Ich liebe das Querfeldeinwandern, Klettern und Kraxeln und die Neugierde auf das, was hinter der nächsten Hecke, der Kurve, der Mauer liegt.

Madeleine berichtet in ihrem Buch von dem Weg, auf dem sie vom Kutscher zum Haus gefahren wird und dass man vom Haus den Weg kaum sieht. Sie schreibt von Rosenbüschen am Beginn der Reihen. Aber Wege in den Weinfeldern gibt es einige und zur Krönung das richtige Häuschen entdecken? Auf dem Rückweg befürchte ich, dass ich mich verirre, und versuche die Strecke auf der Wanderkarte nachzuhalten.

Auf einmal sehe ich von dem staubigen Weg aus linker Hand das Dach eines Weinfeld-Häuschens. Es sind keine Rosen zu sehen, aber das hat nichts zu sagen nach all den Jahren. Ich biege in die belaubten Reihen ein. Nach einigen Metern kommt ein kleines Haus in Sicht und ich weiß, das ist es! Meine Schritte werden länger und schneller. Der Hund ist vor mir am Haus und legt sich in den Schatten. Es ist nicht so sehr verfallen, wie manche seiner Hausgenossen in der Gegend. Das Dach thront auf den Bruchsteinmauern und scheint heil. Die Holztür ist verwittert und grau und die Fensterläden hängen leicht schief vor den Fenstern. Um das Haus wächst trockenes, langes Gras und Kraut, ein Haufen mit alten Wurzeln und einer mit Feldsteinen zieren den mageren Rasen.

Ich bin aufgeregt, das Herz schlägt bis zum Hals. Was jetzt? Ich halte inne, rufe Tartine und streichele ihn inbrünstig. Das verwundert den Hund. Was ist los mit dem Menschen? Die Frage steht ihm auf der Stirn geschrieben. Ich weiß es nicht. Ob man die Tür öffnen kann? Kann man und es knarzt und quietscht wie im Mas am ersten Tag. Die Tür öffnet sich wesentlich schwerer, aber sie öffnet sich. Stockdunkel ist es drinnen. Wo ist das Handy? Ich schalte die Taschenlampenfunktion an. Es riecht abgestanden und erdig, nach stehengebliebener und vergessener Zeit. Im Schein der Lampe ist nichts, keine Einrichtung, kein Graffiti an der Wand mit »Madeleine was here« oder »C'est moi, Madeleine«. Neben der Tür lehnen Bretter und Holzreste, in einer Ecke ist das Mauerwerk angebrannt und rußig-schwarz. Die Steinplatten am Boden sind mit Staub und welkem Laub bedeckt. In der Decke sehe ich eine offene Luke und durch die Dachpfannen schimmert der Himmel. Wie kann ich feststellen, dass Madeleine hier wohnte? Ich gehe eine zweite Runde um das Haus und es sieht nicht so aus, als ob hier oft oder überhaupt jemand wäre und es nutzen würde. Ich werde im Buch nachlesen und versuchen zu »ermitteln«, wem das Grundstück in der Gegenwart gehört. Es wird dem Herrn aus Gaujac und zu dem Besitz des herrschaftlichen Hauses mit Garten gehören, wenn es das richtige Häuslein ist. Aber in einer so langen Zeit kann der Besitzer wechseln. Ob das im Grundbuch steht? Damit kenne ich mich nicht aus und werde mir »Amtshilfe« holen.

Ich bummele mit Tartine die Reihen rauf und runter, sammele schöne Steine für den Garten und die trockenen Wurzeln der Rebstöcke. Sie sind oft skurril geformt, wie moderne Kunst, und viel zu schade zum Heizen im Ofen oder Grillfeuer.

Ich kehre um und gehe zum Nachdenken mit einem Handtuch durch den Wald in Richtung Bach. Hier ist es erfrischend kühl im Gegensatz zu den sonnendurchfluteten Rebflächen. Der Bach plätschert, das Wasser ist kalt und ich kann der Versuchung nicht widerstehen und lege mich in die tiefe Stelle im Bachbett. Eisig ist es, einige Minuten reichen für eine tiefreichende Abkühlung.

Mir fällt ein, dass Madeleine einen Bach erwähnte. Ein Bach, der immer Wasser hat, in dem man baden kann. Sitze ich hier an »ihrem« Bach? Saß sie vor langen Jahren hier, hatte die Füße im Wasser wie ich? Wusch sie hier ihre Wäsche? Es gab keine Waschmaschine, kein fließendes Wasser, da bot sich ein Bach an oder natürlich das Waschhaus im Dorf. Und jetzt bin ich an diesem Bach, in Gedanken mit ihr verbunden, auf ihren Spuren wandelnd. Ich träume vor mich hin, doch der Hund holt mich mit einem feuchten Nasenstüber zurück. Heute beschäftige ich mich in Haus und Garten und überlege, was ich wegen Madeleine unternehme und was ich mit meinen Ideen und Vorhaben mache. Wieder eine Liste schreiben? Es ist viel, was ich im Kopf habe, und ich darf gleichzeitig nicht aus den Augen verlieren, was an alltäglichen Sachen ansteht. Die Liste wird ellenlang: Eine Garage für das Auto, Betten im Gästezimmer, weitere Matratzen bei Matratzen-Jean ordern, Gardinen und Vorhänge für die Fenster, Teppiche, Kissen.

Die Trainingsstrecke bergauf ist das Richtige für meine Kondition. Ich trete aus den Bäumen und bleibe keuchend und japsend stehen. Was ein Haus! Was ein Garten! Dazu der tiefblaue Himmel und die Zikaden in den Bäumen über mir, der Geruch von würzigem Harz und Kräutern in der Nase, alles ruft mir zu: durchatmen und genießen. Tartine ist vor mir oben angekommen und legt sich in den Schatten auf der Terrasse. Ich stehe mit sich langsam beruhigendem Atem und Herzschlag wie ein Besucher des Gartens unter dem Rosenbogen und stütze die Hände in die Seiten.

Meine Gedanken gehen zu Johannes, es würde ihm hier gefallen, danach denke ich an meine Familie und Freunde, wie fantastisch es wird, wenn sie mich besuchen. Es überkommt mich, trotz der Herrlichkeit, Pracht und Vielfalt und meiner

Vorhaben wieder graue Traurigkeit, Verlassenheit und Unsicherheit. Ich versinke ein paar Zentimeter in Selbstmitleid, hänge den Gedanken der anderen Seite nach, der Seite des Schattens, der Trübheit, Tränen und Trauer. Das gehört dazu, tröste ich mich, die Sonne und der Schatten, warm und kalt, schön und hässlich, lebend und tot, krank und gesund. Kurzum, es ist das Leben. Ich denke inbrünstig an Johannes und gehe in den Garten zum Harken und Kraut zupfen.

Wenn ich die Schubkarre voll habe und in meine Kompostecke fahre, eine Gartenschere suche oder ein Glas Wasser trinke, wandere ich zum Küchentisch und notiere auf einem Zettel meine Gedanken und Pläne. Der Zettel ist später nicht mehr schön weiß, sondern leicht braun von meinen schmutzigen Händen und an manchen Stellen gewellt, wo ein Tropfen Schweiß auf das Papier tropfte.

Am Abend schieben sich im Norden hinter dem Dorf Wolken in den Sommerhimmel. Baptiste, der Nachbar und Mann von Chantal, klopft an das Küchenfenster und ich öffne ihm die Haustür. Erste Tropfen glänzen auf seiner Stirn, nicht Schweiß, sondern Regen.

»Bonsoir, Isabelle ma belle. Schnell, bleib' drinnen und mach' die Fenster zu. Ich bin schon wieder weg, aber das Gerät sollte ich dir jetzt bringen, Befehl von Chantal. So gut wie neu, klein und praktisch. Ich schließe ihn morgen an!«

Er drückt mir einen kleinen Fernseher in die Arme. Schon ist er verschwunden und läuft in seinen klatschenden Sandalen die Einfahrt herunter und verschwindet hinter dem Tor. Er betont immer das »belle« in Isabelle, niedlich und ich schmunzle ihm hinterher. Wie praktisch, dass das Tor jetzt normal zu benutzen ist, sonst müsste er sich durch die Hecke quetschen.

Es beginnt zu regnen, ich hole alles ins Haus und schließe brav die Fenster. Der Fernseher wartet im Büro auf seinen Anschluss. Die vereinzelten Regentropfen auf dem schwarzen Gehäuse sind schon getrocknet und er hat Glück gehabt, denn einige Minuten später wäre er richtig nass geworden. Das Gewitter macht mir Lust auf einen Tee und Schreibarbeit, ich hole mir das Laptop auf den Küchentisch und drapiere um es herum meine Tasse und einige Teelichter. Das passende Wetter zum Aufschreiben der Kochrezepte. Den Anfang machen die Nudeln von Jeanne, die ich in einen verständlichen Text mit Erläuterungen zum Thema Mehl verarbeite. Das macht Spaß und Lust auf mehr. Ich lege einen Ordner für die Rezepte an und suche einen Namen. Ich versuche die Namen: Isabelle dans la cuisine? Isabelle in der Küche? Isabelle à la casserole? Isabelle am Kochtopf? Isabelle cuisine aujourd'hui? Isabelle kocht heute? Die erste Version klingt am besten und stellt mich vorerst zufrieden.

KAPITEL 17

Als ich am Morgen aus dem Fenster schaue, ist der Garten feucht-frisch vom Regen. Es ist der Samstag vor dem Pfingstwochenende und ich lese beim Frühstückskaffee in Madeleines Buch über das Häuschen und den Bach. Ich bin mir sicher, dass das Haus im Weinfeld das gesuchte ist und werde meine Freunde zur Grundbuchauskunft befragen und eine Einladung zum Probe-Nudel-Essen aussprechen. Der Theorie der Rezepte soll die Praxis in der Küche folgen.

Punkt Eins auf der Tagesordnung sind daher die Nachbarn. Chantal ist bei den Tieren und ich komme in den Genuss, die Esel kennen zu lernen. Das sind erstaunlich ruhige und nicht sehr mitteilungsbedürftige Exemplare ihrer Gattung. Chantal hat Heu in den Haaren und feuchte Erde an den Knien, dazu Eselhaare am T-Shirt und einen Eimer mit Bürsten und Werkzeug in der Hand. Sie lässt sich von mir nicht wirklich stören und arbeitet weiter, während ich auf sie einrede. Tartine beäugt die Esel mit Argwohn und bleibt außerhalb der Weide. Da tut er lieber so, als würde er mit dem Hofhund Balou die Hühner zählen. Balou ist mehr Bär als Hund, überaus sanft und gemütlich.

Chantal verweist mich an die Sekretärin in der Mairie, an die rechte Hand des Bürgermeisters, die Gott und die Welt kennt und mir alle Informationen liefern wird. Nur wann sie in ihrem Büro sitzt, das ist die Frage. Die werde ich allein beantworten müssen und das Nudel-Essen wird für einen Regenabend in den nächsten Wochen geplant.

Bei Punkt Zwei geht es weiter ins Dorf, zum Bistro und zu Jeanne, die emsig für Pfingsten putzt. Heute sind die Damen in meinem Umfeld fleißig, scheint mir. Jeanne eilt in kurzer Hose und knappem Top durch das Restaurant, leuchtend rote Gummihandschuhe an den Händen und Putzlappen wirbelnd. Hier ist eine Pause möglich und wir setzen uns mit einem Cappuccino auf die Terrasse und haben den Dorfplatz und das Büro des Bürgermeisters im Auge, das um 10 Uhr öffnen soll, wie Jeanne weiß. Sie freut sich über meinen Start in das Kochbuchprojekt mit ihrem Nudelrezept und sprudelt begeistert los mit ihren Ideen. Ich lasse sie erzählen, bin aber mit den Gedanken nicht bei der Nudelmaschine und Zucchini-Verwertung, sondern habe ein Männer-Hemd auf einem Stuhl gesehen. Eindeutig ein Männerhemd, ich rieche das Aftershave und die Kocherei rückt in den Hintergrund. Ich schalte mich in einer Sprechpause ein, auch Jeanne muss mal einen Schluck trinken.

»Und Eric? Was macht er? Ist er hier?«

Jeanne stutzt und muss ihre Gedanken vom Kochtopf auf Familie umlenken, das sehe ich an ihrem suchenden Blick.

»Ja, er ist hier. Er kommt und geht, wie er will. Mal ist er gut gelaunt und mal schlecht, mal redet er mit mir und mal grummelt er nur missmutig in seinen Bart. Ich weiß nicht so recht, was ich davon halten soll und warte ab.«

Jeanne wirkt ungehalten, leicht verärgert und zieht die Augenbrauen zusammen, als würde sie ihm in Gedanken eine Strafpredigt halten. Hervorragend, ein Traum von einem Mann, aber rumzicken, sich in Nebelschwaden hüllen und den Geheimnisvollen spielen.

Die Kirchturmuhr schlägt zehnmal. Das wiederholt die Uhr sicherheitshalber nach einigen Minuten. Nicht dass man beim ersten Mal nur mit halbem Ohr zugehört oder sich verzählt hat oder dem Braten, sprich der Uhrzeit, nicht traut. Vor der Bürgermeisterei bewegt sich nichts. Alles wie ausgestorben. Südländische Pünktlichkeit oder Gelassenheit? Oder die Vorwehen von Pfingsten? Arbeitet man an einem Pfingstsamstag? Am Sonntag auf keinen Fall und am Pfingstmontag sind die Geschäfte auf und die Ämter zu und die Diskussion, wer wann arbeitet oder nicht, zieht durch das Land. In Gedanken wie diesen räume ich unsere Tassen weg und Jeanne arbeitet weiter.

Schlagende Autotüren lassen mich die Ankunft der Sekretärin vermuten. Schnell überquere ich den Dorfplatz und finde die Tür einladend offen. Neonlichter flackern erwachend, Rollläden bewegen sich nach oben, der Drucker summt sich ein und Absätze klappern im Flur. Das Sekretariat ist verwaist, aber nach einigen Augenblicken erscheint Madame Allwissenheit und mustert mich fragend. Eine Sekretärin, wie ich sie mir vorstelle, eine französische Verkörperung der Büroarbeit, der Genauigkeit, der Organisation von allem um sie herum, klein, schlank, chic angezogen und wunderbar nach Parfum duftend.

»Bonjour, Madame. Ich bin neu in Salzac und würde mich gerne vorstellen. Ich habe einige Fragen, die Sie mir sicher kompetent beantworten können, wenn Sie einen Moment Zeit haben.«

»Natürlich, warten Sie eine Minute und nehmen Sie Platz. Ach, mon dieu, was ein niedlicher Hund.«

Sie beugt sich zu Tartine und streichelt ihn. Freude macht sich auf beiden Seiten breit. Dann benötigt sie zwar mehr als eine Minute, um alles in der Mairie startklar zu machen, Kaffeemaschine an, Türen zu und Fenster auf, Computer hochfahren und Beine übereinandergeschlagen. Eine geschlagene Stunde sitze ich bei ihr im Büro. Es herrscht himmlische Ruhe im Amt, kein Telefon, kein Bürgermeister, nur das Summen der Klimaanlage, kühles Perrier in einem Glas vor mir, doch ich fühle ich mich danach ausgelaugt und müde wie nach einer durchfeierten Nacht.

Madame Allwissenheit heißt Odette, sie weiß jetzt alles, fast alles von mir und scheint wie ein Saugroboter alle Einzelheiten meines Lebens, der Deutschen im Allgemeinen und Besonderen, des Mas Châtaigner, von Onkel und Tante, von Kräutern und Rezepten und von meinem Hund aufzunehmen und im dafür vorgesehenen Beutel abzuspeichern. Aber sie ist freundlich, mir zugewandt und konzentriert zuhörend. Ich gebe so viel preis, wie es mir unverfänglich erscheint. Außerdem gehen wir schnell zum Du über. Am Ende schaffe ich es, meine Anliegen unverfänglich verpackt loszuwerden. Das ist Futter für Odette oder Wasser auf ihre Mühlen der Neugier, des Wissensdurstes und Zusammentragen von Informationen. Sie verspricht mir, mit einem unauffälligen Augenzwinkern, sich umzuhören und schlauzumachen, was das Grundstück mit dem möglichen Isabelle-Häuschen angeht. Aber nicht auf dem Amtsweg, nein, das ist zu umständlich und wird schlafende Hunde oder Franzosen wecken. Ich werde eine private Mail bekommen und sie möchte zu gerne das eine oder andere typische Rezept zu dem Kochbuchvorhaben beisteuern. Ach ja, und das wäre heute, auf einem Samstag, die Ausnahme, dass sie auf der Arbeit wäre. Lasst uns mal raten, warum. Genau, wegen Pfingsten.

Draußen vor der Tür hole ich tief Luft und strecke mich. Tartine guckt mich verwundert an. Was ist denn los? Er hat unter dem Stuhl geschlafen und die Anstrengung war auf meiner Seite. Es ist später Vormittag geworden. Ich kaufe mir Brot und plaudere mit dem Bäcker, aber mein Geist ist erschöpft und mein Mundwerk ausgefranst. Wir bummeln heimwärts und ich richte ein Mittagsmahl auf der Terrasse. Die Mails werden gecheckt und der Onkel auf dem Laufenden gehalten. Odette arbeitet an meinen Fragen, dessen bin ich mir sicher.

Die Sonne versinkt am linken Bildrand beim Terrassenblick auf das Dorf und verabschiedet den Montag, als Baptiste kommt, denn versprochen ist versprochen, um mir den Fernseher anzuschließen.

»Hallo und guten Abend, Isabelle, da bin ich. Ab heute kannst du Fernsehen gucken und bist auf dem neuesten Stand.«

»Na ja, vermisst habe ich eine Flimmerkiste nicht. Das Radio in der Küche ist prima, aber im Winter wird es schön sein, die Nachrichten oder einen Film anzuschauen. Wo stellen wir ihn hin? In die Küche oder ins Büro?« Ich laufe hin und her und stelle mir den Fernseher in beiden Räumen vor. Nein, die Küche ist mir dafür zu schade und ich bleibe im Büro stehen.

»Ich denke, wir nehmen das Büro, Baptiste, das passt besser.« Der schweigt und bleibt in der Küche stehen, ganz nach dem

Motto, lass die Frau lieber reden und entscheiden, so habe ich Frieden und brummt zustimmend zu meinen Überlegungen.

Kurze Zeit später habe ich den kleinen Fernseher im Regal im Büro stehen. Er funktioniert auf Anhieb und zaubert bunte Bilder aus Frankreich und der Welt ins Haus.

Kapitel 18

Mein Handy klingelt. An einem Sonntagmorgen und an Pfingsten? Ich suche hektisch das Telefon und finde es in der Küche auf der Anrichte, im Durcheinander von Kaffeetasse und Marmeladenglas, Butterdose und Milchtopf und Zeitung. Eine unbekannte Nummer ruft mich so früh am Tag an?

»Hallo?«

»Bonjour. C'est moi, Odette!«, tönt es äußerst munter in mein Ohr.

»Oh lala, du bist aber früh dran. Was gibt es für Neuigkeiten?«

Das schiebe ich flott in Odettes zu erahnenden Redefluss, gieße mir eine zweite Tasse Kaffee in den Becher und wandere mit dem Telefon vor die Haustür, wo ich in der Morgensonne die Renovierung der Eingangstreppe und Terrasse vor dem Haus in Arbeit habe. Ich lasse mich auf der obersten Stufe nieder und lausche Odettes Bericht, der ihr ohne Punkt und Komma aus dem Mund fließt.

Ich sehe sie vor mir, in einem geblümten Morgenmantel, die braunen Haare aufgesteckt, frisch geduscht und duftend, Gesichtscreme glänzt auf ihren Wangen und Rosenduft zieht mit ihr durch eine weiße, edle Wohnung. Der erste Kaffee ist bei Odette schon in allen Zellen angekommen und sie sprüht vor Energie, bewundernswert. Ich brauche morgens Zeit und Muße und springe nicht aus dem Bett in den Tag. Das konzentrierte Zuhören ist schon eine Herausforderung, aber gleichzeitig fesselnd wie ein Tatort am Sonntagabend. Sie versichert mir mit kurzen, eingeschobenen Sätzen, dass sie mir alles mit einer E-Mail geschickt hat, also keine Sorge, die Daten sind gesichert. Ich schmunzele, streichele Tartine gedankenverloren über das taufeuchte Fell und reise mit Odettes Worten in die Vergangenheit.

Es geht um die Familie de Balazuc zu den Lebzeiten meiner Madeleine. Zwischenmenschliche Probleme existierten damals wie heute: Liebe, Eifersucht, Hass, Verrat, Lüge, dann Verzeihen und Vergeben, Wiedergutmachen und alles unter der strahlenden Sonne, die auf mich scheint, wie sie in der Vergangenheit auf die Menschen schien. Madeleine spielt in Odettes Bericht eine Nebenrolle, die jedoch Einfluss auf die Familie und Ehe von Pascal de Balazuc hatte und damit auf ihr eigenes Schicksal.

Odette erweckt die Familie aus der Versenkung und beschreibt die Personen, als wäre es ihre Angehörigen, die sie sonntags zu einem ausgiebigen Mittagessen trifft.

Nach diesem aufregenden Telefonat, recht einseitig von Odette, qualmen mir die Ohren und ich brenne darauf, das Laptop anzuwerfen und mir die Fülle an Informationen durchzulesen. Aber ich arbeite weiter, tapfer der Verlockung der tragischen Geschichte, die sich in der Recherche verbirgt, widerstehend. Endlich ist es geschafft, die Schubkarre gefüllt mit trockenen Blättern des Maronenbaums und Kraut und man sieht wieder die Steinplatten und Stufen. Ein neues Holzgeländer ist beim Schreiner bestellt. Der von der Natur und Ruhe gehegte Thymian in den Ritzen der Steine ist kurzerhand im Gartenbeet eingepflanzt und stattdessen zieren die Töpfe mit Lavendel und Geranien die Stufen und lockern den Gesamteindruck des Hauses farblich auf. Im Schatten der Marone geht mir – mal wieder – das Herz auf. Ich räume auf, versuche meine erdigen Hände sauber zu bürsten und setze mich an den Küchentisch. Das Laptop fährt sich hoch und die versprochene Mail leuchtet mir entgegen.

Nouvelles d'Odette – Neuigkeiten von Odette lautet die Überschrift der Mail, die Anhänge mit sich zieht. Zuerst kommt die Geschichte der Familie de Balazuc. Eine alte Familie mit Ursprung bei den ersten Siedlern unterhalb des Berges, auf dessen Anhöhe das Oppidum liegt. Sie war fleißig, betrieb Landwirtschaft und später zusätzlich Weinbau. Der Garten wurde Anfang des 18. Jahrhunderts angelegt, stetig vergrößert und der jeweiligen Gartenmode angepasst. Mich interessiert vor allem die Zeit um 1780 und ich nehme das Tagebuch zur Hand, um die Berichte von Madeleine mit den Fakten der Historie zu vergleichen. Die Schilderung des Ortes stimmt mit meiner Vor-Ort-Recherche überein, die geschichtlichen Hintergründe erklären vieles, tun aber nichts zur Sache. Was ist mit der Familie und welche Flächen gehören heute zum Besitz? Dazu mehr in einem anderen Anhang, verspricht mir Odette. Der Stammbaum der Familie ist verwirrend und die Kopie kaum leserlich. Auf einer der folgenden Seite stehen in einer kleinen Schrift die wichtigen Daten:

Pascal de Balazuc, Sohn von Jean und Lisette de Balazuc, keine Geschwister – ungewöhnlich zu der damals kinderreichen Zeit, geboren am 1. Februar 1747 in Uzés, verheiratet mit Destinée, geborene de Metreille aus Avignon, geboren am 16. Mai 1737. Da ist Madame zehn Jahre älter als Pascal. Sie hatten eine Tochter, die nach der Heirat 1767 erst sechs Jahre später auf die Welt kam und im Sommer 1773 in der Kirche in Gaujac getauft wurde. Sie hieß Désirée.

Es folgt in kursiv gesetzt: Desiree von desiderium – Verlangen, Sehnsucht, bedeutet die Erwünschte, Ersehnte und Begehrte. Kein Wunder, wenn ein Kind erst viele Jahre nach der Hochzeit geboren wurde, zu Zeiten, in denen Kinderreichtum normal war und erwartet wurde, die Frauen nicht berufstätig waren, sondern ihren Lebensmittelpunkt im Haushalt und in der Familie hatten. Die Mutter war für damalige Zeiten alt, das erklärt einiges.

Dann findet sich die Tragik in der folgenden Zeile: Das Mädchen starb 1785, da war sie – ich rechne schnell nach – 12 Jahre alt. Ich hole das Tagebuch von Madeleine dazu. Sie war 1782 in Gaujac, die Jahreszahl am Seitenrand mit der Beschreibung ihres Umzuges von Garigues nach Gaujac verrät mir ohne Recherche das betreffende Jahr.

Drei Jahre später, ich überfliege den Text, kommt es am Ende des Buches zu dem Überfall und Verschleppen aus dem Häuschen in den Weinfeldern und dem tragischen Ausgang der Geschichte.

Dann war das Sterbejahr des Mädchens das Jahr des Überfalls auf Madeleine. Besteht hier ein Zusammenhang? Nach einer Gedankenpause lese ich einen weiteren Anhang. Odette schreibt: »Da kommt mir mein Heimatunterricht hoch, im wahrsten Sinne des Wortes. Es war grauenhaft. Die Lehrerin mehr tot als lebendig und verknöchert, grau und verschroben und besessen von der Heimatliteratur. Mademoiselle Agathe hat ein Faible für unentdeckte Poeten und es reiht sich unsere Destinée de Balazuc ein. Die gute Frau hat gedichtet, was das Zeug hält und das so schlecht, dass die Lehrerin, vielleicht aus purem Mitleid, in die kleinen Bändchen mit ihren gesammelten Gedichten vernarrt war. Es war wohl ein Fund auf dem Flohmarkt, im Antiquitätenladen oder in der Ramschkiste des Buchhändlers und jetzt müssen sich die Kinder in der Schule, Odette unter ihnen, in ihr Schicksal ergeben und diese furchtbaren Zeilen auswendig lernen!«

Ich stelle mir Odette als Mädchen vor, stirnrunzelnd und die Mundwinkel heruntergezogen. Sie hält das Gedichtbändchen mit Abscheu vor sich, der Geruch muffiger Bücher aus längst vergessener Zeit in der Nase statt Rosenduft. Als Krönung muss sie die stilistischen Ergüsse einer missmutigen und verschrobenen Landadeligen, die von der Lehrerin auf einen Altar der großen Poeten gehoben wird, lesen. Ein wackeliger Stand, denken die Kinder, und Lehrerin Agathe verherrlicht sie indessen. Kostproben der Gedichte gibt es, aber das muss nicht sein, oder? Oder verraten Gedichte etwas vom Geschehen dieser Zeit? Haben sie Bezug zu der damaligen Realität oder sind sie dermaßen abgehoben und schwülstig, dass sie zu vernachlässigen sind?

Ich wende mich, ohne zu Ende zu lesen, dem Anhang mit dem Namen »Kataster« zu. Mich interessiert brennend die Frage nach den Besitzverhältnissen des Weinfeldes mit Madeleines Haus in der Gegenwart. Hier finde ich einen Katasterplan der Felder, Wege und Straßen, die altertümlichen Bezeichnungen, Wegekreuze, Grenzsteine, Bachläufe, Gemeindegrenzen. Alles ist da und das Grundstück, um das es mir geht, hat eine dicke, gestrichelte Linie und den wohlklingenden Namen »entre soleil et lune«. Das bedeutet zwischen Sonne und Mond.

Ich leite mir das aus der sichelförmigen, der Landschaft angepassten Form und dem Verlauf des Areals über dem Hügel her. Eine Verbindung von Tag und Nacht, Sonne und Mond, wie prosaisch. Es scheint anzustecken, das mit den Gedichten.

Ein Sternchen verweist mich und meine Augen zu einem Kasten am Ende des Dokumentes, auf dem steht: Dieses Grundstück ist seit 1650 im Besitz der Familie de Balazuc, Gaujac. Ich seufze erleichtert auf. Selbst das Haus ist eingezeichnet als Kästchen mit zwei Zeichen. Wieder schaue ich ins Tagebuch. Tartine stößt nachdrücklich an mein Knie und seufzt laut.

»Ja, aber jetzt gerade nicht, mein liebster Hund, warte einen Augenschlag, bitte!«

Das könnte der erwähnte Brunnen hinter dem Haus sein. Ich frage Google nach kartographischen Zeichen und Recht habe ich: Die Zeichen bedeuten Brunnen und Quelle.

Das ist der Beweis für mich! Ich seufze ein weiteres Mal und klatsche erfreut in die Hände.

»Komm Hund, flott raus in den Garten und die Sonne!«

Am Abend laufe ich noch einmal zu dem Haus im Weinberg. In Turnschuhen und Shorts komme ich mir sportlich und fit vor, merke aber nach kurzer Zeit, dass mir viel Kondition fehlt. Ich muss langsamen Schrittes gehen und verschnaufen. Am Weinberg schlage ich den Pfad zwischen den Reben ein. Das Häuschen liegt verschlafen im Abendlicht. Vögel zwitschern und die Elster im Wald schimpft über eine Störung. Sonst herrscht himmlische Ruhe.

Ich umrunde das Haus und sehe auf den ersten Blick nichts. Kein Brunnenhaus, keine plätschernde Quelle, dafür trockene Erde und eine flinke Eidechse, die aufgeschreckt zwischen den Steinen verschwindet. Tartine schnüffelt und sucht etwas, das sich meiner Kenntnis entzieht. Ich kratze mit den Turnschuhspitzen, sie mögen es mir verzeihen, in der Erde. Sie ist hart wie Beton und steinig. Was tun, um zu beweisen, dass ich bei dem richtigen Haus stehe und Madeleine hier lebte? Ich kann unmöglich mit einem Minibagger anrücken und eine großangelegte archäologische Ausgrabung starten. Ich werde heimlich mit einem Spaten antreten, vielleicht ist eine Brechstange nötig. Im Schuppen hinter dem Haus steht allerlei Werkzeug inmitten von Brennholz, Brettern und alten Gerätschaften. Sicher ist ein Spaten dabei.

Ich lehne mich an die warme Steinmauer, fühle das Haus, seine Geschichte, denke an das Gelesene im Tagebuch. Ich rieche den Geruch des Weinfeldes und schaue auf meine braunen, verdreckten und zerkratzten Beine und die staubigen Turnschuhe. Ich bin froh, hier zu sein, mitten im Leben, und mit neugierigen Blicken in eine zurückliegende Zeit.

Kapitel 19

In den Morgenstunden des umstrittenen Pfingstmontages, der mir egal sein kann in meiner Abgeschiedenheit, kümmere ich mich um den besagten Schuppen, der sich an die linke Hausseite kuschelt. Unschuldig sieht er von weitem aus. Dicke, verwitterte Holzstützen und Balken, ein flaches Dach, einige Meter sind an der Vorderseite mit Brettern geschlossen, dann gibt es Öffnungen, breit genug für Traktor und Anhänger und meine fragenden Blicke in das schummerige Innere. Der erste Abschnitt beherbergt Brennholzstapel, zum Teil ofenfertig und hübsch aufgetürmt, dann Meterware, die vor Gebrauch klein gesägt werden muss. An der Wand lehnen Bretter aller Längen und Breiten, eine Ecke ist gefüllt mit Zaunpfählen und Kanthölzern – wie in einer Holzhandlung. Hier herrscht relative Ordnung und ich wandere frohgemut zum nächsten Schuppenabschnitt. Hier ist die Eisenabteilung und es regiert das Chaos. Ein Alteisenhändler würde mit funkelnden Augen das Dunkel erhellen und Euros klimpern hören. Es türmen sich mir unbekannte Gerätschaften auf, die einmal einen Nutzen und ihren Einsatz in der Landwirtschaft hatten. Nun sind sie verrostet und zum Teil offensichtlich kaputt. Alte Wagenräder lehnen an den Stapeln, verbeulte Zinkwannen, ein Waschkessel, Regenrinnen, Drahtrollen, ein Metalltor und vieles mehr. In der hintersten Ecke steht der Kleinkram, natürlich da, wo man kaum drankommt. Wo sonst? Ich klettere über das Gesamtkunstwerk Metall und hangele mir aus dem Durcheinander einige Mist- oder Heugabeln mit wurmstichigen Stielen heraus, dazu gesellen sich Rechen, Harken, Schaufeln und der ersehnte Spaten und ganz hinten lehnen die Stangen, die wie Brechstangen und Ziegenfüße aussehen. Mehr oder weniger zielsicher übe ich Speerwerfen mit diesen Teilen. Tartine ist in der Holzabteilung beschäftigt, was besser ist, denn hier besteht Lebensgefahr. Der Erdboden fängt das Gewicht der Gerätschaften ab und reagiert mit Staubwolken auf den Angriff von oben. Am Ende ist der wenige freie Raum mit einem Mikado-Haufen von Werkzeug bedeckt, meine Ausstattung für Garten und Bauarbeiten ist gewachsen und ich habe einen antiken Spaten in der Hand.

Hinter dem Haus reihe ich meine Schätze auf und sortiere sie zu den anderen Werkzeugen unter der Terrasse. Die Gabeln müssen neue Stiele bekommen, aber die Schaufeln und der Spaten sind einsatzbereit. Mit einer Flasche Wasser, dem Spaten und einer Brechstange gehe ich im Eilschritt zu Madeleines Haus.

Niemand ist unterwegs. Das ist mir recht, denn was ich plane ist nicht legal, allein das wiederholte Betreten des Grundstückes. Ich komme ungesehen und verschwitzt am Haus an. Das Werkzeug hat sein Gewicht und erschwert den Marsch. Hinter dem Haus ist kein Schatten, der ist nur davor und dort ist auch der Hund. Ich stehe in der Sonne und versuche dem Bauchgefühl folgend, die Stelle des Brunnens zu finden. Die Zauneidechse, wir kennen uns schon, huscht erschrocken davon, etliche Grashüpfer hüpfen ebenso in Sicherheit. Ich kratze in der Mitte des Rechteckes und etwa drei Meter von der Wand entfernt mit der Stange durch den Boden und wechsele zum Spaten. Nicht einfach bei dem harten Untergrund und den Steinen. Kleinste Mengen an trockener Erde mit Steinchen durchsetzt lösen sich widerwillig. Ich versuche es in allen Richtungen, aber was, wenn der Brunnen tief liegt, die Reste nicht zu finden sind und alles dem Erdboden gleich gemacht wurde? Oder es der falsche Ort ist? Idiotisch, was ich hier mache! Als gäbe es nichts Sinnvolleres, als in der Erde zu scharren wie ein Schatzsucher oder eher wie ein Huhn auf Irrwegen. Tartine lugt um die Ecke und stellt sich eine ähnliche Frage. Aber dann kratze ich an einer Stelle nur zehn Zentimeter tief über einen harten und flachen Gegenstand. Zu glatt für einen Naturstein oder Felsen. Ich kratze rechts und links und lege die Fundstätte mit neuer Energie frei.

»Such, Tartine, such!«, feuere ich den Hund an, der mich mit schief gelegtem Kopf erst skeptisch mustert, aber Erbarmen hat und an einer Stelle buddelt. Die Erde fliegt hinter ihm durch die Luft, er schnauft und prustet. Statt des Spatens wäre eine Schaufel sinnvoll und in tief gebeugter Haltung schaufele ich neben dem Grabungshund die Erde bei Seite.

Eine Steinplatte wird sichtbar, die eindeutig nicht von der Natur, sondern von Menschenhand abgelegt wurde. Ist das die Abdeckung des Brunnens? Die Platte endet nach einem knappen halben Meter und eine zweite beginnt. Der Schweiß läuft in Rinnsalen auf meinem Rücken und versickert im Bund der Hose. Das ist anstrengender als Gartenarbeit, aber aufregender. Ich habe am Ende beide Platten vor mir, ein seltsames Symbol bedeckt die rechte Hälfte. Mit der Handykamera fotografiere ich den Fund und bin mit meinem Latein am Ende. Die Platten sind für mich zu schwer, doch um zu wissen, ob hier der Brunnen ist, muss ich sie anheben und reinschauen. Vielleicht ist es ein Grab und mich erwarten Knochen, ein Sarg oder eine Schatzkiste. Frustriert sitze ich an der Hauswand. Das T-Shirt mit Erde und Staub klebt an mir. Die Hände tun mir weh, die Wasserflasche ist leer und ich bin ratlos. Hammer und Zange beziehungsweise Brechstange und Spaten fallen lassen und alles so belassen? Kommt jemand vorbei und findet die Platten, wundert er sich und sucht den Verursacher? Nein, hier ist niemand und wenn doch, wird er keine eindeutigen Hinweise auf Isabelle Fuchs aus dem Mas am Ende des Dorfes finden. Ich erhebe mich mühsam und verwische im Entfernen vom Tatort unsere Fuß- und Pfotenspuren. Ich sehe aus wie durch die Erde gezogen und beeile mich, nach Hause und unter die Dusche zu kommen.

Frisch gewaschen geht es mir besser und ich fasse neuen Mut und den Entschluss, mich Baptiste anzuvertrauen. Stark wie ein Bär und praktisch veranlagt, wird – nein – muss er mir helfen. Am Abend schlendere ich, bemüht mir die Hintergedanken nicht anmerken zulassen und bewaffnet mit dem

Einkaufskorb zu meinen Nachbarn, ganz so als »brauche ich wirklich ein paar Zucchinis«. Die sitzen beim Abendessen, der Fernseher läuft und Monsieur Nachrichtensprecher erläutert das Wetter. Klein-Lulu brabbelt und sabbelt vor sich hin und zermatscht Tomatenstücke mit den Fingerchen.

»Guten Abend, liebe Nachbarn. Ich habe keine Zucchini mehr im Haus, was soll ich kochen?« Auf einem Küchenstuhl Platz genommen, platzt mein Vorhaben doch heraus. Ich muss weit ausholen, um zu erklären, was ich im Kopf und im Plan habe und was das Problem ist. Also kommt ein Glas für mich auf den Tisch, Rotwein wird eingefüllt, Baguette abgeschnitten, der Fernseher ausgeschaltet und die Gestaltung des Abendprogramms liegt bei mir.

Chantal beeilt sich, Lulu ins Bett zubringen – nach der dringend nötigen Grundreinigung von Tomatenkernen und Brotkrümeln, Olivenstückchen und Butter. Wir sitzen am Tisch und die Geschichte nimmt für die Zuhörer Form an. Man versteht mich. Baptiste zweifelt berechtigt an der Rechtmäßigkeit meines Tuns und runzelt die Stirn. Chantal sitzt mit aufgestützten Armen am Tisch, arbeitet geistig die realistischen Möglichkeiten des weiteren Verfahrens durch und beschließt mit einem abrupten: »Alors, wir gehen zusammen gucken. Ich rufe die Nachbarstochter, die soll auf Lulu hören, wenn wir aus dem Haus sind. Im Weinfeld ist jetzt keiner, es ist nicht Jagdzeit und zu dritt und mit Hebelwirkung werden wir doch eine Platte anheben und einen Blick in die Tiefe werfen können, um zu wissen, ob das ein Brunnen, nur Erde oder womöglich ein Grab ist. Oder einfach nichts. Hu, ein Grab, das wäre tragisch. Madeleines Grab? Das Versteck eines Schatzes?«

Chantals Begeisterung und Fantasie sind geweckt und kurze Zeit später stiefeln wir im Gänsemarsch los, jeder hat eine Eisenstange zum gemeinsamen Hebeln dabei. Die Hunde trotten ergeben mit und Tartines Gedanken sind klar: Nicht wieder da hoch, da waren wir doch schon.

Das Licht des frühen Abends wird weich und golden. Die Luft kühlt ab, angenehm fühlt es sich an. Wir erreichen unser Ziel und stellen uns in einer Reihe vor meiner Grabungsstätte auf. Ein Bild für die Götter: Drei Schatzsucher mit Eisenstangen bewaffnet und Leuchten in den Augen, die Hunde nehmen an unserer Seite Platz und hecheln ratlos. Was tun? Baptiste ergreift das Kommando und schiebt seine Stange an einer Ecke unter die Platte, daneben die von Chantal und meine Stange an die andere Ecke. Un, deux, trois und wir stemmen uns auf trois gleichzeitig auf die Stangen und hebeln die Platte ein wenig hoch und mit einem à droite einige Zentimeter nach rechts. Das hat funktioniert. In die Hände klatschend strahle ich in die Runde, fingere nach dem Handy und bin äußerst gespannt, was sich unter der Platte verbirgt. Ich sehe im Schein der Taschenlampe nur Mauerwerk und Dunkelheit und es riecht nach kühler Feuchte. Ein Brunnen ist es, das steht eindeutig fest, und damit ist der Beweis geführt, für mich zumindest, dass Madeleine hier gewohnt hat.

Ihr Haus hatte einen Brunnen hinter dem Haus, so schreibt sie, und auf dem Katasterauszug ist der Brunnen als Quelle vermerkt. Wir werfen ein Steinchen in die Dunkelheit und zählen. Soweit wir zählen, bis es platscht, soviel Meter ist er tief und er ist tief. Sicher 30 Meter, bis es in der Dunkelheit platsch macht. Chantal und Baptiste staunen, dass auf der Höhe und mitten in einem steinigen Feld Wasser ist und Leute an diesem Ort einen Brunnen angelegt haben. Wir rücken mit Ächzen und Stöhnen die Platte zurück an ihre ursprüngliche Stelle und ich fotografiere das Ensemble. Die seltsamen Zeichen, die in die Platten gemeißelt wurden, sind ebenso interessant, wie die Tatsache, dass der Besitzer Wert daraufgelegt hat, den Brunnen gut zu verbergen, aber ihn auch nicht zerstört hat. Wir geben unser Bestes und stellen den Tatort so her, wie ich ihn vor Stunden vorgefunden habe. Einige Tage Wind oder ein Regenschauer und niemand wird ahnen, dass wir an dieser Stelle geforscht haben. Wir schultern unsere Stangen und wandern in der Dämmerung heimwärts. Die Hunde laufen vor uns her und freuen sich auf den Feierabend. Und wir freuen uns auf ein kühles Bier und stoßen auf den erfolgreichen Abend an. Es wird später mit dem Zubettgehen, als ich gedacht hatte, doch ich liege zufrieden im Bett und nehme mir für den nächsten Tag die Familie de Balazuc vor.

Kapitel 20

Am Morgen begrüßt mich beim Öffnen der Fenster Sommernebel und der Garten glitzert im Tau. Ich hole mir den Kaffee neben das Laptop auf den Küchentisch, lese die Mails, antworte auf die Nachrichten der Familie und gelange zu den Anhängen von Odettes Mail.

Ich kehre zur Familiengeschichte der de Balazuc zurück. Bevor ich mich mit den lebenden Balazucs auseinandersetze, lese ich nach, was die Aufzeichnungen an Informationen aus der Vergangenheit liefern. Nach dem Exkurs mit den Gedichten der Frau von Pascal, in die ich mich nicht vertiefe, lese ich die Chronik. Ich staune, dass die berühmt-berüchtigte Dichterin ein Jahr nach dem Tod ihrer Tochter ebenfalls tot ist. Ob es mit rechten Dingen zugegangen ist? Erst stirbt das Mädchen mit 12 Jahren, dann die Mutter und zwischendrin passiert die Geschichte von Madeleine. War jemand im Weg, das heißt, war es Mord oder grassierte tragischerweise eine Krankheit und raffte beide hinweg?

Laut Stammbaum heiratet Pascal im Jahr darauf erneut. Er hat den Mut nicht aufgegeben, ist sicher erleichtert über die neue Freiheit, wenn die Ehe kein Zaubertraum war, und findet als wohlhabender Mann rasch eine neue Ehefrau.

Gemahlin Nummer 2 heißt Salomé Michelle, ohne Adelstitel oder sonstigen Zusatz. Salomé kommt aus Orange, ist bei der Heirat 23 Jahre jung (Pascal ist mittlerweile 40 Jahre alt) und erreicht das stolze Alter von 72 Jahren. Sie stirbt 1836, überlebt ihren Mann Pascal um fast 20 Jahre. Das Paar hat vier Kinder, zwei Mädchen und zwei Jungen. Alle Kinder werden in Gaujac geboren und sterben dort, haben ihre Familie und so weiter und so fort.

Der älteste Sohn heißt Louis und scheint der Herr und Meister auf dem Anwesen zu sein, denn sein Name wird hervorgehoben und seine Heirat im Jahr 1820 mit Amandine, die seine Mutter mitfeiern kann, bringt wieder vier Kinder in ähnlicher Aufteilung hervor. In den folgenden Generationen reihen sich wohlklingende Namen wie Geneviève, Jean-Paul, Melissa, Julien und Théodore aneinander. Die ältesten der Geschwister jeder Generation bekommen die Herrschaft über das Gut und haben in der Regel drei bis vier Kinder.

Mein Lesefluss in der Auflistung der Namen stockt. Joséphine, geboren 1909. Die Aufzeichnung endet an dieser Stelle. Die beiden jüngeren Geschwister, es sind Brüder, werden erwähnt und die Heirat mit ihren Ehefrauen. Beide haben je drei Kinder, alles fein säuberlich aufgeführt und mit den entsprechenden Daten versehen. Aber Joséphine verschwindet in der Chronik. Keine Heirat, keine Kinder, obwohl ihr alles zugestanden hätte, denn sie ist die Erstgeborene. Ihr Name wird in Klammern gesetzt und damit erlischt ihre Spur. Der mittlere Bruder Oscar tritt an ihre Stelle und sein ältester Sohn Maxime, geboren 1934, ist der jetzige Besitzer des Gutes in Gaujac.

Joséphine, meine Tante ist wann geboren? Ich verdrehe die Augen, werfe die Stirn in Falten und suche die Erleuchtung. So genau weiß ich das nicht, aber das wäre ein unglaublicher Zufall, wenn die erwähnte Joséphine meine Tante wäre. Das wäre an den Haaren herbeigezogen! Aber warum verschwindet die Frau? Wird nicht als gestorben am Soundsovielten und da und da vermerkt, wie die Personen der anderen Generationen?

Mein Kopf brummt. Nicht nur von den vielen Daten und Namen, sondern es schwirren Gedanken um meine Tante zwischen diesen Fakten. Stopp. Das ist abstruser Unsinn.

Am späten Vormittag sind Dunst und Feuchte dem Sommer gewichen. Die Sonne strahlt vom wolkenlosen Himmel und ich wühle im Staub der Vergangenheit. Reckend und streckend bewege ich mich steif in Richtung Spüle und schaue in den Hof. Jetzt eine Runde durch das Haus und den Garten und dann lese ich weiter. Das Thema lässt mir keine Ruhe und ich fahre nicht nach Gaujac, ohne mir im Klaren zu sein, was ich überhaupt will, welche Fragen ich stellen werde und wie ich es formuliere, was mich bewegt. Da ist nicht mehr nur das Haus im Weinfeld, wo Madeleine vor 200 Jahren wohnte, da ist womöglich meine Tante, die hier herumgeistert.

Am Nachmittag, ich habe mich abgelenkt und beruhigt, notwendiges erledigt und eine Runde mit dem Hund gedreht – nein, nicht zu Madeleines Haus, nicht ins Dorf nach Eric Ausschau halten, sondern in die mir unbekannte Richtung zwischen Madeleines Haus und dem Dorf. Hier ist es abwechslungsreich mit den Obstwiesen, dazwischen blüht Lavendel, dann Ackerflächen mit Getreide, Sonnenblumen, Wiesen, Gebüsch und Wäldern. Sanfte Hügel und warme Luft. Urlaub und Ferien. Doch es treibt mich heim an den Computer zu den Nachforschungen über Madeleine, die Familie de Balazuc und meine Tante.

Während der Computer auf dem Küchentisch hochfährt, nehme ich aus einem unklaren Gefühl das große Buch aus dem Regal, in dem es seit dem Gewitterabend, an dem ich mit dem Lesen von Madeleines Tagebuch begann, neben den Kochbüchern steht. Ich hatte es durchgesehen und der Verlockung des gründlichen Lesens widerstanden, doch ich muss hineinschauen. Hinten im Buch liegen Fotos, ein zugeklebter Umschlag und Zeitungsausschnitte, die ich herausnehme. Das Buch wird mir nicht bei den aktuellen Fragen weiterhelfen, auch wenn mich die Lektüre weiterhin reizt, und ich stelle es nun im Büro in das Bücherbord mit den Kräuter-, Garten- und Naturheilbüchern.

Ich suche die Namen de Balazuc und Gaujac im Internet und finde Auskunft über den Ort Gaujac, das Oppidum und seine geschichtlichen Hintergründe, die Restaurants, Winzer und Veranstaltungen im Ort. Der Name de Balazuc ist nicht so ergiebig, wie erhofft.

Ob das Sammelsurium an Papieren aus dem Buch mehr Informationen preisgibt? Es kribbelt mir in den Händen und ich breite die Dokumente auf dem Esstisch aus. In eine Ecke die Fotos, alle schwarz-weiß und älteren Datums, mit Familien, Häusern und Stadtansichten. In die Mitte kommen die handschriftlichen Dokumente, große und kleine Zettel und ich sehe Tante Josephines Schrift, dazu der geschlossene Umschlag und die Zeitungsausschnitte.

Das gibt es doch nicht, das sind Todesanzeigen von der Familie, von Oscar, von seiner Frau Giselle, von ihren Kindern. Das sind die Vorfahren der lebenden Balazucs, die namentlich erwähnt werden, und Joséphine, die Verschwundene. Maxime ist der einzige Überlebende der Kinder aus dieser Ehe und wird in der Realität anzutreffen sein. Ich suche im Internet nach seinem Namen und es gibt den Herrn leibhaftig. Warum finde ich diese Dokumente? Wer hat sie zusammengesucht und aufbewahrt, für wen und warum?

Der Umschlag lockt mich und mit einem Küchenmesser schlitze ich eine Seite auf, die mit Tesafilm gesichert ist und entnehme ein dünnes, altes und vergilbtes Schulheft mit eng beschriebenen Seiten. Ich erkenne die Schrift meiner Tante und beginne zu lesen:

»Ich, Josephine Prinz, 22 Jahre alt und in der Ausbildung zur Sekretärin, habe die Bekanntschaft meiner Namensvetterin gemacht: Joséphine de Balazuc. Sie nennt sich Joline Pilaud, ist so alt wie ich und kommt aus der Provence. Joline hat ihre Ausbildung bei uns begonnen. Sie spricht französisch und nur wenige Brocken deutsch und englisch. Sie ist so reizend und sympathisch, dass wir sie alle in unser Herz geschlossen haben. Der Chef, Herr Breckmann, hat sie trotz aller Vorbehalte, besonders wegen der Sprache, unter seine Fittiche genommen.

Nach den ersten Arbeitstagen haben wir uns verabredet und ich habe Joline die Stadt gezeigt. Sie hat mir ihr bescheidenes Zimmer in der Pension und ich habe ihr mein Elternhaus vorgestellt. Da wir allein waren und ich denselben Vornamen habe wie sie (wie mir erst jetzt offenbart wurde), sie allein und einsam ist, hat sie mir das Herz ausgeschüttet und ihre geheime Geschichte erzählt.

Diese schreibe ich nieder, denn wer kennt Joséphine, ihre Familie und ihr oder deren Schicksal? Wenn ihr etwas zustößt oder es nötig wird, die Familie zu kontaktieren, wie sollte das gehen? Ich befürchte, dass Joline sich sonst niemandem offenbart, den echten Namen geheim hält (aus berechtigten Gründen) und mit ihrer neuen Identität sterben wird.

Was wird ihr das Leben wohl bescheren? Wie diese Wahrheit in diesem Heft von jemanden gefunden werden soll, weiß ich nicht, aber es ist mir ein Bedürfnis alles festzuhalten, warum auch immer.

Joline verließ ihre Familie mit dem herrlichen Namen de Balazuc in einer Nacht- und Nebel-Aktion. Sie gab keinem Bescheid, hinterlegte keinen Brief und weihte keine Freundin ein, sondern floh allein und unerkannt aus der Heimat und von ihrem Hof.

Als Älteste von drei Geschwistern war sie an der Reihe, das Gut zu übernehmen, zu dem Landwirtschaft und Weinbau gehören. Sie fühlte sich in dieser Rolle unwohl und hatte Angst vor der Verantwortung und der Last, die damit verbunden war. Sie fürchtete krank und schwermütig zu werden. Ihr Bruder Oscar war wie geschaffen für diese Aufgabe und betonte das bei jeder Gelegenheit. Es gibt Regeln, Gesetze und die Tradition, gegen die sich ein Mädchen und eine Tochter nicht aufzulehnen hat, auch wenn diese ihr eine unerwünschte Rolle zuweisen. Gehorsam gegenüber der Familie und dem Vater sind ein hohes Gebot, ebenso bestimmen die Kirche und der Pastor, wie das Leben abläuft, wie man sich verhält, welchen Beruf man ergreift.

Kurz gesagt, für Joline gab es keine andere Möglichkeit als die Flucht, auch wenn ihr Herz blutete und sie eine ungewisse und gefährliche Zukunft vor sich hatte. Die Reise nach Deutschland war abenteuerlich und beschwerlich. Das wenige Geld ermöglichte ihr die Fahrt mit dem Zug und sie kam nach Berlin und durch den bekannten Zufall auf der Suche nach einer Ausbildung und Arbeit in unsere Firma, die Weizenmühle Breckmann. Wie sie das Problem mit der Namensänderung und neuen Papieren geregelt hat, ist mir ein Rätsel. Dazu schweigt Joline unerbittlich und ich mag nicht noch mehr in sie dringen.«

Oh je, das ist eine unglaubliche Geschichte! Meine Tante Josephine ist nicht die Französin, für die ich sie kurze Zeit hielt. Sie ist nicht mit den de Balazucs verwandt, aber hat durch Joséphine – mit dem accent aigu im Namen – die Verbindung nach Gaujac und der Familie de Balazuc. Das erklärt einiges, aber nicht alles. Durch die Lebensgeschichte und Bekanntschaft mit Joline wurde sie auf diese Gegend neugierig, war sicher mit dem Onkel genau hier im Urlaub und hat sich in die Landschaft verliebt. Dann haben die beiden das Mas Châtaigner gesehen und gekauft und deswegen sitze ich, Isabelle, an diesem Tisch. Später haben sie, so unwahrscheinlich das klingt, die Bücher in Uzès gefunden, die Geschichte von Madeleine und die Verbindung zu der Familie Balazuc geknüpft.

So viel Zufall gibt es nicht, das ist Schicksal und Fügung. Ob Onkel und Tante die Familie besucht haben? Ich werde den Onkel fragen, was er mir erzählen kann und bis jetzt verschwiegen hat. Warum lässt er mich durch tragische Geschichten irren, Rätsel lösen, Brunnen ausgraben? Was erwartet mich noch?

Auf den nächsten Seiten stehen mehr Informationen zu Joline, zu ihren Träumen, Gedanken, Eindrücken und das, was meine Tante damals dazu sagte und meinte. Zu der Zeit war sie blutjung, der 2. Weltkrieg hing wie ein Damoklesschwert über den nichts ahnenden Menschen.

Einige Seiten später folgt Tante Josephines Schrift in veränderter Form, tituliert als Nachsatz:

»Joline Pilau ist heute eine bekannte Schriftstellerin, nicht gerade Weltliteratur und jedem geläufig, aber sie hat ihr Leben in dem Buch »Nachtflucht aus Frankreich« zu Papier gebracht. Ich habe es gestern zufällig in einer Buchhandlung gefunden. Den Kontakt zu Joline habe ich durch den Krieg verloren, aber ich werde nachforschen, was aus ihr geworden ist. Sie hat das Grauen des Krieges überlebt und lebt in Süddeutschland. Das freut mich, das Buch habe ich gekauft und werde es in den nächsten Wochen lesen.«

Wieder eine Neuigkeit! Der Brückenschlag von der Vergangenheit in unsere Zeit ist gelungen, die Verflechtungen der Personen werden verständlich. Wo mag das Buch der Nachtflucht sein, das die Tante gekauft hat. Hier im Haus oder bestelle ich es im Internet?

Mein Kopf brummt, das war nun genug Recherchearbeit und zur Erholung geht es in den Garten, der Hund wird gefüttert und ich schaue, was der Kühlschrank hergibt.

Kapitel 21

Finster mustere ich beim Erwachen die Balkendecke über mir. Ich habe viel geträumt, unruhig geschlafen und fühle mich nicht sonderlich erholt.

Im Traum sitze ich mit Tante Josephine und der anderen Joséphine im Zug. Sie sehen aus wie Zwillinge, haben kleine Lederkoffer auf den Knien stehen und tragen Wintermäntel. Wir fürchten den Schaffner und die Zöllner, eigentlich Jedermann. Dann bin ich wieder allein unterwegs, irgendwo hier in der Gegend. Mir läuft der Schweiß den Rücken herunter, ich presse die beiden Bücher an mich und fliehe einen Abhang hoch. Steil berghoch geht es durch das Gebüsch. Hunde sind hinter mir her, Männer rufen und ich bin vollkommen außer Atmen und erschöpft. Dann wache ich auf. Entweder hält der Zug an oder ich bin oben auf dem Berg. So geht das die ganze Nacht.

Das Morgenlicht ist herzlich willkommen. Ich wickele mich aus dem zerwühlten Bett, tapse ins Bad und vertreibe die schlechten Träume mit Heißwasser. Der Wasserdampf entweicht in den Garten, als ich das Fenster öffne. Die Sonne steigt wie eine orangene Kugel über den Bergen in der Ferne auf, die wie eine zerklüftete Zahnreihe aussehen, und mir geht es glücklicherweise besser.

Ich lächele meinem Spiegelbild vielversprechend und mutmachend zu. Sommersprossen sprießen auf der Nase, die Haare sind strähnchenweise von der Sonne ausgebleicht. Meine Hände sehen wie bei einem Landarbeiter zu Madeleines Zeiten aus und bekommen eine extra Portion Creme.

Am Strand liegen oder mal nur Sonnenbaden, das wäre schön. Ein Ausflug ans Meer mit Sand, Salz und Möwenkreischen und frische Muscheln essen. Ich sollte neben meinen wilden Geschichten etwas erholsame Freizeit planen. Eine fantastische Idee, finde ich und nicke meinem Spiegelbild beim Eincremen zur Bestätigung zu.

Halbwegs munter sitze ich in der Sonne auf der Terrasse. Auf dem Teller duftet ein Croissant in Begleitung von Erdbeermarmelade und ein Schüsselchen Joghurt, selbstgemacht von Chantal, dazu Honig vom hiesigen Imker beziehungsweise seinen Bienen und ein Café au lait. Das ist eine Wohltat, ich wache auf und bin wieder ich und mache uns für einen Ausflug in die Welt fertig. Wie lange war ich nicht mehr unter Leuten und einkaufen? Ewigkeiten scheint mir. Nein, es war am Wochenende und meine Nachbar-Freunde waren vor zwei Tagen mit mir auf der Expedition im Weinberg. Durch das Lesen und Recherchieren, das Abtauchen in eine andere Zeit und andere Schicksale fühle ich mich abgetrennt vom Rest der Welt.

Der Hund bekommt sein Halsband an, ich eine saubere Jeans und die schönen Sandalen. Ich kurve – wie immer gefühlt in Zeitlupe – durch unser Dorf und sehe vor dem Bistro zwei Autos stehen. Das ist ungewöhnlich! Wie die alteingesessene Dorfbevölkerung registriere ich schon als Neubürger jedes unbekannte Autokennzeichen. Jede fremde Person, jeder unbekannte Hund oder neue Katze wird misstrauisch beäugt, die Anzahl der Schläge der Kirchturmuhr werden akribisch mitgezählt, naturellement zweimal und die Flughöhe der Schwalben sagt das Wetter voraus.

Wir kurven durch ein Seitental bergab und über eine schmale Straße Richtung Gaujac. Am Straßenrand parke ich im Schatten der Platanen und wende ich mich dem Park zu, den ich heute zum zweiten Mal besuche. Ich spaziere umher und nähere mich dem Haus. Wo werde ich die Klingel und ein Namensschild finden? Darf man sich dem Haus überhaupt nähern und klingeln? Es sieht unbewohnt aus, die Fenster sind geschlossen und niemand ist zu sehen.

Im Kopf rechne ich das Alter des Hausherren Monsieur Maxime de Balazuc aus. 83 Jahre. Sicher hat sein ältestes Kind den Betrieb übernommen und der Monsieur ruht sich auf dem Altenteil aus.

Imposante Stufen führen mich empor. Große Pflanzbehälter, die im Nachbarort Uzès hergestellt werden, säumen den Aufstieg. Ich werfe einen Blick zurück auf den Park, den ich von hier überblicken kann. An der Tür geht es nobel weiter, alles wirkt weiterhin verlassen und still. Neben der Tür ist eine altmodische Ziehglocke mit einem blank polierten Messinggriff. Ich ziehe behutsam daran, doch es regt sich nichts. Kein Geräusch und kein Geläute. Tartine nimmt neben mir Platz nach dem Motto: Das kann dauern Frauchen, aber ich habe Zeit. Noch einmal Ziehen, jetzt fester und beherzter. Nun klingelt und klimpert es laut im Innern des Hauses, schallt durch die in meiner Vorstellungskraft riesige Empfangshalle und Dienstboten rennen aus allen Ecken auf das Eingangsportal zu. Nein, es bleibt ruhig und nicht ein einziger Butler kommt an die Tür. Ich warte geduldig, wage aber nicht, ein weiteres Mal solchen Lärm zu veranstalten.

Wir schlendern um das Haus, wo eine Terrasse mit noch mehr Blumenkübeln und Zitronenbäumen in Rollcontainern förmlich zu einem Besuch und Bewundern einladen. Die Fenster sind entweder mit Schlagläden vor der Sonne geschlossen oder dichte, weiße Vorhänge verhindern meinen vorwitzigen Blick ins Innere. Auf der anderen Seite des Hauses wird die Terrasse breiter und eine Treppe führt in den Garten, wo ein Teich mit Wasserspiel lockt. Mein Blick kehrt schnell wieder zurück und bleibt an einer großen Sitzgruppe hängen.

Auf den ersten Blick kann ich niemand sehen, aber doch, in dem Sessel in der Mitte ist jemand. Kein Butler, kein Gärtner, keine Kaffeegesellschaft, ein älterer Herr sitzt dort mit dem Rücken zu mir. Ein weißer Sonnenschirm behütet ihn, passend zu den edlen Möbeln, den weißen Polstern und Kissen, einer weißen Tischdecke auf dem Tisch mit einem opulenten Blumenarrangement in Rosé. Stilvoll. Ich bleibe stehen und staune. Das ist bezaubernd und passt wunderbar in die Bildbände über den Süden Frankreichs. Ich atme tief durch und rufe im höflichsten Ton, zu dem ich mich fähig fühle, ein Hallo in Richtung Rücken. Ich bin aufgeregt und mein Puls ist schneller als normal. Der Rücken erhebt sich samt dem Herrn und dreht sich um. Elegant und lässig, glücklicherweise freundlich, ob des Überfalls.

»Guten Tag, schöne Frau mit hübscher Begleitung. Womit kann ich dienen?«, kommt eine freundliche Begrüßung mit einem Augenzwinkern in Richtung Hund.

Ja, womit kann der Monsieur dienen? Mit einer entgegenkommenden, offenen Auskunft, das wäre schon alles, denke ich. Ein Monsieur, wie er im Buche steht. Weiße Haare, die gebräunte Haut glattrasiert, Polo-Shirt mit dem bekannten grünen Tierchen, dunkle Stoffhose, Lederschuhe. Das ist Monsieur Maxime de Balazuc, konstatiert mein Inneres weiter, der Sohn von Oscar und Giselle de Balazuc, ein Nachfahre von Pascal, der meine Madeleine kannte. Die Jahre sieht man ihm nicht an. Ich stelle mich vor, reiche ihm dabei die Hand, und erkläre, wo ich wohne, und folge allen mir bekannten Regeln der Etikette unter Gutsituierten, soweit ich sie kenne. Tartine halte ich eng bei Fuß, damit er nicht auf die Idee kommt, sich allzu wohlzufühlen und mich mit Fehlverhalten ins Fettnäpfchen zu manövrieren. Herr de Balazuc unterbricht mich nach den ersten Sätzen und bittet mich mit einer einladenden Handbewegung an den Tisch. Hier stehen Wassergläser, eine Karaffe mit Wasser, eine silberne Thermoskanne und Kaffeetassen, als würde er auf Besuch warten. Ich nehme dankbar auf einem der edlen Gartenstühle mit weißen Kissen Platz und zitiere den Hund neben mich und bitte ihn streng um »Platz«. Eine Kaffeetasse wird gefüllt, Zuckerdose und Milchkännchen daneben geschoben und ein Glas mit Wasser folgt. Ich entspanne mich und genieße mein edles Umfeld, den Ausblick auf den Garten und Teich.

»Ich warte auf den Verwalter und meinen Sohn, doch die werden sich verspäten, wie mir eben mitgeteilt wurde. Also Kaffee für Mademoiselle Isabelle und ich bin ganz Ohr.«

Ich rühre Milch und Zucker im Kaffee und bewundere das ausgefallene Porzellan. Wo und wie soll ich weitermachen?

»Monsieur de Balazuc, durch meine Tante und meinen Onkel bin ich zu dem Mas Châtaigner in Salazac gekommen, wo ich wohne. In Unterlagen meines Onkels, die ich bearbeite, befinden sich Bücher, die eine Verbindung zu diesem Haus und Ihrer Familie darstellen.«

Monsieur hört sich geduldig und aufmerksam den Bericht über Madeleine an. Es ist eine unterhaltsame Story, die ich ihm serviere. Ich verstumme, nachdem ich das Wichtigste erklärt oder es zumindest versucht habe. Es ist schwierig, eine vertrackte Geschichte zu erzählen, ohne die eigenen Gedanken einfließen zu lassen. Den Teil mit Joséphine habe ich nicht erwähnt, das ist sehr verwirrend und zusätzlich persönlich. Aber meine Tante kannte seine Großtante, die Schwester seiner Großmutter, und ich habe sogar Schriftliches dazu. Diese Gedanken werden umgehend auf Seite geschoben. Erst kümmere ich mich um Madeleine und möglicherweise kann ich Monsieur dann besser einschätzen und weitere Geschichten auftischen. Wir sitzen schweigend in unseren Stühlen und trinken Kaffee. Bedenkzeit. Maxime rührt in seiner Tasse, nicht sinnvoll scheint mir, eher selbstvergessen.

»Die Geschichte ist lange her, Mademoiselle, die Sie mir erzählt haben. In jeder Familie gibt es diese Tragödien und Geheimnisse, so wie in dem Leben von Madeleine, das vielleicht mit dem der Familie de Balazuc verbunden ist, verbunden war.«

Er räuspert sich, trinkt einen Schluck vermutlich des kalten, aber gut gerührten Kaffees.

»Ich werde in den Büchern nachschauen, in den Aufzeichnungen von früher und sehen, was ich finde. Wenn es einen Zusammenhang mit den Todesfällen und den Geschehnissen um Madeleine gibt, wage ich zu bezweifeln, dass wir etwas Schriftliches finden.«

Er sagt »wir«. Ein gutes Zeichen, das mich frohlocken lässt, aber ich versuche, nicht zu fröhlich zu erscheinen.

»Unredliche Geschehnisse werden selten aufgeschrieben, sondern eher vertuscht, es sei denn, der Übeltäter wird außerhalb der Familie gesucht und es gibt dazu Untersuchungen oder Akten«, sagt er nachdenklich und schaut in den Park.

Da hat er Recht, ich nicke und denke an seine Großtante, die sich aus dem Staub gemacht hat und aus der Chronik verschwand. Noch ein Geheimnis, noch etwas zum Verbergen in der Vorzeigefamilie de Balazuc?

Ich trinke den letzten Schluck lauwarmen Kaffees. Dann lächele ich mein Gegenüber freundlich an und erhebe mich. Es ist genug für heute. Wenn Monsieur gewillt sein sollte, in seinen Aufzeichnungen und Büchern nachzusehen, wird er es tun, wenn nicht, habe ich Pech gehabt. Maxime de Balazuc erhebt sich ebenfalls und reicht mir beide Hände. Er drückt sie fest, warm und angenehm und mustert mich eindringlich.

»Wir hören voneinander, Mademoiselle Isabelle. Lassen Sie mir ein wenig Zeit. Ich melde mich und wir sprechen weiter. Jetzt entschuldigen Sie mich bitte.«

»Bien sûr, Monsieur de Balazuc. Herzlichen Dank für Ihre Zeit, Ihre Aufmerksamkeit und die aufmerksame Bewirtung. Au revoir.«

Ich versuche ruhig und gelassen, nein, es soll elegant und lässig aussehen, in diesem Ambiente von der Bühne zu treten. Ein wenig schwierig mit dem Hund im Schlepptau, der erst verschlafen und unwillig ist, dann lebhaft wird und laufen möchte. Wir schaffen einen mehr oder weniger gelungenen Abgang, wobei ich wieder den Gesamteindruck von Haus und Park bewundere. Ich lockere die angespannten Schultern und lasse Tartine mehr Leine. Gut gemacht Isabelle. Eigenlob stinkt gar nicht.

Ich sinke auf eine schattige Bank unter einer Rosenlaube. Duftende Rosen schweben über uns, Insekten schwirren und summen. Die Sonne scheint, es duftet herrlich und es ist heiß. Tartine betrachtet mich fragend und erinnert sich an den Teich. Aber der liegt hinter dem Haus und nicht auf unserem Rückweg und muss daher unbesehen bleiben. Er legt den Kopf schief, guckt mir weiter tief in die Augen und sieht dabei so drollig aus, dass ich lache, ihn auf den Schoss hebe und streichele. Wir genießen für einige Minuten den herrlichen Garten, die Gerüche und Farben. Der mir selbst erteilte Auftrag ist erfüllt und ich bin zufrieden.

Kapitel 22

In den nächsten Tagen versuche ich es mit einem Erholungsprogramm, schiebe meine Gedankenfetzen von rechts nach links, träume vor mich hin und laufe durch Haus und Garten. Vor dem Wochenende hole ich meine grüne Kiste bei den Nachbarn ab, die nicht zuhause sind und die Gemüsebestellung an ihrer Tür deponiert haben. Grüne und gelbe Zucchinis und Tomaten, dazu einen Salat und eine Fenchelknolle in Gesellschaft einer Riesenpaprika. Ich freue mich auf das Gemüse und lese erst schmunzelnd, dann mit zusammengezogenen Augenbrauen den Zettel, der auf den Tomaten liegt. Nach den Grüßen und einer Entschuldigung des Nichtdaseins und dem Rat, den Salat heute noch zuzubereiten, kommt eine unschöne Nachricht. Eine Katze wurde an unserer Straße überfahren und es hat den Anschein, dass es ein säugendes Muttertier war und die Katzenkinder an einem unbekannten Ort verwaist ausharren. Nachbarn und Anwohner sind freundlichst aufgefordert, in Garagen, Schuppen und Ställen nach den Kätzchen zu suchen, damit sie nicht verhungern.

Oh je, wenn man da kein Mitleid bekommt! Rasch trage ich meine Kiste nach Hause, um die Fanfare zur Katzensuche zu blasen. Mein Hund wird sie finden, denn er liebt alles, was kreucht und fleucht, und mit seiner Hilfe sollte ich die Kleinen aufspüren, wenn sie bei uns sind. Das Gemüse wird im Vorratsraum abgestellt und bewaffnet mit einer hellstrahlenden Taschenlampe marschieren wir vor dem Schuppen auf. Wenn die Katzenmutter auf meinem Grundstück war, dann ist die Wahrscheinlichkeit, dass sie in diesem halboffenen Gebäude eine Unterkunft gesucht hat, am größten. Auf der Wiese vor dem Haus sehe ich oft Katzen, wenn sie auf der Durchreise von den Feldern zu den Häusern sind, im Hof in der Sonne lungern oder sehnsüchtig die Schwalben im Himmel zählen.

Tartine weiß nicht genau, was ich von ihm erwarte. Wir stehen vor dem offenen Teil des Schuppens, dem Teil mit dem vielen Holz. Es ist warm, die Grillen zirpen, die Grashalme unter meinen Arbeitsschuhen knistern. Ich stelle mir intensiv kleine Katzen vor. Das Bild schicke ich in Richtung Hundekopf. Ich habe über das Übermitteln von Gedanken und Bildern gelesen und kann nun testen, ob es funktioniert. Wir stehen in der Sonne und ich übe mich in Geduld. Harte Arbeit, wer mich kennt, weiß das, aber es geht um etwas Wichtiges. Tartine sitzt neben mir. Lauscht er nach innen? Versteht er, was ich ihm gedanklich schicke? Wir gucken uns an und wenn mich jeder für verrückt hält, der Hund weiß, was ich suche. Er trippelt in den Schatten des Schuppens. Der Schatten ist angenehm, zwar warmer Schatten, und es ist düster und staubig, doch eine Wohltat nach der gleißenden Sonne. Ich schalte die Taschenlampe ein, leuchte ihm hinterher. Das Holz türmt sich vor mir auf und bildet dunkle Ecken und Winkel. Ein kleiner Hund ist klar im Vorteil und passt fast überall durch. An einem zerfallenden Brennholzstapel schaffe ich ein wenig Ordnung, immer besser als nichts tun und nur zu warten. Ich setze mich auf den Hackklotz, auf dem eine Unmenge an Brennholz klein gehackt worden ist. Tiefe Kerben zieren die Oberseite, die Seiten sind wurmstichig, ein uraltes Beil lehnt an der Rückseite.

Tartine niest links von mir. Es mauzt leise. Der Hund winselt und ich flüstere: »Warte, ich komme.« Leichter geflüstert als getan, es trennen uns Berge an Holz, ein Riesen-Mikado aus Leitern, Bohnenstangen, Zaunpfählen für einen Elefantenauslauf, Leisten und Latten. Dann erscheint ein Wagenrad aus der Urzeit des Wagenbaus. Daneben wartet der Hund und dahinter eine Weinkiste. In der Kiste bewegt sich etwas. Ich krabbele auf den Knien weiter und bin aufgeregt und tatsächlich: Zwei kleine Katzen mauzen. Das Wagenrad lässt sich nicht bewegen, ist eingekeilt in das Holz, und so fasse ich durch die Speichen in die Kiste. Damit beschwöre ich ein kurzes, aber heftiges Fauchen hervor. Ein Lob auf die dicken Gartenhandschuhe.

Ich packe Kätzchen Nummer 1 und habe einen winzigen Tiger mit spitzen weißen Zähnen und grimmigem Gesicht vor mir im Staub sitzen. Festhalten mit der anderen Hand und beherzt nachgreifen. Wieder Fauchen, Protestkratzen und Beißen, aber Nummer 2 Black and White kommt aus der Kiste und bleibt in meinem festen Griff. Jetzt sind beide Hände voll. Ich trete rückwärts und blindlings den Rückzug an. Tartine folgt mir, leise winselnd und fiepsend. Ich eile über den Hof in den Flur und schließe mit dem Fuß die Haustür hinter uns. Aber wohin jetzt? Am besten in das Zimmer neben dem Schlafzimmer. Das ist ab jetzt das »Katzenzimmer«, der Name bleibt bestehen. Der Raum ist so gut wie leer. Ein Bettgestell, ein Bücherregal, zwei Stühle, mehr habe ich noch nicht vom Speicher heruntergeschafft. Ich setze die Kätzchen in eine Ecke. Sie sind so klein und jämmerlich und wecken Muttergefühle, wie damals beim Fund des Welpen auf dem Autobahnrastplatz. Eilig nehme ich einen Stapel der Abdecktücher, eine kleine Wolldecke aus der Küche, einen Weidenkorb und zwei Kartons vom Einkaufen, um es ihnen gemütlich zu machen. Die Kleinen sitzen bei meiner Rückkehr fauchend in der anderen Ecke des Zimmers. Ich baue auf dem Bettgestell mit den Tüchern, dem Korb und Kisten eine Wohnlandschaft für Kätzchen und platziere sie unter erneutem Protest darin.

Jetzt schnell im Schuppen nachgucken, ob das alle Kätzchen waren. Wieder geht es auf allen vieren durch die staubige Erde bis zu der Taschenlampe, die in der Zwischenzeit einsam die Kiste beleuchtete, aber sie ist leer. Es riecht nach Wald, Laub und altem Holz. Tartine schnüffelt weiter zwischen dem Holz und ich leuchte ihm mit dem Licht folgend kontrollierend nach, sehe aber nichts mehr, was auf kleine Katzen schließen lässt.

Die Kätzchen werden Durst und Hunger haben, doch ich bin eine unerfahrene Katzenmutter. Auf dem Rückweg zum Haus beschließe ich, ein Schälchen mit Wasser vor die Kleinen zu stellen und im Internet zu recherchieren, was ich tun soll. Mit einer Tasse Tee neben mir starte ich den Schnellkurs in der Aufzucht von Katzen. Ich beruhige mich beim Lesen, denn diese Kätzchen sind vermutlich einige Wochen alt, bis vor kurzem wohlversorgt und werden es auch ohne die Mutterkatze überleben.

Laut Google werden sie mit spezieller Milch und ebenso speziellem Futter gefüttert. Ich suche die Telefonnummer des Dorfladens und rufe kurz entschlossen an. Welche Sorte Katzenfutter steht im Regal? Die Antwort ist ernüchternd: das Normale. Aber Madame aus dem Laden, sie stellt sich mit Géraldine Bonheur vor, ist hilfsbereit und redselig. Ihre Tochter arbeitet im Nachbarort in der Apotheke, berichtet sie. Der Tierarzt wohnt daneben und die Tochter wird abgestellt in ihrer Mittagspause das spezielle Futter zu kaufen und mir nach Hause zu liefern. Madame Bonheur weiß, wo ich wohne, und Clarie, ihre mir jetzt schon sympathische Tochter, wird es ebenso wissen. Ich lege auf und bin beruhigt. Eine Katzentoilette ist nötig, fällt mir ein. Ich nehme einen flachen Karton, lege Zeitungsbögen hinein und ein Kehrblech voll mit uraltem Sägemehl, das um den Hackklotz liegt. Ob die Kleinen das annehmen? Ich lese auf den Katzen-Ratgeberseiten, dass ich sie nach dem Fressen in das Katzenklo setzen soll. Ich bezweifele ernsthaft, dass es so einfach funktionieren könnte, aber ausprobieren werde ich es.

So bekommt man die Zeit und den Samstagvormittag um, stelle ich erstaunt fest und fixiere konzentriert die Küchenuhr.

Es ist wirklich schon nach 12 Uhr? Nun kann das Katzenfutter aber kommen! Mir reichen in meiner Aufregung ein Kaffee und ein angetrocknetes Croissant als Mittagessen. Die Tür zum Hof lasse ich offen und lausche mit mindestens einem Ohr nach draußen. Im Hof ist es warm und die Sonne wandert an ihrem tiefblauen Sommerhimmel in die Mittagsposition.

Endlich kurvt ein kleines, himmelblaues Auto durch das Tor und parkt im Schatten der Marone. Eine junge Frau in knallbunter Kleidung springt heraus und wuchtet eine Kiste von der Rückbank. Das ist Clarie, meine neue Botin für extravagante Bestellungen aus dem Sortiment Tierfutter und Tierarzneimittel. Sie strahlt mich an und plappert sofort los und ist gar nicht neugierig, zu sehen, wie die Deutsche wohnt in dem Mas Châtaigner. Sie packt die Kiste mit dem speziellen Futter für kleine Katzenkinder auf dem Küchentisch aus. Mit Katzen kennt sie sich aus und erzählt und erzählt und ich habe den Eindruck, sie ist zwischen dem Drang alles Wichtige zu erzählen, ihrer Neugierde und Zeitnot hin- und hergerissen. Etwas atemlos reicht sie mir die Rechnung für diese Köstlichkeiten, ich gebe ihr das Geld mit einem großzügigen Trinkgeld. Aber nein, das ist doch nicht nötig, doch freuen tut sie sich und verlässt den Hof mit Hupen und Winken aus dem Autofenster. Und ich bin mit der ersten Mahlzeit Katzenfutter unterwegs. Die beiden liegen in dem Katzennest und mustern mich misstrauisch. So klein wie sie sind, schnuppern sie an den Schüsselchen mit Futter und Milch, fressen und trinken, und nach dem Festmahl greife ich sie beherzt und setze sie in das geplante Katzenklo. Da schauen sie verdutzt, einmal wegen des flotten Handgriffes und dann wegen des überraschenden Gefühls in einer Kiste mit Sägemehl zu sitzen. Beide wollen wieder raus, ich packe sie ein zweites Mal und murmele beruhigend Miezmiez. Sie hocken in der Kiste, wackeln umher und scharren. Ein Wunder, sie scharren und machen – Pipi auf jeden Fall.

Der Nachmittag steht unter dem Stern der Kinderkatzen, ich laufe hin und her und wir gewöhnen uns aneinander. Ich werde gelassener, die Kätzchen auch. Tartine beobachtet die neuen Mitbewohner mit Sicherheitsabstand.

Am Abend genehmige ich mir zur Feier des Tages und müde von der Aufregung und dem Laufen treppauf und treppab ein kühles Bier auf der Terrasse und suche Namen für meine Katzen. Ich behalte sie, das steht 100%ig fest und ich rufe bei den Nachbarn an und berichte dem Anrufbeantworter, dass die Katzenkinderfrage geklärt ist.

Ich einige mich mit mir auf die Namen Minou für das Tigerchen und Coco für das Schwarzweißchen. Egal, ob Kater oder Katze, die Namen passen für beides. In der Kinderstube ist alles ruhig und ich gehe beruhigt ins Bett.

KAPITEL 23

Im Morgengrauen schleiche ich in das Katzenzimmer und die Kleinen blinzeln mir verschlafen entgegen. Sie sind nicht mehr so panisch wie gestern und wir starten unsere neue Morgenroutine mit Füttern und Katzenklo-Besuch. Bei einer Tasse Tee und Müsli klingelt das Handy. Chantal fragt mich über meine gestrigen Erlebnisse und die Katzen aus und ich berichte ihr jede Einzelheit. Dafür bekomme ich Chantals Erfahrungen zu dem Thema Katzen und Katzenkindern zu hören und jede Menge Tipps.

Es wird später Vormittag und wieder knirschen Autoreifen im Hof. Kein kleines blaues Auto, sondern ein dunkelgrüner, schlammverspritzter und staubiger Land Rover parkt unter der Marone. Hatte ich jemanden eingeladen? Ein Kontrollbesuch von einem Amt, weil ich Katzenkinder adoptiert habe? Oder habe ich die Hundemarke vergessen? Da fallen mir alle Sünden und Freveltaten ein, die ich unwissend begehen könnte. Nein, es ist Herr de Balazuc. Damit habe ich nicht gerechnet an einem Sonntag. Monsieur betrachtet versonnen mein Haus, dann entdeckt er mich und strahlt.

»Mademoiselle, entschuldigen Sie meinen Überfall! Aber ich habe einiges gefunden und wollte mir die Flächen selbst ansehen und das Haus, hm, das Häuschen von Ihrer Madeleine besuchen, die Parzelle mit dem bezeichnenden Namen *entre soleil et lune*.«

Ich strahle zurück und gehe zu ihm. Das ist eine schöne Überraschung.

»Sehen Sie hier: Ich habe in den Jahrbüchern des Betriebes Interessantes gefunden. Über die Jahrhunderte notierte jeder Besitzer und Leiter des Anwesens akribisch das Wetter, die Arbeit auf den Feldern, im Wald und am Haus. Welche Vorkommnisse es gab, Unwetter, Unfälle, Kriege, Seuchen – eigentlich alles. Ein Tagebuch des Betriebes. Diese Bücher sind handgeschrieben. Heutzutage machen wir das mit dem PC, es wird später ausgedruckt und in Ordnern gesammelt. Eine Fundgrube an Informationen und Unterhaltung der besonderen Art, nicht nur für mich, sondern ebenso für meine Enkelin Jöelle, die eine Leidenschaft zu dieser Ecke in der Bibliothek hat. Das Mädchen, nein, eher die junge Frau, etwas jünger als Sie, Mademoiselle Isabelle ...«

Er zwinkert mir verschwörerisch zu und stellt sich ein wenig mehr in den Schatten des Maronenbaumes und ich rücke neugierig nach,

»... hat also auf meine Nachfrage hin bezüglich der Jahre um 1750 nächtelang gesucht und gesucht und voilá, wir haben etwas gefunden!«

Das scheint länger zu dauern und Monsieur de Balazuc fährt fort. Er lehnt sich an das Auto, bei der aktuellen Bekleidung kein Problem, denn alles ist hellbeige und dunkelgrün, was er am Leibe trägt.

»Jöelle hat die betreffenden Jahre studiert und eine persönliche Bemerkung von unserem Pascal, um den es in dieser Zeit geht, gefunden. Er hat die Jahre mit seiner Frau Destinée erwähnt, die Heirat und die Geburt der Tochter Désirée und ebenso ihren Tod, den Tod der ersten Frau und die erneute Heirat mit Salomé und so weiter und so weiter. Er schrieb den Wetter- und Erntebericht wie gewohnt. Auf einem besonderen Blatt, eindeutig mit seiner Schrift, hat er persönliche Anmerkungen gemacht. Ich lasse Ihnen die Kopie des Originals und, weil es nicht so gut leserlich ist, die von Jöelle getippte Version hier. Lesen Sie es in Ruhe und nehmen es zu Ihren Unterlagen.«

Monsieur studiert versonnen die Papiere und ist gedanklich in der Vergangenheit. Ich grinse und hätte ihn am liebsten umarmt. Ein weiteres Puzzleteil wird mir in die Hände gedrückt.

»Das nächste Mal kommen Sie auf einen Aperitif herein, Monsieur ...«

Wird es ein nächstes Mal geben? Maxime de Balazuc ahnt nicht, dass ich noch andere unterhaltsame Geschichten auf Lager habe. Warum sollte er noch einmal kommen? Ich bin plötzlich verlegen und überlege krampfhaft und vor allem schnell, wie ich das Kind wieder aus dem Brunnen ziehen kann. À propos Brunnen! Hoffentlich bemerkt er nichts am Haus von Madeleine, dass wir dort gegraben und uns an seinem Besitz zu schaffen gemacht haben. Meine Gedanken jagen. Monsieur de Balazuc scheint genug berichtet zu haben. Er sucht seine Zigaretten und das Feuerzeug und startet den für ihn entspannenden Abschnitt des Besuches mit Rauchen und weiterer Hausbetrachtung.

»Ja gerne.«

Er reißt mich aus meinem Gedankendurcheinander.

»Ich komme nächste Woche wieder, sagen wir Dienstag später Nachmittag, da habe ich Zeit. Dann gucke ich mir gerne Ihr Haus und den Garten an und wir können uns unterhalten. Bis dahin habe ich vielleicht mehr Informationen und war am besagten Haus im Weinfeld und zum guten Schluss habe ich sicher mit Jöelle gesprochen. Nun muss ich weiter!«

So schnell, wie er kam, ist er verschwunden. Der Rauch seiner Zigarette schwebt unter dem Baum und die Staubfahne auf dem Feldweg zeigt, dass er nach links in Richtung Weinfelder und der Parzelle »entre soleil et lune« fährt und nicht ins Dorf.

Das ist eine Flut an Neuigkeiten. Ich gehe aus dem Schatten des Baumes über den warmen Hof ins kühle Haus und setzte mich mit Tartine und einem Glas Zitronenwasser zu den Katzenkindern auf den Boden. Sie kommen mauzend näher, lassen sich streicheln, wuseln um meine Füße und fangen an zu spielen. Sie sind niedlich und süß, wie kleine Katzenkinder sind.

Es ist Nachmittag. Die Katzen sind versorgt und ich habe gefühlt Gemüseberge gegessen. Auf der Terrasse höre ich den Vögeln und Grillen zu, entfernt brummt trotz Sonntag ein Traktor im Feld. Ich hole meine Unterlagen nach draußen, mein Laptop und die Papiere, die mir Monsieur de Balazuc überreicht hat.

Die Kopie des Originalblattes ist kaum lesbar, zum einen wegen der verblassten Farbe durch das Kopieren, zum anderen wegen einer gewöhnungsbedürftigen Handschrift, die in Richtung Apothekerschrift tendiert und Lehrer in tiefe Verzweiflung treiben würde. Ich bin froh, dass es Joëlle gibt, die den Text abgetippt hat. So lese ich entspannt, was Pascal vor Hunderten von Jahren zu sagen hatte:

»Nachtrag zum Sommer 1785

Der Sommer war heiß und trocken und brachte reichlich Ostwind mit sich. Die Felder wurden dürr und wir hatten Mühe, die Gärten ausreichend zu bewässern, damit das Gemüse in der Dürre nicht gänzlich vertrocknete.

Désirée kränkelt seit dem Frühjahr. Erst ist es Husten und Schnupfen, dann wechselndes Fieber. Es folgt ein Hautausschlag, der mal juckt und mal nicht juckt, Schmerzen im Hals, Schmerzen in den Gliedern. Sie hält sich nur im Haus auf, ist schwächlich und mäkelig mit dem Essen. Ihre Mutter Destinée erfüllt ihr jeden Wunsch. Sie verhätschelt sie, packt sie ins Bett unter Stapel von Decken. Wir hatten viele Doktoren im Haus, fuhren nach Avignon und haben dort Hilfe, Rat und Heilung gesucht.

Ich habe den Wunsch, Madeleine Montabon, die in dem Weinberghaus wohnt, aufzusuchen und sie zu bitten, sich unsere Tochter anzusehen und zu behandeln. Ich halte große Stücke auf sie, auf ihr Wissen und ihre Erfahrung in der Heilkunst und mit den Heilkräutern. Die Leute im Dorf und in den Nachbarorten schätzen sie ebenso und bitten sie um Rat, wenn ihre Kinder und Tiere krank sind.

Aber Destinée gerät außer sich, sobald ich Madeleine erwähne, dabei hat sie Madeleine nie getroffen und kein Wort mit ihr gewechselt. Sie würde sich eher die Hand abschlagen und unser Kind sterben lassen, als Madeleine um Hilfe zu bitten. Es ist mir unverständlich. Ich habe schon in Erwägung gezogen, unsere Tochter heimlich zu ihr zu bringen, aber dies würde immense Aufregung für Désirée bewirken, die einzig und allein von ihrer Mutter umsorgt wird.

Die Wochen verstreichen und unsere Tochter wird blasser und schwächer. Destinée reibt sich in der Pflege auf, sitzt Tag und Nacht neben ihrem Bett, schläft selbst kaum mehr. Beide wirken wie fahle und durchscheinende Gespenster und ich finde keinen Zugang mehr zu ihnen.

Ich kümmere mich um den Betrieb und schaue abends nach der Familie. Der Gesundheitszustand bleibt eine Zeit unverändert und wird dann schlechter.

Anfang des Herbstes, am letzten Septembertag, gellt nachts ein Schrei durch das Haus und meine Frau kauert neben dem Bett, in dem unsere Tochter liegt. Désirée ist tot. Abgemagert bis auf die Knochen, mit roten Flecken, kaum mehr Haare auf dem Kopf – es waren vormals viele wilde Locken – verkrampft bis in den letzten Atemzug, den sie soeben getan hat. Destinée ist wie ein Irre, wir bringen sie mit sanfter Gewalt in ihr Zimmer und der Doktor eilt herbei. Er verabreicht ihr eine Arznei zur Beruhigung und sie schläft.

Durch den Tod unserer 12-jährigen Tochter, unseres einzigen Kindes, das lange auf sich warten ließ und mir große Hoffnungen machte, die sich aber verflüchtigten und in Sorgen endeten, war das Band zwischen meiner Frau und mir zerschnitten. An welcher Erkrankung litt unsere Tochter? Was war die Ursache für ihr Leiden und ihren Tod?

Ich trage meiner Frau nach, dass sie nicht Madeleine hat helfen lassen, und sie trägt mir alles nach, auch die Erwähnung des Namens Madeleine, und dass ich die Frau in dem Haus wohnen lasse.

Sie ergießt sich in abscheulichen Hasstiraden und fordert die »Verbannung« von Madeleine. Als wäre die Frau eine Gefahr, eine lauernde Bedrohung oder ein teuflisches Übel.

Dabei ist sie das Gegenteil und ich schätze Madeleine von Tag zu Tag mehr. Eine wundervolle, fürsorgliche Frau, die das Gute in den Menschen und Tieren sieht und Heilung und Linderung der Krankheiten im Sinne hat. Bei meinen Besuchen bestärkt sich dieses Gefühl und ich weiß, dass ich Recht habe mit meiner Meinung und es ein Fehler, ein tödlicher Fehler war, diese Heilerin nicht um Hilfe zu bitten.

Ich gehe meiner Frau aus dem Weg und meide sie, wo ich kann. Und ich habe die Sorge, dass ihre üblen Reden und Verleumdungen über das Personal und die Arbeiter den Weg nach draußen finden, ins Dorf, in die Nachbardörfer und Madeleine damit schaden.

Wozu ist meine Frau fähig in ihrem Wahn, der sich nicht mehr nur in ihren Gedichten, wenn man sie so nennt, äußert, in ihrem steten Jammern und Wehklagen über die Ungerechtigkeiten dieser Welt, in ihrer Zurückgezogenheit und Angst vor allem und jedem. Ich bin verzweifelt und wünsche mir, ich könnte die Zeit zurückdrehen und vieles anders machen.

Winter 1785

Die Befürchtungen haben sich bewahrheitet und meine Frau hat einen Überfall auf Madeleine Montabon angezettelt. Ich weiß nicht, wie sie die finsteren Gestalten, die zu so einer Tat fähig sind, angeheuert hat und der genaue Ablauf bleibt ein Rätsel. Die Dörfler haben mir berichtet, dass das Haus unbewohnt sei, Tür und Tor offenständen, und von Madeleine keine Spur zu sehen ist. Daraufhin bin ich sofort zum Haus geritten und habe mir ein Bild gemacht. Es sieht wüst aus und nicht nach einem freiwilligen Abschied. Ihre Habseligkeiten sind fort, es herrscht Unordnung und Zerstörung. Ich habe den Verwalter angewiesen, aufzuräumen und abzuschließen. Wir suchten die Umgebung ab, fanden keine Spur von Madeleine. Ich bin aufgebracht und bekomme keine Antwort auf meine Fragen. Destinée hat sich mit den Beruhigungsmitteln von Doktor Girad, der ihr die Treue hält, was ich unverständlich finde, in eine Art Dämmerzustand gebracht. Sie lallt vor sich hin, nimmt nichts wahr von ihrer Umgebung, verfällt rascher als ihre Tochter. Und ich habe keine Kraft dagegen anzugehen, lasse sie von den Dienstmädchen wohlversorgt im Bett, im halbdunklen und abgeschirmten Zimmer und bete, dass es bald vorbei ist. Was sind das für Gedanken! Bei der eigenen

Frau, aber das ist sie schon lange nicht mehr, meine Frau. Meine Familie, wo ist sie geblieben?

Von Madeleine höre und sehe ich nichts mehr. Manche Leute glauben, etwas gesehen zu haben im Wald oben. Ein Fuhrwerk, Pferde, fremde Personen, aber keine Madeleine, und ihre Spur verliert sich. Ich habe ein schlechtes Gewissen, weil ich nichts unternommen habe zu ihrem Schutz und sie ins offene Messer habe laufen lassen. Ich träume von ihr, von Überfällen in der Nacht, vom Jagen und gejagt werden. Ich sehe ihre Augen vor mir. Sie schaut mich verwundert an und ich weiß nicht, was ich ihr sagen oder Gutes tun soll. Im Traum so wenig wie in der Gegenwart.

Hoffentlich wendet sich alles zum Besseren. Ich bete zu Gott und zünde der Gottesmutter in der Kapelle täglich eine Kerze an. Es tut mir alles so leid, so unendlich leid, aber mit dieser Schuld werde ich fortan leben müssen.

Frühjahr 1887

Und es wendet sich zum Besseren. Ich heirate ein zweites Mal. Eine fröhliche und gottesfürchtige Frau, meine große Liebe Salomé, und wir werden eine Familie gründen.

Madeleine hat eine Ecke in der Kapelle mit einer Gedenktafel bekommen mit meinem Dank an sie und ihre, wenn auch kurze, Freundschaft und Verbundenheit. Sie hat dort, wo immer sie jetzt weilt, ob unter den Lebenden oder Toten, ihren Blumenschmuck und ihre Kerze und ich fühle sie bei mir. Sie schützt und stärkt mich und führt uns dem Guten im Leben zu.«

Hier endet der Brief oder die lange Anmerkung von Pascal de Balazuc zum nüchternen Journal des Betriebes. Mutig, so etwas zu dieser Zeit zu schreiben und sich zu offenbaren. Es gab damals schon Ausnahme-Männer, die über Gefühle sprachen oder sie schriftlich festhielten.

Mit Salomé hatte Herr Pascal de Balazuc in zweiter, glücklicher Ehe vier Kinder und eine richtige Familie. Nichts im Vergleich zu der Ehe mit der »seltsamen Poetin«, gegen die ich nur vom Gelesenen her Widerwillen entwickelt habe und sie unsympathisch finde.

Die Zeit verfliegt rasch beim Lesen, es ist schon Abend. Mir brennen die Augen und der Kopf brummt.

Kapitel 24

Montag. Beim Frühstücken entscheide ich mich für einen Tag in der sonnigen Gegenwart, ohne Abstecher zu Madeleine und in alte, verworrene Geschichten. Tartine und ich schlendern ins Dorf. Meine Nachbarn sind nicht zu Hause und die Versuchung, dort einzukehren und zu plaudern damit passé. Die Gassen liegen ausgestorben da. Ich erhasche Blicke in die Gärten und einige Hunde reagieren auf unsere Anwesenheit mit Gebell. Katzen huschen scheu in die Einfahrten und Klimaanlagen brummen. Der Dorfplatz ist belebter. Ein Auto fährt weg, ein Traktor kommt und fährt in seine Einfahrt, das Telefon klingelt in einem Haus, beim Bäcker klappert es und, vor allem, es duftet unwahrscheinlich gut. Das gelbe Postauto und ein weißer Sportwagen stehen am Bistro, dem ich gleich einen Besuch abstatten werde. Aber zuerst kaufe ich beim Bäcker ein kleines Baguette und Croissants, daneben im Mini-Casino Zitronen und einige Kleinigkeiten. Meine Einkaufstasche ist gefüllt und der immer hungrige Hund hat ein Stückchen Wurst von Madame Bonheur, der Inhaberin des Magasins, bekommen. Wir kannten uns bis jetzt nur vom Sehen und kürzlichen Telefongespräch. Als Gegenleistung für ihre telefonische und hilfreiche Unterstützung in meiner Katzenkinder-Notlage tausche ich mich mit ihr zum Thema Wetter und Haustiere aus. Ich berichte von den Katzen und lobe Clarie. Madame ist sichtlich erfreut über eine neue Gesprächspartnerin und das Lob für die Tochter. Ihr Tag ist gerettet.

Jetzt nehme ich das Bistro in Angriff. Jeanne trinkt vielleicht ein Café au lait mit mir und wenn nicht, habe ich wenigstens vorbeigeschaut und kann nachsehen, ob ihr Bruder zuhause ist oder nicht. Das Auto vor dem Haus könnte ja ... und ich traue meinen Augen kaum, als ich durch die offenstehenden Türen in die Küche des Cafés komme: Eric sitzt mit dem Rücken zu mir am Küchentisch und schält Kartoffeln. Ein Berg erdige Pommes de terre türmt sich vor ihm auf, ein Plastikeimer mit Wasser und geschälten Knollen zu seinen Füßen und ein kleinerer Berg mit Schalen auf einer ausgebreiteten Midi libre auf dem Tisch. Er schält emsig und blickt bei meinem Näherkommen auf. Freude, ja, es muss Freude sein, die blitzschnell seinen ernsten Ausdruck wandelt.

»Bonjour, Isabelle! Ça va?«

Und ob es mir gut geht, was eine Frage. Eric lässt das Messer in die Schalen fallen, putzt sich die Hände an dem Küchenhandtuch auf seinem Schoß ab und kommt auf mich zu. Bisou rechts, links, rechts.

»Setz dich zu mir. Ich muss die Kartoffeln für meine Schwester, nein, für das Abendessen schälen.«

Ich rutsche auf den Küchenstuhl ihm gegenüber, stelle die Tasche mit den Einkäufen ans Tischbein und Tartine verschwindet Brotkrümel suchend unter dem Tisch. Ich frohlocke und bete um die richtigen Worte und das Umschiffen der sicherlich auch unter dem Tisch lauernden Fettnäpfchen. Ein dampfender Espresso und ein Glas Wasser stehen im Handumdrehen vor mir. Eric füllt seine Tasse auf und setzt das Kartoffelschälen fort.

»Ich kann dir helfen, dann geht es schneller und das Schälen ist halb so schlimm.«

Ein zweites Messer kommt aus der Schublade, so habe ich eine Beschäftigung und etwas in den Händen.

»Warum bist Du an dem Abend kürzlich verschwunden, ohne ein Wort ...«

Das wollte ich vermeiden, aber jetzt ist es raus. Warum frage ich das, genau das? Erstaunte Blicke aus braunen Augen bohren sich in meine. Ich werde rot, was ein Mist. Ich möchte unter dem Tisch verschwinden und mit Tartine Krümel jagen, sitze aber schon im größten Fettnapf. Ich studiere intensiv die Kartoffel in meiner Hand.

»Ja, das tut mir leid. Das war unhöflich. Meine Schwester hat dir sicher einiges von mir erzählt, oder?«

»Nein. Sie erwähnte Probleme, aber wer hat die nicht. Sonst nichts!«

Ich wage es, ihn anzusehen. Jeanne hatte sich diplomatisch verhalten, keine Klatscherei hinter seinem Rücken, die ich beichten müsste.

»Ich weiß von nichts und es geht mich auch nichts an, aber ich fand den Abend schön, unsere Unterhaltung und habe mich gefreut, dich kennen zu lernen ...«

Schon besser. Ich werde ein bisschen lockerer und bin erleichtert, in den Kartoffeln Zuflucht und Rückhalt zu finden, und schäle eifrig. Der Tisch zwischen uns trennt und verbindet uns in einem. Die Küche ist gemütlich, trotzdem sie eine Gaststättenküche ist. Alles ist größer dimensioniert als in einem normalen Haushalt und altmodisch, doch teilweise gibt es neue Geräte. Edelstahltöpfe und Kupferkessel blinken auf einem modernen Induktionsherd neben dem Holzfeuerherd. Es gibt Körbe mit Zwiebeln und Knoblauch, Töpfe mit frischem Grün, mit Petersilie und Basilikum neben Sträußen getrockneten Rosmarins und Thymian, an der Wand ein Kranz aus Lavendelblüten, auf einem Hocker ein Stapel bunter Handtücher. Dieser Raum lädt zum Verweilen und Gucken ein, zum Stöbern in den alten und neuen Kochbüchern im Regal unter dem Fenster zum Hof, zum Riechen an den Gewürztöpfchen oder Inspizieren des roten Kühlschrankes, der mit seinen beträchtlichen Ausmaßen und sonorem Brummen eine Ecke der Küche beansprucht. Ich schweife ab, eine erholsame Pause war das, und konzentriere mich auf das Wesentliche.

»Das stimmt. Das war ein schöner Abend, aber ich habe zurzeit einen Riesenberg Probleme, dazu die Familie, die Arbeit und – ganz schlimm – eine weibliche Großbaustelle. Das nervt und macht mich fertig. Ich bin heilfroh, wenn das überstanden ist und die Schwierigkeiten ein Ende haben, ein glückliches, hoffe ich. Hast Du Lust, dir meinen Frust anzuhören?«

Was eine Frage! Ich trinke einen Schluck Espresso und nicke ihm aufmunternd zu. Soll er erzählen, obwohl ich eigentlich nicht weiß, warum. So gut kennen wir uns nicht nach dem einen Abend, aber auf der anderen Seite fühlt es sich stimmig an, wie bei einem alten Freund, den man kennt und nach langer Zeit unverhofft trifft und sofort wieder die Verbindung aufbaut. Vielleicht hilft ihm das Gespräch auch, obwohl mich doch alles sehr wundert.

Seine dunklen Locken sind zerzaust, die Hände nass und kartoffelerdig, die Arme braun gebrannt und sein hellblaues Hemd verknittert, als wäre es schon länger im Einsatz.

Ich mag ihn wirklich, obwohl er ganz anders ist als Johannes, mit dem sich bei mir alle Männer messen lassen müssen. Es ist, als würden wir uns schon lange kennen, aber denke nur ich das? Bilde ich mir das Gefühl der Vertrautheit ein, weil er ein Mann ist, der mir gefällt und den ich eingehender betrachte als den Matratzen-Jean, die Handwerker, meinen Nachbarn Baptiste?

Gedanken und Gefühle brausen durch mein Gehirn und meinen Bauch. Äußerlich entspannt schäle ich die Kartoffeln. Nach einem Schluck Wasser und einem letzten Schluck Kaffee startet der Ausflug in Erics Vergangenheit und seine Probleme.

»Ich bin in diesem Haus geboren, oben im Schlafzimmer. Eine klassische Hausgeburt sagt man heute dazu, damals normal und keine Sensation. Jeanne kam drei Jahre später zur Welt, auch oben in dem großen Bett. Wir hatten eine wunderbare Kindheit im Dorf. Viel Freiheit, viele Spielkameraden, immer draußen, im Wald, am Bach, in den Felsen kletternd. Wir halfen im Garten, im Bistro und in der Küche mit, das war okay und wir waren, oder sind es heute noch, eine wunderbare Familie. Die Schule war nicht so toll. In der Pubertät änderte es sich oder besser gesagt, ich änderte mich. Verkehrte und verdrehte Welt, Rebellion gegen das, was bis dato gut war. Protest und Widerstand an allen Fronten. Meine armen Eltern und meine arme Schwester! Aber so war es halt. Ich riss aus und reiste durch die Welt. Mal hier und mal da, ohne Geld, ohne Plan und ich verstehe heute nicht mehr, was los war. Ich landete abgewrackt an der Hintertür eines Restaurants in der Nähe der Dentellen, also wieder in heimatlichen Gefilden. Hungrig und durstig flackerte der letzte Rest meiner Intelligenz und meines Charmes auf und ich bat um Essen und Trinken. Kaum hatte ich mich versehen, hockte ich so, wie wir jetzt, in einer Küche und vor mir türmten sich nicht nur Kartoffeln, sondern alle anderen Gemüse auf, die auf den Küchenjungen warteten.

Der Koch, Joseph – so breit wie hoch – jammerte und stand einsam in seiner Küche. Er war in größter Not, denn die beiden Kochgehilfen waren miteinander durchgebrannt, und hatten ihn inmitten der Arbeit sitzen gelassen. Meine Not war sein Glück und im Nachhinein ebenso mein Glück. Neben mir standen sofort ein Glas Rosé, ein Becher Kaffee und ein Korb mit frischen Croissants. Die rieche ich heute noch! Da muss jeder sitzen bleiben, so auch ich, besonders bei dem Bärenhunger und Durst, den ich hatte. Also fing ich an zu arbeiten, zu schälen, zu schneiden und gleichzeitig trank und aß ich und eine tiefe Freundschaft mit Joseph, dem Koch, nahm seinen Lauf. Ich blieb in der Auberge Saint Roche. Gegen kleines Entgelt und freie Kost und Logis arbeitet ich wie eine fleißige Biene und wunderte mich über mich selbst.«

Eric lacht, er ist abgetaucht in die Erinnerung und hört auf zu schälen. Das ist nicht dramatisch, der Kartoffelberg ist zu einem Häufchen geschmolzen und ich schäle bedächtig weiter, um beschäftigt zu sein.

»Noch einen Kaffee, Isabelle?«

»Ja, gerne, aber erzähl weiter.«

Während Eric den Kaffee im Schankraum zubereitet, redet er weiter, etwas lauter, um die Geräusche der Kaffeemaschine zu übertönen, und setzt sich wieder zu mir.

»Ich fing an, mich für das Kochen zu interessieren. Schneiden konnte ich gut und flott und Joseph zeigte und erklärte mir, was ich küchentechnisch können und wissen musste. Er liebt die provenzalische Landküche, nicht derb und plump, sondern feiner. Er liebt die Gemüse unserer Region, die Kräuter, die Öle, das Brot, den Käse und den Wein. Der Funkenflug dieser Begeisterung sprang über. Kein Wunder, wenn man den ganzen Tag von frühmorgens bis spät in die Nacht zusammen ist und das sieben Tage die Woche. In der Zwischenzeit hatten wir wieder eine Hilfe, die bei den Vorbereitungen und dem Spülen half. Überhaupt, Spülen und Aufräumen nehmen mehr Zeit in Anspruch als Kochen, doch dabei kann man wunderbar erzählen, fachsimpeln, diskutieren und dem Radio zuhören. Dann kam für mich die Zeit der Unruhe, die Joseph spürte. Er baute keinen Druck auf und hielt mich nicht fest, sondern bestärkte mich, weiter zu gucken. Über den Tellerrand und den eigenen Kochtopf zu schauen und überlegen, wo die Reise hingehen soll. Was möchte ich lernen, was erreichen? Kann ich in der Auberge bei Joseph bleiben oder ist ein nächster Schritt notwendig? Meinen Eltern hatten wir auf Drängen von Joseph Bescheid und Entwarnung gegeben, und so kehrte ich reumütig nach Hause zurück. Das war unangenehm, aber ich musste die Peinlichkeit und Schande aushalten, denn ich brauchte einen Schulabschluss und Pläne für meine Zukunft.«

Eric starrt versunken auf das Küchenhandtuch in seinem Schoß, auf seine Jeans, auf die Turnschuhe und den Küchenfußboden. Dann kehrt er mit seinen Gedanken zurück und schaut mich an.

»Das war eine verrückte Zeit mit einem wilden, starrsinnigen Jungen. Ich hatte nichts als Flausen im Kopf und diesen Kopf in den Wolken. Dann setzte der Umschwung ein und der Kopf war nur noch in den Kochtöpfen, Pfannen und Schüsseln, in den Kochbüchern, im Kräuterbeet. Neben der Schule habe ich gefühlt alle Rezepte dieser Welt nachgekocht, jeden Kuchen und jedes Brot gebacken. Die Familie und die Gäste durften – oder mussten – testessen und es ergaben sich Gespräche und Anregungen, was man wie am besten zubereitet. Alte Rezepte kamen aus der Versenkung und auf den Tisch und ich war mir sicher, in welche Richtung es weitergeht. Aufatmen bei meinen Eltern! Joseph freute sich mit uns. Wir hielten Kontakt, auch zu dem Patron der Auberge hatte ich Kontakt, der wieder Kontakte zu anderen Restaurantbesitzern, zu Winzern, zu Herstellern aller Art hat – das bunte Netzwerk der Gastronomie.«

»Also bist du Koch geworden? Sterne-Koch? Und da sitzt du hier und schälst Kartoffeln?«

Ich lache und lege den letzten Erdapfel in die Schüssel und gebe meinen Anteil der appetitlich gelben Knollen in den Eimer zu Erics Füßen. Ich strecke mich nach dem Sitzen und Schälen, stelle mich und schaue ihn fragend an.

»Koch ja, Sterne nein, da zieht es mich nicht hin. Das Gastronomiefeld ist weit und ich habe überall reingeschnuppert, hier und dort gearbeitet, mich in anderen Küchen und Töpfen umgesehen und mache jetzt nicht in Kochen, sondern profan in Küchenausstatter, soll heißen, ich berate Privatleute und Gastronomen in puncto Küche. Aber davon ein anderes Mal mehr, hier sind wir fertig und ich muss los.«

Och, schade, gerade jetzt, wo es so schön ist. Eric merkt mir anscheinend die Enttäuschung an und zwinkert mir aufmunternd zu, räumt dennoch den Tisch und die Küche ohne Erbarmen mit meinen stummen Wünschen auf und schiebt mich zur Tür.

»Komm Hund, ach, noch meine Einkäufe ...«

Schnell habe ich meine Tasche in der Hand und Tartine läuft die Treppe herunter auf den Platz. Ich werde wieder an den Schultern gegriffen, sanft und bekomme meine drei Küsse. Ich recke mich und er beugt sich, mein Herz beschleunigt seinen Takt.

»Das tat gut. Nicht das Kartoffelschälen, sondern das Erzählen und Erinnern und beim nächsten Mal erzählst du mir zuerst von dir und danach ich von meinem momentanen Chaos.«

»Ja, okay, aber ...«

Wie stelle ich es an, dass er mir nicht erneut entschwindet und ich tagelang gucke und denke und nicht weiß, was ich machen soll? Nach der Telefonnummer fragen? Eric zieht sein Handy aus der Hosentasche und stellt die entscheidende Frage nach meiner Nummer. Ich bekomme einige Sekunden später seine Nachricht auf mein Handy und strahle ihn an. Egal, merkt er halt, dass ich ihn mag, was soll ich da Verstecken spielen. Das kann ich nicht gut, weder mich verstellen noch schummeln oder mogeln und bei Gefühlen erst recht nicht. Er strahlt zurück, schließt die Tür des Cafés ab und wir gehen die Treppe herunter. Ich rufe Tartine, der in den Platanenblättern weiter Krümel sucht, und wende mich Richtung Heimat. Eric winkt und steigt in den Sportwagen, ein älteres Modell, weiß mit Beulen und Kratzern, ich habe keine Ahnung, welche Marke es ist. Ich zwinge mich, nicht weiter rückwärts und mit Blickkontakt zu gehen, sondern wie ein halbwegs normaler Mensch, schwenke die Tasche, als wäre nichts drin, und strahle vor mich hin. Was ein herrlicher, wunderbarer Tag! Was für nette Leute in dem Dorf wohnen! Was für ein Abenteuer! In meinem Bauch flattern die Schmetterlinge.

Ich flattere heimwärts, schwebe durch die Gassen, betrete meinen Hof und freue mich über mein Haus. Ich öffne die Haustür und gehe zu Minou und Coco und lasse sie aus ihrem Zimmer. Es wird warm draußen und ich versuche, das Haus kühl zu halten, habe Fenster und Türen über Tag geschlossen. Die Katzen toben nun durch alle Räume und finden immer etwas zum Spielen. Irgendwann nehme ich sie mit nach draußen. Aber heute nicht. Heute jagen sie durch die Flure und leeren Zimmer.

Ich weiß nicht, was ich machen soll, mitten am Tag, mitten im inneren Wirrwarr und beginne ziellos und flatterhaft mit Aufräumen und Putzen. Ich fühle mich wie damals, es ist lange her, in Bonn, unzufrieden und mit mir selbst nicht im Reinen und auf der anderen Seite bin ich glücklich. Ich lasse eine Maschine Wäsche laufen, wobei die Katzen mich auf Schritt und Tritt begleiten, während Tartine ein Schläfchen hält. Auf dem Speicher, der zu meinem Glück nie leer wird, hole ich mir eine Kiste mit Büchern und sortiere sie im Büro ein. Es finden sich Romane für lange Wintertage, Reiseführer und Bildbände, die ich einmal durchblättere. Das Buch »Nachtflucht« der Autorin Joséphine ist leider nicht dabei, aber es sind noch etliche Kisten oben.

Zur Krönung hänge ich einige Bilder auf, die am Speichereingang standen und mir gefallen. Es sind Aquarelle von heimischen Pflanzen, von Rosmarin, von einem Feigenbaum, von einem Maronenbaum in voller Blüte. Es wird von Tag zu Tag wohnlicher und durch die Beschäftigung beruhige ich mich.

Eigentlich bin ich einsam und allein, überkommt es mich plötzlich. Ich schreibe Mama eine Nachricht mit Fotos von den Kätzchen, dem wohnlichen Büro, der aufgeräumten Küche. Mama antwortet umgehend und ich bekomme feuchte Augen. Sie freut sich über die Fotos, berichtet von Zuhause und schreibt, dass sie für September einen Besuch bei mir planen. Das dauert noch lange, denke ich und werde immer trauriger. Ich schalte das Radio an und stehe in der Küche. In der schönen Küche, in meiner Küche, in meinem herrlichen Haus mit großem Garten. Was ist mit mir los? Es war doch traumhaft, ungebunden und frei, in aller Ruhe und nur mit mir und dem Hund. Jetzt mit den Kätzchen. Was ist los?

Ich muss etwas unternehmen, muss raus, muss unter Leute. Es bleiben nur die Nachbarn. Ich komme auf dem kurzen Stück ins Schwitzen und spüre den Sommer am Körper. Tartine hechelt in der Schattenspur der Hecke und strebt in Chantals Küche. Den Hunde-Wassertopf in der Ecke findet er schnell und der Trubel der Familie umfängt mich wohltuend. Ich setzte mich an meinen Platz am Küchentisch, so weit ist es schon und so heimisch fühle ich mich. Dann füttere ich das Baby, bekomme ungefragt ein Glas Pastis neben mich und außer Reichweite der Babyhände gestellt und unverzüglich geht es besser.

»Was ist los, Isabelle? Bist du ein wenig neben der Spur? Ist etwas schlimmes passiert?«

Chantal setzt sich mit an den Tisch und schaut mich fragend an. Der Schweiß steht ihr auf der Stirn, sie hat gekocht, es riecht herrlich, die Küche aufgeräumt, das sieht man, und jetzt wartet sie darauf, dass Lulu ihren Abendbrei intus hat und ins Bett gebracht werden kann. Ich lutsche an einem Eiswürfel mit leichtem Pastis-Geschmack und weiß nicht, was ich sagen soll. Draußen gackern die Hühner, ein Esel meldet sich ausnahmsweise zu Wort, ein unmögliches Geräusch für meine Ohren. Lulu erscheint satt und matscht vor sich hin, knetet die Brösel auf dem Tisch, plappert fröhlich und sieht aus wie ein Ferkel.

»Ab in den Waschzuber, Mademoiselle!«, lautet der Mama-Befehl und wir wandern in Richtung Badezimmer im ersten Stock des Bauernhauses. Knarrende Stufen aus dunklem Holz, dann ein helles und großes Badezimmer. Durch das offene Fenster weht die warme Luft des frühen Abends. Ich sehe unser Dorf aus einer anderen Perspektive und nach rechts aus dem Fenster gelehnt das Dach meines Hauses. Ich lasse mich mit dem Begleit-Pastis auf dem Badezimmerteppich nieder, mit dem Rücken an die Badewanne, und sehe Chantal und Lulu beim abendlichen Badefest in der Duschtasse zu. Es riecht nach Babybaden, nach Kindheit und Gemütlichkeit.

»Also, was ist los? Erzähl mal!«

Chantal lässt nicht locker. Täte ich auch nicht an ihrer Stelle. Ich trinke einen Schluck, schwenke das restliche Eis im Glas, und versuche den Tag in ein Resümee zu fassen, das nicht zu viel der Gefühle preisgibt und keine Details aus Erics Leben. Lulu plantscht und wird langsam sauber und glänzend-babyrosa. Chantal setzt sich neben mich und legt ihren Arm um meine Schultern, als ich fertig erzählt habe.

»Ach, wie wunderbar! Was für spannende Geschichten, was für tolle Ideen und nun ein Super-Mann in Aussicht. Das wird der Sommer des Jahrhunderts!«

»Jetzt übertreib mal nicht, ich fühle mich wie das trockene Herbstlaub des Maronenbaums im Hof, hin und her und her und hin, welk und orientierungslos. Die Geschichte mit Madeleine, die Familie de Balazuc, wer ist die Tante, das Haus im Weinberg, der Brunnen, die ganze Arbeit, die Katzen, die vielen neuen Leute, die viele Arbeit, allein von Zuhause weg.«

Mir steigen Tränen in die Augen, die den Weg über die Wangen finden und auf mein T-Shirt tropfen.

»Ach du Arme, komm, alles wird gut, Isabelle, es ist etwas viel zurzeit und dann die Turbulenzen im Herzen. Ich mache Lulu fertig für ihr Bettchen und wir setzen uns nach draußen.«

Ich bekomme einen Waschlappen in die Hand gedrückt und trockne die Tränen. Während Chantal das Baby ins Bett bringt, räume ich ihre Küche fertig auf, als wäre es meine, und wasche den Tisch ab. Ich fülle den Wassertopf für Hunde und Katzen mit frischem Wasser, gieße die Basilikumpflanze an der Tür und setze mich vor das Haus auf die Gartenbank.

Die Glocke im Dorf schlägt acht Uhr, wartet ihre Zeit und wiederholt dies, um in ihr Abendgeläut einzusteigen. Tartine legt sich unter die Bank, Baptiste schraubt und werkelt am Traktor und Chantal setzt sich, immer noch oder immer wieder mit neuen Schweißperlen an der Stirn zu mir. Das Handtuch von Lulu wird zum Schweißtuch der Chantal, es riecht jetzt nach Babycreme, und der eiskalte Roséwein schmeckt herrlich, wie ein Bad im Fluss – oder im Meer. Da platzt es aus mir raus: »Chantal, mir kam in diesem Moment der Gedanke an einen Ausflug zum Meer. Es ist nicht weit bis in die Camargue! Versorgst du mir zwei, maximal drei Tage Blumen und Katzen? Das ist zwar jetzt ungünstig oder auch nicht, denn noch sind Minou und Coco drinnen und toben durch das Haus. Es reicht also, wenn du sie fütterst und ein wenig bespaßt und nach dem Katzenklo schaust. Nicht nur schaust, du weißt, was ich meine.«

Ich erwarte Widerspruch oder Einwände, aber Chantal prostet mir zu.

»D'accord, mon amie, kein Problem mit Blumen, Garten, Katzen. Fahr und lass dir ein paar Tage Seewind um die Ohren pfeifen. Schwimmen im Meer, durch den Sand laufen und Gedanken ordnen und in Saintes Maries bummeln.«

Von Saintes Maries habe ich gehört und Glocken der Erinnerung bimmeln im mittlerweile rosé-entspannten Gehirn. Meer, Strand, Pferde, Zigeuner, eine Kirche mit vielen Kerzen und die »schwarze Sarah«. Blaugrauer Himmel, Flamingos, unendliche Weite, Reisfelder, Salzseen, viele Mücken, Touristenscharen, Flamencomusik kommen im zweiten Erinnerungsschub. Wir fahren! Tartine und ich werden beim Sonnenuntergang im Meer schwimmen und am Strand faulenzen. Ich strahle Chantal an, die unsere Gläser schmunzelnd auffüllt, und Baptiste, der sich zu uns gesellt, ein Glas bringt. Wir stoßen kräftig an, stabile Gläser, stabile Südfranzosen, nichts kann uns erschüttern. Kein Eric, keine Madeleine und keine Familie de Balazuc und ihre Geheimnisse früher und heute. Alles in rosé!

Wir knabbern Baguettescheiben mit herzhafter Tapenade und einem Aufstrich von getrockneten Tomaten. Die Luft wird kühl, als die Sonne untergeht. Die Hunde spielen auf dem vertrockneten Rasengrün, abendlich verhalten, aber unterhaltsam. Es geht mir besser. Wer versinkt schon gerne in einer Depression mit Tränenflut? Beim Aufräumen wird es dunkel und nach der Verabschiedung schlurfe ich entspannt und schläfrig nach Hause. Die Katzen liegen in meinem Bett, da muss ich nicht lange suchen. Was sie oder ob sie etwas angestellt haben, ist mir im Moment egal. Letzte müde Gedanken schweben über dem Kopfkissen zusammen mit Schnurren und Schnarchen der Vierbeiner.

Kapitel 25

Verschlafen taste ich im dämmrigen Zimmer nach dem Handy, das kurz piepte. Ich setzte mich vorsichtig auf, denn wo liegen Coco und Minou? Nicht mehr auf dem Bett, sondern im Hundekorb, der recht groß für den kleinen Hund ist, und kuscheln an Tartines Bauch.

Aber was ist mit dem Handy? Eine Nachricht von Eric! Mein Herz startet endgültig aus dem Schlaf-Modus in den der Aufgeregtheit.

»Liebe Isabelle, das meine ich so, wie ich es schreibe, ich bin eine Woche in Paris (eine betrübte Emoji) wegen der Arbeit und regle endgültig das Problem mit der femme fatale, berichte später. Pass gut auf Dich auf und bis bald (ein rotes Herzchen), Dein Eric.«

Ich lese es nochmal und antworte: »Lieber Eric, guten Morgen und liebe Grüße nach Paris. Gutes Gelingen bei allem. Ich bin für einige Tage in der Camargue und schicke Dir dann Fotos! Jetzt eins von Hund und Katzen (grinsender Emoji). À bientôt, Isabelle (und ebenso ein rotes Herzchen).«

Ich sinke lächelnd zurück ins Kissen, wie lieb von ihm, sich zu melden und Bescheid zu geben.

»Liebe Isabelle ...«, schreibt er. Ich träume vor mich hin und freue mich, besonders über das Herzchen.

»Liebe Isabelle« murmele ich und »Dein Eric«.

Doch jetzt raus aus den Federn und auf geht es ans Meer. Rasch packe ich die Reisetasche mit ein paar Kleidungstücken, den Badesachen, Strandmatte, Handtüchern, Flipflops und die Sachen für den Hund. Die Handtasche mit Handy, Portemonnaie und Schlüssel liegt griffbereit auf dem Küchentisch. Alle Fenster sind zu, die Kätzchen gefüttert und Chantal habe ich einen Zettel geschrieben. Im Handumdrehen sitzen wir im Auto und ich fahre ausnahmsweise schnell durch das Dorf in Richtung Autobahn.

Durch die Platanenalleen geht es Richtung Süden. Die Morgensonne kommt von links, es sind erst wenige Autos unterwegs und an den Steinbrüchen warten LKWs auf das Öffnen der Werkstore. Dann erreiche ich die Autobahnauffahrt und fädele mich in den Verkehr Richtung Nîmes und Arles ein. Das Rhônedelta liegt im Dunst vor uns, die Autobahn schlängelt sich weithin sichtbar ins Tal. Jetzt klemme ich zwischen Transportern und Lastwagen und habe erst nach der Abfahrt wieder freie Sicht. Mit Schilf gesäumte Gräben begrenzen die Straße mit langen Geraden und leichten Kurven. Von den Reisfeldern wechselt es zu Wiesen, die karg und sandig sind, mit Gebüsch und Binsengestrüpp, mit Zäunen aus dünnen Pfählen und Draht. Ich sehe kleine schwarze Flecken und halte an. Das sind die schwarzen Stiere der Camargue! Tartine wittert aus dem Fenster und starrt wie gebannt in ihre Richtung. Einige Reiher sitzen auf ihrem Rücken. Die Luft riecht frisch und salzig und ich halte wie mein Hund die Nase in die Brise. Dann gabelt sich die Straße und führt an Häusern mit Strohdächern vorbei, angepasst an das raue Wetter und den immerwährenden Wind, an Hotels mit Pferden auf Paddocks davor. Tamarisken wehen im Wind und nun liegen riesige »Pfützen« neben der Straße, salzige und flache Seen. Das ist eine beeindruckende Größe und Weite, alles ist flach wie ein Brett und das Auge kann in die weiteste Ferne gucken.

Bald sehe ich die markante Kirche von Saintes Maries, sie zeichnet sich wie ein Scherenschnitt vor dem Himmel ab. Um die Kirche scharen sich helle Häuser mit terracottafarbenen Ziegeldächern, Tamarisken und blühender Oleander säumen den Straßenrand. Ich fahre an einem großen, leeren Platz und dem Rathaus vorbei, durch einen Kreisverkehr mit der Statue eines Camargue-Reiters und einem Stier im Blumenbeet und habe dann die Arena mit dem Parkplatz, den ich suche, erreicht.

Beim Aussteigen rieche und höre ich das Meer und an den Kanten des Bordsteins liegt Sand. Der Strand ist fast menschenleer, hier und da ein vereinzeltes buntes Handtuch und ein wippendes Sonnenschirmchen, einige wenige Leute sind im Wasser. Möwen fliegen und schreien jammernd, ein Segelboot verlässt den Hafen.

Der Wermutstropfen: Ein Schild verbietet eindeutig Hunde am Strand! Das habe ich nicht bedacht. Naiv, denn wer möchte die Hunde am Strand haben und das, was damit zusammenhängt?

Seufzend wende ich mich von der herrlichen Aussicht ab. Zum Bedenken des Hundeproblems ist erst einmal einen Kaffee nötig. Direkt vor uns erhebt sich ein farbenprächtiges Karussell für die Kinderbelustigung. Da die Kinder noch schlafen, schlafen auch das Karussell und der dazugehörige Betreiber. Auf der anderen Straßenseite wartet einladend ein Bistro mit bunten Stühlen und Tischen, die mit dem Karussell um die Wette leuchten. Erste Frühstücksgäste und Kaffeedurstige sitzen in der Morgensonne. Ich nehme auf einem himmelblauen Stuhl Platz und Tartine schiebt sich an die Wand auf den gefliesten Absatz und harrt der Dinge, die da kommen. Die Lösung für den Strandbesuch muss vom Himmel fallen. Ich will ans und ins Meer, zur Not ohne Hund. Der Ober erscheint und unterbricht den Gedankenstrom mit einem Gruß und der Frage nach meinen Wünschen.

»Einen Milchkaffee für mich und Wasser für den Hund, s'il vous plaît.«

»Sofort, Madame, die Wasserschüssel für die Hunde steht vorne am Eingang, aber ich bringe sie.«

Er verschwindet im Inneren des Bistros und kehrt umgehend mit einer riesigen Wasserschüssel zurück, in der Tartine baden könnte. Verschmitzt lachend schiebt er diese unter den kleinen Tisch und meint mehr zu sich selbst als zu mir:

»Größer ging es nicht, ich weiß auch nicht, was die sich dabei denken.«

Wobei offen bleibt, mir zumindest, wer »die« sind, aber egal. Der Hund stutzt kurz beim Anblick des übergroßen Trinkbehälters und schlappt dankbar im Wasser. Mein Kaffee braucht etwas länger, ist aber normal dimensioniert und dampft in einer rosa Tasse – für Mädchen, denke ich. Lecker, aber Stopp: »Monsieur, angesichts des kleinen Hundes und der großen Wasserschüssel: Ich kann den Hund nicht mit auf den Strand nehmen. Ins Auto verbannen geht bei der Hitze auch nicht. Was mache ich?«

Der Ober baut sich vor mir auf, rollt mit den Augen und stützt die Hände in die Seite.

»Was eine Frage, Madame! Sie nehmen sich ein Zimmer im Hotel, naturellement. Um 11 Uhr wird das Eckzimmer frei. Es ist für die nächsten Tage nicht reserviert und damit haben Sie eine Unterkunft für den Hund, während Sie das Strandleben genießen.«

Ich strahle ihn augenrollend an oder versuche es zumindest ebenso schön hinzubekommen.

»Das ist genial! Natürlich, so machen wir das! Dann bitte ich um Reservierung der Suite für den Hund Tartine, wie das Butterbrot, und für Madame mit dem Namen Isabelle Fuchs, wie der Renard.«

Der Ober versteht meine Anspielungen und das Deutsch dazwischen nicht und rollt wieder mit den Augen und reißt zur Abwechslung und Untermalung zusätzlich die Arme in die Höhe.

»Oh, mon dieu, Frauen. Soll man das verstehen? Ich reserviere das Zimmer, für wen auch immer – Madame Isabelle.«

Da bin ich fein raus und lasse mir den Kaffee umso mehr schmecken. Ein zweiter Kaffee, jetzt in einer himmelblauen Tasse, passend zur Farbe des Stühlchens und zu Tartines Wasserschüssel, und ein Croissant, begleiten das Postkartenschreiben per Handy. Eine Nachricht geht an die Familie, dazu ein Foto vom Meer und eins vom Kaffee und dem Karussell im Hintergrund. Bei Chantal erfolgt die Meldung meiner Ankunft und »mit Zimmer bestens versorgt« und liebe Grüße.

Jetzt ist Eric an der Reihe und ich überlege. Soll ich erst ein Bild vom Meer und Strand schicken? Das sagt einleitend, dass ich angekommen bin, wo ich bin und dass es herrlich ist, wie Meer halt herrlich ist. Es wäre eine Idee, ein Herzchen in den Kaffeeschaum zu ziehen und zu fotografieren. Aber so weit sind wir nicht, oder? Nein, obwohl das Herzchen in seiner Nachricht? Da war doch ein Herzchen, oder? Ich muss noch einmal gucken, aber das Herz in der Sahne fällt hinten rüber. Besser sind nur das Foto und ein kurzer Text:

»Guten Morgen und liebe Grüße aus Saintes Maries und vom Mittelmeer. Es ist wunderschön, ich sitze bei Kaffee und Croissant in der Sonne und habe ein Zimmer für Tartine (und mich) reserviert. Alles Liebe (so, nun kommt das rote Herzchen), Isabelle.«

Abschicken und nicht lange überlegen. Wir räumen den Tisch auf, ich oben und der Hund unten, ich bezahle und verabschiede mich vom Ober und drohe ihm mit einem Grinsen und Augenzwinkern unsere Wiederkehr um 12 Uhr an. Es gibt keinen Widerspruch und kein Augenrollen, also wird das Zimmer dann auf mich warten.

Es wird warm, doch vom Meer kommt eine frische Brise und gut gelaunt spaziere ich los. Ich habe den Hafen im Rücken, den Ort mit der Kirche links und rechts das Mittelmeer. An den Stränden tummeln sich nun mehr Badegäste, alles ist farbenfroh und urlaubsmäßig. Ein Genuss ist das, nur Schritt für Schritt in den Turnschuhen gehen und den Kopf ausschalten.

Zurück im Hotel bin ich schnell im Besitz des versprochenen Zimmerschlüssels und wir richten uns in Zimmer 15 ein. Das große Bett mit einer Traum-Aussicht auf das Meer verlockt mich zum Faulenzen, das ist Urlaub. Ich richte Tartine seine Schlafecke her, räume die Sachen aus und schnuppere immer wieder die appetitanregenden Gerüche, die über die offenstehende Balkontür in das Zimmer wehen. Es ist Zeit für ein Mittagessen.

An einem idyllischen Platz im Ortskern treffe ich eine Entscheidung für eines der zahlreichen Restaurants. Ein kleiner Tisch, aber klein sind sie alle, in einer Ecke wegen des Hundes, ist schnell gefunden beziehungsweise wird mir vom Ober zugewiesen. Die Schüssel Wasser kommt, normal dimensioniert in Müslischalengröße und für mich ein Glas Pastis, zur Feier des Tages die Camargue-Version.

Schön wäre es jetzt zu zweit, mit einer Freundin oder ... einem Freund. Nachdenklich schaue ich um mich, die meisten Gäste sitzen als Paar, mit der Familie oder Freunden am Tisch und führen angeregte Gespräche. Singles sind die Ausnahme, eigentlich nicht vorhanden.

Ich picke mir zur Ablenkung eine Olive aus dem Schälchen und nehme mir die Speisekarte vor. Was esse ich zuerst? Die

Auswahl fällt auf Moules frites, die passen wunderbar als Auftakt von Ferientagen am Meer.

Touristen flanieren vorbei, die Speisekarten in den Schaukästen werden studiert und diskutiert. Kritische Blicke auf die Ausstattung und Farbgestaltung, das Abschätzen der Anzahl der schon sitzenden Gäste und das Aussehen der Portionen, das Ausmaß des Hungers sind maßgeblich bei der Entscheidung, ob und wo man Platz nimmt. Sich einfach setzen, ist ein No Go. Man geht in ein Restaurant, bleibt mit fragendem Gesichtsausdruck stehen, bis sich die Bedienung nähert und nach Ermittlung der Anzahl der Gäste einen Tisch zuweist. Manchmal herrscht Eile und man wird wuschig in die Weite des Raums geschickt nach dem Motto, es ist egal, wo ihr euch setzt, aber setzt euch.

Der Ober kommt erneut und nimmt das leere Glas zur Seite, stellt Wein und Wasser auf den Tisch und nach einigen Minuten den Muscheltopf mit Fritten und Salat.

»Voilà, Madame, bon appetit!« Mit Schwung wird der Topf vom heißen Deckel befreit und die Muscheln dampfen mir entgegen. Entweder liegt es an meinem Hunger oder daran, dass ich lange keine Muscheln mehr auf dem Teller hatte, es schmeckt hervorragend gut.

Ich hätte gerne das Rezept für mein Kochbuch und das Kapitel »Ausflug ans Meer«. Warte ich bis zum Abend und frage dann, ob ich einen Kontakt in die Küche knüpfen darf oder besser jetzt? Zuerst lasse ich es mir schmecken, tunke Stücke vom Baguette in den Muschelsud und leere alle Schüsseln. Im Oberteil des Muscheltopfes türmen sich die Schalen und der Kellner räumt ab. Ein Kaffee passt als Abschluss, wobei ich mir Rezeptideen notiere und Fotos von der Speisekarte mache.

Nun ruft mich das Bett zu einem Mittagsschlaf, müde und satt schlafe ich ein, trotz Karussell-Musik und Autoverkehr vor dem Hotel.

Ein wenig desorientiert wache ich eine Stunde später auf. Die Zeit ist zu schade zum Schlafen, Tartine möchte vor die Tür und ich freue mich auf den Strand. Ich liege unter meinem Ministrandschirm mit Blick auf das Meer und die Boote, die in den Hafen tuckern oder mit Touristen bestückt zu einer Rundfahrt aufbrechen. Meine Augen fallen immer wieder zu und ich döse mit dem Rauschen der Wellen und Kreischen der Möwen im Ohr. Wenn es zu warm wird, gehe ich in das glasklare Wasser, in dem Schwärme winzig kleiner Fischchen schwimmen. Stunden später packe ich Meer-gesättigt zusammen.

Kapitel 26

Am Abend überdeckt der Duft nach Essen den Geruch nach Meer und ich stehe erneut schnuppernd auf dem kleinen Balkon.

»Herrlich, riech mal, wie köstlich es wieder riecht, Tartine! Komm, es ist Zeit für das Abendessen.«

Die Restaurants füllen sich mit vom Strandleben hungrigen Urlaubern und ich strebe zielstrebig zu dem Restaurant von heute Mittag. Als wiederkehrender Gast erhoffe ich die Chance, einen Blick in die Küche zu werfen und nach dem Muschelrezept zu fragen. Ich suche Augenkontakt mit dem netten Kellner von vor Stunden, der mich wiedererkennt oder zumindest gekonnt so tut, und mir einen Tisch an der Seite zuweist. Hier habe ich eine neue Aussicht und prompt steht die Schüssel mit Wasser für den Hund bei Fuß und die Speisekarte liegt auf dem Tisch. Mir kommen Bedenken wegen meiner geplanten Nachfrage, warum soll sich ein Koch dazu herablassen, seine Kochkunst mit mir zu teilen, sein Küchengeheimnis preiszugeben?

Musik ertönt. Ein Musikanten-Trio, mir kommen sofort die Gipsy Kings in den Sinn, marschiert auf. Tartine setzt zum Bellen an. Das bringt mich aus dem Konzept, denn das macht er sonst nie. Es fehlt nur, dass er zur musikalischen Begleitung wie ein Wolf heult! Ich nehme ihn auf den Schoß und halte ihm sanft, aber eindeutig, die Schnauze zu.

Die Zigeunerkönige spielen »Bomboleo« und eingängige Flamenco-Pop-Songs und die Gäste singen mit und klatschen im Takt – was mir wegen des Hundes verwehrt ist. Nach drei Liedern ist Schluss, es wird applaudiert und in einen Strohhut Geld gesammelt.

Nach dieser unterhaltsamen Einlage bestelle ich eine Fischsuppe, die nach wenigen Minuten in einer Löwenkopfschale vor mir steht. Daneben werden ein Schüsselchen mit Rouille zum Würzen, eins mit geriebenem Käse und einer geschälten Knoblauchzehe und ein Körbchen mit Croûtons arrangiert. Wieder erfolgt der Wunsch des Kellners zum guten Appetit und den habe ich, besonders nach dem Schwimmen im Meer.

Als wieder alle Schüsseln geleert sind und das letzte Stück Brot mit Rouille gegessen ist, lehne ich mich zurück. Jetzt noch eine Mousse au chocolat, dazu ein Espresso und ich bin wunschlos glücklich.

Ich wage es, dem Kellner einen Gruß an die Küche und ein Lob für das Essen auszusprechen. In einem Atemzug folgt die Frage, ob ich kurz in die Küche gucken darf. Ich würde für ein Buch recherchieren, typisch französische Küche und wo man gut essen kann, setze ein weiteres Lob hintendran, und wo der Service so nett und freundlich ist, und schaue ihn fragend an.

»Bien sûr, kommen Sie, den Hund auf den Arm bitte, wegen der Hygiene.«

Der Ober sieht wirklich nicht nur wie ein Bilderbuch-Ober aus, er ist es auch. Ich packe Tasche und Hund, folge ihm und erreiche im Inneren des Restaurants die offene Küchentür, hinter der es klappert und klirrt, dampft und qualmt. Es herrscht reges Treiben, wuselig wie in einem Ameisenhaufen. Eine schlanke, weiß gekleidete Frau lehnt im Türrahmen und trinkt einen Espresso. Sie sieht aus wie die Aurélie von »Französisch kochen mit Aurélie«, deren Fan ich bin und deren Kochbuch im Küchenregal steht. Zurück zu der Aurélie von Saintes Maries. Ich strahle sie an, sie strahlt mich an.

»Eine Reklamation?«

»Oh nein, Madame, ganz im Gegenteil! Ich bin voll des Lobes! Hervorragend und lecker, ich könnte die Speisekarte hoch und runter essen!«

Madame lacht und erklärt, dass es selten passiert, dass eine nette Restaurantkritikerin an die Küchentür kommt. Ich wage mich mutig weiter: »Ich bin keine Restaurantkritikerin, sondern an der Vorbereitung eines Buches über die französische Küche für den deutschen Markt. Ich bin Deutsche und lebe jetzt in der Provence und sammele typische und bodenständige Rezepte, die man und frau nachkochen kann, alltagstauglich und trotzdem hervorragend. Die Rouille und die Fischsuppe, das wäre etwas für meine Sammlung!«

Das ist ein wenig übertrieben, klingt professionell, was es eigentlich nicht ist, aber gelogen ist es auch nicht und scheint anzukommen.

»Oh làlà, was ein Vorhaben! Sie sind Deutsche? Das hört man nicht, ich habe Sie für eine Französin gehalten. Aber hier ist nicht Zeit und Platz, um Rezepte weiterzugeben. In der Hochsaison heißt es Kochen, Kochen und nochmals Kochen. Wenn Sie in der Nähe wohnen, kommen Sie doch im Herbst wieder vorbei und wir setzen uns zusammen.«

»Das wäre ausgesprochen nett. Wie machen wir das mit einer Verabredung?«

Ich überlege, wie ich den Kontakt nicht im Sande verlaufen lasse und wir die Verbindung halten. Ich habe weder ihren Namen noch sie meinen Namen. Ein Griff von Aurélie, so nenne ich sie im Moment, hinter die Theke zaubert einen Flyer des Restaurants auf den Tresen und sie schreibt auf die Vorderseite: Agnès Blanc, eine Handynummer und Emailadresse.

»Bitte schön, hier haben Sie alles. Wie ist Ihr Name?«

»Isabelle Fuchs, ich wohne in Salazac, ein Stückchen hinter Nîmes, ein kleines, verschlafenes Dörfchen. Ich schreibe Ihnen eine Mail, damit haben Sie meine Daten und ich würde mich riesig freuen, wenn wir im Winterhalbjahr in Ruhe sprechen könnten. Herzlichen Dank für Ihre Zeit und dass ich Sie aufhalten durfte.«

»Kein Problem. Eine Kaffeepause muss nach dem ersten Ansturm sein und in der Küche geht es für kurze Zeit ohne mich. Aber jetzt muss ich an die Arbeit! Auf Wiedersehen, bon soir et merci für das Kompliment.«

Wir lachen und Madame verschwindet in der Küche. Ich packe den Flyer umständlich – wegen des Hundes auf dem Arm und der Hygiene – in die Tasche und suche im Gegenzug das Geld zum Bezahlen heraus.

Was ein herrlicher Abend. Ich war allein, aber es war unterhaltsam und ich habe einen Fortschritt mit den Rezepten und einen Koch-Kontakt. Eric wird sich amüsieren und seine

Schwester Jeanne ebenso. Ich spaziere entlang der Promenade und wage mich an den menschenleeren Strand. Tartine jagt in wilden Sprüngen über den festen Sand entlang des Wassers und ist in seinem Element. Eine Runde geht es um den Hafen, wo die schicken Jachten und Fischerboote schaukeln. Der Nachthimmel wölbt sich über uns, einzelne Sterne leuchten und an den Laternen tummeln sich die Mücken. Dass wir in der Camargue sind, ist nicht zu übersehen.

Kapitel 27

Am nächsten Morgen stehe ich in aller Herrgottsfrühe am Meer. Tartine habe ich mutig mitgenommen und im Badetuch versteckt. Das ist das Paradies: Wasser, Wellen, Himmel, Strand und Sand und Muschelfunde, weil ich die erste Sammlerin bin. Das Wasser ist eiskalt und es kostet mich einiges an Überwindung zur Vollendung des Morgenbades. Im Anschluss laufen wir die Hunde-Runde und ich frühstücke mit Aussicht auf das schlafende Karussell. Nun kommt mein Solo-Programm und Tartine darf schlafen. Ich besuche die Kirche von Saintes Maries, eine Wehrkirche, mehr Burg als klassische Kirche.

Die Geschichte der Marien habe ich gestern Abend noch nachgelesen und anfänglich die Übersicht über die Personen und Versionen der Handlung verloren. In den meisten Fassungen der Sage landen einige Frauen mit dem Namen Maria und einem Zweitnamen im Rahmen der Christenverfolgung auf einem Boot ohne Segel und Ruder am Strand in Saintes Maries. Mit an Bord war Sara, die dunkelhäutige Dienerin. Während die ersten beiden Marien mit Sara am Ort der Landung bleiben, zogen die anderen ins Land und verbreiteten den christlichen Glauben.

Sara, deren Statue in dem Keller der Kirche steht, wurde die Schutzpatronin des fahrenden Volkes und es wird berichtet, dass sie mit Betteln den Lebensunterhalt für die Marien bestritt.

Vor der Kirche trifft sich eine große Reisegruppe, deren Leiterin mit ihrem in den Nacken gelegtem Kopf und erklärenden Gesten in spanischer Sprache die Architektur des Gebäudes erläutert. Alle legen nun folgsam ihre Köpfe zurück und staunen in den Himmel. Mancher Passant folgt den Blicken und schaut ebenfalls empor, ein kurioser Anblick, alle hoch blickend zu sehen. Kopfschüttelnd entfliehe ich dem Trubel ins Innere der Kirche und gehe direkt zu der Statue von Sara in die Krypta. Ihr kleiner, dunkler Kopf thront über einer dicken Schicht von Umhängen, Rosenkränzen und Schmuck. Ein Kerzenmeer brennt und macht die Luft stickig und schwer. Es herrscht Gedränge, zum Teil Andacht und Gebet, zum Teil Tourismus und Fotografieren, eine seltsame Mischung, doch Sara hat ihre eigene, kraftvolle Energie und der Trubel stört nicht.

Oben in der Kirche setze ich mich in eine Bank und sortiere die Geschichten und Vermutungen, welche Frau von wo kam, wer sie war, wo sie hinging. Martha soll nach Tarascon gezogen sein, das ist in der Nähe. Viele Legenden ranken sich um den menschenfressenden Drachen, der dort gelebt haben soll. In der einen Geschichte zähmt Martha das Ungeheuer, marschiert mit ihm nach Arles und lässt ihn in der Rhône frei, in der anderen will die Bevölkerung ihn töten und Martha versteckt und rettet ihn. Später fand man eine Leiche, man sagte, es wäre Martha, beerdigt den Leichnam unter dem Namen der jetzt heiliggesprochenen Martha, baut eine Kapelle, später eine Kirche darüber und hat Reliquien von der Toten in allerlei Gefäßen, die verteilt werden konnten. Schon skurril, um nicht zu sagen makaber.

Maria-Magdalena fasziniert mich am meisten. Doch was soll ich glauben und was nicht, denn alles ist lange her und es wurden Texte umgeschrieben und was nicht passte, wurde passend gemacht.

Ich komme zur Ruhe. Ein Dank ans Universum für alles, was ich erleben darf.

In Wandnischen hängen Schaukästen mit Reliquien und Votivtafeln. Das sind Bilder von Unglücken und Krankheiten, Feuersbrünsten, Stürmen, bei den die Marien geholfen haben. Meist sind es düstere Ölgemälde mit einem Text zur Erklärung des Dargestellten.

Beim Betrachten stelle ich mir ein Bild mit dem tragischen Leben meiner Madeleine hier vor, gestiftet von Pascal. Es fand jedoch kein Happyend statt, keine Erweckung von den Toten oder Rettung aus Seenot.

Ich empfinde eine seltsame Stimmung in der Kirche, es sind Andacht und Stille und gleichzeitig Unruhe und die Neugier der Touristen. Hier kommen viele unterschiedliche Menschen zusammen, die unterschiedliche Ansprüche an den Besuch dieser einzigartigen Kirche haben. Es verwirrt mich, wie die unzähligen Geschichten und Legenden, die ich gelesen habe.

Gegen ein Entgelt steige ich eine überaus enge Wendeltreppe neben der Kirche empor und gelange auf das Dach. Hier umrunde ich auf dem Wehrgang das Gebäude und klettere oben auf das Dach, das mit grauen Steinplatten gedeckt ist. Ich setze mich auf den First und genieße die eindrucksvolle Aussicht über den Ort, ans Meer und weit ins Land. Der Wind trocknet in Minuten mein feuchtes T-Shirt und macht den Kopf frei, die Gedanken klar.

Nach dem Besuch der Kirche nehme ich mir den Markt auf dem großen Platz vor. Der Platz neben dem imposanten Bürgermeisteramt ist nicht mehr leer wie bei meiner Anreise, jetzt läuft hier ein lebhaftes Kontrastprogramm mit dem Geruch nach Ziegenkäse, Kräutern und Gewürzen, Grillhähnchen und frischem Brot, gemischt mit dem Duft der bunten Seifen, Parfüm und Rasierwasser. Es ist eng zwischen den Ständen und Gedränge und ich kaufe bunte Platzdeckchen, Küchentücher und Seifen, denn Andenken müssen sein. Aber auch in den Gassen wird es eng wie auf dem Markt und zur Mittagszeit sind alle Touristen munter und unterwegs.

Zur Abwechslung wähle ich das Lokal für das Mittagessen, das mir wegen der dunkelroten Sitzbezüge und des hübschen Geschirrs aufgefallen ist. Erstaunlich, wie auch ich mich von der Optik leiten lasse und von dem, was gefällt und auffällt. Am Eingang brodelt eine riesige Pfanne mit Paella, die mit zu der Entscheidung, genau hier Platz zu nehmen, beiträgt. Ich bestelle also eine Portion Paella und mein Appetit wächst in dem Duft des Essens und der Magen knurrt. Die Tische um mich herum sind noch leer und ich bekomme umgehend einen Teller mit einem wahren Paella-Berg, gekrönt von Bilderbuch-Garnelen.

In der anschließend dringend nötigen Verdauungspause liege ich auf dem Bett und lese ich im Internet mehr zu den Marien und Maria Magdalena. Marie Madeleine heißt sie in Frankreich. Überall finden sich ihre Spuren und die ihr geweihten Kirchen und Kapellen. In einer Grotte in der Nähe von Sainte-Maximin-la-Sainte-Baume soll sie 30 Jahre gelebt haben und dort ist nun eine Pilgerstätte.

Es erinnert mich an »meine Madeleine«, die ihr Leben lang auf der Flucht war und in einer Höhle gefunden wurde. Dann kommen mir Madeleines in den Sinn. Nicht wegen eines Hungergefühls, sondern wegen der Frage, warum die Gebäckstücke nach ihr benannt wurden. Sie sehen aus wie Muscheln. Muscheln haben mit dem Meer zu tun, die Jakobsmuscheln mit dem Pilgerweg, dem Jakobsweg. Die Jakobsmuschel hat einen Bezug zu dem Apostel Jakobus, der wie Maria Magdalena zum Kreis um Jesus gehört. Schließt sich wieder ein Kreis des Lebens?

Danach kommen mir bei den Madeleines die Rezepte in den Sinn. Es ist ein großer Sprung von Maria Magdalena in die Küche der Gegenwart, aber im Ordner »Isabelle dans la cuisine« werde ich einen Platz mit diesem Rezept füllen.

Nach der nachmittäglichen Hunderunde gehe ich nur mit meinem Handtuch zum Meer. Der Sand ist so heiß, dass ich froh über die Flipflops bin und dank ihnen gummibesohlt und ohne Brandblasen über den Strand komme. Das Meer ist ein Traum und ich schwimme, bis ich müde werde.

Der Himmel ist strahlend blau, keine Wolke weit und breit und das Meer ist ebenso weit und blau und ich genieße die Aussicht von meinem Balkon.

Das Handy hat eine Nachricht von Chantal mit »Alles okay, alle gesund und munter. Bis bald und eine schöne Zeit!« Und eine Nachricht von meiner Mutter mit Urlaubsgrüßen.

Und wo ist Eric? Keine Nachricht! Ich bin enttäuscht und überlege, ob ich ihm schreiben soll. Aber er wird unterwegs und beschäftigt sein und da nerve ich besser nicht und warte ab. Das fällt schwer und macht mich unruhig. Tartine stupst mich mit seiner kalten Nase an und wedelt mit dem Schwanz. Okay, genug geträumt. Wozu sind wir hier? Um Urlaub zu machen. Am Hafen ist ein Restaurant mit Terrasse und Blick auf die Boote und dort zu sitzen ist eine ausgezeichnete Wahl. Ich studiere wieder mit Inbrunst die Karte und entscheide mich nur für einen Camargue-Salat, nicht ahnend, was das für eine üppige Portion wird. Nach dem Verzehr des großzügig beladenen Tellers habe ich ein nettes Gespräch mit dem Pärchen am Nebentisch. Die Beiden wohnen auf dem Campingplatz und sind davon begeistert und erzählen ohne Punkt und Komma.

»Nur die Mücken sind doof«, sagen sie einhellig, »und der Hund unter dem Tisch niedlich.« Wir trinken gemeinsam einen Kaffee und dann schlendert jeder in seine Richtung und zu seinem Bett. Ich bin froh, in einem Zimmer mit Klimaanlage und Moskitoschutz zu schlafen.

Kapitel 28

Der nächste Morgen ist wolkenverhangen. Ich gehe noch vor dem Frühstück zum Strand, die Wellen sind für hiesige Verhältnisse riesig und ich werde durch die Kraft des Wassers von den Füßen gehoben. Das Meer ist kalt und grau, ich habe Gänsehaut und mich packt das Heimweh, als ich mit Salzwassergeschmack und blaugefrorenen Händen am Strand stehe. Kein richtiges Heimweh, aber ich möchte in Richtung Heimat aufbrechen. Die Zehen graben im Sand, der unermüdlich von den Wellen glattgezogen wird. Möwen fliegen Richtung Hafen. Die Sonne kämpft sich durch die Wolken und wärmt meine Gänsehaut. Ich sammele die schönsten Muscheln, frühstücke in aller Seelenruhe und werde wieder warm. Braun bin ich geworden, auch da, wo sonst wenig Sonne hinkommt.

Zusammengepackt ist schnell und das Auto, unter einem Salzwasserschleier vergraut, wird beladen. Ein letztes Mal zur Strandpromenade und einen Blick zum Meer, zum Hafen und zum Ort. Ich komme entweder für einen Tag oder ein Wochenende, im Herbst und in der Ohne-Touristen-Zeit und zum Gespräch mit der Köchin wieder.

Beim Öffnen der Autotür glitzert etwas am Seitenspiegel des ansonsten nicht glänzenden Autos. Ein schwarzes Bändchen mit Saintes Maries-Anhänger hängt wie ein Ohrring am seitlichen Spiegel. Wer hat mir das dort hingehängt? Niemand ist in der Nähe, nur Spatzen hüpfen über den Rasen und die schlafenden Karusselltiere schauen ziellos in die Gegend. Ein Geschenk des Himmels? Bestechung? Für was? Ein unbekannter und unerkannter Freund?

Der Anhänger stellt Herz, Anker, Kreuz und Trident, den Hütestab der Gardians, der Cowboys der Camargue, dar. Das Symbol findet sich überall im Ort und alle Souvenirs bedienen sich dieser »Marke«.

Ich hänge die Schnur mit Anhänger an den Innenspiegel und da baumelt sie vor sich hin und meine Fantasie kann sich überlegen, warum, weshalb und wieso und was mir das zu sagen hat.

Auf Wiedersehen ihr heiligen Marien, verabschiede ich mich und genieße die Fahrt. Links der Straße liegt das Château d'Avignon, wo ich eine Pause einlege und das imposante Gebäude inmitten eines weitläufigen Parks vom Eingang aus bewundere. Eine Platanenallee führt zu dem Schloss, riesige Bäume, die schon vieles gesehen haben.

Hier haben Menschen gelebt und gearbeitet und die Geschichte dieses Anwesens ist sicher so faszinierend wie die von »meiner« Familie de Balazuc. Ich lehne an einem der uralten Bäume, bin ungewollt bei den Themen, die ich am besten in den Kofferraum zu den nassen Handtüchern und den sandigen Flipflops schiebe und sehe das Gut in früheren Zeiten, voller Leben, nicht die stille, schlafende Touristenattraktion von heute.

Am Ende der Ebene lockt mich das Schild Arles-Centre nach rechts. Ein Bummel durch Arles steht an, eine Runde um das Theater und die beeindruckende Arena. Die Gassen laden zum Schlendern und Schaufenstergucken ein, es ist gemütlich hier und ich bin froh, den Abstecher gemacht zu haben. Ein Kaffee an einem schattigen Platz und Wasser für den durstigen Hund runden den Besuch ab und Arles kommt auf die Liste für einen Wiederholungsbesuch.

Die Weiterfahrt im zähen Verkehr beansprucht meine Geduldreserven. Die Gedanken flattern hin und her. Ob Eric sich meldet? Und Dienstag kommt Monsieur de Balazuc! Nicht, dass ich das vergesse. Die Geschichte um Madeleine ist in den Hintergrund gerutscht beim Essen und Trinken, am Meer und Strand. Doch die Geschichte mit Maria Magdalena, die an Madeleine erinnert, und das Château auf der Fahrt nach Arles haben sie immer wieder hervorgeholt.

Die Kette mit dem Anhänger schwenkt beim Fahren vor sich hin. Was steckt wohl dahinter? Ich höre Radio, singe mit, wenn es passt, denke an die schönen Tage am Meer. Auf dem Autobahnstück nach Nîmes wird der Verkehr ruhiger und ich fahre die Landstraße durch die Platanenalleen und die lieb gewonnene Landschaft, Berg hoch und runter, Weinfelder, Wald, Dörfer, Steinbrüche und in mein verschlafenes Salazac.

Beim Haustüraufschließen rufe ich albern »Miezmiezmiez, wo sind meine Katzenkinder?«.

Keiner rührt sich. Tartine trippelt zielstrebig die Treppe hoch. Er weiß, wo die Katzen sind: in meinem Bett auf einer Wolldecke. Sie schnurren im Halbschlaf, als ich sie streichele, und räkeln sich. Ich fühle, wie sie mir gefehlt haben.

Unten klopft es energisch an die Tür und ich höre Chantal rufen.

»Isabelle, bist Du wieder da? Schon wieder da? Das ging aber schnell mit dem Urlaub!«

Ich reiße die Tür auf und falle förmlich in ihre ausgebreiteten Arme.

»Ja, ich wollte nach Hause. Es war wunderschön und hat gutgetan, das Meer, der Strand und die Luft und das gute Essen. Aber heute Morgen wollte ich zurück. Wir waren noch in Arles, es war viel Verkehr und ich bin heilfroh, zuhause zu sein.«

Wir trinken zusammen Kaffee, erzählen und schauen die Fotos auf dem Handy an. Plötzlich fällt mir das Band mit dem Anhänger im Auto ein und ich hole das Überraschungssouvenir und hänge es an den Griff des Küchenfensters.

Der Hund ist beschäftigt mit der Inspektion des Geländes. Es dauert eine halbe Stunde, bis ich ihn wieder an der Tür höre. Die Katzen spielen in der Küche und ich stelle ihre Schälchen neben die Hundeschüssel. Ein Bild für die Götter. Zum Abendessen werde ich von Chantal eingeladen, das passt gut. Die Abendsonne wirft lange Schatten und es riecht nach frischer Erde und Wald, als ich die Blumen gieße. Nach der dringend nötigen Dusche wage ich doch einen Blick auf das Handy. Keine Nachricht von Eric. Enttäuschung macht sich breit, was ich vermeiden wollte ebenso wie das Nachgucken auf dem Handy. Lass ihm doch die Tage, der arme Kerl, sagt der Kopf, doch der Bauch fühlt etwas anderes.

Am Freitag wird es warm. Ich wage es, die Katzen mit auf die Terrasse zu nehmen. Sie bleiben in meiner Nähe, jagen Ameisen und Blättchen in den Fugen der Steinplatten, fangen Tartines wedelnden Schwanz und kommen zurück in die Küche. Ich gehe mit dem Hund zum Bach, bin auf dem Rückweg nassgeschwitzt. Immer wieder gucke ich in meine Handynachrichten. Es nervt mich schon selbst und ich hole mir die Kochbücher an den Tisch, auch das von Aurelie, lese und mache mir Notizen. Nach einer Dusche suche ich mir ein Johannes-T-Shirt. Ich meine, ich hätte seinen Geruch in der Nase und möchte in seinen Armen versinken, ihn spüren und bei mir haben. Hier ist es wunderschön, warum ist er nicht hier? Warum bin ich so einsam und wo ist Eric?

Die Katzenkinder schlafen im Hundekorb. Der Hund liegt auf den kühlen Fliesen im Flur. Ich gucke auf das Handy, es wird vor der Zeit arg abgenutzt und verschlissen sein von meinem ewigen Nachsehen und endlich, da ist eine Nachricht! Mein Puls schnellt in die Höhe.

»Liebe Isabelle, alles steht Kopf, nur Chaos, ich stecke dazu im Stau auf der Autobahn und habe Zeit zum Denken, bin auf der Fahrt zurück. Es wird spät und ich werde mich morgen melden. Plane Zeit ein, wir müssen sprechen. Ich habe erstmal Urlaub und werde mich neu orientieren. Bis später, Eric.«

Prima. Er lebt, er kommt zurück, zumindest nach Salazac und ins Bouletin. Er muss mit mir sprechen – das kann alles bedeuten. Gutes und nicht Gutes. Urlaub? Neu orientieren? Was ist mit der Problemfrau? Dem Job? Der Familie?

Ich werde warten müssen, aber es ist wenigstens eine Nachricht gekommen. Meine Stimmung steigt sprunghaft und ist danach unentschlossen, ob sie hoch, neutral oder erneut in den Keller absteigen soll.

Die Nacht ist unruhig. Ich will schlafen, was nicht auf Anhieb funktioniert. Mir ist zugedeckt zu warm, ohne Decke zu kalt und ungemütlich. Die Kätzchen tapsen durch das Haus und miauen. Ich hole sie ins Bett, das ist gemütlich, aber nicht schlaffördernd, denn sie kitzeln mich. Irgendwann, ich gucke nicht auf den Wecker, denn es ist egal, wie viel Uhr es ist und regt mich noch mehr auf, schlafe ich ein.

Ich träume vom Meer, von Zigeunerfrauen, die mich verfolgen und mir auf der Promenade nachlaufen. Die endet urplötzlich und ich stehe vor dem Wasser, den Steinen der Uferbefestigung, der Brandung. Das Meer ist dunkelgrau und aufgewühlt. Das bin ich genauso, als ich aufwache und glücklicherweise im Bett sitze. Nassgeschwitzt, das Herz schlägt wie beim Zirkeltraining, aber Katzenschnurren unter der Decke. Alles nur geträumt. Und doch habe ich ein paar Stunden geschlafen, wenn auch nicht erholsam. Durch die Vorhänge und Schlagläden ist es noch schummerig und ich habe den Morgen verpasst.

Kapitel 29

Samstag und Wochenende. Eric kommt, das hoffe ich zumindest. Der Vormittag zieht und dehnt sich wie durchgekautes Kaugummi und ich habe alles im Zeitlupentempo abgearbeitet. Ich habe gründlich die Terrasse gefegt, Pinienzapfen als Deko in der Mauernische drapiert, dem Maronenbaum zwei Eimer Wasser spendiert und immer wieder unauffällig den Weg runtergespäht. Endlich rollt ein Auto durch das Tor.

Der Sportwagen knirscht vernehmlich über die Steine und wird im Schatten des Baumes geparkt. Eric steigt aus. Kurze Hose und Sonnenbrille, zerknittertes Hemd und Turnschuhe, ein Korb in der einen und Rucksack in der anderen Hand.

Ich stehe oben in der Haustür und bin befangen, wie man sagt. Was tun? Hin zu ihm und um den Hals fallen? Warten und gucken, was er macht? Er ist kurzentschlossener, nimmt die Treppe mit zwei Stufen auf einmal und steht vor mir und ich strahle ihn an. Das bekomme ich noch hin. Er stellt Korb und Rucksack ab, schiebt die Brille in die Haare, packt mich und hebt mich hoch. Keine gewaltige Leistung bei meiner Größe und meinem Gewicht, aber unerwartet, denn normalerweise beugt man sich zu mir herab. Bisous rechts und links und rechts und auf den Mund. Nein! Doch, aber nur kurz.

»Isabelle, ma belle, ich bin frei! Frei! Frei! Und das feiern wir! Ich habe schon ein Glas Sekt mit Jeanne getrunken und mir ist im Moment alles, aber auch alles egal. Es wird gefeiert und dann geht es mit frischem Mut weiter!«

D'accord, das hört sich gut an. Ich stehe wieder auf meinen Füßen, fühle die kühlen Fliesen unter den Sohlen und schaue hoch. Er strahlt, wie ich selten jemanden strahlen sah. Ein Kuss! Ich habe aber keine Zeit zum Träumen, der Film läuft.

»Komm, ich habe zwar keinen Champagner kaltgestellt, keinen roten Teppich und keine Musikkapelle für den Freiheitskämpfer aus Paris ...«

»Aber ich! Schau hier.«

Und in der Tat, in dem Korb ist gekühlter Champagner oder Sekt, auf jeden Fall etwas prickelndes mit Kühlkissen um den Flaschenbauch. Dazu Gläser mit Oliven und eingelegtem Gemüse, Baguette, Käse und Trauben. Wir gehen in Richtung Bankettsaal, sprich Terrasse, zaubern ein weißes Leinentuch auf den Tisch, Decke und Kissen auf die Bank, Teller, Gläser und Wasser und ... die Katzenkinder! Die habe ich vergessen vor lauter Trubel und Freude.

»Darf ich vorstellen? Monsieur Eric, Minou und Coco, meine Katzen, und natürlich Tartine, aber ihr kennt euch ja schon!«

Ich schaue mich suchend um. Tartine steht schwanzwedelnd hinter uns. Besuch ist immer fein, dazu riecht es nach Essen. Die Katzen sitzen schüchtern unter dem Esstisch und bestaunen das Geschehen. Ich nehme sie auf den Arm, aber sie fürchten den Gast und winden sich wie fremdelnde Babys. Bevor meine Arme zerkratzt werden, trete ich den Rückzug an und trage sie ins Katzenzimmer. Eric hat den Korb ausgepackt. Die Turnschuhe stehen im Flur, was ein Anblick. Seit Ewigkeiten standen keine Männerschuhe mehr bei mir. Der Sektkorken knallt und die Gläser sind gefüllt. Prost und ich bekomme einen Kuss auf die Stirn gedrückt.

»Setz dich, Isabelle, wir feiern ins Wochenende.«

Ich bin durcheinander, verwirrt, perplex. Warum? Weil ein Mann hier ist? Nein, das macht ja nichts und doch, ich bin gefühlt neben mir und suche die Erklärung, warum das gerade so extrem ist, wie es ist.

Eric setzt sich ungerührt und nichts von meiner Verwirrung bemerkend auf die Bank, rückt und drückt die Kissen zurecht, schiebt die Teller, Besteck und die Gläser hin und her, als würde er jeden Tag auf der Terrasse sitzen. Ich springe noch einmal auf und suche ein Brettchen und Messer und ziehe mir einen Stuhl aus dem Esszimmer heran. So sitze ich auf Eck gegenüber von Eric und muss nicht seitlich nach ihm sehen und mir den Hals verdrehen. Rechts habe ich den Garten und die Aussicht ins Grüne und links einen netten und gutaussehenden Mann, der mich in Unruhe versetzt. Vor mir die reich gedeckte Tafel, perlender Sekt in den Gläsern. Ich schneide das knusprige Brot auf, sinke auf den Stuhl und lächele vor mich hin. Und beruhige mich.

»Ist das wunderbar! Ich bin froh hier zu sein! Es ist alles so schön!«, sprudelt es aus meinem Mund. Ich strahle Eric an und setze meine Lobeshymne fort.

»Prost auf Salazac, das Mas Châtaigner, auf dich und mich und die Katzen und den Hund und die Welt!«

Genug der Tischrede. Der Sekt schmeckt fabelhaft, ich könnte das Glas in einem Schluck leeren. Wir genießen mit Appetit und in angenehmer Stille die Köstlichkeiten. Der erste Hunger ist gestillt und wie auf Kommando lehnen wir uns zurück. Ich suche mir ein Kissen für den Rücken und lege die Füße auf den alten Hocker. Eric verwöhnt Tartine mit einem Käsestück oder schmeichelt er sich ein?

»Wir müssen sprechen?«, beginne ich zögerlich und fragend. Das hört sich immer endgültig an, nach einem unangenehmen Thema, Kritik, Schuldzuweisungen, schrecklichen Geschichten, dieses sprechen müssen.

»Ja, wir müssen sprechen und ich werde erklären, was los war und wie es zu dem kam, was passiert ist. Aber in aller Kürze, denn eigentlich möchte ich mehr über dich erfahren und habe vor, mich zurückzulehnen und zuzuhören.«

Also bin ich zuerst an der Reihe mit dem Zurücklehnen, was mir recht ist. Eric nimmt einen Schluck und ich sehe ihm seine Konzentration an. Es wird ernst. Er wird ernst.

»Wo waren wir stehen geblieben? Bei meiner Besinnung auf meine Bestimmung oder Berufung? Mein Wandel vom Chaoten und Vagabunden zum in den Töpfen rührenden und Kräuter sammelnden Koch?«

Mein Nicken stimmt zu.

»Ja, der Kochberuf war okay, aber die Arbeit ist hart, besonders in Betrieben mit einem Chef, der sich seinen Ruf noch erarbeitet und nach den Sternen greift. Das war es dann doch nicht, was mir vorschwebte, und ich merkte es an meinem Körper. Immer müde und kaputt und haarscharf an Verletzungen und Unfällen vorbei. Da kam ich zu Henri, nein, er kam zu mir, wir kamen ins Gespräch. Henri war Gast in dem Restaurant, in dem ich arbeitete, und begeistert von dem, was er auf dem Teller hatte, und nach getaner Arbeit setzte ich mich zu ihm. Wir kamen vom Hölzchen auf das Stöckchen und ich habe durchblicken lassen, dass dies nicht meine letzte Station sein soll. Dass es mir zu viel und zu anstrengend wird, auch wenn die Gäste und der Restaurantbesitzer begeistert waren und meine Kochkünste lobten. Henri macht in Küchen, also alles, was mit Küche zu tun hat, Planung, Möbel und Geräte, alle Sonderwünsche sind erfüllbar, ebenso die Beratung für Spezialfälle, für alte und neue Küchen, große und kleine, teuer und preiswert. Er suchte einen fähigen Kopf für sein Team. Einen Praktiker. Einen, der weiß, wie eine Küche aussehen soll, wenn sie Freude macht und funktioniert. Und ich sagte ihm an diesem Abend kurzentschlossen zu. Mein Chef war nicht begeistert, aber es fand sich ein Nachfolger für mich und wir vereinbarten eine Zeit der Einarbeitung. Ich begann mich gedanklich auf Neues einzustellen. Es ging heraus aus der Küche, hinein in die Welt der Küchenausstatter. Noble Küchen bei superreichen und oft anstrengenden Kunden, Landhausküchen – so wie hier – übrigens eine wunderschöne Küche – und normale Küchen. Ich reiste viel, kam in interessante Städte, schicke Hotels und Restaurants und war nie zuhause. Der Rubel rollte und ich legte mir ein Geldpolster an. Das ist etwas, was ich bis dahin nie geschafft hatte, aber ich hatte keine Zeit Geld auszugeben und fand Gefallen am steigenden Kontostand. Jetzt aber, pass auf, kommt die Femme fatale ins Spiel.«

Atempause. Ich bin gespannt, was folgt und setzte mich unwillkürlich aufrecht hin.

»Julie, die schöne Julie«, seufzt er und alles in mir spannt sich an.

»Ein Bild von einer Frau, groß, schlank, lange Haare, jeden Tag todschick angezogen, zurechtgemacht als ginge es auf eine Modeschau, immer en vogue ... aber im Nachhinein von allem zu viel des Guten. Diese Schönheit bekam mich in ihre Fänge. Und ich Trottel fand es noch gut. Es war eine aufregende Zeit mit Partys in der knappen Freizeit, mit Shoppen, Leute treffen und Modediskussionen. Das war ihr Thema. Meins nicht so sehr, wie du siehst. Ordentlich anziehen auf der Arbeit ist das eine, aber man kann es auch übertreiben. Bei ihr war alles auf Optik und Show ausgerichtet. Ich ereifere mich – wie immer bei diesem Thema. Im Nachhinein verstehe ich mich wieder einmal gar nicht. In mir regte sich Unmut und Groll und es ärgerte mich zunehmend, wie sie mich vereinnahmte und vermarktete. Da schaut mal her, mein Freund Eric, der ist so toll und kann sich alles kaufen und wir fahren nach hier und nach da und und und ...«

Eric macht seine Exfreundin nach, fuchtelt affektiert mit den Händen in der Luft und wirft die nicht vorhandenen langen Haare mit Schwung nach hinten. Ich muss lachen, obwohl es nicht zum Lachen ist.

»Dann kam der Knall, der Höhepunkt des Dramas: Wir, ich betone wir, bekamen ein Kind. Das wurde mir theatralisch bei einem Glas Champagner offeriert. Ich fiel aus allen zur Verfügung stehenden Wolken. Natürlich sollte ich mich freuen! Der stolze Papa! Erzeuger eines Kindes mit einer Frau der Extraklasse. Das ist doch eine Ehre für das männliche Geschlecht.«

Ich nehme einen Schluck Sekt, sitze angespannt da, schlucke und fühle den Sekt in der Kehle und einen Knoten im Bauch. Ein Kind? Eric hat ein Kind und ist Vater und hat eine Frau, wenn auch eine mir unsympathische.

»Ich war entsetzt. Schockiert. Fühlte immensen Druck. Irgendwas stimmte nicht und mein Gefühl und meine sich daraus entwickelnde Reaktion entsprach nicht Julies Vorstellungen. Heirat und Bindung und Verpflichtung, Zukunft und wie schön ... strömte es aus ihrem Mund. Wie immer perfekt geschminkt. Da saß ich nun, ich armer Tor und fühlte mich schlimmer als ein begossener Pudel.«

Eric reibt sich die Hände auf den Knien, bevor er fortfährt.

»Das Telefon in der schicken Designerhandtasche klingelte in dem Augenblick. Natürlich musste Madame dran gehen und mir blieb eine Minute zum Überlegen. Die wurde etwas länger, was mir guttat, und dann schoss es aus mir heraus, als sich Julie wieder mir, dem jungen und vermeintlichen Vater näherte. Ich gab ihr unmissverständlich, so meine ich, aber damit war ich wohl allein, zu verstehen, dass das so nicht ginge und ich angesichts der letzten Zeit und Nächte, ohne hier ins Detail zu gehen, stark anzweifelte, dass jemand schwanger sei und wenn ja, gewiss nicht von mir. Nun war das Fass auf, das kannst du dir sicher vorstellen. Lange Rede, kurzer Sinn: Das Verhältnis, dass ich nicht lache, war abgekühlt und auf Eis gelegt und Madame drehte andere Seiten auf. Nicht mehr lieb und nett. Nein, das arme und hilflose Opfer, sitzen gelassen vom Vater ihres Kindes. Da war ich mir sicher, dass mein zartes Bauchgefühl erhört werden wollte. Ich hätte es früher bemerken müssen, dem Gefühl nachgehen und hinter die Maskerade gucken. Aber egal. Ich trennte mich von ihr, packte meine sieben Sachen, zog ins Hotel, bemühte mich um Rückzug ohne viel Schaden anzurichten. Julie blieb hartnäckig, wie ein Stalker, und ich bekam Magenschmerzen, schlaflose Nächte und Ringe unter den Augen. Ein Freund von mir ist Anwalt. Er war meine Rettung, denn mit ihm bekam ich bessere Waffen in die Hand. Ein Vaterschaftstest sollte her. Ich rechnete im Kalender und überlegte und versuchte, die Zeit mit Julie zu rekonstruieren, wie wir es geschafft haben sollten, ein Kind zu zeugen. Entweder fehlten mir Tage oder Nächte, die ich ohne Bewusstsein war, weg gedröhnt oder unter Drogen, oder Julie war mit einem anderen Kerl im Bett. Der Ärmste, tut mir jetzt schon leid. Eigentlich kann ich mir das jetzt, mit räumlichem und zeitlichem Abstand, auch vorstellen. Ein einziger Mann reicht nicht für eine Superfrau. Oder sie war gar nicht schwanger und gaukelte mir alles vor. Als der Anwalt sich einschaltete, brodelte es kurz auf. Dann war Ruhe. Komisch. Kein Kind, keine Heirat, keine Liebe und Treueschwüre.«

Eric atmet tief ein und seufzend aus und stiert verloren in Erinnerungen in den Garten. Ich bin mittlerweile bis auf die vordere Kante des Stuhles gerückt. Nun lasse ich mich zurücksinken. Gleichzeitiges Seufzen und wir lachen. Meine Güte, was eine irre Geschichte. Ich kann mir mein Gegenüber gar nicht so vorstellen, in schicken Sachen, auf feudalen Partys, in dieser Luxuswelt. So, wie er jetzt ist, gefällt er mir besser und ich bin froh, dass er sich gewandelt hat, auf meiner Terrasse sitzt und das Landleben liebt. Eine Pause im Vortrag, wir starren nachdenklich auf den Tisch. Soll ich etwas sagen? Oder warten?

»Und jetzt hast du Ruhe vor Deiner Julie?«, wage ich zu fragen.

»Meiner Julie? Nun ist aber Schluss, Isabelle. Das ist sicher nicht mehr meine, wenn es das jemals war, vielleicht kurzfristig und am Anfang der Verliebtheit. Ja, zurzeit ist Ruhe. Ich traue dem Frieden zwar nicht und gucke mich des Öfteren um, ob sie mich verfolgt. Ich sortiere die Post in Habachtstellung durch, meine Mails, ob nicht irgendwas von ihr kommt. Ich weiß nicht. Ich kann es nicht einschätzen und hoffe, dass die Zeit Gras wachsen lässt über alles und sie einen Neuen findet, der besser passt und sie ablenkt.«

Er lacht. Kein zufriedenes Lachen, eher verlegen über seine Dummheit und den Ärger, den er sich eingebrockt hat.

Ich räume den Tisch auf, starte die Kaffeemaschine und hole eine Flasche Rotwein. Damit lässt sich der Nachmittag gemütlich in Kombination mit Kaffee, der Keksdose und den Resten des Essens gestalten, jetzt, wo wir die Geschichte mit der Exfreundin bewältigt und erledigt haben.

Nun soll ich über mich erzählen? Wo fange ich an? Am besten vorne und nicht bei den wirren Geschichten um Madeleine. Die haben Zeit und ich werde bei einem späteren Beisammensein ihr Leben erzählen und meine Forschungen dazu. Ich trinke abwechselnd Kaffee und einen Schluck von dem kräftigen Rotwein, der geschmacklich den provenzalischen Sommer im Glas bündelt.

Meine Kindheit war prima, absolut friedlich. Eine liebe Familie, die immer noch lieb ist und es bleiben wird, normale Schullaufbahn, nicht brillant, eher durchschnittlich. Dann kamen das Studium und die Geschichte mit Johannes. Jetzt wird es für mich schwieriger, wie eben für Eric, damit das richtig rüberkommt, was passierte und was es mit mir gemacht hat. Eric hat den Betrug und die gestellte Falle, die Täuschung und Enttäuschung, die Verletzung und die jetzt noch andauernde Unruhe. Ich habe den Verlust meiner Liebe, meiner Pläne, meiner Träume für die Zukunft. Auch eine Verletzung, aber da kann Johannes nichts für. Und ich auch nicht.

Als ich ihm das erzählt habe, sitzt wieder der dicke, fette Kloß im Hals und Tränen lauern in meinen Augen.

»Komm, Isabelle ...«

Eric breitet die Arme aus und nickt mir zu. Oder was macht er? Egal, ich sitze auf seinem Schoß und lehne meinen Kopf an seinen Hals, der jetzt feucht wird. Die Tränen sind nicht mehr zu halten. Wir wühlen in der Vergangenheit und kein Wunder, dass man und frau weint. Aber es fühlt sich gut an mit der Trauer und der laufenden Nase (mein Gott, das auch noch und wo ist der Waschlappen?) umarmt, geborgen und gehalten zu sitzen. Wie lange hatte ich das Gefühl nicht mehr? Wir schweigen. Es reicht für den Augenblick und wir haben viele Worte gehört und gesprochen. Wir lehnen aneinander. Ich schniefe und greife mir das Küchenhandtuch, das über der Banklehne hängt, putze mir die Nase und wische das Gesicht trocken. Ich spüre Erics Herz schlagen, ruhig und kräftig, ein Taktgeber für mein Herz. Keine Ahnung, wie lange wir sitzen und aneinander kuscheln. Ich küsse ihn auf die bartstoppelige Wange und rieche an ihm. Gut! Eric dreht sich zu mir um und lächelt. Er guckt mir wieder so tief in die Augen, dass ich förmlich zerschmelze.

»Ich glaube, mit uns beiden wird das noch was.«

Und er küsst zurück. Jetzt richtig und der Nachmittag ist gerettet. Erst Tränen, dann Küsse. Ewigkeiten später erwacht der

Hund und es ist Zeit zum Abendessen für die Tiere. Ich löse mich ungern, unbeholfen und steif nach dem langen Sitzen und der zeitweisen unbequemen Haltung von Eric. Der schaut in den Garten und auf das Dorf in der Abendsonne.

»Du hast es wunderschön. Zeig mir das Haus und führ mich durch dein Reich.«

Nichts lieber als das! Wir räumen auf, ich fülle Tartines Schüssel und hole die Kätzchen an ihr Tellerchen. Ich zeige Eric das Haus, alle Räume, alles, was ich schon eingerichtet habe, was ich plane, was ich ändern könnte und was fehlt. Dann gehen wir nach draußen. Erst vorne herum, dabei gieße ich die Blumen, danach hinten um das Haus, dort die Blumen gießen und setzen uns wieder auf die Terrasse. Ich lasse die Kätzchen mit ins Freie und sie spielen um uns herum. Das ist lustig, vor allem, als Tartine dazu kommt und die Jagerei richtig losgeht. Wir vergessen die eben aufgetischten Probleme. Doch der Nachmittag mit Eric neigt sich dem Ende zu.

Ich blicke zum Zettel auf dem Küchentisch mit der Notiz: Monsieur de Balazuc – Besuch – Dienstag. Nicht, dass ich das in meinem (Liebes-)Rausch vergesse! Warum die Klammer um die Liebe? Es geht auch ohne Klammer und damit Liebesrausch. Aber das hört sich nicht richtig an. Es ist kein Rausch und mal eben so. Da ist mehr. Ähnlich wie bei Johannes, tief und echt, und mich im Innersten berührend.

Eric kommt in die Küche und nimmt mich in die Arme.

»So, mein Schatz, ich fahre jetzt ins Bistro. Die Nacht werde ich dort schlafen, helfe meiner Schwester und der Oma und werde einiges erledigen. Ich hoffe, dass wir uns morgen Abend sehen. Kann ich dich zum Abendessen einladen? Ich reserviere den schönsten Tisch und nehme mir frei und verschwinde nicht. Nicht so wie bei unserer ersten Begegnung. Weißt du noch?«

Ich lehne an ihm und höre seine Worte, denke an den Abend und an meine Verwirrung und wie schön, wie wunderbar es ist, jetzt hier an dem Mann zu lehnen, der mir den Kopf verdreht hat.

»Ja, sicher. Was eine Frage! Das wäre fantastisch. Ich habe demnächst Besuch von dem Herrn aus Gaujac. Die Geschichte muss ich dir dann erzählen. Ach, was haben wir alles zu erzählen, der Sommer wird darüber verstreichen.«

Ich stelle mich auf die Zehenspitzen, schlinge meine Arme um seinen Hals und küsse ihn. Nun ein schneller Abschied, sonst überkommt mich wieder Rührseligkeit und Anhänglichkeit und der arme Kerl muss hierbleiben. Ein bisschen Abstand dient der Beruhigung der Gemütslage. Überstürzen mag ich nichts und möchte Zeit zum Kennenlernen haben.

Der Sportwagen mit meiner neuen Liebe kreist um den Maronenbaum, fährt durch die Einfahrt und entschwindet. Ich schließe das Tor und greife zum Handy.

Meine Nachricht an Chantal: »Alles super! Ich bin glücklich und verliebt! Eric war den Nachmittag hier und es war wunderbar. Wir MÜSSEN miteinander sprechen. Wann hast Du Zeit? Bisous, Isabelle.«

Ich kann vor Glück und Aufregung nicht einschlafen. Die Katzen schnurren am Fußende des Bettes und Tartine schnuffelt im Körbchen. Versonnen lächele ich alle an und lasse das Geschehene Revue passieren.

KAPITEL 30

Den Sonntagvormittag verbringe ich im Büro. Ich weihe den Schreibtisch vor dem Fenster zum Hof ein, das heißt, ich bin mit meinem Schreibkram vom Küchentisch dorthin umgezogen, und habe einen Becher Kaffee und das Laptop vor mir aufgebaut. Ich beantworte Mails, lade Fotos vom Handy auf den Computer, bezahle Rechnungen. Von Eric habe ich zwischendurch kurze Rückmeldungen. Das freut mich riesig und ich kann den Abend kaum erwarten.

Herr de Balazuc meldet sich überraschend für den späten Nachmittag an. Er entschuldigt seinen Überfall und erklärt ihn mit »keine Zeit in der Woche, weil unterwegs«. Das ist mir recht, doch dann sollte ein Aperitif kalt stehen und etwas zum Knabbern bereit sein – oder knabbern ältere Herren nicht? Vielleicht etwas Weicheres? Sind das Vorurteile oder ist es mitgedacht? Ein Baguette mit Aufstrich wäre eine Alternative zum Kernigen, dazu Oliven. Und ein sauberes, ordentliches Haus wäre beruhigend für mich bei einem Besuch aus der gehobenen Gesellschaftsschicht, mit dem ich mich – nicht ohne Hintergedanken – gut stellen möchte. Das hat mir der Nachmittag auf der Terrasse bei der Familie de Balazuc gezeigt, die weißen Kissen, das feine Porzellangeschirr.

Nachmittags bin ich fertig, wasche gründlich die Hände, kämme die Haare und warte auf den späten Nachmittag – ein dehnbarer Begriff. Egal, ich bin parat und setze mich mit der Lektüre von Madeleines Tagebuch in die Küche. Das Fenster zum Hof habe ich geöffnet und horche, ob ich Monsieur mit seinem Land Rover höre. Punkt halb fünf knirschen die Steinchen im Hof und er parkt, wie Eric, im Schatten des Baumes. Türen schlagen und Schritte nähern sich. Ich öffne ihm die Haustür, als Monsieur in seiner sonntäglichen Arbeitskleidung die Treppe erklimmt. Das sind dunkelgraue Jeans, breiter Gürtel, weißes Hemd mit hochgekrempelten Ärmeln wegen der sommerlichen Temperaturen und ein flotter Strohhut, den er im Gehen vom Kopf nimmt. An den Füßen trägt er Wanderschuhe.

»Bonjour, Mademoiselle Isabelle, ich hoffe, ich komme gelegen an diesem herrlichen Sonntag und Sommernachmittag?«

»Aber sicher, kommen Sie herein. Ich freue mich, dass Sie mich besuchen und Zeit haben.«

Monsieur folgt mir in die Küche. Er guckt sich neugierig um.

»Eine herrliche Küche. Ihr Onkel und Ihre Tante haben Geschmack bewiesen bei der Renovierung und Einrichtung. Das passt alles wunderbar, eine gelungene Kombination von Altem und Modernem.«

Er spaziert durch die Küche, bewundert den Ofen, schaut um die Ecke und es würde mich nicht wundern, wenn er jetzt noch die Schränke öffnet und den Inhalt inspiziert.

»Möchten Sie das Haus sehen?«

»Oui, avec plaisir, wenn es Ihnen keine Umstände macht.«

Wir spazieren durch das Haus, selbst auf den Dachboden und in den Keller möchte mein Gast. Dann außen herum, durch den Garten und am Schuppen vorbei. Es gibt jede Menge Gesprächsstoff und Informationen von ihm zu Vergangenem, Gartenbau, Gerätschaften, Olivenbäumen, Trockenmauern, Wildbienen und Schmetterlingen. Eine wahre Fundgrube, der Herr mit seinem breit gefächerten Wissen über alles, was er sieht. Mir schwirrt der Kopf und ich bin froh, als wir wieder die vordere Treppe herauf gehen und ich ihn auf die Terrassenbank, angenehm im Schatten, platziere. Ich tafele den gekühlten Muskatwein auf, meine schönsten Gläser und auf einem Tablett feine Baguettescheiben mit Tapenade und ein Schüsselchen mit eingelegten Oliven. Das Wasser fehlt noch, dann Servietten und Tellerchen. Jetzt sieht der Tisch schön aus mit der farbenfrohen Tischdecke in der Mitte. Monsieur de Balazuc macht einen entspannten Eindruck und beteiligt sich an der Aktion. Er entkorkt die Flasche, nachdem er sie kritisch gemustert und wohlwollend einen Schluck in seinem Glas getestet hat.

»Ah, Beaumes de Venise, eine gute Wahl. Empfehlenswerter Wein, egal ob weiß oder rot, süß oder trocken.«

Und der Probeschluck stellt ihn augenscheinlich zufrieden, denn er schenkt mir ein und füllt sein Glas auf. Er lächelt mir verschmitzt zu.

»Wunderbar haben Sie es hier!«

Der zweite Mann in zwei Tagen, der mich bestätigt in meinem Wohlfühlen und Schönfinden. Das freut mich, vor allem weil Monsieur de Balazuc wesentlich prächtiger wohnt und das Mas trotzdem schön findet. Aber es gibt ja auch die kleineren Landhäuser, na ja, Häuser auf dem Land, wie meins. Ich strahle zurück.

»Merci und ein Prost auf Frankreich, unsere wunderschöne Landschaft, die wunderbaren Häuser, Gärten und Menschen und auf unsere Bekanntschaft!«

Ich entspanne mich ebenfalls und beschließe, das Thema mit Tante Josephine und der Bekanntschaft mit Joséphine alias Joline Pilaud nicht anzuschneiden.

Wir plaudern über die Vergangenheit, unser Interesse an den alten Dingen, an der Natur und dass es zum Glück junge Leute gibt, die diese Leidenschaft teilen. Denken wir an seine Nichte Jöelle, die im Archiv wühlt und Altes mit Neuem verbindet. Und ich, die alte Tagebücher liest und Madeleine zum Leben erwachen lässt. Da streifen wir das Thema, das uns zusammengebracht hat. Doch ich habe noch einen anderen Herrn, der durch meine Gedanken wandert, und mich unkonzentriert und fahrig macht.

Das Handy von Monsieur meldet sich mit Musik und Vibration in seiner Hosentasche und er entschuldigt sich formvollendet und hört sich die Stimme des Gegenübers an. Dann ein Blick auf die Uhr, ein Blick auf sein leeres Glas und entschuldigend zu mir:

»Désolé! Ich muss Sie leider verlassen und zu Hause nach dem Rechten sehen. Wir haben uns blendend unterhalten und es war mir ein Vergnügen. Ich würde mich freuen, wenn wir das wiederholen könnten. Beim Besuch des Hauses im Weinberg, in dem Madeleine gewohnt haben soll, kam mir letzte Woche die Idee eines Treffens dort. An Ort und Stelle. So kommen wir nicht in die Versuchung, allzu weit vom Thema abzuschweifen und beschäftigen uns mit Madeleine. Was halten Sie davon?«

Das ist eine gute Idee und hätte von mir sein können. Ich werde den Brunnen ansprechen, der mir auf dem Magen liegt. Soll ich beichten, dass wir dort gegraben haben oder soll ich mich dumm stellen? Es wird sich ergeben, die Frage schiebe ich mit Nachdruck aus dem Blickfeld.

Wir lassen den Termin für das Treffen offen und Monsieur wird sich melden. Er setzt den Hut auf den Kopf. Ich bekomme sogar zwei Küsse rechts und links an meine Wangen gehaucht und zusätzlich die Hand geschüttelt. Monsieur empfiehlt sich und bedankt sich beim Herabsteigen der Treppe und lobt mich beim Einsteigen ins Auto für meine Bewirtung. Dann knirscht der Kies und es kehrt Ruhe ein. Ich hole tief Luft. In Gedanken klopfe ich mir auf die Schulter.

Jetzt auf zum zweiten Date. Im Sauseschritt geht es durch das Abendprogramm und Badezimmer. Die nassen Haare auf der Terrasse im warmen Wind trocknend, lese ich Chantals Antwort auf meine Nachricht: »Freude über Freude! Da strahlt Isabelle bis hier, ich sehe sie leuchten. Ich lade dich Mittwochabend zum Essen ein, wenn du Zeit hast. Chantal.«

Dann Eric und eine Nachfrage, ob ich an unsere Verabredung denke. Wie könnte ich das vergessen? Was eine Frage!

»Ich bin so gut wie unterwegs!«, lautet meine Antwort.

Und Punkt neunzehn Uhr, die Glocken versichern mir absolute Pünktlichkeit, bin ich am Bistro. Tartine ist zuhause geblieben. Der Sportwagen steht am Straßenrand, die Scheiben sind offen, Platanenblätter liegen auf dem Dach. Ich gehe zur Treppe und registriere starkes Herzklopfen, als wäre das Betreten eine große körperliche Anstrengung. Im Garten sitzen zwei Familien, Kinder spielen auf dem Rasen mit Boulekugeln, leise Musik kommt aus dem Haus. Ich betrete den dämmrigen Raum und meine Augen stellen sich auf die veränderten Lichtverhältnisse ein. Es riecht verführerisch und in der Küche klappert es.

»Bonsoir, Mademoiselle Isabelle.« Eric steht in der Küche, eine ehemals weiße Schürze umgebunden, ein Handtuch über der Schulter, den Kochlöffel in der Hand, ein Traum von einem Koch.

»Bonsoir, Eric, bin ich zu früh?«

»Mais non. Ich bin jetzt fertig und meine Schwester wird mit Mira übernehmen. Wir machen uns einen wunderbaren Abend auf der Terrasse, genießen das Essen und den Sommer.«

Jeanne taucht hinter ihm auf und lacht. Sie bindet ihm die Schürze ab und sich selbst um, konstatiert die Flecken und Spritzer vom Kochen, nimmt das Handtuch von seiner Schulter.

»Und jetzt noch den Löffel, Herr Sternekoch, und raus mit euch. Der Aperitif kommt sofort. Mira, wo bist du?«

Ein Mädchen stürmt die Kellertreppe hoch, das wird Mira sein, die Küchenhilfe. Sie hat eine Korbflasche mit Rotwein in den Armen, der sicher aus dem Fass kommt und in kleine Krüge abgefüllt zum Essen gereicht wird.

»Heute gibt es Rotwein«, konstatiere ich.

Jeanne folgt meinem Blick und schaut in die Töpfe.

»Passt zum Essen! Es wird herrlich, lass dich überraschen, Isabelle.«

Trotz Aufregung und flatternder Schmetterlinge im Bauch habe ich Hunger. Eric nimmt meine Hand, dreht mich zu sich und es folgen die obligatorischen Küsse, die mit einem Abschluss-Kuss auf den Mund enden.

»So, Aperitif Nummer eins und nun setzen wir uns. Mir tun die Füße weh von der Lauferei. Was eine Arbeit mit der Terrasse, der Küche, der Vorbereitung und ich habe alles allein gemacht, weil Jeanne einkaufen war und mich zurückgelassen hat.«

»Oh je, das ist ja eine böse Schwester, die du hast. Armer Eric. Wenn ich Zeit habe, bedauere ich dich. Ich bin gespannt auf das Essen und habe einen Bärenhunger.«

Wir setzen uns in die Ecke mit Blick auf den Platz und werden umgehend von Mira mit Wasser, Brot, einem Töpfchen Tapenade, Oliven und zwei Gläsern mit dunkelrotem Süßwein versorgt.

»Santé, Isabelle, auf den schönen Abend«, prostet mir Eric zu.

»À la tienne, Eric und herzlichen Dank für die freundliche Einladung«, ist meine lachende Antwort und ich erhebe mein Glas. Wir nippen an dem Aperitif. Köstlich, anders als die helle Variante vorhin, ein voller und runder Geschmack nach Früchten und Schokolade.

»Wie war dein Tag, Isabelle?«

Ja, wie war mein Tag? Wo fange ich an? Irgendwie möchte ich mit Madeleine beginnen und erzähle Eric also von Onkel und Tante, dem Hauskauf, wie ich dann zum Mas Châtaigner und zu den Büchern kam, in denen sich Madeleines Leben und ihr Wissen verbirgt. Das kommt relativ geordnet und verständlich über meine Lippen und Eric hört mir interessiert zu.

»Das ist ja eine Story, meine Güte, das wird unterhaltsam. Aber nimm Brot, du musst ja verhungern.«

Eine Pause tut gut und wir widmen uns der Vorspeise, die von Mira durch eine Schale mit Gemüsesuppe ergänzt wird. Trotz Sommerhitze, die nur widerstrebend der Abendkühle weicht, schmeckt die Suppe mit viel Gemüse köstlich. Einmal kreuz und quer durch den Bauerngarten und Kräuter obendrauf. Die Gäste im Garten beginnen zeitgleich zu essen und einige Wanderer nehmen Platz. Es ist wie ein Abendessen zu Hause, in einer Großfamilie, locker und lecker, voller Herzlichkeit und Aufmerksamkeit. Wir löffeln und gucken uns an, schauen in die Runde.

»Die Suppe war sehr gut. Wenn das so weiter geht, bekommst du von mir einen extra großen Stern.«

»Einfach und gut, nichts kompliziertes. Das liegt mir am Herzen und passt in ein verschlafenes Nest und ins Bouletin. So macht Kochen Spaß, erst im Garten ernten und dabei kommen mir die Ideen, was ich koche, was ich kombinieren kann und selbst essen möchte.«

Nach der Suppe wird der Rotwein zum Essen von der Küche in kleinen braunen Krügen an den Tisch gebracht. Teller werden abgeräumt. Wasser und Brot nachgereicht. Ich nutze die Pause, um in kurzen Zügen Madeleines Leben zu schildern, ihre Persönlichkeit, Naturliebe und Heilkunst und die Tragik, die sich wie ein roter Faden durch die Geschichte zieht. Dabei werde ich mir bewusst, wie gerne ich sie habe, wie ich mich in sie einfühle, sie für mich lebendig ist. Und dass sie in der Nähe gelebt hat, zum Ende hin oben im Weinfeld.

Das Essen kommt und wir ergreifen Messer und Gabel. Es gibt herzhaftes Gulasch mit Gemüse und gelbem, klebrigem Reis. Der Reis stammt aus der Camargue, die gelbe Farbe vom Gewürz Kurkuma. Mein Bauch wölbt sich beim entspannten Zurücklehnen dem Tisch entgegen und ich ziehe mein T-Shirt rasch herunter.

»Satt und zufrieden?«, kommt prompt die Bemerkung meines amüsierten Gegenübers, dem die Geste leider nicht entgangen ist.

»Ja und wie! Es war köstlich und wie du siehst, bin ich bis an mein Fassungsvermögen gefüllt und kurz vor dem Platzen.«

Jeanne bringt uns Kaffee und einen Teller mit orangenfarbenen Melonenstücken, Trauben und Käse. Als ob wir immer noch nicht satt wären!

Während des Nachtisches versuche ich, weiter zu erzählen. Es wird komplexer und der rote Faden verwirrt sich manches Mal. Eric versteht nicht mehr auf Anhieb den Verlauf der Geschehnisse und meiner parallellaufenden Überlegungen, eingeflochten in alles, aber er fragt geduldig nach und scheint mir im Großen und Ganzen geistig zu folgen. Es wird dunkel. Die Gäste räumen das Feld und wir setzen uns in den Schankraum. In der Küche brennt nur noch die Lampe über der Spüle.

Ich habe fast alles über Madeleine, die Bücher, die Familie de Balazuc, das Haus im Weinberg nebst Brunnen, den Nachbarn, den Katzen (der Fund musste noch in allen Einzelheiten beschrieben werden) berichtet. Mein Mund ist trocken und ich bin müde. Ich rutsche neben Eric auf die Bank, lehne den Kopf an seine Schulter und gähne herzhaft.

»Du bist müde, oder? Das bin ich auch. Die Geschichte mit Madeleine muss sich erst einmal setzen. Wir gehen die Wege, die Madeleine und die Familie de Balazuc gegangen sind, sehen denselben Himmel, dieselben Berge. Der Wind ist derselbe, der Regen und die Sonne.«

Da wird der Herr sogar poetisch, aber ich habe keine Lust mehr auf Reden und Denken. Ohne ein Wort stehen wir zeitgleich auf, räumen alles in die Küche und löschen das Licht. Unten wartet das Auto, immer noch mit offenen Scheiben und Platanenblättern auf den Sitzen. Eric fährt mich nach Hause. Vor dem Tor zögere ich, aber es muss sein: Aussteigen, Schlüssel aus der Tasche, aufschließen und die Torflügel öffnen. Der Nachteil eines Tores, das von Hand geöffnet und geschlossen werden möchte. Ich sinke wieder auf meinen Sitz und wir fahren die letzten Meter bis unter den Maronenbaum. Wir sitzen im Dunklen, gucken uns an und es gibt einen langen Abschiedskuss.

Irgendwann wird es Zeit und ich schaffe den Absprung – ohne Einladung ins Haus zu einem Kaffee oder Glas Wein oder was immer.

»Gute Nacht, Eric. Danke für den wunderbaren Abend. Für das Essen, den Wein, dein Zuhören, deine Zeit und das nach Hause bringen.«

»Merci, Isabelle, ja, es war schön und es wird noch viel schöner.«

Augenzwinkernd schnallt Eric sich an und startet den Motor.

»Bis morgen und schlaf gut, Chérie.«

Chérie – das ist Musik in meinen müden Ohren. Ich wanke über den Hof zu dem zu schließenden Tor, dann die Eingangstreppe hoch und mühe mich mit der Haustür ab. Drinnen höre ich es trapsen und miauen und das Begrüßungskomitee spaziert mir entgegen. Eine Prozession sich freuender Vierbeiner, schwanzwedelnd, mauzend, wuseln um meine Füße, dass ich aufpassen muss, keinen zu treten. Ab in die Küche und einen kleinen Happen für jeden, nein – nicht für mich. Danach will ich nur noch ins Bett und schlafen und trotz der Schmetterlinge fallen mir die Augen zu. Die sind müde und erschöpft vom Flattern.

Kapitel 31

Ich werde spät wach. Spät für den Sommer in Südfrankreich, für die Mittagshitze, die uns erwartet, für Tage, an denen man im eigenen Interesse den frühen Morgen nutzen sollte.

Hund und Katzen spielen vor dem Bett. Die Zikaden lärmen in den Bäumen und der Tau ist getrocknet.

Mit einem Kaffeebecher in der Hand sitze ich in T-Shirt und Unterhose vorne auf der Treppe. Das Telefon klingelt. Wer mag das so »früh« sein? Es ist Odette! Die erwischt mich immer auf der Treppe, denke ich und schalte das Telefon auf Lautsprecher, um mit den verschlafenen Ohren nicht zu nahe an der Quelle der Information zu sein und entspannt den Kaffeebecher zu halten.

Odette kündigt ihren Urlaub an und möchte meine Neuigkeiten hören, bevor sie in der Versenkung abtaucht. Die befindet sich an der Côte d'Azur, wie ich erfahre, dazu Details über Hotel, Ausstattung, Vorzüge und Nachteile der Region. Ich verdrehe ergeben die Augen und seufze innerlich. Sie fragt hartnäckig nach, um zu hören, was ich erreicht habe. Ich bin vorsichtig mit meinen Aussagen und halte sie vage. Weiß ich, ob sie die Neuigkeiten nicht an Dritte verteilt? Das kann ich nicht einschätzen bei ihrer Liebe zur Kommunikation, doch die raren Auskünfte reichen ihr und sie wird das ihre an Fantasie mit Schneegestöber hinzufügen. Das Telefonat endet mit gegenseitigen besten Wünschen für die Ferien und den Sommer.

Nach einer Minute Bedenkzeit schreite ich mit einem zweiten Kaffee zur Haus- und Gartenarbeit und gucke beiläufig, ob sich Eric gemeldet hat. Hat er!

Doch er meldet sich ab. Er muss für ein paar Tage verreisen und etwas erledigen! Was bitte schön muss er jetzt dringend erledigen? Das Problem mit seiner Ex ist geklärt, hoffe ich. Was kann so dringlich sein, um erneut zu entschwinden und ohne Genaues mitzuteilen?

Da bin ich entrüstet, milde ausgedrückt. Tippe mir aber im selben Atemzug der Entrüstung freundlich an die Stirn und sage, komm mal runter, Isabelle. Er ist ein freier Mann, auch wenn du drauf und dran bist, dich heftig in ihn zu verlieben. Ich antworte erst einmal nicht auf seine Nachricht, sondern gehe an die Arbeit, das heißt, ich versuche es und von außen betrachtet sieht es gut aus. Die Gedanken fangen trotzdem an zu rattern. Meine Gefühle ändern sich im Minutentakt. Mal Verständnis, mal Ärger, mal Eifersucht auf Unbekanntes, dann Unruhe und Sorge, und erneut das Beschwören, dass das schon wieder wird, ich ihn lassen soll und doch, ein Stachel sitzt im Bauch. Der schmerzt und bohrt, verdrängt die netten Schmetterlinge und macht mich schlecht gelaunt.

Nach der Arbeit ziehe ich Turnschuhe an. Es ist warm, doch ich rufe den Hund und trabe aus dem Hof. Es geht die Wege entlang des Waldes, wo Schatten für Tartine ist. Der mustert mich fragend. Was ist das für eine wechselhafte Laune und was glitzert in den Augenwinkeln, wenn es nicht Schweiß ist, fragt er mich, könnte er fragen. Der Rückweg führt in der Nähe von Madeleines Haus vorbei und da mir der Schweiß den Rücken runter läuft, biege ich in die vertraute Reihe der Weinreben ein und keuche bis in den ersehnten Hausschatten. Der ist glücklicherweise vor dem Haus, wo heute eine kleine Bank steht. Die war bis jetzt nicht da. Eine alte, stabile Holzbohle auf zwei Steinen lädt zur Pause ein. Tartine legt sich auf den Boden darunter und sucht die Restkühle des Bodens. Das Hecheln des Hundes, Vogelgezwitscher, Rascheln der Blätter und der Geruch eines Weinfeldes umfangen mich. Ich schließe die Augen, trockne mir Stirn und Augen mit einem feuchten, zerknüllten Taschentuch.

Die Mauer in meinem Rücken ist uneben, fühlt sich kühl und beruhigend an. Hier saß Madeleine auch, sicher nicht in kurzer Hose und Turnschuhen. Ich fühle mich in sie ein. Nach den von ihr geschriebenen Worten fällt mir das leicht, verbessert jedoch nicht den angeschlagenen Seelenzustand, denn ihr Leid war größer als das meinige und packt sich auf mein Leid.

Sie war so einsam. Und so unverstanden. Und so jung. Ohne Zuhause, ohne Familie, ohne Mann, ohne Freundin. Alle nahmen ihr Wissen und ihre Heilkunst in Anspruch, alle wollten etwas von ihr. Aber was bekam sie zurück? Wer nahm sie in den Arm? Wer schaute ihr tief in die Augen? Wer sorgte sich um sie?

Das macht mich traurig und ich kann die Tränen nicht mehr zurückhalten. Tartine winselt und springt neben mich auf die Bank. Das Taschentuch ist viel zu klein und schon durchnässt. Tränen tropfen auf meine Beine.

Nach einiger Zeit habe ich mich beruhigt, die Tränen taten gut. Ich fühle mich mit Madeleine verbunden, habe gefühlt ihre Tränen geweint, ihr Leid gefühlt. Wo ist ihre Seele? Wo ihr Wissen und ihre Erfahrungen? Was passiert nach dem Tod mit uns? Schwere Gedanken mitten im Sommer.

Ab nach Hause, das Taschentuch liegt wie ein nasser Schwamm in meiner schweißfeuchten Hand und ich fühle mich wie das zerknautschte und malträtierte Tempo. Tartine läuft munter vor, ich gehe müde hinterher und hoffe, niemandem zu begegnen, denn ich biete einen erbärmlichen Anblick.

Zuhause verschwinde ich in der Dusche, suche mir als Trost das Johannes T-Shirt, das auf dem Stuhl im Badezimmer hängt, und verziehe mich ins kühle Büro. Das Handy bleibt unbeachtet am Ladekabel in der Küche, was mir mehr als schwerfällt. Die verquollenen Augen und mein Gemüt müssen sich beruhigen, ehe ich zum Thema Eric Stellung beziehe. Die Katzenkinder gesellen sich spielend und später schlafend unter dem Schreibtisch zu mir. Das Laptop schnurrt und das Radio dudelt in der Küche.

Am späten Nachmittag fahre ich zum Einkaufen nach Bagnols. Ich gehe Kaffee trinken und lese die Zeitung, beobachte die Leute, höre den Gesprächen zu und versuche nicht an Eric zu denken. Dass er aber nicht mal anruft, sondern mir nur per SMS Bescheid gibt. Nicht die feine Art, unpersönlich und das passt nicht zu ihm. Ob etwas passiert ist? Ich fahre heim und die Tiere begrüßen mich. Ich bin unruhig und habe keine rechte Lust an irgendetwas und freue mich auf das Vergessen im Schlaf.

Am Dienstag fahre ich nach Avignon. Die Idee kam spontan beim Aufwachen und da dies oft die allerbesten Gedanken sind, setze ich sie, wenn es machbar ist, in die Tat um. Den ersten Streckenteil kenne ich, dann kommen neue Landschaften. Kurz vor Avignon führt die Strecke an unspektakulären Kreisverkehren und einem Gewerbegebiet vorbei ins Rhônetal. Ich vermeide Gedanken an Eric und lenke ich mich bei jedem Aufflammen der hartnäckigen Bilder ab. Zwangsläufig konzentriere ich mich auf die freundliche Stimme meiner Navigation und den komplizierten Straßenverlauf vor den Stadtmauern. Ich habe mir das Parkhaus direkt am Papstpalast, besser unter dem Palast, in den Kopf gesetzt und was einmal da festsitzt, wird durchgezogen und ich tauche in die Dunkelheit der Parkhöhle ein.

Mit dem Hund auf dem Arm steige ich die Treppen empor und stehe im gleißenden Morgenlicht auf dem weiten Platz vor dem Papstpalast. Das ist beeindruckend und lässt mich einige Minuten verharren.

Dann geht es auf die Anhöhe neben dem Monument zur Parkanlage Rocher des Doms mit der Aussicht auf die Stadt und das Umland. Hier war der Ursprung der Stadt, soviel weiß ich aus dem Studium. Man sieht den Verlauf der Rhône, die Berge im leichten Dunst, sogar die Ruine von Châteauneuf-du-Pape. Es gibt einen Springbrunnen, ein Café mit Tischchen und Stühlen unter den ausladenden Bäumen und einen Teich mit Karpfen. Wir bummeln auf den schmalen Wegen bergab, schauen kurz von der Tür in die Kathedrale hinein und wenden uns dem Treiben auf dem Platz mit den Bistros und Andenkenläden zu. Hier ist es abwechslungsreicher als vor dem Mas Châtaigner, bunt und laut und bei einem Kaffee habe ich genug mit dem Bewundern des Bauwerkes und dem Betrachten der Passanten zu tun.

Wie sah es zu der Zeit von Madeleine in Avignon aus? War sie hier? Eher nicht, denn dann hätte sie es im Tagebuch aufgeschrieben. Früher waren die Entfernungen nicht so mühelos zu überwinden wie heute. Schnell mit dem klimatisierten Auto von der Haustür in eine Stadt, ins Parkhaus, aussteigen und am Ziel sein.

Ich schlendere durch die Straßen, es gibt so vieles zu sehen. Im Herbst werde ich ein Kulturprogramm mit Besuch des Palastes und der anderen Sehenswürdigkeiten durchziehen, wenn die Touristenflut abebbt und die Schlangen vor den Eintrittskassen kurz sind.

Beim Bummeln verliere ich manchmal die Orientierung, aber innerhalb der hohen, alles umschließenden Stadtmauer gehe ich nicht verloren und laufe dort weiter, wo es mich hinlockt.

Ich komme an einer Buchhandlung vorbei. Ein weißhaariger, kleiner Herr sitzt auf einem Hocker am Eingang und genießt das Treiben, wie mir scheint. Bei meinem Begutachten des Schaufensters und der ausgestellten Bücher knüpft er Kontakt mit Tartine, der weniger an Literatur interessiert ist. Kurz entschlossen frage ich Monsieur, ob er die Leine hält und ich auf einen Sprung in das Innere des Ladens darf. Aber natürlich und mit Vergnügen ist die Antwort. Der Hund freut sich über die Streicheleinheiten und netten Worte und setzt sich artig zu Füßen des Avignoner Urgesteins. Es ist herrlich, Bücher, Zeitschriften, Büroartikel, Geschenke und ich stöbere mit Inbrunst in den Regalen, wie ausgehungert nach diesen Köstlichkeiten. In einer Stofftasche, natürlich mit aufgedrucktem Papstpalast, ist die Ausbeute meines Besuches: einige Garten- und Kochzeitschriften, ein Buch über Maria Magdalena und die sogenannten verbotenen Evangelien, ein Reiseführer über Avignon und Postkarten. Monsieur und Tartine nehmen voneinander Abschied, so leid es mir tut. Wir kommen wieder, verspreche ich dem netten Herrn, dem ich unsere Namen verraten muss und die Hand gebe. Winkend sitzt er da und schaut hinter uns her, ich winke zurück und freue mich über meinen Einkauf.

Wir gehen zur Rhône, schlendern über den Rasen und gehen dann ins Parkhaus.

Der Heimweg ist quälend, da sich Autos und Lastwagen um die Kreisverkehre stauen und das Sortieren in die Richtungen seine Zeit dauert. Ich träume vor mich hin und plane den nächsten Avignon-Besuch. Dann werde ich mir auf der anderen Seite der Rhône den prächtigen Park anschauen, der in Gartenbüchern hoch gelobt wird.

Ich mache Stopp an einem Supermarkt, der Luxusversion mit überdachtem Parkplatz, sodass Tartine im Auto warten kann, während ich einkaufe und den Küchenplan für die Woche überdenke. Nur nicht an Eric denken! Aber koche ich für mich oder für zwei? Um diese Frage komme ich nicht herum und entweder ist es zu viel oder zu wenig, was ein Desaster.

Zuhause angekommen freuen wir uns im Quartett. Die Katzen freuen sich über uns beide, der Hund sich über die Freiheit und ich mich über eine Dusche und das Landleben mit frischer Luft und mit nackten Füßen zu laufen.

Nach dem Aufräumen und Gartengießen genieße ich auf der Terrasse meinen Leseabend. Die Zeitschriften werden gesichtet und die Bücher quergelesen. Doch der Tag war anstrengend und ich liege vor Einbruch der Dämmerung im Bett. Morgen werde ich den Eltern und dem Onkel schreiben, Chantal Hallo sagen und im Schuppen eine Ecke für das Auto frei räumen. Ich kann Baptiste fragen, ob er mir hilft. Die Arbeit lenkt ab, macht müde und die Gesellschaft von Baptiste und seiner guten Laune, wenn er denn helfen möchte, wird eine Wohltat sein.

Kapitel 32

Nach dem zeitigen Zubettgehen zieht schon frühmorgens Kaffeeduft durch die Küche und begleitet mein Studium der Kochbücher und Schreiben der Rezeptlisten - und die bohrenden Gedanken an meinen Meisterkoch.

Wo ist Eric und warum meldet er sich nicht? Ich gucke verstohlen auf das Handy, ob er geschrieben hat. Hat er nicht! Wenn die Katzen nicht auf dem Boden spielen würden, der Hund nicht zu meinen Füßen läge, würde ich mit den Füßen aufstampfen und schimpfen.

Mit ihm? Mit mir, dass ich mich aufrege, ärgere, sorge und ungeduldig bin? Mit dem Schicksal? Mann ist mal da, mal weg und hinterlässt eine lange Reihe Fragezeichen.

Die Sonne scheint auf den Küchenfußboden und versöhnt mich mit dem Tag, der kann nichts dafür und verspricht herrlich zu werden. Ich öffne Fenster und Türen und lasse die frische Luft durch das Haus wehen.

Ich besuche Chantal und erwische sie in einem wüsten Disput mit Baptiste um Reparaturen, unnötige Kosten, Maschinen und ich weiß nicht was. Bevor ich mich in das Streitthema einarbeite oder Partei ergreife, unterbreche ich beide und frage Baptiste geradeaus, ob er mit mir den Schuppen aufräumt und hilft, Platz für das Auto und Ordnung zu schaffen. Er wirft, ohne uns anzuschauen, die Schaufel heftig in die Ecke, greift sein Hemd und wendet sich in einer schwungvollen und eindeutigen Bewegung ab und meiner Einfahrt zu.

»Okay, Chantal, Schluss für heute mit Streiten. Baptiste kommt mit mir, arbeitet in Lohn und Brot und bringt am Abend Geld mit nach Hause. Er kann in den Geräten stöbern und gucken, was er brauchen kann oder der Alteisenmann. Wer weiß, was wir für Schätze finden.«

Ich blinzle in die Sonne und stemme die Hände in die Seiten. Nun wollen wir doch mal schauen, ob wir nicht eine Win-win-Situation für uns drei rausschlagen.

»Schon gut«, unterbricht mich die Freundin, lacht und entspannt sich sichtlich. Die Zornesfalten glätten sich auf ihrem Gesicht zu einem breiten Grinsen.

»Ab mit euch beiden und lasst mir meine Ruhe. Abendessen ist um halb acht und vorher will ich nichts hören!«

Das ist eine Ansage. Ich umarme sie und laufe hinter Baptiste her, der schon um die Torecke in Richtung Schuppen entschwunden ist. Im Gehen zieht er das blaukarierte Hemd über sein Unterhemd und schüttelt immer noch erbost seinen Kopf.

»Was war denn los, Baptiste?«

»Ach, eigentlich nicht viel. Ich habe Ersatzteile und Werkzeug gekauft, was den Haushaltsplan durcheinandergewirbelt. Das regt Madame entsetzlich auf und sie wird zur Furie. Sie hat Recht, aber manchmal brauche ich etwas und mag nicht ewig diskutieren und warten. Dann knallt es bisweilen. Jetzt lassen wir es krachen im Schuppen, das ist nötig in dem Durcheinander. Seit Jahrhunderten hat hier irgendeiner immer nur Sachen davorgestellt, nichts weggetan, sondern alles gesammelt. Kann ich gar nicht nachvollziehen! Hol uns mal etwas zu trinken, dir ein Paar Arbeits-Handschuhe und wir legen los.«

Als ob er das nicht verstehen würde, mit dem alles sammeln, dass ich nicht lache, aber ich verkneife mir den Kommentar und erledige brav, was mein Nachbar und Helfer wünscht.

Die Einzelheiten der nächsten beiden Tage verschwinden in Schmutz und Dreck. Wir haben unzählige Liter Wasser getrunken, der Schweiß floss in Strömen, der Staub der Antike wirbelte, alle möglichen Insekten suchten erschreckt eine neue Heimstatt.

Das Ergebnis lässt sich sehen: Wir haben Platz für zwei Autos geschaffen, viele Raummeter Brennholz aufgetürmt, ich habe einen Überblick über nützliche Gerätschaften und Holz für alle möglichen Bauvorhaben der Zukunft. Baptiste ist glücklich wie selten oder höchstens nach einer Bestellung von Werkzeug aus der Kategorie umsonst. Er hat viel gefunden, was er brauchen kann und jedes Mal so eine Freude gezeigt, dass selbst ich meine Freude hatte, weiterzuarbeiten. Von den Spinnen und ab und zu einem kleinen schwarzen Skorpion bekomme ich eine Gänsehaut und werde im Handumsehen zum Großstadtmädel. Dann muss ich dringend Wasser holen oder die Katzen füttern oder ich bin einfach weg.

Auf meine unauffällig nebenher gestellte Frage nach dem zugewachsenen Tor bekomme ich verwunderte Blicke. Der Onkel hätte es so gewünscht, in seiner Trauer hätte er das Haus am liebsten ganz sich selbst überlassen. Baptiste beharrte aber darauf, dass man das nicht machen kann, so ein Haus kann nichts für die Tragik im Leben und er hat weiterhin nach allem geschaut. Damit der Onkel Ruhe gab, habe er äußerlich nicht viel, um nicht zu sagen nichts mehr gemacht. Keine Hecken mehr geschnitten und zack, war das Tor zugewachsen und nur die Bresche in der Hecke wurde notdürftig offen gehalten für den Fall der Fälle, man weiß ja nie, Feuerwehr und so. Das hätte ich nicht gedacht vom Onkel und werde irgendwann darauf zu sprechen kommen. Aber es ist sein Haus und wenn es ihm guttat, damals so zu entscheiden, kann ich kein Urteil darüber fällen. Ich bin froh, dass es wieder mit Leben gefüllt wird, mit Liebe gepflegt und gehütet. Es ist meine Lebensaufgabe geworden und erfüllt mich mit Stolz und Selbstbewusstsein.

Ich denke nach und vergleiche die Isabelle von früher mit der, die ich jetzt bin. Es fühlt sich gut an mit der neuen Isabelle, die kerniger, stabiler, robuster und natürlicher wird.

Freitagmorgen und der Schuppen sieht ordentlich aus. Baptiste wendet sich heute seinen Arbeiten zu. Er hat in der Frühe einiges auf meiner umgepflügten Gartenecke gesät und ich freue mich über die heutige Freiheit und Ruhe. Ich komme aber zum Nachdenken und aufs Handygucken. Eric ist seit fünf Tagen abgetaucht und hat sich nicht mehr gemeldet. Ich bin drauf und dran, mich an Jeanne zu wenden und sie zu fragen. Aber ich fürchte, dass ich sie und die Großmutter ängstige mit meiner Sorge, und sie gar nicht wissen, dass er weg ist. Ich will mich ans Laptop setzen, muss aber vorher auf das Handy gucken. Endlich eine Nachricht! Eine kurze Nachricht mit Rechtschreibfehlern, die mich stutzig machen.

»Isabell, geht mir gut und leb noch fast. Kommen nach hause heutabend u melde mich.«

Besser als nichts, aber mehr als seltsam und warum schreibt er mit vielen Fehlern? Doch Hauptsache, er lebt und verfasst Nachrichten. Meine Stimmung ist erheblich besser und ich nehme den Tag in Angriff und fahre zur Feier des Tages das Auto in seine neue Garage im Schuppen. Dort steht es geschützt vor Sonne und Regen. Baptiste macht sich zum Winter Gedanken wegen Tür und Tor, sagt er.

Winter in Südfrankreich, weniger Schnee als zuhause, wenn überhaupt, dafür mehr Regen und Wind – mein erster richtiger Winter hier. Die Jahre vorher war ich einige Wochen in Frankreich, in Paris und bei Freunden, aber nie durchgehend 12 Monate, und ich bin gespannt, wie das sein wird.

In Gesellschaft meiner Tiere begebe ich mich an den Herd und dünste eine Pfanne buntes Sommer-Schmorgemüse. Dazu bereite ich ein Hähnchen für den Backofen vor, eine Soße mit Kräutern und eine Schüssel Kräuterbutter. Kräuter habe ich

Unmengen aus dem Garten und von Chantal und in alles, wo es halbwegs passt, kommen Kräuter. Ich werde ein Baguette aufbacken, wenn das Hähnchen aus dem Ofen kommt. Rosé und Aperitif warten im Kühlschrank auf ihren Einsatz. Dann werden die Tiere gefüttert und Blumen gegossen und von mir aus kann Eric vorfahren. Mir ist schlecht, entweder vor Hunger oder Aufregung. Zur Ablenkung könnte ich duschen, dann kommt er bestimmt, wenn ich gerade unter der Dusche stehe, das ist meist so.

Fast genauso ist es, aber ich bin wenigstens sauber und nur noch nass und nackt, als ich das Auto höre. Schnell werfe ich den Bademantel über und stürme zum Fenster. Das ist ein anderes Auto, ein alter Jeep in Dunkelgrün, nicht der weiße Flitzer, aber eindeutig Eric, der steif und ungelenk aus dem Auto steigt. Dreckige Wandersachen hat er an, als käme er von einer Abenteuertour aus der Wildnis. Diese Vermutung wird sich bestätigen. Er schaut zu mir hoch und grinst.

»Isabelle, da bin ich ... endlich und brauche eine Dusche, bevor ich dich begrüßen kann.«

Ich lache zurück und winke ihn hoch. »Dann komm rein und ab ins Bad. Ich bin gerade fertig und die Haustür ist offen.«

Schnell wickele ich ein Handtuch um die Haare und mein lang ersehnter Monsieur kommt die Treppe hoch, einen Wanderrucksack in der einen Hand und in der anderen einen Strauß roter Rosen.

»Entschuldigung, es tut mir leid, aber wenigstens ein Blumenstrauß und ich werde dir nachher erzählen, was passiert ist.«

Die dunkelroten Rosen duften sogar. Sie sehen unecht aus, so schön sind sie. Wann habe ich das letzte Mal Rosen bekommen? Rote Rosen? Ich muss ihn küssen, auch wenn er wie ein Wilder aussieht und zugegebenermaßen schrecklich riecht.

Ich nehme die Blumen in den Arm und stecke meine Nase noch einmal in die Blüten, bevor ich sie auf den Eckschrank lege. Eric nimmt das Badezimmer in Beschlag und leert den Inhalt seines Rucksackes auf den Fliesenboden. Zusammengeknüllte Wäsche, Trinkflasche, Wanderkarten, eine Butterbrotdose, eine Tasche mit Waschzeug, ein Handtuch und jede

Menge Sand, Grashalme, Kiefernnadeln breiten sich aus. Wo war er? Ich verkneife mir jede Frage bei diesem Anblick, was schwerfällt, und konzentriere mich auf die Wäsche.

»Ah, Wäsche waschen – das passt, ich habe auch einen Korb voll und die kann ich zusammen in die Maschine stecken. Aber hast du saubere Sachen zum Anziehen dabei? Meine werden dir wohl kaum passen.«

Ich muss lachen bei der Vorstellung und sammele die Wäschestücke zusammen.

»Ach du je. Die sind noch im Auto auf der Rückbank ...«

»Warte, ich hole sie und laufe in einem zur Waschmaschine. Geh duschen und nimm dir Handtücher aus dem Regal.«

Ich bin froh, etwas zu tun zu haben, erledige den Wäschedienst, hole seine Reisetasche aus dem Jeep und stelle sie ins Bad. Beim Anblick des Durcheinanders und Drecks auf dem Boden geht die Fragerei im Kopf weiter. Hat Eric ein geheimes Verlangen nach Wanderungen in der Wildnis? Eher Expeditionen als Wanderungen. Hat er jemanden verfolgt oder etwas gesucht? Wo war er und warum?

Das Wasser rauscht und es dampft aus der Dusche und schemenhaft sehe ich ihn durch den Wasserdampf. Eine Dusche ohne Tür ist von Vorteil, da sieht man etwas. Nicht zu lange gucken, sonst komme ich auf dumme Ideen. Ab in die Küche und die Fertigstellung des Abendessens in Angriff nehmen, trotz Gedanken an etwas anderes und die Schmetterlinge ignorieren, sage ich zu mir selbst.

Die Katzen liegen in einem Korb auf dem Küchentisch. Wir werden auf der Terrasse sitzen, also dürfen sie dortbleiben und ihren Dekorationszweck erfüllen. Der Backofen ist heiß und das Hähnchen brutzelt. Das Rauschen im Bad hat ein Ende, jetzt brummt ein Rasierer und es riecht nach Männerparfüm.

Die Rosen! Die Rosen auf dem Schrank müssen in eine Vase. Wo ist eine große, hohe Vase? Wahrscheinlich auf dem Speicher, aber jetzt habe ich keine Lust zu suchen. Da muss ein hohes Einmachglas her, das groß genug für die Rosenpracht ist. Ich stelle sie auf den Eckschrank und denke an Madeleine und die Menschen, die diesen Schrank berührt, ihn angesehen, benutzt, dekoriert haben. Jetzt die roten Rosen im Jahr 2017 und

Gefühle bei mir, wie sie die Leute früher hatten und wie es sie immer geben wird.

Wir sitzen am Tisch, das Essen dampft trotz der sommerlichen Temperatur und duftet herrlich. Die Glocken im Dorf verkünden mit acht Schlägen die Uhrzeit und stimmen das Abendgeläut ein, dessen Sinn rätselhaft ist an einem Freitagabend, aber egal, es ist stimmungsvoll.

Wir prosten uns erst mit Wasser, dann mit dem gekühlten Aperitif zu, der weich wie Samt und Seide ist und Appetit auf einen Kuss macht.

Jetzt riecht Eric tausendmal besser, seine dunkelbraune Haut glänzt frisch rasiert, gut eingecremt. Nur die Nase scheint größere Leiden in der Sonne ertragen zu haben, ist gerötet und pellt sich. Die schwarzen Locken kringeln sich feucht, aber trocknen schnell im warmen Wind.

Erstmal essen wir, wie ausgehungerte Raubtiere laden wir uns die Teller voll mit Gemüse und Hähnchen, darauf Soße und warmes Baguette mit Butter und es braucht keine begleitenden Worte.

Eine Wolke warmer Luft mit dem Geruch nach Wald und Lavendel zieht zu uns und alles sieht wie in dem allerschönsten Werbeprospekt aus. Ich bin so glücklich in diesem Moment, dass mir die Tränen in die Augen steigen. Gibt es das? Gibt es so viel Schönheit, Wohlbefinden, Glück und Liebe, Sonne und Wärme, rote Rosen, zauberhafte Aussicht und einen Traummann?

Wir brauchen keine Worte im Moment, der lange dauert und nur unterbrochen wird zustimmende Blicke und Nicken. Die Gläser werden nachgefüllt – jetzt ist der Rosé- Wein an der Reihe – und der Teller leert sich unter wohligem Seufzen. Satt lehne ich mich in die Kissen zurück.

»Das war schon mal sehr gut – auch wenn ich mich nicht oft selbst lobe, aber für eine normale Köchin hat es mir gut geschmeckt. Dir auch, Monsieur Chefkoch?«

»Ja, sehr gut – aber mit vollem Mund werde ich das Thema nicht vertiefen, warte ein bisschen.«

Das kriege ich hin und gucke Eric zu beim Essen und den Teller schön mit Brot sauber wischen. Dann lehnt sich auch Eric zurück.

»Das war wirklich gut, mein Kompliment. Ich hatte einen Bärenhunger und hätte alles, fast alles essen können.«

Der zweite Satzteil schmeichelt nicht, aber das Augenzwinkern macht mir klar, dass das der Humor eines satten Mannes ist.

»Bevor mir die Augen zufallen, denn jetzt werde ich hundemüde, muss ich dir noch viel erzählen. Lass uns aufräumen.«

Das fällt wahrlich schwer, selbst mir. Wir erheben uns schwerfällig und schaffen es dennoch, Ordnung zu schaffen. Köche sind ordentlich und penibel, das ist praktisch, außerdem wissen sie, wie Küche aufräumen geht und verlieren nicht unnötig Zeit. Es macht sogar Spaß und Eric findet sich in meiner Küche zurecht, als wäre es seine eigene.

Wir setzen uns wieder, jetzt nebeneinander auf die Bank mit allen verfügbaren Kissen im Rücken. Tartine nimmt sich den Kauknochen vor. Die Kätzchen jagen Schatten und Blätter unter dem Tisch. Wir schauen ihnen eine Zeitlang zu, Erics Arm liegt um mich und ich könnte an ihn gelehnt einschlafen. Nichts da, jetzt kommt die Antwort auf meine Fragen und der Bericht, was er erlebt hat.

»Also, Chérie, eine Wiederholung der Entschuldigung über mein seltsames Verhalten. Es war ein Ausnahmezustand, schlimmer als mit der Ex, aber jetzt geht es besser. Nicht dir und mir, doch uns auch, aber auch Jeanne und mir und besonders der Großmutter. Meine Lebensgeschichte war mit dem, was ich dir erzählt habe, nicht zu Ende. Meine Eltern, es fällt mir immer schwer darüber zu sprechen ...«

Seine Stimme bricht und ich schaue ihn an. Tränen glitzern und kullern über die braune Haut Richtung Kinn und ich reiche ihm ein Küchentuch, die sind irgendwie immer zur Hand, ein sauberes, versteht sich. Er schnieft, seufzt, guckt in den Garten und drückt mich fester an sich.

»Meine Eltern, mit denen ich mich jetzt endlich so gut verstand, mit denen ich meine Gedanken teilen konnte und die mir so oft geholfen haben, hatten einen Unfall, einen schweren Unfall mit dem Auto.«

Oh je, das hatte ich nicht erwartet, deswegen habe ich sie noch nicht kennen gelernt oder von ihnen gehört.

»Eric, was ist passiert? Sind sie verletzt? Warst du im Krankenhaus?«

„Nein, Isabelle, das ist einige Zeit her. Es geschah letzten Herbst. Ich war beruflich unterwegs und Jeanne in einem Seminar in Lyon. Meine Eltern fuhren eines Sonntagmorgens, sie gönnten sich einen freien Tag, Richtung Kaskaden, den Fluss hoch, zum Wandern und Baden und später zum Essen in ihrem Lieblingsrestaurant. Es war sehr früh und ihnen kamen Jugendliche, total übermüdet, betrunken und ich weiß nicht, was sonst noch, entgegen – auf der falschen Straßenseite! Mein Vater wollte wohl ausweichen und steuert das Auto in das Weinfeld auf der anderen Seite. Die Jugendlichen landeten einige Meter weiter an einer Mauer. Sie waren, wie es oft passiert bei diesen Unfällen, so gut wie unverletzt und riefen die Polizei und den Rettungswagen. Das ist ihnen hoch anzurechnen, denn sie hätten sich aus dem Staub machen können. Die Rettungskräfte waren zuerst an der Unfallstelle. Sie fanden nur meine Mutter. Sie saß tot, oh mein Gott, ich bekomme die Bilder, auch wenn ich sie nicht gesehen habe, nicht aus dem Kopf, auf ihrem Beifahrersitz. Angeschnallt, äußerlich war ihr nicht viel anzusehen, aber das Genick war gebrochen und sie war tot. Die Fahrertür stand weit auf, etwas Blut war da, nicht viel, die Airbags aufgesprungen, das Auto ein Totalschaden. Man suchte meinen Vater. Die Polizei kam später, sie hatte wegen irgendeiner Sache kaum Personal zur Verfügung. Sie suchten und suchten, aber man fand ihn nicht. Es wurde kein Verletzter, kein Toter, keine Spur von ihm gefunden. Jeanne und ich wurden benachrichtigt, wir waren schockiert und fassungslos, kamen nach Hause, mussten Großmutter seelisch auffangen, unsere Mutter identifizieren, es wurden Fragen gestellt: »Wo ist Ihr Vater? Hat Ihr Vater Probleme? Hat er getrunken? Hat er Suizidgedanken geäußert? Wie war das Verhältnis zwischen Ihren Eltern und das zu Ihnen?« Wir waren am Ende.

Das konnte doch nicht sein! Das war wie ein sehr böser Traum und wir wussten nicht, wie wir aufwachen sollten.«

»Oh mein Gott, Eric, das ist schrecklich! Die Polizei vermutete ein Verbrechen?«

Eric trinkt einen Schluck und putzt sich die Nase. Platz genug ist in dem Handtuch.

»Ja, irgendwie schon, obwohl das absurd war und immer noch ist. Sie sollten ihn besser suchen, mit Hunden, einem Hubschrauber, nicht Akten mit Formularen füllen, endlos Fragen stellen und uns verdächtigen. Die Jugendlichen bekamen ihr gerichtliches Verfahren, aber das war egal. Unsere Mutter war tot. Der Vater wie vom Erdboden verschwunden, ohne jede Spur und ohne jede Vermutung, was mit ihm war. Lag er verletzt oder tot irgendwo? Hat man ihn entführt? Wir kamen auf die ausgefallensten Ideen. Wir waren überfordert mit der Situation, dem Behördenkram, dem Gedanken an die Obduktion der Mutter und der Beerdigung. Es war schrecklich. Und die Polizei legte alles zu den Akten und in den dazugehörigen Schrank. Stillstand. Was sollten wir tun? Jeanne und ich hatten das untrügliche Gefühl, dass unser Vater lebt. Wir diskutierten tage- und nächtelang alle Möglichkeiten durch, überlegten hin und her, sprachen mit Tanten und Onkeln und allen im Familien- und Freundeskreis. Wir bezahlten Helikopterflüge über dem Gebiet, aber Vater blieb verschwunden. Wir telefonierten die Krankenhäuser und Ärzte ab, die Jäger, die Reitvereine. Was uns einfiel, wurde gemacht. Dann fuhren wir die Straßen hoch und runter, machten Aushänge mit dem Foto meines Vaters. Nachts kamen die Sorgen, die Träume vom Unfall, meiner toten Mutter, dem Vater, der blutend durch die Felder irrt. Der Herbst ging in den Winter über und es passierte nichts. Wir kamen ein wenig zur Ruhe und hatten dabei immer das Gefühl, dass Vater irgendwo ist. Das Leben ging weiter, die Arbeit rief und wir kehrten in den Alltag zurück. Großmutter wurde ruhiger und älter. Sie ist auch alt, aber sie wirkte immer zeitlos, eine typische Oma, gesund und munter. Die Munterkeit ließ nach, ersetzt durch Zurückgezogenheit und innere Einkehr. Sie hilft Jeanne weiter, doch die fröhliche Lebendigkeit ist mit dem verschwundenen Vater, also ihrem Sohn, vergangen. Die Zeit verstrich, es wurde Weihnachten, das erste Fest ohne Eltern. Auch für erwachsene Kinder eine schmerzvolle Erfahrung, das neue Jahr kam und der Frühling. Es wurde heller und wärmer und um uns war es wie früher, nur in uns nicht.

Dann kam ein schlecht verständlicher Anruf, wie ein Handy aus einem Funkloch. Ich reimte mir zusammen, um was es ging und das war nicht viel, doch es musste mit Vater zu tun haben. Die Nummer half uns nicht weiter und wir standen vor einem neuen Rätsel, es hatte etwas mit der Ardèche, Booten und Camping zu tun. Nun ist die Ardèche lang, es gibt unzählige Bootsverleihe und Campingplätze, aber es war ein Anhaltspunkt. Ich war erneut unterwegs und habe Tage an der Ardèche verbracht, Leute befragt und Handzettel verteilt. Zunächst ohne Erfolg. Dann kursierte in Saint Martin ein Gerücht über einen Mann, der in der Gegend umhergeirrt war. War es ein Tourist auf Irrwegen oder einer derer, der sich zutraute in der Wildnis unterwegs zu sein, ohne Wandertruppe und Führer? Keiner wusste Genaues. Wo war er abgeblieben und warum kam das Gerücht erst jetzt auf? Es war zum Verrücktwerden! Aber ich war unterwegs, konnte etwas tun und das tut gut und lenkte in gewisser Weise ab.«

Eric trinkt einen Schluck und meine Hand bleibt in der Luft hängen, obwohl ich nach meinem Glas greifen wollte.

»Saint Martin? Du warst in Saint Martin? Das ist doch der Ort, in dem Madeleine in die Kirche ging. Oh, entschuldige, das passt gerade nicht, aber es kam mir in den Sinn.« Ich starre Eric erstaunt an, meine Gedanken wirbeln zu Madeleine und wieder zu der aktuellen Geschichte.

»Macht nichts. Ja richtig, ein netter kleiner Ort, wir fahren mal zusammen hin. Also bin ich von Saint Martin weiter hoch gewandert. Das Auto parkte in einer Garage im Ort, Rucksack und Wasserflasche waren gefüllt und Brote geschmiert. Los ging es, weil mir mein Gefühl sagte, dass ich meinem Vater auf der Spur war, aber dass ich außerhalb der Zivilisation suchen musste. Ich wanderte und kletterte, der Ardèche flussaufwärts folgend, kleine Pfade, Funklöcher für den Handyempfang, Abenteuer pur. Was suchte ich? Spuren von meinem Vater wie bei Hänsel und Gretel? Eine Fährte wie bei der Schnitzeljagd?

Eigentlich weiß ich es bis heute nicht, aber ich musste es tun. Abends kam ich an einen Campingplatz direkt am Fluss, auf der anderen Seite des Wassers. Ein altes Haus, Bäume, eine noch leere Wiese für die Zelte. Ziegenmeckern und Glockengebimmel vom Hang, Rauch aus dem Kamin des Hauses, das hier lange im Schatten liegt. Eine entlegene Ecke in einer Flusskrümmung. Da fand ich eine Stelle zur Überquerung und kletterte drüben ans Ufer. Ein großer Hund begrüßte mich, eine ältere Frau half mir am Ufer hoch und sie dachte schon, mir sei etwas zugestoßen. Von weitem sah ich einen Mann mir den Rücken zukehrend arbeiten. Mein Vater, das war mein Vater, auch wenn er anders aussah. So schnell war ich lange nicht mehr, trotz der Wanderung und Kletterei. Dass ich nicht zusammengebrochen bin, als er sich umdrehte auf mein Rufen und als ich ihm schon nah war, war alles. Es war, es ist mein Vater. Um Jahre gealtert, irgendwie entrückt, wie vom Stern gefallen. Er erkannte mich nicht. Glücklich wirkte er, wie ein Kind vertieft in sein Spiel. Die Frau heißt Laure Epinard, sie betreibt den Campingplatz. Sie ist ein wenig seltsam, ich will nicht sagen verschroben. Alles ist altmodisch, es gibt kaum Strom, Wasser nur an einigen Stellen, kein Telefon. Alles kommt zu Fuß zum Haus oder mit der Hilfe des Esels.

Laure hat meinen Vater aufgesammelt, wie mich nach der Durchquerung des Flusses – oder er hat sie gefunden. Sie hat ihn gepflegt, er war ausgehungert und ausgetrocknet, verwirrt, sprach wirres Zeug. Sie hatte keine Ahnung, wie er heißt, wo er herkommt, was mit ihm ist und da Laure Laure ist und ihren eigenen Kopf hat, hat sie nichts unternommen, also keine Polizei und keinen Arzt gerufen. Sie hat ihn behalten wie ein Fundkätzchen oder zugelaufenen Hund. Sie hat für ihn gesorgt und es scheint ihm zu gefallen. Mein Vater arbeitet auf dem Gelände, hilft auf dem Camping, versorgt die Tiere, kocht – oh Wunder – und das nicht mal schlecht, aber er verrät weder seinen Namen noch von wo er kommt oder was passiert ist. Er verliert, im wahrsten Sinne des Wortes, keine Worte, sagt Laure. Sagt oui und non und merci und bonjour, nie Worte wie merde oder zut alors. Das war mal anders.«

Eric lächelt, ein wenig bitter, logisch, da hätte man lieber einen Vater, der mal flucht und sich äußert, als einen, der schweigt und zu dem man nicht vordringt.

»Das gibt es doch nicht! Das ist wie im Fernsehen, der unbekannte Mann, der aus der Wildnis kam und Rätsel aufgibt. Es geht ihm also gut und er ist noch bei dieser Laure?« Mittlerweile sitze ich angespannt im Schneidersitz auf der Bank und halte mich am Weinglas fest.

»Ja, ich wollte ihn nicht fortbringen. Er erkennt mich nicht, aber er kennt Laure und die Tiere, die Ziegen, die Hühner und den Esel. Er ist verändert, kann arbeiten und kochen, verhält sich normal, ist aber in sich zurückgezogen, versunken. Er braucht kein Gespräch, antwortet nicht auf Fragen über seinen Namen, reagiert nicht und guckt jeden freundlich an. Dass er mich nicht erkennt, tut weh. Aber er lebt, ist ohne äußere Verletzungen und Narben. Es war eine ordentliche Wegstrecke von der Unfallstelle bis zu dem Camping. Das waren Tage allein, ohne Wanderkarte, ohne vernünftige Wanderkleider, ohne Verpflegung. Eigentlich unvorstellbar. Er war oder ist wie unter Schock, nachdem er meine tote Mutter gesehen hat, so stelle ich mir das vor.«

»Weiß deine Schwester Bescheid? Und Großmutter?«

»Ja sicher. Das habe ich beiden schonend beigebracht, wenn man so etwas schonend sagen kann. Dass er lebt und wohlauf ist und dass ich ihn dort gelassen habe. Wir müssen überlegen, was wir unternehmen«, antwortet Eric mir traurig.

»Wie haben sie es aufgenommen? Deine Nachricht?«

»Großmutter nickte nur, das hätte sie gewusst, dass ihr Sohn lebt. Sie ist froh, dass er dort gut aufgehoben ist. Seltsam abgeklärt war ihre Reaktion, aber weise. Die Weisheit des Alters, die Ruhe und Sanftheit, die sie immer ausstrahlt. Ich bin froh, dass sie es so aufnimmt und nicht noch mehr leidet. Der Tod von Mama war furchtbar für sie. Die Trauer, die Fragen zu dem Warum, dem Wie und der große Schmerz.«

»Und deine Schwester?« Ich bin den Tränen nahe, sehe Jeanne vor mir und leide mit ihr, mit der Großmutter, mit allen, die betroffen sind.

»Sie weinte, als wäre ein Stein von ihrer Brust genommen, sagte sie. Das stimmt, das fühle ich auch. Es ist auf der einen Seite die Erleichterung, dass die Suche und das Rätselraten ein Ende haben. Wir wissen, dass Papa ein Bett hat und zu Essen, er wohlversorgt ist und dass Laure auf ihn aufpasst.«

Wir überlegen und sortieren die Gedanken. Ich fühle mich in das Geschehen ein, während Eric weiter ist und die Fragestellung, wie man jetzt vorgeht, beackert.

»Laure hat nach dem Winterschlaf ihres Campingplatzes und mit Wiedereintritt in die Zivilisation durch die Zeitung und Marcel, ihren Lieferanten, von dem Unfall erfahren«, fährt Eric fort. »Von dem vermissten Mann und der Suche nach ihm, die erfolglos blieb. Da hatte sie die Lösung des Rätsels, einen Namen für den Unbekannten, den sie ins Herz geschlossen hat. Laure hat einen siebten Sinn für Vieles, sie ist eine Heilkundige, verbunden mit der Natur und altem Wissen. Sie erzählte, dass sie sich Gedanken gemacht hatte über meinen Vater, sie konnte ohne seine Worte das Wesentliche erfühlen. Aber an die Geschehnisse vorher kam sie nicht, da war eine Blockade, wie sie sagt. Da hat Papa sich verschlossen und sein Geheimnis bewahrt.«

Ich habe den Kloß im Hals, wie sonst bei Gedanken an Johannes. Der Tod der Mutter ist schon eine Tragödie, jetzt die Geschichte des Vaters, das ist hart. Ich küsse Eric sanft auf die Wange, rutsche auf seinen Schoß und umarme ihn, so fest ich kann. Er war nicht einfach wandern und hat sich eine Auszeit genommen. Ich fühle seine Unruhe und Traurigkeit. Wir realisieren, was vor uns liegt. Vor uns liegt, da bin ich bei Jeanne und Eric und ihre Probleme sind meine Probleme.

Die arme Jeanne. Sie hat ihre Mutter verloren, arbeitet weiter im Restaurant als wäre nichts passiert. Durch den Tod von Johannes kann ich die Trauer nachempfinden und habe genau dort einen wunden Punkt, der mich schnell zu Tränen rührt.

Chantal hat nie ein Wort zu der Tragödie verloren. Warum? War es ihr unwichtig und zu alltäglich? Aber wir haben immer viel zu erzählen, da ist der Unfall und das Verschwinden von Erics Vater untergegangen.

Ich bekomme Kopfschmerzen. Ich bin müde und traurig und dabei froh, dass ich auf Erics Schoß sitze, in seinen Armen, obwohl er in den mittlerweile finsteren Garten starrt und im off-Modus ist.

»Komm Eric. Ich bin vollkommen erledigt. Ich muss ins Bett und kann nicht mehr denken, nur noch schlafen.«

Ich ziehe ihn hoch, drücke ihm Kissen und Decken zum Reintragen in die braunen Arme, die zerkratzt aus dem weißen Hemd rausschauen. Nun muss der arme Eric mit mir in einem Bett schlafen, das glücklicherweise ausreichend breit ist und genug Decken und Kissen bietet. Wir liegen im Bett wie Brüderchen und Schwesterchen, beide todmüde, kein schöner Vergleich, nur müde und froh zu liegen und kuscheln aneinander. Ich denke, wie wundervoll, und Eric atmet nach einigen Minuten im Schlafrhythmus. Für Abenteuer unter der Bettdecke haben wir keine Kraft mehr.

Kapitel 33

Es ist noch sehr früh, als ich aufwache und mich langsam auf die Seite drehe. Warum liegt ein junger, braun gebrannter, ansehnlicher Mann neben mir und schnarcht sanft vor sich hin, wo sonst kleine Katzen krabbeln und mir die Ohren bearbeiten, um mich aus dem Bett zu locken? Es ist dämmrig, die Schlagläden sind halb geschlossen und mildern das Sonnenlicht. Die Gedanken erwachen, ich liege neben Eric, genieße die Ruhe. Der Kopf beginnt die Erlebnisse und Erics Bericht zu verarbeiten. Langsam und der Reihe nach, bitte. Ich besinne mich auf das Gute und Schöne am Vortag, gestehe dem Geist ein Problem zu und trage ihm die Aufgabe der Lösung auf. Bei aller Dramatik und Tragik ist es, wie es ist und nicht mehr zu ändern, auf jeden Fall nicht für Erics und Jeannes Mutter, nur für den Papa.

Ich lausche dem leisen Schnarchen. Eric schläft tief und fest. Ich lasse ihm seine Ruhe und stehe vorsichtig auf, um das Frühstück vorzubereiten.

In der Küche warten die Tiere. Die Waschmaschine leuchtet und blinkt unverdrossen mit ihrem Lämpchen und erinnert mich an die gewaschene Wäsche von gestern, die nach draußen in die Sonne möchte. Wäsche aufhängen ist schön, genau wie der Anblick der bunten Wäschestücke an der Leine. Der Geruch von frischem Wind und purem Sauerstoff ist das Beste für die Wäsche und meine Nase. Nach dieser erfreulichen Tätigkeit setze ich die Kaffeemaschine in Gang und alle Vierbeiner versammeln sich an ihren Näpfen. Ich horche nach oben. Da ist es ruhig.

Ich lese im Internet zu Begriffen wie Schock, Trauma, Unfallverarbeitung und suche in alten Ausgaben der Midi libre nach einer Meldung über den Unfall seiner Eltern. Die Unfallmeldung im Frühherbst 2016 finde ich. Es ist nur eine Notiz ohne viel Information. Dann trapst etwas die Treppe runter. Eric blickt mich verschlafen um die Ecke an und hält sich am Türrahmen fest.

»Wie spät ist es? Gott, was war ich müde! Das tat gut, in einem richtigen Bett zu schlafen und in so angenehmer Gesellschaft!«

Ich bekomme einen Morgenkuss, aber da ist noch kein Pep hinter. Trinken wir besser erst einen Kaffee und tanken Energie auf der Terrasse in der Morgensonne. Die Wäsche flattert und wird im Handumdrehen trocken sein.

Nach dem Frühstück fährt Eric ins Dorf. Er möchte mit Jeanne und der Großmutter sprechen, doch es soll nichts über das Knie gebrochen werden, was den Vater betrifft. Am Abend werden wir den Jeep zurückbringen, wo Eric ihn von einem Kajakverleiher oberhalb des Campingplatzes von Laure geliehen hat. Sein Sportwagen steht in Saint Martin und wir könnten durch den Ort spazieren und zu Abend essen.

Ich muss mich von den Problemen ablenken und besuche Chantal, die ich gefühlt ewig nicht gesehen habe. Tartine läuft den Weg entlang und freut sich schon auf ein vernünftiges Spiel mit einem Artgenossen. Meine Freundin ist mit Hausarbeit beschäftigt und Baptiste ist im Garten. Sein Strohhut leuchtet aus dem Grün und Bunt der Beete und eine gepfiffene Melodie schwebt über den üppigen Zucchinipflanzen und Bohnenreihen. Lulu sitzt in der geräumigen Sandkiste, ein Sonnenschirm behütet sie, und arbeitet mit Förmchen und Schäufelchen. Was eine Idylle.

»Bonjour, Chantal! Bonjour Baptiste und Lulu! Wie geht es euch?«, rufe ich und schaue, wer mir antwortet. Wie zu erwarten, schaut Baptiste nur kurz auf und schwenkt ein Bündel Möhren zum Gruß. Lulu winkt mit einer roten Plastikschaufel und wendet sich wieder hochkonzentriert dem Sand zu. Chantal ergreift als Einzige die Chance, ihre Arbeit zu unterbrechen und stellt den Putzeimer auf Seite.

»Hallo, Isabelle, da freue ich mich, dich zu sehen und Grund für eine Pause zu haben. Ich bin aber auch so gut wie fertig. Das Putzwasser kommt ins Blumenbeet und wir setzen uns.«

Wir lassen uns vor dem Haus nieder, ein Tablett mit einer Thermoskanne Kaffee, Bechern und dem scheinbar immer vorhandenen Kuchen neben uns und bekommen damit im Handumdrehen die Gesellschaft der Familie. Nach einem Imbiss sind wir allein, rühren versonnen die Milch im Kaffee und ich berichte Chantal unter dem Siegel der Verschwiegenheit und in Kurzfassung die Geschichte, die Eric erzählt hat. Das mit dem Unfall hat Chantal gewusst, aber da sie nicht eng mit Jeanne befreundet ist, hat sie es nicht weiterverfolgt.

Der Vater von Eric heißt Philippe und seine Mutter Camille und einen Familiennamen haben sie auch, berichtet sie mir. Da habe ich gar nicht nachgefragt, aber er passt: Beauchêne, zu Deutsch schöne Eiche. Die Großmutter heißt Clara, sie ist die Mutter von Philipp und Schwiegermutter von der toten Mama.

Natürlich wird sie die Geschichte von Erics Vater keinem erzählen, auch nicht Baptiste, der sich sowieso mehr für den Wetterbericht und Sportnachrichten interessiert als für den Dorfklatsch. Wir holen bei Baptiste das frisch geerntete Gemüse für die Küche und bringen das Grünzeug zu den Hühnern. Die Hunde legen sich freundlicherweise zu Lulu an den Rand der Sandkiste und beobachten, was sie backt und baut. Schwer beladen mit Gemüse und einem Dutzend dunkelbrauner Eier spaziere ich am Nachmittag zurück und räume die Sachen in den Vorratsraum und Kühlschrank.

Ein Auto fährt in den Hof und der Hund läuft zur Haustür. Es ist Eric, umgezogen, in der einen Hand ein Tablett unter einem Handtuch und in der anderen einen Weidenkorb.

»Nachschub für den Kühlschrank! Bei unserem Küchengespräch und Diskussion über Papa haben wir auf Vorrat Dips, Vor- und Nachspeisen gezaubert. Das Bistro ist fürs Erste versorgt und ich habe uns von allem etwas mitgebracht.«

»Das ist genial, ab damit in den Kühlschrank. Dann brauchen wir nicht essen zu gehen, wenn wir das Auto zurückbringen.«

Mein Eric Beauchêne räumt die Sachen in den Kühlschrank. Meiner? Ja, wenn ich ihn mir so ansehe, auch wenn es nur der Rücken ist, wird es mir warm ums Herz. Fuchs und schöne Eiche, das passt, nicht nur von den Nachnamen. Das passt zum Wald, ist eine Verbindung von Deutschland und Frankreich und meine Gedanken flattern mit den Schmetterlingen zwischen den Begriffen und Namen.

Wenig später sitzen wir in dem Jeep, der schmutzig und heruntergekommen ist, aber fährt, wenn er auch besorgniserregende Geräusche von sich gibt. Wir knattern durch das Dorf und die Straße bergab. Der Sommerfahrtwind ist warm, das Gefährt mehr offen als geschlossen und ich habe das Gefühl auf einer Safari zu sein. Es ist zu laut zum Sprechen, wir gucken uns kurz an und lachen, was ein Auto! Die Fahrt geht die Rhône aufwärts und dann folgen wir dem Lauf der Ardèche. Rechts und links liegen Weinfelder, Wiesen mit Kirschbäumen, Dörfer und einzelne Gehöfte. Eric wird langsamer, fährt rechts an einem Feldweg an den Rand und deutet auf die gegenüberliegende Straßenseite.

»Da ist es passiert. Dort im Weinfeld stand der Wagen mit meiner Mutter. Man sieht es heute nicht mehr, der Bauer hat die Unfallstelle wieder so hergerichtet, dass man es nicht erkennt. Wir haben an der Rebzeile eine dunkelrote Rose gepflanzt, wir wollten kein Kreuz oder einen Gedenkstein.«

Er legt seinen Kopf auf die Hände, die das Lenkrad fest umschließen. Ich schaue über die ruhige Landstraße, stelle mir den Morgen vor, die Autos und den Unfall. Die Rose leuchtet blutrot, das Weinlaub ist hellgrün glänzend. Trotz des schrecklichen Unfalls, der sich hier abgespielt hat, liegen Frieden und Gelassenheit über dem Ort. Ich streiche über Erics Rücken, der warm ist und sich mit seiner Atmung bewegt. Was soll ich sagen? Dass es mir leidtut? Dass er mir leidtut und seine Mutter, die dort gestorben ist, und sein Vater, der aus der Bahn geworfen wurde?

Eric sieht mich mit verdächtig glänzenden Augen an, blickt nach vorne und sagt mehr zu sich selbst als zu mir: »Das ist so anstrengend, das alles. Manchmal möchte ich wieder weglaufen, weg von alldem. Weg von der Trauer, dem Tod, der Frage, was wir machen sollen und nach dem Warum.«

»Das verstehe ich. Es sind viele Baustellen, viel Ärger, viele Tränen und Fragen und ich kann nur sagen, dass alles vorbei gehen wird. Alles wird seinen Lauf nehmen, ein gutes Ende finden.«

Das hört sich platt und plump an. Wie ging es mir noch bis vor kurzem? Ich gucke tief in seine braunen Augen, schmelze vor Mitleid und Liebe und muss mir selbst die Nase putzen. Nach einigen Trauerminuten und Starren in das Weinfeld startet Eric den fahrbaren Untersatz, setzt knirschend rückwärts auf die Straße und fährt weiter. Im nächsten Ort biegen wir von der Straße ab und kurven durch die Gassen bis zu einer Autowerkstatt. Der Sportwagen von Eric steht unbeschadet in der Garage und nach einem Gespräch unter Männern und Autoschraubern mit viel auf den Rücken klopfen und Gesten aller Art, von denen einige mich betreffen, wie es eindeutiger nicht sein kann, kommt Erics Auto neben mir zum Stehen. Nach einer Einweisung sitze ich nun auf dem Fahrersitz. Eric fährt mit dem Jeep voraus und ich folge ihm und bin froh, als ich den Blicken der Werkstattcrew entkomme. Alles in diesem Auto ist klein, kurz, eng und ein wenig kantig und ich sitze gefühlt direkt über der Straße. Wir passieren das Dorf und rollen auf der Landstraße entlang des Flusses. Überall sind Campingplätze und Kajakverleihe und alles ist auf Fremdenverkehr ausgerichtet. Voller Konzentration verfolge ich den Jeep und bin erleichtert, als wir nach einer gefühlten Ewigkeit an einem Parkplatz anhalten. Eine Imbissbude mit Fähnchen und Drehschildern lädt zu einer Erfrischung ein. Wir parken die Autos nebeneinander und steigen aus.

»Machen wir eine kurze Pause. Mein Auto lassen wir bei Robert, der hier arbeitet.«

Nach einem Glas Wasser, einer wiederholt gestenreichen Erklärung unseres Vorhabens an alle Anwesenden und unter den Blicken von Robert geht es mit dem Jeep in die Walachei. Die staubige Schotterpiste führt an einer hochgestellten Schranke vorbei und durch Gebüsch bergab bis zu einem Platz mitten im Nichts. Ein Wellblechdach sieht nach dem Unterstand für das Auto aus. Sein Schatten ist belagert mit kreuz und quer gestellten Fahrrädern und einem Haufen Brennholz. Ein Durcheinander, das dem Jeep sein Zuhause verwehrt, so dass Eric daneben parkt und wir zu Fuß weitermarschieren. Der Besitzer des Wagens wird sich sein Gefährt hier abholen, versichert mir Eric, ein unkompliziertes Autotauschen und -ausleihen, denn der Schlüssel wird im Radkasten »versteckt« und damit ist die Sache erledigt.

Der Nachmittag ist warm. Der Fahrtweg schlängelt sich bergab und verschwindet hinter dem nächsten Bergrücken. Eric strebt zielstrebig auf einen Fußpfad zu und macht sich in dem Wald-Gebüsch davon. Ich beeile mich, hinterherzukommen. Sandige Stellen und Felsen wechseln sich ab, dann kommen Passagen mit Geröll und Wurzeln und Bücken unter den Zweigen des Buchsbaums oder der Steineichen. Ich erhasche einen Ausblick ins Tal, aber Eric ist so schnell, dass ich hochkonzentriert auf den Weg und meine Füße gucke. Ab und zu zweigen kleine Pfad ab, an die Eric keinen Blick verschwendet, sondern es geht flott auf dem Hauptpfad voran. Ich füge mich und folge dem weißen Hemd und den braunen Beinen unter der kurzen Hose. Endlich wird es lichter und der Pfad angenehmer. Eric bleibt stehen und ich laufe in seinen Rücken, weil ich mit dem Blick auf meine Füße beschäftigt bin.

Wir schauen durch das offener werdende Buschwerk auf den Hang unter uns. Ein kleines Haus liegt am Hang, Nebengebäude kuscheln sich an die Seiten, dann einige wenige bunte Zelte unter den Bäumen. Eine Leine mit Wäsche und Handtüchern ist gespannt, zwei Kajaks liegen am Ufer des Flusses.

Eine Familie sitzt an einem Grillfeuer, Kinder spielen Ball, Ziegen meckern, ein Esel meldet sich lautstark. Ferienstimmung, Sommergerüche von Grill, Pinien, Wald und dazu die Geräusche der Menschen und Tiere.

Hier lebt Erics Papa? Philipp Beauchêne? Ich bin aufgeregt, weil ich nicht weiß, was mich erwartet. Eric geht es ebenso. Ich klebe an seinem Rücken und höre sein Herz schnell schlagen, was nicht vom bergab laufen kommt. Er sucht unter den Menschen nach seinem Vater oder Laure. Ich bin gespannt, wer sie ist, wie sie aussieht und wie sie mit dem rätselhaften Gast umgeht. Ich lege meine Arme um Erics Bauch und drücke ihn feste. Wie fühlt er sich? Was für eine vertrackte Situation!

Nach der Atempause wandern wir das letzte Stück des Pfades. Rechts von uns stößt der Feldweg dazu.

»Hier kann man zur Not, aber wirklich nur zur Not fahren. Laure mag keine Autos und wenn es irgendwie geht, wird alles zu Fuß, mit Hilfe des Esels oder des Traktors erledigt. Die Autos bleiben an der Straße oder im Dorf, das man von hier aus zu Fuß entlang der Ardèche erreichen kann. Eine wunderbare Idee alles autofrei zu halten, vor allem für die Kinder. Die Leute, die hier Urlaub machen, sind dadurch vorsortiert und passen auf diesen Campingplatz«, erklärt Eric und sucht meine Hand. Die ist zugegebenermaßen verschwitzt, aber fügt sich gerne ein. Da wir keine der gesuchten Personen unter den Feriengästen ausmachen, gehen wir in Richtung Haus. Das ist klein und hutzelig, ein Dornröschen-Haus. Ein uralter Maronenbaum steht in der Nähe und erinnert mich an meine Marone zuhause, die aber bedeutend kleiner ist. Dieser Baum ist knorrig gewachsen wie ein alter Olivenbaum. Ein Rosenstock wächst an der Giebelseite an dem Haus und trägt rote Blüten in einer überraschenden Fülle. Es duftet nach Rosen und dem Lavendel, der zu Füßen des Rosenwunders blüht, und zusammen mit der Bruchsteinwand und einem Holzfenster ergibt es ein Bild zum Dahinschmelzen. Aber keine Zeit zum Schmelzen, Eric klopft energisch an die offenstehende Haustür.

»Hallo?«

Durch den obligatorischen Fliegenvorhang, die hübsche Variante mit Perlen und nicht die überdimensionierten Pfeifenputzer, spähen wir in die Dunkelheit des Hauses.

Nichts. Oder doch? Oben knarrt das Holz der Treppe, wir hören Schritte und ein Antwort-Hallo.

»Moment, j'arrive ...«, und Madame kommt die Treppe heruntergetrappelt. Sie ist nicht alt und nicht jung, irgendwo dazwischen, zeitlos. Klein und drahtig steht sie vor uns mit einem langen Leinenrock, darüber ein Top und eine Bluse, die dunkelblonden Haare sind kunstvoll aufgesteckt. Laure ist braungebrannt und hat Lachfalten im Gesicht, das uns freundlich und erwartungsvoll, leicht fragend mustert.

»Ah Eric, du bist es. Ich erkenne dich kaum gegen das helle Licht. Wen hast du denn mitgebracht?«

»Bonjour, Laure, ja, ich bin es und ich habe meine Freundin Isabelle dabei. Ich habe ihr alles erzählt und jetzt muss sie mitkommen ...« Er guckt mich eindringlich an »... und sich alles in Echt ansehen, um mitreden zu können.«

Laure lacht und lässt erst mir und danach Eric die typische Begrüßung angedeihen, die Luxusvariante mit drei Küssen für enge Freunde und Familie, angemessen angesichts der Schwere des Bandes, das uns um Erics Vater verbindet.

Wir werden auf die Terrasse geschickt, die im Schatten des Hauses liegt, mit Sicht auf den Fluss und es juckt mich ins Wasser zu springen. Ein großer grauer Hund liegt im Tiefschlaf an den Blumenkübeln und mustert uns verschlafen aus minimal geöffneten Augen. Aber wir sind es nicht wert, sich zu erheben, und er schläft weiter. Ich ziehe schon mal die Turnschuhe und ehemals hellen Socken aus, die auf dem Weg farblich gelitten haben. Die warmen Steinplatten fühlen sich angenehm an. Ein Weinstock rankt neben dem Haus und bildet eine Pergola mit luftig-grünem Dach über der Terrasse. Hier stehen Blumentöpfe und Kübel und Gefäße mit Blumen, noch mehr Lavendel und Rosmarin, ein Kasten mit Basilikum, Gießkannen mit Wasser für die abendliche Tränkung, eine verwitterte Holzbank, Stühle und ein runder Steintisch. Auf dessen Platte stehen Tabletts, die mit Kräutern und Blüten zum Trocknen bedeckt sind. Das erinnert an die Umschlagseite eines Heilkräuterbuches. Wir suchen uns die schönsten, schattigsten und aussichtsreichsten Plätze und blicken suchend umher. Wo mag Philipp sein? Laure kommt mit schlappenden Espadrilles um die Ecke und hat ein weiteres Tablett in den Händen. Nicht mit Kräutern, sondern mit Gläsern, einem Krug Wasser, einer Karaffe mit Rosé, Espressotassen und einem Teller mit appetitlichen Gebäckstücken. Wie hat sie das denn so rasch herbeigezaubert? Oder hatte sie alles schon vorbereitet? Wohl kaum, da sie nicht wusste, dass wir kamen. Eine faszinierende Frau. Wir räumen die Kräutertabletts auf der Tischplatte zusammen, um Platz für das neu eintreffende Tablett zu schaffen. Dann verteilt Laure ohne Federlesen die Getränke und setzt sich zu uns. Erwartungsvoll mustert sie mich und ich stelle mich vor, ich heiße Isabelle, komme aus Deutschland und bin jetzt hier, weil … Die Zusammenfassung meiner Lebensgeschichte, beschränkt auf die für den Zuhörer wissenswerten Einzelheiten, beherrsche ich nach den Übungsläufen. Hier und heute füge ich eine Bemerkung zu Madeleines Tagebuch und ihrem Heilkräuterbuch hinzu, da mir das so wichtig erscheint, dass ich es nicht auslassen kann. Und Laure reagiert angemessen und ich merke, dass sie das Thema gerne vertiefen würde, wenn wir nicht wegen etwas anderem, wegen jemand anderem hier wären. Es wird sich Zeit und Gelegenheit ergeben, Laure die Geschichte zu erzählen. Sie erinnert mich an Joséphine aus dem Tagebuch, die Frau, bei der Madeleine eine Zeitlang wohnte. Es gab immer Heilerinnen und ich habe den Eindruck, dass Laure eine alte Heilerin ist, angefüllt mit überliefertem Wissen, voll Güte und Liebe und mitten im Leben.

Laure erzählt mir die Geschichte, wie Philipp, von dem sie nicht wusste, wer er war und wie er hieß, zu ihr fand. Sie empfindet es so, es war kein Zufall, sondern Bestimmung. Sie war erstaunt, wusste jedoch von Anfang an, dass Philipp Schreckliches zugestoßen war, er traumatisiert war und Hilfe benötigte. Es ist ein Glück, dass der Campingplatz über Winter verlassen ist und Laure hier allein lebt. Die Lieferungen von Marcel erfolgen einmal wöchentlich und nach einem festgelegten Plan, ansonsten ist sie ungestört. Es besteht daher keine Gefahr, dass man Philipp entdeckt und meldet. Auf der anderen Seite spürt sie die Sorgen der Familie von Philipp, aber ihr Hauptaugenmerk liegt auf dem Wohlbefinden von Philipp. Sie nennt ihn Monsieur oder, wenn sie zu Scherzen aufgelegt ist, jeune homme. Monsieur erholt sich körperlich, passt sich dem Alltag an und hilft ohne Worte und Fragen in Haus und Hof. Nur Gespräche sind Fehlanzeige. Laure hält es wie mit den Tieren und Pflanzen und kommuniziert in Gedanken und Bildern mit ihm. Das muss man glauben oder verstehen oder auch nicht. Ich glaube ihr, verstehe es nicht so ganz, aber Laure macht einen authentischen, natürlichen und absolut nicht verrückten Eindruck, dass ich ihr fast alles abnehme, was sie erzählt. Eric sitzt neben mir und trinkt Espresso und Wasser. Er schenkt uns Wasser nach und zieht sich ebenfalls die Turnschuhe aus.

Laure ist mit ihrem Bericht fertig. Wir haben die Situation erfasst und das Puzzle um Philipp ist fertig gepuzzelt. Was passiert nun? Philipp kann nicht immer hierbleiben, weil es über kurz oder lang an die Öffentlichkeit kommt, dass Laure einen Mann beherbergt, der ihr hilft, den aber keiner kennt, und lügen ist die Sache mit den kurzen Beinen. Oder der langen Pinocchio-Nase. Beides ist nicht gut. Laure wird sich offenbaren müssen. Ein Fragezeichen hängt über uns oder ist es ein Ausrufezeichen?

Laure schickt uns ans Wasser. Philipp ist dort und angelt. Es gibt zwar zurzeit keine angelbaren Fische, aber es macht ihm Freude, mit der Angel am Fluss zu sitzen. Wer weiß, was in seinem Kopf vorgeht.

Wir gehen Hand in Hand über den Pfad, der glücklicherweise für nackte Füße schonend mit glatten Steinplatten, ähnlich wie die Terrasse, belegt ist, zur Ardèche. Der Hund hat sich unauffällig angeschlossen und folgt uns wie ein Schatten. Ein sympathischer und unaufdringlicher Hund.

Wir sehen ihn: Ein Mann auf einem Stein, ein kariertes Hemd, die Angel baumelt über dem Wasser, in dem auch die Füße vermutet werden. Der Stein liegt wie für Angler gemacht am Ufer und dahinter wachsen Weiden und Gesträuch, die ihren Schatten bis auf den Mann werfen. Wir gehen in einigem Abstand zum Ufer und können unsere Blicke nicht von Philippe lösen. Schwierig, wenn man eigentlich auf die Füße gucken muss, denn die Steine erfordern Aufmerksamkeit. Wir stehen mit den Füßen im kühlen Wasser und mustern Monsieur von der Seite. Er sieht aus wie Eric, nur eine ältere Ausgabe. Ich registriere graue Haare, braun gebrannte Haut, Falten und einen Dreitagebart. Eric räuspert sich leise.

»Monsieur, beißen sie, die Fische?«

Keine Antwort, geschweige denn eine Reaktion. Kein Zucken, kein Erschrecken, keine Bewegung. Als wäre er taub und würde unsere Anwesenheit nicht spüren. Philipp hält die Angel fest, guckt in das rasch strömende Wasser und ist bei sich. Nicht bei uns, nicht bei seiner Umwelt. Meditation in Höchstform, geht mir durch den Kopf. Wir rücken einen Meter näher. Wie an ein wildes Tier mit der Sorge, dass es uns bemerkt, aufschreckt und davonläuft. Aber keine Sorge, dieser Angler ist entspannt und wir stören ihn ganz und gar nicht.

Wir setzen uns ebenfalls auf einen Stein und platzieren die Füße wie Philipp im Wasser. Meditieren wir gemeinsam. Ich schweife zu der Betrachtung der Steine im Wasser ab, der romantischen Flusslandschaft, den Schwalben, die ihre Kreise über der Wasseroberfläche ziehen. Die Sonne scheint, es ist Sommer und herrlich. Ich plansche vorsichtig mit den Füßen im Wasser und versuche leise zu sein.

Eric blickt seinen Vater an. Nicht verstohlen, das ist nicht nötig, sondern liebevoll und voller Aufmerksamkeit. Ob er jetzt, ähnlich wie Laure es beschreibt, mit ihm spricht in Gedankenbildern? Ich mag nicht sprechen in diesem wortlosen Frieden und schicke der Welt Liebe und Sanftheit, in Gedanken versteht sich. Jetzt fange ich auch schon damit an. Es scheint ansteckend zu sein. Madeleine taucht in meinem Kopf auf. Sie ist hier in der Nähe geboren und aufgewachsen. War sie an der Ardèche? Badeten Kinder früher mit Vergnügen im Wasser? Sicher. Nur ohne modische Badebekleidung, ohne Sonnenschutzfilter, Hütchen und besorgte Eltern am Ufer.

Eric fängt an zu singen, ein Kinderlied, eine eingängige Melodie mit Refrain. Philipp wackelt mit dem Kopf, wiegt kaum wahrnehmbar seine Schultern und dreht sich ein wenig in unsere Richtung. So können wir ihn besser sehen. Er schmunzelt, meine ich, blinzelt auf das funkelnde Wasser und seine Angel.

Eric hört nach einigen Minuten mit der musikalischen Untermalung der Flussidylle auf, leider, ich fand es angenehm, verharrt abwartend und sagt leise: »Au revoir, Papa.«

Es kommt keine Reaktion. Wer weiß, ob und was sich da im Inneren abspielt. Wir stehen auf und gehen aufs Trockene. Die Füße sind abgekühlt und sauber. Eric nimmt meine Hand, dreht sich zu mir und flüstert:

»Ich glaube, wir gehen besser und lassen ihm seine Ruhe. Er weiß oder weiß es nicht, je nachdem was besser für ihn ist, dass ich hier bin, dass wir an ihn denken und uns kümmern. Er mag nicht Kontakt aufnehmen. Das tut weh, ich könnte weinen, aber es tut mir weh, nicht ihm. Darum geht es doch, oder?«

»Ja, richtig. Ich meine, er hätte reagiert, unmerklich fast, aber es tat ihm gut und ich würde, wenn es mein Vater wäre, auch nicht mehr machen oder ihn zwingen, mich anzugucken oder mit mir zu reden. Nach dem, was passiert ist ... Wir sollten zu Laure gehen.«

Laure ist mit der Buntwäsche beschäftigt. Sie hat keine Waschmaschine, sondern eine Zinkwanne auf einem Stuhl im Schatten stehen. Ein buntes Männerhemd, T-Shirts und Socken baden in der trotz der Hitze dampfenden Waschbrühe. Laure steht im Top da, die Bluse von eben weicht mit anderen hellen Stoffen in einem Eimer ein. Den Seifenschaum von den Händen wischend kommt sie zu uns und wir setzen uns um den Tisch.

»Was sagt Philipp?«

»Nicht viel bis Garnichts. Er wirkt zufrieden wie eine Katze in der Frühlingssonne. Das Schnurren fehlte, aber vielleicht lernt er das im Ausgleich zu den fehlenden Worten. Es tut mir leid, aber eher wegen mir selbst und der Familie. Ich weiß nicht, was wir tun sollen, denn wir können seine Anwesenheit nicht lange verheimlichen oder ihn unter falschem Namen hier leben lassen, ohne Ärger zu bekommen.«

Laure nickt und sieht in Philipps Richtung.

»Lass uns ein paar Tage, Eric. Ich brauche die Zeit und ihr müsst alles überdenken. Vielleicht macht es Sinn, mit den zuständigen Leuten zu sprechen. Kennst du nicht bei der Gendarmerie jemanden, der ohne Vorbehalte helfen kann, uns Informationen geben und unterstützen würde?«

Eric schaut in sein Wasserglas, als ob er die Antwort dort findet, wie in der Glaskugel der Wahrsagerin.

»Doch, ich kenne Leute bei der Polizei und den Ämtern. Dort werde ich mich am Montag schlaumachen, wer aktuell auf welchem Posten sitzt und uns Auskunft geben könnte. Ich glaube, für heute reicht es und wir lassen euch in Ruhe.«

Laure nickt. »Ja, nächste Woche schauen wir weiter und treffen uns. Ich habe die ersten Campingleute hier und der Ansturm von Gästen kommt am Montag. Dieses Jahr habe ich mich bei den ersten Anmeldungen wegen Reparaturen rausgeredet. Wir wollten unsere Ruhe, aber nun muss es losgehen, sonst fehlen mir die Einnahmen und die Leute fragen nach.«

Wir tragen das Tablett mit den Gläsern und Getränken ins Haus. Hier ist es kühl und schummerig. Man steht sofort in einer Wohnküche, es gibt keinen Flur, man ist direkt mittendrin. Links ist eine altmodische Küche, in der die Zeit stehengeblieben ist, wie ein Küchenmuseum. An der Decke hängen Kräuterbüschel und Mobiles aus Holz und Treibholz mit Zapfen und Muscheln. Am Boden liegen dunkelbraune Fliesen und ein Reisstrohteppich. Um einen Holztisch stehen Stühle mit bunten Kissen. Rechts steht ein Bett unter dem Fenster, daneben Regale mit Büchern und Gläsern gefüllt mit Kräutern und ein gemütlicher Sessel mit einem Lammfell. Neben dem Sessel steht ein riesiger Hundekorb mit einer Decke. Laure bemerkt mein Interesse an ihrer Inneneinrichtung und lacht.

»Altmodisch ist es bei mir, aber so mag ich es. Ich wasche die Wäsche wie früher, koche das Essen auf dem Holzherd, habe einen Garten, Hühner, die Ziegen und manchmal Milch, meine Kräuter und Gewürze und bin recht unabhängig von der Außenwelt. Ich muss das Moderne nicht haben, manches ist gut und ich mag es, aber es ist nicht viel. Ich passe sicher gut in die Welt von deiner Madeleine und du musst im Winter ausführlich erzählen und mir die Bücher zeigen, wenn du magst.«

»Oh, natürlich mag ich und das werden wir sicher machen. Ich finde es spannend und interessant hier, die Gegend um dein Haus, die Natur, die Kräuter, die Heilkräuter und was man alles selbst machen kann.«

Eric umarmt mich von hinten und zieht mich Richtung Tür. Er hat es eilig.

»Komm Isabelle, wir sind nächste Woche wieder vor Ort und schauen dann weiter. Salut Laure und sag Philippe auch Salut und bis die Tage. Danke, vielmals Danke für alles, was du für Vater tust und dass du Zeit für uns hast.«

Wir drücken uns zum Abschied und stehen Minuten später oberhalb des Hauses auf dem Weg und sehen herab. Das bunte Treiben wird bald einsetzen und ich stelle mir das Zeltdorf und die Camper vor, die den Sommer genießen, schwimmen, Kajaks ins Wasser und aus dem Wasser holen, die Wäscheleinen füllen, Musik hören. Noch ist es ruhig und wie in lang vergangener Zeit, da man nicht viel Modernes sieht.

Der Weg geht steil bergauf und es wird mühselig. Ich schwitze und keuche. Irgendwann sind wir am Parkplatz. Ab hier geht es ohne Steigung bis zur Straße, das Stück Weg, das wir vorhin gefahren sind, gehen wir nun zu Fuß. Wir schweigen und verlieren uns in Gedanken.

Am Parkplatz an der Straße erwartet uns Robert in der Imbissbude mit einem Glas Wasser und wir schwatzen mit den Leuten, das heißt, Eric schwatzt, ich höre zu und freue mich auf eine Dusche. Jetzt essen gehen? Ein Restaurantbesuch? Nicht passend in unserem Aufzug und Zustand des verschwitzten und verstaubten Wanderers.

Als wir im Auto sitzen, haben wir das Thema in zwei Sätzen geklärt. Außerdem wartet zuhause ein randvoller Kühlschrank, wir können duschen und uns umziehen. Der Fahrtwind ist herrlich, nicht herrlich sind die vielen Autos vor uns, die langsam und genüsslich die Straße entlang schleichen und an jedem Aussichtspunkt anhalten. Über Tag ist diese Strecke sehr befahren und man muss sich nicht aufregen, erklärt mir Eric. Er regt sich trotzdem auf und schimpft, aber das gehört zur Feriensaison wie die Zikaden und der blaue Himmel. Ich genieße die grandiose Aussicht, hänge seitwärts auf dem Autositz und versuche möglichst viel zu sehen.

Wir rollen durch die Platanenalleen, durch die Kreisverkehre und als wir durch unser Dorf fahren, ist der Schweiß getrocknet. Wir halten bei Chantal und ich melde mich zurück. Chantal mustert von der Haustür neugierig den Fahrer des Sportwagens und zwinkert mir verschwörerisch zu.

»Na, dann euch beiden einen schönen Abend. Wir sprechen die Tage.«

»Merci, Chantal, den werden wir haben und ja, das machen wir.«

Ich zwinkere aus Leibeskräften zurück und freue mich trotz der Probleme und Sorgen auf den Abend und den Sonntag. Die Tiere folgen uns ins Badezimmer, wo wir Station machen, um Staub und Schweiß abzuwaschen. Das Fenster steht offen und der Sommerwind zieht mit Zikadenmusik und Kiefernduft in die Duschluft.

Ein Swimmingpool fehlt. Der Bach im Wald ist weit weg und der Rückweg anstrengend. Ein kleiner, natürlicher Pool unter den Olivenbäumen vor dem Haus wäre eine Idee? Oder doch im Garten hinter dem Haus? Die neuen Ideen sind mir doch nicht ganz abhandengekommen.

Von der Dusche geht es in die Küche und an den Kühlschrank mit seiner Auswahl an Leckerbissen. Den Tisch auf der Terrasse mussten wir nicht reservieren und ist trotzdem frei, freue ich mich und wische über die Tischplatte. Wir decken ein und platzieren Tabletts mit den Köstlichkeiten, einem Korb mit Brot, Wasser und Wein in der Mitte. Der Anblick von eingelegten Oliven, leckeren Dips, kleinem Fisch, Käse, Tomaten aus Chantals Anbau, winzigen Zucchinis, dazu das beste Olivenöl, das ich kenne, ist wunderbar. Ich beeile mich, auf die Bank und hinter einen gefüllten Teller zu kommen. Es folgt Genießen der Sommerfülle, des Ausblicks und der Gesellschaft der Katzen und des Hundes, die neben uns herumalbern.

»Jeden Tag hat man Hunger und Durst und freut sich auf und über das Essen«, beginne ich das Gespräch. Wie geht es weiter? Was sind die nächsten Schritte zum Wohle aller Beteiligten und womit setzt man sich am wenigsten, aus den Augen der Justiz betrachtet, in die Nesseln?

Das war zu Madeleines Zeiten nicht das Problem. Wenn jemand verschwand oder vermisst wurde und er nicht mit Adel oder Reichtum gesegnet war, krähte kein Hahn nach ihm. Es gab keine Internetrecherche und keine Suche aus der Luft. Wer unterwegs war in der Garrigue oder entlang der Ardèche, der verlor sich in der Unendlichkeit der Landschaft.

»Das Abendessen war super. Lassen wir für heute das besagte Thema ruhen. Lass uns Musik anmachen, einen Schluck trinken und irgendwann ins Bett fallen.«

Das ist eine Ansage, also leichte Hintergrundmusik, die Kissen in den Rücken und aneinander gekuschelt, trotz der Wärme, die mich in dem Stadium der Verliebtheit nicht stört. Die Sonne macht ihren Abgang, es wird kühler und ich könnte mich wie im Urlaub fühlen, wenn nicht immer die Gedankenfetzen hochsteigen mit dem was wäre wenn, und wenn, dann aber. Die bekommen morgen wieder Aufmerksamkeit, also suche ich ein anderes Thema. Wir sprechen über Kochen und Rezepte. Ich erzähle Eric von meinen Camargue-Erlebnissen, den leckeren Gerichten und wie ich die Köchin kennengelernt habe.

»Nein, du bist unmöglich! Einfach in die Küche zu spazieren und sich an die Köchin heranmachen. Ich bin gespannt, wie sich der Kontakt entwickelt, wenn du im Winter noch einmal dorthin fährst. Aber ehrlich gesagt, die Idee ist gut. Ich komme mit und wir essen uns durch die Wintergerichte. Dann sind nicht alle Restaurants offen, es ist ganz anders als im Sommer. Keine Massen von Touristen, nur ein paar Franzosen, die sich das im Winter antun, am Meer spazieren und essen gehen.«

»Oh ja, das denke ich auch. Das wäre schön zusammen. Spazieren gehen am Strand, lecker essen und das Kochbuch schreiben. Den Fotografen suche ich noch, für die Fotos von den Zutaten, den Gerichten, dem Drumherum, der Landschaft und alles liebevoll zusammengestellt, mit kleinen Geschichten dazwischen, Wissenswertem über Oliven, Lavendel, das Meer – da finde ich kein Ende!«

»Das merke ich. Das ist etwas Schönes, nicht so vergänglich wie Kochen und das wird gegessen, ist weg und man kann noch die Küche aufräumen.«

Eric lacht, für den Moment sind die Sorgen und schweren Gedanken weit weg und die Träumerei legt sich wie ein Mantel über uns.

In der Dunkelheit zünde ich Windlichter an, die romantisch die Terrasse erleuchten. Wir sitzen, hören Musik und sind fast eingeschlafen. Die Sterne glitzern, der Wald ist schwarz wie die Nacht, ein Käuzchen ruft. Es raschelt im Garten, sonst herrscht himmlische Ruhe. Eric ist neben mir im Sitzen eingeschlafen. Ich fasse es nicht, denn das könnte ich nicht, auch wenn ich hundemüde wäre. Nach einiger Zeit tut mir der Rücken weh, ich zappele ein wenig rum und wecke den Schläfer.

»Komm ins Bett, wir sind beide hundemüde.«

Kapitel 34

Sonntag bin ich zuhause und Eric kümmert sich um seine Schwester und die Großmutter, hilft im Restaurant, erledigt die Buchführung und macht sich Gedanken. Die machen wir uns alle. Im Bistro ist viel los, erfahre ich am Spätnachmittag und die Gäste halten die zwei auf Trab.

Ich arbeite mich durch die Reste im Kühlschrank, schnippele Gemüse in die Pfanne und röste altbackenes Baguette. Der Tag zieht sich träge und zäh dahin. Spät abends ruft Eric an. Er bleibt dort und wird morgen mit den Ämtern und Behörden telefonieren und unterwegs sein. Er sorgt sich um Laure, die vermutlich Ärger bekommt, da sie Philipp aufgenommen und ihn nicht gemeldet hat.

Ich schlafe unruhig. Ich bin allein mit einem furchteinflößenden Traum, in dem Philipp erst gejagt wird und dann in der Ardèche ertrinkt. In der nächsten Sequenz sind finstere Gestalten hinter mir her und ich jage wie eine Wilde auf schmalen Pfaden berghoch und bergab und ich wache schweißgebadet, aber in meinem Bett, auf. Die Kätzchen liegen neben mir und schnurren, wenn ich mich bewege. Das beruhigt und ich höre ihnen zu. Irgendwann schlafe ich ein und werde erst durch Tartine geweckt, der mich freundlich anstupst.

Mir kommt beim Räkeln und Erwachen – nichts übereilen nach der Stressnacht – ein Besuch in Uzès in den Sinn.

Das wäre eine Ablenkung. Es ist kein Markttag, ich werde in Ruhe bummeln und beim Antiquitätenhändler vorbeischauen. Ein weiterer Tag zu Hause bringt mich um den Verstand. Eric schreibt in einer Nachricht, dass er unterwegs ist, er mich in Gedanken drückt und ich ihm fehle. Dann kommen die Herzchen, über die ich mich immer freue.

Es ist später Vormittag, als ich mich aufmache. Die schmale Straße führt in Kurven durch die Landschaft hinter dem Dorf, in eine mir noch unbekannte Richtung. Wir durchqueren ein Dorf, wo Häuser nahe an der Straße stehen. Ich ziehe förmlich den Bauch ein und halte die Luft an, um ohne Kratzer am Auto vorbeizukommen. Dann fahren wir an Sonnenblumenfeldern, Wiesen mit Kirschbäumen, einer Weide mit Pferden vorbei. Im Hintergrund liegt ein imposanter Steinbruch, der sich in die Landschaft hineinzufressen scheint.

Nach einer halben Stunde verrät mir ein Straßenschild, dass ich kurz vor dem Ziel bin. Oben auf dem Berg thront der Ort Uzès, dem wir uns in weiten Kurven nähern. Ich finde einen Parkplatz mit Kastanienbäumen und starte den Rundgang im angrenzenden Park. An einem Aussichtspunkt breitet sich vor uns die Ebene aus. In der dunstigen Ferne liegt der Pont du Gard. Winzig klein sieht sie aus, aber das muss sie sein, die berühmte Brücke aus der Römerzeit mit integrierter Wasserleitung. Früher floss Wasser von Uzès nach Nîmes und versorgte die Stadtbevölkerung. Ich war vor Jahren an diesem Bauwerk. In der Ferienzeit tummeln sich dort Heerscharen an Touristen, die das Monument bestaunen und Fotos schießen.

Die Gassen sind urig und die Häuser lassen mich an Madeleine denken. Hier passt sie hin, in ihrem langen Rock, einem Schultertuch, die Ledertasche über der Schulter und Sandalen an den Füßen. Ich sehe sie mit leichtem Schritt vor mir gehen.

Kleine Geschäfte, Galerien, Modeläden, die allgegenwärtigen Immobilienschaufenster, dann wieder ein Hotel oder Restaurant, alles gehobenes Niveau. Uzès hat den Hauch von etwas Feinem, Edlen und Noblen und gefällt mir. Es gibt inmitten der Häuser einen mittelalterlichen Garten und ich mache ein Foto von den Öffnungszeiten, denn hier herrscht, wie sympathisch, eine Mittagspause. Dann sind die Pflanzen zu Tisch, stelle ich mir vor, laben sich an frischem Wasser und Düngerstäbchen und stecken die Schildchen, die ihren Namen in Französisch und Lateinisch verraten, wieder ordentlich in die Erde, ordnen ihre Blätter und Blüten.

Ich komme zum Mittelpunkt des Ortes, dem Place aux Herbes oder Platz der Kräuter. Die allgegenwärtigen Platanen beschatten ihn und ein Springbrunnen plätschert. Die Häuser haben Arkadengänge, die früher überdachten Raum für den Markt boten. Im Sommer boten sie Schatten und bei Regen Schutz vor Nässe. Heute nutzen Läden die geschützte Freiluftfläche, aber vor allem Restaurants und Bistros. Das zeigt sich an den Stühlen und Tischen, an Sonnenschirmen in allen Formen und Farben, an den Touristen, Kindern, Hunden – ein buntes Treiben. Ich bummele, lasse mich mittreiben und setze mich an den Brunnenrand. Das ist ein Platz wie ein Wohnzimmer und gefüllt mit Ferienstimmung. Es ist Mittag geworden und ich lande in einem der netten Bistros an der Straße, die Uzès umrahmt. Hier sitzen vor allem Einheimische und ich finde in der Ecke einen kleinen Tisch mit einem Sessel. Ein Mädel, braun gebrannt, locker und sommerlich gekleidet, scheint mit ihrer langen weißen Schürze für die Bedienung zuständig zu sein. Nach einer gefühlten Ewigkeit habe ich das Glück ihre Aufmerksamkeit zu erringen und bestelle mir auf Geratewohl das Tagesmenü und ein großes »blondes« Bier.

Tartine erschnüffelt die Hundewasserschüssel und bedient sich großzügig. Mein Bier und ein großer Teller mit Alouettes sans tête, übersetzt Lerche ohne Kopf, stehen rasch vor mir. Eine harmlose Roulade, in Begleitung überbackener Zwerg-Tomaten und Püree. Das sieht appetitlich aus und mit der kulinarischen Überraschungstüte habe ich Glück.

Es sind Stunden später, als ich mich in Richtung des Antiquitätenladens beziehungsweise des Ortes, wo ich ihn vermute, begebe. Das Essen hat lange gedauert, denn es folgten ein Kaffee und ein Stück Tarte au citron, fruchtiger Zitronenkuchen, und ein Gespräch mit den Tischnachbarn. Ich liebe es, essen zu gehen, entspannt zu sitzen, sich überraschen und es sich schmecken zu lassen und über nette Kontakte mit den Leuten. Die Sorgen sind für eine Zeit vergessen durch die Ablenkung.

Nun wird es Zeit für meinen eigentlichen Auftrag. Mein Hund schnuppert überall und wir kommen langsam vorwärts. Ich schaue mir die Auslagen der Schaufenster an, was den Hunden der Bürgersteig ist, sind den Menschen die Vitrinen.

Das Schild des Antiquitätenladens am Ende der Straße lockt wie ein Magnet. Es ist nicht zu übersehen, groß und imposant wirkt es aus der Entfernung. Die nicht so beeindruckende Hausfront, an der es befestigt ist, hat etliche Jahre auf dem Buckel und schreit nach einer Renovierung. Die findet am Nachbarhaus statt und wir quetschten uns an einem Container und Baugerüst vorbei. Die Tür ist offen. Tartine ist nicht begeistert, die Wunderkammer eignet sich nicht für Hunde, es sein denn, sie passen in die Handtasche. Warum? Der Raum ist so voll, dass ich schon auf meine Tasche und Arme achten muss, um nichts abzuräumen. Von allen Seiten drängen die Gegenstände auf mich zu. Es ist schummrig und angenehm kühl. Ich drücke Tartine an mich und überlege mein Vorgehen, während ich mich orientiere. Geradeaus wird es heller, dort ist Licht am Ende des Tunnels. Ich schreite hochkonzentriert in diese Richtung, gucke nicht mehr nach rechts und links, und sehe aus den Augenwinkeln einen Herrn an der Kasse kurz vor der Öffnung ins Freie. Ein Innenhof mit einem Café und Leuten, die den Geheimtipp kennen und abseits des Straßenlärms unter Sonnenschirmen oder Palmen in Kübeln ihren Nachmittagscafé, kühlen Rosé, Pastis oder ein Bier genießen. Da bin ich gerne dabei. Ein Platz unter einer Palme ist gefunden und eine freundliche Bedienung steht vor mir. Dieses Mal ist es eine Dame mit roten, wilden Locken, kunstvoll aufgesteckt, und ein geblümtes Sommerkleid bis zum Boden. Madame begrüßt mich, aber in erster Linie, wie so oft, den niedlichen Hund. Der wedelt mit dem Schwänzchen, legt den Kopf schief und ruft damit Rufe des Entzückens hervor. Das Eis ist gebrochen, ein Wasser mit Zitrone bestellt und Madame sitzt bei mir am Tisch und plaudert. Madame nennt sich Juli ohne ie. Es ist ihr Café Juli, ihre Backstube und Lieblingsort. Sie wohnt im Dachgeschoß des Hauses hinter uns und backt Kuchen, Torten, Kleingebäck – die richtige Frau für meine Kochbuchidee. Die reiße ich in aller Kürze, die möglich, wenn auch schwierig ist, ohne unverständlich zu werden, an. Dann kommen Gäste und die Arbeit ruft Juli.

Ich muss unbedingt zurück in den Antiquitätenladen. Tartine wird an dem Palmenkübel verankert, damit ich stöbern kann. Das behagt ihm nicht, aber Juli zaubert einen seiner Größe angepassten Kauknochen aus ihrem Fundus und der Hund ist glücklich.

Auf geht es in die Dämmerung mit den antiken Schätzen. Der hohe Raum ist angefüllt mit Möbeln, meist Schränken und Regalen, aber es finden sich zur Ergänzung des Ensembles ebenso kleine Tische, Stühle und Kommoden. Alle Möbelstücke sind bedeckt von Unmengen alter Sachen. In den Schränken stehen Bücher, bei deren Anblick die unbarmherzige Frage aufkommt: Wie soll ich hier die gesuchten Bücher finden, die Onkel und Tante in dem Eckschrank sahen, aber nicht kaufen konnten?

Philipp Lajour, jetzt fällt mir der Name des Besitzers des Ladens wieder ein. Ob es noch derselbe ist? Und derselbe Vorname wie Erics Vater. Bitte nicht weiterdenken, sondern stöbern, gucken und staunen.

Es finden sich Porzellan und Gläser. Ebenso Spiegel, die zum Teil so blind sind, dass sich ihr ursprünglicher Sinn nicht ohne weiteres erschließt, Ölbilder in kunstvollen Rahmen, Reklametafeln, Garderoben mit Spazierstöcken und Schirmen. Es folgen große Muscheln und Straußeneier, ein Einhorn – ich fasse es nicht! In einer Ecke sammeln sich Spielautomaten, Uhren, Erd- und Himmelsgloben. In einem Schrank stehen kleine Dosen gefüllt mit noch kleineren Dingen, bemalte Steine, Figürchen und Zinnsoldaten.

Ich bin erschlagen von der Fülle der Eindrücke. Dann gibt es Kästen mit Orden, mit Modellautos, Stapel mit Waschschüsseln und Zinkwannen in allen Größen und mit und ohne Löcher, Übertöpfe, ein Pferdegeschirr, antike Puppen und Teddybären.

Schmale Gänge führen vom Hauptgang rechts und links ab. Lampen zaubern eine Wohnzimmerstimmung, versuchen das

Durcheinander zu beleuchten und ich gehe nahe mit der Nase, nein den Augen dran, um zu erkennen, was es genau ist. Wunderbar, aber irgendwie viel. Ab und zu entdecke ich etwas, was in mein Haus passen würde. Ich bin einmal durch alles spaziert und wandere in Richtung Helligkeit, wo sich die Kasse mit dem dazu passenden Herrn findet. Beides ist da und von dort sehe ich den Hund, der Gott ergeben neben dem Palmentopf liegt und in meine Richtung blinzelt. Der Monsieur sitzt hinter der Kassentheke auf einem niedrigen Stuhl, was komisch aussieht, fast wie im Kindergarten. Er hat dünne graue Haare und eine graue Baskenmütze, die wie ein Haarteil auf dem Kopf thront. Eine graue Strickjacke, bei dem Wetter seltsam, eine graue Cordhose und graue Pantoffeln. Monsieur Gris – so nenne ich ihn. Grau in Grau. Eigentlich Monsieur Lajour, nur wo soll hier der Tag sein? Er studiert seine Midi libre. Auf der Theke steht eine uralte Registrierkasse inmitten von Bücherstapeln und staubigen Kerzenständern, dazu ein gefüllter Aschenbecher, eine Tasse ohne Henkel, aber dafür mit Goldrand, halb voll mit vermutlich kaltem Kaffee.

»Bonjour, Monsieur. Ich interessiere mich für den Spiegel dort hinten und zwei Hocker.«

Was passiert nun? Ich bin gespannt und stolz auf meine Strategie, erstmal unauffällig à la Emil und die Detektive, den Kunden ohne Hintergedanken zu spielen. Monsieur hebt müde den Kopf. Hätte er doch besser den Kaffee getrunken, als er heiß war.

»Ah oui, Mademoiselle, holen Sie alles nach vorne und wir schauen nach dem Preis.«

Das nenne ich Kundenservice. Der Monsieur blättert in seiner Zeitung. Ich bin vermutlich gar nicht vorhanden. In der Dämmerung der Halle hole ich den Spiegel, dessen Spiegelfläche trotz des Alters glänzend ist. Der Rahmen ist ein Hingucker mit Gold und Blumen, oval und halbwegs antik. Die Hocker sind im Stil meiner Küchenstühle aus Holz und mit Korbgeflecht. Sie haben eine gut erhaltene Sitzfläche, sind nur verkratzt, verstaubt und schmuddelig. Mit meinen Schätzen, sagen wir Fundstücken, sonst geht der Preis angesichts des Schatzes in die Höhe, baue ich mich erneut an der Theke auf.

So sieht aber der Monsieur von unten nichts. Ich trete an die Seite, dort ist die Öffnung, und Monsieur erfasst mich mit samt der Herrlichkeit in einem, wenn auch verschlafenen Blick. Im Rechnen oder Abschätzen des Wertes ist er flotter.

»Gratulation Mademoiselle, das sind die schönsten Stücke im Lager. Wahre Schmuckstücke haben Sie im Arm. Geben Sie mir 85 Euro und beehren Sie mich wieder.«

Das ist ein Angebot. Ich habe mit mehr gerechnet und insgeheim überlegt, wie ich bei einem vierstelligen Betrag reagiere. Zurückstellen? Oder egal, was es kostet, bezahlen?

Ich habe also Glück und lege die Schätze behutsam auf den Boden, krame das Portemonnaie aus der Tasche und überreiche Monsieur Gris die gewünschte Summe in passenden Scheinen. So hat er weniger Arbeit.

»Merci et au revoir.«

Das war es. Ich packe meine Sachen und trete blinzelnd ins Freie. Juli eilt zu mir.

»Oh lala, da hat sich Philipp aber gefreut, dass du ihm seinen halben Hausstand abgekauft hast.«

Juli scherzt, denn sie wird den müden Philipp kennen und mir verraten, wie ich es am besten anstelle, ihn wegen der gesuchten Bücher auszuhorchen.

Ich habe das Gefühl, dass ich es geschickt angehen muss. Der Mann ist seltsam, vielleicht sogar unheimlich. Nicht wegen des Grauens, was ein Wortspiel, nicht wegen der Trägheit, nicht weil er so unhöflich ist und Kundenservice ein Fremdwort für ihn ist. Nein, da ist was anderes und ich traue mich nicht, zu sagen:

»Bonjour, Monsieur Lajour (wieder ein Wortspiel), mein Onkel und meine Tante haben Ihnen vor Jahren ein Möbelstück abgekauft. In dem waren alte Bücher und die hätten sie gerne mit erworben, aber Sie wollten das nicht. Nun möchte ich nachfragen, ob Sie diese Bücher besitzen und mir verkaufen.«

Nein, das bringe ich nicht über die Lippen. Der Schuss ginge nach hinten los, ich hätte es vermasselt und käme nie an die Infos über den Verbleib der Bücher. Dann müsste ich nachts mit Taschenlampe, wie im Film, einbrechen und sie suchen. Aber was genau suche ich? Alte Bücher gibt es hier zuhauf. Bücher, die aussehen wie die von Madeleine. Was könnten da für Bücher in dem Schrank gewesen sein, in dessen Geheimfach – und warum geheim – Madeleines Werke lagen? Fragen über Fragen, das kenne ich ja schon.

Juli bedient Gäste und ich hänge meinen Gedanken und Fragezeichen, mehr als drei, nach. Als sie wieder vor mir sitzt und mit Tartine verliebte Blicke tauscht, der Hund ist echt ein Casanova und weiß, wer ihm Leckereien bieten kann, taste ich mich vor.

»Juli, da sind tolle Sachen in dem Laden. Ich könnte vieles kaufen und hätte mein Haus bis zum Anschlag gefüllt. Der Besitzer, der Philipp, ist aber ein seltsamer Kauz. Sitzt müde an der Kasse und kümmert sich nicht um die Kundschaft. Man könnte vorne alles raustragen und er bekäme es nicht mit.«

»Da vertust du dich aber! Der hat Augen, Ohren und seinen siebten Sinn überall und bekommt alles mit. Geklaut wird dem nichts. Das ist verwunderlich, wo im Café meine Kaffeelöffel und Kuchengabeln Beine bekommen, aber von dem Kram kommt nichts weg.«

Sie blickt kopfschüttelnd und resigniert in Richtung Antiquitäten, beugt sich verschwörerisch vor und zwinkert gleichzeitig Tartine zu.

»Aber geheimnisvoll ist er. Seltsam und eigenartig. Eigenbrötlerisch, eigensinnig, verschroben, alles, was du willst. Er hat einen seltsamen Lebensstil. Im Sommer ist er tagein und tagaus im Laden, in der Nebensaison verschwindet er tagelang. Dann ist er wieder nachts am Aufräumen. Eine Zeitlang sitzt er hinter seiner Theke wie ein Heinzelmännchen und rührt sich nicht, plötzlich erscheint er bei mir und trinkt Kaffee. Er macht in diesen Momenten einen halbwegs vernünftigen Eindruck. Ich werde nicht schlau aus ihm, obwohl wir Seite an Seite arbeiten. Ich bekomme viel mit, weil ich von meiner Wohnung, siehst du den Balkon mit den rosafarbenen Geranien, alles überblicke. Fast alles. Das was ich von außen sehe. Er schläft oft hier, irgendwo hat er im hinteren Teil des Ladens ein Bett, was sonst außer alt. Ich möchte nicht wissen, wie sauber oder schmutzig das ist. Obwohl, äußerlich sieht er ordentlich aus, nicht wie ein Clochard oder Penner. Er ist mir ein Rätsel.«

»Dann frag ihn doch, was er so macht.«

»Das habe ich anfangs versucht. Als ich mein Café eröffnete, die Wohnung einrichtete und Sachen bei ihm kaufte. Seine Kunden wurden auch meine Kunden, viele Leute bekommen beim Durchwandern des Krams Hunger und Durst und landen bei mir. Ich bekam auf meine Fragen eine ruppige Antwort und die Ansage, ihn in Ruhe zu lassen.«

Das passt zu ihm und bestärkt meinen Eindruck. Für heute reicht es und Tartine möchte sicher nach Hause. Zuhause! Ja und oh je, Eric! Ich habe lange nicht an ihn gedacht und an den Rattenschwanz mit Problemen und Sorgen. Ich verabschiede mich und verspreche meine Rückkehr zu einem weiteren Plausch unter Palmen. Juli zeigt uns einen gefahrlosen Rückweg durch die Einfahrt des Nachbarhauses auf die Straße. Durch den Laden wäre die Strecke mit Hund an der Leine und bepackt mit den Neuerwerbungen brenzlig. Auf dem schmalen Bürgersteig kommen mir viele Leute entgegen, der Verkehr staut sich und die Luft riecht entsprechend. Rasch eile ich in Richtung Parkplatz, der nun bis auf den letzten Platz belegt ist.

An der Schranke sollte ich den Parkschein zur Hand haben. Ich suche in der Tasche nach dem Portemonnaie und wühle durch mein Durcheinander und habe einen Briefumschlag in der Hand, dunkelblau, weiße Schrift »pour Isabelle ;)«. Was mag das sein? Aber erst muss ich ausparken, bevor hinter mir ein Hupkonzert anstimmt. Ein Stück außerhalb des Ortes fahre ich vor der Kreuzung, an der ich abbiegen muss, an den Straßenrand. Ich bin neugierig, wer mir etwas in die Tasche geschmuggelt hat. Der Umschlag ist aus festem Papier, in Taubenblau, nur eingesteckt, nicht zugeklebt. Darin steckt ein Blatt Papier mit den typisch französischen kleinen, feinen Linien und ein Rezept namens »Gâteau Marrons retournés«. Auf dem Rezeptblatt ist ein Klebezettelchen »Pour Isabelle, ein erstes Rezept, viele werden folgen, probiere es aus am Wochenende, bon appetit et bisous, Juli!«

Das Rezept werde ich in Ruhe zuhause lesen und freue mich auf das Backen und über die nette Bekanntschaft.

Es ist später Nachmittag und heiß. Ich laufe minimalistisch bekleidet durch das Haus und suche im Flur einen Platz für den Spiegel, der behutsam gereinigt vom Staub der Jahrhunderte in neuem Glanz erstrahlt und auf dem weißen schlichten Putz hängen soll. Er ist meine erste selbst gekaufte Antiquität. Ich vermute auf dem Speicher eine Kommode, die nicht zu tief ist, die Platz für Flur-Kleinkram bietet und den Raum wohnlicher macht. Bis jetzt ist der Flur leer, nur der Steinboden, Wand und Holzdecke und am Boden die Schuhe, die im Gebrauch sind. Für die Kommode plane ich eine Expedition unter das Dach, wenn es nicht mehr so warm ist.

Die Hocker habe ich abgebürstet, danach draußen im Garten abgebraust und geschrubbt. Es war mehr als nur Staub auf ihnen, sondern hartnäckiger, klebriger Dreck. Wo waren die Hocker vor ihrem Dasein bei Monsieur Gris? Auf einem Bauernhof, bei einem Winzer, in einer Kneipe? Den Dreckkrusten entlocke ich keine Info und ich erfreue mich an dem aufhellenden Holz und Weidengeflecht. Jetzt trocknen die Sitzmöbel im Schatten und das wird dauern, vor allem für die Sitzfläche. Zeit sollen sie haben für ihre Umstellung von der Dunkelheit und dem Muff auf das neue Living at home in der Sonne.

Der Kies im Hof knirscht unüberhörbar. Minou und Coco jagen im Flur einen Weinkorken, der sich immer in den Sandalen und Turnschuhen versteckt. Ich lache und schaue zur Tür raus, denn da war doch das Knirschen. Über Tag hatte ich keine Nachricht von Eric, doch nun steht der Wagen im Hof. Munter wie die Katzen ist Eric augenscheinlich nicht. Müde sitzt er im Auto, sortiert irgendetwas auf dem Beifahrersitz und reibt sich zwischendurch die Augen. Er guckt kurz hoch zum Haus, sieht mich und winkt. Beim Aussteigen – in Zeitlupe wie ein alter, müder Mann – sehe ich, dass er die feinen Sachen anhat. Eine graue Anzughose und ein weißes Hemd, schwarze Schuhe, ein ungewohnter Anblick des ansonsten lässigen und sportlich gekleideten Mannes. Er öffnet die Beifahrertür und nimmt sein Jackett raus, das direkt wieder auf der Rückbank landet. Dem folgt eine Aktentasche und ich staune noch mehr. Eric ist ein Verwandlungskünstler. Er könnte ein Banker sein, der nach einem langen und erfolgreichen, auf jeden Fall arbeitsreichen, stressigen Tag heimkehrt zu seiner Frau auf den idyllischen Landsitz in der Provence. Der Tasche folgt sein

Rucksack, der unpassend erscheint bei dem Outfit. Wir schließen uns in die Arme. Komisch riecht er, nicht wie sonst, sondern nach Zigarettenrauch, überlagert von Essensgerüchen.

»Hallo Isabelle, wie schön, dich zu sehen und noch mehr, dich in den Armen zu haben. Mon dieu, war das ein grässlicher Tag. Lauferei, Warterei, Gerede und Erklärungen und wieder neues Warten und wieder Erklären. Jetzt bin ich vollkommen erledigt. Das war anstrengender als Kochen, als irgendeine vernünftige und normale Arbeit.«

»Komm rein und geh duschen. Du riechst grässlich, siehst fremd und wie von einem anderen Stern aus. Ein Eric aus dem Ämter-All, müde und genervt.«

Das Wasser rauscht und ich setze mich mit dem neuen Rezept und einem Backbuch auf die Terrasse. Was hat mir Juli aufgeschrieben? Ein Kuchen mit Maronen und das umgedreht? In dem Backbuch, das umfangreich und weit gefächert ist, habe ich weder einen »Umdreh-Kuchen«, noch etwas zirzensisches mit Maronen. In geschwungener Schrift und großen Anfangsbuchstaben hat meine neue Freundin das Rezept des Gâteau Marrons retournés aufgeschrieben.

Und mir läuft das Wasser im Mund zusammen. Wieder Hunger? Wo bleibt Eric? Der muss lange fertig sein im Bad. Ist er auch, er liegt bäuchlings auf dem Bett, nur mit Shorts bekleidet. Der braune Rücken bewegt sich gleichmäßig im Tiefschlaf. Ich lasse ihn schlafen und decke ihn mit einem leichten Tuch zu. Im Badezimmer liegen die feine Hose, das zerknitterte Hemd und die Socken auf einem Haufen. Da drunter finden sich die Schuhe. Für den ordentlichen Eric ein Fauxpas und ein sicheres Indiz seiner Erschöpfung.

Stunden später ist es oben immer noch ruhig. Die Sonne geht unter, die Schatten werden länger und die Schwalben ziehen ihre letzten Runden über dem Dorf. Ich sitze auf der Terrasse und auf dem Tisch wartet ein abgedecktes Tablett mit dem Abendessen. Ich lese in einem Gartenbuch und fühle mich fast wie in einem Wartezimmer, also ungeduldig und ein wenig hibbelig. Die Treppe knarrt. Tartine schaut in Richtung Kücheninneres. Eric kommt mit verschlafenem Gesichtsausdruck und Falten vom Betttuch im Gesicht heraus und blinzelt in das Abendlicht.

»Bonjour et bonsoir. Ich habe geschlafen wie ein Murmeltier, tut mir leid, ich wollte mich nur fünf Minuten hinlegen. Dass Stunden daraus geworden sind ... Wie spät ist es? Aber egal, ich bin wach, ein wenig zumindest, und bei dir.«

Eric setzt sich neben mich und zieht mich auf seinen Schoß. Das tut gut und versöhnt mich mit der Warterei. Aber ich bin neugierig auf das, was der Tag gebracht hat. Zwischen Essen und Trinken erzählt Eric von seinem Tag in den Ämtern, den Telefonaten und dem Warten auf den Korridoren, den Fragen und Wiederaufleben der Erinnerungen.

Wie jetzt? Ihr Vater lebt? Was ist damals passiert? Ihre Mutter ist tödlich verunglückt und Ihr Vater war vermisst? Dann suchen wir die Unterlagen raus.

Das dauert lange, auch in Zeiten von elektronischen Speichern. Ich kann mir gut vorstellen, was das für ein »schöner« Tag war. Das Prozedere der Wiedererweckung, eher der Wiederentdeckung von Philipp Beauchêne aus Salazac läuft an. Eric ist es gelungen, Laure in einem guten Licht und in einer Nebenrolle erscheinen zu lassen. Unsere Hauptsorge ist, dass sie dafür bestraft wird, wofür wir ihr danken. Nun wartet Familie Beauchêne auf das Ergebnis des Mahlens der Mühlen der Bürokratie. Trotz der Sorgen schmeckt es uns und nach einem Glas Wein ist alles nicht mehr so tragisch. Ändern können wir heute nichts mehr, sondern müssen geduldig abwarten.

Später liegen wir im Bett, aneinander gekuschelt und Eric schläft sofort ein. Er wird unruhig und verarbeitet die Geschehnisse des Tages in seinen Träumen. Ich rutsche vorsichtshalber an den Rand der Matratze und kann nicht einschlafen. Wenn das meinen Eltern passiert wäre? Das wäre schrecklich! Was wird mit Erics Vater? Ich zappele hin und her, fast wie mein Bettgefährte, aber bin wach. Irgendwann, gefühlt nach Stunden, wird Eric entspannter. Ich rutsche näher und versuche, meine Atmung an seine anzupassen, um endlich einzuschlafen.

Kapitel 35

Nach einem nächtlichen Regenschauer, der mich durch das heftige Prasseln kurz aufweckte, haben wir lange geschlafen. Ich richte mich, immer noch müde, im Zeitlupentempo auf. Eric blinzelt mich lächelnd an und wispert: »Bonjour, ma chérie«. Doch er tut so, als würde er weiterschlafen trotz meiner Kletterei über seinen Rücken aus dem Bett. Ich drücke einen Kuss auf seine Schulter und würde am liebsten einfach zurückrollen. Auf den Weg ins Bad ziehe ich mir ein T-Shirt über. Erst die Tiere versorgen, dann die Fenster und Türen öffnen, um die kühle und überraschend feuchte Luft zu genießen. Dieser Herbstmorgen mitten im Sommer ist eine willkommene Abkühlung. Alles glitzert und glänzt. Beim Starten der Kaffeemaschine decke ich den Frühstückstisch in der Küche, wie immer am Arbeitstisch. Was steht heute an? Eric ist bis ins Badezimmer gekommen und ich höre ihn umhergehen. Die Türen klappern, Fensterläden werden geöffnet und festgestellt.

Wir frühstücken schweigsam und ich sehe Eric die Unruhe und Sorge an. Er stellt seinen Becher auf den mit Krümeln bedeckten Teller und legt Messer und Löffel ordentlich daneben an. Er sieht auf die Armbanduhr und runzelt die Stirn.

»Ich fahre gleich zu Jeanne. Dann versuche ich eine Rückmeldung von den Herrschaften zu erhalten, die ich gestern besucht habe. Außerdem muss ich mit Großmutter zum Arzt und Kleinigkeiten erledigen. Im Nachmittag bin ich wieder hier, bei dir, meine ich damit, und wir haben den restlichen Tag für uns, auch wenn nicht allzu viel übrigbleibt.«

»Ja, okay, dann gucke ich, was ich heute mache. Du fehlst mir jetzt schon, ach Eric ...!«

Ich seufze und lasse ihn ungern ziehen. Eric sucht seine Sachen zusammen, trinkt den letzten Schluck Kaffee und küsst mich mit Kaffee- und Frühstückgeschmack. Ich liebe ihn! Ich mag ihn nicht fahren lassen und freue mich jetzt schon auf seine Rückkehr. Versonnen lehne ich im Türrahmen und sehe ihm andächtig zu, wie er alles ins Auto packt, sich umdreht, winkt und losfährt. Ach, das Tor, er muss selbst anhalten und es aufmachen. Ich signalisiere ihm wild fuchtelnd, dass er es auflassen und weiterfahren kann.

Was soll ich jetzt tun? Ich beschließe, erst aufzuräumen inklusive der Sachen auf dem Badezimmerboden, dann die Blumen zu gießen. Mit nackten Füßen laufe ich über das feuchte Gras. Die Sonne kämpft sich zunehmend durch den Nebel und das Herbst-Gastspiel hat im Handumdrehen ein Ende. Der Sommer kehrt zurück und in der Erde des umgepflügten Feldes neben dem Haus sprießt es in zartem Grün. Ich habe keine Ahnung, was Baptiste da gesät hat. Er meinte, es würde was mit grün und bunt werden, gut für die Bienen und den Boden.

Ich drehe eine Runde mit dem Hund und denke an nichts, das heißt, ich versuche es, doch das Gedankenkarussell dreht sich. Fast wie das Karussell in Saintes Maries und ich rieche in der Erinnerung das Meer und fühle die frische Brise. In Echtzeit riecht es in der Sonne nach Weinfeldern und im Schatten nach würzigem Wald. Mir wird warm und wir gehen nach Hause, ich schwitzend und Tartine hechelnd. In erzwungener Ablenkung fahre ich zum Einkaufen und arbeite einen Teil meiner Liste ab.

Es wird Nachmittag und die Zeit ist zähfließend verstrichen. Ich habe krampfhaft Beschäftigung gesucht und schreibe meine To do-Liste neu. Sie wird übersichtlicher, gegliedert in Haus und Garten, Auto, Tiere und das Kapitel Madeleine. Die gerät ein wenig in den Hintergrund, aber nun hat sie so viele Jahre gewartet, da kommt es auf eine Woche mehr oder weniger nicht an. Ich telefoniere mit meiner Mutter. Das dauert lange und ich berichte, was passiert ist. Sie schlägt die Hände über dem Kopf zusammen, ich kann mir ihr Erstaunen vorstellen. Wir kochen uns beide in unseren Parallelwelten einen Kaffee, ich erzähle, sie fragt nach. Es tut gut, alles zu erzählen – auf Deutsch. Ich merke, wie selbstverständlich mir die französische Sprache wird. Meine Gedanken werden eine Melange aus beiden Sprachen. Müde erzählt und auf der anderen Seite müde zugehört, legen wir die Hörer auf.

Es wird Abend und noch immer keine Nachricht von Eric. Wie war das mit dem Nachmittag und dem restlichen Tag zusammen verbringen? Habe ich ihn falsch verstanden und meinte er morgen? Das kann nicht sein, oder? Ratlos stehe ich auf der Terrasse und fixiere das Tor. Könnte ich ihn herbei beschwören, täte ich es. Die Warterei und Ungewissheit nerven.

Ich wähle seine Handynummer. Nichts. Kein Eric da. Ich schicke ihm eine Textnachricht und kehre mit einem Besen die Terrasse, ständig das Tor belauernd, auf das Handy starrend. Ob ihm etwas passiert ist? Ob ihn die Exfreundin gekidnappt hat? Ist er verunglückt oder hat er das Weite gesucht?

Erinnerungen an den Tod von Johannes steigen auf, dunkle Gedankenblasen, die hartnäckig aufploppen und wachsen. Seinen Tod hatte ich nicht erwartet, er kam so überraschend wie ein Blitz aus heiterem Himmel. Habe ich etwas an mir, dass den Männern in meinem Umfeld ein Fluch ist? Was für schreckliche und beängstigende Gedanken! Ich schüttele mich und mir wird kalt. Nein, nein und nochmals nein, das kann nicht sein und das ist vollkommener Unsinn. Und trotzdem bleibt eine Spur dieser Überlegungen im Kopf, im Bauch, im Herzen, ach, überall in mir.

Irgendwann halte ich es nicht mehr aus und gehe mit Tartine ins Dorf. Dann frage ich eben im Bistro und bei Jeanne nach, ehe ich vergehe vor Sorgen. Es müsste eigentlich Hochbetrieb sein. Aber auch hier ist nichts, wie auf meinem Handy. Es sind keine Lampen an, keine Schirme geöffnet, keine Musik und Küchengeräusche. Stattdessen herrschen Stille und eine Stimmung wie am Volkstrauertag oder Allerseelen oder beidem zusammen. Ich stehe mitten im Sommer und an einem normalen Dienstag vor einer geschlossenen Tür. An der Tür finde ich einen Zettel mit einem gekritzelten »Fermé aujourd'hui«. Das habe ich auch festgestellt, aber warum und wo sind alle? Da höre ich eine sonore Männerstimme rufen und drehe mich rasch um, wobei ich Tartine fast auf die Pfoten trete, der neben mir schnüffelt. Michel, der Bäcker, ruft und gestikuliert wild in meine Richtung.

»Isabelle, Mademoiselle Isabelle ...«

Ich laufe über den Platz zu ihm, wenigstens einer ist in Salazac, der mich bemerkt und mit mir spricht. Ich bin den Tränen nahe und fühle mich allein und verlassen, obwohl um mich das alltägliche Leben am Abend stattfindet, nur ohne Bistro und Familie Beauchêne. Ich falle ihm förmlich in die Arme und sehe im Hintergrund die junge Frau, die mich mit großen Augen anstarrt.

»Bonsoir, Isabelle, was ist los?«

»Wo sind denn alle? Ich meine, warum ist das Bistro zu? Warum ist keiner zuhause? Wo sind Jeanne und die Großmutter und wo ist Eric?«

Ich stehe wie ein kleines Kind vor ihm, sehe sicher erbärmlich und lächerlich aus, mit Tränen in den Augen, den ratlosen Hund im Schlepptau, der Bäckerluft wittert und sich über den Ausflug so nahe an das Backparadies freut und munter mit dem Schwanz wedelt. Die junge Frau kommt näher, mehlbestaubt und verschwitzt, ein Handtuch über der Schulter, eine Rolle Küchenpapier in der Hand, die ich gereicht bekomme. Hallo? Was ist hier los? Eine ganze Rolle Küchenpapier? Ist es wirklich so schlimm und dramatisch? Ich gucke mein Gegenüber voller Fragezeichen im feuchten Blick an.

»Ich weiß auch nichts Genaues, désolé. Am Nachmittag kam die Gendarmerie, nichts Besonderes, denke ich, die brauchen einen Espresso und die parken ihr Auto öfter im Schatten der Bäume. Mir gefällt es immer.«

Michel lacht verlegen, wie man oder er sich über die Polizei freuen kann. Aber das ist mir im Moment egal. Weitersprechen, bitte.

»Ja und dann?«

»Ja und dann gingen die beiden Flics rein, aber nicht auf die Terrasse, sondern ins Haus. Das Bistro war noch geschlossen. Das dauert eine Viertelstunde und die Herren fuhren wieder. Also kaum Zeit für einen Kaffee. Danach ging es husch husch. Die Fenster zu, alles rein geräumt, was draußen war, und die Tür abgeschlossen. Jeanne muss ihr Auto in der Garage geholt haben und ist von dort weggefahren. Eric von vorne, aber in Eile und für nichts ein Auge um sich herum, kein Gruß und keine Erklärung. Ich hatte in dem Moment viel zu tun. Sisi hat vielleicht mehr mitbekommen, sie war vorne im Laden. Sisi? Aber du weißt auch nicht mehr? Nein, auch sonst wusste heute Nachmittag und bis jetzt niemand etwas.«

Sisi steht hinter Michel und schüttelt betrübt mit dem Kopf. Das ist traurig, wenn man Neuigkeiten verpasst, aber mir ist nicht zu Scherzen aufgelegt, trotz der von außen betrachtet sicher amüsanten Szene. Ich greife zögerlich nach der Papierrolle und reiße mir ein Blatt davon ab. Hübsch, mit aufgedrucktem Lavendel, und doch wird es voll geschnieft.

»Was kann passiert sein? Die Großmutter ist mit weggefahren? Ob etwas mit der Familie ist?«

Michel rätselt sichtlich mit, Sisi auch, aber sie sind emotional nicht so beteiligt und nicht so nahe am Wasser gebaut wie ich. Ich ahne, dass alles mit Erics und Jeannes Vater zu tun hat. Die Polizei war deswegen bei ihnen. Der Bäcker hat Eric gesehen, demzufolge ist ihm nichts passiert und das ist mir im Moment fast das Wichtigste. Vielleicht ist Philipp Beauchêne erneut abgetaucht oder verschwunden? Oder gibt es so großen Ärger über seine Entdeckung, woraufhin Laure verhaftet wurde? Aber dann muss man nicht Hals über Kopf, wo auch immer hinfahren – oder? Meine Gedanken rasen und ich bin vollkommen aufgelöst.

»Ach Michel, ich weiß es auch nicht und ich erreiche ihn nicht. Das macht mir solche Unruhe und Angst. Entschuldige bitte, dass ich Theater mache.«

»Kein Problem. Komm, wir trinken Kakao zusammen und essen ein Stück Kuchen. Wir sind fertig mit der Arbeit, nicht wahr Sisi? Darf ich vorstellen, meine Tochter, Sisi, nicht Sissi, nichts Prinzessin oder Adel, sondern eine Göttin im Backen und in der Pralinenherstellung.«

So sitzen wir am fröhlich plätschernden Brunnen auf den sonnenwarmen Stufen im Schatten der Platanen, es könnte schöner nicht sein, wenn der Anlass für mich nicht so tränenfeucht wäre. Wir trinken einen heißen Kakao, der köstlich duftet und ebenso schmeckt, und haben einen Teller mit Kuchen vor uns, von dem wir uns fleißig bedienen. Ich würde so rund wie Michel, wenn ich hier arbeiten würde und in den Genuss dermaßen köstlicher Naschereien käme. Sisi ist rank und schlank, isst und trinkt und scheint die Kalorienflut auf geheimnisvollem Weg ohne Rückstände an der Taille zu verstoffwechseln. Jetzt geht es mir ein bisschen besser und ich fühle mich nicht mehr so verlassen. Die Beiden sehen nicht das Drama in dem gerade einen Abend verwaisten Bouletin, sondern sind eher gespannt, was passierte und entwickeln sichtlich Vorfreude auf die Neuigkeiten. Dass ich Interesse an Eric habe, ist ihnen nicht entgangen und sie werden das Thema gleich, wenn ich weg bin, intern ausschlachten. Tartine ist mit den Krümeln am Boden beschäftigt, bis ich mich aufraffe und bedanke und Michel meinen Becher und den Teller in die Hand drücke.

»Danke euch beiden, für eure Zeit und die Bewirtung. Sobald ich etwas erfahren habe, gebe ich Bescheid.«

Eine herzliche Umarmung und viele Küsse zum Abschied. Michel und Sisi verschwinden in der Bäckerei. Ich mache mich auf den Heimweg und beneide die fröhlichen Leute in ihren Gärten und Terrassen, die mit dem allabendlichen Gießen des Gartens und dem Genuss von Pool und Grill beschäftigt sind.

Meine Hormone spielen verrückt, ich bin neben der Spur. Ich finde meine überängstliche und überspannte Reaktion nicht normal, so bin ich doch sonst nicht, und ermahne mich zu Zuversicht und Geduld. Aber es sind meine Erfahrungen mit Johannes, die mich so sensibel machen und meine Furcht vor einer Wiederholung von allem, von Tod, Trauer, Vorwürfen, Selbstzweifeln, Depression.

Meine Nachbarn sind leider nicht zu Hause. Das Auto fehlt und der Hof liegt ausgestorben im sanften Abendlicht. Es ergibt sich daher nicht die Gelegenheit, bei ihnen zusätzlich Trost und Zuwendung zu erhaschen, und ich stehe wieder in meiner Küche. Ich bin von den Köstlichkeiten des Bäckers satt, daher genehmige ich mir nur ein Glas abendlichen, wenn auch frühzeitigen und hoffentlich beruhigenden Rotweines. Meine Sorgen sollen bitte vor der Tür bleiben und mich verschonen. Die Kätzchen schnurren an meinen Füßen, Tartine schnauft im Hundekorb und ich versuche, mein Buch zu lesen. Das ist spannend und passt zu meiner Gefühlslage, verstärkt sie zusätzlich mit jeder Zeile. Der bekannte Trauerkloß im Hals schwillt an und lässt mich schwer schlucken.

Die Heldin in dem Roman auf meiner Bettdecke erlebt eine unglückliche Liebe nach der anderen. Sie ist jedes Mal zuversichtlich, dass es der richtige Mann ist, die vollkommene Liebe und große, immerwährende Leidenschaft. Der Leser ahnt schon, dass es so einfach nicht sein kann, sonst wäre das Buch nicht so dick, aber er hofft mit ihr auf ein gutes Ende. Das aber nicht eintritt, sondern durch Verwirrungen und Verstrickungen gibt es statt Liebesfreude Herzschmerz und Tränen. Der Mann ist für die Heldin verloren. Bis sie sich entschließt, der Liebe aus dem Weg zu gehen und sich nicht mehr von einem Mann, so toll er sein mag, abhängig zu machen – liebestechnisch gesehen.

Dass solche Gedanken aufkommen, hat mir gerade noch gefehlt. Wenn Eric nicht mehr bei mir wäre! Wie in dem Buch, wenn er bei einer anderen Frau wäre, alles wäre vorbei und alle Worte Rauch und Schall? Wenn ihm etwas passiert? Etwas Schlimmes passiert? Ich konzentriere mich krampfhaft auf den Roman und die Geschichte, doch die Gedanken springen zu Madeleine, von dort zu Eric und mir und wieder zurück.

War Madeleine nie verliebt? Oder schreibt sie es nur nicht auf? Sie wollte keinen Roman schreiben. Was wollte sie schreiben? Für wen? Und wieder kommt die Frage nach ihrer Liebe, nach einem Mann, Freund oder Geliebten. Oder einer Familie. Sie war allein! Wie ich! Ich schniefe und trinke den Rest Wein. Irgendwann bin ich müde. Ein letzter Blick auf das Handy, aber da ist nichts. Ich werde den Morgen abwarten und hoffen, dass sich eine Antwort ergibt oder an die Tür klopft.

Nachts werde ich häufig wach, lausche in die Dunkelheit und höre seltsame Geräusche. Das Handy schweigt und hat keine Nachrichten. Alles ist düster und unheimlich. Ich blicke aus dem Fenster in die Nacht, undurchdringlich schwarz ist die Welt. Ein leichter Wind bewegt die Bäume und das Laub raschelt, der Fuchs bellt heiser im Wald. Ich bekomme eine Gänsehaut und freue mich auf das Morgenlicht und den neuen Tag. Auf Eric und die Auflösung meiner Sorgen.

Kapitel 36

Nachdem ich in der Morgendämmerung noch einmal tief eingeschlafen bin, klopft es unten an die Tür. Ich falle beim überstürzten Aufstehen fast aus dem Bett und verheddere mich in dem Laken, erschrecke mich doppelt und dreifach und begebe mich auf der Treppe in die Gefahr, diese im schmerzhaften Gleitflug und auf dem Hinterteil zu nehmen.

Von draußen höre ich Eric zur Unterstreichung des Klopfens rufen: »Isabelle, ich bin es, Eric!«

Als ob ich das nicht wüsste und die Tür nicht öffnen würde! Der Riegel wird zurückgeschoben, die Tür aufgeschlossen und da ist der Ersehnte und Erhoffte. Ich mache vermutlich einen ramponierten Eindruck, aber er sieht nicht besser aus. Meistens ist er mitgenommen, müde und dreckig. Ob er die richtige Wahl für eine Romanze ist? Oder sind das die Anlaufschwierigkeiten und neben der Optik verbessern sich auch die äußeren Umstände im Laufe der Zeit? Was ich in einem Bruchteil von Sekunden reflektiere und wieder spaßen kann. Eben noch am Grübeln und Sorgen und nun mit einem Anflug an Albernheit unterwegs. Im nächsten Moment hänge ich wie eine Klette an ihm, meine Arme sind um seinen Hals geschlungen und halten ihn fest.

Eric hebt mich hoch, küsst mich und seufzt: »Ach Isabelle, das ist jetzt eine Tragödie.«

»Komm rein, setz dich und erzähle, was passiert ist.«

In der Küche warten die Tiere, aufgeschreckt durch mein abruptes Aufstehen und das Klopfen und Rufen. Es ist schummrig im Raum, weil die Fenster und Türen noch geschlossen sind. Kurze Zeit später lacht die Morgensonne in die Küche und wir sitzen uns am Tisch gegenüber. Ich umklammere den Becher mit dampfenden Kaffee und fixiere Eric. Seine Lachfalten sind tiefer als normal und voller Dreck, die Haare wirr und seine Kleidung schmuddelig und faltig, als hätte er darin geschlafen. Die Augen sehen verquollen aus, da kenne ich etwas von als alte Heulsuse und ich konstatiere geflossene Tränen. Wenn er weint, wird nicht eine Beule im Auto oder ein abgebrochener Haustürschlüssel der Auslöser der Trauer gewesen sein. Nein, es wird doch nicht jemand gestorben sein?

»Die Polizei war gestern Nachmittag bei uns im Bistro. Nicht zum Kaffee trinken und plauschen, sondern amtlich und mit ungewohnt ernster Miene. Es waren ihnen sichtlich unangenehm, zu kommen und mit uns zu sprechen.«

»Ja, ich war im Dorf, dich suchen und das Bistro war geschlossen und verlassen. Michel sagte, dass zwei Polizisten bei euch waren und danach alle wegfuhren. Eric, was ist passiert?«

»Die Polizisten baten uns an den Tisch, wir mussten uns setzen und das ist immer ein schlechtes Zeichen und ach, Isabelle, mein Vater ist gestorben.«

»Nein, aber nein, wir waren doch bei ihm und er war gesund und munter! Was ist passiert? Hatte er einen Unfall?« Ich fühle mich, als hätte ich einen Stoß in den Magen bekommen und halte mir beide Hände vor den Bauch.

»Nein, Laure hat ihn gefunden, im Bett, auf dem Rücken liegend, die Augen zu wie im Schlaf, aber er atmete nicht mehr. Er muss zu Beginn der Nacht gestorben sein, ganz friedlich, wie man es sich wünscht.«

Eric legt die Arme auf den Tisch und den Kopf darauf und ich sehe die Tränen kommen. Ich lege über den Tisch hinweg meine Hände auf seinen Kopf, hänge halb auf dem Tisch, weil dieser breit und ich zu kurz bin. Damit habe ich nicht gerechnet, dass der glücklich wirkende Mann stirbt, auch wenn er entrückt wirkte, aber er war gesund und rüstig.

»Das Schlimmste ist die Trauer der Großmutter. Das ist schmerzvoll, wenn die Kinder vor den Eltern sterben. Sie ist still und zurückgezogen. Erst stirbt die Schwiegertochter auf tragische Art, an der sie sehr gehangen hat, die ihr wie eine Tochter war, und jetzt ihr Sohn. Wie ein kleiner Vogel sitzt sie im Sessel und dreht den Rosenkranz in den Händen, weint stille Tränen, die uns in der Seele brennen. Dazu die arme Laure, die verdächtigt wird ...«

Er schnieft und reibt sich die Augen. Ich suche das Päckchen Taschentücher aus dem Krimskramskorb auf dem Tisch und reiche es ihm. Eins nehme ich mir und putze vorbeugend die Nase. Im Vorratsraum steht eine Flasche mit Bügelverschluss und kunstvollem Etikett, auf dem Birnen gemalt sind, und ich vermute einen hochprozentigen Inhalt. Zwei kleine Gläser aus dem Schrank und die Flasche kommt auf den Tisch, dazu frischer Kaffee mit viel Milch in die Becher und wir sehen uns traurig in die verweinten Augen.

»Prost sagt man wohl nicht, aber warum nicht? Auf die Toten und die Lebenden, auf dass wir das überstehen und die Angelegenheit für Laure regeln, denn man verdächtigt sie, etwas mit dem Tod zu tun zu haben.«

Nein, das kann nicht sein, doch ich verkneife mir jeden Kommentar in der angespannten Situation. Eric räuspert sich und trinkt seinen Obstler, worauf er hustet. Lecker ist der Birnenschnaps, kraftvoll und aromatisch. Er wärmt den Magen und nicht nur den. Nach zwei kleinen Gläsern fühle ich mich leicht benommen und sehne mich nach einer Dusche und dem Bett. Das sind auch Erics Gedanken und so liegen wir frisch geduscht auf dem Bett, schauen uns schläfrig in die Augen. Ich würde gerne die Zeit anhalten und liegen bleiben, schlafen und in den Tag träumen, aber schöne Träume.

»Nur fünf Minuten, Isabelle, dann wecke mich bitte und ich erzähle den Rest.«

Ja klar, das kenne ich und frage mich, ob ich ihn ausschlafen lasse, ihn nach den fünf Minuten wecke oder als Mittelweg eine halbe Stunde schlafen lasse. Es ist früher Morgen und der Tag liegt vor uns, obwohl die Zeit fliegt und er viel erledigen muss. Das Schlimmste ist, dass ein Verdacht auf Laure gefallen sein soll, wenn ich Eric richtig verstehe, aber das ist unvorstellbar, dass Laure Erics Vater etwas angetan hat. Ich grübele über die Situation und bewache Erics sofort eingetretenen Schlaf. Bewundernswert, er legt sich hin und schläft. Ich stehe trotz der Schläfrigkeit auf, räume Küche und Bad auf und lege die schmutzigen Sachen zusammen. Vom Küchenfenster sehe ich im Hof sein Auto. Hat er eine Tasche mit sauberer Kleidung dabei? Das wäre praktisch und ich gehe nachsehen. Er hat tatsächlich einen Korb mit T-Shirts, Unterwäsche, Socken, Hosen, Handtüchern, frisch gewaschen und gefaltet, auf der Rückbank stehen. Der Korb kommt mit ins Bad.

Nach einer Stunde tippe ich vorsichtig auf seine Schultern, küsse ihn auf die Wange und flüstere »Aufwachen« ins Ohr. Erst passiert nichts, dann regen sich langsam Arme und Beine und Eric fährt plötzlich erschrocken hoch, setzt sich auf und starrt mich wie vom Stern gefallen an. Ich sehe seine kurzfristige Verwirrung, dann sein Erinnern und das Einsetzen des Denkens. Der Schalter ist ruckzuck umgelegt.

»Okay, da bin ich und ich muss gleich los. In Kürze: Laure sagt, sie hat meinen Vater gefunden, aber sie konnte niemand anrufen und, wie der Teufel es will, kommt in der Mittagszeit die Polizei. Als hätten die Herren es gerochen. Sie wollten sich ein Bild der Lage machen und meinen Vater besuchen, sagten sie. Laure war froh, dass sie vorher Zeit hatte, den Tod von Philipp zu verarbeiten. Sie saß neben ihm, sagt sie, hat ihn angeschaut. Sie hat Abschied genommen von ihm, dem Findling und Schützling. Er lag friedlich da, befreit von Sorgen und Ängsten. Die Polizei verstand die Sachlage erst nicht. Ihre Reaktion auf die Umgebung, auf Laure und den Toten war unfreundlich. Laure fühlt sich verdächtig, meinen Vater umgebracht zu haben. Sie wird verdächtigt! Das ist Unsinn, aber du kannst dir die Gendarmen vorstellen in Laures Haus und mein Vater liegt tot auf dem Bett und kein Bestatter, kein Arzt, keine Ambulanz sind vor Ort. Wir drei sind nach der Benachrichtigung sofort los, haben schnell abgeschlossen, den Zettel an die Tür gesteckt und in Richtung Ardèche gefahren. Jeanne hat Großmutter in ihrem Auto mitgenommen, ich bin vorgefahren und wir mussten ja bis unten ins Tal. Aber gut, wir sind bei Laure angekommen. Die Großmutter sinkt vor dem Bett mit ihrem toten Sohn auf den Boden und weint still. Laure kocht Tee, es riecht nach Räucherwerk und Weihrauch, die Vorhänge sind zugezogen und ich komme mir vor wie in einem Kinofilm. Draußen vor der Tür stehen die Polizisten, nein, sie sitzen mittlerweile und trinken Tee, genießen den Schatten und haben sich entspannt. Nichtsdestotrotz wird mein Vater von dem Bestatter abgeholt. Der schwarze Wagen müht sich den Feldweg runter, lädt ihn ein und entschwindet berghoch. Wir sitzen allein und nun kommt die Stunde, die Stunden der Bürokratie. Der Abend verfliegt und ich kann keine ruhige Minute finden, um mich zu melden. Hier eine Frage, dort ein Formular, kommen sie morgen hier hin, bringen sie die Papiere mit, dann die Großmutter im Auge behalten und auch Laure, die das Ganze mitnimmt. Und deswegen bin ich jetzt wieder weg und es wird höchste Zeit. Tut mir leid ...«

Nach dieser langen Erklärung sinkt Eric in sich zusammen und sieht aus, als wolle er sich wieder hinlegen.

»Schon gut, fahr und schau, dass du das erledigt bekommst und wenn du fertig bist, kommst du und erzählst, wie es gelaufen ist.«

Wir trinken rasch unseren Becher mit Milchkaffee aus und erheben uns gleichzeitig vom Bett. Jetzt ist keine Zeit für langes Zaudern und Zögern und ich schiebe Eric förmlich zur Tür, drücke ihm die Autoschlüssel, Portemonnaie und Handy in die Hände und küsse ihn auf der Treppe zum Hof.

Ich bin wieder allein, jedoch ohne die sorgenvollen Gedanken von gestern und es geht mir besser. Obwohl mir Laure nicht aus dem Kopf geht und mir jetzt mehr als der Tod von Erics Vater auf dem Magen liegt. Im Bad steht der Korb mit Erics frischer Wäsche, an dem er sich mit sauberen Sachen bedient hat. Ich schiebe den Korb erst an die Wand und trage ihn dann ins Schlafzimmer neben meine Wäschekommode. Da gefällt er mir besser und ich lächele ihm zu.

Zur Beerdigung trägt man Schwarz, denke ich bei der Betrachtung von Erics Sachen. Besitze ich etwas Schwarzes zum Anziehen? Wenig bis gar nichts, ich habe eher helle und sommerliche Kleidung in meinem Fundus. Mit einer Beerdigung habe ich nicht gerechnet.

Ich nehme das Schwarze zum Anlass und gehe zu Chantal. Sie hat sicher etwas Passendes im Kleiderschrank und kann mir Ratschläge zum Thema Beerdigung geben.

Chantal ist in der Küche, denn heute ist Einmachzeit und ich nehme am Küchentisch Platz. Lulu sitzt nach wenigen Minuten auf meinem Schoß und ich freue mich über das klebrige und fröhliche Baby. Es gibt einen weiteren Becher Kaffee. Mir wird bald schlecht vom vielen Kaffee und ich gieße einen guten Schwung Milch auf, und berichte von den neuesten Ereignissen und Überlegungen.

Als Ausgleich erhalte ich einen Schnellkurs im Kochen von Marmelade und Einwecken von Tomaten und Sommergemüse »querbeet«. Das ist ein Kontrastprogramm und lenkt mich wohltuend ab. Chantal hat sich währenddessen meinen Bericht durch den Kopf gehen lassen und findet den Tod von Philipp nicht so dramatisch und beruhigt mich. Sie wartet mit Beispielen von Unglücken und Todesfällen aus ihrer Familie auf und danach erscheint mir der Tod von Erics Vater als ein Puzzleteil in der Geschichte des Dorfes. Es ist dramatisch und bietet Stoff für eine französische Familienserie, aber es ist das Leben und wir sind mittendrin.

Die gefüllten Einmachgläser mehren sich und bedecken in einem bunten Muster im Wohnzimmer den Fußboden, wo sie abkühlen, bevor sie in den Keller zum Vorratsregal getragen werden. Es ist weit nach Mittag und Lulu schläft in ihrem Bettchen. Tartine und Balou liegen vor dem Haus im Schatten, alles versinkt in der Siesta. Es wird warm und lädt zum Ausruhen ein. Wir sind fertig mit der Küchenarbeit und ich bekomme eine kleine Kiste mit allerlei Köstlichkeiten eingepackt. Ein erster Vorrat für den Winter und meine noch leere Vorratskammer – vom Wein einmal abgesehen. Das darf sich in den nächsten Jahren gerne ändern, wenn ich einen eigenen Garten habe, mir auf dem Markt Obst zum Einkochen kaufe und die Regale mit meinen Vorräten fülle.

Ich schlendere heimwärts und räume die Gläser ins Regal. Das sieht schön aus und es juckt mich in den Fingern, mehr Gläser dort stehen zu haben. Mal sehen, was ich am nächsten Markttag für mehr Auswahl an Marmelade oder Gemüse finde.

Was nun? Ich stehe in der Küche. Da fällt mir die dunkle Kleidung ein. Die habe ich glatt vergessen vor lauter Erzählen und Einkochen und Gemüse und Gläsern. Ich schreibe Chantal eine Nachricht mit der Bitte zu überlegen, ob sie etwas Schwarzes für mich zum Anziehen hat und ob sie mir Ratschläge wegen der Beerdigung geben kann. Mit dieser Notiz denken wir beide daran und wie ich meine Freundin kenne, steht sie umgehend vor ihrem Kleiderschrank und sucht etwas heraus.

Ich richte das Abendessen und räume zum Zeitvertreib sogar den Kühlschrank aus und wische durch die Fächer. Ob Eric heute Abend kommt? Oder ob wieder ein Abend oder gar eine Nacht mit Warten und Bangen vergeht? Noch im Aufräumen und Laufen von der Terrasse in die Küche höre ich die Steinchen im Hof knirschen. Tartine dreht fragend den Kopf aus dem Futternapf in Richtung Fenster. Mein Lieblingsgeräusch – nach den Zikaden und den Käuzchen in der Nacht – und ich habe eine Chance auf die Erfüllung meiner Wünsche. Mein Blick aus dem Fenster bestätigt mein Glück, der weiße Wagen steht unter dem Baum und Eric geht zum Tor, um es zu schließen. Hurra, dreimal hurra, der Abend ist gerettet.

Wir sitzen auf der Terrasse und strecken satt und zufrieden die Beine aus, suchen uns einen Stuhl zum Beine hochlegen und streicheln jeder ein Kätzchen auf dem Schoß. Minou liegt bei mir und Coco bei Eric und beide schnurren um die Wette und ich genieße ihre Ruhe und Schläfrigkeit.

Eric hat noch nicht von seinem Tag berichtet und scheint es damit nicht eilig zu haben. Ein unangenehmes Thema, ein Tag, der anstrengend und nervenaufreibend war, das habe ich aus seinem Gesichtsausdruck und Seufzen gelesen. Gesprochen haben wir während des Essens nicht darüber.

»Also, wir haben ein Problem. Mein Vater ist in der Gerichtsmedizin verschwunden. Laut inoffizieller Mitteilungen sieht es nach einem natürlichen Tod aus. Für uns selbstverständlich, da hätten sie nichts untersuchen müssen, aber die Polizei muss sicher gehen. Nun munkelt man, aber Genaues weiß ich nicht und es ist nichts aktenkundig, dass ein Verdacht gegen Laure besteht. Das kann nicht aufgrund der Obduktion und des Berichtes sein, der ja noch nicht vorliegt, da ist etwas anderes im Busch.«

»Oh mein Gott!«, entfährt es mir. Ich setze mich angespannt aufrecht hin, halte das Kätzchen sanft fest und schiebe es mir ein Stück höher. Das darf doch nicht wahr sein! Ich lege meine Hand ins Feuer für Laure, obwohl ich sie erst kurz kenne, aber sie ist der liebste und wahrhaftigste Mensch. Wie kann ein derartiger Verdacht entstehen?

»Warum soll Laure deinen Vater ermordet haben? Das ist doch ... ich finde keine Worte.«

»Ich bin auch ratlos. Und wütend! Jeanne tobt ebenso und nimmt sich der Großmutter zuliebe zurück, aber es brodelt in uns. Vor allem weil wir keine Informationen bekommen, sondern nur das Gemauschel hinter vorgehaltener Hand, die Anspielungen auf Laures nicht alltägliche Lebensart, über ihre alternative Einstellung und ihr Denken. Sie hat Philipp aufgenommen und es nicht gemeldet. Das ist das eine und das war nicht korrekt für unsere Staatsdiener, was wir vermutet haben. Mir scheint aber, dass das nicht so schlimm ist, wie wir denken. Mit einer Anklage wegen Mord, wegen Totschlag oder Heimtücke, damit rechnete keiner. Ich habe versucht, meinen Freund, den Anwalt, zu sprechen, der mir auch mit der Exfreundin geholfen hat. Ich konnte ihn noch nicht erreichen und hoffe, dass er mich bald zurückruft. Irgendjemand muss ein Interesse haben, Laure Ärger zu machen, das spüre ich. Ich muss mit Laure sprechen. Wir müssen zu ihr, vielleicht morgen? Hast Du Zeit?«

»Natürlich. Ich habe immer Zeit. Hast du morgen keine Termine?«

»Nein, morgen Vormittag steht nichts an. Laure muss eine Ahnung oder einen Verdacht haben, was los ist, und wer ihr Ärger macht. Die Mühlen der Bürokratie laufen und es wird Tage dauern, sicher bis Anfang nächster Woche, ehe wir meinen Vater frei bekommen und die Beerdigung planen können. Wie schrecklich! Ich bin heilfroh, wenn wir alles geschafft haben. Ach, meine Güte, Isabelle, da steht unser Kennenlernen im Schatten von Tod und Verderben. Wir genießen nicht den Sommer und unsere Freiheit, sondern schlagen uns mit Mord und Totschlag, Polizei und Justiz herum.«

Die Katzen erheben sich und strecken sich auf unseren Beinen und bevor sie in der Dunkelheit entwischen, trage ich sie in die Küche. Tartine trottet zufrieden hinterher und alle versammeln sich zum Schlafen im Küchenkorb. Ich zünde Kerzen in den Laternen auf der Terrassenbrüstung an, hole den Wein vom Küchentisch mit nach draußen und schließe die Tür hinter mir.

Vor uns liegt der dunkle Garten, in dem es raschelt und wispert. Die Zeit der kleinen Tiere, der Mäuse und Marder, der Eulen und Käuzchen, der Grillen und der Tiere, die im Wald hinter dem Zaun wohnen. Manchmal höre ich in der Nacht die Wildschweine quieken und grunzen. Die möchte ich nicht im

Garten haben, die wilden Gesellen, die den Boden durchpflügen und alles fressen, was sie finden. Der Zaun um das Grundstück ist Gold wert, denke ich und lehne mich an Eric, der seinen Arm um mich legt und wir sitzen im Kerzenlicht und ich schwenke von den Gartengedanken zurück zu Laure.

»Was macht Laure jetzt? Sitzt sie allein im Haus? Wieder allein? Früher, bevor dein Vater dort auftauchte, war sie auch allein. Ist sie gerne allein? Mit ihren Tieren, in der Natur und nur im Sommer mit der Gesellschaft ihrer Gäste.«

Eric drückt mich.

»Ich glaube, sie kann gut für sich sein, und mein Vater war ein schweigsamer Gast oder Mitbewohner. Unterhaltung oder tiefsinnige Gespräche konnte sie mit ihm genauso wenig führen wie mit ihrem Hund, den Katzen oder Hühnern. Er war einfach da und leistete Gesellschaft. Obwohl das eine andere Gesellschaft als die von Haustieren ist, das ist keine Frage. Ohne Worte passierte auch viel an Verständigung zwischen beiden. Ach, ich weiß es auch nicht. Schlimmer wird die Sorge wegen der Anklage sein. Sie kann nicht weg von zu Hause, schon wegen der Tiere nicht. Wie soll sie zu einer Gerichtsverhandlung kommen und wie läuft das ab? Stell dir vor, sie würde – abgesehen von dem Ärger jetzt – krank, irgendwann einmal oder zu alt für alles. Es ist nicht meine Angelegenheit, aber nun sorge ich mich und das macht mich unruhig. Verflixt noch mal, kann das Leben nicht normal und ruhig verlaufen? Muss immer etwas sein? Unglück, Tod, Unfall, Polizei, Ärger und Stress und schlaflose Nächte und Reden und Machen und Tun.«

Wir versinken in trüben Gedanken. Das ist nicht hilfreich, aber was soll man Aufmunterndes sagen? Mir fällt nichts ein, außer abgedroschenen Phrasen, die mehr schaden mehr nutzen. Ich habe keine Lust mehr auf das Ganze, da verstehe ich Eric und bin seiner Meinung.

In der Nacht ist es mir zu warm im Zimmer. Ich stehe auf und mache Durchzug. Sommer, Ferienzeit, eigentlich alles wunderschön. In der Nacht erscheinen mir meine Gedanken trüber als am Tag und ich bin froh, Eric bei mir zu haben. Ich friere im Nachtwind, der durch den Flur zieht und ich lege mich wieder an meine Stelle im Bett, die abgekühlt ist, und ziehe die Decke hoch. Vorsichtig rutsche ich rückwärts und lehne meinen Rücken an Eric.

Kapitel 37

Am nächsten Morgen weht Wind, richtig viel Wind, wir haben Mistral. Ich ziehe die Blumentöpfe an die Hausmauer und befürchte, dass die Katzen wegfliegen, aber es ist ihnen zu unruhig im Garten. Ihre Morgenrunde geht nur bis an die Treppe und dann, so schnell wie der Wind, zurück in die Küche. Tartines Ohren wehen im Sturm, was lustig aussieht. Er findet das Wetter unterhaltsam und springt durch den Garten, hascht den Blättern hinterher und hat seinen Spaß. Im Wald knackt und rauscht es. Ich beeile mich mit dem Haushalt und bereite uns ein Frühstück mit Rührei, Tomaten mit Basilikum und Fleur de sel, aufgebackenem Brot und Joghurt mit Pfirsichen zu. Zur Feier des Tages decke ich den meist ungenutzten Esstisch und stelle die Stühle so, dass wir in den Garten schauen und das Treiben des Windes sehen. Tartine kommt wie ein geölter Blitz die Treppe hoch und bellt an der Tür. Nun reicht es auch ihm. Eric geht oben umher und ich höre ihn die Fenster öffnen und schließen und in der kurzen Zeit, in der sie aufstehen, pfeift der Wind jaulend durch die Zimmer. Es klackert und klappert und mir wird klar, dass er die Schlagläden sicher befestigt, damit der Wind sie nicht losreißt.

Wir sitzen am Tisch, die Sonne scheint auf die Teller mit den Krümeln und die leeren Schüsseln. Nun kommt der anstrengende Teil des Vormittags und wir sind beide nicht erpicht auf den Ausflug, der ansteht, und rühren lieber versonnen in den Kaffeetassen. Aber es nützt nichts, fahren wir los, bevor die Straße entlang der Ardèche mit Touristen überfüllt ist.

Ich zwinge mich, die Aussicht zu genießen und mich eine Zeitlang nicht zu sorgen. Der Himmel ist strahlend blau, sauber geweht vom Mistral. Blätter wirbeln durch die Luft und in den Ortschaften flattern Fahnen, Markisen und Sonnensegel wie wild gewordene Ungeheuer. Die Frauen halten sich die Jacken zu, es ist nicht wirklich kalt, aber ungewohnt frisch und luftig. Die Sonnenschirme in den Restaurants bleiben geschlossen, die Fenster zu und die Haustüren werden eiligst vor dem Herannahen der Schwärme gelbbrauner Platanenblätter zugezogen. Dem Touristenstrom macht der Wind nichts aus. Die Autoschlange zieht unbekümmert die Straße entlang, hält unwillkürlich an, fährt an die Seite, Leute laufen über die Fahrbahn, der ganz normale Wahnsinn. Wir kommen an den Parkplatz vor Laures Camping, das dezente Schild bemerke ich erst jetzt, und fahren ohne Aufenthalt bis an den Platz herunter. Hier herrscht mehr Leben als beim ersten Besuch. Etliche Autos mit ausländischen Kennzeichen drängen sich auf dem begrenzten Raum. Dazwischen stehen Mopeds, Anhänger und die Mülltonnen für den Campingbetrieb und am Rand der obligatorische Briefkasten in Grau, randvoll mit Reklame und Zeitungen. Wir suchen Platz für das Auto, halb im Gebüsch und halb im Fußweg, aber es geht nicht anders. Mein Blick wandert zurück zum Briefkasten und ich erbarme mich der Papierflut und packe das Bündel mit beiden Händen. Eric ist schon verschwunden, aber jetzt kenne ich den Weg und tauche neben dem Auto ins Gebüsch ein. Ich höre Eric meinen Namen rufen. Sorgt er sich doch? Aber ich komme ja, Moment und Geduld. Einen Teil des Weges traben wir nebeneinander den Fahrtweg entlang. Die Eile ist verflogen und man könnte meinen, dass Eric trödelt. Dann kommen der Campingplatz und das Haus in Sicht. Kinder spielen am Ufer des Flusses. Die Farbkleckse der Zelte und Boote leuchten uns entgegen. Die Wäsche flattert im Wind, der im Tal sanfter ist als auf der Höhe. Eine Idylle. Wir nähern uns dem Haus, das friedlich in der Sonne liegt, und die Rosen duften schon von weitem. An der Wiese steht eine Schubkarre mit frisch gemähtem Gras. Daneben steckt die Heugabel und daran lehnt eine Sense, wie aus dem Heimatmuseum, aber glänzend und scharf, bereit für den Mäheinsatz. Die Hühner gackern und der Hund kommt aus dem Gartentor und trabt auf uns zu. Laure richtet sich auf, sie steht im Möhrenfeld und wir sehen uns.

»Bonjour, wartet, ich komme.«

»Bonjour, Laure!«, antworten wir wie aus einem Mund.

Beladen mit einem Korb dunkelroter Möhren und einem Eimer mit Grünzeug stapft sie zu uns.

»Hallo, ihr beiden. Schön, euch zu sehen, auch wenn ich mir die Umstände unseres Treffens angenehmer vorgestellt habe. Aber kommt mit ins Haus. Ach, du hast die Post mit runtergebracht, Isabelle? Das ist lieb von dir. Die anderen vergessen das immer und so läuft der Briefkasten über mit Zeitungen, Reklame und der Post.«

Da Laure weitergeht, folgen wir ihr und dem Hund zum Haus. Rechts und links rahmen Lavendel und Rosmarin den Steinpfad ein. Schmetterlinge flattern über den Blüten und ich kann es mir nicht verkneifen, Eric die Post zu geben und mit den Händen behutsam durch die Pflanzen zu streichen. Die Haut riecht direkt wie der Sommer, nach Lavendel und Rosmarin. Der Duft beruhigt mich. Ich fühle mich schrecklich unwohl. Wir suchen jetzt nicht Philipp, trinken nicht Tee oder Kaffee und unterhalten uns über Land und Leute, sondern wollen herausbekommen, warum Laure des Mordes verdächtigt wird. Ich sehe ihren Rücken, der gebeugt unter der Last der Möhren ist, das weite Hemd, den beigen Rock bis zur Mitte der Wade, die verschlissenen Espadrilles voller Erde und Klettensamen, die Haare wild zusammengesteckt und mit einigen Grashalmen dekoriert, und kann mir beim besten Willen so keine Mörderin vorstellen. Nein, das ist Laure und alles ein Alptraum.

Das Gefühl der Verfolgung und der Flucht, der Angst und Hetze kommt wieder hoch, obwohl die Sonne scheint und ich wach und relativ munter bin. Die Träume hatte ich beinahe vergessen.

Wir sind am Haus angekommen und Laure verschwindet im Inneren. Wir hören sie klappern und mit dem Hund reden, der sich schnaufend auf die kühlen Bodenfliesen wirft. Wir schauen uns ratlos um. Eric legt die Post auf ein Tischchen neben der Tür und wir suchen uns einen Schattenplatz auf der Terrasse. Wieder steht und liegt alles voller Kräuter zum Trocknen und farbenfrohe Ketten mit roten Peperoni baumeln an der Wand.

Die Bewohner des Campings veranstalten eine dezente Geräuschkulisse, aber im Vergleich zu anderen Plätzen geht es ruhig zu.

Laure kommt nach einigen Minuten aus dem Haus. Sie hat das Hemd ausgezogen, das Top darunter war einmal weiß, hat jetzt Muster der Arbeit in Braun- und Grüntönen. Ihre Arme sind braungebrannt und runzelig, stark und sehnig. Sie bringt ein Tablett mit Wassergläsern und Teebechern, einen Teller mit Madeleines und umgehend stehen ein großer Krug mit kaltem Wasser und eine bunte Teekanne auf dem Tisch.

»Bedient euch, fühlt euch wie zuhause. Ich versorge gerade den Hund, gebe das Möhrengrün dem Hühnervolk, bevor es welkt, und dann setze ich mich zu euch.«

Wir bedienen uns und lehnen uns zurück. Laure kommt aus dem Haus und trocknet sich die Hände an einem Geschirrtuch ab. Sie seufzt und zieht sich den Stuhl an den Tisch.

»Laure«, beginnt Eric und rutscht nach vorne auf die Stuhlkante. Er räuspert sich, trinkt einen Schluck Wasser. »Laure, ich weiß nicht, wie ich anfangen soll. Philipp ist in der Gerichtsmedizin verschwunden und wir warten auf seine Freigabe, damit wir die Beerdigung planen können. Ich befürchte nichts Schlimmes, keine unangenehmen Ergebnisse oder neuen Tatsachen. Aber auf der anderen Seite schaut man mich komisch an, nicht nur wegen der Vorgeschichte mit dem Autounfall, dem Tod der Mutter und dem Verschwinden von meinem Vater, sondern nun von dem Wiederfinden bei dir und die Diskussion, was du hättest machen sollen von der rechtlichen Seite aus.«

Eric steht auf und fängt an umherzugehen. Es ist nicht viel Platz, aber er schafft es, sich zu bewegen, die Unruhe wächst und ich werde zappeliger als zuvor.

»Eric, setz dich bitte, das macht mich kirre, wenn du wie ein Löwe im Käfig auf und ab marschierst. Laure, wir glauben dir, das steht außer Frage, und wir stehen hinter dir und dir zur Seite. Aber Eric berichtet von diesem Getuschel und komischen Fragen der Herren in den Ämtern und hinter den Schreibtischen. Davon, dass du Interesse an seinem, an Philipps Tod gehabt haben sollst. Dass es dir, entschuldige, finanziell nicht so gut geht und ...«

Eric hat Erbarmen und setzt sich, bevor er weiterspricht.

»Ja, wir vermuten, Jeanne hat zuerst die Vermutung, dass jemand in deinem Umfeld dir etwas Böses will, an etwas kommen will, was du hast und er nicht und deswegen diese Gerüchte in die Welt setzt. Es kann auch eine sie sein. Wir möchten dir helfen, Licht in das Dunkle zu bekommen. Wenn sich die Vermutungen ausbreiten und ein Netz der Intrigen und Verleumdungen gesponnen wird, kann es dir schaden, nicht nur finanziell. Es ist jetzt schon mehr als unschön, aber noch ist alles intern und die Bevölkerung und deine Gäste verdauen nur den Todesfall und die damit verbundene Unruhe.«

Er lehnt sich zurück und sieht mich hilfesuchend an. Ja, was er gesagt hat, fasst unsere Gedanken und Gespräche zusammen. Wir wissen nicht viel, aber wir bilden uns auch nichts ein und müssen der Sache auf den Grund gehen. Es war ein normaler Todesfall, traurig für die Familie, für den Toten eher angenehm, wenn man das so formulieren darf. Jetzt braut sich trotz Mistral ein Gewitter über dem Haus von Laure zusammen.

Laure schaut in ihren Becher mit Tee und rührt mit einem Löffel mit Inbrunst darin. Sie wirkt auf einmal zerbrechlich, zart wie ein Waldvögelchen, das in einem Vogelkäfig sitzt. Sie sagt nichts, trinkt an dem emsig gerührten Tee und schaut uns an.

»Das ist das eine, die Geschichte mit deinem Vater, die Zeit mit ihm und die Verbundenheit und was ich empfinde. Mit seinem Tod, mit dem auch ich nicht gerechnet habe, der mich genau wie euch überrascht hat. Philipp hat es so gewollt, keine zusätzlichen Sorgen und Gedanken wollte er uns bereiten, er wollte in den Frieden und in die Ruhe, zu seiner Frau. Hier war er einsam und verschlossen und das Trauma des Unfalls hatte sich zwar zum Teil aufgelöst, aber er war ein anderer Mensch als davor. Das andere, und da gebe ich euch recht, ist das, was jetzt passiert und da passiert etwas, das stimmt. Ohne meine Lebensgeschichte in aller Ausführlichkeit darzulegen, was im Moment mehr als unpassend ist, präsentiere ich euch Enzo.«

Sie stellt den Becher auf den Tisch, faltet die Hände auf dem Schoß und guckt abwechselnd auf ihre Hände oder zu uns, was ihre Unruhe zeigt. Ich bin gespannt, was kommt, und wer dieser Enzo ist. Er ist mir jetzt schon unsympathisch, obwohl ich nichts von ihm weiß. Ich hole mir aus Unbehagen und Aufregung ein Madeleine und rieche daran. Ein köstlicher Duft nach Zitrone und Honig und es schmeckt frisch und saftig. Ein Genuss! Wer aber denkt jetzt an sowas! Eric schaut wie gebannt auf Laure.

»Enzo, wie soll ich euch das erklären? Auch ich war einmal jung und schön, faltenlos und ein Bündel von Temperament, lebenslustig, auf allen Festen zu finden. Eine wilde Zeit, wie es sein soll in jungen Jahren. Ein wenig zu viel Unvernunft und Wildheit und so lag ich in den Armen eines wunderbaren jungen Mannes, die Musik spielte, wir tranken Wein und es war ein herrlicher Abend.«

Sie schaut Eric an, als wäre er der Mann von damals und als wäre sie zurück in der Nacht vor vielen Jahren.

»Und wie es so oft kommt in allen Zeiten, wurde ich schwanger. Das dauerte einige Wochen, bis ich verstand, was in mir los war, warum mir übel war und ich mich verändert fühlte. Der Mann war über alle Berge. Ich glaube, er hieß Lucas, aber wie weiter, von wo er kam und was er machte – keine Ahnung. Ein Durchreisender, mal hier und mal da, wie ein Vogel, so frei und ungebunden. Enzo kommt auf die Welt. Ein Bild von einem Kind! So schön wie sein Vater – in meiner Erinnerung – und ich damals. Aber er entwickelte sich in die falsche Richtung. War das eine Reaktion auf die Kindheit ohne Vater? Auf die Hänseleien deswegen, weil er so gut aussah und eine rebellische Mutter hatte, die sich nicht wie der Durchschnitt verhielt, die mit der Mutterschaft ihr Denken und ihr Leben umkrempelte? Die, ihr würdet sie heute als hippiemäßig, alternativ, ausgeflippt bezeichnen, sich zurückzog. Die durch die Wälder streifte, die Ardèche hoch und runter, die bei alten Bauersleuten einzog und dort arbeitete, die mit den Kräuterweiblein, die fast ausgestorben sind, Pflanzen suchte und bei ihnen am Feuer saß und zuhörte. Still zuhörte und nicht mehr so viel fragte. Das reichte. Enzo ging seine Wege, trotz seiner Jugend. Es zog ihn in die Städte, nach Lyon, Dijon, Marseille, dann Paris. Ich hatte keinen Kontakt zu ihm, hörte über Freunde und Bekannte Neuigkeiten – und über die Polizei. Die hatte Schwierigkeiten mich zu finden, aber ich hatte später eine Postadresse bei einer Freundin in Pont-St-Esprit und dort warteten die mittlerweile gefürchteten Schreiben an und auf mich.«

Sie macht eine Pause und schenkt uns Wasser ein und schiebt die Gläser über den Tisch. Wie auf Kommando trinken wir und selbst Eric nimmt sich ein Gebäckstück und beißt hinein, selbstvergessen und hochkonzentriert.

»Gut, wir leben getrennt unsere Leben, obwohl man sich das als Mutter anfangs anders vorstellt, mit Harmonie und Zusammenhalt, als kleine Familie. Zum Teil war es sicher meine Schuld, dass dies nicht so gelaufen ist. Aber das tut im Moment nichts zur Sache. Im letzten Winter bekam ich nach Jahren der absoluten Sendepause einen Brief von Enzo. An diese Adresse hier. Wie er sie herausgefunden hat, ist mir ein Rätsel, wahrscheinlich über Rumfragerei und das Internet. Ich habe mich erschrocken, als ich ihn in die Hand nahm. Ich erkannte sofort seine Handschrift, unglaublich, meine Hände zitterten und ich las im Stehen am Briefkasten seinen Bettelbrief. Einen unfassbar plumpen und dummen und frechen … unbeschreiblichen Bettelbrief, ich kann mich jetzt noch darüber aufregen! Ich knüllte ihn zusammen, eilte nach Hause und warf ihn ins Feuer. Weg damit! Was eine Frechheit! Ich mag nicht mehr wiederholen, was er geäußert hat, er wollte Geld, viel Geld und setzte mir die Pistole auf die Brust. Richtig erpresserisch, gewalttätig, brutal und gemein kam er mir in den Zeilen entgegen. Mein Herz raste, ich setzte mich und musste das Gelesene erst einmal verdauen. Wie sollte ich reagieren? Ich konnte und wollte seine Forderungen nicht erfüllen. Das zog sicher seinen Zorn auf mich. Er weiß, wo ich wohne und was ich mache. Ich konnte meine Sorgen mit keinem teilen. Ich habe keine Freunde und Philipp hätte mich vielleicht verstanden, aber ihn wollte ich am allerwenigsten beunruhigen. Also blieb ich allein mit meiner Angst und versuchte sie, so gut wie möglich, beiseite zu drücken. Aber im Winter hat man Tage mit Nebel und Kälte, mit Regen und Wind. Man sitzt im Haus, hat Zeit zum Lesen und Handarbeiten, zum Kochen und zum Ausruhen – und Zeit zum Denken. Nicht nur für die schönen Gedanken, nein – ebenso für die trüben und ängstlichen, die traurigen und furchtsamen. Ähnlich wie in der Nacht.«

Laure muss Atem holen nach der langen Rede und sinkt in sich zusammen.

Ja, das kenne ich – ich sehe in meiner Vorstellung Laure am Fenster sitzen und in die Nebelwand starren, die grau und dunkel wird und in die Nacht übergeht. Hinter ihr sitzt Philipp am Feuer und streichelt den Hund – oder die Katze. Das Feuer knistert und es könnte gemütlich sein, wenn nicht die Furcht vor ungewissen Gefahren im Kopf herumspuken würden. Von den schlechten Träumen ganz zu schweigen. Als hätte Laure meine Gedanken erraten, spricht sie weiter.

»Von den Träumen fange ich gar nicht erst an. Aber der Frühling hat ein Erbarmen und kehrt frühzeitig und rechtzeitig zurück. Ich atme auf und es geht mir besser. Bis ich an einem Nachmittag einen Mann über mein Gelände stromern sehe. Er macht Fotos, hat Papiere in der Hand, auf die er immer wieder schaut. Er guckt sich um, sieht nach dem Stand der Sonne, guckt in den Fluss, scharrt mit den Füßen in den Steinen am Ufer wie ein Huhn auf der Suche nach Körnern. Wer ist das bitte schön und was macht der da? Bevor ich mir die Stiefel und meine Jacke angezogen habe und aus dem Haus stürme, ist er verschwunden.«

Wir drei gucken uns an.

»Und dann?«, platzt es mir heraus.

»Und dann war es einige Tage ruhig. An einem klaren Morgen flog eine Drohne über unserem Gelände. Sehr hoch, ich konnte sie kaum erkennen und bemerkte sie nur durch Zufall, als ich den Vögeln nachsah. Ich maß dem keine Bedeutung zu. Wer weiß, wer da Fotos machen wollte. Später ging ich im Dorf Besorgungen machen, hielt meine Schwätzchen, schaute die Aushänge im Laden durch und bestellte beim Gärtner Pflanzen für den Garten. Er stellte mir die Frage, warum ich alles verkaufen und wegziehen wollte. Wie bitte? Ich will verkaufen und weg? Ja, sicher, so würde geredet und ich bräuchte doch keine Pflanzen mehr bestellen. Da war ich sprachlos und erklärte, dass das dumme Reden sind und ich hierbleibe. Woher stammten diese Gerüchte? Das war nicht herauszubekommen. Ich ging in den Laden zurück und bekam auf meine bohrende Nachfrage ähnliche Geschichten zu hören. Irgendjemand streute Bemerkungen wie Samen ins Feld, dass es mir finanziell gesehen nicht gut geht und ich alles verkaufen würde an den Betreiber des Platzes oberhalb von mir. Der Herr kauft Grundstücke im Ort auf und legt, wo es nur geht, Campingplätze oder Kajakverleihstellen an. Er baut ein lukratives Imperium auf. Ich ging nach Hause, war frustriert, verärgert, ratlos. Der Mann an dem Morgen, die Drohne, alles geschah zum Auskundschaften des Geländes.«

»Also könnte, rein theoretisch, dieser Mann ein Interesse haben, dich hier fort zubekommen, damit er alles übernehmen kann?«, fragt Eric mit rauer Stimme, als hätte er die ganze Zeit gesprochen.

Er fixiert Laure und wirkt angespannt. Ich bin es auch. Was tun wir, wenn es so ist? Kann man etwas dagegen unternehmen? Laure füllt ihren Becher mit Tee, macht eine Pause, holt sich das Honigglas und nimmt sich einen Löffel voll heraus. Es wird gerührt und im Tee nach der Antwort gesucht.

»Nein, das glaube ich nicht. Das wäre zu einfach. Und Monsier Grimau, so heißt er, würde nicht so plump vorgehen, nicht selbst nach dem Rechten sehen, eine Drohne beschaffen und damit über meinem Gelände fliegen. Nein, er würde auch keinen Spion schicken, dem fallen die Grundstücke von allein zu, wenn Leute sterben und die Familie die Wiese am Fluss nicht behalten will, sondern sie versilbert. Wenn Betreiber Pleite gehen, keine Lust mehr auf den Camping- oder Kajakbetrieb haben, das ist seine Chance. Marcel kam in den nächsten Tagen und erzählte mir bei einem Pastis Neues aus dem Dorf, aus der Welt. Das macht er gerne und wir halten dann ein Schwätzchen. Ich hörte ihm, Marcel, nur mit halbem Ohr zu, weil ich Oliven und Gebäck suchte, als der Name Enzo fiel. Da stand ich am Tisch und sagte zu Marcel: Enzo? Du hast Enzo gesagt? Und Marcel guckte mich erstaunt an. Ob ich diesen Enzo kennen würde? Das wäre ein übler Gauner, ein Halodri, der im Ort rumläuft, überall anschreiben lassen würde, die tollsten

Geschichten erzählt, den Leuten wunderbare Geschäfte vorschwärmt, wenn sie das und das täten – aber alles Luftschlösser und Hirngespinste. Und ab und zu spuckt er einen kleinen Hinweis aus, was es denn mit dem Tod des alten Herren auf dem Campingplatz auf sich hat. Das wäre doch nicht mit rechten Dingen zugegangen. Da hätte doch jemand nachgeholfen. Ich setzte mich ohne Oliven und brauchte einen zweiten Pastis. Enzo war hier. Hier in der Nähe. Und auch ohne Beweise wusste ich, dass Enzo hinter all dem steckt. Mein eigenes Kind, da schäme ich mich, aber es ist bedrohlicher als bei einem Fremden.«

Laure trinkt von dem gut gerührten Tee und sinkt erneut auf dem Stuhl zusammen. Eric und ich gucken uns mit großen Augen an und formen lautlos »Enzo?!« mit den Lippen.

»Enzo steckt hinter der Geschichte? Er will dir Ärger machen, schwärzt dich an, setzt die Gerüchte vom heimtückischen Mord in die Welt? Um an dein Geld oder deinen Besitz zu kommen?«

»Ja, oder um sich zu rächen. Davon stand auch etwas in dem Brief. Das ich alles schuld bin, die böse Mutter, die nicht für ihr Kind da ist, die den Vater in die Wüste geschickt hat und so weiter. Ach, ihr beiden, ich bin es leid und müde und erschöpft.«

Als würde alle Energie aus ihrem Körper entweichen, rutscht sie nun noch weiter auf dem Stuhl nach hinten und birgt das Gesicht in ihren Händen.

Wieder gucken wir uns an und sind uns einig, ohne Worte, dass wir für den Augenblick genug gesprochen haben und uns beraten sollten. Eric steht auf und geht zu Laure. Sie erhebt sich müde und lässt sich von ihm in die Arme nehmen und festhalten.

»Laure, wir helfen dir, ganz sicher und du bist nicht allein. Nicht nur weil du für unseren Vater da warst und ihm geholfen hast, sondern weil wir dich sehr gerne haben. Du bist wie ein Familienmitglied. Fühle dich auch so, nicht allein, sondern als Teil der Familie Beauchêne und wir werden alles tun, was zu tun ist, damit du in Ruhe hier leben kannst. Das wäre doch gelacht, wenn so ein Enzo, Sohn hin oder Sohn her, uns in die

Quere kommt und dich vertreibt oder deine Existenz ruiniert.« Eric schaut Laure bei diesen Worten ernst an, während Laure in ihrer Tasche ein Taschentuch sucht und sich umständlich die Augen trocknet und die Nase putzt.

Richtig denke ich und stimme mit Kopfnicken zu. Das Feindbild namens Enzo wächst und ich male mir aus, wie er aussieht. Keine Ahnung, aber übel und wie Verbrecher so aussehen. Doch wie finden wir den Übeltäter?

»Hast du ein Foto von ihm?«, frage ich vorsichtig und sehe mich als Tatort-Kommissarin. In den Filmen hat man oft das Glück das Zimmer des Verdächtigen zu besichtigen. Seine Pinnwand zu betrachten, das Laptop zu beschlagnahmen und ein Foto aus einem Silberrahmen vom Kamin mitzunehmen – als Fahndungsfoto. Aber das ist Fehlanzeige. Kein Foto, kein Zimmer und nix.

»Er wird groß und schlank sein und wird immer noch gut aussehen, das vergeht nicht. Er ist jetzt 50 Jahre, dunkle Haare, lange Wimpern, fein geschnittenes Gesicht, sicher gut gekleidet und ansehnlich.«

Laure guckt auf den Boden und setzt in den Erinnerungen von Enzo als Kind ein Phantombild des Erwachsenen zusammen. Sie setzt sich langsam auf ihren Stuhl und faltet die Hände in ihrem Schoß. Kind bleibt Kind, denke ich und denke an meine Eltern. Bei Laure ist es anders verlaufen, das ist das Schicksal. Eric ist einige Schritte gegangen, steht mit dem Rücken zu uns und schaut zum Wasser. Da ist kein Vater mehr, da toben die Ferienkinder und ein Hund zwischen ihnen hoch und runter.

Ich räume die Becher und Gläser auf das Tablett und trage es in die Küche. Der Hund liegt schlafend im Flur und bemerkt mich nicht oder zeigt nicht, dass er mich hört.

Wir verabschieden uns herzlich von Laure, die wir ungern hier zurücklassen. Doch sie ist hier zuhause und muss die Tiere und den Campingplatz versorgen und, als hätte das Universum meine Sorgen gehört, kommt ein braungebrannter Mann um die Hausecke, nur in einer Badehose, das Handtuch um den Hals gelegt, und barfuß.

»Laure, was ist los? Ach, du hast Besuch. Ich wollte nicht stören, aber wir haben dich doch für heute Abend zum Essen eingeladen, zum Grillen und Musizieren – zum Gedenken an Monsieur Philipp und damit du Gesellschaft hast. Ich wollte dich daran erinnern.«

»Salut, Emil, ja, ich komme. Ich versorge die Tiere und den Garten und dann nehme ich die Einladung gerne an.«

In ihren Augen glitzern Tränen, die Emil dem Tod von Erics Vater zuschreiben wird und nicht dem Thema, das eben auf dem Tisch lag. Aber ein Lächeln spielt wieder um ihre Lippen und der Rücken streckt sich. Sie ist nicht allein, sie hat uns und die Leute um sich, die sich kümmern und sie ablenken – versuchsweise.

Ich fasse Eric an der Hand.

»Komm Eric, wir müssen los. Laure, wir unternehmen alles, was nötig ist. Halte die Stellung und lass den Mut nicht sinken. Genießt den Abend, trinkt auf Philipp und wir melden uns – nicht wahr, Eric?«

»Ja sicher. A bientôt et au revoir, Laure«, kommt es von Eric, aber der ist in Gedanken woanders und geht schon den Berg hoch. Grübelnd stapfen wir hintereinander den Pfad entlang, ab und zu bleiben wir stehen und schauen ins Tal. Wir sehen Laure die Tiere füttern, die Schubkarre steht an der Hauswand und die Sense und alle Gerätschaften sind weggeräumt. Der Rauch der frisch entzündeten Feuer zieht wie eine Nebelschnur über den Fluss und löst sich rasch auf. Am Auto sinken wir schwer atmend in die Sitze. Es ist heiß, das Innere des Autos ist noch heißer als draußen und wir schwitzen wie die Bären.

»Was nun? Hast du einen Plan?«

Meine Frage an Eric wird erst nach Sekunden aufgenommen und bearbeitet, scheint mir. Seine braunen Hände liegen auf dem Lenkrad, Schweiß tropft von der Stirn, die er gedankenverloren mit dem Handrücken reibt und dann das T-Shirt zu Hilfe nimmt. Wo sind die Küchenhandtücher oder Waschlappen dieser Welt? Im Handschuhfach entdecke ich ein altes Päckchen mit Tempos, zerknautscht und angegraut, aber hilfreich.

»Ich weiß es nicht, Isabelle. Ich denke, wir fahren nach Hause und sprechen mit Jeanne. Gucken wir, was das Internet an

Infos zu Enzo Fabron hergibt. Geboren irgendwann um die 1970, etwas davor, da hätten wir Laure genauer befragen müssen, auch wo er geboren ist.«

»Das stimmt, nicht sauber ermittelt, dabei fühlte ich mich eben wie im »Tatort« oder »Allein gegen die Mafia«. Enzo klingt italienisch, ob der Vater Italiener war und Laure ihm unbewusst einen italienisch klingenden Namen gegeben hat? Er verhält sich wie ein Mafioso oder wie ich mir einen Mafioso vorstelle. Mit der Mafia hatte ich noch nicht zu tun ...«

Wie wahr und wie bald ich selbst Angst bekäme, wusste ich noch nicht. Meine Worte und Ideen zerfließen in der heißen Leere. Eric hat mittlerweile das Auto auf der Straße und wir rollen heimwärts. Wir hören Radio, seufzen abwechselnd und wischen den langsam versiegenden Schweiß von der Stirn. Der Vorrat an Tempos sollte aufgefüllt werden, eine Küchenrolle oder Handtücher mit ins Auto gepackt werden.

Ich werde zuhause vor dem Tor abgesetzt, Kuss rechts und links und rechts und auf den Mund. Wir verabreden uns für den frühen Abend im Bouletin. Eric ist wortkarg, arbeitet an seinem Schlachtplan, entwickelt wie ich das Feindbild namens Enzo und hat die Faxen dicke, wie er sagt. Ich auch. Ich bin müde, verschwitzt und klebrig, durstig und hungrig und mühe mich mit dem Tor ab.

Im Flur stolpere ich über Katzenspielzeug, Schuhe und einen Pullover. Tartine schießt die Treppe herunter und freut sich, als hätten wir uns Jahre nicht gesehen. Haben die drei Unfug gemacht in der Zeit, als sie allein waren? Ich befürchte das Schlimmste, aber abgesehen von einigen Sachen, die heute Morgen noch über Fußbodenniveau waren, ist nichts passiert. Minou und Coco schlafen im Bett, haben sich unter die Decke geschoben, nicht dass ihnen kalt wird bei dem Wind, der um die Hausecken brauste. Der Mistral ist abgeflaut und eine frische Brise, die schubweise ihre verflogene Kraft demonstriert, ist der Rest der Erfrischung. Tartine verschwindet schwanzwedelnd im Garten, die Tür halte ich mit einem Stuhl in der Öffnung frei und verschwinde unter der Dusche. Im Kühlschrank findet sich Joghurt, der in Kombination mit Melone den Magen füllt und ich lege mich neben die Katzenkinder. Die beginnen mit Schnurrmusik, öffnen kurz die Augen und strecken sich, die kleinen Krallen fahren in das Betttuch und Stille kehrt ein. Bis auf den Wind, der am Haus klappert und klopft.

Kapitel 38

Die Uhr schlägt sieben Mal. Auf der Terrasse klappern Teller und Besteck und die Gäste sind, wie immer, guter Dinge. Mit Erstaunen bemerkte ich bei meiner Ankunft, dass Michel die Bäckerei geschlossen hat und ein Zettel mit einem leuchtrosafarbenen Pfeil auf das Bistro verweist. Heute Abend backt er keine Baguettes, heute backt er italienische Pizza und den Tellern nach zu urteilen besser als jeder Pizzabäcker. Mia und Michels Tochter Sisi helfen ihm.

Jeanne sitzt an dem Tisch im Schankraum und faltet Servietten und Handtücher. Ich ziehe mir einen Stuhl vom Nachbartisch an den Familientisch und setze mich. Tartine verzieht sich ohne weitere Aufforderung unter den Tisch. Von Eric ist keine Spur zu sehen. Jeanne blickt auf und bemerkt meine suchenden Blicke und Unruhe.

»Isabelle, entspanne dich. Eric kommt jetzt. Er ist oben bei der Großmutter. Sie wollte Ruhe haben, sitzt am Fenster, schaut in den Garten und tut so, als würde sie Musik hören.«

Schon ist Eric hinter mir und nimmt mich in die Arme. Er drückt feste und lange und legt sein Kinn auf meinen Kopf.

»Großmutter ist versorgt. Jetzt noch die Servietten und den Rest erledigen Michel und seine Gehilfen. Wir bekommen eine Pizza à la maison und ich hole uns Wein und Wasser.«

Ich rutsche von dem Stuhl auf die Bank gegenüber von Jeanne und versuche zu ergründen, wie sie die Servietten faltet. Aber das ist Zauberei und ich greife lieber die Küchentücher und falte sie so zusammen, wie es mir logisch erscheint. Sie riechen nach Wind und Sonne, sind verschlissen und zeigen erste Löcher.

»Das sind die besten, die alten Tücher, kurz vor dem Zerfallen«, meint Jeanne, als sie meinen vermutlich kritischen Blick sieht, und packt die Servietten auf den Tisch vor der Theke.

»Danke, jetzt haben wir es geschafft und läuten die Konferenz ein.«

Eric erscheint mit Gläsern, Tellern und Besteck und Sisi mit den Getränken. Sie zwinkert mir verschwörerisch zu, die Sorge um den Freund ist nicht aktuell, spricht aus ihrem Blick, aber sie wird ahnen, dass wir nicht zum Vergnügen hier sind.

»Bin ich froh, dass Michel sich erbarmt und den Küchendienst übernommen hat. Seine wahre Leidenschaft seien die Pizzen, die italienische Küche, schwört er. Unser Glück«, flüstert mir Jeanne zu und schaut in Richtung Küche, bevor sie verschwörerisch weiter erklärt:

»Ich lasse ihn und die Mädchen in dem Glauben, dass wir die Beerdigung und Formalitäten zu besprechen haben. Sie müssen nicht alles wissen, sich Sorgen machen und die Gerüchteküche im Dorf anheizen.«

Jetzt aber zum Enzo-Thema, ich werde ungeduldig und scharre mit den Sandalen über den Holzboden. Tartine schnüffelt daraufhin an meinen nackten Zehen, das kitzelt und ich muss lachen. Das wiederum passt nicht zum ernsten Anliegen. Jeanne und Eric mustern mich fragend.

»Alles gut, nein, natürlich nicht, da hat der Hund mich nur gekitzelt. Also, was gibt es Neues und wie machen wir weiter?«

Eric runzelt die Stirn, guckt konzentriert in die Mitte der Tischplatte. Wir sehen ihn fragend an und warten.

»Von diesem Enzo gibt es im Internet nichts, was uns weiterhilft. Ich habe Jeanne den Bericht von Laure, so gut es ging, wiedergegeben. Jeanne hat eine Freundin, die viel an der Ardèche unterwegs ist, und hat sie angeschrieben. Wir werden sehen, was wir an Informationen bekommen. Wir sollten unauffällig vorgehen, denn Rufmord wird ein Problem, wenn wir Enzo ohne stichhaltige Beweise verdächtigen, seiner Mutter an den Kragen zu gehen. Was er macht, steht auf einem anderen Blatt. Je mehr Fehler er produziert, umso mehr Chancen haben wir, ihn aus dem Weg zu schaffen. Nein, wir ermorden ihn nicht und verscharren ihn nicht im Wald oder werfen ihn den Geiern zum Fraß vor – obwohl das keine so schlechte Idee ist.«

Ich nehme mein Handy und gebe den Namen unseres Feindes in einer Internetsuchmaschine ein. Es finden sich alle möglichen Personen, unzählige Fotos von heißblütigen Enzos, italienischen Möbel, Feinkostläden, Musikern, aber nichts was zutrifft.

»Ich bin in Kontakt mit meinem Rechtsanwalt, der an Infos zu Enzo kommen könnte. Enzo wird bestimmt in den Polizeiakten geführt, er wird vermutlich vor Gericht gestanden haben, aber ohne Beziehungen zu den Quellen und einer großen Glücksportion kommen wir nicht weiter.«

Jeanne räuspert sich und guckt fahrig im Raum umher. Sie schiebt uns die Teller und Besteck zu, opfert drei frisch gefaltete Servietten für unser Abendessen und schubst Eric mit einem Blick auf unsere leeren Gläser und die vollen Flaschen an.

»Richtig, trinken wir einen Schluck.«

Nach dem Schluck wird eine riesengroße Pizza in der Mitte des Tisches platziert. Sie ist größer als jeder Teller und ruht deswegen auf einem ebenso großen Holzbrett und ist praktischerweise in handliche Stücke geschnitten.

»Bon appetit!«, kommt es von Mia, die in Turnschuhen und kurzer Hose unter der bodenlangen Servierschürze einen sportlichen Eindruck macht.

Die Pizza sieht aus wie gemalt und schmeckt fantastisch. Dazu kommt ein Schluck Wein, der obligatorische Rosé, gekühlt und mit Eiswürfeln zum Abrunden des seltsamen Festmahls.

Das Handy von Eric liegt auf der Fensterbank und stört plötzlich unsere kurzfristig gemütliche Ess- und Trinkrunde durch aufgeregtes Vibrieren. Eric wirft die Serviette neben den Teller und greift quer über den Tisch zum Telefon.

»Allô? Ach ja, Moment, warte ...«, und er verschwindet mit dem Handy am Ohr im hinteren Bereich des Raumes an ein offenes Fenster.

»Sprich lauter Antoine, ich verstehe dich nicht!«, dann lauscht er dem wer-auch-immer- Antoine und schaut verzweifelt zur Zimmerdecke und zu uns, hebt die Schultern und wackelt mit dem Kopf. Sein Gesichtsausdruck lässt nichts Gutes vermuten und er sagt etwas wie »jaja« und »ach so« und »schade« zu dem unsichtbaren Gesprächsteilnehmer.

»Das war nicht viel bis nichts. Antoine, der Rechtsanwalt, war das. Er kommt nicht an brauchbare Infos. Die einen sind im Urlaub, die anderen haben keine Lust, ihm zu helfen. Man kennt Enzo, aber Einzelheiten oder Akteneinsicht sind Fehlanzeige. Enzo ist kein unbeschriebenes Blatt, eher ein Kleinkrimineller mit gutem Netzwerk in den Kreisen, in denen er verkehrt. Aber er ist nicht aus der Haft entflohen und auf der Flucht und es liegen keine schweren Vergehen vor.«

Wir seufzen und kauen langsamer weiter als zuvor. Wir werden keine Hilfe von der Polizei und keine Informationen bekommen. Wir müssen selbst sehen, wie wir das Enzo-Problem bewältigen.

Jeanne schiebt ihren Teller zur Seite und wischt sich über den Mund.

»Wir sollten vor Ort suchen, mit den Leuten in den Bars sprechen, da wird er sich rumtreiben, vielleicht in den umliegenden Dörfern oder den Orten, die größer sind als die Dörfchen an der Ardèche. Da ist für »Kleinkriminelle«, wenn ich das schon höre, werde ich böse, kein Pflaster zum Ausgehen und »Arbeiten«. Wen haben wir an Bekannten, an Freunden, an Familie im Umkreis, die verschwiegen sind und die wir um Hilfe bitten können?«

»Und was machen wir dann?«, frage ich mit vollem Mund. Ich stelle mir uns drei vor, in einer düsteren Spelunke, rauchgeschwängerte Luft, Musikboxgedudel, bärtige Gestalten und wir treffen auf Enzo. Was tun wir dann? Ihn zur Rede stellen? Der wird lachen, sich auf die Schenkel klopfen und seinen Freunden erzählen, dass da drei sind, die ihm Angst einjagen wollen und ihn belehren, wie er sich zu verhalten hat, und dass er seine Mutter in Ruhe lassen soll. Dann drehen sich all die finstern Gestalten um und kommen näher, bedrängen uns, bringen uns um.

Ich gucke nicht gerne Horrorfilme und ich weiß, warum. Nein, das ist nichts für mich und ich bin ratlos. Und sprachlos.

Eric legt seine rechte Hand auf die von Jeanne und die linke auf meine Hände, die die Serviette versuchsweise falten. Er schaut uns beschwörend abwechselnd an und spricht trotzdem mehr zu sich selbst als zu uns.

»Was machen wir dann? Gute Frage, nächste Frage. Enzo will Laure erpressen, er will Geld, er will nicht das Grundstück oder das Haus, er will keinen Biobauernhof und Campingplatz betreiben. Der will nur Geld. Geld ohne Arbeit, ohne den Finger krumm zu machen und das schnell verprasst ist. Wir haben keinen Erpresserbrief in der Hand, Laure hat auch noch nichts neues von ihm gehört, aber es kann sein, dass er mit dem Gerüchteverbreiten aufhört, wenn sie ihm gibt, was er haben möchte. Das hatte er in dem Brief geschrieben und das wäre ein Beweis, wenn er noch existierte.«

Laure nimmt die Hand ihres Bruders von ihrer Hand und legt sie auf den Tisch.

»Ja, so sieht es aus. Aber Laure hat ihn verbrannt, also ist kein Beweis mehr da. Aber wenn wir nicht mehr wissen, als dass »er« da draußen ist und seiner Mutter Ärger bereitet und sie erpressen möchte, der Gerüchte streut, auf die die Polizei und die Justiz reagieren könnten, die Laure vor Gericht und schuldlos hinter Gitter bringen könnten. Ich betone »könnte«, denn wir wissen nicht, welche Gefahr lauert oder ob die Gerüchte nicht ernst genommen werden. Du solltest deinen Rechtsanwalt Antoine eher auf die Verteidigung von Laure ansetzen als auf die Verfolgung von Enzo.«

Das leuchtet ein und ich nicke eifrig.

»Ja klar, aber wir sollten zweigleisig fahren, oder nicht? Was meinst du, Eric? Wir versuchen mehr über Enzo herauszufinden und gleichzeitig verteidigt Antoine Laure oder stellt klar, dass sie zu Unrecht beschuldigt, nein, im Moment verdächtigt wird, deinen Vater ermordet zu haben. Das ist Rufmord, das sind Verleumdungen, die sie ruinieren können.«

Eric starrt auf seinen leeren Teller, teilt die letzten Stücke Pizza auf und bringt das Holzbrett zur Durchreiche. Wir essen unsere Pizza, die mittlerweile kalt, aber nicht minder köstlich ist, und stapeln die Teller in der Mitte des Tisches aufeinander. Satt und vielleicht nicht unbedingt zufrieden sehen wir uns an. Was ist der Schlachtplan?

»Gut, ich fahre morgen zu Antoine ins Büro, bespreche mit ihm, was wir gerade überlegt haben und höre, was er dazu meint. Dann fahre ich zu Laure, nein, ins Dorf dort und höre mich um, unauffällig, ich versuche es zumindest.«

Eric schaut aus dem Fenster, zieht die Augenbrauen zusammen und sieht grimmig aus.

Jeanne bringt die Teller in die Küche und sagt im Zurückkommen: »Und ich versuche mit der Hilfe meiner Kontakte etwas zu ermitteln. Mal sehen, was die Freunde und Bekannten wissen oder in Erfahrung bringen können.«

»Und ich? Was mache ich?«

Ich komme mir nutzlos vor. Jeder entschwindet mit seinen Aufgaben und Plänen am Horizont und ich bleibe zurück.

»Du?« Eric schaut mich verwundert an. »Du hältst hier die Stellung. Du kannst im Hintergrund ermitteln, bei Fragen recherchieren oder telefonieren und die Schaltzentrale darstellen. Und wir müssen die Beerdigung von Papa im Hinterkopf behalten, Jeanne.«

Nun lacht er, nicht fröhlich, eher verlegen, denn vor lauter Enzo und Laure steht die Beerdigung des Vaters an erster Stelle. Aber in diesem Punkt schwebt die Familie in Unsicherheit und es verstreichen sicher Tage, ehe der Ablauf und Termine geplant werden können. Es bleibt wenig Zeit für Trauer. Die Großmutter trauert, die weiß nicht viel von dem, was Eric und Jeanne besprechen und was beide plagt. Sie ahnt es, aber sie verstrickt sich nicht in den Fäden, die Enzo spannt, und übernimmt dafür die Trauerarbeit für die Familie. Arbeitsteilung, schon traurig, dass es zusätzlich Unruhe gibt.

Steigen mir wieder Tränen in die Augen? Ich wische mir unauffällig mit der völlig zerknitterten Serviette über das Gesicht, putze mir die Nase und trinke einen Schluck Wein.

»Isabelle? Alles klar? Bist du müde? Geht es dir gut?«

Das sollte ich eher Jeanne und Eric fragen. Sie haben ihren Vater verloren und sitzen mit dem ganzen Schlamassel, dem Bistro und der Großmutter hier und sollten die Formalitäten des Sterbefalls erledigen und nicht über Enzo grübeln. Verkehrte Welt! Ich fühle mich jämmerlich und schäme mich gleichzeitig dafür.

»Ja, alles gut. Ich glaube, ich muss ins Bett und eine Nacht über alles schlafen.«

Die beiden sehen auch nicht mehr munter aus. Aber in der Küche ist noch Betrieb und es wird einige Zeit dauern, bis alles dunkel und ruhig wird.

»Ich glaube, ich gehe jetzt nach Hause.«

»Ich fahre dich ...«

Eric springt auf, aber ich möchte zu Fuß nach Hause gehen. Ein paar Schritte nach dem Essen und in Ruhe werden mir guttun. Ich drücke Jeanne zum Abschied. Eric kommt hinter mir her die Treppe herab bis auf den Platz vor dem Bistro. Ich möchte in seinen Armen bleiben, am liebsten die ganze Nacht, aber seine Gedanken sind nicht bei mir. Ich höre förmlich die Überlegungen und Sorgen, den Durchlauf möglicher Strategien und Lösungswege im Kopf rauschen. Ich tauche in ein Loch gefüllt mit grauem Selbstmitleid. Einige Küsse müssen reichen und mit dem wohlbekannten Kloß im Hals und Tränen in den Augen schaue ich, dass ich in der Dunkelheit der Gassen verschwinde. Eric soll nicht noch ein schlechtes Gewissen wegen mir und meiner instabilen Gefühlslage haben und abgelenkt werden durch mein wehleidiges Gehabe. Ist alles Unfug, was jammere ich? Es sind stressige Tage, es gibt Sorgen und Ärger und Probleme, aber die werden lösbar sein.

Ich schnuppere in die Nachtluft, die sich abkühlt und nach Grillrauch und Wald riecht. Im Gebüsch raschelt es. Tartine spitzt die Ohren, kann angeleint leider nicht der Versuchung nachgehen und schauen, was durch die Gräser im Abhang krabbelt. Die Nachtgrillen zirpen, das entspannende Geräusch liebe ich. Es macht den Sommer hörbar. Ein Hund bellt im Dorf, ein Pferd wiehert, dann Stille. Ich halte mein Gedankenkarussell an. Das Tor quietscht und knarzt. Im Schein der Taschenlampe und Klimpern der Schlüssel stehe ich vor der Haustüre und höre »Miau, miau.« Die Kätzchen warten auf die Heimkehrer und freuen sich wie kleine Hunde. Tartine freut sich mit und die drei jagen in die Küche und unter den Tischen herum.

Kapitel 39

Vergessen wir die Nacht. Die war gespickt mit schrecklichen Träumen und Enzo verfolgte mich bis ins Schlafzimmer. Er sieht aus wie ein italienischer Popstar, das weiß ich jetzt. Groß, breitschultrig, schmale Hüften, dunkle Locken, weißes Hemd aufgeknöpft bis zur halben Brust mit vielen schwarzen Haaren und die obligatorischen Goldketten. Die Sonnenbrille verbirgt seine Augen. Er lauert mir in einer sehr engen Gasse auf, steht plötzlich vor mir, ich erstarre und versuche, keine Angst zu zeigen, die ich aber habe. Dann drehe ich um und laufe. Er folgt mir und seine Schuhe klackern auf dem Pflaster. Es ist so stockfinster, dass ich weder meine Füße noch den Boden sehe, und ich habe keine Orientierung. Panik ergreift mich mit eiserner Hand. Ich laufe schneller und die Schritte hinter mir beschleunigen ebenso. Ich versuche zu schreien, es muss mich doch jemand hören. Es kommt kein Laut aus meinem Mund, als wären die Stimmbänder durchtrennt. Ich biege um eine Hausecke und bin, so bizarr es in Träumen bisweilen ist, am Weinberghaus, laufe dort um die Ecke und falle nach einigen Schritten in den Brunnen. Der ist aufgedeckt, die Platten stehen aufrecht neben der Öffnung und ich kippe über den Rand, sehe in der Tiefe das Wasser glitzern und im Herabstürzen am Rand etwas Goldenes funkeln. Der Sturz verläuft in Zeitlupe und ich segle elegant wie ein Mauersegler herab. Dabei sehe ich mir den gemauerten Brunnen von innen an und denke, dort oben am Rand war ein Versteck von Madeleine, das sind ihr Ring und ihr Beutel mit Geld. Mit zunehmender Geschwindigkeit geht es weiter, der Brunnen dehnt sich ins Unendliche wie ein Tunnel – bis ich aufwache. Schweißnass und mit rasend klopfendem Herz. Nach einigen Minuten setze ich mich auf, ziehe die zerwühlten Decken und Tücher bis an die Brust, fühle den kalt werdenden Schweiß auf dem Rücken und beschließe, eine Dusche zu nehmen und Tee zu kochen. Nächtlicher Aktionismus ist nicht die Regel bei mir, aber nach diesem Alptraum weiterschlafen?

Was war das? Enzo macht mir Angst. Der Brunnen, was war mit dem Brunnen? Was glitzerte da? Ob der Alptraum trotz seinem Schrecken und Angstschweiß ein Hinweis auf ein Versteck von Madeleines Schätzen ist? Diese Erkenntnis vergesse ich besser nicht und kritzele auf einen Zettel: »Brunnen – Madeleines Schatz/Versteck« mit drei großen Fragezeichen und lege ihn unter das Honigglas auf den Tisch.

Am Morgen sind die Haare trocken, fühlen sich zottig und widerspenstig an. Der Rest Tee in dem Becher ist kalt, schmeckt trotzdem und gibt frischen Geschmack im Mund. Ich ziehe das Betttuch bis an die Nase und schalte im Kriechgang mein Gehirn ein. Auf dem Handy erkenne ich, es ist Freitag, der 30. Juni. Dann ist morgen Samstag und der 1. Juli. Die Ämter sind am Wochenende geschlossen, vielleicht wird bis heute Mittag noch gearbeitet, aber dann entschwinden alle in die Freiheit. Am Wochenende ist dagegen in den Bars und Restaurants mehr Betrieb als in der Woche und das Spionageteam Jeanne und Co und Superermittler Eric werden viele Leute und damit Informanten antreffen. Enzo, da ist er wieder! Der verdirbt mir den Sommer, die Laune, die Ferienstimmung und alles. Ich bin sauer auf ihn, besonders, wo ich ihn gesehen und seine Bekanntschaft gemacht habe. Das war ein Traum, hallo, Isabelle, ein Traum! Ich mache das Handy wieder aus und schließe die Augen, warte, bis ich ruhiger bin. Nun starte ich in den Tag. Fenster auf und lüften. Es ist strahlender Sonnenschein und die Welt ist hellwach und in Poleposition fürs Wochenende. Trübe Gedanken ade, wir schaffen das, rede ich mir tapfer ein.

Den Vormittag gestalte ich mit Hausarbeit, ein wenig Gartenarbeit, Fensterputzen, Katzen streicheln und Tartine läuft mit zum Bach und zurück. Ich lasse das Handy absichtlich oben im Schlafzimmer liegen. Es muss aufladen, ich muss auftanken und mich von dem Krimi im Kopf befreien. Nachrichten auf dem Handy kann ich später bearbeiten, falls Eric und Jeanne sich melden, was ich bezweifele. Der Erinnerungszettel zum Thema Brunnen und Madeleine kommt auf den Schreibtisch zu den anderen Unterlagen. Ich befasse mich damit, wenn das eine Thema erledigt ist. Monsieur de Balazuc meldet sich nicht und hat bestimmt gerade anderes zu tun. Das ist mir im Moment recht. Ich habe keinen Nerv, mich mit den alten Geschichten auseinanderzusetzen, weil mir die aktuellen Probleme Magenschmerzen bereiten.

Ein blauer Traktor rumpelt in den Hof. Das Tor steht auf, das war mir nicht bewusst. Der Traktor ist von Baptiste, ich sehe das Gefährt immer im Schuppen stehen, und er hat einen Anhänger mit mir unbekanntem Gerät im Schlepptau. Habe ich das Tor aufgemacht oder hat Baptiste es aufgemacht und ich habe es nicht gehört? Egal, der Traktor umrundet den Maronenbaum, stößt tuckernd und klappernd graue Abgase aus und kommt zum Stehen.

»Salut, Isabelle, ma belle, ich gucke nach dem Feld. Ich gehe flott mit dem Rechen durch und mähe den Rand frei. Wie geht es dir? Chantal lädt dich ein, sie hat Gesprächsbedarf, wie mir scheint und sagt, ich soll dir ausrichten, du sollst vorbeikommen.«

»Ja gut, wenn du meinst, guck du nach dem Garten. Bist du gleich noch unterwegs?«, frage ich mit Blick und Gestik zu dem Gerät auf dem Anhänger.

»Ja, ich muss noch weiter, einem Freund die Maschinen bringen. Aber ich wollte seit Tagen bei dir nachsehen, was gemacht werden muss, damit es nächstes Jahr ein gutes Gartenstück gibt, zumindest ohne den Urwaldbewuchs von früher. Da muss man aufpassen, dass es nicht ruckzuck wieder zuwächst und alle Arbeit umsonst war.«

Ich denke an das bei meiner Ankunft zugewachsene Tor und schmunzle. Da hat er recht, aber Tor und Einfahrt werden nicht mehr zuwachsen, da sorgt das häufige Befahren der Autos und Traktoren zuverlässig für.

Mit einem Griff nach dem Freischneider und einer schweren Hacke, die auf dem Hänger liegen, und einer eindeutigen Bewegung des Kopfabschneidens, verschwindet er hinter dem Haus.

Die Einladung kommt mir gelegen. Die Kleidungsfrage wegen der Beerdigung steht noch aus und wenn Chantal schon nach mir fragt, dann gehe ich doch umgehend. Fenster und Türen zu, Katzen rein, Radio aus, mein Hund bei Fuß und mit einer Flasche Weißwein aus meinem Weinkeller, die ein kunstvolles Etikett mit Blumen und Blättern schmückt, geht es am Traktor vorbei die Einfahrt entlang. Ich höre Baptiste pfeifen und seine Hacke auf Steine schlagen und wenn ich über die Schulter zurückblicke, sieht der Hof mit dem Traktor aus wie ein richtiger Bauernhof.

Wie war es früher? Welche Tiere lebten auf dem Hof? Was wohnten für Leute im Mas? Sicher kein Stadtmädchen, das Landleben spielt und die Blumen- und Kräuterbeete zurückerobert. Ich habe noch keinen Gemüsegarten und weiß nicht, was ich mit den Olivenbäumen vor dem Haus anstellen soll, habe keine Hühner oder andere Bauernhoftiere. Ich besitze keinen Traktor. Aber ich habe Nachbarn, die alles haben, und schon stehe ich gedankenverloren in der Nachbarküche und halte Chantal im Arm oder sie mich.

»Bonjour, komm mit mir die neuen Hühner gucken! Sie sind wunderschön und wir haben dem Hühnervolk ein Stück Wiese zusätzlich abgesteckt.«

Chantal packt mich mit der freien Hand und hält mit der anderen Lulu auf der Hüfte. Wir drei bestaunen die farbenprächtigen Hennen, die im Kreis oder besser Gefolge der »alten« Hühner, die ebenfalls schön sind, auf der Wiese eifrig mit Scharren und Picken beschäftigt sind. Die Esel stehen schlafend im Schuppen, Vögel zwitschern in den Bäumen, Spatzen hüpfen zwischen den Hühnern und bedienen sich an deren Wasserbehälter und Körnern. Im Garten stehen Hacke und Rechen, ein Korb und eine Schubkarre mit Kraut. Ich lasse die Schultern fallen und schaue mich um.

»Chantal, sehr schön, das sind herrliche Hühner, aber ich muss dir noch die Geschichte von gestern erzählen und wir haben uns einen ganzen Tag nicht gesehen und – die schwarzen Kleider! Da müssen wir nachgucken, sonst stehe ich mit meinen normalen Sachen da und habe nicht das Passende im Schrank und du bist nicht zuhause und ...«

»Ja komm, wir gehen rein, kochen Kaffee, du kannst berichten. Wir stellen den Weißwein kalt und gucken im Kleiderschrank, ob sich etwas in deiner Größe und dezenter Farbe findet.«

Mit Milchkaffee, einer Dose mit Plätzchen, Lulu und ihrer Trinkflasche sitzen wir im Schlafzimmer auf dem Boden und arbeiten uns durch Schrank und Kommode und etliche Kartons mit Kleidung. Chantal nutzt die Gelegenheit und sortiert aus. Eine Kiste mit Kindersachen taucht aus dem Nichts auf und Lulu entdeckt eine Tüte mit kleinen Stofftieren. Es sieht aus wie auf dem Flohmarkt und um uns wachsen die Kleiderstapel. Beim Auffüllen des Kaffees kommen leere Tüten mit und alles, was nicht mehr gebraucht wird, verschwindet darin und wir bekommen Platz. Der Stapel mit den dunklen Kleidungsstücken wird in meine Richtung geschoben.

»Probiere es mal an. Du musst nicht das schwärzeste Schwarz nehmen, Grau ist schon okay.«

Ich steige in einige graue Hosen, einen grauen Rock, finde zwei Blusen in Schwarz, eine leichte Strickjacke in Grau und Schwarz gemustert und einen kurzen schwarzen Mantel. Für Beerdigungen im Winterhalbjahr, denke ich traurig, die gibt es auch, und angesichts des düsteren Hintergrundes der Kleiderprobe und der dunklen Farben wird mir trotz Sommer und Wärme traurig zu Mute. Chantal guckt mich fragend an.

»Alles gut? Ach, Isabelle, der Tod gehört zum Leben dazu. Kinder werden geboren und die Alten sterben. Sterben nicht die Alten, sondern die Jüngeren, ist es schlimm für uns, aber es hat alles seinen Grund. Auch wenn wir ihn nicht verstehen.«

Oh ja, da kann ich ein Lied von singen, das ich aber nicht anstimme, und denke an Johannes. Da hatte ich tiefschwarze Kleidung an, Wochen danach blieb Schwarz meine Farbe. Entschlossen packt sie die Sachen, die mir passen und dem Anlass entsprechen, in einen Karton. Ich schiebe meine rabenschwarzen Gedanken in eine andere Ecke, nein, raus zum Fenster und weg damit.

»Nun hast du eine Erstausstattung für traurige Anlässe, du kannst sie auch zu feierlichen Anlässen tragen in Kombination mit einer weißen Bluse. In T-Shirt und alter Jeans kann man nicht überall hin und es schadet nicht, ein wenig Auswahl zu haben.«

Sie stupst mich aufmunternd und schließt energisch die Schranktür und die Schubladen und nimmt Lulu auf, die ihre kleinen Ärmchen mit der Stofftierfamilie gefüllt hat. Kleine Hasen sind es, Mama und Papa und drei winzige Hasenkinder und alle in kleinen Anziehsachen.

Ich schlüpfe wieder in mein knallgelbes Top und die ausgefranste kurze Jeans, das ist Alltag und bequem, dazu Flipflops und bin fertig. Chantal hat recht und zu Besuchen auf den Ämtern und bei dem Landadel brauche ich ordentliche Kleidungsstücke.

Der Schrank von Lulu im Kinderzimmer wird im Handumdrehen ebenso einer Inspektion unterzogen. Ein Korb mit Wäsche zum Waschen landet vor der Waschmaschine, drei Säcke mit Aussortiertem in der Garage zum Weitertransport und meine Kiste steht neben der Haustür. Ich erzähle Chantal zwischendurch von den Neuigkeiten um Laure und ihren Enzo, über die Fragen und Probleme, die sich auftürmen und dass Eric und Jeanne unterwegs sind und ich auf Nachrichten warte.

Nun wird es spät. Chantal kümmert sich um das Abendessen und ich gieße ihre Blumen, das sind viele und überall um das Haus verteilt und habe ein Auge auf Lulu, die in ihrer heißgeliebten Sandkiste spielt. Die Hunde liegen nebeneinander im Schatten und beobachten die Hühner und das Geschehen um sie herum. Ich höre den Traktor tuckern und wenig später fährt Baptiste auf den Hof. Der Anhänger ist leer und springt über die Löcher in der Einfahrt.

Die Sonne verschwindet hinter den Bäumen. Meine Gedanken schweifen immer wieder zu Eric und Jeanne. Gefühlt alle paar Minuten schaue ich verstohlen auf das Handy. Aber nichts, keine Neuigkeiten und mein Magen fühlt sich hart und schwer an. Kommt das vom wenigen Essen und dafür vielem Kaffee oder von der Unruhe und Ungewissheit – oder von allem? Beim Rückweg vom Hühnergehege stutze ich, das Handy vibriert in der Hosentasche und ich bleibe im Schatten der Bäume stehen. Endlich eine Nachricht: »Alles gut und wir haben einiges erfahren. Aber zu viel zum Schreiben. Ich bleibe die Nacht bei Laure, bin gerade oben an der Straße zum Telefonieren. Unten ist kein Empfang. Mach Dir keine Sorgen! Jeanne ist zuhause, wenn was ist, melde Dich bei ihr. Kuss und bis morgen, Eric!«

Ich lese es nochmal und überlege, was ich antworten soll. Er wird meine Antwort jetzt nicht lesen können, wenn er bei Laure ist und dort kein Internet hat. Aber morgen früh, wenn er aus dem Tal auftaucht. Ich schreibe eine Antwort für später:

»Ok, Danke und pass auf Dich auf. Bis später und tausend bisous.«

Ich lehne mich an den Baum, einen alten Kirschbaum, der sicher viel gesehen hat in seinem Leben und sich schützend über einen Teil des Gartens und des Hühnerauslaufs beugt. Ich starre auf das Handy und die Worte, ohne sie wirklich zu sehen. Dann sind alle wohlbehalten durch den Tag gekommen, was genau sie erfahren haben, werde ich später hören, und ich kann nichts tun im Moment und selbst die Recherchen im Hintergrund waren heute nicht gefragt. Das Handy kommt zurück in die Hosentasche und ich packe die leeren Wassereimer und die Gießkanne und stelle sie gefüllt für den nächsten Tag neben den Wasserbehälter am Schuppen. Lulu wird dem Sandkasten entnommen, abgeklopft und mit gewaschenen Händen in ihr Stühlchen an den Tisch gesetzt. Hier ist eingedeckt, es duftet nach Gemüse mit viel Knoblauch und Kräutern.

Baptiste schenkt Wasser aus. Er ist frisch geduscht, riecht nach Aftershave und die Haare kringeln sich feucht auf seinem Kopf. Er strahlt mich an, er strahlt oft, denke ich amüsiert, und stellt mir ein Glas Wasser an den Teller.

»Dein Feld ist gut in Schuss. Alles entwickelt sich prächtig und nächstes Jahr helfe ich dir bei der Planung der Arbeiten und dem Arbeiten natürlich. Wir müssen auf das Gestrüpp am Rand aufpassen, dass es nicht noch einmal die Überhand gewinnt. Oben am Feldrand habe ich einen Mauerrest gefunden. Es sieht so aus, als hätte dort ein Gebäude gestanden. Ich habe es frei gelegt, es bildet eine Grenze zu den Brombeeren und dem Heckenzeugs dahinter. Du kannst die größeren Steine in der Nähe aufsammeln und die Mauer verlängern.«

Ich nicke erfreut, bekomme aber keine Zeit für eine Dankeserklärung und zusätzliche Fragen, da er munter weiter erzählt von seiner Fahrt, dem Freund und den Geräten und Maschinen und was er Neues erfahren hat. Chantal zwinkert mir zu und stellt die Schüsseln und Töpfe auf den Tisch, Salat und Gemüse, dazu gekochte Eier und eine verführerische Aioli-Sauce. Wir laden uns die Teller voll, hören Baptiste zu, der trotz Essen und Trinken weitererzählt und genießen die Mahlzeit. Der Brotkorb macht die Runde und eine Stimmung von Zufriedenheit und abendlichem Frieden legt sich über die Tischgesellschaft.

Als es dunkel wird, sitzen wir draußen. Die Arbeit ist getan, das Kind im Bett und der kühle Weißwein in Kombination mit Trauben der Nachtisch. Wir plaudern über den neuesten Klatsch aus dem Dorf und meiden stillschweigend anstrengende Themen und vor allem alles um das Bouletin und das Weinberghäuschen, die aktuellen Hotspots in der Umgebung.

Ich rüste mich für den Heimweg und beladen mit dem Kleiderkarton und Tartine hinter mir, stapfe ich müde die Einfahrt nach Hause hoch. Es ist stockdunkel, das Laternenlicht von dem Hof der Nachbarn reicht nicht weit. Ich fummele das Handy aus der Hosentasche und erhelle die Finsternis vor meinen Füßen. Das ist erheblich besser und ich erreiche das Tor, das aber nicht geschlossen ist, sondern einen halben Meter aufsteht. Warum hat Baptiste das nicht ordentlich zugezogen? Abschließen kann er nicht ohne den Schlüssel, aber es ist nicht seine Art, die Dinge halbfertig und die Türen halb offen zu lassen. Ich zögere und schaue mich um. Tartine springt in den Hof und raschelt im Laub des Maronenbaums. Mit dem Ellenbogen drücke ich das Tor ein Stück auf und hinter mir mit dem Rücken zu. Riecht es komisch? Nach Rauch oder Feuer, aber bei dem Wetter hat niemand den Ofen an. Grillgeruch? Ich gehe schnuppernd über den Hof, den Blick auf den Boden gerichtet. Was liegt denn da? Ein Zigarettenstummel, aber das kann doch nicht sein! Hier raucht keiner, hier war kein Besuch, Baptiste raucht nicht und wenn, schmeißt er ebenso wenig die Kippe auf den Boden, wie er das Tor offenlässt. Hier war jemand – oder, noch besser, hier ist jemand. Mir rutscht das Herz in die Hose. Aber der Wachhund meldet keinen Besucher, sondern wartet mit fragend geneigtem Kopf an der Haustür. Riecht der Hund nichts? Der Schein meiner Handy-Taschenlampe sucht den Hof ab, lässt den Hund im Dunklen verschwinden und leuchtet durch Ecken und Winkel. Nichts, aber das Gelände ist groß und hinter dem Haus ... Ich mag nicht weiterdenken. Schnell die Treppe hoch, die Kiste auf den Boden gestellt, den Schlüssel gesucht und aufgeschlossen. Die Haustür ist unangetastet, Gottlob! Mit einem Hauch von Panik husche ich ins

Haus und möchte die Angst draußen lassen. Tartine stürmt in die Küche, ich schiebe die Klamottenkiste mit dem Fuß den Flur entlang und schalte das Licht an. Wie ein Kommissar, wenn auch ein ängstlicher Hasenfußkommissar, und mit rasendem Herz durchsuche ich alle Räume. Die Katzen liegen im Korb auf dem Küchentisch und blinzeln mich erstaunt an. Die Fenster sind zu, die Tür zur Gartenterrasse ist zu, kein Durcheinander, kein fremder Geruch, aber es ist und bleibt unheimlich. Und das wegen einer Zigarettenkippe im Hof! Vielleicht hat sich jemand verirrt, wollte etwas liefern, war am falschen Haus oder hat mich gesucht und dann, Pech für mich, dass er (oder sie?) Raucher ist, die Kippe auf den Boden geworfen. Es ist sicher ein harmloser Grund und ich ängstige mich sinn- und zwecklos.

Kapitel 40

Ich bin hellwach und die Entspannung ist verflogen. Wäre doch Eric hier! Immer bin ich allein! Mutterseelenalleine mitten in Frankreich, in der Einöde, in einem großen Haus umgeben von Wildnis und Wald und schutzlos dem was oder wer auch immer ausgeliefert. Nur ein kleiner Hund als Schutz.

Ich werde in den nächsten Tagen Hoflampen in Auftrag geben, denn die dunkle Jahreszeit liegt vor mir, dazu die langen Nächte, und da muss Licht am Haus sein, vorne und hinten und an der Garage und überall. Bewegungsmelder, Alarmanlagen, ein Jagdgewehr, eine Standleitung zur Polizei und ratata macht es im Kopf.

Ich koche Tee, lasse einige Lampen an, Hund und Katzen kommen mit zum Bett und doch muss ich noch einmal die Haustür kontrollieren. Ein wenig kopflos und verwirrt, nein, eher verängstigt schwirre ich durch das Haus und horche nach verdächtigen Geräuschen. Ich habe Angst, definitiv und das ist mir neu und deswegen schon beängstigend.

Das Handy lege ich auf den Nachttisch, daneben die Taschenlampe. Ich versuche zu lesen, trinke schluckweise den heißen Tee, doch die Gedanken folgen weniger dem Text und den Buchstaben als dem Bild des Zigarettenstummels und malen sich Bilder und Schauergeschichten dazu aus.

Am Morgen stehe ich barfuß mit der Pinzette, die ich ewig im Badezimmer und im Verbandszeug gesucht habe, und einer kleinen Plastiktüte im Hof. Wo ist die Kippe? Sie lag doch hier, vor dem Baum, auf dem steinigen Boden, genau in der Fahrspur. Ich erkenne die Abdrücke der Traktorenreifen und ein kleiner Ölfleck ziert den Staub. Die welken Blätter des Maronenbaums liegen unter dem Baum, nicht in der Einfahrt, da lag der leuchtende Stummel gestern Abend. Ich drehe mich im Kreis und suche den Boden ab. Nichts mehr zu sehen. Entweder war es ein Stein und nicht eine Kippe, ein Tier hat sie am Morgen weggetragen oder war der Verbrecher hier und hat die Spur gelöscht? Oder der nicht vorhandene Wind hat sie mitgenommen?

Ich wollte einen Beweis haben und die DNA-Spur sichern, deswegen die Pinzette. Das ist vielleicht naiv und albern, aber mir hätte es geholfen. Der Hund und die Kätzchen springen durch das Gras unter den Olivenbäumen und jagen Heuschrecken. Ich setze mich müde auf die unterste Stufe, die im morgendlichen Schatten liegt, und fixiere das Tor. Das war offen gestern. Jetzt ist es geschlossen, nicht abgeschlossen, denn das mache ich nicht jedes Mal, sondern nur, wenn ich länger wegfahre oder keinen Besuch und keinen Eric erwarte. Aber es ist immer zu! Immer! Die Verriegelung ist so altmodisch und schwer, dass geschlossen auch geschlossen bedeutet und Wind oder leichter Druck sie nicht aufspringen lässt. Und das war keine Einbildung!

Was bin ich müde, die Nacht war wieder turbulent. Nicht Enzo war hinter mir her, es war eine allgemeine Jagd und Flucht. Der lange Rock, ich habe nie lange Röcke an, hinderte mich am Laufen. Es ging berghoch und durch Wald und Gebüsch, es war warm, ich stolperte und meine Bettlaken waren nass geschwitzt und ich auch, als es endlich vorbei war.

Jetzt läuft die Waschmaschine mit der Bettwäsche und der Trauerkleidung in spe. Die Spülmaschine läuft, ich habe ein Brot im Backofen, weil ich so früh auf war und dem Haus und mir das heimelige Gefühl eines gut laufenden Haushaltes mit den entsprechenden Geräuschen und Gerüchen vermitteln möchte. Das Radio dudelt und ich höre den Nachrichtensprecher durch das offene Küchenfenster verkünden, dass es neun Uhr ist. Die Glocke im Dorf bestätigt die Uhrzeit. Schon so spät und doch liegt der Tag noch vor mir. Was ist mit Eric? Wo ist das Handy? Ob er kommt, wenn er bei Laure fertig ist? Oder fährt er erst zu Jeanne und der Großmutter? Oder hat er keine Zeit? Was für ein Tag ist heute? Ich bin durch den Wind, nicht nur müde, und ich brauche einen Kaffee. So viel Kaffee wie in diesem Sommer habe ich in meinem Leben noch nicht getrunken.

Während die Kaffeemaschine startet, nehme ich das Handy und setze mich auf den Küchentisch. Von hier habe ich die Kaffeemaschine im Blick und durch das Fenster den Hof mit den Tieren, die mittlerweile zum Jagen und Anpirschen übergegangen sind und ein ungewöhnliches Dreamteam bilden. Und das Tor, das ich nachdenklich mustere. Ein schönes Tor, altes Holz, schwere Beschläge, wie auf einer Burg, und bei meiner Wache vom Tisch aus fühle ich mich wie ein Ritter auf dem Wehrgang, der Ausschau nach einer nahenden Gefahr hält. Bin ich übernervös und überdreht? Überängstlich? Jetzt noch zusätzlich übermüdet? Kaffeeduft zieht durch die Sommerluft, die Milch schäumt obenauf und das Brot kommt zum Abkühlen auf die Anrichte. Es riecht fantastisch! Das Handy vibriert auf der Tischplatte und ich schnelle herum und bin mir sicher, dass das jetzt Eric sein muss, der aus dem tiefen Tal hoch an die Straße gewandert ist und sich auf den Weg macht. Seine Meldung ist kurz und knapp:

»Bonjour, ich fahre jetzt ins Dorf und nach St. Esprit, es wird Nachmittag, bis ich zurück bin. Ich melde mich! Alles gut bei Dir? Kuss, Eric«

Von wegen alles gut! Aber ich kann ihm schlecht meine Befürchtungen und Jammerlitanei schreiben, also eine kurze Antwort und »Ja« und ich setze meine Übung in Geduld fort. Das Thema dieses Sommers und Begleiter des ständigen Kaffees.

Ich überlege bei einem zweiten Kaffee und einer ersten Scheibe des noch heißen Brotes, was ich anfange mit den Stunden und beschließe, im Haus alles zu erledigen, also Wäsche und Spülmaschine, Garten, Tiere, Ordnung halt und zum frühen Mittag ins Bouletin zu gehen. Dort kann ich sicher helfen und bin beschäftigt, kann mit Jeanne sprechen und die Gedanken in eine andere Richtung lenken. Ich werde das Tor abschließen, richtig abschließen mit dem Schlüssel, und Chantal und Baptiste Bescheid geben, dass sie, wie früher, ein Auge auf alles haben. Der Begriff »Argusauge« kommt mir in den Sinn und ich nehme mir die Zeit nachzulesen, was das für eine Sorte Auge ist: Eine Redensart aus der griechischen Mythologie: Die Göttin Hera ließ Io, die in eine Kuh verwandelte Geliebte ihres Göttergatten Zeus, von dem Riesen Argos (Argus) bewachen. Sie wollte verhindern, dass es zu Schäferstündchen zwischen beiden kam. Argus hatte hundert Augen, von denen ein Teil schlief, während die anderen wachten. Auf Befehl von Zeus tötete der Götterbote Hermes Argus und seine hundert Augen überführte Hera in das Federkleid des Pfaus.

Wie gruselig, nicht dass das wieder böse Träume macht. Die hundert Augen haben Potential, aber wären als Überwachung des Hauses eine feine Sache. Chantal und Baptiste werden das mit ihren vier Augen nicht leisten können. So viele Augen zur Verhinderung einer Liebschaft sind außerdem unverhältnismäßig, es geht doch nicht um Mord und Totschlag. Das Bild eines mit Augen bedeckten Mannes geht mir nicht aus dem Kopf und ich ersetze es in den folgenden Stunden unzählige Male mit dem prächtig schillernden Pfau.

Viertel vor zwölf sitze ich in der Küche des Bistros und schneide Gemüse, wasche Salat, hole Kartoffeln aus dem Keller, decke in Windeseile Tische, spanne Schirme auf und habe keine Zeit mir Schauergeschichten auszudenken. Mit Jeanne wechsele ich aufmunternde Blicke. Sie ist spät dran, aber sie zaubert aus dem Kühlschrank und der Vorratskammer eine Vorspeise, die die ersten Gäste beschäftigt. Sisi bringt frisches Brot und Teilchen für das Dessert und bleibt bei uns, hilft ungefragt mit, ehe sie wieder in der Bäckerei entschwindet. Wir hören Michel in der Backstube lachen und pfeifen, Kinder umrunden kreischend auf Fahrrädern und Rollern den Brunnen. Die Gäste beschäftigen sich zufrieden mit dem Essen, Reiseführer oder der Tageszeitung.

Ich wundere mich, dass sich in dieses verschlafene Nest so viele Touristen und Wanderer verirren. Hier ist keine Attraktion, kein Fluss oder See, keine Sehenswürdigkeit, nur ein nettes Dorf mitten in der Gegend. Aber es ist bekannt für sein Restaurant und man sitzt herrlich unter den Bäumen oder Sonnenschirmen.

Nach der Vorspeise gibt es buntes Gemüse, dazu Kartoffelgratin oder Ofenkartoffeln und eine Art Tsatsiki mit Kräutern und Knoblauch. Dazu Wein, Wasser und Brot. Alle sind zufrieden und keiner kommt auf die Idee, dass alles aus der Not geboren und rasch zubereitet wurde.

Jeanne hat bisweilen einen genervten und gehetzten Gesichtsausdruck, wenn sie in die Küche eilt oder zwischen Herd und Anrichte wirbelt. Zwei niederländische Mädchen, blond und sommersprossig und mit einem Hauch Sonnenbrand auf den Oberarmen, entdecken die Küche und mit einigen Brocken Schulfranzösisch vermitteln sie ihre Neugierde. Sie wollen helfen und nun haben wir Mini- Servicepersonal, das zwar die Teller einzeln trägt, aber einfühlsam alles sortiert, beieinander stellt und aufräumt, als wüssten sie, wie eine größere Küche funktioniert. Sie stellen Wasserflaschen auf den Tisch, reichen Brot nach, übermitteln Wünsche der Gäste in die Küche und alle finden sie bezaubernd und lächeln hinter ihnen her. Die beiden gehen in ihrer Aufgabe auf und entdecken die Großmutter, die im Innenraum am Tisch am Fenster sitzt. Erst zögerlich, dann zunehmend mutiger nähern sie sich der Oma, fragen auch sie nach ihren Wünschen. Mit uns spricht Großmutter nicht, aber bei den Kleinen schmilzt ihr Trauerpanzer. Dem kindlichen Charme kann sie nicht widerstehen und obwohl die Kommunikation schwierig ist, bekommt sie ein Glas Wasser, einen Teller mit Vorspeisen, ein Körbchen mit extra fein geschnittenen Baguettescheiben und später einen Teller mit Gemüse und Kartoffelgratin. Die Kinder sitzen bei ihr, die anderen Gäste sind vergessen. Ein Blick wie in eine vergangene Zeit, blendet man das Moderne rundum aus. Jeanne stellt den Mädchen auch Wassergläser und einen Teller mit den Gebäckstücken zum Nachtisch hin. In der Menüfolge sind die Gäste beim Dessert angekommen und die Lage entspannt sich. Wir bringen Espresso, einen gewünschten zweiten Pichet Wein, einen Grappa oder Süßwein, die Leute plaudern und lehnen sich zurück. Sisi bringt ein weiteres Tablett mit Gebäck, wohl ahnend, dass Nachschub unumgänglich ist.

Zwischen dem Abkassieren der Gäste setzen wir uns an den Tisch an der Tür und versorgen uns hungrig mit den Resten aus den Töpfen und Auflaufformen. Jeanne behält die Leute im Auge und ich widme mich dem Essen. Die unruhigen Gedanken kehren zurück und als mein Teller leer ist, wage ich einen Blick auf das Handy.

Eine Nachricht von Chantal erwartet mich: »Baptiste schneidet die Wegränder frei. Ein dunkler Wagen fuhr vorbei, erst flott und bei dir im Schleichtempo, kurz angehalten, gedreht und wieder weg. Nummer ist notiert. Melde dich bitte nachher!«

Da steigt die Angst erneut auf und Szenen aus Krimis und Horrorfilmen, von Berichten über Gangster, die Mafia, ungeklärten Verbrechen reihen sich aneinander und laufen vor meinem inneren Auge ab.

»Was ist los Isabelle? Du siehst zu Tode erschrocken aus. Entschuldigung, aber was ist? Hat Eric geschrieben? Ich warte auch auf eine Nachricht oder dass er endlich zurückkommt.«

Jeanne legt ihre Hand auf meine, guckt mich fragend an, sehr besorgt und ich merke ihr die eigene Anspannung und Müdigkeit an oder spiegele ich mich in ihr?

Aber es bleibt keine Zeit für ein Gespräch. Die Eltern der Mädchen verabschieden sich und fragen, ob sie in der kommenden Woche zum Essen kommen und ob die Mädels helfen dürfen. Natürlich und gerne ist Jeannes Antwort und sie freut sich auf die Gäste, kann ihnen nur nicht versprechen, dass es die ganze Woche reibungslos zugehe und dass jeden Abend geöffnet sei, weil ... und da stockt sie und schaut mich hilfesuchend an. Ich springe ein und erläutere, dass es familiäre Probleme gibt und wir vielleicht einen Tag geschlossen haben, aber in diesem Fall einen Zettel mit der Info anbringen.

Die Großmutter ist verschwunden und Jeanne schaut in ihrem Zimmer nach. Sie liegt im Bett, berichtet sie, und schläft. Ihr Teller ist leer, das Wasserglas auch und die Krümel vor ihrem Gedeck bedeuten, dass sie in Gesellschaft der Kinder doch gegessen hat.

Wir räumen auf, Hand in Hand, die Spülmaschine ist voll, das restliche Geschirr stapelt sich auf der Anrichte, so weit, so gut. Wir setzen uns erneut an den Tisch und haben den Teller mit den Gebäckresten und zwei Kaffeebecher vor uns. Geschafft!

Ich überlege, wie ich das Gespräch einleite und unsere Erkenntnisse und Erlebnisse in eine gemeinsame Ordnung bringen, als ein bekanntes Autobrummen zu hören ist. Wir wissen beide, dass das Eric ist beziehungsweise sein Auto und stehen gleichzeitig auf, um auf den Platz zu sehen. Jetzt können wir zu dritt weitersprechen und das wird einfacher und zeitsparender sein und wir erfahren das Neueste vom Tage aus erster Hand. Eric hat die Arme voll mit uns und drückt feste, bis wir beide quietschen und nach Luft ringen.

»Lasst mich erstmal im Badezimmer verschwinden, bevor wir uns zusammensetzen.«

Der Wunsch ist verständlich und der Geruch und das Aussehen lassen nicht nur das Badezimmer, sondern eine Dusche und frische Klamotten sinnvoll erscheinen. Ungeduldig über den erneuten Aufschub suchen Jeanne und ich uns Beschäftigung, an der es natürlich nicht mangelt und eine Viertelstunde später sitzen wir zusammen am Tisch.

»Mit schwirrt der Kopf von all den Gerüchten und dem Gerede, den Namen und Vermutungen und den Paragrafen und wenn ja und wenn doch ...«

Eric reibt sich mit den Händen durch das Gesicht und den Dreitagebart. Er sieht sauber aus, müde und genervt. Ich stütze erwartungsvoll das Kinn in die Hand und gucke Jeanne an. Die knetet die Serviette, als wäre die Lösung der Probleme in dem Stoff verborgen, und guckt in ihren Schoß.

»Also, was ist und was habt ihr gestern und du heute in Erfahrung gebracht? Wie geht es Laure? Was ist mit Enzo? Was sagt der Anwalt? Und was die Polizei?«

»Puh, ich erspare uns jetzt die Beschreibung und Erläuterung sämtlicher Bars, Bistros, Restaurants, Cafés sowie der dazugehörigen Getränke, die zum Teil schauderhaft waren, nicht wahr, Jeanne, das war ein Graus, aber nun gut. Wir haben mit Hilfe alter Kontakte, Freunde und Bekannten in Erfahrung bringen können, dass Enzo in der Gegend sein Unwesen treibt. Niemand wusste, dass Laure seine Mutter ist und niemand weiß überhaupt Genaues über ihn. Aber überall kam ein »Ja, den Typ kenne ich, der Halunke!« Und unsere Beschreibung passt auf ihn. Südländischer Typ, groß, breitschultrig, Locken, Goldkettchen, dickes Auto und dicke Lippe.«

Ja, ich kenne Enzo, besser als mir lieb ist und selbst seine Goldketten auf der haarigen Brust habe ich vor Augen, traumhaft. Ich muss mich schütteln. Eric schaut mich fragend an.

»Isabelle? Was ist?«

»Nichts, nein ... später, erzähle du erst.«

»Jeannes Freundin, eher Bekannte, ist in üblen Cliquen unterwegs und hat uns einen Kontakt zu den Typen gemacht. Eine zweischneidige Sache, das macht mir Sorgen, denn es ist durchgesickert, dass Leute unterwegs sind, die Enzo und seine Komplizen suchen oder nach ihnen fragen.«

Jeanne wirft die Serviette auf den Tisch. Sie steht auf, räumt den Tisch auf und verschwindet in der Küche und ich höre es klappern und die Kaffeemaschine brummen. Eric hat die Augen geschlossen und die Stirn gerunzelt. Ich schiebe mich auf seinen Schoß und lege meinen Kopf auf seine Schulter. Das tut gut, hier kann ich bleiben, aber schon ist Jeanne zurück und tischt frischen Kaffee auf, dazu eine Wasserflasche mit Gläsern und eine Flasche Marc, dem guten französischen Schnaps. Eric blinzelt in Richtung Tisch, und rückt mich auf seinem Schoß zurecht.

»Das passt, Kaffee und ein kleines Glas extra zum Beruhigen der Gemüter.«

Wann soll ich das mit der Zigarettenkippe und dem verdächtigen Auto berichten? Die Alpträume behalte ich vorerst für mich, die gehören nicht zu den Fakten, die uns in der Sache weiterbringen.

Jeanne schenkt uns ein großzügig bemessenes Gläschen Marc ein. Wir prosten uns zu, nicht sehr glücklich wie bei anderen Gelegenheiten, eher wie eine verschworene Gemeinschaft oder ein Geheimbund. Wie auf einer Beerdigung, die steht auch noch aus. Der Schnaps schmeckt nach Wald, Holz und Herbst und ist stark. Eher für kalte Tage, aber zu der Stimmung passt es.

Eric räuspert sich und spült mit einem Schluck Wasser nach.

»Der Anwalt hat angerufen. Momentan ist nichts zu machen und nichts Neues zu erfahren. Er meint, dass wir Anfang der Woche Bescheid über Papa bekommen und die Beerdigung regeln können. Was mit Laure ist, was wir gegen Enzo unternehmen können, da konnte er mir leider nicht weiterhelfen. Ich habe ihm alles Wichtige erzählt, aber wir haben nichts in der Hand, keine hieb- und stichfesten Beweise, nur das Gerede der Leute und das bringt uns nicht weiter.«

»Wie geht es Laure?«, fragt Jeanne.

»Es geht so. Ich vermute, sie frisst den Kummer in sich hinein, macht sich Sorgen und Vorwürfe und steckt inmitten der alten Geschichten. Sie kann nichts mehr ändern, aber es kommt alles hoch und dass das eigene Kind ihr die Pistole auf die Brust setzt, ist wirklich harter Tobak. Sie hat Angst, sieht verdächtige Schatten am Wald. Das ist ihr neu, das ist nicht ihre Art. In der Nacht lässt sie das Licht an und ist trotz des munteren Lebens auf dem Camping allein. Sie hat das Gefühl, es lauert ihr jemand auf. Der Hund bellt in der Nacht, das tut er sonst nie. Morgens steht die Schubkarre auf dem Kopf, die Heugabel steckt woanders, die Gießkanne ist leer. Sie hat Sorge, dass jemand ihren Tieren etwas antut oder in der Nacht einbricht.«

Das kenne ich. Laure ist kein Hasenfuß und lebt schon lange in der Wildnis, auch im Winterhalbjahr. Wenn sie schon Angst hat, dann ich erst recht.

»So, nun erzähle ich mal.«

Es folgt mein Bericht über den gestrigen Abend und den Fund der Zigarettenkippe, die am Morgen verschwunden war. Das alles erscheint mir jetzt kindisch. Es war nur eine Kippe, die durch einen Zufall in den Hof gekommen ist und nicht unbedingt die Existenz eines Verbrechers beweist.

»Und das Auto heute Nachmittag, als ich hier im Bouletin war. Baptiste hat es gesehen. Bei uns fahren so gut nie Leute vorbei, vielleicht dreimal im Jahr verirrte Touristen, aber es war ein französisches Kennzeichen und der Nummer nach aus unserer Gegend.«

Wir schauen uns an und ich sehe in den Augen der anderen meine eigene Ratlosigkeit.

Dazu gesellt sich die Erkenntnis, dass die Bedrohung nicht nur an der Ardèche herumgeistert, sondern bis nach Salazac gefunden hat. Sie fährt durch unser Dorf und unsere Gassen und betritt meinen Hof und raucht dort. Hinter dem Wort unseren und meinem stehen etliche Ausrufezeichen. Sie blinken in einer grünen Neonfarbe und signalisieren eindeutig Gefahr. Jeanne fasst sich als Erste: »Gut, ein Zigarettenstummel ist kein Beweis für eine Gefahr. Ein Auto in deiner Straße ebenso wenig. Aber wir fühlen, dass die Enzo-Bedrohung anrückt und wir den Beweis nicht führen können, dass dem so ist. Nennen wir es Intuition, die uns aus dem Bauch zuruft, dass wir uns hüten sollen und wachsam sein müssen. Dazu kommt, dass wir drei dasselbe fühlen und denken, also nicht einer allein fantasiert. Stimmt ihr mir zu?«

Wir nicken zustimmend und Eric muss sich erneut räuspern, bevor er mit müder Stimme und Blick an uns vorbei in die Ferne sagt: »Richtig. Jetzt haben wir einen Zweifrontenkrieg. Einmal bei Laure und einmal bei uns. Vielleicht lauert die Räuberbande in diesem Moment auf dem Dorfplatz, versteckt sich hinter den Platanen oder im Schatten der geparkten Autos, plant eine Entführung von einem unserer Freunde oder einem Familienmitglied und es folgen Lösegeldforderungen. Wir haben ein Fass aufgemacht, scheint mir. Wir sind angreifbar, aber wir leben unbekümmert und offenherzig, haben die Türen auf, kennen viele Leute, es gehen Gäste ein und aus, haben Zugang zu unseren Räumen, zu der Küche. Die Verbrecher könnten das Essen vergiften. Sie könnten uns die Ämter zur Überprüfung von Küche und Finanzen auf den Hals hetzen. Die Bande um Enzo hat viele Möglichkeiten, uns zu schaden und strafen, dass wir uns erdreisten, Laure zu helfen und gegen die Bande anzutreten. Enzo will seine Pläne und Ziele durchsetzen. Er will Geld und das egal wie und mit welchen Opfern und Folgen für uns.«

Wieder allgemeine Zustimmung und große Resignation. Jeanne guckt uns an und macht ein betont tapferes und zuversichtliches Gesicht.

»Machen wir Feierabend. Morgen ist Sonntag. Ich lenke mich mit Küchenarbeit ab und werde genug Zeitvertreib haben. Mia hilft mir und ich habe einiges an vorbereitetem Essen in der Tiefkühltruhe, was ich auftauen kann. Das Sonntagsprogramm läuft. Um zehn Uhr, heute Abend meine ich damit, kommt eine unerschrockene Freundin, die Kampfsport macht. Ich habe ihr von meiner Angst erzählt, natürlich allgemein und wegen des Todes von Papa und es war für sie keine Frage, die nächsten Nächte hier zu verbringen. Das finde ich nett und bin beruhigt, nicht allein mit der Großmutter zu bleiben. Wir sind zwar mitten im Dorf, aber nachts ist alles anders als im hellen Sonnenschein«, sagt Jeanne und gähnt demonstrativ.

Eric nimmt erst ihre Hand, dann meine Hand und gähnt mit.

»Das ist eine gute Lösung und ich nehme an, du meinst Lola, die euch beschützen soll. Die ist wehrhaft, kräftig, unerschrocken und wird euch heldenhaft verteidigen, falls es etwas zu verteidigen gibt. Das hoffen wir nun nicht, aber ... Gut, ich fahre mit Isabelle und bleibe bei ihr«, er drückt meine Hand, damit ich ihm zuhöre, »... und wir machen uns einen schönen Sonntag, wenn man sich den zurzeit machen kann. Wir werden es versuchen. Falls etwas passiert, rufe mich an, oder Isabelle. Wir werden die Handys anlassen und in Rufbereitschaft bleiben.«

Noch einmal drückt er sehr feste meine Hand.

Meine Güte, bin ich müde. Ich habe Kopfschmerzen und der Rücken schmerzt. Ich drücke Erics Hand als Bestätigung zurück und lächele Jeanne aufmunternd zu. Sie lächelt zurück und wir brechen in einen Samstagabend auf – mitten in der schönsten Landschaft und bei bestem Wetter. Alles könnte herrlich sein und ich habe einen Berg mit wunderbaren Projekten und Ideen vor Augen. Aber zuerst müssen wir diesen Kriminalfall lösen.

Kapitel 41

Den Sonntagmorgen verschlafen wir, zumindest stundenweise. Ich stehe gezwungenermaßen in der Frühe auf und kümmere mich um die Tiere, bewundere mit kleinen Augen die aufsteigende Sonne und gähne in die Morgenluft. Ich lege mich wieder ins Bett, kuschele mich an meinen Beschützer und schlafe erneut ein. In der Nacht gab es keine Alpträume mit Enzo oder anderen Gangstern und Verbrechern, die auf der Jagd nach mir waren, keine Wettrennen und Abstürze. Das war eine Wohltat.

Es ist zehn Uhr, als wir langsam aus dem Schlaf in den Tag aufsteigen. Wir liegen auf dem Bauch und blinzeln uns zu. Wir sehen sicher beide verknittert und verschlafen aus, meine Haare sind wirr und zerzaust und Erics Haare bringe ich noch einmal extra durcheinander. Der Morgen ist wunderbar und wir denken nicht an die üblen Schwierigkeiten, die sich wieder an die Arbeit geben, uns zu beschäftigen. Ich schüttele verneinend den Kopf und flüstere Eric zu:

»Denke nur nicht dran ... nicht an den rosa Elefanten denken. Heute erholen wir uns und der Sonntag wird wie ein Sonntag genossen.«

Es folgt ein Runde ungewohntes Kuscheln und in Ruhe liegen bleiben. Das hatten wir noch nie und es fühlt sich großartig an, aufregend und macht Lust auf mehr. Dem folgt die Runde im Badezimmer und frisch geduscht sitzen wir vor einem opulenten Frühstück. Es ist eher ein Brunch am späten Vormittag oder frühen Mittag. Ich spanne den Sonnenschirm über dem Tisch auf und wir genießen den Sommer mit einem kunterbunten Frühstück. Wir plaudern über Belangloses, erzählen uns lustige Geschichten aus der Kindheit und Schulzeit und meiden Themen der Gegenwart. Dann spazieren wir durch den Garten und Wald zum Bach. Tartine springt vor uns bergab und seitlich durch die Büsche. Unten am kühlen Bach stecken wir die Füße ins Wasser. Wir sind beim Thema der Schulfreunde angekommen und schwelgen in Erinnerungen. Mit eiskalten Füßen geht es berghoch und am Haus ist die Abkühlung erneut der Hitze gewichen. Mir ist es nach Gehen und Erzählen und so spazieren wir Hand in Hand durch das Tor, das ich misstrauisch mustere, über die Einfahrt und in Richtung Weinfelder. Vom Nachbarn riecht es verführerisch nach Grillfeuer und eine Rauchfahne steigt in den klaren Himmel. Wir sind satt, daher lassen uns der Duft und der Gedanke an ein Barbecue kalt und ich ziehe Eric den Weg hoch.

»Jetzt zeige ich dir das Haus von Madeleine. Das musst du sehen. Und wo sich der Brunnen versteckt.«

Eric lacht und schaut sich nach Tartine um, der am Tor auf dem Boden herumschnüffelt, und ruft ihn.

»Tartine, viens, komm schnell. Was hast du denn da? Riechst du eine Spur der Verbrecher? Oh Gott, entschuldige Isabelle, da wollten wir ja nicht drüber sprechen! Aber guck doch, warum kommt er nicht?«

Wir kehren widerwillig um und ich habe sofort diese verflixte Angst im Bauch. Das Thema Tor ist schlimm genug und ich habe mir eine Bemerkung über den Zustand geschlossen oder offen mühsam verkniffen. Tartine wuselt vor dem Tor, guckt an der rechten Seite nach, dann läuft er links an der Hecke entlang. Hier bin ich bei meiner Ankunft, gefühlt vor einer Ewigkeit, durch die Sträucher gekrochen und durch eine größere Lücke mit dem Auto gefahren. In der Zwischenzeit waren die Gärtner da, haben die Hecke zurückgeschnitten und die Lücken fallen nicht mehr auf. Jetzt schreite ich wachsam hinter dem Hund her, die Augen auf den Boden und tief ins Blätterwerk gerichtet. Mir fällt nichts auf. Keine Spuren schwerer Stiefel oder Räder, keine auffallend abgeknickten Gräser und Zweige, doch da, was liegt da vorne? Ein Stück Zellophanpapier, womit Zigarettenschachteln verschlossen werden. Das passt zum Zigarettenstummel, zu Enzo, zu meinem Bild der Verbrecherbande. Aber der Wind weht mit solchen leichten, luftigen Papieren und Abfällen, auch in einer entlegenen Ecke wie dieser. Es ist kein Beweis, aber Wasser auf meine sich wild drehende Sorgenmühle.

»Guck mal, Eric! Ein Papier, ein Stück Folie, es könnte von den Zigaretten der Gangster sein. Waren sie hier? Aber ich glaube nicht, dass die Kerle durch die Hecke gekommen sind. Sie hätten Spuren hinterlassen, sich blutig geratscht an den

Dornen und schmutzig gemacht. Nein, sie sind oder war es nur einer, dann heißt es, er ist durch das Tor gegangen.«

Eric steht neben mir und hebt mit den Fingerspitzen das durchsichtige Papier auf und packt es in ein Papiertaschentuch und seine hintere Hosentasche.

»Das ist kein Beweis, das bringt nicht wirklich viel, aber nehmen wir es mit. Die Hecke sieht undurchdringlich aus, da hast du recht. Keine Spuren, dass hier jemand war.«

Der Hund steht am Tor und schnüffelt dort auf dem Boden. Die Hecke war anscheinend nicht wert untersucht zu werden, der Eingangsbereich umso mehr. Auch hier finden wir trotz intensiver Betrachtung des Bodens nichts. Wenn der Hund aber so großes Interesse an diesem Bereich hat, was absolut ungewöhnlich ist, dann war hier jemand. Normalerweise flitzt der Hund in Richtung der Nachbarn, besonders wenn es so gut riecht wie im Moment. Stehenbleiben und schnüffeln ist nicht die Regel und macht mich nervöser als das durchsichtige Papier. Aber warum hat er an dem Abend nichts im Hof erschnuppert? Ist der Hund mal im Dienst und mal nicht? Wir schauen uns ratlos an und erneut zum Hund. Wer will jedoch den Sonntag mit trüben Gedanken und auf den Boden starrend an der eigenen Hofeinfahrt verbringen? Ich nicht und deswegen kommt Eric zum zweiten Mal an meine Hand und Tartine wird energisch zum Mitkommen abkommandiert. Die Hundeschnauze löst sich von Staub und Steinen und erhebt sich in die Luft, der Schwanz wedelt und die Gedanken meines Vierbeiners wenden sich der Umgebung zu. Unsere Blicke wenden sich ebenso der Landschaft zu, die Gedanken bleiben am Tor und der Frage, war da jemand und wenn ja, wer und die Füße schreiten wie von selbst den Weg entlang. Wir gehen eine Strecke am Wald und dann querfeldein in Richtung von Madeleines Haus. Ich kenne mich jetzt gut aus und traue mir zu, die Wege zu verlassen und quer durch die Felder zu marschieren, und weiß immer noch, in welche Richtung ich mich wenden muss. Das macht mehr Spaß, als nur den Wegen zu folgen. Ich finde auf diesen Streifzügen Kräuter und Blumen, Bombeerhecken, malerische Steinmauern und ab und zu ein verwildertes Feld, das voller Natur und Lebendigkeit steckt.

Wir kommen an die gesuchte Reihe der Weinreben zu dem Haus und gehen hintereinander zwischen den dichten Pflanzen. Tartine ist vorausgelaufen, er kennt mein Ziel und freut sich auf den Schatten der Mauer. Hechelnd und flach auf den Boden gedrückt begrüßt er uns. Es ist warm und ein Schluck Wasser wäre eine Wohltat. Wir setzen uns neben ihn in den Schatten und strecken die Beine aus. Lange, braungebrannte Männerbeine mit Haaren, mit Schrammen und Kratzern von den Ausflügen und Wanderungen, staubige Turnschuhe und daneben meine im Verhältnis kurzen Beine, auch braun und verkratzt und meine Wanderschuhe mit den Schnürsenkeln voller Blättchen und Grashalme.

»Hier hat deine Madeleine eine Zeitlang gewohnt? Unvorstellbar! Bis nachts fremde Männer kamen und sie vor die Tür gesetzt haben? Die Enzos der Vergangenheit! Die gab es wohl immer schon, die sterben nicht aus und finden immer wieder Opfer.«

Eric steht auf, geht einmal um das Häuschen und öffnet behutsam die Tür. Wir stehen nebeneinander in dem Raum und ich stelle mir Madeleine vor, wie sie am Herd gekocht hat, das Bett gerichtet und in ihre Bücher geschrieben hat, die Kräuter getrocknet und bevorratet hat. Da fällt es mir wieder ein!

»Da war die Sache mit dem Alptraum, in dem ich hier am Haus war, gejagt und getrieben und in den Brunnen gefallen bin, es war eher ein Fliegen. Es war etwas am Brunnenrand, zwischen den Steinen. Etwas Glitzerndes, Blinkendes, Leuchtendes, das mir bei meinem Segelflug in die Tiefe aufgefallen ist. Ob es real ist oder ein Traumgespinst? Da muss ich noch einmal gucken, aber vielleicht ist es besser, damit zu warten, bis ich Monsieur de Balazuc das gebeichtet habe?«

»Was gebeichtet?«, Eric kann mir geistig nicht folgen und sucht im Schein der Taschenlampe die Wände ab. Er fährt mit den Fingern über die Stellen der Wände, die mit Putz bedeckt sind, und entlang der Fugen auf den roh belassenen Mauern, als wäre eine Botschaft zu finden.

»Ich habe Monsieur nicht alles erzählt und nicht gesagt, dass wir drei den Brunnen ausgegraben haben. Ich glaube, er findet es nicht so gut, dass ich oft hier bin und mit Freunden Ausgrabungen unternehme. Und sowieso, die Geschichte mit meiner Tante und seiner Vorfahrin, aber die habe ich ja selbst dir noch nicht erzählt!«

Eric ist abgetaucht in die Untersuchung der Wände und des Bodens. Er hört mir nicht zu und ist in Madeleines Welt unterwegs. Ich habe viel Material zum Erzählen und merke mir die Tante Josephine-Geschichte für eine weitere Gesprächsrunde.

»Komm Eric, ich zeige dir, wo der Brunnen ist«, versuche ich, Eric in die Gegenwart zu locken.

»Ja, Moment, ich komme«, er löst sich ungern von der Begutachtung und folgt mir nach draußen.

Wir stehen gedankenverloren hinter dem Haus und ich ziehe mit der Schuhspitze die ungefähre Lage der Steinplatten über dem Brunnen in den Boden. Tartine kommt neugierig hinzu und schnüffelt entlang der Linien. Nein, wir graben heute nicht.

»Okay, Mademoiselle Renard, jetzt ist aber Feierabend. Wir hatten unsere Bewegung, der Hund war an der Luft, es ist Sonntag und wir gehen jetzt nach Hause, machen uns frisch und hübsch und tun, was andere Leute sonntagsabends machen: Bummeln, etwas trinken, gut essen, uns noch mehr entspannen und dann starten wir mit neuer Kraft in die Woche.«

Kapitel 42

So sitzen wir Stunden später – wir landeten zwischendurch auf dem Bett und wollten ja entspannen – auf der schönsten Restaurant-Terrasse, die ich je gesehen habe. Nun gut, dieses Urteil ist romantisch und verliebt verklärt, denn ich saß schon auf einigen wunderbaren Terrassen mit herrlichen Aussichten ins Land, mit traumhafter Ausstattung, Kellnern wie aus dem Ei gepellt und vorzüglichem Essen. Aber hier ist alles noch besser. Das Restaurant Appetitto ist fein, aber nicht so fein, dass es anstrengend ist und nicht zu edel und nobel und doch ganz besonders. Die Terrasse hinter dem gemütlich eingerichteten Innenbereich ist groß und luftig. Es gibt »Räume«, die entweder mit Blauregen, Weinreben oder Strohdächern bedacht und beschattet sind, offene Bereiche unter Sonnenschirmen oder weißen Stoffsegeln. Brunnen plätschern und Kübel mit Palmen und Olivenbäumen bieten Sichtschutz. Ich spaziere erst einmal umher und schaue mir alles an. Noch sitzen nicht viele Gäste an ihren Tischen und ich störe niemanden. Eric läuft hinter mir her und lächelt, das sehe ich aus den Augenwinkeln.

»Komm Isabelle, da hinten ist unser Tisch, direkt an der Balustrade mit Aussicht ins Land.«

Unser Tisch ist groß, für zwei Personen eingedeckt, festlich und typisch provenzalisch, bunt und einladend. Auf den Stühlen, nein, es sind Sessel, liegen gemusterte Polster und Kissen, über uns leuchten die Blüten der Glyzinie, unter uns liegen im warmen Abendlicht die Dächer der Häuser des Dorfes Campagna, die Gärten und die Landstraße, auf der wir eben fuhren. Dahinter glitzert der Fluss Gard inmitten des Waldes und ich schaue kilometerweit ins Land. Es ist warm und ich sinke in die Polster und Kissen. Ein Traum! Hier bleibe ich – für immer. Gegenüber lässt sich mein Traum von Mann nieder, auch ihm ist warm und er wischt sich mit einem Taschentuch die Stirn. Ein Ober erscheint mit weißem Hemd, bunter Weste, langer schwarzer Schürze und freut sich sichtbar über unser Erscheinen. Ich habe den Eindruck, er kennt Eric, und ich habe Recht: Eric steht erneut auf, umarmt den jungen Mann und begrüßt ihn mit den obligatorischen bisous und zusätzlichem Rückenklopfen.

»Bonsoir, Juju, darf ich dir meine Freundin Isabelle vorstellen? Du wirst sie wahrscheinlich häufiger sehen, wenn es so hervorragend wie immer schmeckt und es ihr gut gefällt.«

Ich werde wohlwollend gemustert, bekomme ein Augenzwinkern zugeteilt, Eric dafür einen Stoß in die Rippen und werde danach ebenso standesgemäß und herzlich begrüßt.

Beim Aperitif erzählt Eric, wie er im Appetitto gelandet ist – durch den berühmten Zufall und eine Autopanne. Ein platter Reifen zwang ihn zum Stopp an der Durchgangsstraße. Er war unter Zeitdruck, weil ein Termin zur Küchenplanung anstand. Juju kam zufällig mit seinem Wagen vorbei, hielt an und, obwohl sie sich nicht kannten, wurden vertrauensvoll die Autoschlüssel getauscht. Eric nahm seinen Termin wahr und Juju wechselte den Reifen und abends wurde zusammen gegessen. Seitdem besteht diese Freundschaft.

Zusätzlich hatte der Chefkoch ein Verhältnis mit Jeanne, die eine Zeitlang in der Küche des Appetitto gearbeitet hat. Den Eltern gefiel der große Altersunterschied zwischen den beiden und der raue Ton in der Küche nicht. Sie waren froh, als sich die kurze und intensive, aber lehrreiche Beziehung auflöste und Jeanne wieder heimkam. Ihr gebrochenes Herz heilte und bis heute schöpft sie aus dem Fundus des im Appetitto gelernten.

Jetzt kommt Eric zu den Kochkünsten des Superkoches namens Bolo und schwärmt überzeugend von den Ideen und Rezepten dieser Küche.

»Hier haben die Leute seltsame Namen. Juju, Bolo ... was kommt noch? Gigi und Dada? Comme ci und Comme ça?«

Ich lache. Mir fallen Unmengen komischer Namen ein und ich versuche, Haltung zu bewahren. Eric schwebt gedanklich noch weiter in den Rezepten, muss dann aber auch lachen.

»Im Appetitto ist alles anders, es ist lustig hier, meistens, und die Namen sind genauso. Du wirst weiterhin viel zu lachen bekommen. Das Essen ...«

Der Ober namens Juju erscheint mit dem Vorspeisenteller. Eine Vielzahl bunter Häppchen, Schälchen mit Dips und Saucen, Oliven und Peperoni und Baguette sind liebevoll angerichtet. Ein Gedicht für die Augen, für die Nase und es schmeckt so gut, wie es aussieht. Der Vorspeise folgt ein Fischgericht, dazu Gemüse, gebratene Kartoffeln. Wir haben keine Speisekarte bekommen und hatten nicht die Qual der Wahl, was angenehm war. Mittlerweile sind fast alle Tische besetzt. Bei meinen neugierigen Blicken zu den anderen Gästen stelle ich, wie bei uns, das Fehlen der Karte und des Auswahlvorganges fest. Ungewöhnlich, fast wie zuhause. Juju und die anderen Kellner fragen höflich nach den Getränkewünschen. Eric ist anscheinend Stammgast und es bedarf nur geheimer Zeichen, die ich nicht bemerke. Wir bekommen ein Glas Sekt zur Vorspeise und gekühlten Weißwein zum Fisch. Ich bin beschäftigt mit Essen, dem dezenten Beobachten der Gäste und Genuss der Aussicht. Es dämmert, der Himmel wird dunkelblau und der Abendstern funkelt. Ich greife eine Hand von Eric und drücke sie.

»Danke, es ist wunderbar. Ein herrlicher Platz, exzellentes Essen und der schönste Mann vis à vis. Aber guck mal unten auf der Straße am Auto! Was ist das denn?«

Mein Blick schweifte beim Schwärmen einmal über alles, ins Land und zum Auto.

Wir haben am Dorfeingang am Straßenrand geparkt und sind durch die Gassen des Ortes gebummelt, bevor wir hier einkehrten. Von unserem Tisch aus sehen wir, ohne den Hals zu verdrehen, das Auto, neben dem jetzt ein dunkler Kombi hält. Nicht weiter ungewöhnlich, aber ein Mann steigt auf der Beifahrerseite aus, schlendert betont lässig um Erics Auto, schaut ins Wageninnere, fühlt an der Tür, stellt fest, dass sie verschlossen ist und da das Verdeck geschlossen ist, ist ihm der Zugang verwehrt. Er nimmt einen Zettel vom Fahrer entgegen und klemmt ihn unter den Scheibenwischer. Dann guckt er hoch und ich zucke zusammen. Enzo! Nein, aber ein ähnlicher Typ und trotz der Entfernung packe ich ihn dem Aussehen nach in die Verbrecher-Schublade. Ich rutsche in meinem Sessel tiefer, möchte mich in den Kissen verstecken.

»Ja verdammt noch mal ...«, Eric flucht unanständig und ich gebe nicht die Einzelheiten wieder. Seine Stimme ist gepresst und leise, aber ich höre seine wachsende Wut. Glücklicherweise bemerkt niemand unsere Aufregung, alle speisen ungestört weiter. Uns ist der Genuss vergangen. Wie gut, dass wir fast am Ende des Menüs angekommen sind. Juju eilt mit einem Tablett an unseren Tisch, ich setze mich aufrecht und lächele freundlich.

»Das Dessert, bon appetit, habt ihr noch einen Wunsch?«

»Nein. Danke, alles bestens und das Dessert sieht herrlich aus«, schauspielere ich und ziehe das Tablett in die Tischmitte. Eric starrt weiter in die Tiefe. Der Kombi ist verschwunden, sein Auto steht allein im Schein der mittlerweile leuchtenden Straßenlampe. Es ist vermeintlich still und friedlich. Ich zwinkere Juju zu, der unsere Reaktion abwartet, bevor er sich anderen Gästen widmet. Meine Angst umklammert meinen gefüllten Magen und der schöne Abend ist zu Ende. Eric schaut das Tablett mit dem Nachtisch an, als wäre es vom Himmel gefallen.

»Meine Güte, Isabelle, uns sind die Halunken bis hierhin gefolgt. Haben wir das Pack tatsächlich am Hals. Fuhren die hinter uns? Ich habe nichts bemerkt, aber ich habe auch keinen Verfolgungswahn und fühlte mich sicher, vor allem im Auto und unterwegs.«

Eric stellt eine Espressotasse vor mich, nimmt sich seine und rührt und rührt in der kleinen Tasse. Er bemüht sich um äußerliche Ruhe, doch ich spüre seine wachsende Anspannung. Wir schauen uns betroffen an und erneut zum Auto. Dort rührt sich nichts.

»Genießen wir den Nachtisch, der sieht köstlich aus, trotz der Räuberbande im Nacken und lassen uns nicht aus der Ruhe bringen. Theoretisch können die Kerle im Dorf auf uns lauern. Den Triumph lassen wir ihnen nicht, dass wir wie aufgeschreckte Hühner zum Auto stürzen, um zu erfahren, was auf dem Zettel steht.«

Entschlossen greift Eric zum Nachtisch und beginnt sich durch die Fülle der Köstlichkeiten zu essen. Mir läuft trotz Angst und Schrecken das Wasser im Mund zusammen und ich greife ebenfalls zu. Ein Schlückchen Kaffee und ein Bissen der sahnigen, zart schmelzenden Häppchen. Ein zweiter Espresso kommt ungefragt, kommentarlos und wie von Geisterhand. Wir können wieder lächeln, wenn auch zaghaft, denn das Dessert in Kombination mit dem Kaffee ist zu köstlich.

Und dann ist es geschafft: Alle Schüsselchen sind leer und es war sehr, sehr gut. Eric verschwindet im Inneren des Restaurants und beauftragt mich mit dem Halten der Stellung. Juju bringt mir ein Glas roten Süßweins mit einem Gruß aus der Küche, beziehungsweise von Bolo, und zwinkert erneut aufmunternd. Ob Eric mit Juju und dem Koch spricht und ihnen etwas oder alles erklärt? Ich nippe an dem süßen Wein, der ein krönender Abschluss eines herrlichen Abends sein könnte, wenn nicht diese Kerle aufgetaucht wären und ihn verdorben hätten. Ich beobachte das Auto, blicke die Straße hoch und runter, auf der bisweilen Autos entlang rollen, die entweder ins Dorf abbiegen oder in Richtung Nîmes fahren.

Jetzt ist es dunkel und in der Ferne glitzern die Lampen von Uzès. Am Himmel erscheinen mehr und mehr Sterne. Die Luft wird lau, leichter Wind zieht über meinen Kopf und raschelt in den Bäumen und Sonnensegeln. Die dezente Beleuchtung macht die Terrasse gemütlich und leise Musik zusammen mit Tellerklappern und den Stimmen der Gäste geben mir ein kurzfristiges Gefühl der Sicherheit.

Was macht Laure gerade? Ist bei mir zuhause alles in Ordnung? Mein Hund und die Kätzchen sind allein. Die Bücher und alle meine Sachen, mein Computer, mein Auto ... und dann Einbrecher! Ich sorge mich und will nach Hause. Wo bleibt denn Eric nur? Muss er denn jetzt stundenlang erzählen und mich hier sitzen lassen? Ich trinke mühsam beherrscht mein Glas langsam leer und versuche mich auf den Geschmack zu konzentrieren, auf die Fülle der Aromen, suche mir die Begriffe aus den Weinbüchern zusammen, um mich abzulenken. Brombeere, Teer, Schokolade, Cassis, Zimt, Kakao, Kirschen. Da steht Eric endlich am Tisch.

»Sorry, aber so schnell haben die mich nicht gehen lassen, aber nun komm, ich habe bezahlt und in Kürze geschildert, was wir für Probleme haben. Nur für den Fall, dass die Kerle hier auftauchen oder in der Nähe rumlungern.«

Hand in Hand schlendern wir betont lässig die Gassen bergab. In den Häusern stehen Fenster und Türen auf und wir können in die Zimmer gucken. Die Fernseher flimmern, es riecht nach Essen, nach Gebratenem und nach Grillfeuer. Hunde bellen, Kinder flitzen mit haarsträubender Geschwindigkeit auf Fahrrädern und Skateboards um die Ecken. Vor einem Bistro sitzen Leute und genießen den Feierabend. Wir bleiben stehen und küssen uns, sind ein ganz normales Liebespaar und wirken hoffentlich locker. Wir schauen zwischendurch verstohlen über die Schulter und spähen nach möglichen Verfolgern. Die Schritte werden angesichts unseres Autos flotter und Ungeduld macht sich breit und doch bremsen wir erneut das Tempo und fassen uns fester an den Händen. Wer weiß, wer uns beobachtet und sich hämisch die Hände reibt, wenn er unsere Unruhe bemerkt. Wie Profi-Schauspieler setzen wir uns betont lässig ins Auto. Eric hält mir gentlemanlike die Tür auf und schließt sie behutsam, setzt sich und nach dem Motto »Was ist denn da hinter dem Scheibenwischer?« zieht er den Zettel von der Autoscheibe, legt ihn mir auf den Schoß und startet den Motor. Das Verdeck bleibt zu, es gibt sicher keinen Regen, aber es bietet gefühlsmäßig Schutz. Das Blatt Papier fühlt sich eklig an, ich bin versucht, es auf den Boden zu schieben, fasse es aber wegen der Spurensicherung lieber nicht an. Wir lauern ständig in den Rückspiegel, um zu sehen, ob uns ein Auto verfolgt. Doch es bleibt dunkel oder es ist ein unverdächtiges Fahrzeug, was nach einiger Zeit rechts oder links abbiegt oder verschwindet. Keine Scheinwerfer, die nah auffahren und uns womöglich von der Straße drängen oder anhalten. Meine Vorstellungskraft läuft auf Hochtouren. Vor Uzès fährt Eric an einem beleuchteten Kreisverkehr auf eine Bushaltestelle. Motor aus und Stille.

»Lass mich mal gucken!«

Mit einem Taschentuch packt er den Zettel und legt ihn auf seinen Schoß. Ich bin heilfroh, ihn los zu sein und will gar nicht wissen, was draufsteht.

Eric liest mit verstellter Stimme vor: »Hallo, hallo, wir wissen alles über Euch!«

Er wechselt die Stimmlage und fährt fort: »Wir verfolgen Euch! Ihr dagegen bekommt uns nicht.«

Ich muss lachen trotz des Ernstes der Lage und Eric schiebt ein: »Das ist mit der Hand geschrieben und in jeder Zeile wechseln die Schrift und die Güte der Rechtschreibung. Da musste jeder in der Gang seinen Teil schreiben, was soll das? Meine Güte, ich fasse es nicht. Es geht weiter: »Lasst uns unsere Arbeit erledigen und kümmert Euch nicht um Sachen, die Euch nichts angehen, sonst seid Ihr, Eure Familie, Freunde und Laure in Gefahr!!!«

Das war es und Ende der Durchsage mit drei riesigen Ausrufezeichen!«

Mir ist trotz der gelungenen Vorstellung nicht mehr zum Lachen.

»Ich will nach Hause! Was ist mit Jeanne? Hat sie sich heute nicht gemeldet? Ist alles okay bei ihr? Was ist mit Laure?«

»Wir fahren nach Hause. Du hast recht und ich telefoniere mit allen, soweit ich sie erreiche, was bei Laure schwierig ist.«

Er legt den unangenehmen Zettel auf die Rückbank und wir fahren durch Uzès und über die beleuchteten und belebten Straßen in Richtung Heimat. Die Landschaft wird wieder dunkel und wir beobachten weiter die Lichter hinter uns.

Auf dem Weg durch Salazac fahren wir am Bouletin vorbei. Dort scheint Licht und alles wirkt friedlich. Also schnell zum Mas Châtaigner und die dunkle Gasse entlang. Bei Chantal und Baptiste ist das Tor zu, die Lampe scheint und ein Bewegungsmelder strahlt bei unserer Durchfahrt auf. Bei mir ist alles zappenduster und ich weiß, wen ich am Montag anrufe: Den Elektriker und wehe, der kommt nicht umgehend und baut mir Lampen, Leuchten, Strahler, Bewegungsmelder, Alarmanlagen und was weiß ich noch alles ein. Eine Direktleitung zur Polizei wäre mir recht oder ein privater Sicherheitsdienst. Hätte ich das doch schon vor Tagen angeleiert und nicht wieder verschoben!

»Isabelle, schläfst du schon? Wärst du so gütig und würdest das Tor öffnen oder sollen wir hier verharren bis morgen früh?«

»Ja, entschuldige, ich träume von Licht und Beleuchtung. Was ist das dunkel hier! Nicht, dass da einer lauert und mich packt!«

Aber ich habe schon die Hand an der Tür und stehe neben dem Wagen. Dem Mutigen gehört die Welt, flüstere ich mir zu. Ich habe Eric bei mir, der Automotor brummt beruhigend und die Scheinwerfer beleuchten das Tor und irgendwie müssen wir zum Haus vordringen. Also nehme ich den Schlüssel aus der Tasche und atme auf, denn das Tor ist verschlossen und nicht gewaltsam geöffnet. Der Schlüssel dreht sich im Schloss und ich schiebe die Torflügel auf, was – wie immer – Geräusche macht, die allen kundtun: Wir sind zurück! Eric stellt das Auto unter den Baum. Bevor er den Motor abstellt, macht er seine Taschenlampe an und leuchtet. Gespenstische Schatten huschen über das Holz des Tores. Schnell schiebe ich das Tor von innen zu und verschließe es konzentriert, schaue auf den sich drehenden Schlüssel und laufe zum Haus. Meine Gedanken wirbeln erneut um die Beleuchtung im Hof und am Haus.

Es ist so dunkel, besonders heute, scheint mir. Bis jetzt zu dem Abend mit der Zigarettenkippe hat mich das nicht gestört und ich fühlte mich wohl in der Nacht, hatte keine ausgeprägte Angst und sah weder Gespenster noch Verbrecher. Jetzt atme ich erleichtert auf, als ich die Haustür geöffnet habe, das Licht im Flur anschalte und in der Küche die Tiere trapsen höre. Eric steht in der offenen Tür und leuchtet in alle Ecken im Hof.

»Komm rein, Eric, komm schnell.«

»Ach Isabelle, da ist keiner, aber warte, ich hole noch den Zettel, nicht dass der morgen früh weg ist, wie die Zigarettenkippe.«

Das Beweispapier kommt in einen leeren Umschlag, mit spitzen Fingern und im Vorratsraum unten ins Regal. Am liebsten hätte ich den Zettel nicht im Haus, aber wir sichern ihn als Beweis.

Ich gehe durch die Zimmer und gucke in alle Ecken, selbst auf den Speicher wage ich mich und in den Keller, während Eric die Tiere füttert und im Badezimmer verschwindet. Der Riegel an der Haustür wird kräftig vorgeschoben. Er ist jetzt nicht nur Zierrat und Andenken an die früheren Bewohner, sondern sichert die Tür zusätzlich.

Es ist kurz vor Mitternacht, als wir im Bett liegen. Im Flur brennt Licht und in der Küche ist die Lampe auf dem Eckschrank eingeschaltet. Schreckt das die Unholde ab? Ich habe Angst und komme auf die ausgefallensten Ideen, was uns geschehen kann und wünsche mir den Morgen herbei.

Aber was dann? Dem Montag in Tageslicht wird wieder eine Nacht folgen, die überstanden werden muss. Wird das jetzt so schrecklich bleiben? Immer in Angst und Schrecken und mit sich umsehen und bei jedem Geräusch zusammenzucken?

Und in dem Moment knackt die Holztreppe und ich erschrecke mich. Das macht die Treppe häufiger, auch die Balken und die Fußböden, ja sogar die Kommode knackt ab und zu. Bis jetzt nicht besorgniserregend, weil es normal bei Holz ist, das auf die Temperatur- und Feuchtigkeitsunterschiede der Luft reagiert. Jetzt könnte es nicht das Holz sein, sondern Enzo und seine Komplizen. Ich seufze und drehe mich hin und her. Ich denke an Madeleine und ihr Tagebuch. Sie lag ebenso wach und voller Sorgen neben ihrem Mann, später in dem Haus bei Joséphine, hatte Angst vor einem ungewissen und auf sie lauernden Übel. Was sich erfüllte, denke ich mit Schaudern. Eric schläft wie immer den Schlaf der Gerechten. Ich rutsche näher und versuche, seine Ruhe anzuzapfen, Madeleine in ihrem Buch verschwinden zu lassen und schlafe ein.

KAPITEL 43

Ein Handy brummt! Mein Handy? Oder ist es der Wecker? Ich hangele über Eric zu seinem Handy, das sich hartnäckig vibrierend der Nachttischkante nähert. Quer über dem Langschläfer liegend drücke ich irgendwelche Tasten, nur um Ruhe zu haben. Mein Herz klopft rasend, während ich mich im dämmrigen Zimmer umsehe.

»Keiner da«, flüstere ich mehr zu mir als zu Eric.

»Natürlich, wer soll denn da sein? Zimmerservice? Die Glücksfee oder ein Morgenwichtel?«, kommt die halb erstickte Frage aus dem Kopfkissen.

»Nein, Enzo und die fiesen Männer, die könnten an der Wand lehnen, uns beobachten und sich freuen, dass wir endlich wach werden und uns vor ihnen fürchten.«

»Ach was, Isabelle, ich glaube, wir steigern uns in etwas rein und machen aus einer Mücke einen Elefanten. Jetzt erst einen Kaffee und wir werden sehen, was wir heute unternehmen können.«

Ich bin allein und mahne mich zu Ruhe und Gelassenheit. Mit einem Beruhigungstee setze ich mich auf die Treppe in die Morgensonne und rufe Chantal an. Die hintere Terrassentür habe ich geschlossen, richtig mit herumgedrehtem Schlüssel, und die Fenster im Erdgeschoß sind ebenfalls zu. Ich bin eine Kontrollrunde durch den Garten und Schuppen gegangen. Das Auto ist unversehrt, alles steht an Ort und Stelle und meine akribische Suche nach Zigarettenstummeln oder Ähnlichem ergab keinen Treffer. Momentane Entwarnung. Es klingelt und klingelt und ich rufe Chantal anscheinend von weit weg zum Telefon in der Küche.

»Chantal, guten Morgen, hast du fünf Minuten?«, und da sie die erforderliche Zeit für meinen Bericht des gestrigen Tages hat, erzähle ich in möglichst logischer Zusammenfassung das Wichtigste. Der Schwerpunkt liegt nicht auf der Schilderung des Restaurants und des Essens. Als ich fertig bin, entsteht am Ende der Leitung eine Pause. Mein obligatorisches Seufzen setze ich als Schlusspunkt.

Chantal hat zu Ende überlegt und meldet sich zu Wort: »Das ist doch nicht möglich! Ich fasse es nicht! Wir werden natürlich aufpassen und überlegen, was zu tun ist. Du sprachst von Beleuchtung am Haus? Das stimmt und die muss sowieso angebracht werden. Ich rufe meinen Elektriker-Cousin an, der Urlaub hat und um einen Zusatzverdienst nicht verlegen ist. Der wird dir heute noch alles anbringen, was du haben musst. Ich werde auch mit Baptiste sprechen und melde mich später noch einmal. Ich muss jetzt los, also bis dann.«

Sie ist kurz angebunden und in Eile, das höre ich, aber sie hat mir weitergeholfen. Ich hake den Punkt mit der Beleuchtung ab und überlege in der Wartezeit auf den Cousin, wo ich überall Licht haben möchte. Ich gehe erneut um das Haus und im Schuppen umher, besehe mir das Tor und spähe die Straße entlang. Es bleibt ruhig. In den Feldern höre ich einen Traktor brummen und kurz eine Motorsäge aufheulen, die Glocken läuten die Vormittagsstunden und ein Hahn kräht. Ich bin gerade an der Haustür, als ein Handwerkerwagen auf den Hof schießt. Da hat es jemand eilig und gut, dass die Tiere im Haus sind und nicht unter die Räder geraten können. Ein energiegeladener Cousin namens Jules entsteigt dem Wagen und nimmt mich in Beschlag. Er spricht schnell und hat im Handumdrehen einen Plan, wie er das Komplettpaket Licht und Überwachung angehen wird. Ich trabe hinter ihm her und höre zu. Mir schwirrt der Kopf, da er in atemlosen Wechsel technische Informationen zur Installation der Lampen und kuriose Geschichten zum Thema Einbrecher von sich gibt. Das erste Thema ist passend für meine Fortbildung als Heimwerkerin, denn er erklärt alles verständlich mit Leitungen, Schaltern, Stromverbrauch, Sicherungskasten, Glühbirnenwechsel und Sicherheit. Das zweite Thema ist fesselnd und Wasser auf meine Mühlen der Angst und ich hänge an seinen Lippen, während er auf einer Leiter oder sich aus dem Fenster lehnend mit der Anbringung der Lichter beschäftigt. Ich habe keine Zeit an Eric oder Jeanne oder sonst etwas zu denken, bin ganz und gar von Jules in Beschlag genommen und handlangere, hole Schraubenzieher, Abisolierzange, Kabel oder halte die Leiter fest. Am frühen Nachmittag fährt er in seine Werkstatt, um Materialnachschub zu besorgen, und es kehrt kurzfristig Ruhe ein.

Ich setze mich in die Küche und mache mir Kaffee und ein Brot und habe Zeit für das Handy. Eric hat dreimal geschrieben. Oh je, der Arme sorgt sich und ich melde mich nicht. Schnell wird eine erklärende Antwort geschickt, dann nehme ich mir die Zeit, die Nachrichten zu lesen. Jeanne ist wohlauf, von Enzo war in der Nacht nichts zu berichten. Jetzt ist Eric unterwegs und wird später erzählen, was es an Neuigkeiten gibt. Ich soll gut auf mich aufpassen! Ja, das versuche ich und schaue direkt aus dem Fenster, ob sich etwas Verdächtiges regt. Nichts, es ist still. Chantal erkundigt sich nach der Arbeit des Cousins und wird sich am Abend melden. Ich soll auf mich … ja klar, aufpassen. Meine Mutter schreibt kurz über das Wetter, der Onkel über seine Arbeit, aber das kann warten. Vorne im Hof höre ich den Wagen und einige Minuten später Jules fröhlich nach mir rufen. Es geht weiter, alles im Sauseschritt und mit der Fortsetzung der Schulung in Elektrik und Kriminalistik. Um fünf Uhr inspizieren wir schwitzend und erschöpft die Beleuchtungswerke. Das Tor ist mit Lampen versehen, ebenso der Schuppen mit dem Auto und die Ecke mit dem Holz. An der Eingangstür und an der Terrassentür erstrahlen altmodisch aussehende Lampen, im Garten gibt es drei Strahler und einen weiteren am Anbau. Oben am Haus unter dem Dachvorsprung erhellt ein Flutlicht den Hof in der Nacht. Im strahlenden Sonnenlicht muss ich Jules glauben, was leuchten wird, und freue mich auf die Dunkelheit und den Test der Lampen und Lichter.

»Die Rechnung schreibe ich nächste Woche. Hier ist meine Handynummer und wenn was ist, dann rufe mich an. Ich bedanke mich für den Auftrag und ab jetzt werden Einbrecher oder andere Kriminelle einen Bogen um das Mas Châtaigner machen, glaube es mir!«

Ich schüttele ihm dankbar die Hand, denn bis auf die Standleitung zur Polizei, die Alarmanlage und Personenschutz sind meine Wünsche erfüllt und ich fühle mich gerüstet. Aber noch ist es Tag, alles ist gut und ich bin beschäftigt.

Jules verschwindet, der Hof ist leer und das Tor offen. Ich sehe Chantal den Weg entlang gehen und laufe ihr freudig entgegen. Arm in Arm begehen wir Haus und Hof. So oft wie heute bin ich selten um alle Gebäude gegangen und fühle mich wie ein Wachmann auf Streife. Der Kies vor dem Haus knirscht laut und Tartine flitzt wie ein geölter Blitz um die Hausecke. Eine Autotür schlägt und ich höre Eric mit Nachdruck rufen.

»Jetzt aber schnell, Isabelle«, scherzt Chantal und schiebt mich in Richtung Hof. »Da sucht dich jemand und sorgt sich, dem Tonfall nach zu urteilen.«

Eric steht neben dem Auto und hat Tartine auf dem Arm, der sich über die Zuwendung freut und leise fiepst. Die Lampen am Haus und am Tor blinken in der Sonne. Eric dreht sich um seine Achse und mustert das Tageswerk des Elektrikers.

»Da hat sich wirklich etwas getan und es ist mächtig aufgerüstet worden! Wer war der Meister, der das in so kurzer Zeit vollbracht hat?«

»Erst einmal den Hund auf den Boden und ich in die Arme, dann zeige und berichte ich dir alle Einzelheiten!«

Und so geht es eine weitere Runde und jetzt zu dritt um die Gebäude und immer wieder bleiben wir stehen und besprechen die Neuerungen und Ereignisse des Tages. Als wir vor dem Haus stehen, ist das Tor zu. Ich gucke Eric an, dann Chantal.

»Wer hat das Tor zugemacht? Das war eben noch offen, als du hereingefahren bist. Wir sind direkt losgegangen, um alles anzusehen. Da hat keiner von uns das Tor geschlossen!«

Ratlosigkeit macht sich breit und wir gehen zum Tor. Der Hund schnüffelt auf dem Boden, es ist nichts zu sehen. Ich mache den Torflügel ein Stück auf und schlüpfe hinaus auf den Weg. Nichts zu sehen und nichts zu hören. Eric nimmt mich in den Arm und guckt in sein Auto. Das war nicht abgeschlossen, sein Rucksack liegt auf dem Rücksitz, eine Wasserflasche und seine Jacke auf dem Beifahrersitz. Der Schlüssel steckt im Zündschloss und ein Zettel liegt auf dem Fahrersitz. Ich halte die Luft an und greife Hilfe suchend nach Chantals Hand.

»Da war er wieder oder die ganze Räuberbande! Großer Gott, es darf doch nicht wahr sein! Wir spazieren umher, Tür und Tor und Auto stehen offen und sie sind sofort zur Stelle!«

Eric hält den Zettel in der Hand, er ist verknittert, von einem Block abgerissen und mit Bleistift steht quer hingekritzelt: »Letzte Warnung!«

»Wie? Letzte Warnung? Was wollen die Kerle? Und wenn sie nicht bekommen, was sie wollen, was dann?«

Eric knüllt den Zettel in seiner Faust zusammen, hält inne und faltet ihn wieder auseinander.

»Entschuldigung, das war jetzt dumm von mir. Alles läuft im Moment verquer und schief. Ich habe das Ganze so satt.«

Chantal schaltet sich ein: »Meine Güte, das ist wirklich wahr. Bis jetzt waren es nur eure Erzählungen und es war weit weg, aber eben war jemand auf dem Hof und am Auto und bedroht euch! Ihr müsst zur Polizei! Das geht nicht anders!«

»Da war ich schon«, seufzt Eric und lässt sich auf die unterste Treppenstufe sinken, stützt die Ellenbogen auf die Knie und legt die Stirn auf die Arme.

»Die können nichts machen, weil es uns an Beweisen mangelt, dass Monsieur Enzo dahintersteckt. Und was hat er denn gemacht? Er hinterlegt Zettel mit Drohungen, er erpresst seine Mutter ohne schriftliche oder sonstige Beweise um Geld, aber was haben wir in der Hand? Nichts!«

Ich setze mich neben ihn und lege meinen Arm um ihn, eher Schutz suchend als Kraft gebend.

»Sollen wir nicht erstmal duschen, etwas essen und danach beraten?«

Chantal guckt auf ihr Handy und zieht fragend die Augenbrauen hoch.

»Ich gehe jetzt nach Hause, Baptiste ruft mich wegen Lulu. Telefonieren wir nachher? Ich lasse euch allein, aber wenn etwas ist ...«

Nach einer Umarmung und Kopfschütteln auf allen Seiten eilt Chantal heimwärts. Das Tor ist zu und ich schließe vorsichtshalber ab. Der Rucksack kommt mit ins Haus, das Auto wird abgeschlossen und deprimiert steigen wir die Treppe zum Haus empor.

Am Abend suche ich meine beiden Taschenlampen und deponiere sie an den Haustüren. Eric holt zwei ausgediente, dicke, stabile Besenstiele im Schuppen, die er ebenso an den Türen abstellt – zum Kampf und zur Abwehr. Er telefoniert mit Jeanne und mit einem Freund, dann mit dem Anwalt, dann mit einem anderen Freund, den er zu Laure schickt und ihn damit beauftragt, bei ihr zu bleiben und aufzupassen. Was ein Ärger, dass wir sie nicht telefonisch erreichen im Tal. Es ist wie auf einer Festung im Belagerungszustand, obwohl es draußen friedlich und schön ist.

Wir setzen uns auf die Terrasse und versuchen es mit Abendessen und Unterhaltung. Alle nasenlang steht einer von uns auf und guckt aus dem Fenster oder auf sein Handy. Tartine erhält unsere besondere Aufmerksamkeit, da er die besten Ohren hat und zuverlässig Eindringlinge meldet. Es bleibt ruhig.

Es wird dämmrig und dann, wie jeden Abend, dunkel. Wieder gehe ich die Runde um Haus und Hof und wir testen Lampen und Lichter. Es ist jetzt genial. Ich bin zufrieden mit der leuchtenden Veränderung und fühle mich sicherer.

Chantal ruft an, aber hat immer noch wenig Zeit – wegen einer Familiengeschichte. Der Anwalt hat keine Neuigkeiten und bei Jeanne ist alles beim Alten, wenn wir von eingebildeten verdächtigen Autos, Motorrädern oder finsteren Männern einmal absehen.

Wir schließen die Schlagläden und verriegeln die Türen, lassen einige Lampen im Hof und am Tor an, ebenso das Licht in der Küche und im Flur und gehen ins Bett. Abermals kommen mir Bruchstücke von Jules Erzählungen zu den Einbrechern in den Sinn, die ich Eric wiedergebe, vermischt mit meinen Erleuchtungen in puncto Elektrik und was man zusätzlich anbringen könnte. Eric steuert seine Einbrechergeschichten dazu, die eher im Hotel- und Gaststättenbereich angesiedelt sind. Aber wir haben es mit gezielten Angriffen zu tun, weniger mit normalen Einbrechern, die mir schon fast lieber wären.

Höre ich da irgendetwas? Husten die Mäuse oder ist da jemand? Ich bekomme Magenschmerzen, habe Angst um alles und sehe die finstern Gestalten ums Haus schleichen. Sie können Feuer legen, die Olivenbäume absägen, am Auto einen Zeitzünder anbringen, die Lampen mit Steinen bewerfen – oder beschießen!

Ich muss abermals aus den Fenstern gucken: Alles ist herrlich erleuchtet. Eine Katze schleicht unter dem Maronenbaum Richtung Tor und mustert erstaunt die Beleuchtung. Motten und andere Insekten schwirren um das Licht. Sonst nichts.

Irgendwann schlafen wir ein, die Katzen an unseren Füßen und Tartine im Flur, die Nachttischlampe leuchtet, unten spielt das Radio und täuscht eine belebte Küche vor. Eine normale Nacht, eine Sommernacht, gemacht und gedacht für Entspannung und Erholung, aber ich träume von Gestalten, die um das Haus schleichen und an die Holzläden und Türen schlagen. Die Feuer im Garten anzünden. Die das Tor einreißen. Die hämisch grölen und die siegessicher ihre Fäuste in den Nachthimmel schütteln.

Ich knirsche vor Wut mit den Zähnen und zappele im Bett herum. Eric schläft und ist ein Stückchen von mir weggerutscht, vielleicht zur eigenen Sicherheit. Ich drehe mich um, fühle meine riesengroße Müdigkeit und ergebe mich.

Kapitel 44

Als ich wach werde, drehe ich mich in Zeitlupe auf den Bauch und richte mich schwerfällig auf. Ich habe keine Lust auf dieses Erwachen und den Tag. Alles an mir ist schwer wie Blei und ich fühle mich zerschlagen. Ich schaue nach Eric, aber da ist niemand. Kein Eric! Hilfe! Ich versuche, ihn zu rufen, aber habe einen trockenen, pelzigen Mund und es kommt nur Krächzen aus meiner Kehle. Ich rutsche an die Bettkante und räuspere mich. Das erschreckt die Katzen und Coco fällt fast aus dem Bett. Ich muss mich noch einmal räuspern, dieses Mal betont sanft und greife nach der Wasserflasche.

»Entschuldigung, Miezmiez, ich bin es. Kommt her, ihr zwei ...«

Aber die beiden trollen sich, beleidigt scheint mir, und ich sitze allein auf dem Bett. Zerwühlte Laken, ein Kopfkissen auf dem Boden, darunter Jeans und Hemd. Unten höre ich es klappern, da bin ich doch nicht allein und verlassen, verloren an die Kerle in der Nacht. Ich schiebe die Schlagläden auseinander, um den Garten zu überblicken. Wie schön alles aussieht, es blüht und grünt und diese weite Aussicht. Der Blick in den Hof ist beruhigend, er sieht aus wie immer – keine Reste einer nächtlichen Belagerung oder eines Trinkgelages. Erics Auto steht unter dem Baum, das Tor ist zu und die Lampen hängen, soweit ich das von hier beurteilen kann, unbeschädigt an ihren Bestimmungsorten.

In der Morgensonne wartet der Kaffee auf mich. Eric hat ein Tablett mit Kaffeebechern sowie einen Teller mit Broten angerichtet. Er wirkt nachdenklich und müde. Die Katzen sitzen in der Mitte der Treppe und putzen sich. Ich schnuppere in Richtung Kaffee.

»Guten Morgen mein Schatz, das riecht wohltuend nach Wachheit und Fröhlichkeit, nach Energie für Dienstag und für den Kampf gegen alle Unholde dieser Welt«, kann ich halbwegs überzeugend scherzen. Aber Eric schüttelt traurig und irgendwie hoffnungslos den Kopf. Er nimmt mich in die Arme, drückt mich und setzt sich mit mir auf dem Schoß hin.

»Isabelle, ich habe das Gefühl, dass Papa bald zur Beerdigung frei gegeben wird. Da graut mir vor. Aber es muss sein und dann ist das erledigt. Nein, es hat noch keiner angerufen, es ist nur das Gefühl.«

»Ja sicher, es ist noch früh. Sicher kommt nachher ein Anruf. Dann könnt ihr alles in die Wege leiten. Was macht man da? Weißt du, wie das geht? Ach, das ist eine dumme Frage, du hast es bei deiner Mutter durchgemacht, entschuldige bitte. Ich bin durcheinander, das ist alles so unheimlich und anstrengend.«

Später fährt Eric ins Bistro und ich starre das offene Tor an. Allein zuhause bleiben? Das wäre sinnvoll zwecks Überwachung, aber nicht gut für meine Nerven. Also räume ich auf, mache das Bett, lasse Laken und einige Wäschestücke im

Schnellprogramm durch die Waschmaschine laufen, gieße die Blumen und hole das Auto aus dem Schuppen in den Hof und parke es sichtbar unter dem Baum. Die Wäsche kommt an die Leine zwischen den Olivenbäumen und einige Handtücher hinten an die Leine im Garten. Die Schubkarre platziere ich mit Rechen garniert an einem nicht fertig gejäteten Beet, die Gießkannen werden vor und hinter dem Haus aufgebaut. Ich überlege, wie ich bei anderen Leuten auf dem Grundstück den Eindruck hätte, sie wären zu Hause. Ich komme mir albern vor, aber ich ziehe das durch. Das Radio wird eingeschaltet. Die Schlagläden im ersten Stock sind nicht ganz geschlossen, sondern in angewinkelter Form. Der Besen aus der Küche kommt vor die Haustür. Ich trete zurück und mustere nachdenklich das Ensemble. Es sieht so aus, als wäre jemand da, oder? Ich bin hin- und hergerissen zwischen dem Wunsch hierzubleiben und wegzukommen. Aber jetzt habe ich so viel zur Tarnung meiner Nicht-Anwesenheit unternommen, dass ich fahren sollte. Die Katzenkinder kommen ins Haus, ich kontrolliere ein letztes Mal die Fenster und Türen und schnüre meine Turnschuhe. Mein Hund sitzt schon an der Haustür und freut sich auf einen wie auch immer gearteten Ausflug. Das Tor, was mache ich damit? Ich lasse es auf, ich bin ja zu Hause oder nur auf einen Sprung weg, soll jeder meinen, der vorbeifährt. Als ich den Weg zu Chantal runter laufe, kommt mir ihr Fahrrad in den Sinn. Das wäre eine Alternative zum zu Fuß gehen und ich könnte zwischendurch schneller zurück und nach dem Rechten schauen. Chantal ist nicht da und auch sonst ist niemand zu sehen und zu hören. Aber das Rad lehnt hinter dem Haus an der Wand, unverschlossen, mit gut gefüllten Reifen und sieht funktionstüchtig aus. Ich setze mich in den Schatten und ziehe das Handy aus der Hosentasche. Tartine besucht Balou und liegt vor dem Zwinger. Er hechelt seinen Freund an, der im Kühlen bleibt und von dort zurück hechelt. Es wird heiß heute.

»Liebe Chantal«, schreibe ich ins Handy, »ich leihe mir Dein Fahrrad und fahre zum Bouletin. Ich möchte in der Küche helfen und bin dort nicht allein. Mit dem Rad fahre ich zwischendurch nach Hause. Falls Ihr zurückkommt, guckt bitte im Mas in den Hof. Ich habe es so gerichtet, als ob ich zuhause wäre, Auto steht im Hof – also nicht wundern! Merci et à bientôt, Isabelle.«

Das wäre erledigt.

»Komm Tartine, es geht weiter!«

Am Bouletin suche ich einen Parkplatz für das Rad und schiebe neugierig die Garagentür auf, die immer geschlossen ist und vielleicht Platz bietet. Es ist dunkel und muffig im Inneren. Ein altes Auto steht mittendrin und drumherum Kisten und Kästen, ein Moped, ein Fahrrad, eine Schubkarre, Gartenstühle und Sonnenschirme, aber es ist genug Raum für einen weiteren Gegenstand.

Ich steige zur Terrasse hoch, wo alles zusammengeräumt, still und verlassen ist. Die Tür steht auf und ich höre das Radio und Stimmen. Tartine tippelt zielstrebig zu dem Tisch am Fenster, wo die Großmutter sitzt, und streckt sich mit einem Aufseufzen aus. Ich grüße sie freundlich, nehme die Hundeschüssel von der Terrasse und gehe in die Küche.

»Isabelle, was eine Überraschung! Du kommst wie gerufen! Hast du Zeit und kannst hierbleiben? Aber wie geht es dir und was gibt es Neues? Hattest du Besuch von den Ganoven? Eric war da und hat das erzählt. Aber was überfalle ich dich! Du brauchst Wasser für den Hund? Komm, ich mache den Napf voll.«

Jeanne ist atemlos und sieht wie nach einem Wettrennen aus, verschwitzt, erhitzt, die dunklen Locken wirr und feucht, ein Handtuch steckt in ihrem Hosenbund und nun wischt sie sich fahrig die Hände daran trocken und greift in einem nach dem Napf. Mit der gefüllten Schüssel eilt sie zum Tisch, an dem die Großmutter sich scheinbar der Zeitung widmet. In ihren Händen liegt ein Rosenkranz, die schwarzen Perlen und ein silbernes Kreuz schimmern zwischen ihren Fingern. Wir schieben uns Stühle näher und lassen uns mit einem Aufseufzen, wie eben Tartine, nieder.

»Mein Güte Jeanne, danke. Bei mir ist alles ruhig. Ich konnte nicht allein bleiben und würde gerne helfen. Zwischendurch fahre ich gucken, ob alles okay ist. Ruhe habe ich nicht, ich bin ganz zappelig.«

Ich schaue nach der Großmutter, was weiß sie oder soll sie wissen? Ich habe keine Ahnung und spreche so leise ich kann.

Jeanne stützt die Ellenbogen auf den Tisch und vergräbt ihr Gesicht in den Händen. Ein Goldkettchen baumelt an ihrem rechten Arm, ein Lederarmband am linken.

»Ach Isabelle, hier passiert gerade so viel! Wir haben das Gefühl, dass wir beobachtet werden. Es fahren seltsame Autos vorbei. Es kann sein, dass wir uns das nur einbilden, denn sonst beobachtet keiner so genau, wer vorbeikommt. Aber heute Morgen standen Stühle anders und ein Schirm war geöffnet und daran der Zettel ...!«

Auch Jeanne spricht leise, aber hektisch und schaut zur Großmutter. Ich lege meine Hand auf ihren Arm, das soll beruhigen, aber ich bin selbst mehr als unruhig und bezweifele die Wirkung.

»Nein, auch ein Zettel? Ich glaube nicht, dass ihr euch das einbildet. Die Kerle stromern hier herum.«

»Ja, das denke ich auch. Aber komm, wir gehen in die Küche. Großmutter, alles gut? Du hast alles und rufst, wenn du etwas brauchst? Der kleine Hund liegt unter dem Tisch und leistet dir Gesellschaft. Du kennst Isabelle? Schau mal, die Freundin von Eric. Und meine Freundin.«

Jeanne fasst die Hände der Großmutter und reibt sie sanft, was den Rosenkranz zum Klimpern bringt. Die alte Frau schaut erst Jeanne und dann mich an. Liebe, blassblaue Augen inmitten von Runzeln und Falten. Augen, die mir tief ins Herz schauen und Güte und Verstehen ausdrücken. Jeanne streichelt die Hände und sieht inbrünstig in das Gesicht der Großmutter, um zu erkennen, was in ihr vorgeht. Ein leichtes, wirklich ein sehr leichtes Lächeln und Nicken und mir geht das Herz auf.

Was hat Jeanne gesagt? Ich bin Erics Freundin, ihre Freundin. Das freut mich, dass mir in Kombination mit dem Anblick der Großmutter die Tränen in die Augen steigen. Jeanne sieht mich an und legt die Hände ihrer Großmutter behutsam auf die Zeitung vor ihr. Sie lächelt erst mich und dann ihre Oma an und steht auf.

»Komm Isabelle, wir brauchen einen doppelten Espresso.«

Auf der Anrichte und dem Tisch in der Küche warten Schüsseln, Töpfe und Körbe. Aus dem Keller klingen Mädchenstimmen und Flaschengeklirre. Jeanne steht vor der Kaffeemaschine und wippt unruhig mit den Füßen. Ich fühle, dass sie sich mitten im Chaos befindet. Sie weiß nicht, wo ihr der Kopf steht, denn sie muss den Küchenbetrieb aufrecht halten, und wartet auf den Termin der Beerdigung, zu dem sie die Feier für die Familie, Freunde und Dorfbevölkerung ausrichten wird. Sie möchte gleichzeitig einkaufen, ihrem Bruder helfen und sorgt sich um die Großmutter. Und sie hat Angst um sich, die Familie und Laure. Lola, die wehrhafte Freundin, kann nicht jede Nacht im Bouletin sein und ohne sie fühlt sich Jeanne allein mit der Großmutter schrecklich. Bei einem Espresso klagt sie mir ihr Leid. Ich verstehe sie und fühle mich genauso hektisch, panisch und unwohl.

Wir besprechen uns und teilen die Aufgaben ein, bei denen die Mädchen helfen. Es sind Freundinnen von Sisi aus dem Nachbarort, sie sind lustig und heißen Bea und Nicoletta. Jeanne fährt einkaufen und telefoniert mit Eric. Sie hat Zettel und Listen am Kühlschrank hängen mit dem, was zu erledigen ist und ich arbeite diese Auflistung akribisch ab. Neben der Ernte von Gemüse, dem Schneiden von Kräutern, dem Gießen der Blumen und Erledigung der Wäsche schauen wir nach der Großmutter, die zur Mittagszeit im Badezimmer und danach in ihrem Zimmer verschwindet.

Nachdem die Mittagsglocken geläutet haben, werde ich noch unruhiger und in der Zeit, in der die Mädchen Pause machen, radele ich in Windeseile und ohne Hundebegleitung keuchend und mit brennenden Beinen die Gasse zum Mas hoch. Hier ist alles in Ordnung, das Auto steht im Schatten, die Wäsche hängt knochentrocken in der Mittagshitze an der Leine und ruft nach Erlösung. Ich habe Erbarmen, nehme sie ab und trage den Wäschekorb ins Haus. Hier ist alles, wie ich es verlassen habe, und ich sinke schwitzend auf einen Küchenstuhl. Die Katzen kommen in die Küche und mauzen auf mich ein, bis sie eine Portion Futter bekommen. Ich nehme die Wäsche mit nach oben und variiere die Fensterläden. Was kann ich noch tun? Ich verändere die Stellung des Besens, gieße die Blumen im Schatten, arrangiere die Gießkannen anders als zuvor, stelle einen Stuhl vorne auf die Terrasse und öffne den Sonnenschirm auf der hinteren. Ja klar, ich bin zuhause. Gott, wie albern.

Auf dem Rückweg schaue ich in den Briefkasten, der aber leer ist und keine böse Zettelüberraschung bereithält. Ich stelle die Mülltonne ein wenig vor, schließe das Tor zur Abwechslung halb und schwinge mich erneut auf das Rad.

Der Nachmittag vergeht im Flug und wir drei summen wie Bienen durch die Küche und das Haus. Aber wir bekommen Ordnung in den Bistrobetrieb und am Spätnachmittag ist alles erledigt. Jeanne ist zurück und telefoniert erneut mit ihrem Bruder. Eric hat sich bei mir gemeldet und erkundigt, wie es läuft und wie es uns geht. Auch Chantal war am Handy und sie schaut nach meinem Haus. Es scheint alles ruhig zu sein und die mysteriösen Zettel und die offensichtliche Anwesenheit von Enzo und seinen Männern wirkt im Augenblick unwirklich. Die Mädchen verschwinden im Feierabend. Dafür bringt Sisi frisches Brot für das Abendessen und Törtchen. Sie mustert mich neugierig, aber ich verschwinde im Kühlraum und verstaue die Köstlichkeiten, bevor sie sich in der Hitze auflösen. Jeanne spricht auf der Treppe mit ihr und gestikuliert dabei über den Platz zeigend. Ihre Stimme ist leise, fast verschwörerisch, und Sisi beginnt die Augenbrauen zusammenzuziehen und unruhig zu schauen. Bald ist das ganze Dorf aufgeschreckt, in Beobachtungsmodus und hat ausreichenden Gesprächsstoff.

»Meine Güte, Isabelle, das ist super gelaufen und wir schaffen locker das Abendprogramm im Bistro. Ich weiß nicht, wie ich dir danken soll.«

Jeanne steht auf wippenden Füßen vor mir und schwenkt ein Küchenhandtuch.

»Kein Problem, aber ich fahre oder besser radele mit dem Hund nach Hause. Mir tun die Beine weh und ich bin total verschwitzt.«

Wir schauen gemeinsam durch die Küche und den Kühlraum, in den Keller und über die Terrasse, aber es sieht passabel aus. Ich bin stolz auf mich. Es ist fünf Uhr und die Glocken läuten aufdringlich und mahnend.

»Dann mach Feierabend. Eric hilft gleich und sobald es ruhig wird, kommt er zu dir und ich schaffe den Rest allein. Sicher kommen die blonden Mädchen mit ihren Eltern und brennen darauf, zu helfen.«

So fahre ich erneut durch die Gassen, jetzt noch langsamer als am Mittag, weil ich hundemüde bin, es noch wärmer ist und Tartine hinter mir her trabt. Bei Chantal und Baptiste schiebe ich das Rad und Tartine schlendert am Rand des Weges durch den Schatten und hält alle paar Meter zum Schnuppern an. Meine Nachbar-Freunde sind zuhause und winken fröhlich wie von einem anlegenden Dampfer, als sie uns erspähen. Dampfer? Hafen? Was sind das für Gedanken? Eine Seereise und weit weg von dem Ganzen, das wäre die Lösung. Aber nein, ich bin an Land und im Land des Schreckens.

Chantal nimmt mich in die Arme. Sie ist so schön verschwitzt wie ich und Baptiste tätschelt mir mit seiner ebenso warmen Pranke den Rücken. Wer hat bei diesem Sommerwetter nicht warm? Das Fahrradpedal quetscht an meine Wade und ich quicke auf.

»Alles gut, Isabelle? Du siehst erschöpft und mitgenommen aus!«, kommt der Kommentar von Chantal und auch Baptiste mustert mich mitleidig. Ach, ist es möglich? Aber ich sorge mich zu sehr um mein Heim, um über diese Bemerkungen weiter zu scherzen.

»So weit ist alles gut. Gab es hier nichts neues?«

Ich schaue über meine Schulter. Höre ich ein Auto? Wo ist Tartine? Der ist in den Hof gelaufen und schaut nach seinem Freund. Ich will Chantal den Fahrradlenker in die Hände drücken, aber sie wehrt kopfschüttelnd ab.

»Behalte das Rad, ich habe noch eines bei meinem Bruder, das ich mir in den nächsten Tagen hole. Du kannst es gerne fahren, wenn du damit zurechtkommst.«

Plötzlich rauscht hinter uns ein schwarzes großes Auto den Weg hoch und wir laufen wie auf ein Kommando zum Tor. Tartine freut sich über unsere Aktion und rennt der Staubfahne des Autos nach. Baptiste schreit Flüche hinter ihm her und reckt streitlustig die Fäuste in den Himmel, aber es hört und sieht ihn keiner von den Herrschaften, die im Tiefflug vorbei rasten. Kommt das Auto zurück? Der Staub, der durch die Geschwindigkeit und das Befahren des Straßenrandes in Bewegung gesetzt worden ist, legt sich. Die Sicht wird frei. Aber es ist nichts zu sehen. Hat sich das Auto wie in »Zurück in die Zukunft« als Zeitmaschine aufgelöst? Steht es auf meinem Hof? Das Tor war halb zu, da hätte man aussteigen und es richtig öffnen müssen, es sei denn, man fährt einfach dagegen und durch. Den Krach hätten wir aber gehört. Nichts regt sich.

»Dann ist der Wagen den Feldweg gefahren und damit weg! Schade, ich hätte gerne das Kennzeichen und mehr gesehen! Das waren die Kerle, das war Enzo!«, mutmaßt Chantal, schiebt energisch die Hände in die Hüften und reckt die Nase in die Luft.

»Da ist nichts mehr zu hören. Sie sind verschwunden!«

Wieder lande ich in ihren Armen und sie schiebt mich Richtung ihres Hauses, wo mein Rad auf dem Boden liegt. Mein Herz klopft wie nach einem schnellen Lauf, aber so glücklich wie beim Laufen fühle ich mich nicht. Eher betrogen und enttäuscht. Aber jetzt muss ich nach Hause. Genug herumgestanden!

»Ich bin weg. Wenn ich mich in fünf Minuten nicht bei euch melde, liege ich erdrosselt vor der Haustür, bin entführt oder an den Maronenbaum gefesselt und dann kommt ihr bitte gucken.«

Ich schiebe das Fahrrad den Weg entlang, der Hund flitzt voraus und ich sehe beim Zurückblicken Chantal und Baptiste an ihrer Einfahrt stehen und miteinander diskutieren. Die kurze Wegstrecke kommt mir ewig lang vor. Sie nimmt kein Ende und jeder Schritt ist mühsam. Meine Kehle ist vollkommen ausgetrocknet und den Hund zu rufen, ist mir so unmöglich wie heute Morgen Eric. Ich räuspere mich und krächze »Tartine«, der in der Einfahrt verschwunden ist. Endlich bin ich am Tor, das zu meiner Erleichterung genauso aussieht, wie ich es zurückgelassen habe. Tartine sitzt an der Haustür und schaut mitleidig zu mir. Wo bleibt der Mensch, dieses langsame Schnecken-Frauchen, werden seine Gedanken sein. Ich schiebe die

Mülltonne zurück an ihren gewohnten Platz, schließe das Tor und mustere den Hof. Ist alles so, wie ich es verlassen habe? Es scheint so. Das Fahrrad lehne ich unten an die Wand. Im Hausinneren empfängt uns wohltuende Kühle und Dämmerlicht. Das Radio dudelt, die Katzen springen unter dem Küchentisch den Korken nach. Ich atme auf, alles okay, es war niemand hier. Ich öffne die Schlagläden an den Schattenseiten, schaue in den Garten, alles ist wie immer. Ich melde mich bei Chantal und gebe Entwarnung. Nun noch das Auto in den Schuppen stellen, die Blumen gießen und dann kann ich duschen. Und auf Eric warten.

Es ist dämmrig, als ich das Tor öffne, da Eric sich angemeldet hat. Sein Wagen steht unter dem Baum, das Tor ist geschlossen und wir sind auf der Terrasse. Umsichtig wie er ist, hat er Abendessen mitgebracht und wir hocken müde und zufrieden vor den leeren Tellern und tunken die letzten Baguettestücke in die Salatsoße.

Mit einem Stück Käse und einer Schale dunkelroter, fast schwarzer Kirschen lehne ich mich in die Kissen hinter mir und an Eric neben mir. Das ist eine Wohltat und beruhigt mein Gemüt. Die Nachtgrillen beginnen ihr einlullendes Konzert. Vor dem Haus brennen meine neuen Leuchten, die ungewohnte Helligkeit im Hof verbreiten und leider die Insekten anlocken und verwirren. Hinter dem Haus wirft nur die Lampe an der Ecke ihr Licht in den Garten und wir haben Kerzen angezündet. Ein Sommerabend wie im Bilderbuch und doch lauern im Dunklen die finsteren Gestalten namens Enzo und Co, ob vor uns im Wald oder in den Orten in unserer Nähe. Im Gebüsch wird keiner der Herren gerne im Hinterhalt liegen, aber auch wenn sie in einer Bar beisammensitzen und ihre Schlacht- und Rachepläne schmieden und überlegen, wie sie am einfachsten an Laures Geld kommen, ihre Gedanken schweifen um uns und sind nicht die besten und freundlichsten. Mich schaudert es. Ein anderes Thema muss her.

»Also wird die Beerdigung für Freitagnachmittag geplant?«

Ein großartiges Thema, genauso betrüblich wie das mit Enzo, aber ich kann an nichts anderes als an Erics toten Vater und die Beerdigung, an Laure und Enzo, an Angst und Bedrohung denken. Gartenplanung, Kochrezepte, Ausflüge ans Meer oder mit dem Dampfer, Recherchen zu Madeleine, das ist weit hinten in meinem Kopf und gefühlt in einer geheimen Schublade in einem alten Schrank. Ich sollte mal in dem Eckschrank in der Küche nachsehen, ob dort die bunten, sommerlichen, fröhlichen Ideen und Vorhaben auf mich warten. Oder haben sie sich aufgelöst zu einem kleinen Haufen Wollmäuse unter der schweren Wolke der Bedrohung und Furcht?

Eric rutscht ein wenig von mir weg und setzt sich aufrechter hin. Mist, falsche Losung und Start des Gespräches, aber zu spät.

»Ja, ich habe mit Jeanne und dem Bestatter aus Bagnols alles besprochen und das Prozedere läuft. Das Praktische ist«, er lacht und mir wird wohler um das Herz, dass er nicht missmutig wird, »dass wir Erfahrung mit dem Thema haben. Der Bestatter sowieso, der ist kompetent und einfühlsam. Aber wir auch mit unserer Mutter. Und auf dem Land und in einem Dorf wird häufig beerdigt und man bekommt als Mitglied der Dorfgemeinschaft genug Beerdigung, Todesfälle, auch dramatische, mit. Ich erinnere mich ...«

Es folgt eine haarsträubende Erzählung von Todesfällen aller Art, die dramatischerweise oft junge Leute ereilen, mit dem Auto, dem Motorrad, beim Klettern oder Klippenspringen in den Fluss, bei der Jagd, beim Joggen (oh je!) oder bei Gewitter und der Feldarbeit. Wieder jemand, der Wasser auf meine Mühlen gießt und ich erinnere mich an die Geschichten des Elektrikers über Einbrecher. Also kann ich bisweilen eine passende Bemerkung aus diesem Sachbereich einfließen lassen. Ein gruseliger Sommerabend und ich höre in der zunehmenden Dunkelheit die erkälteten Mäuse husten. Ich lausche nach Autos in der Zufahrt, nach bellenden Hunden in der Nachbarschaft, kontrolliere vom Küchenfenster wiederholt den geschlossenen Zustand des Tores, beobachte Wachhund Tartine, der sich jedoch entspannt zu den Katzen kuschelt, und starre abermals in den schwarzen Garten. Es knacken Äste, ein Käuzchen ruft schaurig-schön und ich rutsche nach meiner Kontrollrunde auf Erics Schoß und lege meine Arme um seinen Hals.

»Ich habe Angst, fühle mich beobachtet, überwacht und bedroht. Was passiert als Nächstes und was sollen wir tun?«, flüstere ich ihm ins Ohr – nicht, dass mir jemand zuhört, der das nicht hören soll.

»Ich weiß es auch nicht. Ich habe mir die Beerdigung als Ziel gesetzt. Bis dahin müssen wir schauen und die Feier hinter uns bringen. Dann geht es mit Laure weiter, ihren und damit unseren Problemen. Ich fahre morgen zu ihr und lade sie natürlich zur Beerdigung ein. Mal sehen, wer sie fahren kann und genauso, wer in der Zeit auf ihr Haus aufpasst. Es wird sich hoffentlich einer der Bekannten oder Freunde finden für beide Dienste.«

Ich schließe müde die Augen und schnuppere an seinem warmen Hals. Das stimmt, erst das eine und dann das andere, wenn uns die Herrschaften so lange in Ruhe lassen und nicht neue Zettel verteilen oder uns mit ihren Autos aufschrecken. Erst Mittwoch und Donnerstag überstehen und den Freitag planen.

»Für die Zeit der Beerdigung, die Zeit in der Kirche und auf dem Friedhof«, fällt es mir siedend heiß ein und die Augen sind blitzschnell wieder offen, »brauchen wir eine Bewachung von unseren Häusern, dem Mas und dem Bistro. Sobald die Todesnachricht in der Zeitung steht, weiß jeder Bescheid und kann sich ausrechnen, wann wir weg sind. Das ist die Gelegenheit für Einbrecher, sagt Jules, der Lampen-Jules.«

»Ja, das stimmt, da werden dir sicher Chantal und Baptiste zur Seite stehen und bei uns wird Lola die Stellung halten und wegen des Beerdigungskaffees im Nachmittag werden Aushilfen im Haus sein. Das sollte nicht das Problem werden, aber wir sollten es bedenken. Es wäre schrecklich, wenn gerade in dieser Zeit etwas passieren würde. Passieren, ach, du weißt, was ich meine.«

Erich schiebt mich sanft von seinen Beinen neben sich auf die Bank, drückt mir einen Kuss auf die Wange und erhebt sich.

»Ich fahre noch eine Kontrollrunde, schaue im Bouletin vorbei und im Dorf, ich bin gleich zurück und danach sollten wir ins Bett gehen und gucken, dass wir ein paar Stunden schlafen und Kraft tanken.«

Ich räume auf, schließe Fenster und Türen, horche in die Stille und gehe ins Bett. Eric wird bald zurückkommen, beruhige ich mich. Er wird das Tor und die Haustür verriegeln und sich neben mich legen. Morgen, bei Sonnenschein betrachtet, wird alles leichter und friedlicher erscheinen. Tatsächlich bin ich schon fast im Land der Träume angelangt, als ich unten an der Tür den Schlüssel klappern höre. Dann höre ich es rumoren und Tritte auf der Treppe und die Badezimmertüre, aber Tartine bleibt ruhig und ich folgere haarscharf, es wird Eric sein. Ich drehe mich um und schlafe erstaunlicherweise ein. Der anstrengende Tag fordert seinen Tribut, was mir recht ist.

Kapitel 45

Mittwoch und Donnerstag verlaufen ohne Zwischenfälle. Ich helfe im Bistro, überwache gefühlt das ganze Dorf, radele viel und trainiere meine Beinmuskulatur. Ich bin unruhig, morgens müde und habe nachts kraftzehrende Alpträume.

Wir kochen im Bistro Beruhigungstee und schlürfen diesen statt Kaffee. Der Pfarrer kommt zur Besprechung der Messe. In der Zeitung erscheint die Todesanzeige von Erics Vater. Die Ankündigung der Beerdigung hängt im Schaukasten am Bürgermeisteramt. Es trudeln Beileidskarten ein und schwarzumrandete Briefumschläge stapeln sich auf dem Tisch. Jeanne schreibt Todesbenachrichtigungen an die verstreute Familie, an Bekannte und Freunde, an die Lieferanten und Kontakte des Bouletin.

Immer wieder schauen wir aus dem Fenster und den Autos auf dem Platz hinterher. Wir mustern misstrauisch die Gäste oder Wanderer, die Rast am Brunnen machen.

Eric war abends bei Laure. Es geht ihr nicht gut, der Schwebezustand und die bevorstehende Beerdigung zerren an ihren Nerven.

»Ab und zu tut sich etwas«, wie sie sich ausdrückt, denn dann steht morgens die Schubkarre vor der Haustür oder ein leeres Blatt Papier mit Attention in riesigen Buchstaben liegt mit der Post im Kasten. Aber ihre Tiere leben, die Camper sind unversehrt, das Haus steht und es brennt nicht im Wald. Sie ist angreifbar und wird sich dessen immer bewusster. Die Gäste des Campings haben ein Auge auf sie und glauben einer uns zwar fadenscheinig erscheinenden Erklärung über marodierende Einbrecher in der Gegend.

Wie soll es weiter gehen? Vor der Beerdigung ist nach der Beerdigung, mich beruhigt das Wegschieben der Sorgen nicht sehr. Je mehr ich darüber nachdenke, desto trostloser erscheint mir alles. Wie sollen wir der Sache Herr werden, in die wir gerutscht sind?

Aber Freitagmorgen leben wir noch und sind äußerlich unversehrt. Ein Freund von Eric, wie gut, dass er viele hat, fährt zu Laure und holt sie ins Dorf. Der Stapel der Beileidskarten ist beachtlich, die Liste der einzuladenden Gäste ist abgearbeitet und wir bereiten die Gaststätte vor, in der nach der Beerdigung der »Leichen-Kaffee« stattfinden wird. Die kirchliche Feier beginnt um 14 Uhr, bis dahin werden wir alles fertig haben und frisch geduscht in Trauerkleidung in der Kirche sitzen. Es verspricht heiß zu werden und ich überlege, was ich anziehen soll. Glücklicherweise sind alle der Meinung, dass nicht reines Schwarz geboten ist, und grau oder weiß durchaus angemessen sind. So ziehe ich eine graue Stoffhose und eine weiße, langärmlige Bluse und meine dunkelgrauen Schuhe in Betracht.

Nun heißt es schauen, was zu tun ist. Der Hund liegt halb auf den Füßen der Großmutter, die am Tisch sitzt und den Rosenkranz betet. Eric ist am Telefon, wie so oft. Das Handy wächst ihm sicher bald am Ohr fest und Jeanne schaut ihn fragend an, auch wie so oft. Aber außer Augenrollen und einem grimmigen Antwort-Blick entlockt sie ihm nichts und er weicht auf die Terrasse aus. Die beiden sind momentan wie Katz und Hund. Die Nerven liegen blank und die Stimmung ist angespannt. Aus Rücksicht auf die Helfer und die Oma beherrschen sie sich meistens, aber ab und zu zischen sie sich etwas zu, eine Tür wird heftiger geschlossen, als es nötig erscheint, oder ein Topf mit großem Nachdruck abgestellt.

Ich bin froh, als es Mittag ist.

»Ich fahre nach Hause«, rufe ich in die Küche und krabbele unter den Tisch, um Tartines Hausstand auf Seite zu schieben und den Wassernapf zurück auf die Terrasse zu stellen. Tartine wedelt mit dem Schwanz und erhebt sich von den schwarzen, blank polierten, altmodischen Großmutterschuhen, in denen in schwarzen Strümpfen die dünnen Beine der Großmutter stecken.

»Ja gut«, schallte es aus der Küche zurück, »bis gleich. Viertel vor zwei hier auf der Terrasse. Schaffst du das?«

»Das sollte ich und wenn ich nicht hier bin, könnt ihr die Gendarmerie rufen!«, kommt meine Antwort und ich mustere den Raum. Er ist aufgeräumt, geputzt, die Tische sind eingedeckt und auf der Terrasse ist alles gerichtet, wie es sich mittags für einige Stunden im Voraus richten lässt. Erste trockene Platanenblätter liegen wieder auf den grauen Steinplatten und den lavendelfarbenen Tischdecken. Aber das ist nicht zu vermeiden und gehört zur Dekoration.

Da keine weitere Bemerkung erfolgt, habe ich wenig Lust zu warten und nachzufragen und laufe die Treppe herunter. Erics Auto ist weg, also brauche ich nicht nach ihm zu suchen.

Langsam radele ich die Gassen nach Hause und Tartine läuft vor mir und beeilt sich sichtlich. Ob er etwas spürt? Ob etwas nicht in Ordnung ist? Aber Baptiste war heute schon in aller Herrgottsfrühe mit dem Traktor und einem Anhänger mit Holz im Hof. Mit Radau und Gescheppe hat er uns aus dem Bett geworfen und wir lachten bei seinem fragenden Blick, als er uns mit wirren Haaren und mehr schlafend als wach aus dem Fenster schauend sah. Wie kann man im Sommer so lange schlafen, rief er und das er heute im Mas bleibt, Brennholz macht, aufräumt, sägt, stapelt. Der Traktor steht weithin sichtbar im Hof, der Anhänger vor dem Schuppen und überall stellt er seine Werkzeuge ab und hängt später sein Hemd an die Leine, damit jeder sieht: Hier ist jemand, und zwar Baptiste, und er passt auf!

Bei meiner Rückkehr kreischt die Motorsäge aus Richtung Schuppen und Balou rennt auf uns zu. Seine Ohren fliegen durch die mittagswarme Luft, Tartine stoppt bei dem ungewohnten Anblick seines Freundes in unserem Hof und beide jagen zwischen den Olivenbäumen umher.

Ich schließe das Tor und trage das Fahrrad die Treppe hoch. Hinter der Tür jammern Coco und Minou und schießen an mir vorbei ins Freie. Beim Anblick der Renn-Hunde machen sie abrupt kehrt und kommen zurück in den Flur. Im Haus ist es kühl und still – von den schrillen Sägegeräuschen draußen abgesehen. Ich fühle mich sicher, denn es ist heller Tag, Baptiste ist da und die Hunde rennen um das Haus. Ich freue mich auf die Dusche und liege danach mit kalter, feuchter Haut auf dem Bett. Die Katzen nutzen meine momentan seltene Anwesenheit und kuscheln sich an die Beine. Das ist herrlich weich. Ich nehme sie in die Arme und genieße es, die schnurrenden Kätzchen zu streicheln. Fünf Minuten Augen zu, denke ich und nichts denken, bevor das Karussell im Kopf sich wieder dreht und Fragen und mögliche Antworten kreiseln.

Es ist halb zwei, als ich mich endlich von Baptiste verabschiede und ihn mit kalten Getränken und einer Schüssel Melonenstücken versorgt habe. Ich schiebe mein Handy in die Hosentasche und flotten Schrittes geht es im Schatten der Mauern und Häuser ins Dorf. Ich bewundere den strahlend blauen Himmel und die hochfliegenden Schwalben, so hoch, dass ich sie kaum erkennen kann.

Ich lese die Nachrichten von meiner Mutter und Freundin Susa. Sie wünschen mir alles Gute, was das auch sein mag. Sie denken an mich und an uns, auch wenn sie meine neue Familie nur vom Hörensagen kennen. Meine neue Familie. Oui, das ist es! Ich habe zwei Familien, eine deutsche zuhause und ein neue französische – aber die nun ohne Eltern. Mir steigen die Tränen in die Augen, aber dazu ist es zu früh und ich bin am Bistro. Der Platz steht voller Autos, das habe ich so noch nie erlebt.

Ich zwänge mich an fremden Leuten in Sonntagsstaat vorbei und halte Ausschau nach Jeanne und Eric. Sie stehen auf der Terrasse, ebenso feierlich und fein angezogen wie die anderen und tief im Gespräch oder eher in Diskussionen vertieft. Ich bin zu klein, um aufzufallen zwischen den Menschen und bahne mir einen Weg ins Innere. Auch hier sitzen Leute und die Großmutter hat reichlich Gesellschaft an ihrem Tisch. Alles ältere Leutchen, tiefschwarz, klein und hutzelig sitzen sie wie Vögelchen nebeneinander und sprechen. Ich sehe Gebetbücher und Rosenkränze und weiße Taschentücher. In der Küche herrscht Stille und Ordnung und abgedeckte Tabletts und Schalen warten auf die Gäste. Ich verschwinde in der Toilette, durch die ein ungewohnt intensiver Duft von Parfum und After shave weht. Hier ist niemand, alle Türen stehen auf und ich lehne mich an die Kacheln, atme tief und langsam und genieße das kalte Wasser auf meinen Händen und Unterarmen. Dass es aber so warm sein muss! Kein Beerdigungswetter wie im November, kalt, grau und neblig feucht mit Kälte, die einem in die Knochen kriecht. Nicht vorstellbar im Moment, so ein Winterwetter!

Als ich zurückgehe, sind alle wie auf ein Kommando im Aufbruch. Ich laufe vor eine Wand schwarz gekleideter Herrschaften, die sich erheben, zum Teil leicht gebückt bleiben oder mit Hilfe ihrer Gehhilfe in die Sonne der Terrasse streben. Dort sind ebenfalls alle in Bewegung gekommen und der Strom von grauen, weißen, schwarzen Personen fließt über den Dorfplatz auf die gegenüberliegende Seite in Richtung Kirche. Das Licht wird unter den Platanen milder und Lichtflecke flackern über die Prozession. Ich lasse sie gehen, schaue mich um, sehe Sisi in der Küche und winke. Sie schaut mich erstaunt an, was mache ich denn noch hier und macht scheuchende Bewegungen mit den Händen.

Die Geschäfte sind geschlossen, die Schlagläden zu, aus der Kirche tönt die Orgel mit einer feierlichen und traurig-sanften Melodie. Die Trauergemeinde ist in der Kirche und neben der Türe stehen auf beiden Seiten dicht gedrängt dunkel gekleidete Männer. Alle aus dem Dorf? Aus den Nachbarorten? Ich blicke suchend umher. Wo ist ein freier Platz?

Und habe in dem Augenblick Madeleine vor Augen, wie sie in einer Kirche, ähnlich wie dieser, stand, umgeben von schwarz gekleideten Leuten, von Orgelmusik und Weihrauch, gefangen im Dämmerlicht und der Kühle der Gewölbe. Hier in Sainte-Clotilde ist es ähnlich wie in allen Kirchen und ich bin zerrissen zwischen Andacht, Verehrung, Geborgenheit und der dunklen Seite der Kirche mit ihren Machtansprüchen, der Herrschaft, Grausamkeit und Ignoranz der Geistlichen.

Ich suche mir einen Platz in der letzten Bankreihe, die nicht vollständig besetzt aussieht. Die Leute rutschen, ohne aufzusehen, zusammen und ich setze mich. Dankbar lehne ich meinen Rücken an die Holzbank und mustere unauffällig meine Nachbarn. Die Leute scharren mit den Füßen, kramen in ihren Handtaschen und die älteren Frauen hantieren mit dem Rosenkranz oder Gebetbuch. Die Orgel spielt und durch den Mittelgang erspähe ich vor dem Altar den Sarg von Philippe Beauchêne aus dunklem Holz und wunderschöne Kränze mit dunkelroten Rosen, dazu einige Kränze aus Lorbeer und Lavendel, deren Duft, gemischt mit dem Weihrauch, durch die Kirche zieht. Ein Foto in einem Rahmen neben dem Sarg zeigt ihn, wie ich ihn in Erinnerung habe: braun gebrannt, sein verschmitztes, wissendes Lächeln und sympathisch und ich erinnere mich an die Minuten an der Ardèche.

Die Gemeinde beginnt zu singen, die Messe nimmt ihren Lauf und ich versinke in meditativer, trauriger Ruhe. Ich höre kaum zu, stelle und setze mich, wie die anderen um mich herum. Ich höre die Gebete und eine einfühlsame Rede über Philippe, in der die Namen Eric und Jeanne, seiner Kinder fallen, der seiner Frau Camille und seiner Mutter Clara, die ihren Sohn und ihre Schwiegertochter überlebt hat. Auch Laure findet Erwähnung als Retterin, Helferin und Pflegerin in seiner letzten Zeit. Taschentücher werden hervorgeholt und ich höre die Leute, wie bei einer plötzlich ausgebrochenen Erkältungswelle, sich räuspern und schnupfen. Ein Orgelsolo und eine Gesangseinlage lassen Zeit, uns zu sammeln oder noch trauriger zu werden. Mir laufen die Tränen über die Wange und das Elend der Welt bricht auf mich ein. Ich denke erneut an Madeleine und fühle zusätzlich zu der aktuellen Trauer ihren Kummer und ihre Angst. Mon dieu, was passiert hier?

Ich schwebe zwischen den Erinnerungen an die Momente bei Laure an der Ardèche, meinen Gefühlen beim Lesen von Madeleines Tagebuch, den Alpträumen und Erlebnissen der letzten Tage. Das sind wilde Sprünge, viele Bilder und ich fühle mich durcheinander und überfordert.

Beerdigungen wecken zudem meine Erinnerung an Johannes, an seine Beerdigung, an den Schmerz, die Tränen, das Gefühl der Einsamkeit und Verlassenheit. Ich habe Angst, dass Eric etwas zustößt und dass es mir noch einmal so geht wie mit Johannes. Ist das egoistisch? Die Tränen kullern und ich lasse sie laufen. Ich bin nicht die Einzige, die gerührt und betroffen ist und leidet.

Ein letztes trauriges und wehmütiges Lied ertönt. Alle sitzen still und am Altar wird der Aufbruch des Pastors, der Messdiener, der Träger des Sarges und der Familie vorbereitet. Ich starre auf meine Schuhe und suche mühsam meine zerflossene und tränennasse Fassung. Mein Vorrat an Taschentücher schmilzt beängstigend und ich sollte andächtig und gelassen werden. Ich konzentriere mich auf meinen Atem und denke an sonst nichts. Nicht an den Erinnerungen weiterarbeiten und noch mehr hervorsuchen, was schmerzt.

Neben mir entsteht Unruhe und ich schaue hoch, um zu sehen, was geschieht, und wische mir rasch mit einem trockenen Tuch über die Wangen. Die Menge erhebt sich und von vorne nach hinten bewegt sich die Welle der Leute, die in den Mittelgang drängen und sich in die Prozession hinter dem Sarg einreihen. Der ist im Freien verschwunden und ich schreite mit den letzten Trauergästen aus der dunklen Kirche auf den strahlend hellen Dorfplatz. Mitten in den Sommer, in die Hitze und das Licht, das uns auffordert, fröhlich zu sein, weiterzuleben, diese Zeit zu genießen.

Unter Gebeten und in einer Wolke von Weihrauch zieht der Zug durch die Gasse in Richtung des Friedhofes, der außerhalb des Dorfes an der Straße nach Uzès liegt. Der geteerte Bereich davor füllt sich mit Menschen, die nach und nach durch das enge Portal gehen und sich zwischen den Gräbern und Denkmälern ihren Platz suchen. Hohe Zypressen ragen in den Sommerhimmel, dunkelgrün vor dunkelblau, und spenden wohltuenden Schatten. Sie verbinden die Erde mit dem Himmel und begleiten uns in den Zeiten der Trauer und des Schmerzes, denke ich und starre in die Luft. Die Menschen stehen eng beieinander und ich höre die Gebete und die Stimme des Pastors, das Murmeln, das Rascheln und Seufzen, sehe aber nichts von dem, was sich in der Ecke des Friedhofes abspielt, wo das Familiengrab ist.

Ich betrachte die Zypressen und die dahinterstehenden Linden, die als Allee die Straße schmücken. Ein schöner Kontrast und ein harmonisches Zusammenspiel zweier Baumarten. Linden sind für mein Empfinden »deutsch« und ich verbinde mit ihnen Heimat, Kindheit, Sanftheit und Beruhigung. Im Garten meiner Großmutter stand ein Lindenbaum, der im Frühsommer blühte, duftete und von Unmengen an Insekten besucht wurde. Lindenblütentee gehört zur Kindheit wie Honig und lange Sommernachmittage im Garten. Die angenehmen Erinnerungen verkürzen mir die Zeit.

Wieder kommt Bewegung in die Menge und sie bewegt sich zum Grab hin und danach von dort weg. Einige Leute verlassen den Friedhof und mir wird es flau im Magen. Ich wende mich vorsichtig gegen den Strom der Leute und flüstere »Pardon«, um zu entfliehen. Jetzt noch am Grab vorbei defilieren, Erde oder Weihwasser auf den Sarg werfen, Eric und Jeanne sehen und was soll ich dann tun? Ihnen förmlich die Hand geben und mein Beileid ausdrücken? Nein, das schaffe ich nicht.

Ich setze mich einen Augenblick auf die Mauer vor dem Friedhof und schaue über die Straße ins Land. Es ist friedlich, man kann weit gucken und die Hitze des frühen Nachmittages, oder ist es schon mitten im Nachmittag, lässt die Luft flirren.

Ein Auto kommt von unten, bremst am Dorfeingang, hält an, fährt weiter und bremst vor dem Friedhof erneut. Neugierige und zufällig vorbeifahrende Personen? Ich versuche, etwas zu erkennen, aber die ersten Leute spazieren in Richtung Dorf und verdecken das Auto. Auch im Stehen sehe ich nichts. Ich recke mich, aber schon gibt der Fahrer Gas und entschwindet. Egal, besser er fährt weiter, als wenn er ins Dorf abgebogen wäre. Ich gehe lieber in Richtung Bouletin und warte dort auf die Familie und die Gäste.

Ich suche in der Küche Zuflucht, trinke ein Glas Wasser und helfe Sisi und Lola, der starken Freundin von Jeanne, beim Vorbereiten des Kaffees und Essens. Nach und nach trudelt die Gesellschaft ein und alle sind froh, der Sonne und Wärme zu entkommen, sich abzukühlen und zu stärken. Es gibt einiges zu tun, denn es sind viele Leute. Gefühlt das ganze Dorf ist versammelt, einige kenne ich vom Sehen, doch die meisten sind mir fremd. Der Pastor geht zur Großmutter an den Tisch, dann taucht Laure aus der Menge auf und setzt sich dazu und die Frauen vertiefen sich in ein intensives Gespräch. Der Pastor wendet sich den Männern auf der anderen Seite des Tisches zu und alle reden und erzählen. Ich schnappe beim Bedienen und Aufräumen Gesprächsfetzen auf, die sich nicht nur auf das Wetter und den Weinbau, sondern auf die Familie Beauchêne, die Todesfälle, auf die Tragödien und dazu passend erscheinende Geschichten um Unfälle aller Art drehen. Die Stimmung ist gemischt und reicht von Trauer über Annehmen der Situation, über Fragen zu dem Warum, Zweifel über die Richtigkeit des Schicksals, des Lebens, des Todes. Es wird fleißig getrunken und gegessen und erstaunlicherweise haben einige Leute Kleinigkeiten zum Essen mitgebracht und bauen es auf der Theke zur freien Bedienung auf. Ich halte mich vorwiegend in der Küche auf, spüle und trockne ab, räume Geschirr und Besteck auf. Jeanne kommt zu mir, sie ist kurz vor einem Zusammenbruch und wir nehmen uns wortlos in die Arme. Was soll ich sagen?

Eric redet und redet und ich sehe ihn gestikulieren und zwischendurch unruhig um sich blicken. Was sucht er? Mich? Oder hat er die Sorge, dass Enzo und seine Freunde auftauchen? Unsere Blicke kreuzen sich nicht und ich lasse ihn in Ruhe, gucke aber auch vermehrt aus dem Küchenfenster. Auf dem Platz stehen so viele Autos, dass die Kinder kaum Raum zum Spielen haben. Ihre Räder und Roller lehnen am plätschernden Brunnen, an dem Jugendliche mit ihren Getränken sitzen.

Die Stunden verstreichen, mir tun die Füße weh, ich werde müde und wehleidig. Die Gäste werden endlich satt, sie trinken weniger und es gibt einen Absacker für die, die sich in der Verabschiedungsphase befinden. Die Älteren aus dem Dorf sind nach Hause gegangen und die Großmutter ist auf ihrem Zimmer. Kinder werden hereingerufen oder nach Hause geschickt und die Autos verlassen den Platz, der sich sein alltägliches Aussehen zurückerobert.

Ich räume das Geschirr in die Schränke, packe die Handtücher in die Waschmaschine und schalte sie ein. Die Essensreste, es sind nicht viele, kommen in den Kühlschrank und das restliche Brot in Beutel. Sisi ist nach Hause gegangen und Lola guckt nach der Großmutter. Ich setze mich auf den leeren Tisch, stelle die Füße auf einen Stuhl und schaue durch das offenstehende Fenster nach draußen. Es wird ruhig, das Leben im Dorf ist an diesem Abend anders, gehemmter, verschlafener und respektiert die Trauer in diesem Haus. Plötzlich werde ich von hinten umarmt und über den Tisch gezogen.

»Eric, hast du mich erschreckt!«, bekomme ich noch heraus, bevor ein Kuss mich verstummen lässt. Ein müder Eric lächelt mich an, zieht mich vom Tisch und hebt mich in die Höhe.

»Geschafft! Der letzte Gast ist verabschiedet. Ich räume den Rest auf und packe Jeanne mit Lola oben auf das Sofa, eine Flasche Rosé und eine Tafel Schokolade für die Damen und Feierabend!«

Schon ist er entschwunden und ich höre Schnapsgläser und die Flaschen klappern und das Geräusch der schließenden Sonnenschirme. Ich bin vollkommen erledigt und die Pause auf dem Tisch hat mir eher den Rest gegeben als mich gestärkt.

»Kommst du gleich zu mir?«, rufe ich so leise wie möglich zu Eric, der den Garten aufräumt.

»Ja, ich komme gleich. Gehe schon vor, ich komme gleich mit dem Auto nach, wenn ich fertig bin.«

Diese Antwort habe ich erwartet und freue mich, dass er nicht hierbleibt und zu mir kommt und klatsche unhörbar in die Hände. Dann mit der letzten Energie nichts wie nach Hause.

Dort steht das Tor offen, der Anhänger parkt vor den Olivenbäumen, der Traktor ist verschwunden und es ist ruhig. Ich habe meinen Hund bei Chantal abgeholt, der nun über den Hof rennt, die Treppe hochzustürmen und mit wild wedelndem Schwanz an der Tür wartet.

Es war friedlich über Tag, berichtete meine Freundin. Das Brennholzthema ist erledigt, der Anhänger bleibt zur Dekoration auf dem Hof, denn Baptiste ist unterwegs zu Freunden, aber es gibt nichts Neues zu berichten. Keine fremden Männer und keine Autos. Die Gendarmerie fuhr durch das Dorf und bei uns entlang, fügt sie hinzu, dazu das Postauto und ein Paketdienst für die Nachbarn.

Ich fühle mich sicher, aber ist das leichtsinnig und trügt der Frieden? Im Moment ist mir alles egal, ich stehe unter der Dusche und genieße die Ruhe. Es war anstrengend, das merke ich mit Deutlichkeit und schaue wie gelähmt minutenlang aus dem geöffneten Badezimmerfenster in den Garten mit dem Abendlicht. Die Katzen möchten sicher raus, wo sie den Tag im Haus eingesperrt waren. Ich suche mir ein T-Shirt und eine gemütlich-bequeme kurze Hose und öffne die Tür zum Garten. Katzen und Hund toben über die Treppe ins Grüne und ich setze mich auf die unterste Stufe und sehe ihnen zu. Das Blumengießen erledige ich morgen, das ist mir im Moment zu anstrengend. Meine Blicke kontrollieren das Gebüsch um den Garten und die Stelle, wo der Weg in den Wald führt. Ich horche auf, da war ein Geräusch vor dem Haus und ich hoffe, dass ich Eric antreffe und keine finstere Gestalt. Ich laufe, so schnell es mir die Müdigkeit erlaubt, die Treppe hoch und durch die Küche zum Fenster. Das ist aber leider samt der Schlagläden zu und ich fluche stumm. Wenn es jetzt der Falsche ist? Was tue ich dann? Da klopft es an die Haustür und mein Herz rutscht in die Hose.

»Isabelle, ich bin es. Hörst du mich?«, kommt die ersehnte Stimme und ich sende einen Stoßseufzer gen Himmel.

»Gottlob, Eric, ich bekam wieder Angst«, antworte ich beim Öffnen der Tür und strahle meinen Schatz an. Ich bin unbeschreiblich froh und erleichtert.

»Schon geduscht und erholt?«

»Geduscht ja, aber erholt? Nein. Das war sehr anstrengend, obwohl meine Jammerei fehl am Platz ist. Ihr steckt in der Trauerarbeit und das war für euch anstrengend. Entschuldigung, komm rein, schnell, wir machen wieder die Tür zu.«

Die Dusche läuft, ich finde eine abgedeckte Schüssel mit Kartoffelsalat de luxe auf der Anrichte und frisches Brot. Beides kommt über Baptiste von Chantal, wie mir ein Zettel verrät. Die liebe Freundin! Sie denkt an alles und ich freue mich auf ein beschauliches, entspanntes Abendessen und dann auf mein Bett.

Das Wasser im Bad wird nun abgedreht und ich lausche gespannt, ob Monsieur jetzt wieder schlafend im Bett liegt oder ob ich in den Genuss eines Abends mit ihm ohne Weckmanöver kommen werde. Jetzt wird mit den Fenstern geklappert, ein Windhauch zieht durch das Treppenhaus, eine Tür schlägt und auf den Stufen trapsen nackte Füße. Ich spähe neugierig die Treppe hinauf. Männerfüße erscheinen, eine kurze Hose und ein weißes T-Shirt. Erics Haare sind strubbelig und vor allem nass und mit unerwartetem Übermut steht Eric vor mir, senkt den Kopf und schüttelt mit Vehemenz die dunklen Locken und das Wasser spritzt auf meine nackten Beine. Ich quietsche auf, damit habe ich nicht gerechnet und springe rückwärts und falle beinahe über Tartine, der mitbekommen hat, dass wir Besuch haben und zur Begrüßung antrabt. Eric ist der Humor nicht ganz vergangen, denn im nächsten Atemzug hänge ich über seiner Schulter, fühle die nassen, kalten Haare am Rücken und sitze nach einigen Schritten auf meinem Küchentisch. Wie gut, dass der Salat auf der Anrichte steht. Nach Minuten der Albernheit und des Dampfablassens kehren wir in die anstrengende Realität zurück. Ich gehe über den Hof, um das Tor zu schließen, schaue die Straße herunter, in den Briefkasten, dann folgt eine Kontrolle von Erics und meinem Auto im Schuppen. Ich bewundere die neugewonnene Ordnung im Brennholz und vor allem die erstaunliche Menge und freue mich auf gemütliche Winterabende mit Feuer im Ofen und einer gemütlich warmen Küche. Doch noch ist Sommer und der Winter in weiter Ferne. Ich schließe die Haustür mit Nachdruck, drehe den Schlüssel im Schloss und schiebe den Riegel vor. Das Küchenfenster wird geschlossen und die Schlagläden sind fest eingehakt. Ich falle in die Kissen auf der Bank und schnuppere in Richtung Tisch und Kartoffelsalat.

Während des Essens erzählt Eric. Mir rauschen die Ohren, denn so viele Namen und Erklärungen wer, was, wo und wie und überhaupt übersteigen heute Abend mein geistiges Fassungsvermögen. Für Eric ist das Sprechen wohltuend und ich lasse ihn reden und frage nach, wenn mich etwas interessiert, was ich nicht verstanden habe. Zwischendurch räumt Eric auf, holt Getränke und auch uns eine Tafel Schokolade als Nervennahrung.

Kapitel 46

Ich bin müde, lehne an Erics Seite, genieße seinen Arm um mich und knete, wenn auch zärtlich, seine Hand mit meinen Händen. Seine sind deutlich größer als meine, beide sind aber gleich braun. Er hat mehr Haare auf dem Handrücken, dickere Adern, kräftige Finger. Ich finde seine Hände schön, meine sind auch schön, aber es sind halt Männer- und Frauenhände. Ich höre ihm nicht mehr richtig zu, bin versunken in die Betrachtung unserer Hände. Eric hört auf zu sprechen und setzt sich aufrecht. Was ist denn jetzt?

»Was ist das? Ist das mein Handy? Liegt das in der Küche?«, doch ohne die Antwort, die ich nicht kenne, abzuwarten, werde ich zur Seite geschoben und ein Kissen landet auf meinem Schoß. Eric hastet in Richtung Küche und tatsächlich, jetzt höre ich es klingeln. Wo ist mein Handy? Ich rekapituliere angestrengt meine letzten Handlungen. Es wird oben am Bett liegen und am Ladekabel Kraft tanken. Und dann fällt mir Laure ein. Was war mit ihr am Nachmittag? Ich habe sie nach der Unterhaltung mit der Großmutter nicht mehr gesehen. Ob sie jemand nach Hause gebracht hat?

Ich stehe müde auf und gehe in die Küche. Am Esstisch sitzt Eric und starrt auf sein wiedergefundenes Handy. Er fixiert es dermaßen ernsthaft, dass ich erwarte, dass ein Ungeheuer aus dem Bildschirm entweicht oder mindestens eine Rauchfahne aufsteigt.

»Was ist?«, frage ich ungeduldig und stelle mich neben ihn.

»Da war wieder ein Anruf! In den letzten Tagen rufen oft unbekannte Nummern an, sagen nichts, atmen nur – wie in Krimis. Manchmal wird mir ein Wort wie Opfer, Verderben, Mord und Totschlag oder Gefahr ins Ohr gehaucht. Ich gehe immer ans Telefon, denn ich telefoniere momentan mit vielen Leuten oder werde zurückgerufen, habe nicht alle Nummern im Kopf oder abgespeichert. Diese unangenehmen Anrufe kommen aus der Enzo-Ecke, da bin ich mir sicher. Aber etwas zurückzuverfolgen, den Anrufer zu ermitteln oder etwas in der Art, ist unmöglich. Eben das ... das war ... gruselig!«

Mir läuft es kalt der Rücken runter. So habe ich Eric noch nicht erlebt. Er wirkt schockiert und verstört und starrt weiter auf das Display des Handys. Ich ziehe mir einen Stuhl neben ihn und setze mich so nah, dass sich unsere Beine berühren.

»Was hat die Stimme gesagt?«

Eric legt das Handy weit weg von sich auf den Tisch, schiebt es demonstrativ ein Stück weiter und schafft Abstand zwischen dem Schrecken und uns. Dann schaut er mich an und zieht die Augenbrauen zusammen.

»Hm, es gab viel Geknatter und Geraschel im Hintergrund, dazu Stöhnen, Flüche mit »merde« und wieder Stöhnen, aber es klang echt nach Schmerzen. Dann ein letzter Fluch, dass wir uns zum Teufel scheren sollen, dann etwas in härterer Formulierung und Ende.«

Betreten sitzen wir auf unseren Stühlen. Das Gefühl ist sehr unangenehm, ich wage kaum in Richtung Handy zu schauen.

»Sollen wir dein Handy ausmachen und Jeanne schreiben, dass sie uns über mein Handy erreicht? Ich bekomme keine unangenehmen Anrufe. Meine Nummer haben sie sicher nicht, oder? Sie geistern nur um mein Haus! Wo soll das noch hinführen? Ich mag nicht mehr! Verflixt und zugenäht!«

Langsam reißt mir die Hutschnur und ich werde ungehalten und verärgert. Eric greift zum Handy, als wäre es eklig und schaltet es aus. Ich suche mein Handy oben am Bett, es ist aufgeladen, und schreibe Jeanne eine Nachricht. Erledigt. Feierabend. Müde sitze ich am Bettrand und höre Eric unten aufräumen, mit den Tieren sprechen, die Türe schließen und den Schlüssel im Schloss rumdrehen.

Eine schreckliche Nacht. Wir liegen mit offenen Augen und Ohren nebeneinander, drehen und wenden uns unruhig, schauen alle Stunde aus dem Fenster in den Hof und den Garten, denken und grübeln und schlafen erst gegen Morgen ein.

Was für ein Tag ist heute? Ich bin halb wach und halb am Schlafen. Eric liegt neben mir und das ist beruhigend. Ich überlege und spaziere in Gedanken durch den vergangenen Tag.

Der Tag war Mittelmaß, der Abend war schön, aber dann kam der Handy-Anruf. Ich kuschele mich mit dem Rücken an Eric, der mich in den Arm nimmt und festhält. Wir liegen eine Zeitlang entspannt im Bett und Eric schläft noch einmal ein. Ich schließe die Augen und versuche mich auf seine Atmung zu konzentrieren. Unten höre ich die Katzen poltern. Was für ein Tag ist denn jetzt? Ich kehre zu meiner Frage zurück und die Gehirnfunktion setzt sich langsam in Bewegung. Gestern war Freitag, die Beerdigung war Freitag. Dann muss heute Samstag sein. Wochenende! Ein Wochenende Anfang Juli. Hochsommer in Frankreich. Blühender Lavendel und ich versinke in dem Anblick eines riesigen Lavendelfeldes, das sich in meinem Kopf bis zum strahlend blauen Himmel dehnt. In der Mitte steht ein Steinhäuschen und daneben ein knorriger Baum. Zikaden zirpen und eine Lerche schwingt sich in die Höhe. Bienen und Hummeln, Schmetterlinge und andere Insekten schweben über den Blüten und ich gehe über die steinige, trockene Erde und rieche Lavendel, Lavendel, Lavendel ...

Telefon! Das Klingeln des Handys auf dem Nachttisch beendet abrupt meine Tagträumerei! So ein Mist, es war herrlich!

Chantal erkundigt sich besorgt nach meinem Befinden und ich beruhige sie. An meiner unklaren Stimme, dem Räuspern und Geraschel hört sie, dass ich im Bett und keineswegs munter bin, und entschuldigt sich. Kein Problem, ich bin froh, dass jemand an uns denkt und unseren Gesundheitsstatus im Auge behält. Eric tut so, als hätte er nichts gehört, die Augen bleiben geschlossen und nur ein zartes Lächeln liegt auf seinen Lippen. Er hat auch keine Lust auf Alltag, Sorgen und Nöte. Ich auch nicht. Wir liegen im Bett, gucken uns an und müssen nichts sagen.

Nach einer Dusche, Frühstück auf der Terrasse, Blumengießen und Aufräumen steigt meine Laune. Worte fallen nicht viele. Wir liegen wieder im Bett, besser gesagt auf dem Bett. Das Fenster zum Hof ist weit offen und der Sommer kommt mit Sonne und frischer Luft zu uns ins Zimmer.

Mein Handy klingelt abermals. Dieses Mal liegt es auf dem Küchentisch neben Erics ausgeschaltetem Handy und ich mühe mich ungern aus der Umarmung und dem Bett in Richtung Küche. Es ist später Vormittag, wie mir die Uhr an der Wand verrät. Wer ist das? Nach dem unangenehmen Anruf gestern Abend sehe ich erst auf das Display, um unbekannte Nummern wegzudrücken. Es ist Jeanne! Da muss ich drangehen. Das Herz schlägt mir bis in den Hals.

»Isabelle, c'est toi? Guten Morgen, entschuldige, dass ich störe, aber – was eine Katastrophe!«

Mein Herz schlägt weiter im Hals und im Bruchteil von Sekunden laufen viele Schreckensszenarien im Kopfkino ab. Jeanne atmet schnell, als wäre sie Treppen gelaufen, und spricht hastig.

»Was ist los, Jeanne?«, spreche ich in die Pause, in der sie weiter schnauft.

»Oh mein Gott, Isabelle, die Polizei war wieder da. Vorher schellte das Telefon, erst ein Mann vom Camping, den ich kaum bis gar nicht verstehen konnte und der mich in hellste Aufregung versetzt hat. Dann die Polizei, ob jemand zu Hause wäre, was mit Eric wäre, der nicht an sein Telefon ginge und ich bin fast durchgedreht vor Aufregung, dass etwas mit ihm oder dir passiert wäre. Lange halte ich das nicht mehr durch!«

»Und was war oder was ist? Bei uns ist alles okay. Ist etwas mit Laure? Ist ihr etwas zugestoßen?«

»Das dachte ich auch zuerst, allein wegen dem kaum verständlichen Anruf vom Camping. Aber nein, es ist ganz anders und ich habe nur so viel verstanden, dass Enzo einen Unfall hatte. Der Polizist am Telefon kennt Eric gut, aber es war wohl alles noch nicht abgeklärt mit den Informationen, die er jetzt hatte, aber er weiß um unsere Sorgen und wollte vorab Bescheid geben. Er, der Polizist, ein Henri, musste weiter und ich musste ihm versprechen nichts zu sagen. Er kommt später noch einmal vorbei, wenn er Genaues weiß.«

Ich setze mich auf einen Stuhl, das Handy umklammert und habe Enzo vor Augen. Dann Laure. Was passiert da?

»Und jetzt? Was tun wir jetzt?«, frage ich mehr mich als Jeanne. Ich höre Eric die Treppe herunterkommen, der mich fragend ansieht und blitzschnell mein Handy in der Hand hat.

Der Bericht wird wiederholt und ich sehe seinem Gesicht an, dass er ratlos, verwirrt und schlecht gelaunt wird. Kein Wunder. Innerlich stampfe ich mit den Füßen auf.

»Jeanne, ich komme, ich mache mein Handy wieder an, wir müssen zu Laure und wir müssen für die Polizei erreichbar sein und ich ... ich weiß auch nicht ... wir tappen im Dunkeln, aber es ist etwas passiert, was auch immer.«

Wir räumen zusammen, schließen Fenster und Türen. Ich schreibe Chantal, dass ich mit Eric im Dorf oder zu Laure an die Ardèche bin, dass etwas geschehen ist und wir nicht wissen, was. Zum Schluss meine Bitte, ein Auge auf das Haus zu haben.

Zappelig sitze ich neben Eric im Auto, erst das Tor aufmachen, dann das Tor zumachen, Tartine thront auf dem Schoß und es geht durch die Gassen zum Bouletin. Im Dorf herrscht Samstagstreiben, Autos kurven um den Brunnen, es gibt neu ankommende Feriengäste, die Türen der Geschäfte stehen offen und die Geranien in den Kübeln am Platz werden gegossen. Ein Gemeindearbeiter fegt bedächtig die Ecken, ein anderer leert die Mülleimer.

Jeanne ist in der Küche, von der Großmutter ist nichts zu sehen. Im Haus ist es unheimlich still und eine abwartende Stimmung liegt über allem. Jeanne hat geweint. Ihre Augen sind rot und glänzend. Sie knetet nervös ein Geschirrtuch und schaut aus dem Fenster.

»Ach, da seid ihr ja! Großmutter will nicht aufstehen, sie ist müde, sagt sie. Nicht, dass sie auch noch ...«

Erich nimmt seine Schwester in den Arm. Wir stehen ratlos und wie verloren in der Küche. Tartine sucht Krümel auf dem Boden, eine Tür schlägt und wir erschrecken.

»Am besten ist es, wenn ich zu Laure fahre. Was auch immer geschehen ist, es ist etwas mit Enzo und das betrifft in erster Linie sie und nicht uns und wir müssen ihr beistehen. Ob er einen Unfall hatte oder ob er Mist gebaut, wenn die Polizei zu ihr fährt, ist etwas nicht in Ordnung.«

Wir sehen uns an, abwartend, überlegend, unschlüssig, als das Telefon klingelt, das an der Wand hängt. Eric lässt Jeanne los und greift eilig nach dem Hörer, als hätte er die Sorge, der Anrufer würde direkt auflegen.

Jeanne und ich greifen uns zeitgleich Stühle und setzen uns, die Augen auf Eric gerichtet, der mit ernster Miene ein einsilbiges Telefonat führt. Es kommen einige oui's und non's, dann eh bien und Nachfragen, weil er die Information nicht verstand oder sie noch einmal hören möchte. Um was mag es sich handeln? Dann fragt er nach Laure, erwähnt »ihren Sohn« und der Schlusssatz, dass sich »das Problem wohl gelöst hat, so hart es klingen mag«. Ich gucke Jeanne an, die die Augen aufreißt und ungläubig ihren Bruder anstarrt. Das Problem Enzo ist gelöst? Hurra, dreimal hurra, aber bevor ich mich in meine Freude hineinsteigere, muss ich mehr als diese Bruchstücke einer Unterhaltung erfahren.

Eric hängt vorsichtig den Hörer an den Telefonapparat, verharrt einige Sekunden, reißt dann im Drehen seine Arme in die Luft und schreit das Hurra, das ich eben gedacht habe. Es ist wahr und seine Augen strahlen, als er in sich überschlagenden Worten schildert, was der bekannte Polizist namens Henri ihm unter dem Siegel der Verschwiegenheit berichtet hat.

Es ist wie himmelhochjauchzend und zu Tode betrübt, denke ich. Was ein Wahnsinn in dieser Gefühlsachterbahn, da ist immer, bei jedem Atemzug, diese Freude über die neue Liebe, das Leben und den Sommer in mir, dann der Tod, die Beerdigung, die Angst vor Enzo, Angst um das Leben und um die Freunde und Familie. Jetzt die Zweischneidigkeit meiner Empfindung, dass Enzo etwas zugestoßen sein soll und Laure es schmerzen wird und dass es nicht recht ist, sich zu freuen und zu hoffen, dass unser Problem beseitigt ist.

Jeanne steht auf, sie schwankt ein wenig, hält sich am Tisch fest, sammelt sich und steuert die Kaffeemaschine an. Eric stampft auf, noch ein Hurra und öffnet den Kühlschrank. Ein Flasche Crémant steht auf dem Küchentisch, dazu gesellen sich drei Gläser, drei Espresso-Tassen und eine Dose mit Gebäck.

»Also, noch einmal die inoffizielle Zusammenfassung des noch nicht bestätigten Polizeiberichtes, wie wir es uns zusammenreimen«, beginnt sie, rührt ihren Espresso und schaut Eric fragend an.

Eric rührt auch in seiner Tasse und überlegt kurz.

»Enzo war mit seinen Kumpanen und einigen, natürlich gestohlenen Autos auf der Rennstrecke in Ledenon. Natürlich in der Nacht, nur zum Spaß Rennen fahren und sie sind eingebrochen auf das Gelände. Natürlich mit Alkohol. Dann passiert ein Unfall, in den einige der Wagen verwickelt werden, oh Wunder!«

Erics Ton wird ironisch und beißend.

»Die Mädchen, die am Rand der Strecke das Publikum darstellen, rufen den Krankenwagen, später wird die Polizei gerufen. Daraufhin verschwinden die Mädchen und die verletzten und toten Männer liegen in den Unfallautos. Anhand der Papiere stellt man unter anderem die Personalien von Enzo fest, die anderen Kerle interessieren uns nicht. Da Enzo bekannt ist, hat man rasch die Mutter ermittelt und da es schlecht mit einer Benachrichtigung per Telefon geht, diese Nachricht zu übermitteln, technisch und moralisch, fährt eine Streife zum Camping und benachrichtigt Laure. Und Henri sagt, sie fällt fast vom Stuhl. Logisch, damit hat keiner gerechnet, auch bei einem »Kind« dieser Art nicht ...«

Jeanne verdreht die Augen und trinkt die kleine Tasse in einem Schluck aus.

»Neben der Trauer fällt mir die Erleichterung bei uns auf!«

Jetzt habe auch ich es verstanden, aber es könnte noch einmal wiederholt werden. Oder zweimal.

Wir erheben unsere Gläser und stoßen an, wir prosten auf den Tod, wie makaber. Mir ist schlecht, wahrscheinlich eine ungesunde Kombination von Getränken und Gefühlen und Gedanken.

»Mir ist es nicht gut«, umschreibe ich dezent mein Befinden. Eric schiebt mir ohne Kommentar die Dose mit den Keksen hin.

»Du solltest einen Happen essen. Das ist normal und ich glaube, uns ist allen flau im Magen. Ist das die Entwarnung? Ich denke, das war es. Warten wir den offiziellen Bericht und die Untersuchung ab und dann sollten unsere »Hirngespinste« bestätigt werden. Wir, nein die Polizei, kommen jetzt an Beweise, die Laure helfen, ihre Unschuld zu bestätigen.«

Da hat er recht und vielleicht werden Autodiebstähle, Einbrüche, Erpressungen und Verfolgungen aufgeklärt. Das Betreten fremder Grundstücke, Fahren über gesperrte Wege, ich gehe im Geist durch die Tage und liste auf, was die Unbekannten unternommen haben, um uns zu ängstigen und Laure zu erpressen.

Wir sitzen am Küchentisch, knabbern die Kekse, trinken Espresso und ein Gläschen Sekt und besprechen mehr oder weniger konfus, was uns in den Sinn kommt. Das Gespräch ist so durcheinander wie der Inhalt unseres Gehirns, aber es hat sich ein Knoten gelöst und Erleichterung verdrängt die Anspannung.

Wir hören eine Tür schlagen und tapsende Schritte. Die Großmutter. Jeanne springt auf, mustert uns mit einem ungewohnt wohlwollenden Blick und schiebt energisch ihren Stuhl an den Tisch.

»Genug Zeit vertan! Jetzt wird es wieder normal im Bistro! Ich kümmere mich um Großmutter und den Haushalt. Um 18 Uhr wird das Bistro geöffnet. Erst wollte ich es schließen über das Wochenende, aber jetzt, wo es uns besser geht, hänge ich den Zettel ab und einen neuen auf. Heute und morgen gibt es nur Abendessen, das reicht und nächste Woche steigen wir in den gewohnten Ablauf ein. Der Laden muss laufen.«

Das erstaunt mich. So viel Energie und wie ein Stehaufmännchen sich der neuen Situation im Handumdrehen anzupassen ist bewundernswert.

»Soll ich dir helfen?«, kommt meine Frage mit einem Blick durch die Küche und über uns drei.

»Nein, ich hätte jetzt gerne Ruhe, Stille und wenige Worte um mich und einiges vorbereitet für die Küche. Ich mache einfaches Essen«, beruhigt mich Jeanne und das ist mir lieb. Auch ich habe genug Trubel, Hektik und Menschen gehabt und freue mich auf Einsamkeit. Wie friedlich und beschaulich war es vor einiger Zeit!«

Eric starrt in sein Glas und ist in Gedanken versunken. Glaubt er nicht, dass es so einfach ist und sich der Hebel im Laufe einer Nacht umgelegt hat?

»Eric? Was ist?«, frage ich und stupse ihn in die Seite.

»Oh ja, alles gut«, fährt er auf, trinkt das Glas leer und räumt den Tisch auf.

»Fahren wir oder fahre ich jetzt mal los. Kommst du mit, Isabelle?«

Warum nicht? Was soll ich tun mit dem Rest des Samstages? Ich habe zu nichts Lust, eine Autofahrt wäre erholsam, wenn auch das Ziel der Fahrt wieder Energie kosten wird, aber es ist noch nicht zu Ende durchgestanden, so oder so. Wir fahren kurz zu mir, ziehen uns um, kontrollieren Fenster und Türen. Irgendwie aber halbherzig, denn der Spuk sollte vorbei und die Kriminalitätsrate auf normales Niveau gesunken sein. Bei Chantal halten wir an und ich spreche zwischen Tür und Angel mit ihr. In knapper Form erkläre ich, was passiert sein könnte und was wir glauben, was geschehen ist und dass wir hoffen, dass sich die Geschichte mit Enzo erledigt hat.

Kapitel 47

Wir fahren weiter, das Verdeck des Autos ist offen und der Fahrtwind bringt neue Gedanken und bessere Laune. Es ist viel Verkehr und an manchen Ecken kennt Eric einen Schleichweg oder eine Abkürzung und wir vermeiden Rückstaus vor Ampeln oder einer Ortsdurchfahrt. Wenn uns eine Bemerkung einfällt zu den Geschehnissen, etwas gesagt werden muss, wird es gesagt und oft bleibt das Gesagte ohne Kommentar oder Antwort des anderen. In meinem gut funktionierenden Kopfkino spielt sich das Melodram des nächtlichen Unfalls und von Laures Trauer in vielen Variationen ab. Ich lasse meinen Blick über die Landschaft schweifen, über die Felder, dann das tief eingeschnittene Flusstal, ignoriere die Autos und die Menschen an den Aussichtspunkten. An dem mittlerweile bekannten Parkplatz halten wir möglichst nahe am Feldweg und parken den Wagen im Schatten des Gebüschs. Eric winkt kurz Robert, dem Betreiber des Kiosks, und den anderen Männern, signalisiert aber eindeutig, dass er keine Lust hat auf eine Pause und Diskussionsrunde zu den aktuellen Ereignissen. Es wird ein Gesprächsthema in der Gegend sein, das mit der Polizeiaktion, mit Laure und ihrem Sohn. Genaues wird keiner wissen, aber man kann mutmaßen und phantasieren und sich Interessantes zusammenreimen. Flotten Schrittes und Hand in Hand geht es auf dem Weg bergab, Tartine trippelt ergeben hinter uns her. Ab dem Parkplatz wechseln wir in den Entenmarsch, Eric voraus und ich hinterher, das Schlusslicht macht der Hund. Ich bin beschäftigt mit der Frage, was uns erwartet. Schnell sind wir unten, überqueren die offene Fläche, schauen auf die Zelte und das Treiben um Laures Haus. Wie aus dem Bilderbuch oder dem Reisekatalog sieht es aus. Es herrscht Ruhe und niemand ist zu sehen, es ist heiß und die Tiere harren im Stall oder im Schatten aus. Die Tür von Laures Haus steht offen, der Fliegenvorhang hängt bewegungslos im Rahmen. Tartine legt sich sofort in den Schatten an der Tür und den Kopf auf die Pfoten.

»Laure, bist du da? Wir sind hier, Eric und Isabelle. Laure?«

Wir warten und ich fasse wieder nach Erics Hand. Was jetzt? Wo mag sie sein? Ich habe Sorgen und schaue mich unruhig um. Ist sie gar nicht hier, haben wir den Weg umsonst gemacht. Ratlos blicken wir uns an, ich lasse Erics Hand los und mache einige Schritte. Es ist ungewohnt aufgeräumt um das Haus, keine Kräuter zum Trocknen, kein Hund, keine Wäsche, keine Tasse auf dem Tisch – als wäre niemand zu Hause.

Ungeduldig versuche ich es noch einmal: »Laure? Laure? Hallo!«

Da bewegt sich etwas und der große Hund trapst auf uns zu. Wo der Hund ist, ist Laure und sie wird ihn nicht bei offener Tür alleine lassen. Ich ziehe behutsam den Vorhang auf Seite und Eric streichelt den Hund, der Tartine sieht und zu ihm geht. Dann hören wir Schritte und ich bin überglücklich, als ich Laures Leinenschuhe auf den Treppenstufen sehe. Langsam steigt sie zu uns herab und schaut müde und mitgenommen aus. Die Haare sind wirr, frisch gewaschen und feucht und sie hat ein strahlend weißes Kleid an, das in Kontrast zu ihren braunen Armen und Beinen ist und im Dämmerlicht des Hauses hell leuchtet.

»Oh, hallo und willkommen und entschuldigt, ich war in der Dusche und habe mich fertig gemacht für ...«, sie stockt und schüttelt den Kopf,« ich habe einen Termin.«

»Oh Laure, es tut mir alles so leid, entschuldige unseren Überfall.«

Ich liege in ihren Armen und frage mich, wer tröstet hier wen. Sie riecht nach Lavendel und ihre nassen Haare kühlen angenehm. Eric hinter mir übernimmt die Fortsetzung des Gesprächs: »Die Polizei war auch bei uns, nicht offiziell, aber dadurch haben wir von dem Unfall erfahren. Es ließ uns keine Ruhe und deswegen haben wir uns zu dir aufgemacht.«

Laure lässt mich los und sinkt auf die vorletzte Treppenstufe. Sie fasst ihre Haare zusammen und legt sie nach hinten. Sie wirkt ruhig und gefasst, aber ihre Augen sind, wie die von Jeanne, leicht gerötet und der Blick nicht nur müde, sondern tränenfeucht.

»Ja, ich soll sofort, was bringt das noch, in die Gerichtsmedizin nach Orange. Ich soll ihn identifizieren, als ob Fingerabdrücke nicht auch klären könnten, ob der Tote tatsächlich Enzo ist.«

»Wir fahren dich, keine Frage!«, sagt Eric und hockt sich vor Laure.

»Nein, das ist nicht nötig, Danke, aber man hat mir freundlicherweise einen Fahrdienst organisiert und eine Freundin fährt mit. Giselle war die letzten Tage hier und hat mir geholfen. Eine alte Freundschaft, die durch glückliche Umstände wiederbelebt wurde. Die Geschichte erzähle ich euch später, eine schöne Geschichte, die zu Herzen geht. Vielleicht könnt ihr mit mir warten, bis der Fahrdienst eintrifft, das würde mir helfen.«

Und so sitzen wir in der Küche, halten einander an den Händen und Laure erzählt, was passiert ist und was sie erfahren hat. Viel ist es nicht und die letzte Zeit war furchtbar, weil sie sich nicht sicher fühlte und Angst vor dem eigenen Sohn hatte. Das ist unvorstellbar, dass das eigene Kind die Mutter verrät und ihr viel Böses will. Das setzt ihr immens zu, sie leidet sichtbar und bekommt feuchte Augen, wenn sie Details erzählt oder in die Vergangenheit schwenkt.

Dann hupt ein Auto und beendet die Runde. Der Hund kommt ins Haus, die Tür wird verschlossen und Laure entschwindet in einem Geländewagen. Eine Staubfahne zeigt uns den Weg des Autos berghoch über den Feldweg.

Das Leben auf dem Campingplatz geht weiter. Wir spazieren an den Fluss, wo Kinder baden, die Kajaks liegen, dazwischen einige Schlauchboote und Paddel. Wir setzen uns auf die Steine, auf denen wir bei dem Besuch von Philippe saßen. Jetzt ist sein Stein leer, die Erinnerung an ihn wird wach und Eric beginnt leise das Lied zu singen, das er damals gesungen hat. Ich höre es kaum beim Rauschen des Wassers und Rufen der Kinder. Tartine hält inne, er freut sich über die Abkühlung, steht bis zum Bauch im Wasser und schaut mit schief gelegtem Kopf zu Eric. Wir sind andächtig und ich fühle mich mit Allem verbunden. Ich bin im Frieden, in Ruhe und Harmonie und Angst und Aufregung schwimmen im Wasser flussabwärts. Es fühlt sich auf jeden Fall so an.

Kurzentschlossen suche ich mir einen flachen Stein, setze mich und ziehe Turnschuhe und Socken aus. Dann die kurze Hose und das Hemd, die Unterwäsche kann als Badezeug durchgehen, das ist mir im Moment egal, was andere denken. Es kümmert sich niemand um uns und ich bewege mich vorsichtig zum Wasser. Der Steine wegen muss ich es behutsam angehen und schaue konzentriert auf meine Füße. Ich bleibe stehen, als ich Tartine fiepsen höre. Eric sitzt neben meinen Sachen und zieht sich auch aus. Ich lächele und schaue mich um. Das Wasser lockt, erst recht bei dieser Hitze. Eric spricht mit Tartine und legt ihm mit zusätzlichen Gesten nahe, sich neben unsere Sachen zu legen, und deckt meine Bluse über ihn. Hinter dem Hund wächst ein kleiner Strauch, der Schatten bietet, und die zusätzlich daran aufgehängte Hose verschafft dem Hund eine annehmbare Raststelle. Eric tastet sich ebenso vorsichtig wie ich zum Wasser und in meine Richtung. Der angespannte Gesichtsausdruck löst sich in ein Grinsen auf und ich ahne es: Kaum steht er im Wasser, bückt er sich und spritzt mit aller Kraft Wasser auf mich. Das ist kalt und ich bin sonnendurchglüht und ich höre förmlich die Wassertropfen auf meiner heißen Haut zischen. Natürlich muss ich kreischen, denn der Temperaturunterschied ist groß. Ich spritzte zurück, Rache muss sein. Und die Anspannung löst sich in einer Wasserschlacht auf, bis wir bis zum Bauch im Wasser stehen. Eine Runde Schwimmen ist nun die Krönung. Das Wasser bewegt sich leider in eine Richtung und wir treiben ein Stück flussabwärts, schwimmen jedoch im Hinblick auf den uns beobachtenden Wachhund wieder flussaufwärts. Der Himmel ist blau, der Wald an der gegenüberliegenden Seite grün, die Schwalben fliegen und die Welt ist wieder so schön, wie sie vor Tagen war.

Die Welt war immer schön, nur haben wir es nicht gesehen.

Mit jeder Minute fühle ich mich frischer und sauberer. Im flachen Wasser huschen Schwärme winziger, grauer Fische. Es ist wie im Meer, nur liegen hier Steine in allen Größen und Farben statt Sand auf dem Grund, zum Teil algenbewachsen, zum Teil wie frisch poliert.

Ich stelle mich auf einen Felsen, der aus dem Wasser ragt. Es wird später Nachmittag sein, die Sonne steht hinter den Hügeln, das Licht wird sanfter. Was ein turbulenter Samstag.

»Isabelle komm«, höre ich Erics Weckruf, der mich aus den Träumereien reißt. Ende der Betrachtung der Flusslandschaft – für heute.

Wir sind so schnell trocken, wie wir nass geworden sind, und die Reste des Flusswassers werden von Hemd und Hose aufgesaugt und auf der Mitte des Weges ist von unserer Abkühlung und Frische nichts mehr zu merken. Der gewohnte Sommerschweiß läuft die gewohnten Bahnen, aber ich fühle mich wie neu geboren und erholt wie lange nicht mehr. Ob es Eric auch so geht?

Zum Sprechen fehlt mir der Atem, die Nachfrage muss bis zum Auto warten. Tartine hechelt zum Erbarmen und guckt mich vorwurfsvoll an, wenn er schnell vor mir läuft, anhält, als würde er gleich zusammenbrechen, und Blickkontakt sucht.

Im Auto sinken wir in die Sitze und leeren die Flasche Wasser. Ich habe dazu gelernt und Wasser und ein Handtuch auf der Rückbank verstaut, die uns jetzt gute Dienste leisten. Gedanklich klopfe ich mir auf die Schultern und lächele der Ardèche im Tal zu.

»Wir fahren nach Ledenon. Wenn wir uns schon die Fahrt nach Orange zur Gerichtsmedizin erspart haben oder das

Schicksal so gnädig ist, es uns zu ersparen, dann will ich sehen, wo ...«

»Was willst du, Eric? Wohin? Jetzt noch? Es dauert Stunden, bis wir im Rhônetal sind bei dem Verkehr. Und was willst du in diesem Ledenon, wo auch immer, sehen?«

»Nein, das schaffen wir locker. So weit ist es nicht, ein Stück in Richtung Nîmes und dann in die Berge. Ich weiß es nicht, was ich suche oder erwarte. Eine Bestätigung, dass Enzo tot und der Fluch aufgehoben ist. Oder Laure einen Teil der Arbeit abnehmen, dass sie nicht den Tatort und Unglücksort besuchen muss?«

Ich kann mir unter Ledenon und der Rennstrecke, die dort sein soll, nichts vorstellen, also enthalte ich mich eines Kommentares und bin gespannt, was mich erwartet. Wir halten an einem Supermarkt, um zwei Flaschen Wasser zu kaufen und eine kleine Plastikschüssel, damit Tartine bequemer trinken kann. Hunger haben wir keinen, es fühlt sich wie eine Magenverstimmung an und das Abendessen kann warten. Dann rollen wir über mir unbekannte Straßen, durch einige Dörfer und biegen rechts ab, nach Ledenon. Durch das Dorf, das von einer Burg bewacht wird, führen steile Gassen bergauf, die verlassen im Abendlicht auf uns warten. Ein Ort ohne Touristen? Ohne Restaurant und Bistro? Die Häuser sind hübsch, es gibt üppige Blumen und Palmen, aber es wirkt unbelebt und ausgestorben.

»Warum ist es hier niemand? Wohnen hier keine Leute und gehen die nicht aus dem Haus? Es ist komisch hier«, kann ich mir nicht verkneifen, obwohl Eric hochkonzentriert und ohne Worte die unübersichtlichen Gassen hochfährt und hinter jeder Kurve ein Hindernis oder Gegenverkehr lauern könnte. Er guckt grimmig und ist in sich zurückgezogen. Wir gelangen auf den Berg. Eine lange und hohe Mauer erwartet uns, ich denke an die Grenzmauer, die Deutschland teilte.

»Und was ist das?«

»Die Rennstrecke! Warte, wir fahren bis vorne, aber wir kommen regulär nicht auf das Gelände und sind auch nicht Enzo und Co und machen das irgendwie.«

»Und was bitte schön, willst du da sehen? Die Mauer?«, halte ich mich dran.

»Nicht so vorwurfsvoll, Isabelle, hier ist nicht nur die Mauer und du wirst schon sehen, was ich suche. Ich kenne aus meiner Jugend noch einen geheimen Zugang.«

Aha, die geheime Rennstrecke, nicht der geheime Garten, aber ich sage lieber nichts und warte. Eric ist wieder so ungemütlich angespannt und das mag ich gar nicht.

Ich erinnere mich an das Wasser in der Ardèche und das wunderbare Gefühl und hülle es wie einen Mantel um mich. Einen blauen Wassermantel. Gut, das geht. Wir parken auf dem leeren Parkplatz vor den Schranken und einigen leerstehenden Gebäuden. Ich bin in meinem Mantel geborgen und gehe hinter Eric her, der zielgerichtet auf den Wald linker Hand zustrebt. Der Hund ist wieder munter und freut sich über die abendliche Abkühlung. Kein Auto parkt, keines fährt, es ist totenstill, das Adjektiv passt. Flatterbänder sperren manche Flächen ab, ob jetzt von Rennaktivitäten oder vom nächtlichen Unfallgeschehen. Bierdosen und Wasserflaschen, Plastiktüten, Müll liegt am Beginn des Gebüschs und ich rümpfe die Nase. Eric folgt unbeirrt dem Pfad zwischen dem Buschwerk, rechts ist die Mauer, links Urwald und Abhang. Es riecht schlecht, ich gucke nach Tartine, damit er ja nicht auf die Idee kommt am Abfall Gefallen zu finden, und ziehe den Wasser-Umhang feste um mich.

Neben der Mauer wächst eine Eiche und an dem platt getretenen und kaum vorhandenen Gras lässt sich erahnen, dass genau hier die Möglichkeit besteht, an ihr hoch und auf und über die Mauer zu kommen. Kein Wort von Eric. Er lehnt sich gegen die Eiche und macht eine Räuberleiter mit seinen Händen. Und der Hund? Das kann ich auch, nicht sprechen, und gucke fragend zu Tartine. Eric rollt mit den Augen und weist mich an, hochzuklettern. Ich klettere, es ist nicht schwierig, denn die Äste verzweigen sich tief und ausladend und ich setze mich auf die raue Rinde und strecke die Arme aus. Der Hund bitte! Der Hund wird gehoben und ich freue mich über einen kleinen Hund. Eine Dogge oder ein Bernhardiner müsste unten am Baum warten. Dann klettert Eric hoch, nimmt Tartine kurzerhand unter den Arm. Der weiß nicht, wie ihm geschieht und ohne Federlesen geht es über den Baum auf die

Mauer und auf der anderen Seite steht der Rest einer alten Holztribüne. Sie ist baufällig und morsch, doch wird sie unser Gewicht hoffentlich verkraften.

Ich setze mich auf die unterste Bank, auf die romantisch die goldene Abendsonne scheint. Sie verzaubert die Rennstrecke, versöhnt mich mit dem Thema und ich lasse Eric ziehen. Tartine legt sich entspannt neben meine Füße – angesichts der Tatsache, dass der junge Mann seine Zeit benötigen wird, den Tatort zu inspizieren.

Ich tauche noch einmal in Gedanken an die Ardèche, denke an Laure und ihren schweren Gang zu ihrem toten Sohn. In Krimis wird man häufig als Zuschauer mit den Toten auf den Metalltischen, abgedeckt mit einem Tuch, seltsamen Gerüchen, die man sich nur vorstellen kann, Kühlfächern und Schubladen, Fliesen und langen Gängen in den unterirdischen Welten der Krankenhäuser konfrontiert. Man sieht an den gespielten Reaktionen, dass das kein Zuckerschlecken ist und dass die Angehörigen bei der notwendigen Identifikation meist die Fassung verlieren.

Wie sieht Enzo aus nach dem Unfall? Mich schaudert es trotz der Abendstimmung und der Wärme. Wo ist mein schützender Umhang? Ich gebe die unangenehmen Bilder in meinem Kopf an einen Schwarm Vögel, die über uns fliegen. Weg damit und langsam könnte Eric zurückkommen. Ich gucke der Strecke nach, der heiße, graue Asphalt, Bremsspuren, Randmarkierung, die Leitplanken mit rot-weißen Streifen. Wieder setzt das Gedankenkarussell ein. Was hat die Geschichte an Positivem für uns? In allem steckt gut und schlecht, weiß und schwarz und auch ein Unglück kann Glück beinhalten.

Die Erfahrungen der Tage mit der Angst und Unruhe haben uns miteinander verbunden. Mich, die Neue, die Deutsche, die Einwanderin, mit der alteingesessenen Familie Beauchêne in Salazac, mit der Dorfbevölkerung, mit Laure und der Geschichte dieser Gegend. Es hätte ohne diese Turbulenzen länger gedauert diese enge Bindung aufzubauen, was aber angesichts des Stresses auch nicht übel gewesen wäre. Aber es ist, wie es ist. Ich bin versunken in den Anblick des Himmels, des warmen und schmeichelnden Abendlichtes.

Neben der Verbindung mit der neuen Familie in der Gegenwart kann ich mich noch besser in Madeleine hineinversetzen, ihre Angst nachempfinden und das Gefühl, in dem Zuhause nicht mehr sicher und geborgen zu sein, sich vor finsteren Gestalten und der Dunkelheit der Nacht zu fürchten. Mich schuddert es trotz der Wärme. Was bin ich froh, wenn alles vorbei ist und die Gedanken wieder klar werden.

Eric kommt zurück, langsam und bedächtig und den Straßenbelag vor seinen Füßen musternd, als suche er die Nadel im Heuhaufen. Ob er die Stelle des Unglücks gefunden hat?

Er schaut traurig und betroffen, es ist eine zweischneidige Angelegenheit mit dem Unfall.

»Dort unten, ein Stück hinter der Kurve, da war es. Da ist es passiert. Man sieht es deutlich, die Straße ist dort voller Ölflecken und Bremsspuren, Splitter, es ist alles mit Flatterband abgesperrt und am Rand steht schon ein behelfsmäßig zusammengebasteltes Holzkreuz mit den Namen der Opfer. Der erste Namen lautet Enzo.«

Damit setzt er sich neben mich und streichelt Tartine. Er schaut vom Hund und vom Boden auf und guckt mich an, ernst, aber besser gelaunt. Soll ich ihm meine Gedanken und Überlegungen erzählen? Nein, ich glaube, das hat Zeit mit dem Resümee und dem Ansatz, das Gute im Bösen suchen und was mich oder uns diese Erfahrung lehren dürfte.

Eric schaut die Strecke hoch und runter.

»Es ist sicher auch so ruhig in dem Ort, weil die Leute um die Opfer trauern. Vielleicht kommen einige der Jungen von hier und das macht den Unfall für die Bewohner noch schrecklicher. Außerdem ist es immer ruhig in Ledenon, es gibt keinen Tourismus, keine Gaststätten, weil es schrecklich laut sein kann. So schön der Ort ist, die Burg, die Gassen und die Blumen, wenn die Autos über die Strecke rasen, schallt der Lärm bis ins Dorf. Das ist furchtbar und nur Rennfahrer und Rennbegeisterte fühlen sich wohl.«

Das macht mich nachdenklich. Wie kann man den Bewohnern des Ortes das zumuten? Gibt es so hohe Einnahmen durch die Rennstrecke, die den Lärm rechtfertigen? Ich würde hier keine Ferienwohnung besitzen oder Urlaub machen wollen.

Nach einigen Gedenkminuten steht Eric auf. Er schüttelt sich, putzt sich die Hände an der kurzen Hose ab und nimmt den Hund erneut auf den Arm. Wir steigen die Tribüne hoch, auf die Mauer, auf die Eiche und mit einem Sprung ins Gras. Mir reicht es für heute mit Ausflügen, Wanderungen, Klettereien und Autofahren und eigentlich mit Allem.

Kapitel 48

Während der Rückfahrt hören wir Radio, schalten jedoch die Nachrichten ab und ersparen uns den Bericht und Kommentar des Unfallgeschehens der letzten Nacht. Das wird in den nächsten Tagen das Gespräch sein, einen Artikel im Midi libre fordern, Grundlage vieler Diskussionen über die Jugend von heute, die Kriminalität, die Raserei mit zu schnellen Autos, dem Autodiebstahl und alles, was dazu gehört auslösen. Bis der nächste Unfall, ein Feuer, ein Einbruch, eine Entführung oder Epidemie diese Meldung ablöst.

Ich habe mir fest vorgenommen, in der langweiligen Beschaulichkeit eines kleinen, langweiligen Dorfes zu versinken, das nur durch normale und statistisch nicht nennenswerte Zwischenfälle besticht. Und doch ist Frankreich nicht besser oder schlechter als Deutschland. Hier herrscht nicht das ganze Jahr Urlaubsstimmung, Glückseligkeit, eitel Sonnenschein. Hier gibt es ebenso schlechtes Wetter, Kriminalität und unangenehme Zeitgenossen.

Angst vor einem Einbruch in mein Zuhause oder vor Verbrechern hatte ich bis jetzt nie. In den letzten Tagen habe ich das Gefühl der Unsicherheit und Angst kennen gelernt und werde noch einige Zeit an der Verarbeitung der Erlebnisse arbeiten, aber es sind Erfahrungen, die zum Leben gehören.

Ich schaue aus dem Fenster und genieße die Landschaft. So herrlich war es noch nie, durch mein Dorf zu fahren, mein verschlafenes, beschauliches Örtchen in der Pampa, an dessen Ende mein Haus wartet und sonst keiner.

Wir machen einen Abstecher zum Bouletin, das heißt, Eric steigt aus und verschwindet im Bistro. Ich bleibe sitzen, streichele den Hund und schaue mir das friedliche Dorf an. Jeanne winkt aus dem Küchenfenster und sieht auch auf die Entfernung fröhlich aus. Die Gäste auf der Terrasse klappern mit dem Geschirr und Besteck. Die Idylle ist wiederhergestellt. Leise Musik dudelt über den Platz und der Duft nach gegrilltem Essen zieht unter dem Platanendach bis ans Auto. Tartine steht auf meinem Schoß und reckt die Nase in Richtung des verführerischen Geruchs. Langsam bekomme ich doch Hunger und die Magenverstimmung löst sich auf. Ich wende meine Gedanken dem Essen zu. Was habe ich zuhause? Auf was habe ich Appetit? Und schließe die Augen, setze mich in Gedanken auf eine Terrasse eines Restaurants am Meer und studiere die Karte. Es riecht nach Meer, ich höre das Meer, ich habe Lust auf Fisch.

Schwups, das Auto wackelt und der Hundeschwanz setzt sich vehement in Bewegung. Mit Schwung landet ein Weidenkorb, ordentlich mit einem karierten Tuch zugedeckt auf dem Rücksitz. Eric schwingt sich hinter das Lenkrad und zwinkert mir zu.

»Sprechen wir gleich weiter. Alles okay im Bistro. Laure hat sich bei Jeanne gemeldet und auch dort ist alles gut, wenn wir es gut nennen. Jetzt zu dir nach Hause. Feierabend und Samstagabend!«

In der Gasse zum Mas wird es schattig. Mein Tor ist geschlossen und ich steige aus, um freudig die erforderlichen Handgriffe zu erledigen. Nein, ich gucke nicht scheu wie ein Reh rechts und links und die Gasse hoch und herunter, es ist wie gehabt normal gefährlich oder sicher, wie man es sehen mag. Das führe ich mir immer wieder wie ein Mantra vor Augen, beziehungsweise ziehe es durch die Gehirnwindungen.

Die Katzen mauzen beim Aufschließen der Haustür. Sie haben das Auto und Tartine gehört, der gleichfalls mit Vorfreude auf die Öffnung wartet. Ich lasse die Türen auf und die drei rennen in den Garten.

Eric trägt den Korb in die Küche und schickt mich ins Badezimmer. Der Aufforderung komme ich gerne nach und öffne in der oberen Etage die Schlagläden und kippe die Fenster. Beim Anblick meines dunkelblauen Duschtuches denke ich an die Ardèche und die heutige Wanderung. Meine Kleidung ist verschwitzt und staubig. Kleine grüne Algenreste kleben an meiner Brust, Andenken an das Bad im Fluss, und sie verbinden sich unter der Dusche mit dem Seifenschaum und Shampoo und verschwinden im Abfluss.

Später liege ich auf dem Bett und melde mich bei Chantal. Es ist Zeit für eine Entwarnung, für allgemeine Erleichterung und das Versprechen, nächste Woche alles in Ruhe zu berichten. Eine Rückmeldung bei meiner Familie und der Freundin ist ebenfalls notwendig. Das Handy kommt ans Ladekabel und auch ich muss dringend aufladen. Der Magen grummelt und ich weiß gar nicht, wann ich das letzte Mal gegessen habe.

In der Küche werkelt Eric. Der Korb ist leer bis auf die Kätzchen, die in ihm mit einem Wollball spielen. Es riecht nach Rauch? Brennt es? Sofort bin ich auf hundertachtzig und stürme auf die Terrasse.

Der Garten und der Wald liegen, wie immer, im schönsten Abendlicht vor mir. Die Gießkannen erinnern mich vorwurfsvoll ans Gießen, doch der Geruch und das Knistern kommen von einem Grill, der am Ende der Terrasse steht. Das Gerät kommt mir entfernt bekannt vor. Wo habe ich ihn schon mal gesehen? Richtig, im Schuppen unter Platten und Planen. Eric hat ihn also auch bemerkt und die Gunst der Stunde abgewartet, ihn hervorzuholen und mit Holz und Kohle zu füllen.

Es wird gegrillter Fisch aufgetischt, dazu Gemüse, Baguette und Kleinigkeiten, die in der Küche des Bouletins standen und in den Korb gepackt wurden. Entspannung pur. Ich bin satt und nach dem anstrengenden Tag erledigt. Eric geht es genauso und seine Abräum- und Aufräumaktionen wirken schlapp und müde.

Morgen ist Sonntag, ein normaler Sonntag, stelle ich beruhigt vor dem Einschlafen fest. Ich liege in Erics Armen, der fest schläft. Ich halte mich nicht mit Grübeln und Rekapitulieren der Tagesereignisse auf, sondern bin schnell im Reich der Träume angekommen. Die sind zur Verarbeitung des Samstages wirr, aber ich habe beim Aufwachen in der Nacht nur unbedeutende Sequenzen von Rennwagen, Wasser, Feuer oder Gräbern in der Erinnerung und schiebe die Bilder in die Schublade mit der Aufschrift »erledigt«.

Kapitel 49

Sonntag ist ein Sonnentag, Feiertag und Ferientag. Ich stehe früh auf, versorge die Tiere und lüfte. Es verspricht ein herrlicher Tag zu werden. Ich krieche müde und vor mich hin gähnend neben Eric zurück ins Bett und bemühe mich, nicht richtig wach zu werden und nicht an das Erlebte der letzten Tage zu denken. So verschlafen wir den halben Vormittag und verbringen die andere Hälfte mit Kaffee trinken, Frühstücken, Blumen gießen, Wäsche waschen und aufhängen, mit den Katzen spielen und Tartine bürsten.

Die Glocken im Dorf schlagen 12 Uhr und wir wandern Hand in Hand durch die Gasse. Chantal und Baptiste sind auf Familienbesuch, ihr Hof ist leer. Im Bouletin sind die Sonnenschirme geöffnet, das Küchenfenster steht weit offen und es riecht nach Grill und Frittiertem. Wir schauen uns an und lachen, das ist endlich Sommer und Urlaub. Die Einheimischen sitzen bei ihren letzten Schlucken Pastis oder Süßwein im Rahmen des Frühschoppens, bevor es zuhause mit dem Mittagessen weitergeht. Jeanne winkt von der Theke, als wir uns auf der Terrasse umschauen und überlegen, ob wir uns setzen oder besser helfen sollen.

»Setzt euch vorne hin, ich komme gleich!«, ruft sie und hört sich endlich wieder so fröhlich an wie vor einigen Tagen. Ihre Freundin Lola balanciert gekonnt ein Tablett mit Gläsern und Flaschen und zwinkert uns zu.

»Bonjour, ihr beiden, ein Pastis am Sonntagmittag und danach, ohne Frage, weil es nichts anderes gibt, Gemüse, Fritten, Salat. Heute ist vegetarisch angesagt.«

Wir setzen uns in eine ruhige Ecke und ich schaue mir die Leute an. Keine Verdächtigen, alles harmlose Feriengäste, einige Einheimische, die ich vom Sehen kenne, dazu Wanderer und Radfahrer. Eric drückt meine Hand. Er denkt das Gleiche, das weiß ich. Tartine seufzt, es ist warm und ich sollte ihn besser drinnen unter den Tisch platzieren.

»Ich frage, ob ich den Hund im Haus unterbringen kann und schaue auf einen Blick in die Küche«, sage ich zu Eric und nehme einen Schluck Wasser.

»Komm Tartine, wir schauen, ob es im Haus kühler ist.«

Das ist es und der Hund strebt in Richtung des runden Tisches und legt sich dort in die Ecke. Die Großmutter ist nicht da, schade. Ich hole den Wassernapf und schiebe ihn weit unter den Tisch. Jeanne kommt von hinten und packt mich an den Schultern, als ich aufstehe. Ich erschrecke mich, drehe mich um und werde umarmt.

»Isabelle, wie schön, dass ihr da seid. Vielleicht können wir morgen miteinander sprechen, heute nicht, das wird mir zu viel, aber ...«, sie schaut hinter sich in Richtung Küche und Terrasse, »es läuft gut und ich habe mit der einfachen Speisekarte alles im Griff.«

Wir strahlen uns an, nicken im Einvernehmen und sie verschwindet mit wehender Schürze.

Eric sitzt am Tisch und spielt an seinem Handy. Mit gerunzelter Stirn legt er es auf Seite.

»Laure, hm, ich habe eine Nachricht, von der Frau, die sie zur Identifizierung begleitet hat, wie heißt sie noch, ach ja, Giselle. Es geht um Enzo. Es war schrecklich, ich mag es mir nicht ausmalen. Sie waren gestern spät wieder zurück. Nächste Woche werden die beiden Damen zu den Ämtern und der Polizei fahren und sie, Giselle, fragt, ob ich den Fahrdienst übernehmen kann. Natürlich kann ich das, das ist das mindeste und dabei kann ich mit Laure sprechen und erfahre Neuigkeiten. Die Beerdigung von dem Kerl steht auch noch aus. Die arme Laure.«

Und so sind wir wieder beim Thema, aber es ist nur das Nacharbeiten der Ereignisse und das wird durchgestanden.

Lola bringt uns zwei Teller, die bedeckt mit buntem, gedünstetem Gemüse sind, dazu eine Schale mit Salat und ein Körbchen mit Fritten. Auf einem Tablett stehen Schüsselchen mit Dips, mit Kräuterbutter, Oliven und Peperoni. Wir rutschen mit den Stühlen näher, falten die Servietten über die Beine, ziehen das Tablett in die Tischmitte und legen los. Bei den Temperaturen wird das Essen nicht kalt, ich beginne zu schwitzen, obwohl ich doch nur stillsitze und wische mir mit der Serviette über die Stirn.

»Es ist warm, mir ist warm, dir auch oder bin ich allein am Schwitzen?«, frage ich zwischen zwei Bissen mein Gegenüber. Aber auch bei Eric glänzt die Stirn feucht.

Eine leichte Brise erhebt sich, wie auf Bestellung, und kühlt ein ganz kleines bisschen.

»Dann schwitzen wir halt, besser vor Sommerhitze als vor Angst«, lacht Eric und schenkt mir Wasser und Rosé nach. Die Eiswürfel schmelzen wie Butter in der Sonne und die Kräuterbutter nimmt einen flüssigen Aggregatzustand an.

Lola läuft mit Wasserflaschen und Behältern mit Eiswürfeln zwischen den Tischen umher. Die Lampions wiegen sich sanft und die Stimmer surren um uns wie ein Bienenschwarm.

Tartine steht mit suchendem Blick in der Tür, was niedlich aussieht und ich schmunzele ihm zu. Dahinter erscheint die Großmutter, ebenso mit suchendem Blick, bis uns die beiden zeitgleich entdecken. Könnte der kleine Hund lächeln, täte er es. Die Großmutter winkt freundlich und zeigt auf den Hund, danach auf sich und dann wieder auf uns und Tartine setzt sich in Bewegung. Jeanne erscheint in der Tür und nimmt ihre Großmutter sanft in die Arme und beide flüstern miteinander. Die Blicke, die sie uns zuwerfen, sprechen Bände. Familie. Ich liebe Familie. Der Hund legt sich zu unseren Füßen und freut sich über ein Stück Baguette, das mir heruntergefallen ist. Ich streiche ihm über den Rücken und er rollt sich herum, so dass der Bauch an die Reihe kommt.

»Ich gehe rasch zu den Beiden, bin gleich wieder da«, meint Eric und räumt in einem Atemzug unseren Tisch auf. Das hätte mich gewundert, wenn er nicht die Großmutter begrüßt. So verschwinden die drei im Haus und ich nutzte die Gunst der Stunde und hole mir die Zeitung von gestern, die an der Treppe auf der Fensterbank liegt. Sie ist zerfleddert und sieht mitgenommen und viel gelesen aus. Gestern kann noch nichts von dem Unfalltod in Ledenon in den Zeitungen stehen, beruhige ich meinen in die Höhe schnellenden Puls, als ich sie aufschlage und die Fotos suchend überfliege. Im Internet finde ich sicher Informationen, aber will ich es jetzt, heute Abend, wissen? Eigentlich nicht und so wende ich mich wie ein normaler Zeitungsleser dem Gedruckten zu und lese, welche Feste wo und wann gefeiert werden, wann Markt ist, wann ein Boule-Turnier und wie das Wetter ist.

Als die Zeitung gelesen und mein Wasserglas leer ist, stehe ich auf und gehe mit meinem Hund an den Brunnen. Auf dem Platz weht mehr Wind und ich setze mich auf eine Bank und schaue den Kindern zu, die gegenüber vor dem Haus mit Straßenkreide auf den Boden malen. Ich bin schon wieder müde und möchte mich auf die Bank legen und schlafen. Warum nicht? Tartine liegt schon unter der Bank und wedelt mit dem Schwanz durch das Platanenlaub, als ich mich seiner Anwesenheit versichere. Alles gut, halten wir ein Nickerchen. Ich weiß nicht, ob ich eingeschlafen bin, aber ich habe geruht und mich entspannt. Ich höre, wie mein Name mit Sorge gerufen wird. Eric? Ich schrecke hoch, reibe mir die Augen und muss mich orientieren, wo ich bin und warum.

»Ja, ich bin hier, am Brunnen!«, rufe ich auf Verdacht zur Terrasse, ohne zu erkennen, wo Eric ist und ob er mich sucht. Tartine springt auf und bellt, das kommt selten vor, aber ist hilfreich für die Ortung.

»Ich habe mich erschrocken, als du nicht mehr auf der Terrasse warst und nicht zu uns hereingekommen bist. Die Angst sitzt mir noch in den Knochen, dass ich als Erstes vermutete, sie hätten dich entführt. Aber: Entwarnung!«

Eric hält mich fest und hebt mich in die Höhe, mustert mich eindringlich.

»Ich bin hier, alles gut. Eric, meine Güte, ich war doch nur am Brunnen und muss eingenickt sein. Ja, entschuldige, wir sind alle überspannt und übermüdet. Gehen wir eine Runde durchs Dorf und dann nach Hause.«

Wir schlendern Hand in Hand, trotz der Wärme, durch die Gassen. Eric zeigt mir einige Häuser und erzählt mir die Geschichten dazu. Er kennt alle Bewohner, die Namen oder Bezeichnungen der Häuser und Höfe, wer eine Ferienwohnung umgebaut hat oder es plant, wo ein Haus leer steht und wo

Fremde sich eingekauft und umgebaut haben. In der sonntäglichen Hitze und Müdigkeit nach dem Essen ist kaum einer unterwegs, hier und da dudelt ein Fernseher oder das Radio aus einem halboffenen Fenster und wir hören Kinder rufen und Wasser in den Pools spritzen.

Am Waschhaus setzen wir uns auf den Beckenrand, ziehen die Schuhe aus und lassen die Füße in dem eiskalten Wasser baumeln. Tartine trinkt aus der offenen Rinne am anderen Ende und legt sich zum Abkühlen in eine Wasserpfütze.

»Ich werde die Woche mit Laure die nötigen Behördengänge erledigen und die Beerdigung von Enzo klären, keine Ahnung, was noch alles zusätzlich zu regeln ist. Mit Jeanne werde ich zum Anwalt und Notar und zu den Ämtern fahren wegen der Erbangelegenheit. Das Haus, das Bistro und die Grundstücke müssen umgeschrieben werden. Wir wissen noch nicht genau, was es zu tun gibt und wie wir das angehen sollen. Bis jetzt war unser Vater der Eigentümer und es ist nichts umgeschrieben. Die Großmutter möchte von alledem nichts hören und winkt freundlich, aber bestimmt ab. Das ist etwas für die jungen Leute, sagt sie, wir sollen ihr ihren Frieden lassen. Diese Woche wird unter dem Stern der Ämter und Behörden stehen, es wird anstrengend, aber gegen die Zeit mit Enzo ist es ein Klacks.«

Eric stiert ins Wasser, planscht unruhig mit den Füßen und schaut mich an.

»Ist das für dich ok? Kann ich dich die nächsten Tage allein lassen und nur abends kommen?«

Oh sicher, was fragt er denn? Sicher werde ich das überstehen, denn ich weiß, dass es sein muss, wo er ist (in etwa) und es muss vieles geregelt werden, was nicht aufzuschieben ist.

»Ja klar«, ich suche seine Hand, drücke sie und rutschte ein Stück näher, um meinen Kopf an seine Schulter zu legen.

»Alles gut, Monsieur Beauchêne. Ich werde mir die Zeit vertreiben und im Alltag abtauchen, mich um das Haus kümmern, um Madeleine, um den Herrn de Balazuc und ... einen Pool hätte ich gerne.«

In Gedanken schaue ich mir bereits gesehene Pools an und blättere durch die Kataloge der Poolfirmen, bevor ich meine eiskalten Füße auf den Rand des Beckens ziehe.

»Ein Pool. Ja, das wäre traumhaft, in dunkelblau oder doch natürlich angelegt? Mit Stufen, einem schönen Rand zum Sitzen, einer Pergola dahinter, einem Sonnensegel. Einfach ein Pool.«

Und so diskutieren wir die Sache mit dem Pool auf dem Heimweg, schauen in die Gärten der Leute und beurteilen ihre Schwimmbecken. Hier hat gefühlt jedes Haus einen, manche sind klein und manche groß, vor oder hinter dem Haus, über der Erde oder in der Erde.

Kapitel 50

Am Montagmorgen fährt Eric erst um halb 10 Uhr von hier weg. Wir haben uns Zeit gelassen mit dem Start in die Woche, mit langsamem Aufwachen, genüsslichem Liegenbleiben, Duschen und Frühstücken.

Ich sortiere meine Gedanken und setze mich mit einem Tee auf die Terrasse, schaue in den Garten und spiele mit den Katzen. Mittags mache ich mich auf den Weg zum Einkaufen und besuche auf dem Hinweg Chantal, die nach wie vor in Eile ist. Ihre Tante ist krank und sie hilft der kinderreichen Familie, was viel Arbeit bedeutet. Am Nachmittag ziehe ich mich ins Büro zurück und schreibe Mails, bevor ich Madeleines Tagebuch hervorhole. Das habe ich lange Zeit vernachlässigt, streiche wie zur Entschuldigung über das Leder und fühle mich an den Abend mit dem Gewitter zurückversetzt, an dem ich mit ihrer Geschichte begonnen habe. Das ist gefühlt Ewigkeiten her und es ist viel Aufregendes passiert. Ich lese die ersten Seiten und lege mit frischem Mut einen neuen Ordner im Laptop an. Eine Datei für Madeleine mit dem französischen Originaltext und einen für die Übersetzung ins Deutsche. Dabei kommt mir die zündende Idee einer Karte, in der ich ihren Geburtsort, ihr Heimatdorf, das Kloster und die folgenden Aufenthaltsorte einzeichnen kann – bis zu dem Haus im Weinfeld in meiner Nachbarschaft. Ich starre vor mich hin. Wie sah es früher dort aus und wie sieht es heute aus? Ich könnte Fotos von den Orten der Gegenwart machen. Von Madeleine habe ich die Zeichnungen in ihrem Tagebuch, die ich kopieren kann und einen Vergleich habe. Ich werde recherchieren, was es an Fotomaterial aus früherer Zeit gibt. Es muss Verzeichnisse der Bewohner von Orten wie St. Martin geben und vielleicht finde ich alte Unterlagen in Kirchenarchiven? Obwohl es lange her ist, werde ich nachforschen oder Odette fragen, wenn sie aus dem Urlaub zurück ist. Sie weiß sicherlich, wie ich an diese Informationen komme.

Meine Gedanken drehen sich um Madeleine, wie in den Tagen bevor die Sache mit Erics Vater und Enzo passierte. Interessante Gedanken, genauso wie die zur Gartenplanung und zum Landleben im Allgemeinen. Das Buch mit Madeleines Kräuterwissen fällt mir ein. Das reizt mich ungemein. Ist das Buch in Kombination mit meinem Interesse ein Signal, mich mehr mit der Heilpflanzenkunde zu beschäftigen? Kann ich eine zweite Madeleine werden? Will ich das? Ich werde sehen, ob es mich nachhaltig interessiert oder nur ein Strohfeuer ist.

Ich lehne mich in dem bequemen Bürostuhl zurück, der sogar wippen kann, wie ich lächelnd feststelle. Der Onkel sitzt gerne komfortabel, mein Glück. Nachdem ein Anfang geschaffen ist, fühle ich mich wohler in meiner Haut und speichere die Arbeit auf der Festplatte. Die kommt in die Kassette und diese unter den Schreibtisch in die Ecke, das ist ein sicheres Versteck. Diese Eingebung hatte ich beim Autofahren und hätte sie schon früher haben können, vor oder während der Enzo-Zeit, aber auch jetzt gilt noch: Sicher ist sicher.

Die Büroarbeit ist erledigt, es geht ins Badezimmer und im Anschluss in die Küche. Eric hat kurz und knapp geschrieben und möchte abends um 8 Uhr hier sein. Etwa um 8 Uhr, genau weiß er es nicht, aber mit dieser Auskunft bin ich zufrieden und richte ein Abendessen.

Es ist Viertel nach 8 Uhr, als das Tor aufgeht und sein Wagen in den Hof rollt und sich unter den Maronenbaum stellt. Mein Herz schlägt schneller, als ich ihn sehe, wie er – im Gegensatz zu manchen anderen Tagen – frisch aus dem Auto steigt und die Treppe emporspringt.

»Bonsoir, mein Schatz, da bin ich, frisch geduscht und mit riesengroßem Appetit auf das Abendessen.«

Wir richten uns wie gehabt gemütlich auf der Terrasse ein und essen eine Pfanne mit Gemüse, dazu haben wir frisches Brot, Käse und Eier und kühles Bier. Eric berichtet mir von seinem Tag, von der Fahrerei, den Ämtern, von Laure und Jeanne und dass es einige Tage, wenn nicht Wochen, dauern wird, bis alle Behördengänge erledigt sind. Am Nachmittag hat er sich in seinem Kinderzimmer eingerichtet, wie er sagt. Er hat aufgeräumt, sage ich dazu, das heißt, alte Sachen kommen weg und seine Kisten werden ausgepackt und eingeräumt.

»Jeanne wohnt in ihrem Mädchenzimmer, das renoviert werden soll. Das Schlafzimmer meiner Eltern muss leergeräumt werden. Die Kleidung, die Andenken, die Möbel, der Schmuck, die Bilder, was machen wir damit? Die Großmutter hat ihr Zimmer und dann gibt es hinten ein ungenutztes Wohnzimmer und das Büro. Und mein Zimmer, in das jetzt neues Leben eingezogen ist. Das ganze Haus soll renoviert und umgestaltet werden. Denken wir weiter: Was macht Jeanne in Zukunft. Weiter das Bistro? Zusätzliche Gästezimmer, um vielseitiger aufgestellt zu sein? Sie kann und wird einen Mann finden und Kinder bekommen. In diesem – wahrscheinlich eintretenden Fall – braucht sie Platz und ...«

Ich sehe in Gedanken einen Baukran auf dem Dorfplatz und einen großangelegten Umbau des Gebäudes, von dem ich nur den Schankraum, die Küche, die Toiletten und den Keller kenne. Das ist ein großes Vorhaben, das einen Architekten erfordert, aber erst eine Klärung, welche Wünsche und welcher Bedarf bestehen. So haben sich Jeanne und Eric diese Jahre nicht vorgestellt, erklärt mir Eric. Sie planten ihr Leben mit den Eltern, waren die Kinder und wären demnächst vermutlich ausgezogen, hätten das Elternhaus verlassen. Jetzt haben sie eine unerwartete Situation.

»Das wird eine Umstellung. Das braucht Zeit und kann unmöglich in einer Woche geklärt und erledigt werden«, stimme ich zu und rutsche näher an Eric. Er legt seinen Arm um meine Schultern und drückt mich an sich.

»Ja, das stimmt, wir werden eine Nacht darüber schlafen oder einige Nächte und uns beraten lassen. Genug für heute. Was hast du gemacht, Isabelle?«

So berichte ich über meinen Tag, über die alltäglichen und friedlichen Aktivitäten und die Arbeit mit dem Tagebuch von Madeleine – und dass ich die Festplatte hinter dem Schreibtisch versteckt habe. Ich fasse meine Gedanken, die ich an der Rennstrecke hatte, versuchsweise zusammen und Eric nickt zustimmend, aber wirkt jetzt doch müde und unkonzentriert. Ich lasse mir alles während der nächsten Tage in Ruhe durch den Kopf gehen, beschließe ich, und werde später die Thematik erneut aufgreifen.

Kurz vor Mitternacht liegen wir im Bett. Ich schlafe rasch ein, träume und wache nach diesem unangenehmen Erleben auf. Es war ein Erleben, weniger ein passiver Traum als ein aktives Durchleben und Mitfühlen, dass Eric wegfährt und fremde Männer draußen ans Tor klopfen. Das Tor ist geschlossen, aber ich höre die Kerle bis ins Haus klopfen und lärmen. Ich öffne das Tor, da steht eine Räuberbande mit Enzo als Anführer, in dunkle Umhänge gehüllt, sie haben Fackeln und Knüppel in den Händen und brüllen schlimmer als Tiere. Ich verstehe kein Wort, es kann weder Französisch noch Deutsch sein. Ich habe Angst und versuche das Tor zu schließen, aber setze der Gewalt der Männer nichts entgegen. Sie stürmen den Hof. Dann ist das Haus nicht das Mas Châtaigner, es ist ein anderes Haus, und ich stehe in einer fremden Küche. Die Männer kommen auf mich zu, drängen mich in eine Ecke und schreien: »Eric ist tot! Raus hier! Tout de suite!«

Das ist das Ende des Traumes. Ich sitze senkrecht im Bett, an meiner Brust klebt das klatschnass geschwitzte T-Shirt. Mir laufen Tränen die Wangen herunter und ich keuche, als hätte man mich durch den Wald gehetzt. Eric liegt schlafend neben mir. Er ist nicht tot, er ist hier! Da ist sie wieder, die Verbindung zu Madeleine! Muss das sein?

Ich schaue ihn minutenlang an, so gut wie ich ihn in der Dunkelheit sehen kann, und versuche, mich zu beruhigen. Das war ein schrecklicher Traum! Ich stütze den schweren Kopf in meine Hände, schließe die Augen und lasse mich zurücksinken, wobei ich in der Hoffnung auf sofortige Trocknung mit dem nassen, ungemütlichen Stoff an mir wedele.

Es war nur ein Alptraum. Seit ich in Frankreich bin, habe ich viele Alpträume. Schon in der Nacht vor meiner Abreise hatte ich einen Traum. Ich grübele über die Inhalte der zahlreichen Schreckensstunden, aber ich bekomme sie nicht in die chronologische Reihenfolge. Hätte ich mir alles notiert und ein Traum-Tagebuch geführt! Früher hatte ich nicht diese schrecklichen Träume, von denen ich aufwache, die mich zum Weinen bringen und mir Angst machen.

Was ist da los? Ergreift Madeleine Besitz von mir? Ist die nervliche Belastung durch den Umzug und das einsame Leben zu groß? Die Verantwortung? Die Sorge um Eric und die ständige Erinnerung an Johannes? Aber es geht mir doch gut und ich bin versorgt und habe keine existentielle Notlage, keine Geldsorgen, bin behütet durch meinen Onkel, versuche ich meine eigene Beruhigung und wiederhole die Argumente einige Male.

Aber da ist etwas und meine Gedanken kehren zurück. Färbt Madeleines Schicksal auf mich ab? Allein vom Lesen des Tagebuches? Das ist unwahrscheinlich, doch in den letzten Tag, seitdem ich mich wieder verstärkt mit ihr beschäftige, seitdem die Sache mit Erics Vater und Laures Sohn Enzo und der dadurch erlebten Bedrohung auf mich wirken, wird es auffallend schlimmer. Und jetzt bekomme ich zusätzlich Angst um Eric. Das mir jemand meinen Eric nimmt, wie damals, vor Hunderten von Jahren jemand Madeleine ihren Geliebten genommen hat. Doch Madeleine war nicht versorgt, sie lebte nur bei ihm, er war mehr ihr Freund, sie war nicht verheiratet und hatte wenig Geld. Obwohl ich nicht weiß, wie viel Geld sie in dem besagten Beutel hatte. Vielleicht war es eine stattliche Summe in Goldstücken, von denen sie hätte sorgenfrei leben, sich ein Haus kaufen und ohne diese Unsicherheit hätte dort wohnen können. Und auf der anderen Seite ist meine Verbindung zu Madeleine kraftvoll, voller Wissen auf ein noch unbekanntes »Mehr«. Wieder einmal ist im vermeintlich Schlechten das Gute, in der Sonne der Schatten und alles, aber auch alles hat sein Gutes.

Kapitel 51

Ich stehe auf und bemühe mich, Eric nicht zu wecken. Im Badezimmer fliegt das feuchte T-Shirt in die Wäsche und ein trockenes Sweatshirt vom Haken hüllt mich stattdessen wohlig ein. Als ich in der Küche das Fenster öffne, höre ich den Müllwagen auf dem Weg rumpeln und die Männer mit der Tonne scheppern. Die Vögel zwitschern und der Hahn bei Chantal und Baptiste kräht aus vollem Hals. Eine friedliche Morgenstimmung und doch krabbelt eine Gänsehaut trotz der langen Ärmel über meine Arme. Der Tau im Gras ist kalt an meinen nackten Füßen, im Schatten glitzern die Tropfen und ich eile mit meinen Gießkannen zu den Blumen und Kräutern. Ich freue mich auf den Morgenkaffee und mein Magen grummelt in Erwartung des Frühstückes.

Was wird der Tag bringen? Was wird sich diese Woche ereignen und was wird nächste Woche sein? Ich schaue versonnen auf den glitzernden Wasserstrahl, der meine Kannen füllt, und dann auf die Sonne, die über dem Waldrand aufsteigt und meine Stimmung aufhellt. Der Garten füllt sich mit Licht und ich beeile mich mit dem Gießen und Auffüllen der Kannen. Eine fröhliche Melodie weht vom Küchenradio in den Garten und ich wage einige Tanzschritte. Oben öffnen sich die Fenster und Schlagläden. Aus dem Badezimmerfenster weht ein Duschtuch, das zum Trocknen in die Sonne gehängt wurde. Eric ist wach. Es ist schön, wenn Eric da ist. Möchte ich, dass er immer da ist? Jeden Tag? Ich bleibe grübelnd stehen und starre das Haus an. Meine Güte, das ist wieder eine Fülle an Überlegungen.

Nach dem Frühstück fährt Eric los. Ich räume auf und setze mich mit Madeleines Tagebuch an den Schreibtisch, lese mich ein und schreibe wieder den französischen Text und passagenweise die Übersetzung in meinen angelegten Ordner. Zur eigenen Belohnung erlaube ich mir ab und zu eine Pause im Internet, um einen Ort oder eine interessante Kleinigkeit nachzuschauen und, wie das dann so ist, bleibe ich hängen, lese hier und da. Eine Mail von meiner Mutter trudelt rein. Ich nehme mir die Zeit, zu antworten. Zusätzlich schreibe ich eine Liste mit Fragen an den Onkel, so wie sie mir einfallen. Am Nachmittag bin ich hundemüde von den vielen Gedanken und Überlegungen und ziehe mich ins Bett zurück. Es ist heiß und ich habe den Eindruck, das ganze Dorf ist in einer Siesta versunken. Ich höre nichts, kein Auto fährt, kein Traktor brummt, keinen Hahn kräht und auch kein Hund bellt, nur die Kätzchen schnurren an meinen Beinen. Ich muss eingeschlafen sein, tief und fest wie lange nicht mehr, und werde durch das hartnäckig vibrierende Handy wach. Bis ich mich aufgerappelt habe und das Handy in der Hand habe, hat es Ruhe gegeben. Noch schlaftrunken gehe ich ins Bad. Hier ist es wegen der Schlagläden schummrig und ich öffne die Läden, um das Abendlicht hineinzulassen. Auf dem Klodeckel sitzend starre ich gähnend in den Garten, ich fühle mich benommen und müde, und fokussiere dann das Display des Handys. Eric hat eine Nachricht geschrieben und meldet sich beziehungsweise das Abendessen, sprich ein Barbecue, für den späteren Abend an. Ich schicke ihm eine Bestätigung mit Herzchen und symbolträchtigen Tellern und Gläsern und Tomaten und stelle mich zur Erweckung der Lebensgeister unter die Dusche. Mir ist es wohler als letzte Woche, ich kann wieder Pläne schmieden, denke an Madeleines Buch und in welche Karte ich die Orte einzeichnen kann und werde munter und glücklich.

Die Glocke im Dorf verkündet sieben Uhr, die Sonne steht über den Bäumen am linken Ausblick aus dem Fenster. Nun erwacht auch meine Umwelt und ich rufe Chantal an. Die nassen Haare trocknen ruckzuck im Wind, der aromatisch duftend ins Bad zieht. Chantal freut sich, meine Stimme zu hören und wir verabreden uns für morgen nach dem Marktbesuch.

Im Kühlschrank findet sich Salat und im Vorratsraum Tomaten und Brot und ich beginne mit den Vorbereitungen des Abendessens und überlege, ob und wie ich den Grill anwerfen soll. Es wird wie ein Feuer im Ofen sein und das kann ich anfeuern, daher wird das Grillfeuer kein übermenschliches Vorhaben sein. Im Schuppen wartet Holz in allen Variationen und auch der Korb auf mich. Kurze Zeit später flackert ein Feuer in der Grillschale und mit Hilfe einiger Zapfen, von denen ich reichlich habe, und einer Handvoll Rosmarinzweige duftet es herrlich. Nun braucht es Zeit und Geduld, um ausreichend Glut zu produzieren, und auch die habe ich. Im Garten stromern die Katzen durch die Beete und Tartine liegt unter der Bank und beobachtet beide. Ich trabe mit klatschenden Flipflops hin und her und freue mich auf den Abend und Eric. Es ist Sommer, Urlaub und Ferien und Frankreich. Die Alpträume verblassen im Rauch des Grillfeuers und der Vorfreude auf das Abendessen.

Kapitel 52

Mittwochmorgen startet Eric früh und auch ich spute mich und fahre ohne Frühstück, ohne Pflanzen gießen und ohne Hund in Richtung Bagnols. Mittwoch ist Markttag und da geht es hoch her, vor allem im Sommer, wenn zusätzlich die Touristen zu den einheimischen Marktbesuchern kommen und die Woche mit einem Einkauf und einem Besuch des Marktes geteilt wird. Die Parkplatzsuche ist eine Herausforderung für meine Geduld. Ich kenne mich noch nicht gut aus in dem Straßennetz und kurve entlang der Hauptstraße. Überall Autos, Frauen mit Einkaufstaschen, einige auf dem Rückweg und die meisten auf dem Hinweg. Mitten im Ort liegt ein großer Parkplatz und ich biege in die Reihen der Autos ein und habe Glück. Eine Frau parkt ihren hellblauen, recht verbeulten Wagen aus, das dauert, aber egal. Ich mustere beim Aussteigen die Autos rechts und links, Franzosen und Belgier. Ein französisches Kennzeichen an meinem Auto würde mir gefallen. Hierbleiben, in Frankreich, nicht auf dem Parkplatz, werde ich, die Frage stellt sich nicht, und das deutsche Nummernschild fällt auf. Ich werde mich mit der Ummeldung und Anmeldung auseinandersetzen. Nicht mein Lieblingsthema, aber notwendig. Freundin Odette wird mir kompetent weiterhelfen. Wann ist sie wieder zurück? Wie lange ist sie schon in den Ferien? Mit den Gedanken an die Planung dieser bürokratischen Hürden spaziere ich in Richtung Markt.

Ein Tag wie im Reiseführer und ich fühle mich wie die Touristen, genieße und schaue, probiere hier und da eine Leckerei und kaufe Kleinigkeiten wie Gewürze, Käse, eine kleine Flasche Öl und ein Glas Honig und schlendere durch die Gassen. Bisweilen tauchen ernsthafte Gedanken auf und ich bemühe mich, sie wieder zurück in ihre Versenkung zu schicken. Später werden auch sie bearbeitet, jetzt ist Markttag und Freizeit.

Bei einem Kaffee, später einem Glas eiskalten Rosé und der Tageszeitung fühle ich mich zuhause, eingebunden in den Alltag der Franzosen, die um mich herum in der typischen Einheimischen-Kneipe sitzen und sich unterhalten.

Ich bin zuhause und angekommen und habe Wurzeln geschlagen. Meine Gedanken werden immer mehr in französischer Sprache abgehalten und ich schaue auf meine braunen, immer zerkratzen Beine. Sommerbeine, Sommerarme und Sommerfeeling.

Und ich freue mich auf den Abend, auf Eric, auf mein wunderschönes Zuhause und die Abenteuer und Erfahrungen, die auf mich warten. Auf meine neue Familie und meine neuen Freunde. Auf das Tagebuch von Madeleine, auf ihr Leben und ihr Wissen und ihre Liebe zu den Heilkräutern, zum Sammeln des Wissens und der Erfahrungen und auf die Fortführung ihres Werkes. Mir wird warm ums Herz, das ist nicht nur eine oft gebrauchte Formulierung, es ist wirklich so. Wärme steigt auf, ein Glücksgefühl, wenn auch zart. Innere Ruhe macht sich breit und ich genieße die Gefühle und denke kostbare Augenblicke an nichts. Ich bin hier, fühle mich wohl und freue mich über den Sommertag.

Kapitel 53

Träume sind Schäume. Was bedeutet dieser Satz? Bedeuten Träume nichts und sind sie vergänglich? Träume begleiten unser Leben, ob bewusst gesponnene Tagträume oder nächtliche Träume, die schön und spannend oder furchterregend und schrecklich sein können. Sie geben uns bisweilen Antwort auf Fragen, regen zum Nachdenken an und vertiefen unsere Gefühle. Einige Träume vergisst man nie, andere sind wie Schaum in der Badewanne und verschwinden im Handumdrehen aus der Erinnerung.

Am folgenden Wochenende sitze ich in einem nächtlichen Traum hoch oben auf einem Felsen und schaue in die Ardèche-Schlucht. Zu meiner Linken sitzt Madeleine. Ich mustere sie wie eine alte Freundin. Daneben sitzen Joséphine und ein junges Mädchen, bei dem ich überlege, wie sie heißt. Natürlich, das ist Marie-Christin, und die Frau in Nonnentracht wird Célestine sein. Wir sitzen in einer Reihe, baumeln mit den Beinen und schauen in die Tiefe. Unter uns glänzt der Fluss, Mauersegler fliegen entlang der Felsklippen, am tiefblauen Himmel kreist ein Bussard mit dem Aufwind. Ich schaue nach rechts, dort sitzen auch Personen. Ja, da sind Laure und eine alte, kleine Frau mit einem dicken Buch auf dem Schoß.

Wir tragen ähnliche Kleidung: Helle Blusen mit aufgekrempelten Ärmeln und beige Röcke, die wadenlang sind und im warmen Wind um unsere Beine wehen.

Es kommt mir so normal vor, dass ich im Traum die Normalität fühle und gleichzeitig die Frage, wie das sein kann. Die Frage beunruhigt mich nicht, sie stellt sich einfach und drängt nicht auf eine sofortige Beantwortung, sie ist eine gelassene Feststellung.

Gegenüber auf dem Hügel leuchtet ein lilafarbenes Lavendelfeld. Wie in einem einzigen, gemeinsamen Gehirn denken wir, nebeneinandersitzend und auf das Feld schauend: Lavendel, Lavandula angustofolia oder Lavandula officinalis aus der Familie der Lippenblütler, der Lamiaceae, eine unserer Lieblingsheilpflanzen und Lieblingsdüfte. Das ätherische Öl ist ein Heilmittel, das beruhigt, gut für die Verdauung ist und bei Verletzungen hilft. Lavendel kann zum Würzen benutzt werden und liegt als Lavendelblütensäckchen zur Insektenabwehr zwischen der Kleidung.

Wir alle denken diese Gedanken, die eine das eine Wort und die andere das nächste. Die Bausteine werden zusammengesetzt, ausgebaut und in weitere Kombinationen und Möglichkeiten umgesetzt. Es ist erstaunlich, aber auch wieder nicht. Das gemeinsame Wissen fließt reibungslos zusammen. Es steigen Bilder von Lavendelblüten auf, ihrer Ernte und Verarbeitung, der Anwendung in der Medizin und in der Küche, früher und heute.

Ich schaue rechts und links, die Frauen schauen erst in Richtung des leuchtenden Lavendelfeldes und danach schauen wir uns an, wissend, verstehend, im Einvernehmen und als Freundinnen. Ich spüre die tiefe Verbindung zu diesen Frauen, zu mir, zu der Welt und zu Allem. Das ist ein herrliches Gefühl und ich könnte juchzen vor Freude, wenn ich nicht schlafen und träumen würde.

Am Morgen habe ich noch beim Erwachen dieses intensive Traumgefühl, nicht mit dem unangenehmen Nacherleben und Nachfühlen von Angst und Schrecken des Alptraums, nicht mit nassgeschwitztem T-Shirt und Bettzeug. Heute fühle ich Glück und Zufriedenheit, ein Gefühl der Gemeinschaft und Freundschaft, der tiefen Verbundenheit und ein Hauch von Lavendelduft schwebt über dem Bett. Ich lächele und freue mich über das Leben und kuschele mich an Eric, der tief schlafend neben mir liegt. Ich freue mich über den schönen Traum, dessen Botschaft mir noch nicht so ganz klar ist, aber wenn dieser besondere Traum kam, werden andere folgen und das Bild abrunden.

Im Nachhinein frage ich mich, wer die alte Frau mit dem Buch neben Laure ist. Ich kenne sie nicht und sie sah wie ein typisches Kräuterweiblein aus, ein Klischee, ich weiß. Bis ich erfahre, wer sie ist, ist sie für mich ein Symbol für das Heilwissen, das mündlich überlieferte Gedankengut der Menschen vor meiner Zeit und der Gegenwart, der niedergeschriebenen Bücher, die die Zeit überdauert haben, die heute geschrieben werden und die uns in der Zukunft begleiten.

Ende?

Es ist Mitte Juli. Ich schneide den Lavendel, bevor er verblüht ist, und hänge die Bündel zum Trocknen auf. Die grünen Früchte des Maronenbaums werden jeden Tag größer und stacheliger und ich freue mich auf die Ernte der Maronen im Herbst.

Es wird August und September. Die Tage werden kürzer, die Schatten länger, morgens liegt Nebel im Tal und der Tau trocknet erst am Mittag.

Wie geht das Leben im Mas Châtaigner für mich, Tartine und die beiden kleinen Katzen weiter? Wird es ruhiger als in den letzten Wochen? Ergibt sich Zeit und Muße für weitere Nachforschungen über Madeleine? Zeit für neue Rezepte? Zeit für meine Freunde und ganz viel Zeit mit Eric? Ich bin gespannt und freue mich auf die nächsten Wochen, Monate und von mir aus auch Jahre und werde euch berichten. Nein, es ist kein Ende, es geht weiter.

Danke

Herzlichen Dank an meine Familie, für die Zeit und Geduld, die das Buch gebraucht hat. Herzlichen Dank an meine Test- und Korrekturleser, meine Freundinnen und meine beiden Schwestern und ein besonders großes Dankeschön an meine Tochter Sabine, die mir immer zur Seite steht. Danke an meine Eltern, die mir die Liebe zu den Büchern, zum Lesen und Schreiben, zur Natur und zu Südfrankreich mitgegeben haben.

Die Rezepte, die in diesem Buch erwähnt werden, finden Sie zusammen mit anderen interessanten Informationen auf meiner Webseite christine-erkens.de.

Gâteau Marrons retournés

Ein Kuchenrezept von Juli für Isabelle.

Wir benötigen für den ersten Teil:
- 100 g Mehl (Dinkel oder Weizen 630 oder 550)
- 50 g feines Maronenmehl
- 120 g Zucker
- 150 g Butter
- 3 Eier
- 1 Päckchen Backpulver
- 1 Prise Salz
- Nach Belieben noch Vanille, Zitronenschale oder -saft

Wir rühren die weiche Butter mit dem Zucker schaumig, dazu geben wir die Eier und rühren weiter. Dann geben wir die restlichen Zutaten in die Masse. Den fluffigen Rührteig füllen wir in eine Springform (Durchmesser 26 cm), die zuvor gründlich gefettet und – wer es mag – mit Kokosraspeln bestreut wurde.

Der zweite Teil des Kuchens besteht aus:
- 500 g Quark
- 3 Eiern
- 100 Zucker
- 150 g weicher Butter
- 1 Päckchen Vanillepuddingpulver
- Nach Belieben Salz und Zitrone

Wir rühren diese Zutaten unter den Quark und geben die Quarkmasse oben auf den Rührteig in der Form. Der Kuchen wird im vorgeheizten Ofen bei etwa 180°C eine Stunde gebacken. Der obere Teig sinkt nach unten und der untere steigt auf, was man beim fertigen Kuchen sieht. Man kann ihn in dieser Reihenfolge belassen oder wieder herumdrehen.

Bon appetit!

Tapenade

Isabelle und ich lieben Tapenade, eine Olivenpaste aus grünen oder schwarzen Oliven, die man als typische Vorspeise in Südfrankreich mit Baguette, als Dip oder als Garnitur der Vorspeise genießen kann.

Eine Tapenade aus getrockneten Tomaten, Paprika o.ä. ist keine Tapenade, sondern ein leckerer Brotaufstrich.

Wir benötigen nur fünf Zutaten:

- 8 eingelegte Sardellenfilets, die wir kurz unter Wasser abspülen
- 200 g Oliven ohne Stein
- 40 Kapern

Wir pürieren den Fisch mit den Oliven und Kapern von Hand oder im Mixer, geben den Saft einer halben Zitrone oder Limone dazu und 150 ml mildes Olivenöl.

Man benötigt kein zusätzliches Salz, weil die Sardellen recht salzig sind.

Wer Knoblauch liebt, kann natürlich auch ein wenig davon zugeben.

Die Sardellen werden auch Anchovis genannt und sind sehr kleine Fische, die in Salz oder Öl eingelegt werden. Sie sind gesund und lecker und wir können sie wie die Kapern als Aperitif anbieten oder zum Kochen verwenden.

Kapern sind die Blütenknospen des Kapernstrauches, der am Mittelmeer gedeiht. Man kauft sie im Supermarkt eingelegt in Gläsern und findet sie auf den Märkten neben Oliven und Gläsern mit Tapenade. Sie schmecken pikant und leicht säuerlich.